La memoria

1355

LE INDAGINI DI ROCCO SCHIAVONE

Pista nera
La costola di Adamo
Non è stagione
Era di maggio
Cinque indagini romane per Rocco Schiavone
7-7-2007
Pulvis et umbra
L'anello mancante. Cinque indagini di Rocco Schiavone
Fate il vostro gioco
Rien ne va plus
Ah l'amore l'amore
Vecchie conoscenze
Le ossa parlano
ELP
Riusciranno i nostri eroi a ritrovare
l'amico misteriosamente scomparso in Sud America?
Il passato è un morto senza cadavere

DELLO STESSO AUTORE
in questa collana

La giostra dei criceti
Gli ultimi giorni di quiete
La mala erba

nella collana «Il divano»

Sull'orlo del precipizio
Ogni riferimento è puramente casuale

Antonio Manzini

Sotto mentite spoglie

Sellerio editore
Palermo

e-mail: info@sellerio.it
www.sellerio.it

Questo volume è stato stampato su carta Arena Ivory Smooth prodotta dalle Cartiere Fedrigoni con materie prime provenienti da gestione forestale sostenibile.

Manzini, Antonio <1964>

Sotto mentite spoglie / Antonio Manzini. - Palermo: Sellerio, 2025.
(La memoria ; 1355)
EAN 978-88-389-4897-8
853.92 CDD-23 SBN Pal0387975

CIP - *Biblioteca centrale della Regione siciliana «Alberto Bombace»*

Sotto mentite spoglie

Per T.

Ad Aosta proprio sotto le festività era esplosa l'ennesima moda importata e di cui, secondo il vicequestore Schiavone, si poteva in tutta tranquillità fare a meno: i canti natalizi eseguiti da cori eterogenei di anziani sgretolati, bambini, adolescenti brufolosi, donne dimenticate dal tempo, uomini senza più scopi, tutti armati di candele e di una campanella per avvertire l'inizio del solenne concerto. Insieme ad Halloween, coi suoi orrendi usi, come dolcetto o scherzetto e travestimenti di un horror da cartolibreria, ai diciottesimi, quelle feste di compleanno che tendevano a somigliare a matrimoni con tanto di vestiti comprati per l'occasione, smoking e fotografie, era venuto il turno dei cori: sassoni, celtici, scandinavi o qualunque fosse la popolazione nordica ad averli creati. «Ma perché scusa, tu pensi che Babbo Natale è una roba italiana?» gli aveva detto al telefono Furio. «Prima della guerra chi l'aveva mai sentito? A Roma c'era la befana e basta. L'hanno portato gli americani co' 'sta stronzata delle renne, la slitta, il Polo, gli elfi. Che cazzo so' gli elfi? Hai mai sentito parla' di elfi non dico a Roma, ma che ne so? a Milano? a Latina? Babbo Natale se l'è inventato la Coca-Cola. Hai visto che c'ha gli stessi colori?».

«Senti un po', ma lì a Roma c'avete gente che canta pe' strada?».

«No. C'avemo i pensionati co' le candele che dicono le novene. Ieri Brizio n'ha sdraiati un paio con la Rover all'incrocio de Ponte Sisto, mica l'aveva visti. Un casino... c'avevano ottant'anni, a uno j'ha preso foco la barba finta... ma dico io, statevene a casa a gioca' a sette e mezzo invece de anda' in giro a rompe li cojoni a chi c'ha da lavora'!».

«Ma perché Brizio annava a lavora'?».

«No, che c'entra, per dire, no?».

Il repertorio dei cori vedeva in testa «*Bianco Natal, luce d'amor, mite agnello redentor...*» con il verso preferito da Rocco «*Luce dona alle mentiii*» che restava, almeno nella pratica quotidiana, poco più di un anelito. Al secondo posto *Tu scendi dalle stelle*. Seguito da una canzone in patois che Rocco non comprendeva, *De nët euna leumiére*, poi la vicinanza coi gallici imponeva *Les anges dans nos campagnes*, e al quinto, senza senso alcuno, *That's what friends are for* reinterpretata dai cori montanari o da vecchi sgolati.

La città era preda delle lucine a intermittenza, della puzza di cibi precotti, dell'agitazione da acquisto compulsivo. Lampeggiavano vetrine e finestre, le auto e gli antifurto, pupazzi di raso e fiamme di stoffa si agitavano al soffio dell'aria calda dimenando braccia, teste e lingue. Per strada busker annoiati storpiavano Dylan, i

Beatles, i Rolling Stones, Amy Winehouse e Nada. La competizione per il podio della canzone più gettonata era sempre fra i due orribili e ipnotici motivetti pop: *Last Christmas* degli Wham! e *All I want for Christmas is You* di Mariah Carey. Non c'erano santi, fosse una boutique o un supermercato, la stazione radiofonica, perfino gli altoparlanti della cabinovia di Pila, le due canzoni venivano diffuse e Rocco le doveva sopportare almeno una trentina di volte al giorno. Aveva segnato la musica natalizia all'ottavo livello della scala delle rotture di coglioni, ma era tentato di promuoverla al nono, dove aveva appena messo il rotolo di alluminio difettoso, che non è cosa di riportarlo ad uno strappo regolare.

Il sole stava calando dietro le montagne e con lui la temperatura. Aveva nevicato per due giorni consecutivi. Le mani in tasca e i piedi congelati, Rocco Schiavone guardava la gente infagottata seduta a bere intrugli alcolici ai tavolini esterni dei bar riscaldati dai termosifoni a forma di fungo, mentre una puzza di fritto lo faceva sperare in un'anosmia improvvisa e benefica. La neve ammucchiata ai lati delle vie era una pappetta sporca di gas di scarico e fango.

Uscito dal centro storico arrivò all'ingresso principale dell'ospedale, salutò la guardia per nome, ormai si conoscevano, un paio di infermieri e salì le scale. Al reparto del primo piano c'erano due donne in vestaglia di lana a scacchi che chiacchieravano nel salottino verde, una ancorata al bastone della flebo come un vecchio patriarca al pastorale, l'altra aveva posato il lavoro a maglia sulle ginocchia. Rocco si affacciò alla vetrata. Alla fine del corridoio c'era Sandra, seduta su una poltrona, parlava con Fabiano, il suo nuovo fidanzato. L'uomo le teneva le mani fra le sue e stava raccontando qualcosa di divertente perché Sandra sorrideva mesta, o almeno si sforzava. Era ancora pallida, ma anche da laggiù Rocco riusciva a distinguere che gli occhi le erano tornati vivi e attenti.

Era andato ogni giorno in ospedale. Quando Sandra non era su questa terra, si limitava a guardarla, ogni tanto le parlava. Quando aveva ripreso conoscenza, le aveva portato libri e giornali. Li lasciava alla suora che poi glieli avrebbe consegnati, lui non s'era mai fatto vedere. Sandra stava con Fabiano, non poteva e non doveva intromettersi. Doveva essere una lontana presenza, anzi meglio, pensava, un'assenza. Qualche volta aveva incrociato la madre di Sandra, Margherita, e il padre, ma non si erano scambiati una parola. Rocco non li poteva perdonare. Erano responsabili del rapimento e del serio ferimento della figlia, e per lui erano poco più di due ectoplasmi. La madre lo cercava con lo sguardo, quelle rare volte che avevano condiviso l'ascensore o il corridoio della terapia intensiva prima e del reparto poi, ma Schiavone aveva sempre concentrato l'attenzione sul pavimento, sul soffitto, sul cellulare. Era stata una brutta storia. Tutta colpa della sorella di Sandra, Susanna, che insieme al suo complice, l'ex pregiudicato Bruno Finzi, aveva rapito e ridotto Sandra in coma per due milioni di euro. Adesso erano in carcere in attesa del processo. Finzi con molti denti in meno, il distacco della cornea e un'operazione subita per la frattura della mascella. Senza contare tre costole e un setto nasale sbriciolato in polvere. Era stato Rocco a passarci sopra come un carrarmato. In quel momento vide Sandra aggrapparsi alle braccia di Fabiano e tremando tirarsi su, accennare qualche passo, sempre sorretta in equilibrio dal compagno. La loro era una danza incerta, di risveglio, esitante ma coraggiosa. Un tango malinconico in una corsia d'ospedale al neon, senza musica, con la puzza di disinfettante e brodo vegetale.

Cammina, pensò felice.

Li vide baciarsi con la foga e l'imperizia di due adolescenti. Poi Sandra, come colta da un presentimento, si voltò verso la porta-finestra, ma tutto quello che vide fu il corridoio vuoto, Rocco già scendeva le scale. «Cammina...» disse felice a un infermiere che si limitò a sorridergli. Nella hall incontrò il dottor Negri, sua vecchia conoscenza. L'aveva operato, e aveva operato anche Sandra. «Dottore» si strinsero la mano.

«Hai visto? Ormai è in completa guarigione» gli disse il chirurgo. «Era brutta, Rocco, parecchio. Ma ce la fa».

«Sì, ma io non ho mai dubitato. Si alza pure in piedi».

Il medico gli sorrise. «E tu?».

«Io che?».

«In piedi, ci stai?».

«Sì. Direi di sì».

«Cosa fai, chiudi gli occhi e aspetti il 2 gennaio?».

Risero insieme. «Esatto. Come te, Filippo. Aspetto il disgelo».

«Allora buon Natale e buon anno».

«Tanto ci rivediamo» disse Rocco. «Io, finché Sandra non esce da questo posto, torno».

«Allora questione di un paio di giorni, perché la rimandiamo a casa. Ormai qui scalda solo il letto. E quello ci serve».

«Grazie, Filippo».

Si strinsero la mano e Rocco riprese la strada verso casa. La giornata la considerava chiusa, voleva solo fare la passeggiata serale con Lupa, poi andare al Grottino per cenare e cercare di mettersi a letto per dormire qualche ora.

Non era mai stata così assente dalla sua vita come in quegli ultimi giorni. Da quando Sandra era finita in coma, Marina non era più tornata a fargli visita. Ogni tanto lasciava un segno del suo passaggio, una tazza sul lavello, il cuscino stropicciato dall'altra parte del letto, una matita senza punta e con la parte superiore smozzicata. Lupa aveva deciso di dormire la maggior parte della giornata. Forse milioni di anni fa d'inverno i cani andavano in letargo, pensava Rocco. E forse sarebbe stato bello ci fossero andati anche gli uomini. Cominciò ad immaginare un mondo che chiudeva i battenti per i mesi invernali. Le città sotto coltri di neve, fango, foglie. Le strade deserte, le macchine con le batterie scollegate, le luci dei negozi spente, come i semafori e i lampioni. Solo il ronzio dei riscaldamenti accesi che tenevano alta la temperatura nelle case e nei gusci dove uomini donne e bambini dormivano per quattro mesi consecutivi. Le barche ancorate ai porti o tirate in secca nelle rimesse, negli hangar gli aerei restavano a prendere polvere. Solo il rumore dei venti e del mare, della pioggia, dei fiumi. Un mondo buio, senza più luci elettriche, solo stelle, luna di notte e sole di giorno. Come milioni di anni fa, pensava, dove un falò lontano denunciava sì la presenza di altri simili, ma era anche segno di pericolo. Quattro mesi di fermo biologico, Rocco era certo che il pianeta ci avrebbe guadagnato. Non era quello che era accaduto a Sandra? Aveva dormito, non certo quattro mesi, poco più di una settimana, ma il corpo s'era aggiustato. Il sonno può riparare un corpo, un pianeta, un intero sistema. Proprio quello che gli sarebbe servito. Aveva provato a chiedere al chirurgo, Filippo, qualche farmaco da anestesia totale. Quello aveva riso e risposto: «Me le vieni a mettere tu le manette dopo?». Non gli restava che il vino la sera e la maria la mattina. Un po' poco. Come fermare un pullman senza freni in discesa con i talloni.

Martedì

In questura dominava una certa tranquillità. Solo un litigio fra due albergatori a Gressoney che aveva rischiato di degenerare e uno psicopatico che era entrato con un taglierino in una boutique a Saint-Vincent e che era stato bloccato da un vigile del fuoco. Il vicequestore Rocco Schiavone ad occhi chiusi stava passando in rassegna tutti i dolori mattutini. Le vertebre lombari, il rachide e le dorsali, ginocchio destro interno, ginocchio sinistro esterno, scafoide e astragalo del piede destro, calcagno del piede sinistro. Tendine distale del bicipite destro e da quella mattina anche del sinistro, nervo sciatico che scendeva giù per il gluteo fino al piede sinistro. Passate in rassegna le truppe si accese una canna e guardò il cielo. Sprazzi di azzurro si intravedevano dietro il grigio delle nuvole, ogni tanto una bava di sole rallegrava la Valle. Sempre meglio che un calcio sui denti, pensò. E si stupì. Un pensiero simile era raro. Insomma, era un tentativo, anzi, un brufolo di positività nel vedere il bicchiere mezzo pieno, laddove Rocco non percepiva neanche il bicchiere. Il grigio avrebbe predominato sull'azzurro. «Che giornata di merda» avrebbe dovuto dire, e non certo: «Toh, un raggio di sole!». Forse l'inattività? Gli anni che passavano? Che ci girava intorno a fare? La risposta la conosceva. Sandra era in piedi. E quel pensiero gli apriva i polmoni e sembrava che anche qualche dolore osseo avesse deciso per una tregua.

«Dottore, la cerca il questore». La voce di Casella lo risvegliò da quegli inutili pensieri.

«Che cazzo vòle?».

«Non lo so, io sono solo un agente, le pare che...».

«E basta Case', era una domanda retorica e alle domande retoriche...».

«Non si risponde, è vero».

«Devo salire?» chiese voltandosi verso il poliziotto, che rimase in silenzio. «Case', devo salire?».

«Ah, non era retorica?».

«No, Ugo. Perché magari voleva incontrarmi, che ne so? in sala stampa, o al telefono, o al cesso dove tu e i tuoi colleghi fareste meglio ad andare a lavorare!». Nervoso staccò il loden dall'appendiabiti e lo indossò.

«Dotto', mica c'è bisogno di uscire che si mette il cappotto, deve solo andare al piano di...». Lo sguardo duro del vicequestore suggerì a Casella di zittirsi e pensare alle sue incombenze.

«Prima che salga, sono tutti al lavoro?».

«Lavoro...» fece Casella muovendo la mano destra come stesse rimescolando l'aria, «sono in ufficio. D'Intino sta a giocare con Campo minato, Deruta guarda le auto in vendita che tanto non si può accattare, Antonio fuma e si scrive sul cellulare con qualcuna. Dico qualcuna perché scrive e sorride. Tra un po' chiedo il permesso per andare in banca».

«Ma fa' come te pare».

Il vicequestore uscì dalla stanza mentre Lupa restava a dormicchiare sul divanetto. Arrivò all'ascensore e salì al piano della dirigenza. Bussò alla porta del superiore che era accostata. La aprì. Il questore era al telefono, gli fece cenno di sedersi e continuò la telefonata. «Sì... certo... certo... la ringrazio, presidente, ma è nostro compito, sì... buon lavoro anche a lei!» e abbassò la cornetta. Poi intrecciò le mani e guardò Rocco. «Prima cosa. Abbiamo notizie di Sandra?».

«Sì, dottore. Cammina».

Costa sorrise e si fregò le mani. «Bene, bene, almeno una buona notizia ogni tanto. Cammina... Veniamo a noi e al motivo di questa mia chiamata. Ha mai sentito nominare Riccardo Peroni?».

Rocco si ripeté il nome a bassa voce. «Riccardo Peroni... Riccardo Peroni? Purtroppo no, dottore» e allargò le braccia.

«Bene. Però sarà d'accordo con me che la memoria fotografica sia una bella qualità».

«Certo» concordò Schiavone.

«E spesso» riprese il questore «è una qualità che può migliorare la vita propria e delle persone che ci stanno accanto».

«Sì». Non capiva dove stesse andando a parare.

«Bene. Torniamo a Riccardo Peroni. Che altri non è che un nostro concittadino che si è presentato qui da noi per una denuncia...». Prese un foglio sulla scrivania. «A suo dire, aveva visto in un ristorante di Aosta un famoso pregiudicato, famoso perché, caso vuole, proprio il giorno prima il nostro cittadino modello ne aveva memorizzato la faccia grazie a una foto segnaletica pubblicata in un articolo su "La Stampa"».

«Bene. Ottimo» fece Rocco, e gli tornò in mente Finzi, il Grottino, e tutta la storia di Sandra e famiglia. «Mi tolga una curiosità... il ristorante è il Grottino? Perché in caso devo avvertire il proprietario, cominciano a diventare troppi i pregiudicati che lo frequentano».

«No, Schiavone, era un ristorante un po' fuori Aosta, per la precisione a Maen».

«Ottimo».

«Ottimo questo belino, dottor Schiavone» rispose calmo Costa. «Pare che qui in questura nessuno si sia azzardato a dare peso alla cosa, anzi, l'agente addetto alla raccolta della denuncia si è anche preso la libertà di usare modi, se non sarcastici, quanto meno ironici nei confronti del nostro concittadino».

«Mi dispiace molto, dottor Costa».

«Dispiace più a me, dottor Schiavone», sembrava che il questore stesse preparando il colpo, e infatti lo sferrò. «Perché, vede, il nostro Riccardo Peroni con la sua memoria fotografica si è rivolto ai carabinieri, che hanno dato retta alla denuncia e hanno arrestato Ireneo Petruzzi che come lei saprà è ricercato per numerose rapine a mano armata a banche e uffici postali. E vede, caro Schiavone, si dà il caso che questo bandito ora ce l'hanno i carabinieri, ripeto, ca-ra-bi-nie-ri, e noi no!».

Menò una manata sul tavolo. Volarono fogli, cadde un vecchio calamaio che aveva solo funzione decorativa, e il cellulare che Costa decise di non recuperare.

«Comprendo, dottor Costa, ma perché lo sta dicendo a me?».

«Perché? Perché a raccogliere la denuncia c'era un suo uomo. L'agente Michele Deruta!».

«Può succedere, no?».

«No!» urlò di nuovo Costa.

«Dottore, se dovessimo dare retta...».

«Dovete dare retta!» lo interruppe il superiore con una nuova manata sulla scrivania. Stavolta a finire per terra fu una fotografia che ritraeva il questore il giorno della laurea. «Ora, all'agente Deruta Michele la ramanzina la fa lei. Perché io mi devo sopportare il colonnello dei carabinieri, il presidente della Regione che già ha chiamato tre volte, e la televisione che verrà a rompermi il su citato belino, perché l'ho citato, ricorda?, a chiedermi delucidazioni. Ecco perché sono arrabbiato, mi capisce?».

«Certo, dottore. Sarà mio impegno incu... *pardon*, riprendere l'agente con parole severe. Ma, se posso, perché questo Ireneo Petruzzi era in Valle?».

«Probabile preparasse un colpo... non glielo so dire e va da sé che i cugini non aprono bocca e io, noi, pendiamo dalle loro labbra, sempre perché un suo agente ha preso sottogamba la denuncia. Ora torni al lavoro che ho già Tele Vallée fra le scatole» e fece un cenno a Rocco che si alzò e, smozzicando un saluto, lasciò la stanza del questore.

«Deruta, che cazzo hai combinato?».

«In che senso?» chiese spiazzato l'agente interrogato a brutto muso proprio ai piedi delle scale.

«Non hai preso una denuncia di un nostro bravo concittadino» urlava Schiavone, «lo hai trattato con sarcasmo, o almeno con ironia, cosa della quale non sei capace, e grazie a questo i cugini hanno arrestato un bandito figlio di puttana».

«Mi dispiace, ma vede, dottore, le denunce sono...».

Rocco lo fermò con un gesto perentorio della mano distendendo i muscoli del viso. «Miche', non me ne frega un cazzo» fece con un volume di voce normale, «ho promesso al questore che t'avrei fatto una ramanzina e te l'ho appena fatta. Ora passiamo a cose più serie. Dove sono le brioche del forno di tuo marito?».

«Stavo andando, è giù che mi aspetta con la macchina. Lei prepari il caffè!». Confuso, l'agente proseguì verso il piazzale del parcheggio.

A Furio e Brizio i centri commerciali non erano mai piaciuti. Non capivano a cosa servissero. «Per far spendere la gente e permettergli di trovare in un solo posto parecchi prodotti» gli aveva detto sora Nanda che aspettava l'autobus davanti al cinema. Che era lo stesso bisogno di cui si occupavano da sempre i centri delle città e delle cittadine. Le strade dei negozi a quello servivano. «L'Italia ce ne aveva quanti ne vuoi» diceva Brizio, «a che cazzo servono 'ste città finte?».

«L'America. Che non c'hanno un cazzo e je tocca inventasse 'ste cose finte. Te', guarda 'sto ristorante de pesce! Amalfi se chiama! Ma che cazzo...».

L'aria condizionata, le luci al neon, il rumore, la gente, i ragazzini che corrono, la puzza di zucchero bruciato e gomma, l'immondizia in vetrina, inutile merce di pessimo materiale fabbricata da qualche minore in Thailandia. «Pensa se nonna vedeva 'sti lenzuoli» disse Furio osservando la vetrina di un negozio per la casa. «Je veniva l'orticaria».

«E perché 'sta roba da magna'?». Brizio era di fronte a un bar dal nome altisonante «Manhattan».

Un ragazzo vestito da panino gli sfrecciò accanto alla guida di un monopattino elettrico. Furio e Brizio si guardarono. «Che tocca fa' pe' campa'» disse Furio.

«Più o meno quello che stamo a fa' noi. Annamo al secondo piano».

Presero la scala mobile. Brizio si perse a guardare le luci, Furio invece pareva intento a contare le scanalature del gradino di metallo.

«Servono scarpe?» fece una ragazza vestita da arbitro.

«Te ne devi andare» le ringhiò Furio e quella si dileguò. Si guardavano intorno. «A me me sta a fa' male la testa. Damose una mossa» e Furio prese verso Zara Home. Brizio lo seguì. Passando accanto alle gioiellerie di paccottiglia, scuotevano la testa. «Ma che cazzo se compra la gente... 'ste cose so' orrende» protestava Furio.

«Però se le comprano».

«A Bri', lassa perde. Nun è che qui dentro ce trovi Giorgio Armani, gli Agnelli o Ferrari».

«Sta a dire?».

«Sta a dire che qui Bulgari, Prada e compagnia bella nun ce li vedi».

«Così pure noi se credemo ricchi che famo lo shopping?».

«E bravo. Ma se questi c'avessero li sordi veri, secondo te, s'annaveno a compra' i mobili de cartone per montasseli pure? E 'nnamo, Brizio».

Brizio si bloccò. A una ventina di metri davanti a lui c'era un negozio di giocattoli e proprio di fronte alla vetrina un albero di Natale, una finta slitta di legno e un tappeto bianco che simulava la neve. Seduto su una specie di trono un Babbo Natale con tanto di barba e capelli bianchi. Sorrideva e si faceva fotografare con i bambini che stavano in fila, controllati da una ragazza vestita da elfo. Aspettavano il loro turno, mano nella mano con le loro mamme, e sembravano eccitati. Furio e Brizio si avvicinarono. Babbo Natale aveva gli occhi azzurri, rideva con un vocione di petto e si faceva dare due baci da ogni bambino.

«Come ti chiami?».

«Andrea».

«Mi hai scritto la letterina?».

«Sì».

«E tutto quello che desideri?».

«Sì».

«E sei stato buono quest'anno?».

«Insomma».

«Oh oh oh» rideva Babbo Natale. Dopo la foto, la ragazza riconsegnava il bambino che se ne andava con due caramelle Rossana felice dalla mamma.

Brizio e Furio erano arrivati alla recinzione, a neanche due metri da Babbo Natale, che alzò lo sguardo, li vide e diventò serio.

«Mi chiamo Mariadele, Babbo Natale!» insisteva la bambina che vedeva l'attenzione di Santa Claus dirottata altrove. «Mi chiamo Mariadele!» urlò strattonandolo. «Ma levate dar cazzo!» gridò Babbo Natale e con un'agilità non sospetta, vista la corporatura, si alzò e scartò di lato facendo cadere la bambina Mariadele che subito scoppiò a piangere. Saltò la recinzione e cominciò a correre per il corridoio del centro commerciale evitando i consumatori. Brizio e Furio erano già dietro, a pochi metri da lui. Correva, Babbo Natale, senza voltarsi mai. Abituato alle fughe sapeva che voltarsi faceva perdere velocità e controllo. Brizio e Furio, lontani da un allenamento anni luce, già avevano il fiatone. Babbo Natale voltò l'angolo di Mediaworld, così anche Brizio e Furio. Lo videro infilare una porta.

Un corridoio di cemento a nudo, e alcune porte. Brizio controllò quelle di destra, Furio quelle di sinistra. Risultavano tutte chiuse. Poi un rumore attrasse la loro attenzione. Lo trovarono in uno sgabuzzino. Gli erano crollati addosso i flaconi di sapone per le pulizie e alcune ramazze. «A Cacio', posa quello che tieni in mano sinnò te gonfio» e Babbo Natale, che senza barba, capelli bianchi e cappello ora mostrava il suo viso magro e gli occhi freddi e azzurrognoli, lasciò cadere un tubo di ferro che teneva dietro la schiena. «E bravo Babbo Natale» fece Brizio.

«Io e te c'avemo un problema, Babbo Natale, ma è mejo se te chiamo Caciotta, sì?» fece Furio accoccolandosi accanto a Caciotta, al secolo Dario Vergarini.

«Travestimento de merda, Cacio'» si aggiunse Brizio.

«Te sei preso diecimila euro che non so' li tua» disse Furio calmo e a bassa voce, come si stesse confidando con un vecchio amico.

«Te posso spiega', Furio».

«E stamo qua apposta io e Brizio».

E Brizio annuì.

Dario Vergarini finse una commozione improvvisa. Tirò su col naso. «Me servivano, Furio. Mi' zia sta male».

«Quale zia, Cacio'? Zia Anna so' du' anni che sta all'alberi pizzuti, zia Teresa me pare che a Milano s'è sposata co' uno impaccato de sordi, che altra zia c'hai?».

«Zia Nina».

Furio e Brizio si guardarono. «Sarebbe?».

«La sorella del marito de mamma».

«La sorella de tu padre è zia Teresa. Che cazzo stai a di'?» protestò Brizio.

«Sto a parla' der seconno marito de mamma. Pennacchione».

Furio sbuffò. «Pennacchione l'hanno inchiodato le guardie nell'87 davanti a Villa Glori. Ed era fijo unico».

«Dici?».

«E dico sì, Cacio'».

«Senti un po', che volemo fa' co' 'sti sordi?» chiese Brizio.

«Faccio du' telefonate e risolviamo».

«Ma quali du' telefonate. Famo così che è mejo. Mo tu vieni co' noi fino al parcheggio, ce dai la Mercedes, te damo du' giorni pe trova' i sordi sennò se la vennemo all'albanesi. Che dici?».

«La macchina no!».

Furio spense il sorriso. Gli occhi divennero freddi e distanti, due buchi neri. «Sta nel parcheggio esterno, sezione acca numero trentadue. Cacio', io nun scherzo. E nun me faccio incula' da uno come te. Hai rischiato, hai giocato, hai perso e ce ridai i sordi. Punto».

Brizio intervenne. «E mica semo cravattari noi. Perché se lo fossimo, quanto sarebbe, Furio?».

«De interessi? Un anno e mezzo? A Cacio', si eravamo cravattari ce dovevi rida' 200.000 invece che dieci»

«Ma io a lei li devo rida', a mi' cugina, mica a te».

Furio sorrise mostrando i denti. «Vedi Caciotta, se dà er caso che Barbarella è disperata. Sta a terra, co' du' fiji e tu fai er tozzo co' lei perché sai che nun pò fa' niente pe' ripijasse i 10.000. Ma ce semo io e Brizio e la musica cambia. Allora se movemo o no? Dacce le chiavi sinnò vai a dormi' al Santo Spirito pe' 'na settimana».

«Cor tubo d'ossigeno» aggiunse minaccioso Brizio.

La guantiera delle paste era ancora sulla scrivania sporca di zucchero a velo, il cestino pieno di bicchierini di carta. Rocco prese il telefono.

«Bri'? Come va?».

«Così, Rocco... Lo sai, no? Sotto Natale è 'na gran rottura de cojoni».

«Dove sei?».

«Mo sto a...» lo sentì gridare: «'Ndo stamo mo? Capito... ecco Rocco, stamo vicino a Porte de Roma...».

«A fa' che?».

«Storia lunga... Che fai allora a Natale, scenni?».

«Volevo. Poi nun lo so».

Sentì il vento soffiare nel cellulare di Brizio. «Ma che stai al Gianicolo?».

«Ma quale Gianicolo, Rocco. Stamo a un parcheggio del centro commerciale a prelevare una Mercedes. Io e Furio abbiamo fatto recupero crediti per Barbarella, te la ricordi?»

«E come no. La cugina der Caciotta».

«Esatto. Che j'ha pizzicato diecimila da più de un anno e nun glieli vo' rida'».

A Rocco venne da ridere. «E je prendete la macchina. Capirai, peggio che perde 'na fija per quel cojone».

«Eh già! Dai, vedemose a Natale, nun fa' lo stronzo. Che stai a fa' lassù? A proposito, l'amica tua, la giornalista? Sandra?».

«Sta meglio, mo esce».

«Bene, so' felice, faje l'auguri. T'abbraccio».

«E come no».

Aprì il cassetto, tirò fuori le cartine, il tabacco, mise poca erba, solo una punta, giusto per alzare un pochino la sua autostima e rendergli sopportabile l'esistenza. Fece in tempo a dare un terzo tiro quando D'Intino spalancò la porta e urlò: «Dotto', ha successa 'na cosa a via Garibaldi!».

Rocco alzò lo sguardo calmo, serafico. «Di che si tratta, mio valente collega?».

«Rapina alla Cassa di Risparmio. Si so' asserragliati dentro».

Rocco lento lasciò la scrivania. «Sai dirmi come e che è successo?».

«Chi sci 'ccise, dotto'. Lu direttore ha suonato l'allarme. Scipioni Deruta Miniero Curcio e Penzo stanno già in loco, so' partiti due minuti fa. E pure Casella, perché è la banca addo' steve a fa' 'nu versamento. S'ha truvate là, a esse proprio».

«Parla italiano, cazzo! Anzi fa' 'na cosa, nun parla' pe' niente!».

Rocco prese il loden e uscì dalla stanza. Lupa scattò e seguì il padrone.

Le auto della polizia erano ferme nel parcheggio davanti alla Cassa di Risparmio. Un gruppetto di curiosi se ne stava dietro al nastro giallo che l'agente Curcio aveva teso per impedire il passaggio. Rocco si avvicinò ad Antonio, che osservava le vetrine buie della banca, come se l'esercizio fosse chiuso per ferie. Il vento gelido gli scompigliava i capelli. Accanto c'era un autosalone dal quale due impiegati in giacca e cravatta s'erano affacciati per osservare la scena. Fumavano e battevano i piedi per il freddo. «La banca ha una porta sul retro, nel cortile, un'uscita di sicurezza» disse Antonio. «Ci ho mandato Curcio e Miniero a controllare, ce li ho sulla radio» e allungò il walkie-talkie a Rocco. «Bravo, Anto'». Deruta si avvicinava con passetti veloci, leggiadri e costanti saltando con affanno la neve accumulata sull'asfalto. «Eccomi, dottore!».

«Abbiamo un contatto con la banca?».

Deruta annuì. «Ho il telefono. Provo a chiamare ma non rispondono. L'ultimo venti minuti fa».

«Che volevano?».

«Una cosa strana... se la faccia dire dall'agente Penzo, perché hanno parlato con lui».

«Penzo? Dove sta Penzo?».

«Qui dottore!» urlò il poliziotto alto, abbronzato e coi capelli bianchi mentre si avvicinava al superiore.

«Tu hai parlato con questi? Che cosa volevano?».

«Una richiesta strana. Mi hanno ordinato di aprire quella macchina, vede?» e indicò una Fiat Punto gialla parcheggiata lì vicino, «di prendere una borsa dal bagagliaio e portarla davanti all'entrata della banca».

«Una borsa? E che c'era dentro?».

«Era chiusa con un piccolo lucchetto. Però pesava. E quando l'ho lasciata a terra ha fatto un rumore di ferraglie».

«Una borsa... l'auto immagino l'abbiate controllata».

«Sissignore» prese la parola Deruta, «rubata due giorni fa a Chivasso».

Rocco ebbe un brivido di freddo. Si tirò su il colletto del loden, come se fosse servito a qualcosa. «Una borsa... Chi ha dato l'allarme? Il direttore?».

«Fausto Comiso» rispose Antonio, «ma da allora nessun segno di vita. Sappiamo solo che Casella è dentro».

«Qualcuno sa se Casella ha con sé il cellulare?».

«Sì, dottore. Ce l'ha» rispose l'agente Penzo. Mentre Rocco digitava sullo schermo, il vento aumentò ancora d'intensità facendo tremare le ossa dei poliziotti. Sui marciapiedi la neve aveva formato un piccolo strato biancastro, una specie di zucchero velato che si mischiava al nero dell'asfalto e che a Rocco ricordava il carbone delle pasticcerie che a Roma si regalava per l'Epifania. «Deruta, intanto chiama altri agenti dalla questura. Voglio 'sto posto circondato, cazzo! Antonio, all'autosalone, e di' a tutti di restare dentro».

«Vado!».

«Pronto?» rispose la voce di Casella bassa e indebolita, pareva si fosse appena svegliato.

«Case', sono Schiavone. Che succede? Sei dentro?».

«Pronto!». Un'altra voce, grassa e catarrosa, aveva preso il posto di quella dell'agente di polizia.

«Chi è?».

«Chiamiamo noi!» e chiuse la comunicazione.

Rocco guardò la banca. «Fase di stallo. Abbiamo qualche informazione?».

«Niente, dottore» fece un agente che Rocco non conosceva e che reggeva indolente il microfono della radio dell'auto. «Non sappiamo quanta gente ci sia all'interno. A parte i quattro impiegati, il direttore e Casella».

Rocco si allontanò. Girò intorno al palazzo per ritrovarsi in un piccolo vicolo cieco. Curcio e Miniero s'erano messi all'imboccatura della stradina. «Buongiorno dotto', blocchiamo quest'uscita».

«Bravi». Il vicequestore si avvicinò alla porta del retro della banca. Una tagliafuoco di ferro con sopra una luce arancione. «Questa è allarmata» fece Schiavone. Proseguì fino alla fine della viuzza cieca che terminava in un muretto sormontato da una recinzione. «Cosa c'è dall'altra parte?». Ma nessuno seppe rispondergli. Afferrò le sbarre di ferro e si arrampicò.

C'era un piazzale. Auto nuove ancora coperte di plastica davanti a un garage che serviva l'autosalone.

Un uomo in tuta blu dalla quale spuntava un maglione a collo alto stava lavorando nel cofano di un SUV nero. «Oh!» lo chiamò Rocco. Quello alzò lo sguardo. «Che c'è?».

«Polizia!» urlò Rocco. «Hai visto niente di strano?».

«Lei appollaiato sulla recinzione!» rispose quello con le mani a coppa davanti alla bocca. Rocco si voltò verso i suoi agenti. «Abbiamo un comico qui. Ascolta, Curcio, fai il giro e mettiti nel piazzale qui dietro». L'agente si portò la mano di taglio alla visiera e scappò via. Rocco tornò a guardare il meccanico. «Senti un po', Alberto Sordi, qui accanto stanno a fa' una rapina. Cerca di rientrare dentro e restaci».

Quello annuì. Posò una chiave inglese e pulendosi le mani con un vecchio straccio si incamminò fischiettando verso l'autosalone. Rocco scese dal muretto. Tornò dall'agente rimasto di guardia. «Appena arrivano gli altri dalla questura ti mando un rinforzo».

Miniero annuì. «Ricevuto, anche se non ne tengo bisogno. Se si affacciano li stendo a tutti».

«Minie', stai calmo e fa' il poliziotto italiano. Tu non stendi nessuno».

«Pe' te dicere, dotto'. Si figuri, che devo stende?».

«Abbiamo circondato il perimetro, e adesso?» chiese Antonio poggiato su una Golf chiara parcheggiata in mezzo a un'altra ventina di autovetture sul piazzale.

«E mo aspettiamo che ci chiamino. Intanto fai allontanare quei tre giornalisti e tieni a distanza i curiosi». Antonio scattò. Rocco si voltò verso la piazza. I palazzi alti e moderni, brutti, stonavano con le montagne bianche di neve. Provò ad accendersi una sigaretta ma il vento era troppo forte. Sbuffò. Antonio parlottava coi giornalisti, Deruta era poggiato sul cofano di un'altra auto. Una rapina in banca sotto Natale a che livello delle rotture di coglioni si posizionava? Nove e mezzo, decise Rocco, bastava poi un colpo inavvertito o un proiettile vagante e il dieci era assicurato. Anche qui con lode. Si strinse nelle spalle e decise di rientrare in macchina, lo stallo sembrava voler durare ancora a lungo. Invece appena aprì lo sportello il telefono di Rocco squillò. «Schiavone».

«Sei tu che comandi?» la voce catarrosa con un accento meridionale risuonò nella cornetta.

«Sì».

«Allora stammi a senti'. Vogliamo una macchina, veloce, ci portiamo con noi un paio di persone, poi vogliamo una scorta fino all'aeroporto, lì vogliamo un Cessna Mustang pronto al decollo».

«Hai preferenze per l'auto?».

«Mi stai pigghiando p'o culo?».

«No» rispose Rocco, «ma dal momento che stai a fa' la lista della spesa voglio essere preciso».

«Senti cazzabubbolo» ringhiò il rapinatore, «le richieste le sai. Ti do un'ora per rimediare tutto».

«Un'ora è pochina. Hai chiesto un cazzo di aereo, te sembro l'Alitalia, io?».

«Un'ora è abbastanza».

«Senti Gino...».

«Non mi chiamo Gino».

«Come te chiami te chiami, l'aeroporto è in disuso. Ci sono solo i mezzi del soccorso alpino. Tu vuoi un Cessna so-io-come-si-chiama...».

«Mustang» lo aiutò il rapinatore.

«Ecco, appunto, Mustang che ad Aosta non credo ci sia. Quindi dovrà arrivare da Caselle, da Cuneo... che ne so?».

«Prova pure da Alessandria» suggerì il malvivente.

«E provo pure da Alessandria. Però, lo capisci da te, un'ora è pochissimo. Facciamo tre ore?».

«Un'ora e mezza!».

«Due e tre quarti?» rilanciò Rocco.

«Due!».

«Due e mezza, andata!» fece il vicequestore. «Ora comincio a chiamare. Però voglio in cambio un vostro gesto di collaborazione». Dall'altra parte solo il respiro dell'uomo. «Quanti ostaggi hai oltre ai quattro impiegati della banca, al direttore e all'agente Casella?».

«Che minchia te ne fotte?».

«Fanne uscire un po' mentre io chiamo, no?».

«Col cazzo».

Rocco alzò gli occhi al cielo. «E come faccio a sapere che se io ti rimedio tutto, li lascerai andare?».

«Ti devi fidare, cazzabubbolo».

«Oh, ciccio» reagì Rocco, «vedi de parla' come Dio comanda, non so' tu' padre e né tuo fratello» gridò Rocco. «Io mi do da fare con i presidenti i questori eccetera, te fai uscire almeno un ostaggio. Ce n'hai una decina, lasciane uno, no? Qualcuno anziano, malato. Dai un po', fai il bravo».

«Richiamiamo noi» rispose quello e abbassò. Rocco rimase col telefonino in mano. Poi alzò gli occhi al cielo. «Madonna che palle! Antonio!».

L'agente si avvicinò. «Allora, il coglione camuffa la voce. Parla un po' napoletano un po' siciliano, come gli attori della televisione. E pure romano. Cazzabubbolo è roba nostra. Qui la cosa si fa lunga e pesante. Va' in Comune e cerca di rimediare la pianta della banca. I disegni insomma».

«È una parola».

«Anto', non ti ci mettere pure tu. Lo vedi da te che oggi è una giornata di merda!».

«Ma io non posso dargli un aereo, che cosa pensano? Peraltro l'aeroporto non è in funzione!» urlava Costa che aveva appena raggiunto la banca. «Mica posso mobilitare...».

Rocco alzò le mani per interrompere il superiore in evidente attacco di panico. «Dottore, quelli lì dentro sono dei poveri rincoglioniti che hanno visto troppi film americani. L'aeroporto funziona, non avete fatto atterrare un ministro per mandarlo a sciare sul Monte Bianco qualche tempo fa? Piazziamo un aereo qualunque, basta che abbia i motori funzionanti».

«E...?» chiese Costa sgranando gli occhi

«E poi è facile. Quelli saliranno con gli ostaggi, noi saremo fuori dall'aereo, loro sono concentrati sull'esterno, dentro ci mettiamo un po' di agenti e il gioco è fatto».

Costa sorrise.

«Una specie di cavallo di Troia?».

«Sì, ma al contrario» lo corresse Rocco. Costa annuì e afferrò il suo cellulare.

«Avverto il presidente, il tribunale e soprattutto vedo se è il caso di chiamare i reparti speciali».

«Io resto a fare le trattative con questa manica di coglioni» disse Rocco. Costa accennò un sorriso, mollò una pacca al vicequestore e parlando al telefono risalì in auto.

Fu solo un quarto d'ora dopo che la porta della banca si aprì. Gli agenti si nascosero dietro le auto, mitragliette e pistole puntate. Rocco invece stava in piedi a fumare e a guardare il cielo che sembrava avere tutte le intenzioni di ricominciare a vomitare neve. Il vento si era calmato. Indolente, alzò il walkie-talkie. «Occhio, hanno aperto la porta!» disse avvertendo con la radio anche gli agenti nel vicolo dietro la banca e quelli nascosti nell'autosalone. Poco dopo una donna sui settant'anni impellicciata con uno Yorkshire al guinzaglio uscì dalla porta. Strattonata dal cane eccitato tremava dalla paura, e ogni passetto precario sugli scarponcini con mezzo tacco poteva essere l'ultimo prima di una rovinosa caduta a terra con conseguente rottura del femore. «D'Intino, Deruta, andatela a prendere!» ordinò Rocco. I due agenti la raggiunsero. La scortarono mentre un paio di fotografi dei giornali e dell'agenzia di stampa scattavano foto. «Madonna mia... Madonna mia» diceva la signora accelerando per quanto possibile il passo, «che spavento, Signore mio, che spavento». La fecero sedere sul pianale dell'ambulanza. Il medico già pronto con lo sfigmomanometro per misurarle la pressione. «Si sente bene, signora?» le chiese.

«Sì, sì, Signore mio, che spavento...».

Rocco le si avvicinò. «Vicequestore Schiavone. Come sta, signora? Si sente bene?». Dietro un paio di occhiali da vista Ray-Ban con le lenti azzurrate apparivano gli occhi con un chilo di ombretto ciclamino, ogni tanto mostrava la bocca carica di rossetto carminio che teneva riparata dentro uno sciarpone. Pareva il capoccione di un carro del Carnevale di Viareggio che spuntava da un berretto di lana grigia punteggiato di strass luccicanti.

«Mi sono spaventata, tantissimo» rispose quella. Aveva una voce acuta e un po' roca, da uccello spaurito. Il medico intanto con un sorriso si allontanò. «Sta benone. Pressione ottima. Ha problemi cardiaci?» le chiese.

«Io? Macché!».

«Prende farmaci?».

«La statina per il colesterolo». Poi si rivolse al vicequestore: «Sa com'è? Lo si considera poco o niente, invece il colesterolo è un assassino. Lei lo controlla?».

«No» rispose Rocco. «Mi dica, signora, li ha visti?».

«Eccome! Hanno un passamontagna sul viso. Sono in cinque. Uno grosso e uno più magrolino e tre normali che però non hanno mai parlato. Sono armati, sa?».

Il piccolo cane abbaiò.

«Com'è andata?».

«Sono entrati, hanno cominciato a urlare, uno aveva un oggetto nero in mano che poi ci ha avvertito essere una bomba. Hanno detto: Tutti a terra! Puffi s'è messo ad abbaiare, cuore di mamma, e si è preso un calcio da quello mingherlino. Io ho protestato, ho detto che per terra non mi ci posso mettere. Ho 78 anni! Così m'hanno fatto risedere sulla mia sedia. Gli altri tutti giù».

«Si ricorda quanta gente c'era?».

«Sono l'ultima che è entrata prima di quei... di quei banditi. E davanti a me ho contato tre persone, tanto che mi sono detta: Quasi quasi mi metto seduta. Lì funziona una sola cassa! Che per tagliare posti di lavoro se le inventano tutte, tanto che gliene importa dei clienti e dei contribuenti? Tassi da strozzini, usano i tuoi soldi per i loro porci comodi. Sa cosa le dico, signor poliziotto? Non so se sia più onesto aprire una banca oppure rapinarla, ecco!».

«Sì, signora, l'ha già detto qualcun altro diversi anni fa. Ora mi dica, si ricorda i clienti?».

«C'era un agente di polizia e due donne, una è una mia vicina, non so come si chiama, simpatica, con un bambino ma senza marito, che io credo l'abbia lasciata ormai da due anni. Almeno io da due anni non lo vedo più in giro. L'altra è una ragazza che sta insieme al fidanzato, pallida. Forse sta male. E poi altri due signori... m'è parso di riconoscere il droghiere all'angolo di via Festaz. Conosce?».

«No, non frequento droghieri. Va bene, signora, lei è stata molto utile. Non è che per caso ha visto cos'hanno preso?».

«Uno con un borsone s'è fatto aprire la cassaforte a tempo, l'altro con il direttore è andato sul retro della banca e il resto con le armi e la bomba in mano ci teneva d'occhio a tutti, ammucchiati come bestie».

«Deruta, fai riaccompagnare a casa la signora. Lei si tenga a disposizione, nel caso avessimo ancora bisogno di lei». Lupa era scesa dall'auto e s'era messa a fare amicizia con Puffi. Si annusavano e scodinzolavano. «Lupa, a cuccia, per favore».

«È suo?» chiese la donna.

«Sì...».

«Uh, bellina... che razza è?».

«Un Saint-Rhémy-en-Ardennes».

La signora scoppiò a ridere. «Lei è un burlone, sa?» e prese a carezzare Lupa con le mani inanellate. «Quanto ha?».

«Non lo so. L'ho trovata che era cucciola».

La donna guardò Rocco negli occhi. «Lei ama i cani. Lei è una bella persona».

«Anche a Hitler piacevano molto».

La donna si fece un'altra risata mentre Deruta la scortava verso l'auto dove l'attendeva un'agente per riportarla a casa; i passi sempre incerti sugli stivaletti che sembravano trappole mortali per la sua età e per il marciapiede gelato. Rocco tornò all'auto per chiamare il questore e sentire le novità.

Stava studiando la piantina della banca con Deruta, Antonio e l'agente Penzo. «Allora, c'è il salone principale, eccolo qui, due uffici e le casse. Questo corridoic porta al retro dove abbiamo altre quattro stanze. Una dovrebbe essere quella con le cassette. È giusto?».

Antonio annuì. «Mi pare di sì. E allora?».

«Niente. Almeno sappiamo com'è il piano di battaglia. Lasciala aperta sul cofano della mia auto». Il cellulare di Rocco suonò. Sul display apparve il nome di Casella. «Immagino tu non sia il mio agente».

«No, hai detto bbuono» rispose la voce catarrosa. «Allora hai visto? Avimme fatto un bel gesto, no?».

«Sì. Avete fatto un bel gesto con la signora. Anche io sto lavorando, sai?».

«L'aereo?».

«Decollato cinque minuti fa da Cuneo. Gli diamo il tempo di atterrare, fare rifornimento, e fra neanche un'oretta vi ci portiamo. Contento?». Calò il silenzio. Tanto che Rocco pensò fosse caduta la linea. «Pronto? Oh?».

Poi sentì una musichetta antica, pareva un carillon. Qualcuno lontano gridò: «Che succede? Che succede?». Rumori indistinti, poi silenzio e infine la comunicazione cessò. Rocco richiamò ma il cellulare era staccato. «Ma porca puttana!» disse alzando gli occhi al cielo. Ormai i curiosi erano diventati un centinaio, i giornalisti anche s'erano moltiplicati come cavallette e gli agenti dall'autosalone chiamavano alla radio ogni tre minuti per dire che all'interno i venditori scalpitavano. «Vicequestore, sono l'agente De Ruberti... qui all'autosalone continuano a fare storie».

«Digli che c'è una rapina, hanno una bomba e se non la piantano li faccio saltare in aria».

«Ricevuto».

L'inno alla gioia, squillo del cellulare di Rocco, riprese a suonare. Era sempre il numero di Casella. «Che succede?».

«Ascolta, cazzabubbolo. Mo ci stanno due ragazzi che non stanno bene. Che hanno a usci', 'e capito?».

«Che hanno?».

«La guagliona è mezza svenuta e il fidanzato sta pallido e dice che le deve fare una puntura. Ce l'hanno in macchina».

«Sei bravo, falli uscire. Ti prometto che rispetto la parola».

«Lo devi fa', cazzabubbolo, anche perché io di ostaggi qui ce n'ho altri sei, se conti pure gli impiegati. Statte bbuone» e abbassò. Rocco riprese la radio. «Attenzione, escono due persone... tutti all'erta. Mo è tornato a parlare napoletano. Quello camuffa...» disse a un agente.

La porta della banca si aprì ancora. Il ragazzo uscì caracollando, come se qualcuno l'avesse spinto dall'interno. Poi arrivò anche la ragazza. Bianca in volto, stremata, sembrava avesse appena partorito. I due avanzarono nel piazzale. «Stupendo. Che facciamo?» chiese un poliziotto, ma il vicequestore non rispose. Un cenno e Antonio insieme a D'Intino li andò a prendere.

«Nella macchina, la Golf bianca» diceva il ragazzo al medico dell'ambulanza. «Insulina, la deve fare ora!» gridava spaventato trascinandosi la fidanzata sotto il braccio.

«Se abbiamo culo e ognuno ha una malattia o un problema capace che li fanno uscire tutti!» fece Antonio.

Rocco si avvicinò ai due ragazzi. Il giovane di corsa aprì lo sportello dell'auto che picchiò contro quella vicina, una Mercedes scura, pulita ed elegante, lasciando sullo sportello lucido uno sfregio bianco.

«Ha schiuffate la machina! Mo lu padrone della Mercedes sa come s'arraje?» disse l'agente abruzzese seguendo Schiavone che si avvicinava ai giovani.

«D'Inti', ma che cazzo me ne frega della Mercedes» gli disse Rocco. «Peggio pe' lui se la parcheggia a cazzo».

«Giusto, dotto'... poi tiene pure per l'Inter... non vede che c'ha lo scudetto sul cruscotto».

«Che c'hai contro l'Inter?».

«Io tengo Chieti» rispose Mimmo.

«A D'Inti', l'eventualità che Chieti e Inter si sfidino è remota quanto una tua promozione».

Il ragazzo aveva fatto accomodare la fidanzata sul sedile posteriore. Poi rapido aveva aperto il cassetto sotto il cruscotto e tirato fuori un contenitore di pelle. Rocco, D'Intino e Antonio che li aveva raggiunti lo osservavano in silenzio. Dentro l'astuccio c'era una penna di plastica alla quale agganciò un piccolo ago. La ragazza intanto si era stesa e aveva tirato su la maglietta. Il ragazzo invece manovrava una rondella sulla sommità dell'attrezzo. Poi raggiunse la compagna. Piantò l'ago sull'addome e premette il pulsante. Contò fino a dieci. Infine estrasse l'ago attaccato alla grossa matitona di plastica. «Uff... è fatta, grazie a Dio». La ragazza stava con gli occhi chiusi e respirava piano. «Non ci voleva... grazie» disse commosso guardando Rocco e i suoi uomini. «Mi piacerebbe aiutarvi...».

«Non si preoccupi» fece Rocco, «la porti a casa, in ospedale, è meglio che vada. D'Inti', fategli strada in mezzo ai giornalisti e fateli passare».

Il ragazzo toccò il braccio di Rocco per avere la sua attenzione. «Dottore, mi ascolti» disse. «Io ho sentito che uno di loro, quello più grosso, si chiama Diego, proprio come me. Un altro invece Zlatan. E parla male italiano».

Rocco lo guardò. «Sono in cinque?».

«Esatto. Diego, Zlatan, uno mingherlino e dal passamontagna io dico che ha pure il naso grosso, e altri due. E secondo me uno di quei due è una donna».

«Perché lo dice?» chiese Rocco mentre Antonio prendeva appunti.

«Perché non ha mai parlato ed è l'unica con i guanti».

«E dunque?».

«Io dico che se uno porta i guanti è per nascondere le mani. O per non mostrare il colore della carnagione oppure perché sono mani femminili. Ma scura di carnagione non è, attraverso il passamontagna ho visto la pelle».

«Sentito, Anto'? Questo dovremmo arruolarlo!» fece Rocco. Il viceispettore sorrise. «Se non vi dispiace io...» e il ragazzo indicò la fidanzata che riaprì gli occhi. Li aveva bellissimi, verdi come una foglia. «Qui va tutto bene, dottore. Davvero. Pericolo scampato».

«Potete tornare da soli?».

«Certo. Succede spesso» disse triste il ragazzo.

«Andate pure. Lasciate prima il vostro recapito all'agente, magari potreste tornarci utili».

«Certo, dottore...».

Rocco allontanandosi dall'auto accese la radio. «Allora, ascoltatemi bene. Curcio, Penzo, quello del Vomero che non mi ricordo mai come cazzo te chiami, all'aeroporto. Prendete istruzioni dal questore. Gli altri rimangono al loro posto. Chiaro? Tranne Antonio e Deruta qui da me».

Risposte affermative rimbalzarono sui canali. Poi vide un agente sgattaiolare dall'autosalone, Curcio montare in macchina e Miniero uscire dal retro della banca per portarsi di corsa al mezzo.

«Dove vanno?» chiese Deruta.

«All'aeroporto. Si piazzano dentro l'aereo insieme agli uomini del questore».

Antonio raggiunse Schiavone. «Scipioni, ordina a quello napoletano...».

«Miniero, che poi ho scoperto essere di Sorrento e ha una moglie polacca».

«E sticazzi? Allora, Miniero guida la mia macchina fino all'aeroporto. Curcio l'altra insieme a Penzo e poi chi abbiamo?».

«Deruta e D'Intino» fece sconsolato Antonio.

«D'Intino!» Rocco lo chiamò.

«Sì» e il poliziotto scattò.

«Tu e Deruta sulla terza macchina. Tieniti pronto per andare all'aeroporto. Ci devi seguire e chiudere la fila».

«Adesso?» chiese D'Intino.

«Non adesso, non appena quei cazzoni escono dalla banca. Li seguiamo fino all'aeroporto, è chiaro?».

«Vabbè dotto', io faccio quello che fate voi» e raggiunse il mezzo.

Passò un quarto d'ora. Poi un altro. E un altro ancora. Inutili i tentativi di chiamare Casella al cellulare o la banca. Dall'interno nessun segno di vita.

«Che facciamo?» chiese Antonio. I fiocchi di neve cadevano lenti. Rocco li osservava, aspettava che gli atterrassero sulla manica del cappotto e mostrassero la loro struttura perfetta. Pensò che doveva leggere qualche libro per capire come facesse la natura a creare una foggia che pareva intarsiata da un gioielliere, così proporzionata, con i bracci simili fra loro ma non identici, come i capitelli della Collegiata di Sant'Orso. Si ricordava da qualche studio liceale che il bianco era dovuto a tutte le sfaccettature dei cristalli che generavano una riflessione diffusa. Qualche secondo sulla sua manica e poi non c'era più, diventava acqua, una goccia sferica. Quella bellezza aveva la durata di un attimo, poi restava nella sua memoria senza lasciare altra traccia che quella. Poteva certo catturarne un altro, e un altro ancora, ma non sarebbero mai stati come il primo fiocco, solo la ripetizione di un'assenza.

«Non mi piace» disse guardando l'entrata della banca. All'improvviso il cellulare di Rocco suonò. Era il numero di Casella. «Vabbuò, cazzabubbolo. Noi siamo pronti. Siamo in cinque e usciamo con tre ostaggi. Portate due macchine davanti alla banca». Rocco fece un gesto a un agente che subito obbedì. Antonio scattò. Guidarono le due auto proprio di fronte all'ingresso della Cassa di Risparmio. Gli altri poliziotti si irrigidirono, qualcuno allontanò i curiosi con grida e ordini severi cercando di portarli a distanza di sicurezza, semmai a qualche testa di cazzo fosse venuto in mente di sventagliare con la mitraglietta per spargere il panico.

Poi Antonio e l'altro poliziotto scesero abbandonando i mezzi, motore acceso e sportelli aperti. Tornarono accanto a Rocco. Rocco si accese l'ennesima sigaretta e guardò verso l'uscita della banca.

«Che poi la roba per farsi l'insulina la potevano pure richiedere a noi e gliel'avremmo portata» gli disse Antonio.

«Ci ho pensato anche io, Anto'. Se però qualcosa andava storto e la ragazza ci lasciava le penne, da rapina passavamo a omicidio». Si abbottonò il loden e si guardò le mani come se avesse scoperto in quel momento di avere dieci dita. Antonio si accorse della reazione del vicequestore e si avvicinò. «Che succede?».

«A destra. I bottoni stanno a destra».

«Sì?» disse Antonio. Rocco alzò lo sguardo. «Nelle camicie, nei cappotti, nelle giacche, i bottoni gli uomini li hanno a destra».

«Esatto. E le donne a sinistra».

«Preciso» disse Rocco e sorrise. «Perché la vecchia aveva sotto la pelliccia la camicia bianca con i bottoni a destra e non a sinistra?».

«Io? Non... non lo so».

Rocco si voltò a guardare la banca. «Chi ha accompagnato a casa il primo ostaggio?» gridò. Si presentò un'agente. «Io, dottore. Agente Sperlì».

«Ti ricordi dove l'hai lasciata?».

«A via Festaz, davanti al civico 32».

«E hai fatto caso se da quelle parti c'era una giostra?».

«Una giostra?».

«Sì, una giostra per bambini».

L'agente ci rifletté. «Certo, sì, ai giardini pubblici. Perché?».

«Perché l'ho sentita al telefono quando quel coglione m'ha chiamato!» gridò. «Come si chiamava la signora?».

Sperlì tirò fuori un taccuino. «Luigia Pallavicini».

Rocco scosse la testa. «Se, magari è caduta pure da cavallo!».

«Non la seguo».

«Vuoi vedere che al civico di via Festaz 32 non troverai nessuna Luigia Pallavicini?».

«Controllo subito».

«E controlla! Brutti pezzi di merda!» ringhiò e partì verso la banca. I poliziotti lo guardarono spaventati, l'unico che reagì come il suo superiore fu Antonio che lasciato il nascondiglio dietro lo sportello aperto dell'auto si accodò al vicequestore. Rocco arrivò alla porta della banca. Guardò dentro. Non si vedeva niente. Cercò di aprirla, poi si girò verso gli agenti. Sperlì fece segno di no con la testa e allargò le braccia.

«Da' qua!», strappò la pistola a Scipioni, puntò al cristallo di sicurezza e sparò. Qualche agente estrasse l'arma, qualcuno si riparò dietro la vettura mentre una cascata di vetro si rovesciava al suolo e i curiosi insieme ai giornalisti urlavano accucciandosi. Poi i poliziotti, compresi quelli dentro l'autosalone, uscirono e si lanciarono verso la banca armi in pugno. Rocco calpestò il cristallo frantumato ed entrò. Non c'era nessuno. La sala principale era vuota, la attraversò mentre Antonio, che si era rimpossessato della pistola, lo seguiva. Aprì un ufficio, vuoto, poi un altro e finalmente quello del direttore.

Clienti e impiegati della banca erano tutti lì. Imbavagliati con il nastro intorno alla bocca. C'era anche Casella rosso in viso che cercava di liberarsi. Rocco strappò via lo scotch estirpandogli un po' di barba. «Dotto'! Saranno quasi due ore che stiamo chiusi qui!». L'agente aveva il viso stanco, gli occhi gonfi. «Non tengo più l'età per certe cazzate... vado a chiamare Eugenia, magari ha sentito la notizia alla radio...», si alzò con difficoltà, «... e magari si preoccupa».

Agenti e infermieri trafficavano nei locali della banca. Rocco aveva mandato i suoi dietro la Volkswagen Golf e a via Festaz, dove l'anziana aveva fatto perdere le sue tracce. Con calma, senza fretta dal momento che i buoi erano scappati dalla stalla, osservava le stanze. La cassaforte chiusa, avevano invece svuotato i tiretti della cassa e degli uffici degli impiegati. Alla scrivania della sala principale, un uomo sovrappeso, con pochi capelli ricci ai lati del cranio che gli avevano indicato come il direttore della banca, parlava al telefono a voce bassa, quasi avesse paura anche delle sue parole. Sulla fronte ampia e lucida si riflettevano i faretti alogeni incastrati nel soffitto.

«Case', dimmi un po' come è andata?».

L'agente Casella si asciugava il collo con un pezzo di carta assorbente. «Stavo in fila, neanche ho fatto in tempo a girarmi. Erano in tre. Un uomo più anziano, uno più giovane e l'altra era sicuro una donna. Occhiali scuri, ci hanno detto di stare giù. Poi quello più anziano m'ha preso il telefono».

«Poi che è successo?».

«Poi uno a uno ci hanno portati nella stanza che ha visto pure lei, legati e imbavagliati, e niente, basta così. Poi siete arrivati voi».

Rocco lo lasciò e raggiunse il direttore della banca che era ancora al telefono e aspettò che finisse la telefonata. «Schiavone... vicequestore».

«Piacere, Fausto Comiso» e gli strinse la mano. Rocco lo guardò in viso cercando quella somiglianza che per un poco gli sfuggì, ma che sentiva vicina. Un cavallo? Un lama? Poi la trovò. Era un *camelus dromedarius*, noto come cammello arabo, nome che proviene dal greco, *dromas*, che corre veloce. In 20 ore riesce infatti a percorrere circa 150 chilometri e resiste alla sete per più di una settimana, da qui anche il nome di «nave del deserto».

«Le cassette di sicurezza?» chiese il vicequestore al direttore.

«Sì, prego, da questa parte».

Attraversarono il piccolo corridoio, poi scesero delle scale che portavano a un piano seminterrato. Arrivarono alla porta e il direttore sbiancò. Sulla grata che proteggeva l'entrata c'era una catena con tanto di lucchetto. Il direttore la osservò. «E questa? Chi ce l'ha messa?».

«E che ne so?». Rocco soppesò il lucchetto. Era di forma curiosa, una specie di doppio dodecaedro a combinazione con una sbarra metallica in mezzo. Sette numeri. Grosso ma leggerissimo, a maneggiarlo sembrava potesse cedere sotto ogni tronchese, ma Rocco era certo che invece sarebbe risultato coriaceo peggio dell'acciaio. «Roba da matti...» fece il direttore e imprecando lasciò il seminterrato.

Un agente sulla trentina sopraggiunse alle sue spalle armato di un'enorme tenaglia per spezzare la catena. «Spero di farcela, dottor Schiavone».

«Non ti far uscire un'ernia» e Rocco risalì le scale. Due impiegati pallidi e spaventati erano seduti su un divanetto. L'uomo biondo sorrise appena a Rocco mentre passava un bicchiere d'acqua alla donna, coi capelli rosso fuoco e il vestito in tinta. «Poi vi mando un ispettore a farvi qualche domanda» disse Rocco e i due annuirono. Proseguì e trovò la stanza del direttore. Stava infilando un sacchetto di velluto bordeaux, forse contenente preziosi, in una piccola cassaforte. «Come si sente?».

«Insomma» disse il cammello toccandosi le tempie. «È la prima volta nella mia carriera che mi succede una cosa simile».

«Stiamo cercando di aprire la porta della camera blindata».

Il direttore annuì e chiuse la piccola cassaforte. «Cos'è, manca qualcos'altro nella sua cassaforte?».

«No, dottor Schiavone, stavo mettendo a posto e qui non hanno toccato niente».

Tornati nella hall, il vicequestore si avvicinò ad Antonio che stava in piedi davanti al tornello d'entrata. «Antonio, mi devi fare un favore».

«Dimmi».
«Fa' un po' di domande agli impiegati e ai clienti. Serve poco ma non si sa mai».
«Ricevuto» e si infilò nel corridoio dell'amministrazione.

Scavalcando con estrema attenzione i vetri sparpagliati per terra, Costa fece il suo ingresso nella banca. Qualche agente lo salutò, ma il questore puntò dritto verso Schiavone. Aveva il viso terreo.
«Raramente mi sono sentito così umiliato e preso in giro!» gli disse digrignando i denti. «Sottoscrivo...» rispose Rocco.
«Due volte in una sola giornata è un po' troppo, non pensa?».
«Non è che lo penso, dottor Costa. Ne sono certo».
«Che stiamo facendo per prendere quei bastardi?».
«Ho mobilitato tutti i reparti alla ricerca della Golf. Frontiere, autostrade, ho messo tutti gli agenti a disposizione attaccati a un telefono. Ma nutro poche speranze».
«A quest'ora... vatteli a pescare...».
«E chissà con quale auto adesso viaggiano, perché l'avranno cambiata. Ma la domanda è un'altra. Dov'è la refurtiva?».
«Dovrebbe dirmelo lei, Schiavone».
«Non lo so. Abbiamo perquisito pure la cantina e le fogne, ora vado a vedere l'ultima stanza che l'agente Curcio sta tentando di aprire e poi mi faccio due conti».
«Gli ostaggi erano i rapinatori. Ma si può cadere in un trucco così scemo?».

Le immagini erano nitide e in bianco e nero. I rapinatori erano in tre, un uomo che pareva più anziano e una coppia giovane. Volti coperti, irriconoscibili. «I due più giovani sono quelli dell'insulina...» mormorò Rocco. I tre rapinatori, tranquilli, tenevano tutti sotto tiro. Ognuno di loro aveva una borsa. Mentre la coppia legava e imbavagliava impiegati e clienti conducendoli nella stanza del direttore, l'uomo più anziano mitra spianato soprintendeva ai lavori. Poi, inquadrato dalla telecamera, sorridendo, salutò mentre un cagnolino attraversava agile la sala e le immagini sparirono. Costa tirò un respiro. Poi si voltò. «Insomma, vi hanno chiusi dentro e...?».

«E niente» fece Comiso togliendosi gli occhiali. «Ci hanno lasciati lì. A un certo punto quello giovane mi è venuto a prendere per la camera blindata, poi mi hanno riportato dentro».

«Dottor Comiso, quanto hanno rubato?».

Il direttore allargò le braccia. «Sto facendo controllare. Ma in contanti poca roba, diecimila euro, non di più».

«Un po' poco» osservò Rocco. Poi si rivolse ad Antonio. «Il cane se l'erano portato loro. Perché?».

«Forse per avvalorare il travestimento della vecchia?» azzardò Antonio.

«Ora io devo solo capire un dettaglio importante».

Sulla porta si affacciò Curcio, evidentemente spossato. «La catena non si rompe, il lucchetto è inaffrontabile, stanno venendo i vigili del fuoco».

Venti minuti dopo, il camion dei vigili del fuoco parcheggiò nella piazzetta davanti alla banca. Gli agenti sguinzagliati all'inseguimento dei rapinatori davano solo pessime notizie. Rocco, Antonio e Casella erano davanti alla cancellata assicurata col lucchetto quando sentirono i passi di due pompieri. «Dottor Schiavone, buongiorno» si conoscevano. «Salve, capo» gli rispose Schiavone. Rocco indicò il lucchetto: «Quella bestia non si apre». Il vigile impugnò un tronchese enorme e dal cellulare di Rocco si sentì un campanello, era arrivato un messaggio. Rocco lo lesse. Veniva da Casella. «Case', mi stai mandando un messaggio» disse ridendo.

«Io il cellulare non ce l'ho più...» fece l'agente allargando le braccia. «Se l'è preso il rapinatore».

«Giusto...», poi Rocco lesse e bloccò i pompieri. «Fermi!» gridò con gli occhi sgranati. «Ma roba da matti...». Alzò lo sguardo sui colleghi. «Il figlio di puttana ci ha mandato la combinazione. 2331950». Il pompiere poggiò il tronchese. «Me li ridica».

«2331950» ripeté Rocco lento mentre quello con delicatezza faceva scorrere i numeri sul lucchetto che docile si aprì. «Bell'attrezzo» fece poi il vigile soppesando la serratura, «questi sono famosi. Li faceva una ditta in Piemonte. Non li spezzi neanche con l'acido» e lo consegnò a Rocco che lo trasferì subito nelle mani di Antonio. «Entriamo» fece.

Dietro la porta blindata si apriva un piccolo corridoio e finalmente, dopo l'ennesima grata, c'erano le cassette di sicurezza. Erano tutte chiuse, tranne una, la 57. Rocco la osservò attentamente. Era vuota e la doppia serratura forzata. Antonio e Casella in silenzio guardavano Schiavone. A Rocco bastò un'occhiata e Antonio scattò.

«Dotto', non le sembra strano tutto quello che sta succedendo?» disse Casella una volta rimasti soli.

«Molto strano...» e uscirono per risalire le scale. Attraversando l'atrio gli andò incontro Deruta, respiro mozzato, nonostante il freddo aveva la fronte imperlata di sudore. «Dottore? La Golf rubata tre giorni fa appartiene a...» riprese fiato. «Aspetti, ho qui l'appunto» spiegò un foglietto di carta. «La proprietaria è una certa Penelope Durazzo, anni 52, abita a Alessandria» ripiegò il foglietto. «Tutto qua. Stavano andando verso Torino?».

«Non è detto, possono tornare indietro e puntare alla frontiera» fece Rocco.

«Lei dove va?».

Ma Rocco non rispose e a passi rapidi raggiunse la stanza del direttore dove trovò Antonio che stava segnando qualcosa sul suo taccuino mentre il dottor Comiso, seduto sulla poltrona di pelle, sembrava un sacco vuoto privo di forze. Appena vide il vicequestore, Scipioni sorrise. «Allora, la cassetta di sicurezza numero 57 appartiene a Saverio Blasi, abitante a Cogne sulla regionale 47...».

«Direttore, perché hanno aperto solo la cassetta numero 57?».

Quello si limitò ad alzare le mani, rispondere gli costava energia che sembrava non avere più.

«Conoscerà il proprietario, sarà un cazzo di vostro cliente, no?».

E quello fece di sì con la testa.

«C'è qualcosa che devo sapere su questa cassetta? Può dirmelo prima che mi metta a fare ricerche che costano tempo e pazienza? Parli perché mi stanno cominciando a girare i coglioni».

«Mi dia dieci minuti...». Si voltò verso la porta. «Cinzia!» chiamò ad alta voce. Qualche secondo e apparve la rossa sui 40 anni e il vestito intonato ai capelli, ancora pallida, non aveva superato lo shock della rapina. «Dica, direttore».

«Portami tutto l'incarto della cassetta numero 57». La donna sparì nel corridoio. «Mio Dio, ma che mi doveva capitare, e sotto Natale, poi».

Riuniti nella stanza di Rocco, gli uomini della squadra masticavano lenti, il nuovo vassoio di pizzette che Federico aveva portato per risollevare gli umori si era già svuotato. «Come cazzo ho fatto a farmi prendere per il culo così!» sbottò Schiavone menando un pugno sulla scrivania. Gli agenti Deruta e D'Intino si guardarono appena, Antonio tratteneva una risata. Casella era andato in farmacia a prendersi qualche analgesico e un cerotto antinfiammatorio per il dolore al collo. «Quello, il calore, fa passa' il dolore» aveva enunciato in rima entrando in farmacia a Antonio che aveva poi tirato dritto verso la questura.

«Perché non abbiamo le immagini della banca?».

«No, dotto', le abbiamo già viste prima. I filmati partono dall'ingresso dei rapinatori, che entrano col volto coperto e armati, e dopo pochi secondi sono zompate tutte e non c'è più niente, solo nero... ecco, dopo non li abbiamo più» disse Deruta e rinculò verso la parete.

«Allora... vi comunico quello che sappiamo finora». Rocco si sgranchì il collo. Guardò fuori. Aveva smesso di nevicare. «La cassetta di sicurezza appartiene a questo Saverio Blasi».

«'Gnorsì» disse D'Intino che seguiva attento.

«Di solito il contenuto è segreto alle banche» proseguì Rocco, «tranne in due situazioni: richiesta di un magistrato o quando, come in questo caso, la cassetta era assicurata per...», guardò gli agenti e scandì: «due milioni di euro».

Antonio fischiò. Deruta restò a bocca aperta. «Che converrete con me sono una bella cifra».

«Freghete» esclamò D'Intino.

«Pare che contenesse diamanti, parte tagliati e parte grezzi. Grandi carature, insomma lì nella 57 c'era un tesoro».

«Era ricco, questo Saverio Blasi» fece Deruta e ingollò l'ultima pizzetta rustica.

«Che culo abbiamo ad averti con noi, Deruta» gli disse Schiavone, «le tue intuizioni sono sempre così preziose». Deruta annuì e si mise seduto sul divanetto dove Lupa con mezza lingua di fuori sembrava seguire il dialogo. Si affacciò la viceispettrice Caterina Rispoli. «Posso?».

«E adesso ci dice tutto la nostra ex collega...» e con un gesto la introdusse nella stanza, «ce l'hanno prestata dall'ufficio per la prevenzione delle violenze domestiche. Questo fino a quando non ci mandano qualcuno di rinforzo. Daje Cateri', illuminaci».

«Allora, Saverio Blasi è il tipico imprenditore nostrano... ha fatto duemila cose diverse, da agenzie turistiche a catene di alberghi, ha gestito tre ristoranti, insomma parecchie attività. I soldi, quelli veri, li fece qualche anno fa con un brevetto». Caterina passò una foto stampata a Rocco.

«Che è?».

«Sì, la copia fa schifo» proseguì Caterina, «ma a grandi spanne dovresti vedere un lucchetto. Materiale avveniristico, leggero, a combinazione di sette numeri e...».

«Alt. Non ne avevamo uno qualche ora fa propric in banca?».

«Esatto» si aggiunse Antonio.

«Era un brevetto di questo Blasi. Vendutissimo soprattutto in Germania e Scandinavia, gli ha permesso questa rapida scalata al successo».

«Strano, no?» disse Rocco.

«Cosa?» fece il viceispettore.

«Che proprio un suo brevetto sia stato usato per chiudere la camera blindata».

«Mah... che c'entra, se sono stati venduti a migliaia, una coincidenza può esserci, no?» obiettò Antonio.

«Io alle coincidenze credo poco. Però sì, può essere, stavolta te la passo» disse Rocco poco convinto.

«Magari è un indizio» fece Caterina. «Che il nostro rapinatore frequenti il Nord Europa?».

«Cateri', un po' come rintracciare uno scaracchio in una piscina». D'Intino scoppiò a ridere. «Cazzo ridi D'Inti'?».

Il poliziotto si calmò subito. «No, niente, dotto'».

«Vabbè, mi faccio due chiacchiere co' 'sto tycoon della Valle» e si alzò afferrando il loden. «Abbiamo un cellulare?».

«Sì, lo rimedio subito» disse Antonio. «Lo chiamo?».

«Sì. E lo fai venire al bar che non mi va di restare in ufficio. Gli dici di corsa!».

«E se abita lontano?».

«E se te dico e sticazzi?».

«Ricevuto» e Antonio si fiondò sulla scrivania e alzò la cornetta del telefono.

«Deruta, segui un po' le novità su via Festaz e la Golf rubata».

«Finora s'è solo scoperto che telecamere in quel punto di via Festaz non ce ne sono».

«E non mi stupisce. Caterina, grazie per l'aiuto».

«Figurati» e guardò Rocco sorridendo con gli occhi. Atteggiamento che il vicequestore non sopportava, quello sguardo lo eccitava, gli venne subito voglia di sostituire la visita a Blasi con un pomeriggio a letto con Caterina. Invece quella ormai era sposata con lo gnu, il poliziotto di cui non ricordava neanche il nome, e allora si fece forza e uscì seguito da Lupa. Le donne sanno capovolgere il mondo con un sorriso, diceva un suo zio. E di questa forza Rocco non si era mai potuto persuadere fino in fondo, ma ogni volta che ci veniva in contatto non poteva che dargli ragione.

«Dice che siamo fortunati perché è ad Aosta e tra dieci minuti sarà qui» riportò Antonio avvicinandosi al dehors del bar.

«Noi fortunati? Lui semmai, che si deve fare pochi chilometri».

Antonio si sedette davanti a Rocco, che aveva preferito i tavolini all'esterno, nonostante la temperatura viaggiasse intorno allo zero e la neve glassasse tutta la pavimentazione di piazza Chanoux. Il fungo per il riscaldamento era con la fiamma al massimo.

«Almeno ha smesso di nevicare» osservò Antonio. Poi sentirono una campanella e capirono. Sotto il portico, dalle colonne, apparvero sei anziane e sei anziani vestiti con delle lunghe tuniche per somigliare agli apostoli o forse a delle creature angeliche, ma sembravano dodici evasi da una RSA. «O porca puttana» fece il vicequestore a bassa voce. Il coro impietoso attaccò: «*Venite o pastori, è nato un bambino...*» e congelò le azioni di tutti. La cameriera restò sulla porta del bar e non venne a prendere le ordinazioni, due donne col passeggino si fermarono per non attraversare il portico, un operaio con le scarpe antinfortunistiche si appoggiò a braccia conserte a una colonna. Rocco e Antonio dovettero zittirsi e attendere che finisse la canzone.

«*... a voce divina la Vergine bella...*».

«Quanto dura?» chiese Rocco avvicinandosi all'orecchio di Antonio mentre le voci del coro rintronavano la volta a cupola del portico. Antonio fece di no con la testa alzando le spalle.

«*... i cieli l'adoran...*».

Due minuti dopo il coro terminò fra gli applausi degli avventori ai tavoli e dei passanti. Riprese la vita.

Rocco richiamò l'attenzione della cameriera. Appena quella si mosse, i dodici riattaccarono: «*Quel lieve tuo candor, neve, discende lieto nel mio cuooor*» e la ragazza, vassoio sotto il braccio, rinculò fino alla porta del bar, le due donne col passeggino si arrestarono dopo neanche un metro, così come l'operaio che era riuscito a fare pochi passi verso il locale. «E porca puttana» sbuffò Rocco.

«... *il cuore esulta d'amor... è Natale ancor...*».

«Ce ne andiamo?» propose Antonio.

«Poi ti tocca telefonare al tipo e dargli un altro appuntamento».

«... *non soffrire piùùù...*».

Rocco si preparò ad aspettare quel paio di minuti che dovevano passare perché il coro chiudesse la canzone. Si fissò a guardarli. I maschi parevano poco convinti, a parte uno che doveva essere il maestro perché teneva sott'occhio gli altri con un'intensità assassina. Le donne più concentrate spingevano sulle note di testa. Sotto la tunica azzurrina portavano pantaloni, scarpe da trekking e giubbotti. Un paio di loro anche i guanti.

«... *Che ti dice spera anche tuuu, è Natale, non soffrire più!*».

Ancora applausi, i cantori si inchinarono per ringraziare e la vita ricominciò ancora una volta, la cameriera si staccò dalla porta del bar per avvicinarsi al tavolo, le due ragazze col carrozzino si avviarono verso la piazza, l'operaio guadagnò altri tre passi verso il bar centrale. Sembrava il gioco Un, due, tre stella!, che risaliva a quando Rocco era un bambino. Ora che il pericolo sembrava scampato, sorridevano tutti ai dodici vegliardi che invece, spietati, riattaccarono:

«*Il est né le divin enfant, jouez hautbois, résonnez musettes!*».

«Ma andate a fare in culo!» e Rocco si alzò sbattendo la sedia seguito da Antonio e da Lupa che sonnecchiava sotto il tavolino. «Chiama 'sto cazzo di Blasi e digli di farsi trovare alla panchina della fontana di via Croix de Ville...».

«*Ah! Qu'il est beau, qu'il est charmant! Ah! Que ses grâces sont parfaites!*».

Saverio Blasi fece la sua apparizione un quarto d'ora dopo. Sul metro e settanta, vestiva con i pantaloni di velluto sotto una giacca a vento gialla di marca. Si tolse la coppola a scacchi. «Permettete? Saverio Blasi» disse stringendo la mano a Rocco. Aveva pochi capelli bianchi che gli coprivano il cranio. Sorrideva mostrando dei denti ingialliti.

«Schiavone. Si accomodi pure» fece Rocco indicandogli la panchina.

«Strano posto per incontrarsi».

«Preferiva una camera di sicurezza in questura?» gli chiese Rocco accendendosi una sigaretta. Blasi impallidì.

«Mi faccia capire, ma devo cercarmi un avvocato?».

«Dipende... per quanto mi riguarda no...».

«Che... che succede allora?». Il tizio guardava ora Rocco ora Antonio che, in piedi, non gli staccava gli occhi di dosso.

«Non mi dica che non sa niente» e Schiavone soffiò il fumo verso l'alto.

«Ah, della rapina? Certo, certo che so. Sono cose che succedono» fece sorridendo. Si tranquillizzò, ora sembrava a suo agio.

«Conteneva una bella somma la sua cassetta» fece Rocco. «Pare che non gliene freghi un cazzo, a lei».

«Sì. Conteneva una buonissima somma. Diamanti» precisò, «però se volete sapere, tutto denunciato, tutto legale, tutto dichiarato».

«Per carità», Rocco alzò le mani, «mica siamo la finanza. No, vede, quando l'assicurazione è così alta, è d'ufficio che indaghiamo. Fra l'altro fra poco arriveranno anche gli ispettori della sua compagnia. Insomma, parecchi soldi, o no?».

«E sì. Parecchi» e sorrise, ma a Rocco parve che l'uomo forzasse mento e labbro superiore per stendere le labbra.

«Quanto ci metterà ad intascare?». Rocco gettò la sigaretta centrando un tombino.

«Un po' ci vorrà. Ma vede? Io non ho fretta».

«Immagino» disse Rocco. «Che lavoro fa?».

«Al momento mi sono ritirato» e sorrise ancora. Il tizio era tutto un sorriso, pensò Rocco. «È bello ad un certo punto tirare i remi in barca, no?».

«Se uno ha la barca direi di sì. Altrimenti gli tocca continuare a remare». Rocco guardò Antonio che colse l'invito. «Lei è diventato importante col brevetto di un lucchetto, mi scusi la rima» disse il viceispettore e Blasi, tanto per cambiare, sorrise. «Esatto. L'avevo battezzato Loccker, con due ci. Brevetto che poi ho venduto in Germania. Sì, non lo nascondo, sono diventato abbastanza ricco».

«Lo sa?» disse Rocco sorridendo. «Oggi, in banca, abbiamo trovato un suo Loccker con due ci che chiudeva la camera blindata».

Saverio Blasi annuì convinto.

«Strano, no?».

«Non credo» disse. «Ho venduto qualcosa come tre milioni di quei lucchetti là e le assicuro che sono a prova di bomba...». Si rimise la coppola, lo stare fermo e seduto su una panchina come fosse giugno inoltrato lo stava raffreddando.

«Per fortuna esistono le assicurazioni!» fece Rocco sorridendo.

«Mi creda, commissario...».

«Non sono commissario, sono vicequestore» lo corresse Rocco. «Vicequestore» scandì.

«Mi perdoni. Allora, signor vicequestore, mi creda. Mai avrei lasciato quel valore senza assicurazione, anche se in banca e dunque ben custodito».

Rocco sbuffò contrariato. «Lo sa cosa non mi torna fra le tante?».

«Mi dica, dottore».

«I rapinatori hanno aperto solo la sua cassetta». Lo guardò come a studiarne le reazioni. Stavolta Blasi non sorrise. «Come se ne conoscessero il contenuto. Gente informata, no?».

Saverio alzò appena un sopracciglio, come fosse lusingato da quell'informazione. «Solo la mia?».

«Esatto. Quindi le chiedo: chi altri oltre a lei e al direttore della banca conosceva il contenuto della cassetta numero 57?».

Saverio sembrò masticare l'aria, poi scosse la testa. «Non lo so».

«Ci pensi. Ci rifletta. E mi dica se arriva a una conclusione. Forse facciamo un passo verso il rapinatore. Va arrestato lo stesso, anche se i beni erano assicurati, lo sa?».

«Sì» ammise Blasi. «Comprendo. Sì, farò mente locale... ma guarda un po'» mormorò. «Solo la mia cassetta, neh?».

«Solo la sua».

Era sera tardi quando Rocco salì le scale della procura, stanco e svogliato. Era durante quelle pause di lavoro, soprattutto dopo il tramonto, mentre trasportava il corpo da una parte all'altra della città o provava a mangiare o a ingannare il tempo leggendo un quotidiano, che tornavano a galla le sensazioni della giornata, quelle amare, storte o scomode. E ce n'era una che lo trapanava dalla mattina: essere stato preso in giro dal rapinatore con un travestimento al limite del teatrale, una buffonata carnevalesca. Sto a rosica', si disse prima di bussare alla porta di Baldi. «Avanti» urlò il magistrato. Lupa si scaraventò sul tappeto, ormai Baldi non ci faceva più caso, lasciava mano libera all'animale di massacrare quel bene dello Stato, opporsi non aveva più senso. «Mi racconta? E poi ognuno a cena?».

«Le racconto, sì. Erano in tre in banca. Hanno spostato tutti gli ostaggi in una stanza e si sono appropriati del cellulare di un mio agente».

«Che era all'interno?».

«Sì, ma per un'operazione bancaria, insomma da semplice cliente».

«Vada avanti...». Baldi si lasciò andare sulla poltrona.

«Hanno richiesto un aereo, una macchina, sempre la stessa voce camuffata che fingeva di parlare un dialetto meridionale mischiando napoletano e siciliano. Poi per dimostrare buona volontà hanno fatto uscire una signora anziana con un cagnolino».

«Che invece era il rapinatore. O almeno uno dei...».

«Esatto». Rocco sentì crescere una rabbia gelida, che aumentò di fronte alle labbra del magistrato scomposte in uno sforzo titanico nel trattenere una risata. «Lo faccia, dottor Baldi, me lo merito».

E il magistrato si lasciò andare. Era la prima volta che Schiavone lo vedeva ridere di gusto. Sembrava un bambino, con i capelli pettinati di lato e la pelle delle guance liscia e rosea. «Mi scusi... mi scusi...». Schiavone attese che il riso si sfogasse, poi riprese il racconto. «E da quel momento il rapinatore che s'era portato via il cellulare ha continuato a chiamarmi, ma è chiaro, dall'esterno della banca. Dalla quale pochi minuti dopo sono usciti una ragazza e un ragazzo per prendere un astuccio e fare una puntura di insulina».

«Seconda presa in giro, o mi sbaglio?».

«Non si sbaglia. A quel punto i rapinatori erano scappati, siamo entrati nella banca...».

«E il resto lo so. Lei o i suoi sareste in grado di riconoscere i due ragazzi?».

«Penso di sì».

«E la signora?».

«Anche, ma era molto truccata... parrucca e il resto, per capirci».

«Va bene, Schiavone. Cioè, non va bene per niente...». Ricominciò a ridere, si scusò alzando una mano, si schiarì la voce e riprese. «Perché hanno aperto una sola cassetta?».

«Già, e perché soprattutto hanno chiuso la grata della blindata con una catena?».

«Per evitare che la polizia entrasse? No... prima o poi l'avreste fatto».

«Per non far entrare qualcun altro. Ma non capisco il perché» disse Rocco. Si guardarono per qualche secondo. Poi Rocco a bassa voce disse: «E se fosse un messaggio?».

«Un messaggio?». Baldi si appoggiò alla scrivania e strizzò gli occhi. «A chi?».

«A noi. Comunicare chiaro e tondo che quello che loro volevano era la cassetta 57, solo quella e nessun'altra».

Baldi prese una sigaretta dal pacchetto poggiato vicino al telefono. La accese. «Perché?».

«E qui è il problema».

Baldi annuì. «Domani do un'occhiata a Saverio Blasi. Patrimonio e proprietà».

Mancava ancora il cazziatone del questore, che sicuro stava ribollendo di rabbia, rancore e brama vendicativa nei suoi confronti. Sei distratto?, pensò. O ti stai solo rincoglionendo? Stai diventando un rosicone? Propendeva per la prima ipotesi. Ma in fondo non era una brutta sensazione, arrivare al punto da potersi dire: non mi interessa più! Forse era ciò che desiderava da tempo ma che non aveva mai avuto il coraggio di ammettere a se stesso. Vedeva la sua vita come uno scivolo, seguitava a slittarci sopra ma non per volontà, per inerzia. In fondo, si diceva, lo facciamo tutti perché a fermarsi un solo secondo a pensare, ci si potrebbe aggrappare ai bordi dello scivolo e saltare giù, anticipando la caduta; tanto lì stiamo andando, lo sappiamo. A velocità sostenuta, nella gola del burrone. Allora perché non farlo prima, quando lo decido io? In fondo, si diceva, la vita è di mia proprietà anche se per un lasso di tempo contingentato, e non la debbo lasciare in eredità a nessuno.

Per fortuna quando arrivò in ufficio, Costa non c'era. Se ne sarebbe riparlato il giorno dopo. Fece un veloce briefing con Antonio e Deruta, poi l'ultima incombenza, scendere nel seminterrato a trovare Michela Gambino, sapendo già che non poteva avere nessuna novità.

«No, Rocco, niente. Sul lucchetto e sulla catena non ci sono impronte ma dal video quelli portavano i guanti termici» gli disse distratta, stanca e lontana. Chissà dove vagavano i suoi pensieri. «Ma dico, che te ne fotte? Quello prende i soldi dell'assicurazione e pace e bene a tutti».

Rocco si toccò il mento. «Mica hai torto. Lo sai? Però mi rode».

«Che quello t'ha pigghiato pu culo, ecco che!» e annuì. Poi si alzò, si tolse il camice per infilarsi il cappotto. «Amunì Rocco, la giornata è finita, i rapinatori staranno già a Doha a spendere i soldi, io devo raggiungere mio marito che ha la luna storta...».

«Come va la vita coniugale?».

«Benissimo, Rocco. Alberto Fumagalli vive a casa sua, io a casa mia. E che vuoi babbiare?».

Rocco rise. «È un modo per tenere vivo il rapporto, no?».

«Non saprei. È l'unico modo che ho per affrontarlo. Un giorno ti racconterò un po' della mia vita».

«Devi proprio?».

«Hai ragione, Schiavone, è roba passata, a chi interessa più la roba passata?» e Rocco sentì che Michela la frase l'aveva riferita a lui, al suo passato, alla sua impotenza di lasciarlo nella memoria perché gli impediva di vivere nel presente. Uscirono dal laboratorio e salirono le scale. «So che Sandra sta meglio».

«Sì, cammina. Piano piano, ma cammina».

«Ci vai sempre all'ospedale?».

«Ogni giorno».

Michela si fermò su uno scalino più in alto di Schiavone per poterlo guardare bene negli occhi. «Questo treno, Rocco, saltaci su, senti a me. Non lo lasciare andare via. Guarda che Sandra ti vuole bene».

Rocco prese un bel respiro. «Non so se ti sei accorta, è fidanzata con uno che pare un fotomodello».

«E allora? Non capisci una minchia scatenata, Schiavone! Pensavo che mio marito fosse rincoglionito, ma in confronto a te pare Arsenio Lupin...» e ricominciò a salire le scale. Rocco la seguì in silenzio.

Fuori dalla questura l'aspettava Lupa per andare a casa, seduta accanto al distributore di caffè del piano terra, fuori servizio da almeno due anni. «Buonanotte, Rocco».

«Salutami Alberto» e si diresse verso casa.

Michela gli urlò dal parcheggio: «Pensaci, Schiavone!».

Il vicequestore non rispose.

Mercoledì

Lasciata Lupa in questura alle sette e mezza, Rocco si avviò a piedi, come ogni mattina, verso l'ospedale. Il gelo aveva creato una crosta sui marciapiedi, dalla bocca gli uscivano sbuffi di fiato, le poche persone che incrociò erano così imbacuccate da mostrare a malapena gli occhi e il maglione che portava sotto il loden lo proteggeva meno di una carta velina. Mani in tasca e passi decisi, per quanto il ghiaccio lo consentisse, il vicequestore entrò nel nosocomio dove la temperatura era molto più accogliente. Salutò come sempre l'addetto alla sicurezza, salì al primo piano, entrò nel reparto, svoltò l'angolo e controllò il corridoio e la sala. C'erano solo le due signore con le vestaglie a scacchi che chiacchieravano sedute sulle poltrone del salottino riservato ai parenti. Avanzò cauto verso la stanza di Sandra. Forse dormiva ancora, anche se negli ospedali la sveglia era sempre antelucana. Trovò la porta aperta. Si affacciò appena e vide che il letto di Sandra era vuoto, senza lenzuola, solo il materasso e una traversina che l'infermiera stava rimboccando. Non seppe cosa lo colpì duro allo stomaco, se il materasso bianco, il comodino vuoto, le ante dell'armadio aperte con le due grucce nude appese al tubo. Quell'assenza improvvisa così simile alla morte lo lasciò senza forze sull'uscio a guardare la desolazione di una stanza d'ospedale non più abitata mentre si domandava dove fosse finita Sandra. Interrogativo che aveva certo una risposta e che lui temeva più dell'angoscia di non sapere, anche se il medico, il giorno prima, era stato più che positivo. Ma troppi anni gli avevano insegnato che la vita non è mai scontata quanto la morte. L'infermiera percepì la sua presenza e alzò lo sguardo. Era nordafricana, la pelle bronzea e un sorriso pieno di denti. «È tornata a casa» gli disse e riprese a sistemare il letto per la nuova ospite. Allora Rocco respirò. Aveva voglia di offrirle un caffè, la colazione, il pranzo, pagarle anche l'affitto di tre mesi, perché il suo cuore, per la prima volta dopo tanto tempo, era più leggero. «Grazie» le disse solo. Non aveva bisogno di altre notizie, inutile andare dal dottor Negri, tirò dritto verso le scale e le scese con un'inutile quanto pericolosa disinvoltura, tanto che alla seconda rampa la sciatica gli ricordò di starsene più tranquillo.

All'uscita quasi si scontrò con Fumagalli che masticava una gomma e portava un cappello di lana verde di quelli da sci degli anni Settanta, con una freccia tricolore sulla fronte. «Oh, chi si vede, buongiorno Rocco».

«Ciao...».

«Vieni da me? Che mi porti? Perché sono tre giorni che quasi non lavoro. Comincio ad avere nostalgia».

«Di che?».

«Appunto, del lavoro!».

«Tu lavori coi cadaveri».

«E allora? Saputo della banca. Certo hai fatto una figura di merda niente male».

«Cazzo ridi?» e invece Fumagalli rideva. «Sei cascato come un imbecille in un travestimento da teatro amatoriale».

«Oh, che te devo di'? È andata così».

«Il grande Schiavone ha la testa da qualche altra parte... allora vieni da me? Mi hai portato qualcosa?».

«No».

«E perché sei qui?». Rocco non rispose e Fumagalli lo guardò negli occhi. «Se me lo dicevi ti avvertivo io, è uscita ieri sera» e gli mollò una pacca sulla spalla.

«Albe', a me tutte 'ste pacche, 'st'amicizia, 'sti sottintesi me stanno sul cazzo». Ma il medico non sembrava aver neanche sentito la lamentela. «Ora deve fare un po' di recupero, fisioterapia, sai quelle cose lì? Vedrai, fra un paio di mesi torna come nuova».

«Bene, grazie... ci vediamo» e superò Fumagalli che lo trattenne. «Noi si fa la solita cena a casa mia. Giovanni, l'enologo, compie gli anni. Vieni?».

Rocco lo guardò severo negli occhi. «Chi c'è?».

«Io, Michela, Giovanni, va da sé, Sara l'archeologa».

«Sì, la conosco».

«Ovvio c'è anche Baldi, ormai i due stanno insieme...».

«Ufficiale?».

«Boh... con il magistrato non è che si capisca molto. Poi ci sarai tu, se vieni, una tizia che Giovanni si tromba...».

«Non perdi la classe, vedo».

«No, non la perdo, e poi non ti preoccupare, non ci saranno né Sandra né tantomeno Fabiano che secondo me è un mezzo cretino. Ah, sì, forse un'amica di Michela... la conosci, Cleo, la botanica che...».

«Sì, insomma, sempre gli stessi».

«Sempre. Vieni? Facciamo stasera».

«Ci vediamo da te, grazie». Voltò le spalle e si incamminò verso la questura.

Doveva chiamarla? Dirle che era felice fosse tornata a casa? Meglio di no, rifletteva, non s'era mai fatto vivo durante le visite, apparire ora gli sembrava fuori luogo e anche un po' sfacciato.

Attraversando la strada gli venne quasi da ridere. Non era sfacciataggine, e lo sapeva. La verità è che se si fosse fatto vivo avrebbe abbassato la guardia e lei avrebbe capito più di quanto c'era da capire. O forse era peggio di così. Perché più ci pensava, più si convinceva che quello che lo tratteneva dal chiamarla era la lontana possibilità di leggere negli occhi di lei o nella voce qualcosa che assomigliasse alla gratitudine. Per averla trovata, portata via e restituita alla vita, per aver massacrato il suo rapitore e preso a pesci in faccia tutta la famiglia, il professor Buccellato e la madre Avise de Châtelard. «La principessa dei miei coglioni» disse a bassa voce appena raggiunto il parcheggio della questura. Che genitori di merda aveva Sandra, era un miracolo fosse cresciuta sana, tutto sommato. Ma la conosci abbastanza bene da poterlo affermare senza tema di essere contraddetto?, si chiese. La risposta fu no, non la conosco così bene, anzi, forse solo in superficie. Come i laghi. In superficie sono calmi, quasi stagnanti, ma sotto possono avere parecchie sorprese.

C'era silenzio nella stanza del vicequestore. La pompa dell'aria calda era sempre rotta e rantolava in contrappunto al russare di Lupa sputazzando refoli tiepidi che servivano a poco. Rocco seduto, le mani davanti alla bocca, pensava. Antonio carezzava Lupa, Casella e Deruta vicino alla finestra guardavano il panorama avvolto nella nebbia, D'Intino su una sedia con lo sguardo catatonico. Nessuna traccia dei rapinatori, sembravano scomparsi inghiottiti dalla terra. Avevano diramato gli identikit, ma sapevano che non sarebbero serviti a niente.

«Magari sono andati in Francia e addio!» disse sconsolato Casella e il fiato appannò il vetro gelato.

Rocco prese un respiro profondo. «Che abbiamo di nuovo su questo Saverio Blasi?» chiese afferrando il pacchetto di sigarette.

«Due divorzi alle spalle. La prima moglie, Mariella Rinaldi, se n'è andata sei anni fa in un incidente stradale. La seconda moglie, Giorgia Bacci, invece vive e lavora vicino Vercelli, almeno questa è la sua ultima residenza. Entrambi i matrimoni senza figli». Antonio appallottolò il foglio e lo gettò nel cestino con un bel tiro da tre punti.

«Perché la catena?» chiese Deruta.

Rocco accese la sigaretta. «Certo Miche', questa è la domanda principale. E siccome io alle coincidenze ci credo quanto alla verginità della Madonna, aggiungerei un secondo quesito: perché il lucchetto?».

Il viceispettore Scipioni alzò la mano. «Posso?».

«Hai facoltà».
«E se fosse una firma?».
«Un messaggio non a noi ma a Saverio Blasi?».
«Ecco, per esempio» fece Antonio.
«Ma non mi basta. Che gli manda a dire? So che tu avevi quel brevetto? So che avevi i diamanti nella cassetta?».
L'ispettore fece una smorfia. «Be'... un po' poco».
«Facciamo uno sforzo in più». Rocco si alzò in piedi. «E se fosse: io e te ci conosciamo? Per esempio?».
Casella si fece avanti. «Cioè, io ti conosco, tu mi conosci, sono io che ti ho rubato i gioielli?».
«Esatto» confermò Rocco. «Ma a che pro vuoi far sapere a uno di averlo rapinato?» chiese poi. «Il danno glielo fai relativamente, dal momento che i gioielli sono assicurati. Torniamo al segnale, allora?».
La squadra rimase muta.
«Un modo per dire: li ho presi io, tranquillo, appena intaschi li rimetto in circolo?» azzardò ancora il vicequestore.
«Aspetti...». Deruta intervenne aggrottando le sopracciglia. «Quindi farli sparire per intascare l'assicurazione per poi rimetterli in circolo e guadagnarci due volte? Sarebbe una bella truffa!».
«Però» e Schiavone sorrise, «sarebbe bastata una telefonata o un bigliettino. Che cazzo c'entra la catena?».
L'eccitazione che per un momento era passata negli occhi dei poliziotti si spense come un motore in panne. Tranne D'Intino che restava col suo sguardo lesso guardando un punto nel vuoto.

Rocco schiacciò la Camel nel posacenere. «Dunque, la catena voleva impedire a chiunque di entrare prima della polizia. Perché non vuoi che qualcuno entri nella camera blindata?». Tutti si guardarono ma a nessuno venne in mente una risposta plausibile. D'Intino aprì la bocca, tentò di esprimere un concetto ma la richiuse di scatto.

Rocco si rispose da solo. «Perché nessuno deve manomettere le prove. Quali prove? A questo non ci sono ancora arrivato ma comincio ad avere un sospetto...».

«Dottore, posso?» fece Casella. «Insomma, questi hanno fatto una rapina, noi mo li cerchiamo, perché si sta fissando?».

«Primo, non mi piace essere preso per il culo. Secondo, fatti i cazzi tuoi, Case'. Voglio vedere 'sta Giorgia Bacci, la seconda moglie che sta a...» schioccò le dita, e Antonio suggerì: «Vercelli, sta a Vercelli».

«Ecco. Convocatela, ma subito».

Si era ritagliato una mezz'ora di tempo per andare al bar centrale, sedersi ai tavolini fuori sotto il fungo, fumare due sigarette, sperare nell'assenza di qualche coro natalizio e riflettere in compagnia di Lupa. Appena arrivata l'ordinazione un uomo sulla cinquantina con un cappello di lana blu calcato in testa e una giacca a vento nera si avvicinò. Aveva un aspetto lugubre. «Dottor Schiavone?».

«Dica...». Rocco bevve il caffè senza staccare lo sguardo dallo scocciatore.

«L'ho cercata in questura. Un suo agente mi ha detto che era qui».

«Posso sapere chi è l'agente?» chiese Rocco accendendo la prima sigaretta.

«Un tizio alto così... pochi capelli. Corpulento».

«Accento pugliese?».

«Sì».

Quella merda di Casella, pensò Rocco. Appena in ufficio lo avrebbe ricoperto di insulti. «Mi dica» fece sconfitto.

«Sono De Marini, un ispettore assicurativo».

«Immaginavo che vi sareste fatti vivi. Che c'è?».

«Stiamo cercando di capire...».

«Anche noi».

I due uomini si guardarono. «Lei sente puzza di bruciato, dottore?».

«Io sì» rispose Rocco, «e sto lavorando per arrivare al dunque. Appena saprò potrà leggere la relazione in procura».

«Io sarei qui per prestare il mio tempo e le mie informazioni alle forze dell'ordine».

Rocco gli fece cenno di sedersi. L'uomo accettò con un mezzo sorriso. Si tolse il berretto di lana e l'aspetto lugubre sparì. Aveva i capelli biondi come il grano, folti e lisci. «Io sono l'ultima ruota del carro, dottore, e quella di Blasi è una super polizza. Siamo in due persone a cercare di vederci chiaro, un mio collega molto più esperto di me ora è in banca dal direttore. Io ho un quadro abbastanza chiaro di Blasi».

«Me lo può riassumere?».

«Certo, in poche parole, non ha sghei». Si mise una mano in tasca, prese una Marlboro e l'accese. «Vede?

Da anni non ha azzeccato più un investimento dilapidando il patrimonio in poco tempo. Quei diamanti e quelle pietre erano la sua ancora di salvezza. Noi li facemmo valutare, assistemmo alla chiusura del bene nella cassetta di sicurezza e accettammo la stipula solo dopo decine e decine di controlli che io stesso sono addetto a svolgere due volte al mese. L'ultimo l'ho effettuato quattro giorni fa, in compagnia di Blasi e del direttore della banca».

«E allora?».

«E allora era tutto a posto. Ovvio che negli ultimi quattro giorni nessuno ha toccato la famosa cassetta, e tutto sembra viaggiare verso la liquidazione della pratica».

«Ma...?».

«Ma nessuno paga milioni di euro col sorriso, dottor Schiavone. E da come sono andate le cose da quelle parti, io vedo terra bruciata».

Rocco guardò la piazza. C'era un nonno che portava a passeggio due gemellini, uno per mano, nonostante l'aria gelida. «De Marini, ma voi non vi fidate della banca?».

«Come non potremmo? In parte è nostra!».

«E allora?».

L'ispettore assicurativo spense la sigaretta, poi guardò Rocco negli occhi. «Blasi era disperato. Forse gli sarebbe convenuto vendere, no? Fra l'altro, la polizza era una certa cifra».

«Invece di venderli li fa rubare» concluse Schiavone.

«Da un complice? E ora li rivende e ci guadagna due volte?».

Rocco annuì. «Ma devo vederci meglio per arrivare a questa conclusione».

«Confermo quanto le ha detto il perito dell'assicurazione» disse Baldi scorrendo dei fogli. «Parlando della situazione economica, Blasi è messo maluccio. Vuole dare un'occhiata?».

Rocco declinò con un gesto della mano. «Non ora, se permette questo plico me lo leggo in ufficio. Sarei qui per chiederle un favore».

«Pure?». Baldi si mise in attesa poggiando i gomiti sulla scrivania.

«I carabinieri. Hanno arrestato un rapinatore di banche, Ireneo...».

«... Petruzzi, sì, lo so. E allora?».

«Può far controllare il cellulare e i numeri che ha chiamato o che l'hanno contattato diciamo negli ultimi venti giorni?».

Baldi sorrise e aprì un cassetto. «Non è che io di mestiere faccio il sarto. Già chiesto. Eccoli qui. Motivo?».

Rocco lesse. Una lista anonima di recapiti, giorni delle chiamate, durata delle stesse. «Così non mi serve a niente. Io devo sapere a chi appartengono questi cellulari».

«Ed ecco perché lei ha a disposizione un'intera squadra di poliziotti, Schiavone. Li metta al lavoro!».

«Una squadra? Andiamo, dottor Baldi! Ho quattro gatti. Quattro gatti proprio, di cui uno è poco più di una forma antropomorfa, un altro a volte ci azzecca a volte pare un deficiente, un terzo di buon comando ma di bassissima manovalanza, avrei un solo uomo, il viceispettore Scipioni».

«Ma come, Schiavone, lo so io e non lo sa lei?».

Rocco guardò Baldi. Anche Lupa smise di mordere il tappeto. «Vi arriva un rinforzo».

«Non è vero».

«Sì... e ascoltando in quale situazione depressa versa la sua squadra, non sarà difficile aspettarsi un agente con un quoziente sopra la media».

«Un rinforzo, dice?».

«Esatto. Dovrebbe arrivare in questura. Ecco, dunque, ora che la squadra arricchirà l'organico, lei questi tabulati se li va a studiare in ufficio. E aggiungo» fece indicando i fogli, «che può tenere la lista. È una copia».

Un rinforzo?, pensava risalendo le scale della questura per raggiungere il suo ufficio. Col culo che mi perseguita, mi arriverà il fratello di D'Intino. Ce l'avrà un fratello D'Intino? Non credo, si rispose, quello s'è riprodotto per partenogenesi. Non ha neanche i genitori. Oppure è nato in una covata perché è un rettile travestito. O un pesce. No, un pesce no, sarebbe già morto da tempo. Un insetto, forse.

«Dotto'!» la voce di Casella interruppe il fluire zoppicante dei suoi pensieri.

«Ah, Case', bene. Ho dei fogli dalla procura per voi» e li agitò in aria.

«Sì. Volevo dirle che in stanza giù, quella dei passaporti, ho fatto accomodare la signora Bacci».

«Chi cazzo è?».

«Dotto', è la seconda moglie dell'imprenditore, quello del lucchetto... coso, si chiama... aspe'», si mise a pensare stringendosi le labbra fra pollice e indice. Anche Rocco si concentrò, ma a nessuno dei due veniva il nome. «Coso là...».

«Ma lo so, Case', l'ho incontrato ieri... coso... a via Croix de Ville, insieme ad Antonio... si chiama...».

«Dotto', non me lo ricordo, ce l'ho segnato» e accennò a rientrare nella sua stanza.

«No, lascia perdere, mi verrà in mente. Senti un po', tu o i tuoi colleghi avete avuto notizia o ricevuto una circolare riguardo a un rinforzo alla squadra?».

Casella scosse la testa. «Che io sappia no. Mo chiedo, tanto stanno tutti dentro».

Rocco si infilò due dita in bocca e fischiò. «Oh! Gente! Uomini, agenti, ispettori, uscite un po'». Ad uno ad uno si presentarono in corridoio. Per primo Deruta che masticava qualcosa, poi Antonio e infine D'Intino con l'aria assonnata.

«Deruta, mangi o è una gomma quella che cianci-chi?». L'agente abbassò lo sguardo. «Mangi... Mi pare che Federico sia stato chiaro con te. Quello ti dà un calcio in culo e ti molla per strada. Ingoia, che non ti posso guardare mentre mastichi...».

Deruta obbedì e mandò giù con un colpo di epiglottide. «Pari un pellicano». Rocco consegnò i fogli ricevuti da Baldi a Scipioni. «Queste sono le telefonate dal e per il cellulare di Ireneo Petruzzi. Chi è, chiederete voi?».

«Chi è?» disse infatti D'Intino.

«È un rapinatore di banche arrestato dai carabinieri dopo la denuncia di tale...», schioccò le dita in faccia a Deruta. «Forza Miche', quello che t'ho cazziato perché non te lo sei filato...».

«Certo, Riccardo Peroni!» rispose soddisfatto.

«Ecco, bravo. Voglio sapere a chi appartengono questi numeri...».

«Ricevuto» disse Antonio.

«Ah, visto che c'hai buona memoria... Miche', come cazzo si chiama l'imprenditore dei lucchetti?».

«Saverio Blasi».

«Saverio Blasi!» urlarono in coro Rocco e Casella, che si diede una manata sulla fronte che schioccò rimbombando per tutto il corridoio.

«Un'ultima cosa. Avete avuto notizia di un rinforzo che ci dovrebbe arrivare?».

I poliziotti si guardarono interrogandosi con gli sguardi. «No... io nulla» fece Antonio.

«Neanche io».

«Manco io» chiuse D'Intino.

«D'Intino, tu non hai un fratello, vero?».

«No, dotto', tengo però a due cugini, Umberto e Graziella».

«Fanno i poliziotti?» domandò Schiavone con la voce tremante.

«None, Umberto lavora la campagna, Graziella s'ha spusate a 'nu 'mpiegato delle assicurazioni e fa la bella vita».

Rocco sospirò al mancato pericolo. «Anto', cerca di capire ai piani di sopra qualcosa di più. Bene, io vado dalla signora... Bacci! D'Intino, controlla che Lupa abbia l'acqua e vedi se ha fame. Al lavoro, 'nnamo!».

Si avvicinò al cartellone delle rotture di coglioni e, sotto lo sguardo di tutti, all'ottavo livello scrisse: LA MEMORIA, poi si voltò verso i suoi uomini. «Sia quella che manca sia quella che resta. Statevi bene».

Tre passi nel corridoio, poi si voltò ancora. «Ah, uomini! Nel caso foste interessati, Sandra Buccellato è stata dimessa dall'ospedale».

«Bene!» gridarono. E batterono le mani. «Festeggiamo?» chiese Deruta.

Rocco ci pensò un poco, poi disse: «Sì, festeggiamo, Miche'. Chiama Federico al forno. Tramezzini!».

«Gusti?».

«Tonno acciughe e capperi, insalata di pollo, spinaci e mozzarella, salmone con la rucola me raccomando, uova sode e tonno e insalata, pomodoro e mozzarella pure se non è stagione... poi per me basta così».

«Prosciutto e mozzarella?» disse Antonio.

«Quello è un toast, mannaggia alla puttana, Anto', e quante volte te lo devo di'? Il tramezzino è freddo, niente di caldo nel tramezzino».

«Prosciutto cotto intendevo, quello nel tramezzino ci può andare».

«A me fa schifo, ma se la truppa lo desidera, anche quello. Con la maionese sennò ve devo fa' la tracheotomia perché ve se intoppa qui» e si indicò la bocca dello stomaco, «e qui» e si strinse la gola.

Giorgia Bacci non era stata trattata bene dagli anni.

Rughe intorno alle labbra strette denunciavano il vizio del fumo, gonfiori sotto gli occhi spenti e avvolti in una patina grigia, e grigi erano i capelli e la pelle. Si intonava alla perfezione col cielo che si scorgeva fuori dalla finestra. «Uomo senza palle» aveva esordito. «Saverio era un imprenditore per puro caso, mica per scelta o passione; lui non è in grado di investire, di creare, è solo stato molto fortunato» sorrise amara increspando le labbra. «E non parla la donna ferita e abbandonata, sia detto per inciso fui io a lasciarlo, ormai sono passati dieci anni».

«Non ha un'alta opinione del suo ex marito».

«Non l'ho mai stimato. Era un imbroglione, ha presente il gioco delle tre carte? Ecco, poteva essere quella la sua professione».

«Su un tavolino in mezzo al mercato?».

«Esatto». Mise la mano nella borsa di pelle di coccodrillo ed estrasse un pacchetto di Pall Mall, fece un gesto alzandolo davanti a Schiavone come a chiedere permesso e quello annuì. «Scusi, lo so che dentro gli uffici...».

«Fumo anche io, non si preoccupi. Vada avanti, per piacere».

Dopo un tiro lungo e godurioso, riprese a parlare. «Mi rubò anche dei soldi, sì perché noi...». Si leccò le labbra come se avesse sete. Schiavone le riempì il bicchierino di plastica con l'acqua minerale. «Grazie...» disse e lo scolò con un sorso. «Dunque dicevo, avevamo i conti separati. Chiedeva prestiti a destra e a sinistra».

«A chi?».

«Prima agli amici, poi alle banche, e alla fine credo anche a dei prestasoldi... brutta gente».

«Mi spieghi, signora Bacci... eppure era ricco il suo ex... almeno da quello che so, addirittura milionario».

«Certo che lo era, con quel cavolo di lucchetto aveva fatto una montagna di soldi, ma poi in poco tempo li aveva scialacquati in mille progetti senza senso». Alzò gli occhi al soffitto come a cercarci i ricordi. «La catena di gelaterie, il merluzzo surgelato precotto». Le venne da ridere. «Ma si rende conto, dottor Schiavone? Il merluzzo surgelato precotto... la squadra di basket, cavolate che lo hanno gettato sul lastrico. So che adesso stava lavorando a una catena di pizzerie al taglio a Lugano».

«Questa sembra una bella idea».

«Allora doveva diventare socio di Saverio. L'avrebbe tirata giù nel fango insieme a lui. Questo per gli affari. Poi le dirò la sincera verità... non lo stimavo più da tempo. Era... anzi è un uomo superficiale, fatto di niente. Guardi, Saverio è la quinta di un teatro. Davanti sembra una bellissima casa, con mobili e tutto, dietro non c'è niente. E quando lo capisci è meglio se te la fili a gambe levate prima di rimetterci l'osso del collo».

«Capisco». La donna fece il gesto di cercare un posacenere. Rocco le allungò una vecchia lattina di aranciata lasciata lì da chissà chi. Lei ci gettò dentro la cicca.

«E adesso?».

«Mi sono risposata con Gualtiero. Si è appena pensionato, lui ha due figli meravigliosi, io purtroppo grazie a Saverio invece non ne ho. Ma sono tranquilla».

«Glielo devo salutare?».

«Credo che non andrò neanche al suo funerale, perché lui se ne andrà prima di me, questo gliel'assicuro».

«Per me è tutto, signora Bacci. E grazie del suo tempo».

Si alzarono in piedi. La donna si spolverò un po' di cenere che le era caduta sui pantaloni, strinse la mano a Rocco. «La faccio accompagnare?».

«No no, è facile. Dritto, poi giro a destra e sono davanti agli ascensori».

«Bene. Ancora grazie».

La donna lasciò la stanza. Rocco accese una sigaretta e si affacciò alla finestra che dava sul retro della questura. Le cime delle montagne erano coperte dalle nuvole, segno che lì stava nevicando. Sulle finestre dei palazzi di fronte c'erano addobbi natalizi, lucine colorate lampeggianti, qualche Babbo Natale appeso alle ringhiere dei balconi. Finì di fumare e tornò nel suo ufficio.

Nel corridoio gli andò incontro Antonio. Aveva l'aria eccitata e brandiva un foglio di carta come fosse un'arma. «Ce l'abbiamo. Negli ultimi sette giorni Ireneo Petruzzi, il rapinatore, e Saverio Blasi si sono scambiati almeno quindici telefonate».

Rocco annuì. Poi allargò le braccia. «Bene. Chiami Casella, per favore?».

«Sono qui» sentì. Si voltò. Casella usciva dal bagno al piano. Si asciugava ancora le mani con un pezzo di carta grigiastro. «Mi dica».

«Ho bisogno di Carlo. Sai se è a casa?».

«Credo di sì. Perché?».

«Chiamalo, per favore. Voi magnateve i tramezzini» disse ad Antonio che con un fischio chiamò a raccolta Deruta con la guantiera e D'Intino con gli occhi della bestia affamata. Rocco invece si diresse verso le scale.

Quando il vicequestore salì in macchina insieme a Lupa vide Casella che al trotto sostenuto cercava di raggiungerlo con il cellulare all'orecchio. Mise in moto e aprì il finestrino. «Vieni pure tu?».

«Certo dottore, vengo anche io» fece il giro e salì. «Carlo sta a casa, l'ho appena chiamato. Ma non dovevamo festeggiare la guarigione della signora Buccellato?» chiese indicando la questura.

«Dopo...».

Carlo digitava sulla tastiera retroilluminata nella sua stanza buia circondato da cavi, hard disk, quattro monitor curvi; due colonne di macchine lavoravano alacremente sotto il condizionatore ad aria fredda che da solo aveva il compito di raffreddarle. La temperatura nella stanza sfiorava i 7 gradi.

Rocco annusò l'aria. Doveva aver cambiato l'essenza della bottiglietta profumata con gli zeppi di legno infilati dentro. Aleggiava un vago odore di frutti di bosco. «Mi piaceva di più quello che usavi prima, al borotalco» gli disse.

«Per essere uno che fuma ha un buon olfatto».

«Sì, ce l'ho. Prima che approfondiamo e che Ugo entri nella stanza... hai più avuto problemi?».

Carlo si voltò lento a guardare Rocco. «A che si riferisce?».

«Lo sai a che mi riferisco. Voglio sapere se qualcuno da Roma ti ha dato il tormento per i fatti dell'ELP... che tu fossi coinvolto o meno, sembrava che ne sapevi, e tanto».

Carlo tirò su col naso. «È una storia che mi sono lasciato alle spalle».

«Ascolta, Carlo. Io vi appoggiavo, e lo sai. Voglio solo sapere se qualcuno da Roma, non parlo di polizia o carabinieri, parlo di gente in borghese...».

«Servizi?».

Rocco annuì. «Pietro Rakovic, o almeno così si fa chiamare».

Carlo scosse la testa. «No, mai sentito».

«Bene. Allora torniamo a noi?».

«Certo». Carlo si concentrò sui monitor sui quali rimbalzavano immagini e indirizzi. «Qualcosa ho trovato...» il ragazzo aguzzò la vista.

Bussarono alla porta. Si affacciò Eugenia. «Volete un caffè?» chiese.

«Io sono a posto, grazie».

«Io sì, mamma.... Doppio... e con la panna».

Eugenia sorrise e sparì mentre Ugo entrava nella stanza. Aveva uno sbaffo di cioccolata sul labbro superiore.

«Con la panna?» disse Rocco.

«No, è uno scherzo fra noi. Non c'è mai stata panna in questa casa. Allora, qui ho trovato qualche articolo del '92... La storia è semplice. Blasi ha brevettato questo lucchetto...» cliccò e apparve un Loccker. «Ecco un prototipo, sette numeri di combinazione, titanio eccetera eccetera».

Rocco lesse le poche righe sotto la fotografia dell'aggeggio.

«Dice che è campione di sicurezza, che è un ottimo antifurto. Vado sul sito dell'azienda...», Carlo eseguì, «... che non esiste più, Blasi s'è venduto la fabbrica a dei tedeschi di Francoforte, la costruzione dove assemblavano questi lucchetti. Guardi un po', dopo era diventata una discoteca». Cliccò un paio di fotografie: locali deserti, muri diroccati, pezzi di cielo che facevano capolino dal tetto.

«Questa?».

«Esatto. Questa era la fabbrica. Poi discoteca poi abbandonata pure quella. Che foto, eh?». Continuava a cliccare. Sul monitor apparvero decine di istantanee di ciò che restava di una vecchia discoteca. Scale, colonne, ringhiere, stanzoni. «Mettono i brividi».

«Sì, ma che ce frega che la fabbrica è diventata 'na discoteca?» chiese Rocco. «Mi devi dire qualche particolare, qualcosa che non so».

«E se non lo sa lei, io dove lo trovo?».

«Appunto... qualche controversia? Qualche problematica?».

«Niente... qui niente... devo ancora cercare, se dovessi trovare qualcosa di interessante...».

Rocco strinse le palpebre per guardare meglio le immagini. «Dov'era la sede di questa azienda che produceva 'sti cazzo di lucchetti?».

«Era a Alessandria. Qui dice a via San Bartolomeo.

Ah, capito perché 'sta discoteca si chiamava Tanaro. Perché è attaccata al fiume».

Ma Rocco non lo ascoltava più, prese il cellulare, premette un tasto e attese.

«Dica, Schiavone» la voce di Baldi era attutita, doveva essere invischiato in qualche riunione noiosa.

«Avrei bisogno di contattare la procura di Alessandria e chiedere se nell'archivio del tribunale civile esiste qualche causa della...». Guardò Carlo: «Come si chiamava la società de 'sto cazzo de lucchetto?».

«Inneris s.r.l.».

«Inneris s.r.l.» ripeté Rocco al telefono.

«Perché?» volle sapere il magistrato.

«Perché mi manca un pezzettino e comincio ad avere chiara la storia».

Baldi sbuffò. «Attenda, la faccio chiamare dai colleghi. Schiavone, lei è peggio di una mosca sui coglioni».

«Metafora ardita, dottor Baldi, ma meglio una mosca che un riccio, ne conviene?».

«Vero» concordò Baldi, «o un furetto».

«O una vespa».

«O anche una mattonata. La piantiamo qui?».

«D'accordo. So che ci vediamo stasera al compleanno di Giovanni».

«Esatto. Quindi non porti materiale illegale».

«Non giro armato».

«Mi riferisco ad altro».

«A presto». Rocco chiuse la telefonata.

«Certo lei e questo magistrato avete un rapporto strano» disse Carlo mentre Casella se la rideva sotto i baffi.

«Solo strano?» disse l'agente, e Rocco lo guardò duro.

«Ti lasciamo lavorare, Carlo, ce ne andiamo di là. Qui dentro se battono le brocchette».

«Sta a dire?» chiese Carlo.

«Fa un freddo cane. A proposito, dov'è Lupa?».

«È di là con Eugenia» rispose Casella.

Rocco e Casella erano seduti in salone, Eugenia portò il caffè. Ugo aveva insistito per dei dolcetti che gli erano vietati dalla compagna e dal buon senso. Rocco finì di raccontare la storia della rapina, Eugenia rideva a crepapelle con le lacrime gli occhi. «E non se n'è accorto?».

«Macché. Mi sto rincoglionendo».

«È ancora giovane. Poi la demenza so che è ereditaria».

«Non posso saperlo, papà all'età mia non c'è mai arrivato. Proprio qualche giorno fa lo pensavo, che ora sono più vecchio di lui. Mi fa sorridere l'idea di averlo superato. Che si faceva la barba con il rasoio e le lamette che s'avvitavano, in canottiera. Col pennello e la sigaretta accesa lasciata sul lavandino. Se lo incontrassi, non mi riconoscerebbe. Lui i capelli bianchi li aveva appena messi quando se n'è andato».

«Come se n'è andato?» chiese Casella.

«Ugo, scusa, ma fatti i fatti tuoi» lo redarguì Eugenia

«No, non è un problema. Cuore. Aveva una malformazione fin dalla nascita» rispose Rocco. «Era tipografo, papà. Da piccolo mi insegnava a riconoscere i caratteri. Non mi ricordo niente. Solo una cosa, però. Potevo avere sei, sette anni, e a casa feci un tema sull'animale che preferivo. Un tema corto, poche righe. Chissà perché scelsi il pappagallo».

«È il suo animale preferito?».

«Mi piace, ma non lo è. Tendo più a innamorarmi dei mammiferi. Comunque, feci il tema e mio padre, per farmi una sorpresa, prima ancora che lo consegnassi alla maestra lo portò in tipografia e lo stampò in caratteri Simoncini Garamond. M'è rimasto impresso questo nome».

«Avrà fatto una bella figura a scuola». Eugenia posò la tazzina dopo aver finito il caffè.

«No, Eugenia, per niente. Perché mio padre, vede?, corresse tutti gli errori e il compito non aveva più senso. La maestra voleva testarci, insomma, sapere a che punto stavamo con l'ortografia. Diciamo che il racconto di fantasia non interessava. All'epoca».

«Ma cosa ha scritto?» gli chiese Casella.

«Come fa a ricordarlo?» disse Eugenia.

«Invece me lo ricordo, perché papà lo fece incorniciare e lo appese in camera da pranzo, che era pure la mia camera da letto. E spesso lo leggevo per addormentarmi. Poi, quando papà se ne andò, lo tolsi dalla cornice e glielo misi accanto, dentro la bara».

Restarono in silenzio per qualche secondo. Rocco si affacciò verso la stanza di Carlo che non dava ancora cenni.

«Allora? Di che parlava?».

«Era la storia del pappagallo di Finnegan Draper, il pirata. Stava appollaiato sempre sulla spalla e parlava al posto suo perché Finnegan Draper era muto. Faceva di conto al suo posto e urlava gli ordini sul veliero. Quando poi Finnegan venne catturato dagli inglesi, il pappagallo volò via così il corsaro non poté dire nulla ai soldati e svelare il nascondiglio del tesoro o dell'isola della Tortuga. Insomma gli impedì di tradire gli amici della filibusta. Ecco perché era il mio animale preferito. Tutto qui».

«È bello» disse Casella. «È un bel racconto, vero?».

Eugenia annuì. «Quindi il pappagallo e Finnegan si capivano!» disse la donna.

«Credo di sì. Ma chissà a quell'età che mi diceva la testa. Volevamo tutti essere pirati, Zorro, d'Artagnan...».

«Vero. Io volevo essere Rin Tin Tin».

Rocco lo guardò. «Volevi essere un cane, Ugo?».

«No, Rin Tin Tin».

«Case', Rin Tin Tin era un cane». Ugo guardò la compagna che annuiva.

«Rin Tin Tin non era il ragazzino biondo salvato dai soldati a Fort Apache?» le chiese.

«No, Rin Tin Tin era un cane» gli rispose paziente.

«Ma guarda un poco, e io per tutta la vita ho pensato che era il bambino».

Rocco alzò le spalle. «Che ce voi fa'?».

«Però Tarzan è Tarzan, no? Quello con le liane che urla. Non è la scimmia».

«No, Ugo, quella è Cita che fra l'altro è uno scimpanzé maschio, non una femmina come noi italiani pensiamo. Superman è quello con il mantello, Mandrake era il mago, Batman quello con il costume da pipistrello».

«Meno male... quindi Rin Tin Tin...».

«Era il cane» lo rassicurò Schiavone.

«E Lassie?».

«Pure era il cane. Ora me sarei rotto i coglioni, Ugo».

«Ricevuto».

«Dottore?» la voce di Carlo riportò i poliziotti al dovere. Rocco si alzò e si stiracchiò «Vengo!» e seguito da Casella raggiunse la stanza del ragazzo.

«Qualcosa l'ho trovata...».

«E dimme».

«Allora, questa Inneris s.r.l. ha avuto una causa bella lunga con tale Amedeo Pulvirenti. Non so perché, ma s'è conclusa quattro anni fa. I dettagli non li posso sapere».

«Tribunale?».

«Alessandria».

Rocco restò pensieroso. «E qui tocca chiama'... grazie, Carlo. Avanzi una cena».

«Gliel'ho già detto, mi diverte lavorare per lei...». I due si guardarono.

«Carlo, tu m'hai detto la verità su Rakovic prima? Guarda che è gente pericolosa».

Carlo sbatté le palpebre come gli fosse andato un granello di polvere negli occhi. «La verità, dottor Schiavone, non l'ho mai sentito in vita mia. E verità per verità, mentre il motore ricercava notizie sulla società, io ho fatto una ricerca veloce su questo Pietro Rakovic».

«E che hai scoperto?» gli chiese Rocco.

«Niente, sembra inesistente. Chi è in realtà?».

«Servizi, te l'ho detto. Altro non so» e dandogli una pacca lasciò la stanza. Casella guardò il ragazzo, aveva capito meno della metà del dialogo.

Antonio compose il numero. «Metti il vivavoce per favore». Scipioni obbedì. Il segnale di libero invase la stanza. Poi si sentì una voce stanca, cantilenante. «Cancelleria tribunale di Alessandria, mi dica».

«Ah sì, avrei bisogno di una ricerca in archivio... vorrei...».

«Stop. Lei è avvocato? Magistrato?».

«Viceispettore Scipioni, questura di Aosta».

«Allora deve venire qui con richiesta del magistrato».

Antonio guardò Rocco che annuì.

«Di persona?».

«Di persona».

Rocco afferrò il telefono. «Vicequestore Schiavone. Siamo in mezzo a un'indagine, non si può invece...».

«Non mi interessa. Le regole vanno rispettate, ancora di più da lei che è un ufficiale inquirente».

«Mi fa perdere un sacco di tempo. Che coglioni, allora mi metto in macchina».

«Se sta ad Aosta quando arriverà qui troverà le porte chiuse». Rocco ringhiò una bestemmia tra i denti. «Domattina l'attendo alle nove. Mi chiamo Eugenio Rampoldi. Lei è?» ma Rocco lanciò il telefono ad Antonio che rispose: «Viceispettore Antonio Scipioni».

«Mi scusi, poco fa ho parlato con un vicequestore?».

«Non si preoccupi, Rampoldi, meglio avere a che fare con me, dia retta. A domani» e chiuse la telefonata.

Rocco sbuffò. «Mo tocca anda' da Baldi per la richiesta, e che coglioni!».

«Se lo chiami ci vado io, Rocco».

«Davvero?».

Antonio fece una smorfia. «Sì. Però poi diventa un fatto risaputo all'interno dell'ufficio che mi devi un favore».

Rocco strinse gli occhi e lo fissò. «Stai ricattando un tuo superiore?».

«Sì».

«Va bene. Lo chiamo. Anzi, richiamo, l'ho sentito manco mezz'ora fa».

Si era fatto la doccia, messo una camicia pulita e aveva buttato le Clarks inzaccherate e oramai inservibili. Ne scelse un paio scure, marroni, intonate al maglione e ai pantaloni color fango misto sterco. Infilò sei canne preparate nel pacchetto di Camel, ficcò nel sacchetto di stoffa le due bottiglie di Louis Roederer Magnum che aveva comprato all'enoteca spendendo una cifra traumatizzante ma che Giovanni avrebbe sicuramente apprezzato, e salutata Lupa che satolla di carne in scatola già dormiva indossò il loden e uscì di casa. Aveva ripreso a nevicare e i fiocchi cadevano lenti trasportati dalla brezza leggera, attraversavano i lampioni accesi, si stagliavano contro le finestre buie adagiandosi sulla strada, sui rami degli alberi, sulle macchine parcheggiate e sui vestiti dei pochi passanti come volessero cambiare forma a tutta la città. Schiavone decise di fermarsi al distributore di sigarette perché sei canne l'avrebbero fumate tutti, nonostante la presenza di Baldi, sei sigarette gli sarebbero bastate forse per metà serata. Mentre aspettava la caduta dei due pacchetti, vide il suo viso riflesso sulla macchinetta. Aveva i capelli bianchi di neve e gli venne da sorridere perché si immaginò ultraottantenne, smunto e scavato, con gli occhi spenti e le labbra risucchiate dai denti rimasti. Un Babbo Natale triste, senza regali per figli e nipoti, senza slitta né renne, e gli venne da cantare «*Bianco Natal*» a bocca chiusa, ma si mandò subito a fare in culo.

Arrivato l'estate appena passata, era la prima volta che Ebenezer Mouandilmadji vedeva la neve; non gli piaceva, non erano mai troppe le giacche a vento che si infilava una sull'altra perché il freddo lo penetrava nelle ossa. Anche il cappello e i guanti per Ebenezer erano insufficienti. A casa sua al massimo l'aveva vista in fotografia e un suo cugino che era scappato in Tanzania per cercare lavoro gli aveva scritto del monte Kilimangiaro sempre incappucciato di neve che è come una pasta di pane stesa sulla cima. A N'Djamena il massimo che il cielo poteva vomitare era acqua. E ora eccola, invece, che cadeva su tutte le cose, quest'acqua ghiacciata a che serviva? A fare le guerre a palle di neve? Sicuro, si diceva, se uno ha di che essere felice può tirarsi delle palle ghiacciate e scherzare. Ma perché avvenga questa cosa, quasi si ripeteva ad alta voce, «ci vuole un tetto, un po' di terra, delle scarpe che non gelino i piedi, da mangiare vero, qualcuno della mia famiglia accanto, allora sì, mi prendo a palle di neve e guardo al domani. Ma vedi come viene giù...». La neve... l'aveva sentita descrivere da piccolo da padre Gerard, in chiesa, quando raccontava la notte di Natale, i pastori e la stella cometa, mentre gli insegnava «*Vive le vent sur le long chemin / Tout blanc de neige blanche...*». «Ecco, appunto...».

«*Un vieux monsieur s'avance / Avec sa canne dans la main*».

Poi vide un uomo con i capelli bianchi davanti al distributore delle sigarette che all'improvviso, mentre guardava il suo viso riflesso, scoppiò a ridere. Ebenezer si spaventò, forse quel tipo era un po' tocco come suo cugino Fabrice che faceva dentro e fuori l'ospedale e bucava le ruote a tutte le macchine; girargli dunque alla larga sarebbe stato opportuno, ma quello prese le sigarette, gli si avvicinò scrollandosi la neve dalla testa. Non era bianco di capelli, anzi, e gli sorrideva. Si mise una mano in tasca e tirò fuori un pacchetto di Camel. Estrasse una sigaretta appena rollata. «Per lei. Magari aiuta» gli disse e se ne andò. Ebenezer la portò al naso, riconobbe subito l'odore. «Signore! Capo!» urlò. Quello si voltò. «Fa accendere?» e l'uomo tornando sui suoi passi gli lasciò un accendino. «Lo tenga pure» e se ne andò, scomparendo col suo cappotto lungo punzecchiato dai fiocchi di neve che aumentavano d'intensità. Tornando verso la stanza che divideva con un tizio di Lagos, fumò tutto lo spinello cantando a squarciagola «*Vive le vent*».

Giovanni aveva aperto la terza bottiglia di vino e accolse con un applauso lo champagne di Rocco, Alberto era in cucina insieme ad una donna coi capelli rossi che aveva le guance tonde come può averle un bimbo piccolo, e anche gli occhi erano da bambina. Si faceva chiamare Dedè, ma il suo vero nome era Desideria e si era fidanzata con Giovanni. Michela Gambino stava spalmando del pâté sui crostini, il magistrato Baldi, che di sera diventava Maurizio, era seduto sul divano e parlava fitto fitto con Sara, l'archeologa con la quale faceva coppia fissa, e infine c'era Cleo Di Capua, la botanica amica di Michela che non aveva più i capelli a caschetto ma se li era fatti crescere. Il sorriso non era cambiato però, luminoso, chiaro e sincero che metteva di buonumore. «Ti ricordi di me?».

«Certo» le rispose Rocco. «Avevi i capelli tipo Valentina di Crepax».

«Preferisco Louise Brooks. E come mi chiamo?».

«E come ti chiami?».

«Amunì Rocco» intervenne Michela. «Scusalo, Cleo, ma ha una memoria traforata».

«Cleo!» e Rocco schioccò forte le dita. «Certo, scusami, Cleo». Lei portava una gonna sopra il ginocchio, le calze scure e le scarpe con un tacco importante. «Stai controllando se sono vestita bene?» gli chiese.

«No, notavo una certa eleganza» le rispose il vicequestore. In quel momento Giovanni gli mollò in mano un calice di rosso. «Bevi e godi, fratello, che del doman eccetera eccetera».

«Quand'è brillo gli sale la vena poetica» urlò Alberto dalla cucina. «Speriamo non si metta a cantare l'opera. La settimana scorsa tutto *Il trovatore*!».

«Era *Rigoletto*, ignorante».

«Vieni Rocco» lo invitò Sara picchiando due volte sul cuscino. «Siediti accanto a noi». Rocco obbedì. «Insomma, Maurizio mi stava raccontando che era un periodo calmo fino alla rapina, proprio sotto Natale».

«A proposito, Maurizio, poi chiudo con il lavoro...» fece Rocco. Baldi lo fermò. «Sì, il tuo viceispettore è venuto, tutto a posto per Alessandria...». Rocco annuì appena. «Parlando di cose serie, invece, io e Sara andiamo a vivere insieme» gli disse. Rocco strinse la mano a Baldi.

«Complimenti Maurizio». Poi guardò Sara: «Per te invece mi dispiace». La donna sorrise.

«Rocco, hai un'idea sbagliata del dottor Baldi» e strinse le mani al suo compagno.

«Prima o poi te ne accorgerai. E sarà un calice amaro da mandare giù» sembrava confidarle Rocco, «ma sappi che in qualsiasi momento se ti serve aiuto, io e la mia squadra siamo a tua disposizione».

«Vai a cagare, Schiavone».

«Sarà fatto, dottor Baldi».

D'Intino era stanco. Era rimasto di turno in ufficio, ora quasi gli si chiudevano gli occhi. Da giorni Rosaria non si era fatta più viva. Eppure sembrava che le cose andassero bene. Erano stati a cena, in un bel locale, l'aveva portata al cinema e infine a fare una gita costosa sul Monte Bianco. Poi ne aveva perso le tracce. La chiamava e il cellulare era sempre staccato. Le lasciava messaggi, all'inizio ironici, a suo modo di vedere, poi sempre più accorati. L'ultimo l'aveva scritto quella mattina stessa: «*Rosaria se fra noi è finita dimelo*», con una sola emme. Ma a nessuno la ragazza s'era degnata di rispondere. Forse era il caso di rivolgersi ancora all'agenzia dell'amica di Casella e cercare un'altra anima gemella, perché con Rosaria tutto era naufragato. Per passare il tempo si era rimesso a scrivere poesie, il dolore per Pupa ormai perduta e ora anche per Rosaria gli dava ispirazione, gli faceva battere il cuore, lo stimolava a dare tutto se stesso. Sognava un giorno di vederle pubblicate in libreria, e allora sì che Rosaria sarebbe venuta. Ma lui le avrebbe detto: «Mo fatt' 'nculo e freghete Rosa', je so' 'nu poeta, tempo da perde non ne tenghe cchiù!». E mentre la notte prendeva possesso della città, ecco che la mano andò quasi da sola alla penna e l'altra, d'istinto, afferrò un foglio. La scrisse di getto. «Mo che te penso e tu te ne si' ite, ta' recurde quanne stavamo sempre a rite? Passano le jurne e passano le ore, tu a me mi si' fregate lu core!». Gli piacque parecchio. Forse un po' troppo triste per i suoi gusti, allora decise di cambiare atmosfera nella seconda strofa. «Ma sa' je che te diche come a 'nu cunzije? Va' a fangulo a te e a tutt' la famije!». Un po' dura, pensò, ma ci voleva uno sfogo, e Rosaria se lo meritava. Che poi, ce l'aveva una famiglia? D'Intino non lo sapeva. Guardò l'ora. Erano le nove e mezza passate. Allora si alzò e si infilò il giubbotto proprio nel momento in cui l'agente Penzo si affacciava nella sua stanza. «Oh, D'Inti', giù ci sta una donna che vuole parlare con il vicequestore».

«A 'st'ora? Schiavone sta a la casa».

«Vuole fare una denuncia».

«E non la pò pija' tu?».

Penzo sbuffò. «Vabbè, poi te la metto sul tavolo e la passi tu a Schiavone?».

«Shine, 'n te preoccupa'». Penzo sparì. Sentì i suoi passi nel corridoio. D'Intino ripiegò il foglio con la poesia, se lo infilò nella tasca interna di sinistra del giubbotto, quella vicino al cuore, e spegnendo la luce lasciò la stanza diretto a una cena solitaria davanti al televisore seduto sul divano-letto dell'Ikea che tanto Pupa aveva desiderato e sul quale però aveva fatto dormire Tenisci, l'amante, il nemico di sempre. Non aveva soldi per cambiarlo, ma ogni volta che ci si sedeva sopra, gli tornava in mente la faccia grassa di quel bufalo prepotente che gli aveva portato via per una seconda volta l'amore della sua vita. «Si' 'nu stronze forte assaje, puzza tu passa' 'nu guaje». Il verso gli venne in mente spontaneo e se ne rallegrò. Perché un poeta, aveva sentito da qualche parte, lavora 24 ore su 24, non si ferma mai e questo era l'ennesimo indizio che lui lo fosse.

Come sempre il vino era eccellente, e come sempre ci si era concentrati più su quello che sul cibo. «Io ricordo di aver passato economia politica perché imparai tutto a memoria» diceva Baldi, come gli altri alticcio e con gli occhi umidi. «Tutto, i diagrammi di Keynes, si chiamano così?» chiese a Rocco che alzò le mani. «Ho preso 20 e ho portato a casa» rispose il vicequestore. «Io 22, Rocco, ed ero felice! Se ci ripenso alle notti in bianco mi viene da ridere. Niente di quella roba m'è mai servita».

«Invece diritto romano» disse Rocco. «Due coglioni a tinta unita, guarda».

«Vabbè, ve lo racconto» disse Michela scolando il bicchiere e attirando l'attenzione. «Io e Albe stavamo su una spiaggia bellissima, ma non ricordo come si chiamava, insomma al largo c'erano le boe...».

«Ma di che parli?» chiese Giovanni abbracciato a Dedè.

«Del viaggio di nozze».

«Ancora 'sta storia» fece Alberto sbuffando.

«No, perché è importante. Insomma un po' di turisti, qualcuno faceva il bagno, acqua cristallina, si vedevano i pesci, un sogno, e al largo faceva su e giù un gommone con tre ragazzi a bordo. Passa e ripassa, passa e ripassa, Alberto si innervosisce. Ma insomma, dice, ma questi devono rompe i 'oglioni tutto il giorno co' 'sto battello? E si avvicina alla spiaggia, comincia a richiamarli. Basta!, urlava, andatevene, non se ne può più! Un tizio del Canada che avevamo conosciuto in albergo, lo prende per un braccio e gli dice di tornare sull'asciugamano sotto la palma, ma niente! A questo era partita la brocca! Amunì, gridava».

«Io non gridavo Amunì, tesoro, quello lo gridi te».

«Vabbè, insomma, fa il bulletto, no? Con le mani sui fianchi ad anfora finché gli si avvicina uno con la maglietta rossa, un bagnino, anzi lifeguard come aveva scritto in petto, e gli fa: Mister? Mister? indicandogli il mare. *What you want?*, fa Alberto che, amici, parla un inglese improbabile».

«Bello il tuo!».

«Mai vantata di saperlo. Allora la guardia gli indica bene dov'erano le boe. Lo scemo si calma, guarda e vuuum! vede spuntare due pinne di squalo. Amici miei, è sbiancato come la sindone».

«La sindone non è bianca, è scura».

«Io parlo della sindone vera nascosta nelle segrete del Vaticano» rintuzzò Michela suo marito. «Insomma il gommone faceva rumore per tenere lontani gli squali che sennò diventavano pericolosi. Allora sapete lui che fa? E capirai, dice, per due squaletti tutta 'st'ira di Dio. Scommetti che vado a nuotare fin lì?, mi dice. Io gli dico: Scommetti che manco arrivi a metà e torni indietro? E così andò. Ora io mi chiedo perché, perché 'sti minchia di maschi devono continuare a produrre testosterone? Che devono dimostrare? A chi? Ma perché non andate in menopausa?».

«Sarebbe mica male» disse Cleo. «Come quelli di una certa età con le pance a cocomero che guardano le ragazze».

«Sì, e dicono: Oh, non sai cosa gli farei a quella!» si unì Dedè. «Ma che gli devi fare, ti sei visto allo specchio? Sei più brutto di un rimorso! E pensi che una di 23 anni venga a letto con te?».

«E invece a 50 anni suonati ancora lì a fare i coglioni. Io vado dagli squali! Io a quello gli spacco il culo! Io quella me la trombo! Io qui, io lì. Poi gli chiedi di andare a fare la spesa e si perdono fra scaffali e buste che devi mandare i vigili per riportarli a casa!» e Michela scoppiò a ridere.

«Oppure a 37 e 3 chiamano il notaio per fare testamento» si aggiunse Cleo.

«Una cosa è certa, se toccava a loro partorire, oggi sulla Terra eravamo al massimo sei milioni» concluse Sara meritando l'applauso di tutti.

«Va bene, massacrato, è giusto e me lo merito» disse Alberto alzando le mani. «Però ho fatto 'sto pâté che, ditemi, non è la fine del mondo?».

«Boh» disse Maurizio, «io bevo, frega un cazzo del pâté».

«Bravo» e Giovanni gli versò altro vino che Baldi accolse con un sorriso alticcio.

«Non vedo l'ora che possa tornare anche Sandra con Fabiano da noi» disse Giovanni. «So che sta meglio». Tutti guardarono Rocco che si sentì in dovere di parlare. «Sì, credo sia uscita dall'ospedale. Tutto a posto, insomma».

«Storiaccia» aggiunse l'enologo. «Storiaccia brutta. Ma si sa, le peggiori schifezze accadono nelle famiglie. Ce la racconti, Rocco?».

Il vicequestore sbuffò. «È facile. Sua sorella l'aveva portata insieme a un complice in una casa di proprietà della famiglia in Svizzera. Un pregiudicato, ex rapinatore e terrorista. E avevano chiesto un riscatto, pensa un po'. Il complice ha ridotto Sandra in fin di vita. Poi abbiamo capito tutto e ci siamo bevuti la sorella e il figlio di puttana»

«Già» disse Baldi, «diciamo che il figlio di puttana l'abbiamo portato dentro ridotto a brandelli. Qualcuno gli ha messo le mani addosso. Pesanti».

«E chi?» chiese Cleo.

«Qualcuno» fece Baldi guardando la tavola. «Vai a sapere».

«Un poliziotto?» domandò Sara.

«Secondo me no» intervenne Michela, «o se lo era, non penso agisse in nome dello Stato italiano».

«Sì, anche io la vedo così» concordò Alberto. Poi guardò Rocco. «Per poco quel tizio non è diventato mio cliente. Invece qualche frattura scomposta, un po' di prognosi e credo stiano preparando il processo per direttissima».

«Povera Sandra» chiosò Sara. «Ma si può? La sorella...».

«Già». Michela si pulì la bocca col tovagliolo. «E la madre e il padre cercavano ancora di difendere quella stronza della figlia... come si chiama?».

«Susi» rispose Rocco. «Susanna, so' 'ncazzo, non mi ricordo e non me lo voglio ricordare». L'inno alla gioia di Rocco risuonò nella stanza. Cleo scoppiò a ridere. «L'inno alla gioia?».

«È la suoneria di Rocco» gli rispose Michela.

«Sembra più un tipo da requiem».

«Non cogli l'ironia, Cleo?» le domandò Alberto mentre Rocco si alzava scusandosi e raggiungendo la finestra.

Era proprio Sandra.

«Ciao... Come va?».

«Ciao, Rocco. Dove sei?».

Era bello sentire la sua voce. «Sono... sono a casa di Fumagalli, festeggiano il compleanno di Giovanni, ricordi?».

«Festeggiano? Tu no?».

Aprì la finestra e uscì sul terrazzino. «Festeggiamo» si corresse.

«Perché non ti sei fatto vivo?».

Rocco si accese una sigaretta. «Mi sembrava opportuno che tu fossi lasciata tranquilla».

«E la tua presenza poteva rendermi nervosa?».

«Non dico questo. Ma forse meno gente vedevi, meglio era».

Sentì il respiro di Sandra. «Bastava fare due metri e potevi almeno affacciarti. Guarda che lo so che sei venuto ogni mattina, che credi? A parte che ti ho visto almeno tre volte, quindi se pensavi di fare la spia da grande lascia perdere». Rocco sorrise appena. «Ma avevo anche i miei informatori in corsia. Ogni giorno, Rocco?».

Sputò il fumo verso il cielo. C'erano solo due stelle. «Non ho controllato».

«Venivi a sincerarti che fossi ancora viva? Sono dura... da ammazzare, l'hai visto».

«Sì, l'ho notato. Ti ho visto anche quando ti sei alzata e hai fatto i primi passi».

«C'era Fabiano».

«Lo so. Io ero in corridoio. E allora ho festeggiato».

A ridere stavolta fu Sandra. «Posso sapere come?».

«Con la squadra. Ci siamo fatti prepara' i tramezzini dal forno di Federico».

«Boni i tramezzi! Me piaciono assaje» Sandra azzardò.

«A Sa', lascia perde. Bòni si pronuncia con la o aperta, tramezzi lo dicono solo quelli che fanno finta d'esse romani, i tramezzi sono pareti divisorie, piacicno con una ci non se pò senti' e assaje forse lo dicono a Napoli, a Roma diciamo assai oppure parecchio, 'na cifra, i più giovani dicono un botto».

«Grazie per la lezione, terrò a mente. Oh, la sai però una cosa?».

«E dimmi».

«Ho imparato la differenza. Vuoi sentire?».

«Certo. Quale differenza?».

«Sandra Buccellato è guarita! Mecojoni. E sta parlando al telefono con Rocco. E sticazzi?». Risero insieme.

«Brava, è così. Però questo lo pensi tu. Io direi: e sta parlando al telefono con Rocco! Mecojoni. Abbiamo litigato dieci volte, quasi non ci rivolgevamo la parola... e allora che noi parliamo è un evento, no?».

«Papà mi ha raccontato tutto quello che hai fatto. Contro mia sorella, contro Finzi, il ricatto, quanto mi hai cercata e queste sono cose che non si dimenticano. Se sono viva lo devo a te. Punto e basta».

«Che peccato che non eri al giornale» il vicequestore cambiò tono e volume.

«Motivo?».

«C'è stata una rapina in banca. E io...».

«So tutto, Rocco. Chi nasce giornalista muore giornalista, lo sapevi? Un collega mi ha raccontato. Faresti bene a non leggere la stampa. Non ne esci proprio bene».

«E no! Anche se i calci in culo tramite quotidiano preferisco prenderli solo da te! Hai l'esclusiva!».

«C'è un principio di masochismo in te?».

«No, Sandra, c'è in te che mi chiami al telefono».

«Touché». Ci fu un silenzio di qualche secondo. «Va bene, torna dagli amici e salutali e digli che alla prossima cena ci sarò anche io. Mi diverto con loro».

«Sarà fatto».

«Toglimi una curiosità, Rocco. Sara, l'archeologa, se la fa con Baldi?».

«Direi di sì. Hanno deciso di andare a vivere insieme».

«Bene. La sai una cosa?».

«E dimmi».

«Credo che questa sia la conversazione più lunga che io e te abbiamo mai avuto».

«Ti sbagli. Quando mi hai legato al letto e mi si è riaperta la ferita e mi hai portato di corsa all'ospedale ci siamo detti più cose».

Ancora una volta Sandra scoppiò a ridere. «No, abbiamo parlato forse più a lungo ma ci siamo detti sempre la stessa cosa: Scusa Rocco, scusa. E tu: Figurati Sandra, anche se la prima volta fra me e te me l'aspettavo diversa. Ecco, abbiamo reiterato il concetto fino a quando non t'hanno portato via con l'ascensore per rattopparti».

«Ora me lo puoi dire. Perché mi hai legato?».

Sandra ci pensò su qualche secondo. «Perché ti volevo fermo, senza poter scappare. Mio». Rocco deglutì. Sandra riprese: «E tu come l'avresti voluta la prima volta?».

«Sandra, io la prima volta la vorrei ancora, visto che io e te non abbiamo mai... insomma, non ci siamo mai riusciti».

«Ma adesso sono fidanzata!».

«Per questo ho usato il condizionale e non l'indicativo».
«Perché c'è una condizione che ostacola...».
«Esatto Sandra, anzi scusa, che impedisce».
«Buonanotte Rocco».
«Buonanotte Sandra».

«Allora mio padre era dirigente dell'Enichem... era un chimico, no? Io il militare proprio non lo volevo fare». Giovanni aveva l'attenzione di tutti, anche di Rocco che rientrava in casa chiudendo la porta-finestra. «Questo medico dell'esercito era un suo compagno di liceo, nientemeno, e poteva decidere chi riformare e chi no. Mio padre mi dice: Giova', mi ha detto Di Stasio, così si chiamava 'sto generale medico, che ti fai un mese di CAR, di addestramento, e poi appena ti arriva la destinazione ci pensa lui a mandarti a casa. Tu marchi visita e il tuo obbligo di leva finisce lì».

«Bene, un mese al posto di dodici» disse Sara.

«Aspetta, allora io dico va bene. Parto, vado a Taranto, perché ero in aviazione». Rocco alzò una mano come a salutarlo. «Anche tu, Rocco? Va bene, e mi faccio un mese. Così al giuramento, che io col cazzo che ho prestato, mio padre viene giù a Taranto con un suo amico. Ce ne andiamo a mangiare in un ristorante pazzesco, tutto contento che il mio mese era finito. Alla fine del pasto, fumandoci una sigaretta, papà mi fa: Giova', Di Stasio m'ha chiesto di far brevettare un farmaco di sua invenzione tramite l'Enichem. E allora?, gli chiedo. E allora mi sa che il militare te lo fai tutto! E mi sono fatto tutt'e dodici i mesi».

«La morale?» chiese il magistrato.

«Ce ne sono tre, Maurizio. La prima: se devi barattare, dillo subito. Nella disonestà è più onesto mettere subito le carte in tavola. Seconda: gli anni Ottanta erano una vera merda. Terza: è sempre spiacevole scoprire una persona diversa da quella che credevi».

«Sì, va bene Giovanni, ma non è che Di Stasio t'è apparso sotto un'altra luce. Te manco lo conoscevi».

«Mio padre sì, Dedè. E infatti mi disse che nella vita ti devi aspettare di tutto, anche da quelli che ritieni i migliori amici. E conta che Di Stasio e papà erano compagni di banco, di sbronze, a 18 anni al bordello insieme».

«Che bell'amicizia» disse ironica Michela e Cleo rise.

«Vero» si accodò Baldi, «la gente cambia faccia in un attimo».

«Vero, Schiavone?» chiese Alberto guardando Rocco che s'era riseduto e si era versato del vino. «Perché lo chiedi a me? Io ho una faccia e una soltanto».

«Non tu, lo so che ne hai una sola, purtroppo». Qualcuno rise. «No, pensavo al processo dove hai testimoniato. Non c'era in mezzo il tuo migliore amico nella banda, quel tale Sebastiano?».

«Albe', non mi piace parlarne» lo gelò Schiavone. «Credo che non sia argomento di una cena allegra fra amici».

«Giusto» venne in soccorso Michela. «E tanto per farci i cazzi tuoi, chi era al telefono che sei stato fuori mezz'ora?».

«Vero! Vogliamo saperlo!» gridò Sara mentre Cleo e Dedè e Alberto battevano le mani.

«Un amico di Roma».

«Bravo il poliziotto a scoprire le bugie, a dirle invece è una sega!» disse Alberto lanciandogli una mollica di pane.

Rocco si schermì agitando le mani davanti al volto. «Davvero, era un amico che voleva qualche consiglio su... insomma, problemi con la moglie».

Michela si mise un dito sulla punta del naso e allungò poi il braccio. «Pinocchio!».

«Bugiardo!».

«Mentitore, mentitore, mentitore!» cantò Giovanni in piedi citando il *Don Giovanni* di Mozart, Sara gli andò dietro: «*Incomincio a dubitar...*», e poi insieme: «*Zitto zitto, che la gente si raduna a noi d'intorno...*» e si batterono le mani a vicenda. «*Don Giovanni*, atto primo, scena 12!».

«Siete due melomani?» chiese Michela.

«Ce la caviamo».

«Allora... i cd non li sente più nessuno, ma io sì!». Alberto si alzò e andò a un vecchio stereo con accanto anche il lettore. «Ecco fatto. Ora vi piazzo un sottofondo musicale... *Le nozze di Figaro*! Versione diretta da...», lesse sul compact disc, «vediamo un po'? Tale von Karajan».

«*Tale Von Karajan?*» gridò sconvolto Giovanni.

«Vabbè, scherzo, il cd è del 1979... con la Filarmonica di Vienna cantano... dunque, vediamo...».

«Incisione Decca?».

«Bravo».

«Allora, sono José van Dam, Ileana Cotrubaş... poi c'è la Tomowa-Sintow» rispose Giovanni.

«Complimenti!» disse Alberto e infilò il disco nel cassetto.

«Che ho vinto?» disse l'enologo.

«'Sto cazzo!» gli rispose Alberto. «E fanne buon uso».

«È una passione che m'ha trasmesso papà» affermò Giovanni quasi a giustificarsi con la compagnia.

«A me mia madre». Sara si versò dell'acqua. «Andavamo all'opera due volte al mese. Ho anche assistito a certe rotture di scatole che non vi dico».

«Succede» le disse Giovanni mentre partiva l'Ouverture. La ascoltarono per un minuto.

«A proposito delle persone che credi fatte in un modo e poi scopri che sono altro... vogliamo parlare dell'elefante nella stanza o continuiamo a far finta di niente?» disse Michela e tratteneva gli sghignazzi. Poi tutti, tranne Baldi che addentò una tartina, si voltarono verso Rocco.

«No, ci devi spiegare come cazzo hai fatto a non accorgerti che quello era un uomo...» gli chiese Sara e tutti scoppiarono a ridere. Rocco allargò le braccia. «Non lo so, travestimento buonissimo, forse è un attore? Che ve devo di'? Ce so' cascato. A proposito, Maurizio, sulla stampa c'è un articolo che mi fa a pezzi. Il questore mi spaccherà i coglioni».

«Che te ne frega? Devi andare ad Alessandria, no? Stacca il telefono e quando torni lui avrà già parlato coi... come li chiama? i giornalai».

«Ma insomma, questo ha finto di essere una vecchia e tu l'hai pure scortata a casa?». Alberto aveva gli occhi lucidi e le guance arrossate.

«Sì. Bravo. T'è mai capitato di sbagliare?».

«Mai» rispose Fumagalli.

«E ti pareva» commentò Michela togliendo un paio di piatti. «Vado a prendere il polpettone».

«Per come la vedo io, il danno non è neanche così grave. Hanno rubato dei diamanti da una cassetta di sicurezza, pietre assicurate». Rocco finì il vino nel bicchiere che Giovanni pensò subito a rabboccare.

«Se si sono inchiappettati l'assicurazione per me va benissimo» e Giovanni brindò con Rocco.

«Va bene, ma oltre la vecchia» riprese Alberto, «i due ragazzi che hanno finto di doversi fare una puntura di insulina. Anche lì non te ne sei accorto?».

«E come si doveva comportare?» intervenne Cleo. «Metti che era vero e quella moriva?».

«Oh Rocco, hai un avvocato difensore» gridò Alberto indicando la botanica.

«L'ho pagata, fa il mestiere suo» disse Rocco, Cleo rise insieme a Dedè e poi lo carezzò dicendo: «Ancora non ho visto un euro, però».

«Sì signori, e altro non possiamo dire, fermerei qui la discussione, c'è un'indagine in corso» intervenne Baldi serio gelando l'atmosfera. Poi scoppiò a ridere. «L'hai scambiato per una vecchia» urlò, e a lui si unirono gli altri, anche Michela che rientrava con il polpettone. Rocco alzò le mani. Poi Sara lo guardò con gli occhi luccicanti. «Eri distratto, Schiavone?».

«Distratto? E da che?».

«Mah, non saprei. Diccelo tu».

Si accorse che era ancora al centro dell'attenzione di tutti, tranne Cleo e Alberto che s'erano alzati per portare via qualche piatto. «Che c'è? Che volete?».

«Niente» e Michela si sedette. «Sara vuole sapere se in questi giorni sei distratto».

«Non... non ci ho fatto caso. Andiamo al dunque. Qual è il nocciolo della questione?».

«Mi pare ovvio» gli rispose il magistrato e fece l'occhiolino a Sara. Rocco lo guardò con un tono di sfida.

«E allora dimmela, Maurizio».

«Be', eri in pensiero».

«Per gli ostaggi?».

«Ma quali ostaggi, Schiavone!». Alberto era rientrato con altre due bottiglie di vino. Rocco aveva capito da un pezzo, menarla ancora per le lunghe gli parve inutile.

«No, non ero in pensiero per Sandra, se è questo che pensavate».

«A no? E perché sei venuto ogni giorno in ospedale? Stai facendo una serie di analisi?».

«Può darsi Albe', invece tu dovresti farti una serie de cazzi tua! Ma lunga, eh?».

Alberto batté le mani. «Ma che ti costa ammetterlo, santo Dio. È una tua amica, venivi a informarti sulla sua salute. Le portavi i fiori, i giornali, libri... dunque, le hai portato prima *La città dei ladri* di Benioff, capolavoro, poi *Soldati di Salamina* di Cercas che invece non conosco. Com'è, bello?».

«No, io regalo solo libri che m'hanno fatto schifo» rispose ironico Schiavone. «E poi che altro hai scoperto, Sherlock?».

Alberto, abbandonata la sua aria sbeffeggiante, guardava l'amico con occhi sinceri. «Stamattina quando hai saputo che Sandra è uscita, t'ho incontrato, avevi una faccia bellissima».

«Certo, saperla fuori pericolo è stata una bella notizia».

«Madonna, Rocco, sei peggio di un paguro, cazzo! Amunì, mangiamoci il polpettone» e Michela afferrò la paletta per fare le porzioni.

«Abbiamo fumato le canne con un magistrato! Ti rendi conto?».

«Cleo, le ho portate io che sono un poliziotto».

«Ah già... me l'ero scordato».

Stavano facendo un pezzo di strada insieme, Cleo per tornare alla macchina parcheggiata dietro la piazza, Rocco per andare a casa. Aveva smesso di nevicare, le strade bianche, camminavano con le mani in tasca, Cleo guardando dove metteva i piedi per le scarpe dal tacco pericoloso, Rocco invece fumava e ogni tanto alzava la testa per controllare nuvole e stelle. «Ho sbagliato scarpe» fece Cleo. Poi guardò quelle di Rocco. «E anche tu non scherzi».

«Io ho solo queste».

«E il loden. Ma non senti freddo?».

«Sicuro» le rispose Rocco.

«E allora? Una bella giacca a vento?».

«Questo cappotto va benissimo».

I negozi erano chiusi, le vetrine buie. «Comunque Maurizio non ha fumato».

«No, Rocco, però era in mezzo a noi».

«Credo che 'sta storia sia anche troppo sopravvalutata, Cleo. Pensiamo ai fatti importanti. Come per esempio il tuo naso, che è rosso per il freddo».

«E come posso fare?».

«Devi ripararti in un posto caldo, una casa, che sta proprio qui dietro».

«Casa tua?».

«Per esempio».

Cleo si fermò in mezzo alla zona pedonale. «Rocco, mi stai chiedendo di passare la notte con te?».

«Sì, credo di sì».

Lo baciò sulle labbra, poi sussurrò: «Accetto».

Giovedì

Antonio lasciò Aosta che non erano le otto del mattino. Faceva un freddo cane, il messaggio di Rocco non ammetteva repliche: «*Ad Alessandria ci vai tu da solo. Buon lavoro*». In viaggio telefonò a casa; il padre era partito dietro qualche affare che la madre non solo ignorava, ma proprio non lo voleva sapere. «Anto', lo sai com'è tuo padre? Quello si mette un'idea in testa e fino a quando non scopre che è una minchiata e che magari ci rimette i soldi, non si ferma. È peggio di tuo fratello. Però a Natale siamo tutti qui, e pure tu!».

Arrivò ad Alessandria. La città si nascondeva in una nebbia fitta come l'ordito di un tappeto. All'archivio presentò la richiesta e pochi minuti dopo Rampoldi, un omone grosso e con una barba da mangiafuoco, gli consegnò dieci faldoni pesanti e impolverati. «Ecco qui». Antonio guardò scoraggiato quella montagna di carte. «Io ho trovato questo materiale. Si tratta di una causa che è andata avanti per sei anni fra la Inneris esserrelle di Saverio Blasi e Amedeo Pulvirenti».

Antonio si passò una mano fra i capelli. «Non è che potrebbe farmi un riassunto?».

«E come? Non sono a conoscenza del contenuto di queste cartelle e men che meno del dibattimento. Prenda un tavolo laggiù e lo studi. Io più di questo non posso suggerirle. Anzi sì, fossi in lei andrei alla sentenza finale».

Antonio sconsolato obbedì all'impiegato. «Minchia che palle» mormorò caricandosi i faldoni e con tre viaggi prese possesso del tavolo. Impiegò dieci minuti per dare un ordine a quei documenti. Poi, con la pazienza di un amanuense, cominciò a controllarli. Seguendo il consiglio dell'archivista, furono pochi i fogli da leggere per venire a capo del problema. Dopo due ore chiamò Rocco al telefono. «Allora, Amedeo Pulvirenti accusava Saverio Blasi di avergli rubato il brevetto e insisteva perché gli venissero riconosciuti i diritti. Ma tutto il dibattimento fu inutile, alla fine la spuntò Blasi e Pulvirenti tornò a casa con le pive nel sacco».

«Prove ne aveva portate?» chiese Rocco.

Antonio sfogliò gli incartamenti. «E come no. Registrazione, disegni... senti qua: *Dovevamo andare all'ufficio brevetti la mattina del 12 marzo e Saverio non si presentò. Meglio, mi aveva anticipato di un giorno depositando a suo nome, e soltanto a suo nome, il brevetto sul quale io ho lavorato per anni*. Queste sono proprio le parole riportate da Pulvirenti durante il dibattimento». Antonio sentiva solo il respiro di Rocco. «Rocco? Ci sei?»

«Pulvirenti di professione era fabbro, no?».

«Esatto».

«E anche questo depone a suo favore. L'altro aveva preso sì e no il diploma di ragioniere. Che cazzo ne sapeva di lucchetti e serrature?».

«Eh già... cerchiamo più dettagli su questo Pulvirenti Amedeo?».

«Cerchiamo, sì. Magari una ricerca rapida la faccio fare a Casella».

«Sei in ufficio?».

«Sì. E non sai quanto mi costò l'aver abbandonato il letto».

Antonio capì. «L'hai lasciata sola?».

«Dormiva...».

«Chi è?».

«Sei già andato troppo in là...».

«Che faccio, torno?».

«Fa' una cosa. Mettiti in un bar, una pizzeria, quello che te pare, ce ne saranno ad Alessandria».

Antonio scosse il capo. «C'è una nebbia che non ti vedi i piedi, sarà difficile da trovare».

«Fattela indicare».

«Perché vuoi che resti ad Alessandria?».

«Intuizione mattutina».

Il vicequestore posò il telefono e prese il primo spinello della giornata. Prima di accenderlo chiamò Casella. «Ugo! A rapporto!» urlò come un'aquila. Casella si affacciò. «Fammi una cortesia. Amedeo Pulvirenti, vedi se ha precedenti?».

«Sissignore» e sparì.

Rocco andò alla finestra, un pallido sole cercava di riscaldare la città. Accese la canna e inalò la prima boccata. Ripensava alla notte appena passata. Bellissima. Si erano avvinghiati nel letto, avevano riso, strappato un lenzuolo che s'era incastrato nelle doghe di legno, versato mezza bottiglia di acqua sul cuscino e poi s'erano addormentati insieme a Lupa che non era stata invitata ma accolta da Cleo come fosse il suo cane. Forse la botanica dormiva ancora, o forse se n'era andata, ma di una cosa Rocco era certo. L'avrebbe rivista. Gettò la cicca dalla finestra sulla copertura che riparava l'ingresso della questura.

«Dotto'?». Casella s'era affacciato alla porta. Aveva in mano dei fogli.

«Dimmi tutto, Casella».

«È stato facile. Amedeo Pulvirenti, tre denunce per furto, s'è fatto qualche mese, poi domiciliari per una truffa... ecco, ho stampato...» e gli allungò il foglio, «qui sopra c'è tutto».

Rocco portò il foglio alla scrivania. Quello che interessò il vicequestore era la prima pagina, la fotografia di Pulvirenti il giorno dell'arresto, quattordici anni prima. Rocco strizzò gli occhi, poi sorrise. «Salve, signora Luigia Pallavicini caduta da cavallo» disse. Casella non capì. Rocco prese il telefono e chiamò Antonio. «Dove sei?».

«In un bar, come mi avevi suggerito».

«Bene, Pulvirenti s'è fatto due processi penali. Faccio chiamare da Baldi, dovresti andare a prendere notizie, tutte quelle che riesci ad avere dal tribunale penale, e portarle qui. Ci vediamo ad Aosta».

«Cioè devo tornare all'archivio?».

«No, Antonio, tu sei stato al civile. Ora ti chiedo di recarti al penale».

«E dove sta?».

«E che cazzo ne so? Chiedilo, che ci vuole? Pure se ad Alessandria non si vede un cazzo, un tribunale è difficile che sfugga alla tua attenzione».

«No no, certo. Fra l'altro...», ma Rocco aveva già troncato la comunicazione.

La questura era sulle tracce di Luigia Pallavicini, al secolo Amedeo Pulvirenti, mentre la squadra, ridotta a tre poliziotti, era stata convocata nella stanza del vicequestore. «Allora Casella, tu e Deruta dovete correre a casa di Saverio Blasi. Ce l'abbiamo l'indirizzo?».

«Sissignore» disse Casella, «abita a Cogne sulla regionale 47...».

«Bravo Ugo, bella memoria» si complimentò il vicequestore.

«E che facciamo?» chiese Casella.

«State lì appostati e lo seguite se esce. E mi riferite i suoi spostamenti. Poi rimediatemi subito l'indirizzo di Fausto Comiso, il direttore della banca».

«Starà alla banca» disse D'Intino.

«Intendevo l'indirizzo di casa. Corri!».

«'Gnorsì» e D'Intino scattò fuori dalla stanza.

Rocco lo guardò preoccupato. «Ce la farà?».

«Io dico di sì, dottore. Da un po' di tempo è molto migliorato» disse Deruta.

«Gli fai pubblicità?».

«No, dicevo così, per dire».

«Antonio sta tornando da Alessandria, ma secondo me prima di pranzo non lo vediamo. Quindi?».

Casella e Deruta alzarono le spalle.
«Quindi chiamatemi Caterina e vedete se è libera. Ma non dovevano mandarci un rinforzo?».
«Non ne sappiamo niente, dotto'» e Casella afferrò la cornetta del telefono proprio mentre D'Intino entrava nella stanza. «Ecco, dotto', so' stato veloce assaje». Rocco lesse l'indirizzo. «Case', di' a Caterina che l'aspetto giù in macchina».
«Sissignore... pronto? L'ispettore Rispoli per favore» disse dentro alla cornetta. Rocco afferrò il loden. «Perché 'sta fretta di andare da Blasi? Non si scomodi, ci andiamo poi io e Casella» fece Deruta.
«No Miche', voglio arrivare al direttore di banca, Comiso, prima di chiunque altro».
«Ma chiunque altro chi?».
«Non l'hai ancora capito?». Casella aveva messo giù il telefono e ascoltava attento le parole del vicequestore. «Il messaggio di Pulvirenti alla banca? Era per noi. La cassetta era vuota. Il furto l'avevano organizzato Blasi e Comiso con Ireneo Petruzzi, ed era una truffa per l'assicurazione. Ma Petruzzi l'hanno arrestato ed è arrivato Amedeo Pulvirenti che li ha anticipati. Ha finto la rapina spolverando solo la cassetta di Blasi e ha chiuso con la catena perché nessuno, cioè soprattutto il direttore di banca, arrivasse alla stanza blindata».
I due poliziotti si guardarono stupiti. «Cioè sta dicendo che non hanno rubato niente?».
«Niente. Io penso sia una vendetta contro Blasi da parte di Pulvirenti».

«Però le prove che la cassetta sia vuota mica le abbiamo».

«No, Ugo, non le abbiamo. Ma ora datemi retta, prima raggiungo 'sto direttore della banca meglio è».

Via delle Betulle, una strada che si inerpicava sopra Aosta, belle villette con qualche ammiccamento di troppo agli architetti svedesi del dopoguerra, il panorama sulla città doveva essere mozzafiato nelle giornate di sole o di tramontana, quel giorno di dicembre si vedeva poco o niente, al citofono di casa Comiso, una bella villetta con un po' di giardino, non rispondeva nessuno. «Abbiamo il numero?».

«Me lo sono fatto mandare» rispose Caterina e lo digitò sul suo cellulare. Scosse la testa. «Non è raggiungibile».

Rocco si guardò intorno. Il cancello era basso. Con un salto lo scavalcò.

«Oh!» fece Caterina.

«Resta qua» le ordinò avvicinandosi a grandi passi verso la casa.

La prima finestra dava nell'ingresso. Con le mani cercò di coprire il riverbero per dare una sbirciata all'interno. Non c'era anima viva. Il vetro era gelido, segno che forse non erano accesi neanche i riscaldamenti. Suonò al campanello tre volte. Poi si diresse di nuovo in giardino e arrivò alla seconda finestra. Dal cancello Caterina richiamò la sua attenzione: «Allora?».

«Vieni pure tu, Cateri'... qui sembra vuoto» e la viceispettrice scavalcò il cancelletto. Rocco s'era avvicinato alla finestra del salone. C'era un camino, spento, un tavolo con la colazione ancora apparecchiata, un divano dal quale spuntavano un paio di pantaloni e i piedi infilati nelle pantofole. «Cazzo!» urlò. Si voltò e prelevò una pietra che disegnava l'aiuola e spaccò la finestra. «Cateri'!» gridò. «Ambulanza!».

Rispoli subito prese il cellulare mentre Rocco entrava in casa.

L'uomo era disteso a faccia in su. Il viso sanguinante, aveva preso una brutta botta sulla fronte e dalla ferita profonda il sangue colato gli inzaccherava tutta la faccia. Rocco auscultò il polso. Batteva ancora. A terra c'erano dei libri, un tavolino rovesciato, cocci di un vaso. «Caterina!» urlò ancora. La viceispettrice si affacciò alla finestra. «Sta arrivando! Che succede?». Poi vide le gambe dell'uomo. «O cazzo!» ed entrò. Con un salto raggiunse il vicequestore. «È andato?».

«No, ancora no. Vedi se in bagno ce stanno garze e roba simile» le disse mentre con il copridivano cercava di asciugargli il volto. Vide che le narici del naso gonfiavano delle bolle d'aria rosse. Gli aprì la bocca. Il direttore respirava.

«Ce la fa?» gridò Caterina dall'altra stanza.

«Che cazzo ne so, Cateri'. Ho studiato giurisprudenza»

«Ma un po' di pratica ce l'hai» e Caterina entrò con delle garze e una bottiglia di disinfettante. «Tu invece chiama Casella e digli di stare alleprato».

«Perché?».

«Puoi fare quello che ti dico senza rompere il cazzo?».

«Occhio che non sono più in squadra con te!» gli disse prendendo di nuovo il cellulare.

«Purtroppo» aggiunse Rocco, e a lei fece piacere sentirselo dire.

Viaggiava a 180 chilometri all'ora, uno dei pochi vantaggi di essere nella polizia. Sua madre l'aveva richiamato. Ora il padre s'era fissato a commerciare *discus*. «Che vuole commerciare?» le aveva chiesto Antonio.

«Sono dei pesci di acqua dolce... insomma li comprano per gli acquari».

«E da quando papà ne sa una minchia di acquari?».

«E da quando tuo padre ne sapeva una minchia di giostre per bambini, lucernari, libri antichi, batik?» gli aveva risposto con una punta di astio nella voce.

«Be', stavolta alle brutte, mamma, ve li potete sempre mangiare».

«Non sono trote, Anto', sono pesci delicati che vengono dal Rio delle Amazzoni».

«Ne sai parecchio».

«Mi sono informata. Sembrano dei grossi cd tutti colorati».

«E quanti soldi ha buttato stavolta?».

«Stavolta è andata benone. Diecimila euro».

«Alla faccia...».

Gli arrivò la telefonata di Rocco proprio nel momento della decisione estrema: caffè o non caffè? Aveva deciso che si sarebbe fermato alla stazione successiva, che come recitava l'insegna era a soli dieci chilometri.

«Anto', dove sei?».

«Sto tornando».

«Ecco, bravo. Raggiungi gli altri a casa di Saverio Blasi».

«Che sta...?».

«Cogne, regionale 47, al chilometro 18 più o meno. Tanto vedi l'auto di Casella e Deruta».

«E tu dove sei?».

«Nella villetta del direttore della banca. L'hanno aggredito. Sbrigati e non ti fermare per prendere il caffè» gli disse come se gli avesse letto nel pensiero.

«Cassetti a posto, nessuna effrazione. Almeno quelli di là dello studio o questi del salone» fece Caterina mentre l'ambulanza portava via il direttore di banca in stato di incoscienza.

«La cassaforte è nel cesso. Strano, no?» le disse Rocco facendole cenno di seguirlo. Gliela indicò: era dietro un pannello finto di copertura per le scatole dell'elettricità in basso, accanto al water. «È chiusa, ha una combinazione. Vieni con me» e Caterina lo seguì alzando gli occhi al cielo. «Che c'è?».

«Sembri uno di Tecnocasa» gli disse.

«Sei diventata pesante e scassacazzi, Cateri'... è l'influenza dello gnu?». Così Rocco aveva ribattezzato l'agente Bruschi, marito di Caterina, che secondo il vicequestore somigliava proprio a uno *gnu dalla barba*.

«E tu sei sempre più stronzo».

«Meglio stronzi che scassacazzi. Con lo stronzo ci puoi parlare, lo scassacazzi è un nemico dell'umanità». Arrivarono in camera da letto. «Guarda» Rocco le indicò il comodino. «C'è il caricabatterie...».

«Ma il cellulare in giro non l'abbiamo trovato».

«Alle solite. Qualcuno se l'è preso». Poi afferrò il suo telefonino. «Case', notizie?».

«Blasi è rientrato a casa da un po' e non è ancora uscito».

Il vicequestore chiuse la telefonata. «Cateri', raggiungiamoli» disse e si avviò verso l'auto seguito dall'ispettrice. «Qual è la prima stonatura?» chiese Rocco salendo dalla parte del passeggero.

Caterina alzò gli occhi al cielo e si mise al volante. «C'è stata colluttazione, qualcuno ha ferito il direttore ed è scappato, ma non era un furto» rispose Rispoli chiudendo lo sportello.

«Esatto. Cassetti a posto, la cassaforte nel cesso chiusa. Solo il cellulare non abbiamo trovato, e questa è la stonatura».

«Esatto» si accordò Caterina.

«Quello se ne stava a casa, con un maglione e in ciabatte, segno che mica aveva intenzione di uscire. Il cellulare però è staccato. In studio c'è il filo della ricarica, nessun apparecchio agganciato».

«L'aggressore l'ha portato via?».

«Può essere».

La radio dell'auto gracchiò. «Dottore! Sono Ugo. Si muove».

«Seguitelo a distanza, Case', e dateci la direzione, ci uniamo a voi. Che macchina ha?».

«Che macchina è?» sentì Casella chiedere a Deruta che rispose chiaro e forte: «Audi A4 canna di fucile».

Caterina rallentò e accostò accanto a un distributore in attesa di ordini.

«Case', aveva valigie?».

«No. Solo uno zainetto nero».

«Hai notato se si è cambiato?».

«Sì, dotto'. Mo tiene un giubbotto di pelle, prima portava un impermeabile grigio. E si è messo la tuta. Va a correre?».

«Mi sa di no... incollati al culo mi raccomando, non lo lasciate neanche per un attimo» ordinò il vicequestore.

«E noi?» disse Caterina.

«Tu va' all'autostrada e guardiamo se l'imbocca».

«Chi?».

«Blasi. Può essere che ci tocca andare ad Alessandria».

Caterina guardava il vicequestore senza capire. «Alessandria?».

«Fidati».

«E va bene. Ho fame».

Senza aggiungere altro Rocco le allungò il pacchetto di sigarette. «Non fumo» e ingranò la prima partendo verso l'autostrada.

«Devo chiamare Antonio. Mi deve fare un favore, non ci posso manda' D'Intino!».

Il caffè se l'era preso. Che cazzo, s'era detto Scipioni, mica mi scopre. Doveva togliersi un po' di dosso Schiavone. È vero, l'aveva aiutato a trovare i soldi quando il fratello s'era inguaiato, e cominciava ormai a giustificare i suoi metodi. Fossero di scasso, di schiaffi, di disprezzo totale delle regole. Se ripensava a quando era entrato in squadra e detestava quel modo di lavorare, gli veniva quasi da ridere. Tre anni lo avevano cambiato in maniera così radicale? In fondo a lui le regole, almeno sul lavoro, erano sempre piaciute. Era stato un bastardo solo quando si era fatto una storia in contemporanea con le sorelle Lucrezia e Serena Morganti e come se non bastasse aveva aggiunto la cugina, Giovanna. Ne era uscito con le ossa a pezzi, com'era prevedibile quando quelle erano venute tutte e tre a trovarlo ad Aosta, ognuna all'oscuro delle altre. Una storia da *pochade* francese, gli aveva detto Schiavone, e lui era andato a cercare che significasse *pochade*: in poche parole, una farsa. La sua vita era stata una farsa? Da sempre? Oppure quello era un colpo di coda di una tarda adolescenza? Era diventato uomo avvicinandosi ai metodi Schiavone? O soltanto aveva cominciato a capire che la vita non era fatta di bianchi e neri, ma poteva avere molti altri colori? Gli suonò il cellulare. Era Rocco. «Pronto?».

«Allora, io è probabile che vado ad Alessandria».

«Ad Alessandria? Ma che devo tornare lì un'altra volta?».

«No. Tu mi devi fa' un favore».

«E sto andando a Cogne».

«Bravo, devi andare a casa di Blasi».

«Lo so, me l'hai già detto».

«No, quello che non sai è che devi penetrare all'interno».

«Io?».

«Tu. Non sei capace?».

«No».

«Allora chiamo il magistrato, passa da lui, si incazzerà e mi dirà che lui mica è un ortofrutticolo che sta lì a dare permessi come fossero zucchine, ma alternative non ne ho. Dentro casa troverai un impermeabile. Prendilo e portalo alla Gambino, per favore».

«Ricevuto. Senti Rocco, e se mi porto direttamente la Gambino?».

«Fa' come cazzo te pare, ma datti una mossa».

Rocco chiuse la telefonata. Sbuffò. «Mi tocca chiamare Baldi. Tu prendi l'autostrada per Alessandria».

«Ma sei sicuro?».

«Al settanta per cento».

«Pochino» osservò Caterina. «E poi?».

«Poi ti dico dove devi andare».

Afferrò la radio. «Case'? Mi senti?».

«Forte e chiaro».

«Gli state sempre dietro?».

«Sì, pare proprio che stia andando verso l'autostrada, dotto'».

«Bene, lì seguirlo è semplice».

«Lei che fa?».

«Noi vi anticipiamo. È facile che ci rivediamo dove sta andando Blasi».

«Ricevuto. Deruta vuole sapere se ci possiamo fermare per mangiare una cosa».

«Nessuno mangia una ceppa di cazzo». Mise via il microfono. «Dai Cateri', siamo la polizia, puoi pure correre un po' di più, così mi vengono i vermi».

Caterina premette l'acceleratore, gli pneumatici urlarono e l'Alfa schizzò superando un camion e due camper. «E andiamo, così si fa!» disse Rocco sorridendo.

Dalla lentezza della ricerca in tribunale, Antonio era passato alla solita pallina da flipper non appena il vicequestore s'accendeva. Lo preferiva distratto a farsi le canne in ufficio che attivo su qualche pista. Si era dimenticato di chiedergli insieme a chi fosse della squadra, perché pensarlo alla guida fino anche solo ad Alessandria ci credeva poco. Era passato dal magistrato che l'aveva cazziato, ora aspettava la Gambino che scese di corsa abbottonandosi il cappotto lungo fino ai piedi. Non indossava il colbacco, ma un cappello di lana rosso che si tolse appena salita in macchina facendo esplodere la chioma corvina. «Amunì, pronta sono» e partirono verso Cogne. «Mi dici che minchia succede?».

«Succede che dobbiamo andare a casa di Blasi, a pigghiare saccio che impermeabile».

«E non ci potevi iri sulu? Che ti devo accompagnare?».

«Nonsi. Chiddu Schiavone, così disse. E io così faccio. Lo vuoi stare a sentire tu?».

Quando erano soli parlavano un poco in siciliano. Piaceva a tutti e due. Antonio recuperava la lingua della madre, Michela un po' di profumo di Trinacria. Mancava da casa da troppo tempo. E chissà mai se ci sarebbe tornata. «Unn'è c'abita chistu?».

«A Cogne. Sulla statale 47. Al chilometro 18, villetta rosso chiaro».

«Comu a riconoscemu?».

«Pari ca havi due aquile supra al cancello».

«Vero?» chiese Michela.
«Vero».
«Miii, troppo tasce l'aquile sul cancello».
«Sono d'accordo Miche', megghiu le pigne».

Rocco controllava il cellulare. Aveva inserito un indirizzo sulla mappa, una volta avviato il viaggio guardò sereno la strada. «Allora tu esci ad Alessandria, poi ti dico che fare».

«Sissignore. Ma io me ne stavo tanto bene in ufficio. Giornata tranquilla, l'articolo che parla di te era divertentissimo...». Caterina lo guardò con gli occhi che ridevano. «Il giornalista dice che da quando lavora alla cronaca, non gli era mai successa una cosa simile».

«Poi mi dai il nome che vado a menargli sotto casa».

«È la libertà di stampa, bellezza. Mica t'ha calunniato. No, anzi, l'articolo era un encomio di come fossi entrato in banca rompendo il vetro addirittura sparando, cosa che credo ti porterà qualche problemuccio... a proposito, il questore ti cercava ma non per andarsi a prendere un caffè...».

«Mi ha già chiamato tre volte».

«E tu?».

«Secondo te gli ho risposto?» e Rocco si infilò una sigaretta in bocca.

«Mica la vorrai accendere».

Il vicequestore fece scattare l'accendino e aprì il solito dito di finestrino per far uscire il fumo. «Poi? Che diceva l'articolo?».

«Insomma ti lodava, e lodava anche le forze di polizia. Solo alla fine diceva una cosa tipo: peccato che i rapinatori li abbia fatti uscire proprio il vicequestore Schiavone ingannato da un travestimento da *vaudeville*. Più o meno queste le sue parole».

«Immagino tutti a ridere in questura».

«No, almeno non quelli che erano sul piazzale con te, perché ci sono cascati tutti. Quindi il travestimento credo fosse molto, ma molto buono».

«Sei felice?» le chiese all'improvviso, tanto che Caterina restò spiazzata per qualche secondo. «Perché... perché me lo domandi?».

«Perché in fondo ti voglio bene».

«E allora sì, sono felice».

Rocco trovò un vecchio bicchierino di plastica e spense la sigaretta. «Insomma lo gnu si comporta bene».

«Basta, Rocco! Non lo chiamare così».

«Va bene, scusa. Come se chiama?».

«Maurizio».

«Allora Maurizio si comporta bene?».

«Sì. È affettuoso, generoso, ha anche degli amici simpatici, abbiamo trovato una casa in affitto molto carina, appena ristrutturata...».

«Daje a ride».

«Perché? Che devi avere da un matrimonio?».

Rocco restò qualche secondo in silenzio. «Altro».

«Cioè?».

«Altro». Poi la guardò. «Tu quando sei al lavoro, al bagno, quando dormi, quando mangi, pensi al suo corpo? Ai suoi occhi, alla sua voce, alle risate che vi fate insieme?».

«Questo non è amore, è compulsione».

«Ah!» gridò Rocco. «Quando rientri in casa, vorresti abbracciarlo, sbatterlo dovunque si trovi e farci l'amore?».

«A parte che non sono fatti tuoi».

«No, puoi anche non rispondere infatti. Per esempio, sii sincera, da stamattina quante volte l'hai pensato?».

«Sto lavorando, Rocco, cosa vuoi che pensi?».

«Io a mia moglie almeno quattro volte. Ed è morta otto anni fa. Prima no, prima la pensavo sempre. Ma non le davo il tormento. La pensavo. Non la chiamavo mai, anzi, ognuno aveva la sua vita. Ma la pensavo. E quando rientravo a casa volevo solo il suo profumo, la sua pelle e i suoi occhi. E volevo ridere con lei. Anche se alla fine erano tre ore al giorno, me le facevo bastare. Ecco, tutto qui».

Restarono in silenzio per un bel po' ognuno dietro ai propri pensieri. Caterina, prima, pensava sempre a Rocco. E non vedeva altro che i suoi occhi, la sua bocca, le sue mani e lo desiderava dentro di lei ogni volta che si incontravano. Prima. Ora invece? Ecco, questo era il pensiero peggiore di tutti, che non se ne stava accucciato nella profondità dell'inconscio ma anzi si divertiva a risalire in superficie. Anche adesso, si confessò, se avesse potuto avrebbe fermato l'auto al primo autogrill per entrare in un cesso e scoparlo fino a ledersi le ossa del bacino. Rocco la guardò all'improvviso e disse: «Che ti credi, Cateri'? Il tempo passa e ci tritura come fossimo monnezza».

Antonio fermò l'auto davanti alla casa di Saverio Blasi. Le due aquile sul cancello c'erano, e si erano riempite di muschio. Suonarono al citofono ma non ci fu risposta. Insistettero per mezzo minuto, nessun segno di vita. La recinzione era fatta di steccati di legno paralleli al terreno, superarla non presentava alcun problema tranne il cappotto che la sostituta della scientifica dovette sbottonare per liberare il movimento della gamba. La neve aveva ricoperto il prato, il tetto, la legnaia dipinta di rosso. Blasi aveva lasciato la porta del garage aperta. Dentro c'era un vecchio aspirapolvere, un lavandino, una rastrelliera con degli attrezzi appesi, un paio di sci, plastiche e cassette della frutta impilate piene di stracci o oggetti di dubbia provenienza. In garage c'era una porta che immetteva nell'appartamento. Era aperta. «Uscì di fretta» disse Michela. «E sì» convenne Antonio.

Quattro scalini ed entrarono nel salone. «C'è nessuno? Polizia!» disse Antonio e si sentì in un brutto telefilm americano. «Miii, chiaro che non c'è anima viva» e Michela lo superò. «Amunì. Cerchiamo 'stu trench e ni nni jemu...».

Si guardarono intorno. Era una casa arredata all'antica, ma Michela era pronta a giurare che quadri e mobili fossero finti. Come le cornici e le porcellane chiuse in una vetrinetta, anche quella finta. Troppo lucidi, troppo regolari, legno troppo recente, e i quadri troppo densi di colore e di forme scontate e tele pulite come vetri. Non c'era traccia di impermeabile sui divani di pelle, sul tavolo, sulle sedie. «Provamo di supra» e Antonio salì le scale che portavano verosimilmente alle camere da letto. Michela invece andò in cucina. Aprì le scansie alla ricerca della lavatrice. Forse l'aveva messo a lavare, pensò. Poi notò una porta che si apriva su uno sgabuzzino nel quale c'era la lavatrice. Era vuota. Nel cesto di vimini che raccoglieva i panni sporchi trovò l'impermeabile. «Eccolo!» gridò. Poco dopo sentì Antonio riscendere le scale. «Ni nni jemu?».

«Sento a Rocco e videmu c'amu a fari». Uscendo di casa chiamò il vicequestore. «Il trench l'abbiamo trovato».

«Mi serve che Michela lo esamini bene». Antonio si voltò. La sostituta già stava osservando con attenzione il capo mentre se ne stava coi piedi in mezzo alla neve incurante del freddo. «Di' a Rocco che c'è traccia di sangue... sulla manica e sul risvolto in basso» disse ad alta voce. E il fiato uscì dalla bocca colorando l'aria.

«Hai sentito?» fece Antonio al telefono.

«Sì. Dille di andarlo a esaminare e di confrontarlo con quello del direttore di banca».

«Dici che è il suo?».

«Mi ci gioco tutte le trattenute INPS».

«Ma tu dove sei?».

«Io e la viceispettrice Rispoli siamo quasi arrivati».

La struttura era in mezzo alla campagna, alberi e rovi l'avevano già ricoperta. L'ingresso sembrava un tempio romano, una volta doveva essere bianco candido, ora il tempo e le scritte dei writer avevano cancellato ogni traccia di quell'eleganza pacchiana e un po' sordida. «Non lasciare la macchina sul davanti» ordinò Rocco. «Mettila qui, proseguiamo a piedi».

Caterina infilò l'auto nel cespuglio. «Dove siamo?» chiese.

«Una volta era una fabbrica, poi è diventata una discoteca. Ora è un rudere». Scesero dall'auto accostando appena gli sportelli in silenzio. Tutt'intorno la nebbia si mangiava il panorama, avanzarono fra alberi spogli, rovi, cespugli di rami secchi e erba alta. Poco più in là si distingueva un acquitrino.

Le colonne finto imperiali stavano ora sulla loro destra. Caterina aveva estratto la pistola. Videro un riflesso, tenue, proprio accanto all'entrata. Era la cromatura di un'auto, una vecchia Golf bianca. Sullo sportello era visibile una striscia di vernice scura. Si chinarono. «Stanno qui» disse Rocco. Caterina annuì. «Magari una coppia appartata?».

«Coppia sicuro, appartata un po' meno. Io so di chi è 'sta macchina» le rispose Rocco. Proseguirono calmi, cercando di fare il meno rumore possibile. «Piano Cateri', abbiamo tutto il tempo». Poi Rocco prese il cellulare. Chiamò Casella. «Ugo» disse a bassa voce, «da questo momento chiuse le comunicazioni. È facile che arriverete in un posto abbandonato, una vecchia discoteca. State a distanza e aspettate ordini. Se sentite colpi di pistola o altre stronzate intervenite».

«Signorsì» fece Casella con la voce preoccupata.

Rocco e Caterina raggiunsero una balaustra crepata dalla ruggine e dal tempo. Dietro c'era una specie di piscina, o stagno, forse una volta illuminata dai fari colorati e circondata di *chicas* doveva dare un tono da Mar dei Caraibi al locale; adesso era una vasca piena di foglie e legni in putrefazione. Un paio di ranocchie si tuffarono appena percepirono la loro presenza. «Che facciamo?» mormorò Caterina.

«Aspettiamo».

«Tutto mi sarei immaginata oggi tranne che fare un appostamento con te».

«Saresti venuta lo stesso?».

«Sarei venuta con più gioia. Io in ufficio mi annoio a morte».

«Senti, tu sai niente di un rinforzo che deve arrivare in squadra?».

«Da te? No, niente. Speriamo bene».

«Perché non vieni tu?».

Caterina rispose con un sorriso.

Aspettarono una ventina di minuti. Rocco cominciava ad avere dolore alle ginocchia, la posizione era scomoda e la terra umida, aveva voglia di fumare e di stiracchiarsi. Almeno allungare un po' i muscoli sui lombi. Poi il rumore di un motore potente ruppe il silenzio e il muso di un'Audi A4 canna di fucile apparve proprio davanti all'entrata del portico finto impero. Blasi scese con uno zaino sulla spalla. Rocco guardò Caterina che annuì. «C'hai preso» gli disse.

«'Nnamo, Caterì».

Blasi, appena sceso dall'auto, entrò spedito nella ex discoteca. Caterina e Rocco aggirarono la costruzione, alla viceispettrice sembrò ridicolo che l'uomo avesse usato proprio l'entrata della discoteca quando l'assenza quasi totale di muri perimetrali permetteva l'ingresso da qualsiasi punto. Nascosti dietro una colonna marcita e crepata, i due poliziotti osservarono la sala. Era enorme. Una scala bianca calava dal piano di sopra con una curva sinuosa finendo al centro del locale. A destra c'erano ancora i resti di un bancone che correva lungo tutto il lato opposto all'entrata. Blasi si era fermato davanti a una struttura di cemento rettangolare, forse una volta ospitava un palco o la postazione del dj. Fili elettrici pendevano dai soffitti. Le mura erano piene di messaggi incomprensibili e di disegni: siringhe, pentacoli ma soprattutto, come sempre, cazzi. Poi un movimento attrasse l'attenzione di Rocco e Caterina. Come una diva d'altri tempi dallo scalone scese un uomo. Non più alto di un metro e settanta, leggermente in sovrappeso, senza capelli. Quando si voltò Rocco lo riconobbe subito. «Eccolo. Abbiamo Pulvirenti in persona».

«Ma...».

«O Luigia Pallavicini, come preferisci. Però se c'è lui...».

«Ci dovrebbero essere i complici, quelli dell'insulina?».

«La Golf lì fuori... è la loro».

«Come stai, Saverio, non ci vediamo da anni». Pulvirenti allargò le braccia andando incontro al suo vecchio amico, talmente vecchio che non era più il caso di chiamarlo amico. «Non dici niente? Ti piace qui?» e indicò l'ambiente. «Era la fabbrica, la fabbrica del lucchetto, quello te lo ricordi, no? E come me l'hai rubato? Dovresti ricordare anche quello».

«Tagliamo corto, Amedeo». Saverio aveva una voce bassa e catarrosa, era teso, gli occhi cattivi, in uno scontro frontale fra i due non c'erano dubbi su chi avrebbe avuto la meglio.

«Dammeli!» e Amedeo allungò la mano. Saverio prese lo zainetto, uno scatto e glielo tirò proprio in faccia. Amedeo cercò di ripararsi con le braccia e cadde all'indietro. Saverio gli si gettò addosso. «Fermi!». Una coppia giovane, armata, era entrata in scena da una enorme fenditura aperta nella parete di destra. Rocco riconobbe immediatamente quelli dell'insulina. Il maschio si avvicinò a Saverio, lo afferrò per il collo e lo trascinò lontano da Amedeo che si rimise in piedi pulendosi la polvere dai pantaloni. Un piccolo barboncino attraversò la sala annusando il pavimento. Decise che la colonna portante era un buon posto per pisciare. Amedeo, rosso in viso, aprì lo zaino. Ci guardò dentro e tirò fuori una bustina trasparente. Attraverso la plastica si vedevano delle pietre che luccicavano. «Bene... bene. Ora controlliamo. Greta!». La ragazza si infilò la pistola nella cintola e Amedeo le lanciò la bustina che quella afferrò al volo. Poi raggiunse un muretto e tirò fuori una pietra. Si mise ad osservarla con attenzione. Durante quell'esame il silenzio era pesante, si sentiva solo il respiro affannato di Saverio tenuto a bada dal ragazzo armato. Passarono i secondi, lenti, durante i quali l'unica a muoversi era Greta che controllava le pietre, una per una, e le infilava in un astuccio di pelle.

«Sono buone?». Una voce spaccò quel mutismo e tutti si voltarono. Rocco Schiavone entrò sorridente nella grande sala. Caterina al suo fianco puntava la Beretta, Deruta e Casella dall'altra parte, anche loro armati, tenevano sotto tiro il quartetto. «Io...» mormorò Saverio.

«Silenzio! Tu butta quell'arnese del cazzo» ordinò Rocco al ragazzo che lasciò andare la pistola, raccolta subito da Deruta. «Dotto', è di plastica» fece sorridendo.

«E bravi. Che bella compagnia. Mo aspettiamo un paio di auto che ci vengono a dare una mano e vi portiamo tutti a casa. Però Amedeo, te devo fa' i complimenti per il travestimento. Teatro?».

«No» rispose quello offeso, «vita».

Rocco annuì e si accese una sigaretta. «Ma mettetevi pure seduti, tanto per ora non abbiamo un cazzo da fare. Dimme una cosa, il cane perché?» e indicò il barboncino.

«Per nasconderci dentro i diamanti per ogni rischio o evenienza. Ma non ce n'è stato bisogno» rispose Amedeo sedendosi su un gradino di pietra.

«L'hai trovata vuota, dico la cassetta, e allora t'è venuto in mente: mi vendico. Ti sei fatto portare un borsone da un agente a rapina già iniziata, dentro c'era la catena, giusto?». Amedeo annuì. «Ma secondo me hai anche fatto un filmato dove mostri che la cassetta di sicurezza è vuota. Così sia Saverio Blasi che il direttore della banca erano fregati. Dimmi quando non ti torna».

«Mi torna tutto...» rispose quello. Saverio aveva il fiato corto. Guardava ora il poliziotto ora il vecchio collega e amico.

«Bene. Secondo me il filmato della cassetta vuota l'hai mandato sia a Saverio che al direttore della banca, Comiso. Ah, a proposito... non l'hai ucciso, Blasi, t'è andata bene, becchi solo tentato omicidio».

«Io non ho fatto niente» protestò quello.

«E questo lo dici tu. Invece sai che dico io? Vuoi che legga il messaggio che m'è arrivato un minuto fa?». Avvicinò il cellulare agli occhi. Doveva cominciare a pensare di procurarsi un paio di occhiali, le lettere somigliavano sempre più a cacate di mosca. «*Impermeabile grigio in casa Blasi. Evidenti macchie di sangue sulla manica destra ho cominciato le analisi*». Rocco guardò Saverio. «È della sostituta commissaria Michela Gambino, scientifica. Mo chissà di chi è quel sangue. Io mi ci gioco i coglioni che è di Fausto Comiso, il direttore. Avete litigato, no? La truffa all'assicurazione era andata a puttane ed eravate sotto scacco di Amedeo. Non ti restava che dargli quei diamanti. So' veri, Greta?» e allungò la mano. Greta gli tirò la custodia di pelle con dentro i diamanti. «Genuini» rispose poi con un filo di voce.

«Ma davero te devi fa' l'insulina?».

Quella scosse la testa. «No».

«Bel trucco. Bravi pure voi». Rocco guardò le pietre. Ne prese un paio in mano. Luccicavano, splendevano, ma non aveva mai capito come dei serci compressi da milioni di atmosfere in milioni di anni potessero valere tutti quei soldi. Su di lui non esercitavano alcun fascino. «Be', io mi sono rotto il cazzo, mettetegli le manette a tutti e quattro che sento arrivare i colleghi da Alessandria. L'unico che me fa pena sei tu, Amedeo. Te li meritavi 'sti diamanti».

«Avessi saputo, sarei direttamente andato a casa di quello stronzo a prenderli».

«Un minimo di risarcimento, no? Ma che ci vuoi fare, Amedeo, è la vita». Rocco allargò le braccia e fece per andarsene. Poi ci ripensò e tornò verso Amedeo. Si chinò accanto a lui. «E il cane mo? A chi lo dai?».

«A una mia amica. Si chiama Giorgia Bacci». Amedeo si stropicciava gli occhi con la mano sporca di polvere. «Era la moglie di quel coglione. Me lo terrà lei». Poi prese un respiro profondo. «Secondo lei quanto mi faccio questa volta?».

«Dipende dall'avvocato» gli rispose. «Ce li hai i soldi?» gli chiese mentre Antonio Deruta e Casella sfilavano accanto a loro con gli ammanettati verso l'uscita del locale fatiscente. «Non ho un euro, dottore».

Rocco sospirò. «Era tuo, il brevetto del lucchetto?». Quello annuì triste. «Che vita de merda, eh?» continuò il poliziotto. «Vabbè Amede', in bocca al lupo. Te tocca manda' giù» disse proprio mentre tre poliziotti della questura di Alessandria entravano nell'ex discoteca. «A volte nella vita devi mandare giù. Mandare giù! E tirare avanti». Gli strinse una mano. Amedeo si rese conto che gli aveva lasciato qualcosa e aprì il palmo. Due pietre preziose luccicavano in mezzo alla sporcizia e alla polvere. Con un gesto rapido Amedeo le ingoiò come medicine. «Per l'avvocato!» gridò Schiavone mentre si allontanava.

Dovettero cambiare strada per uscire dalla macchia perché la Golf e l'Audi impedivano il passaggio. Caterina fece marcia indietro, toccò appena un albero, poi inforcò un viottolo seminascosto da un cespuglio. «Speriamo che usciamo da questo boschetto» disse. Guidava lenta sorpassando radici e alzando schizzi d'acqua dalle buche colme ai lati della stradella. «Qui le sospensioni si rompono» commentò. Ogni tanto una pozzanghera affossava l'auto. «Guarda che t'ho visto... hai passato qualcosa a Amedeo e quello ha ingoiato. E certo non erano medicine» disse a Rocco.

«E che me ne frega?».

Evitò un ramo che le nevicate degli ultimi giorni avevano reciso dal tronco. «Anche io l'avrei fatto» disse l'ispettrice a bassa voce.

«Come?» le chiese Rocco.

«Dico, l'avrei fatto anche io. Ora. Tre anni fa forse no».

«Che vuoi dire?».

Una buca piena di acqua si parava davanti a loro. «Speriamo non sia troppo profonda» e Caterina l'affrontò. Non lo era. «Voglio dire, che prima di conoscerti non l'avrei mai fatto».

«Mio Dio, Caterina, che mi stai dicendo? Ho rovinato la tua etica di poliziotta?».

Lei rise. «No. Mi hai aperto gli occhi su alcune questioni». Si vedeva la strada principale. «Ecco, ci siamo».

«E ne sei felice oppure ce l'hai con me per questo?» le chiese.

«Ne sono molto felice» gli disse. Fece sbucare il muso dell'auto sulla provinciale. «Anche io, Cateri'. Ti voglio bene» e la baciò sulla guancia. Un'auto nera e lucida e silenziosa a velocità sostenuta per poco non gli andò addosso. Caterina inchiodò. L'autista evitò il cozzo con una sterzata improvvisa senza fermare la corsa. Suonò e prima della curva cacciò un braccio dal finestrino con il medio bene in vista. «Porca...» disse Caterina.

«Per poco non ce troncava via mezzo motore. Allora sì che toccava portarla all'officina».

L'ispettrice prese un respiro. «Va bene, vado allora».

«Sì, però stavolta guarda la strada» l'ammonì Rocco.

«La guardo! Con tutte queste piante non si vede niente. Destra o sinistra?».

«Sinistra. L'autostrada è da quella parte».

«Come fai a dirlo, Rocco?».

«Facevo il boyscout».

«Sei ridicolo». Caterina staccò la frizione e si immise sulla strada principale.

Era buio da un bel po'. D'Intino era rimasto in ufficio e aveva passato il tempo a giocare a Campo minato. Aveva composto due poesie che non l'avevano soddisfatto, e telefonato a Rosaria senza che quella si fosse degnata di rispondergli. Sentendosi abbandonato dalla squadra, aveva sentito il bisogno di chiamare Deruta che, di ritorno da Alessandria, gli aveva raccontato tutta la faccenda. Dell'arresto, della discoteca abbandonata, delle pietre preziose. A D'Intino era parso di sentire un racconto di avventura meglio di quelli che leggeva sui fumetti da ragazzo. Lui era pazzo di «Satanik» e «Zagor». Una volta a Carnevale si era vestito proprio da Zagor, con una maglietta sulla quale prima aveva disegnato lui stesso il simbolo di quell'eroe dei fumetti, l'Uccello del Tuono nero in campo giallo, poi le aveva anche tagliato le maniche, e per scure aveva preso al nonno una vecchia accetta ancora ben affilata che il vecchio usava per spaccare la legna. Il risultato fu che la maestra gli sequestrò l'arma, lo mandò dal preside che chiamò i genitori, fu punito e il sudore gli sciolse l'Uccello del Tuono in campo giallo. Za-gor-te-nay, il nome in algonchino del suo eroe, finì così fra le lacrime, i calci in culo del nonno e un sette in comportamento morale e civile che per poco non gli costò l'anno scolastico. E come premio finale in casa D'Intino non entrò mai più un giornaletto di Zagor. Mimmo si dovette accontentare di un almanacco «Topolino» ogni tanto e di rileggersi le vecchie avventure che ormai conosceva a memoria. Il rumore di passi nel corridoio gli suggerì che la squadra stava tornando. Si affacciò felice alla porta, era bello riaverli accanto. Salutò Antonio, Deruta, Casella, purtroppo c'era anche la viceispettrice Rispoli che invece con lui fu gentile, il vicequestore neanche lo guardò, andò dritto in stanza da Lupa, che non vedeva da un po'. «Uè Mimmo, ci sono novità?» gli chiese Casella ancora eccitato per l'operazione.

«Niente di niente. So' state aecche... a rompeme... voi? Bello, no?».

«Bellissimo» disse Deruta. «L'appostamento, l'arresto, bello».

«È così, Ugo. Se non ci metti l'anticalcare prima o poi la lavatrice la butti» parlavano di incombenze casalinghe.

«Dici che l'aceto non basta?».

«No, non basta».

Profumavano di aria, vita, azione. D'Intino percepì un'emozione negativa alla quale non sapeva dare un nome, ma somigliava al sentimento che provava quando gli altri bambini al mare tiravano fuori il sacchetto di biglie nuove e lui ne aveva quattro o cinque al massimo, anche un po' rovinate. Ci pensò su qualche minuto cercando di capire cos'era a farlo stare male. Rosaria? Pupa? Poi guardando gli occhi di Deruta che raccontava quanto fosse stata importante e brava Caterina Rispoli e quanto sarebbe stato bello riaverla in squadra, capì. La sua era invidia. Rabbiosa, perché l'avevano tenuto fuori, perché a nessuno era venuto in mente di chiamarlo, di avvertirlo. Gli altri in missione e lui in ufficio, solo, a giocare a Campo minato. «Perché non me l'avete detto?» chiese ad alta voce all'improvviso. «Ci stava pure lei» e indicò Caterina, «e io no?». Si era alzato in piedi, quasi tremava. I colleghi lo guardarono. «Voi a fare le missioni e io? Qua all'ufficio da solo a fa' che? A juca' a lu Campo minato?».

«D'Inti', che ti dobbiamo avvertire? Mica sei nostra madre» fece Casella. «È successo così».

Caterina alzò gli occhi al cielo. «Vabbè, io torno al mio ufficio. A presto!». Si voltò e a passi decisi uscì dalla stanza.

D'Intino non si era affatto calmato. «No, non è così!» protestò. «Lu fatto lo sapete? È che tutti quanti tengono un compito, io no. Tu va' qua, tu va' là, tu fa' quesse, tu fa' quelle... e cussu' va a Alessandria, e chest'atre va a fa' l'appostamento. Io?».

Antonio sbuffò. «Vallo a dire a Schiavone che ti senti poco considerato».

«Dici?».

«Dico, sì. Comanda lui, lui assegna i compiti, mica noi. Però t'avverto, non lo so se la prende bene» gli confidò Antonio. «Mo magari sì, sta in buona. Poi chi lo può dire?».

«Io lascerei perdere, Mimmo» gli suggerì Deruta. «Insomma, che ne sai? Capace che s'incazza peggio».

Mimmo D'Intino ci pensò su qualche secondo, poi prese la decisione. «Mo ci vado!» disse.

«Sì, ma preparati il discorso» gli suggerì Casella. «Sennò vai lì, non sai che dire, ti perdi e non concludi niente».

«Certo. Gli voglio dire: Dotto', qui non va bene. Je so' 'nu poliziotto...».

«Primo sforzati a parlare italiano» lo interruppe Antonio. «Che tu sei un poliziotto lo sa. Vai subito al nocciolo della questione. Dotto', io faccio parte della squadra e vorrei pure io avere un compito. Semplice, liscio, diretto». Antonio aprì la finestra e si accese una sigaretta.

«Come si' dette?».

Antonio sbuffò. «Dottor Schiavone... anche io faccio parte della squadra e vorrei avere un compito come gli altri».

«Li si' cambiate».

«E allora se sai che l'ho cambiato te lo ricordavi! Che minchia mi fai ripetere? Ma levati di mezzo!».

E D'Intino uscì dalla stanza a passi decisi.

«Secondo me lo caccia a calci nel culo» fu la previsione di Casella.

«Pure secondo me» si accordò Antonio.

In corridoio l'agente abruzzese si concentrò. «Dotto', anche io faccio parte della squadra e mi dovete da' 'nu compito! Dotto', anche je faccio parte di 'sta squadra, no? E pure je ci devo avere assegnato 'nu compito!». Si deterse il sudore che lo sforzo mnemonico gli aveva procurato. Prese fiato ed entrò nella stanza senza bussare. Il vicequestore era seduto alla scrivania. Fumava e leggeva una carta. L'agente aprì la bocca. «Dotto', je...».

«Che è 'st'appunto?» gli chiese Rocco mostrandogli il foglio. Lo teneva fra pollice e indice, neanche fosse sporco di merda.

«Come?».

«Quest'appunto qui, che è?».

D'Intino si avvicinò per guardarlo. «Questo...? Pozzo piglia'?». Schiavone annuì e D'Intino lo lesse con molta attenzione. «Ah sì, l'atra sera... ero di turno tardi, ha venute coso là... Penzo con questa denuncia».

«Bene. E me lo dici solo ora?».

«Dotto', lei non ci stava. Stava a fa' la missione. A proposito, je...».

Rocco tirò un cazzotto sulla scrivania. «Che cazzo, D'Intino! Il questore mi ha massacrato le palle e ordinato, ripeto *ordinato*, di ricevere e controllare le denunce con grande attenzione. L'ho detto a Deruta che ve l'ha comunicato e adesso che trovo?».

«Che trova?».

«Una denuncia che nessuno s'è degnato di farmi leggere!».

Le urla arrivavano fino alla stanza degli agenti. Casella sull'uscio orecchiava. «Che v'avevo detto? Gli sta a fare un cazziatone...» fece rivolgendosi a Deruta e Antonio che ridendo lo raggiunse. Sentirono Rocco gridare con voce roca: «... anzi, D'Inti', *tu* non ti sei degnato di farmi leggere!», poi un altro botto sulla scrivania. Un cazzotto sicuro. «Mo l'ammazza!» disse il viceispettore. Anche Deruta si unì ai colleghi. «Schiavone ammazza Mimmo?» chiese.

«Forse sì» gli rispose Casella.

Ancora la voce del vicequestore. «Ma stai zitto, D'Inti'! Quali compiti e compiti, non sai manco comunicarmi che qui c'è una denuncia! Ma ringrazia che non ti mando a Paderno Dugnano a calci nel culo!».

«Dove?» chiese Casella. Antonio e Deruta alzarono le spalle. Poi sentirono «Antonio!» urlato con la gola e il viceispettore scattò.

Nell'ufficio del vicequestore trovò D'Intino sull'attenti e Rocco che quasi stava per scavalcare la scrivania, una belva pronta al balzo per sbranare la preda. «Antonio, fai la cortesia, vai da coso lì... come si chiama l'agente che ha portato 'sta denuncia?».

«Penzo» rispose pronto D'Intino.

«Ecco, e chiedigli di che se tratta».

«Subito. D'Inti', mi vuoi accompagnare?» chiese al collega guardandolo significativamente negli occhi.

«Chi, io?».

«Sì, tu» e sgranò le palpebre. Il messaggio era ovvio: Vieni via che ti conviene.

«Je volesse dice una cosa al vicequestore che...».

«E gliela dici dopo». Lo afferrò per la manica e lo trascinò via. Rocco tornò a sedersi e controllò il cellulare. Nessuna chiamata, nessun messaggio, poteva prendere il loden, Lupa e andarsene a casa. Della denuncia non gliene fregava niente. Era stato un buon pretesto per non sentire le lamentele dell'agente abruzzese. Tanto il discorso che gli voleva fare l'aveva sentito, Mimmo l'aveva ripetuto almeno tre volte in corridoio ad alta voce. Si affacciò nella stanza degli agenti e ci trovò Casella e Deruta. «Io me ne vado a casa. Quali sono le abilità per essere un poliziotto bravo?» chiese con voce calma, quasi dolce. I due agenti si guardarono. «Uno, la vista. Due, l'udito. Tre, la memoria. Scrivete una relazione al questore, portategliela su e poi andatevene pure a casa. Buona serata».

«Dotto', e la denuncia?».

«Ma sticazzi? Domattina tutti presenti alle nove con i cornetti di Deruta. A proposito, Miche', servono soldi per Federico?».

«No, dotto', me li ha dati fino alla fine della settimana».

«E i tramezzini dei festeggiamenti?».

«Pure quelli già pagati».

Rocco fece l'occhiolino e sparì. Anche Lupa si affacciò, abbaiò un saluto e seguì il padrone.

«Ciao Lupa, ciao» la salutò Casella.

«Perché ha detto questa cosa delle abilità?» chiese Deruta.

«Non lo so. Così, forse s'è raccomandato. Ma guarda, Miche', io spesso al vicequestore mica lo capisco».
«Infatti. Mettiamoci a scrivere la relazione, va'».

Tornato a casa la trovò così in ordine che pensava di aver sbagliato indirizzo. C'era anche un messaggio sul tavolo scritto a penna con una grafia tonda, elegante e ordinata. Dopo aver riempito la ciotola di Lupa, si sedette sul divano e la lesse:

Caro Rocco,
grazie per ieri sera. O notte. O qualsiasi ora fosse. Sono stata benissimo. Fa ridere che io non ho il tuo numero e tu non hai il mio. Così non ci dobbiamo sentire in obbligo di scambiarci messaggi che io chiamo post coitali e che per la maggior parte delle volte sono imbarazzanti e comunque inutili. Però mi sono sentita di doverti lasciare queste poche righe. Somigli molto a mio fratello, non di aspetto, ma il tuo carattere mi ricorda il suo. Ci ho vissuto per più di 25 anni e credo di conoscerlo abbastanza bene. Come te, anche lui si nasconde e si difende tirando su un muro di cinismo sarcastico che sembrerebbe inespugnabile. Come te, anche lui tende a evitare le persone, dice di non ritenerle alla sua altezza, ma la verità è che è lui a sentirsi manchevole o non degno di amicizia/amore/affetto. Come te, anche lui finge di non vedere le occasioni che la vita gli regala e rinuncia a cogliere gli attimi. Però adesso, parlando senza utilizzare lo schermo di mio fratello, voglio dirti che stare a letto con te è stato bello. Non c'è un dettaglio del tuo corpo, del tuo viso, della tua pelle che cambierei. Quindi, caro Rocco, per me risulti essere molto pericoloso. Non ti offendere (ma non credo tu corra il rischio) se non cercherò di rimediare il tuo

numero tramite Michela o Sara, sicura che ti comporterai allo stesso modo. Hai visto? Neanche una cancellatura in tutta la lettera. Buona la prima. Ti auguro una vita più felice di quella che stai vivendo, anche se in tutta sincerità non vedo come.

Con affetto sincero,

CLEO

La piegò in quattro e la ripose nel cassetto del tavolino accanto al divano. Quando si mise a letto, c'era ancora il profumo di lei sulle lenzuola. Le tirò via e s'accontentò del coprimaterasso. Lupa si accucciò sulla biancheria ammucchiata nell'angolo della stanza.

Venerdì

«La mamma dei cretini è sempre incinta!» urlò il capo Grassi dal sentiero che dal campeggio Ussin proseguiva fino alla diga. Dietro gli abeti si vedevano roulotte e bungalow col tetto coperto di neve. Roberto Scialdone, con muta, maschera, bombole e gambe infilate fino al ginocchio nell'acqua gelida del lago, batteva ancora i denti per il freddo nonostante Grassi gli avesse fatto bere un thermos di deteinato bollente. Gli altri colleghi erano intorno al camion rosso fuoco che ogni bambino del mondo vorrebbe guidare azionando la sirena. Aldo Boileau alla guida sembrava dormisse. «Ma ti pare? Uno di Gaeta a fare le immersioni in un lago a... quanto siamo qui?» chiese mentre stringeva l'elastico della maschera. «Siamo sui 1.300» e l'ispettore rise perché era una battuta di Renato Pozzetto che lui da bambino amava. «No, dico sul serio, siamo a 1.300 metri».

«Ecco, appunto, in mezzo alla neve...» e sciacquò ancora la maschera nell'acqua, «con le bombole... ma è una cosa che non ci si crede».

Guardò il panorama dei monti innevati, gli alberi verdi coi rami gonfi di neve, quel lago artificiale che finiva con la diga poco più a sud. Intorno a lui l'inverno, quello vero. Pensava solo a Natale. Sarebbe andato a casa per qualche giorno davanti al mare, a Gaeta, a mangiare sciuscelle e rococò che faceva sua nonna. E pesce. Quello vero, d'acqua salata. Voleva mangiarne tanto da farsi spuntare branchie e pinne dorsali. Appoggiato al camion vicino al verricello, il vigile del fuoco Marassi staccò con un morso un pezzo di banana. «Ma dico io, col quad a fare il coglione sulla sponda del lago? Capo, io lo lascerei così».

«Inquina, Marassi, va portato via e pure di corsa».

«Capita', ma una multa a togliergli la pelle gliela fanno, sì?».

«Robe', tu pensa ad agganciare quel cacchio di quattroruote. La multa non sono fatti tuoi».

Il mezzo era visibile anche dalla riva. Era affondato a una decina di metri di distanza perché il coglione, così avevano ribattezzato i vigili del fuoco il pilota del quad, voleva vedere se il sottile strato di ghiaccio teneva. Era un campeggiatore ungherese, un deficiente che avrebbero preso a schiaffi a due a due fino al raggiungimento di una numerazione dispari. «Sapete che ve dico?» e il pompiere Proietti, originario della capitale, rubò l'ultimo morso di banana a Marassi. «Che se non se sbrigamo il Natale lo passiamo qui. Daje Robe', vai e aggancia 'sto trabiccolo» e si portò ai pulsanti del verricello.

«E vienici tu».

«Hai voluto fa' er sub?» e i colleghi risero.

«All'anima 'e chi v'è mmuorto» disse sottovoce il vigile del fuoco subacqueo. Guardò ancora il lago.

Il mezzo sbrilluccicava sulle parti di metallo a pelo d'acqua sotto un tiepido sole mattutino, a poca distanza dalle ruote però il lago diventava più blu, segno che c'era un dislivello e non sia mai quel trabiccolo, come l'aveva ribattezzato Proietti, fosse scivolato, che allora per recuperarlo avrebbero impiegato tutto il giorno. «Forza Robe', prima l'agganci prima ce ne torniamo a casa» gli gridò Marassi con il cavo d'acciaio in mano. Altri due vigili che non avevano incombenze se ne andarono al bar fumando e ridacchiando. Roberto afferrò il cavo d'acciaio con l'uncino e si immerse. Amedeo lasciò scorrere il verricello. L'acqua era trasparente, Roberto il sub percepiva il freddo attraverso la muta. Girò intorno al quad e solo allora si rese conto che le ruote posteriori non toccavano il fondo del lago, ma erano affacciate sul dirupo. Doveva fare attenzione, muoversi lento intorno al mezzo e ancora più lento ancorarlo per poi tirarlo su. Lo toccò appena, cercando di incastrare l'uncino d'acciaio al telaio, e quello come attratto da una forza irresistibile scivolò inabissandosi nel fondale più scuro. «Porca troia», disse Roberto nel respiratore, e l'imprecazione si trasformò nelle bolle d'aria che risalirono in superficie. Tornò indietro, poggiò i piedi pinnati sul fondo del lago e si tolse il respiratore. «Porca troia! È scivolato giù!» urlò al capo. Marassi sbuffò, Boileau si mise le mani sui fianchi. «Io non so quanto è profondo, dovete allungare il cavo». Anche l'ispettore stava imprecando. «Allunghiamo fino a 23 metri».

«Vado a vedere e faccio un calcolo» rispose Roberto. «Mannaggia a me e a quando...». Si rimise il respiratore e tornò sott'acqua.

Subito nuotò verso il fondo. Le alghe erano dappertutto, alcune come tappeti rivestivano le pietre, altre invece come mani imploranti cercavano di salire verso la superficie. Il quad era visibile, non erano più di cinque metri, si era incastrato tra due rocce aguzze sporgenti. Roberto tornò di nuovo in superficie, si tolse ancora il respiratore e alzò il pollice. L'ispettore con gli stivali alla coscia entrò in acqua e portò il cavo d'acciaio fin dove la profondità glielo permetteva, poi lo porse a Roberto che, recuperando il gancio, gli disse: «Saranno neanche cinque metri, dieci dalla riva»; imboccò il respiratore e di nuovo nuotò verso la moto a quattro ruote. Se avesse avuto il campeggiatore ungherese fra le mani lo avrebbe abboffato di mazzate, così si ripeteva mentre raggiungeva il veicolo. Controllò le ruote posteriori, erano stabili, bloccate dalle pietre. Il cavo argenteo alzava sabbia ogni volta che toccava il fondo e le rocce. Roberto tirò a sé per allungare quella corda di ferro e carbonio. Girò di nuovo intorno al quattroruote, aveva individuato la parte migliore per il gancio proprio sotto il manubrio. Nuotava sopra quello sprofondo che affondava per altri metri, se qualcuno l'avesse guardato da lontano avrebbe potuto scambiarlo per un grosso insetto nero che si avvicinava volando a un fiore in mezzo alle rocce. Sin da piccolo, dalle prime immersioni, Roberto si immaginava di volare sopra un mondo diverso, senza gravità, e lui, come un grosso uccello, ci passava sopra e godeva delle conchiglie, dei pesci, delle alghe come fossero ponti, villaggi e campi. Si voltò verso il dirupo, un luccichio aveva attratto la sua attenzione. Qualcosa laggiù riluceva ai tenui raggi del sole. Guardò meglio, per quanto l'acqua e le alghe lo permettessero, e stavolta il luccichio durò qualche secondo. Un pezzo di metallo forse, pensò a una scheggia della cromatura della moto che s'era staccata. Guardò meglio. Non era un pezzo della carrozzeria del quad, era un orologio ed era allacciato a un polso. Accanto c'era anche l'altro braccio. Qualcuno, sul fondo del lago, teneva le mani alzate come se si fosse arreso.

Lo aveva svegliato una lama di luce. Poi s'era alzato, lavato, vestito e quasi ad occhi chiusi aveva raggiunto il bar centrale. Evitò un gruppo di bambini che storpiavano l'ennesimo canto natalizio. «*Mite agnello redentor, tu che manichi a lungi sognar, tu che alberighi con annunciar*». Ma che cazzo dicono?, pensò e seguito da Lupa entrò nel bar. La cucciolona si andò a nascondere subito sotto il tavolino d'ingresso che serviva per poggiare i dépliant, Rocco invece raggiunse il bancone. Trovò spazio. «Ettore, il caffè» disse solo.

«Mangia qualcosa?».

«Te l'avrei chiesto».

«Ennesima mattina dove il buonumore la fa da padrone!» gli disse il proprietario e si voltò a riempire il braccetto di polvere.

«Ma li lavi mai 'sti affari o ci fai i caffè e basta?».

«Che, questi? Certo, dottor Schiavone, sotto l'acqua bollente, ogni dodici caffè».

«Non ce credo manco se te vedo».

«Fa male».

Accanto a lui, due ragazzi con le giacche a vento tecniche da sci parlavano a bassa voce e si mangiavano una pasta con la cioccolata. Rocco pensò ai dolci che avrebbe portato Deruta e rinunciò. Era affamato anche perché, e se ne rese conto solo in quel momento, aveva saltato la cena. «Ecco a lei!». Rocco lasciò una moneta da due euro e bevve il caffè. «Sta meglio» disse a Ettore.

«Chi?» fece quello. «Ah, la giornalista, immagino. La signora Buccellato?».

«Esatto» disse Rocco.

«Mi fa piacere, dottor Schiavone. Davvero. Ho appreso tutta la storia dai giornali. Lei è stato molto in gamba».

«Anche il tuo caffè era eccellente».

«Ora basta coi complimenti, dottor Schiavone. Rischiamo di sembrare due persone che si stimano e si vogliono bene».

«Esatto. Fanculo, Ettore».

«Anche lei, dottore» e Rocco fischiò a Lupa che subito abbandonò il nascondiglio per poi uscire in strada.

«*Astro del ciel, parvo divi, mite agnello rendentor, tu che manichi a lungi sognar, tu che alberighi cori annunciar*». Non era lui che aveva capito male, erano i bambini che non conoscevano le parole. E a pensarci, non le conosceva neanche lui. «*Luce dona alle mentiii...*». Eccolo, il verso che preferiva. *Luce dona alle menti* era il miglior auspicio per tutti i popoli della Terra. Con la luce nella mente, si ripeteva, diventa più difficile rompere i coglioni al prossimo.

La chiusura del caso della rapina alla banca e i diamanti scomparsi aveva già affollato la sala degli incontri con la stampa. Costa lo attendeva proprio ai piedi delle scale. «Schiavone! Non l'accende il telefono? La chiamo dalle sette e mezzo di questa mattina».

«Mi devo essere dimenticato, dottore. Ero stanchissimo. Avrò dormito quattro ore».

«Bene, mi fa piacere. Ho letto tutta la relazione dei suoi uomini. Le faccio un riassunto e lei mi dice se le cose sono andate così?».

«Vada».

Costa conosceva i fatti alla perfezione. Casella e Deruta avevano scritto un'ottima relazione. Rocco se ne rallegrò. Più cose imparavano a fare, meno rotture di coglioni per lui. «L'unico neo è che dobbiamo ringraziare la questura di Alessandria».

«Mi pare il minimo, ma l'operazione è tutta nostra».

«Immagino lei non parteciperà alla conferenza, Schiavone».

«Purtroppo no». Doveva trovare al volo una scusa. E quella arrivò come un raggio di luce. «C'è una denuncia, mi insospettisce». Costa aggrottò le sopracciglia. «Sì, arrivata ieri. Voglio capire meglio».

«Bene, Schiavone, certo. Vedo che i suoi hanno imparato la lezione. Mai prendere sottogamba le denunce». Apparvero le divise di due ufficiali dei carabinieri. «Eccoli» fece Costa, «vengono a prendersi il merito dell'arresto di Ireneo Petruzzi. Intanto, se non c'eravamo noi, non sapevano che cosa avesse architettato...».

«Li comprenda, dottor Costa, in fondo stiamo tutti sulla stessa barca».

«Questo belino, Schiavone, stiamo tutti sulla stessa barca. Loro hanno i mezzi dell'esercito, stanno su uno yacht, noi se ci va bene su un guscio a remi. Ah, volevo dirle, il direttore di banca, Comiso, s'è svegliato. È vivo e vegeto e pronto per un bel processo per associazione a delinquere, truffa e altri capi di imputazione che il magistrato gli affibbierà». Lo lasciò e sorridente andò incontro agli ufficiali mentre i giornalisti sfilavano con telecamere, cuffie e microfoni. Anche se colpevole come un cancro, era felice per il direttore di banca, non meritava certo di morire. Rocco la vide di spalle. Quei capelli erano di Sandra. Sorrise. Attese ma la donna non si voltava, impegnata in una chiacchierata con un giornalista riccetto che Rocco aveva visto decine di volte. Allora si avvicinò lui. Le toccò la spalla. La donna si girò. Stava a Sandra come un trattore a una Ferrari. «No, mi scusi, mi scusi...» disse Rocco. «L'ho scambiata per una... sua collega». Quella sorrise e tornò a parlare col riccetto. Non poteva essere Sandra, camminava a malapena, sarebbe stata una bella notizia vederla già al lavoro, doveva accontentarsi di saperla in piedi a casa a fare fisioterapia.

«Uè Rocco, come va?». Michela stava scendendo le scale diretta al laboratorio.

«Come va? Che cazzo me lo chiedi a fare!».

La sostituta sorrise e strizzò gli occhi. «Io dico che va bene...».

«Di che parli?».

«Niente. Così. Piante, fiori, la flora, Rocco. È importante».

«Vaffanculo, Miche'».

E quella ridendo sparì nel seminterrato.

Già sapeva di Cleo Di Capua, la sua amica botanica. Ma certo, pensò incamminandosi verso l'ascensore, ci ha visti andar via insieme. E poi magari Cleo le aveva parlato di lui. Perché tanto, e Rocco lo sapeva, sono le donne a scegliere. Gli uomini sono troppo basici per farlo. Il testosterone non gli permette troppi rifiuti o di essere schizzinosi. Al richiamo scattano. E il fischietto lo avevano in mano le donne. Punto e basta.

«Dotto'» era Casella che si era avvicinato nel corridoio silenzioso alle sue spalle come Tremal-Naik.

«Che cazzo mi spaventi, Case'. Che c'è?».

«C'è» rispose e si azzittì.

Rocco aveva capito. «No! Prima le paste. Ci sono le paste?».

«Ci sono, sì».

«Allora dopo mi dici. Gli altri?».

«Siamo solo io e lei».

Rocco prese un respiro profondo. «Va bene, Ugo».

Ugo alzò le mani e mosse tutte e dieci le dita.

«Un decimo livello?».

«Sì, dotto'...».

Rocco incassò la notizia. «Io adesso con calma mangio la pasta, poi ti raggiungo giù alla macchina e andiamo insieme dove cazzo dobbiamo andare».

«Al lago di Maen, sulla strada per Cervinia».

«Al lago?».

«Sì dottore, proprio lì».

«È brutta, Ugo? No, non mi dire niente. Zitto. Vattene e aspettami giù». Ugo si chiuse la zip del giubbotto e s'incamminò per le scale. Rocco invece entrò nella sua stanza. Chiuse la porta. Mentre Lupa si spalmava sul divanetto di finta pelle, si accese una canna senza aprire la finestra. Mangiò un cannolo pensando alla vita che faceva ormai da anni in quella città dove neanche l'ombra di un abbraccio aveva più il calore di un tempo. Era terribile e allo stesso tempo scontato sapere che non sarebbe stato mai più felice come prima gli era accaduto; con Marina, anche se per pochi secondi, quella sensazione l'aveva toccata più di una volta. Accontentati, pensò, c'è chi nella vita non sa neanche com'è fatta. Intanto sua moglie non veniva più a trovarlo da tempo e questo lo ingrigiva ancora di più. Spense la canna, si rimise il loden, versò un'intera bottiglia di acqua nella ciotola di Lupa e un pugno di crocchette nell'altra scodella. «Amore mio, vado». Lupa scodinzolava. «Fai la guardia all'ufficio. Puoi mangiare il cornetto che ti lascio sul tavolo. Torno appena posso. Ma tanto fa freddo, c'è la neve, ti geli le zampe, no? Stattene qui al caldo». La cucciola si rimise giù e chiuse gli occhi. Ecco, si disse Rocco, c'è lei, l'ombra di un abbraccio era Lupa. Si avvicinò e la baciò sul muso. Quella emise un gemito di piacere e si leccò i baffi. «E poi fuori c'è brutta gente che canta». A Rocco sembrò che stesse ridendo. Gli venne da ridere pure a lui. «Neanche tu la vedi più, vero?». La cucciola scodinzolò. «No, neanche tu». La baciò ancora, poi lasciò la stanza.

Non dissero una parola durante tutto il viaggio. In quell'oretta scarsa di macchina Rocco fumò due sigarette, Casella invece si attaccava ogni tanto alla bottiglietta di acqua. Raggiunsero i vigili del fuoco. Uno indossava la muta da sub e fumava un sigaro accanto ad altri due compagni, il capo era in piedi vicino al mezzo. D'Intino, Scipioni e Deruta avevano già delimitato l'area. Baldi lo aspettava con le mani dietro la schiena, sotto una cerata marrone chiaro c'era il corpo. Qualche sparuto curioso, per lo più forse ospiti del campeggio, osservava la scena da lontano. Un tizio riprendeva tutto con il cellulare. «Anto'» Rocco richiamò il viceispettore che lo raggiunse.

«Dimmi».

«Vai da quel tizio col cellulare e digli che se non smette glielo infilo nel culo».

«Ricevuto».

Rocco passò sotto il nastro e raggiunse il magistrato. «È arrivato prima lei».

«Per caso. Ero a Cervinia...», poi indicò il corpo con un gesto del mento. «Lo vuole vedere?».

«Perché? Lo conosco?».

«Non credo neanche possa riconoscerlo. Non ha più il viso. Però una cosa gliela voglio mostrare». Si avvicinò al corpo, si accucciò e sollevò un lembo della copertura. Una catena con tre pesi da 20 chilogrammi avvolgeva le caviglie del cadavere. Rocco guardò il lucchetto. Non era un modello della Loccker, per fortuna, ma uno comunissimo a combinazione. «Anche le braccia?».

«No, quelle gliele hanno lasciate libere» rispose Baldi.

«Aspettiamo Fumagalli?».

«Stanno arrivando, lui e la sostituta Gambino». Baldi si accese una sigaretta. «È brutta» disse sputando il fumo.

«Parecchio» rispose Rocco.

«E sotto Natale lo è ancora di più, non trova?».

«No. Sarebbe brutta anche a luglio».

Arrivò per primo Fumagalli che come sua abitudine non salutò nessuno. Guardò il corpo per qualche minuto mentre Rocco fumava una sigaretta al caldo, in auto insieme a Baldi. Lo osservavano al lavoro attraverso il parabrezza appannato. La squadra dei vigili era stata rimandata in caserma, solo il sub e l'ispettore capo attendevano nel pick-up. Casella faceva segni al furgone della mortuaria che cercava di superare i curiosi cresciuti di numero per raggiungere la piccola spiaggia. Rocco e il magistrato videro l'anatomopatologo che li cercava con lo sguardo. Baldi lampeggiò un paio di volte e quello cominciò ad avvicinarsi. «Buona giornata» disse sorridente. «Come stai, Maurizio?».

«Bene» rispose Baldi.

«Sul lavoro preferisce il lei» suggerì Schiavone.

«A me importa una sega. Non dipendo dai vostri ministeri. Per me resta Maurizio. Allora me lo porto in sala. Vi posso dire però con certezza che il processo di saponificazione è appena cominciato, questo mi fa supporre che sta in acqua da meno di tre settimane, molto meno. Gli arti hanno ancora la pelle, di solito è lì che comincia la scarnificazione. Purtroppo però il viso è irriconoscibile. Hanno trovato qualcosa addosso?».

«Aspettiamo la scientifica» disse Baldi.

«Ah, bene. Perché per l'identificazione speriamo in un aiuto. Sennò ci restano i denti e poco altro. Comunque è un maschio sulla cinquantina. Sarò più preciso dopo che l'avrò studiato». Si staccò appena dal finestrino. «Ecco la cavalleria» e indicò i mezzi della scientifica. La prima a scendere fu Michela Gambino. Portava una giacca a vento ma aveva dimenticato il cappello. I capelli corvini svolazzavano liberi. I suoi agenti stavano già indossando le tute quando la sostituta, dopo un'occhiata al cadavere, si avvicinò all'auto. «Ciao amore» le disse Alberto e la baciò lieve sulle labbra.

«Buongiorno a tutti. Che bella gita al lago, vero?».

«Stupenda» disse il magistrato.

«Freddino qui, però. Quanto stiamo?».

«Milletrecento, metro più metro meno» rispose Rocco con un ringhio.

«Non mi pare morto da troppo» disse Michela a Fumagalli interrogandolo con lo sguardo.

«No, non è molto».

«Che si tratti di omicidio è lampante» disse Michela.

«Direi di sì» le rispose Rocco e scese dall'auto. Il magistrato lo guardò. «Dove va?».

«A famme due passi. Io de tutto 'st'ambaradan non ne posso più» e mani in tasca si allontanò verso il camping Ussin. Baldi guardò Fumagalli e Gambino che stavano ancora in piedi accanto alla portiera dell'auto. «Non fa sempre così, vero?».

«No, Maurizio» rispose Fumagalli. «Ma si comporta come ognuno di noi vorrebbe dopo 25 anni di onorato servizio».

«Comprendo... tanto ormai diciamo che siamo passati al tu ufficiale. Michela, qualche idea?».

«Pesi e catena speriamo ci raccontino qualche cosa, e spero pure i vestiti. Amunì, vado a vedere, poi faccio portare via il cadavere» e tornò dai suoi agenti alla spiaggetta.

«Vado anch'io. Ci si vede alla morgue» e anche Fumagalli si allontanò.

«Serviamo ancora?» gridò l'ispettore capo verso l'auto del magistrato.

«No. Andate, andate» gli rispose Baldi affacciandosi al finestrino. Poi decise di scendere anche lui dall'auto. Guardò Rocco che superava un mucchio di neve per entrare nel camping.

Il bar del campeggio era un prefabbricato che una stufa a pellet teneva molto caldo. Le pareti rivestite di legno chiaro, profumava di resina. Seduti a un tavolino angolare c'erano ancora due vigili del fuoco che salutarono Schiavone con una leggera flessione del capo, era chiaro puntassero, ricambiati, due donne con un piumino colorato e le facce scandinave; dietro il bancone una donna sui sessanta, coi capelli e i vestiti disordinati e le guance rosse sulle quali risaltavano gli occhi azzurri come l'acqua del lago lì fuori, cercava di sintonizzare una piccola radio che teneva su una mensola. C'erano tre dipinti della Madonna. Uno era la riproduzione della *Madonna Sistina* di Raffaello, l'altra la *Madonna dei Palafrenieri* che schiaccia il serpente, la terza Rocco non la conosceva. Era una Vergine con il bambino e aveva l'aria di un dipinto trecentesco. «Che le posso dare, dottore?» gli chiese. Rocco le sorrise. «Sento freddo».

«Una cioccolata?».

«Sì...».

Le due straniere sorrisero ai pompieri e uscirono, quelli le seguirono lasciando i soldi sul tavolo.

«Beati loro che pensano solo a quello» disse la donna mentre lavava col vapore la tazza. Rocco si voltò e guardò fuori dalla vetrina. Avevano attaccato discorso. Agitavano le mani, ridevano, si davano pacche e guardavano le due ragazze. «Sì, beati loro».

«È brutta lì fuori?».

«È brutta».

Dal bricco di metallo versò il liquido denso e si sprigionò un odore dolce e accogliente. «Ma non ho capito, è il pilota del quad che avete ritrovato affogato?».

Rocco prese la tazza con tutte e due le mani per scaldarle. «No, signora».

«Elide».

«Elide? È un nome romano».

«E io da lì vengo» e sorrise a Schiavone. «E pure lei, basta sentirla parlare».

«Elide...». Rocco bevve un sorso di cioccolata. Era bollente e buona. «Elide mia, è buona da mori'».

«Grazie. Ma lei fa il commissario qui in Valle?».

«Vicequestore ad Aosta».

«Mecojoni» disse la donna e scoppiarono a ridere insieme. «E com'è?».

«Hanno deciso che era meglio se m'allontanavo».

Elide alzò gli occhi al cielo. «E che vòi fa'? Io sto bloccata qui per amore! Luigi, mio marito, è il proprietario de 'sto camping».

«E ti sei pentita?».

«Mai. Primo, a me 'sto posto mi piace. Secondo, amo mio marito».

In quel momento entrò Baldi sfregandosi le mani. «Buongiorno».

«Si faccia una cioccolata pure lei, dottor Baldi. Le presento Elide, che è la proprietaria del camping e pure del bar».

«Buongiorno signora Elide» fece Baldi.

«Ci vuole la panna?» gli chiese.

«No, già la cioccolata non dovrei».

«La vita è amara, 'na bambace de panna ogni tanto e che je fa?».

Baldi sorrise a Rocco. «La signora è delle sue parti».

«Non lo so. Io Trastevere».

«Via dei Serpenti» rispose quella.

«Ah, sei 'na monticiana».

«Ah no? Com'è la canzone? *So' più belle le trasteverine...*».

«*... l'arrubbacuori so' le monticiane!*» disse Rocco.

«Di che parlate?» intervenne Baldi afferrando la sua tazza.

«È una canzone romana, si chiama *Sora Menica*» gli rispose Elide. «È un botta e risposta fra le ragazze de Trastevere e quelle de Monti, il quartiere dove sono nata».

«Senta, anzi, Elide senti».

«Mi dica, dottore».

«Rocco».

«Dimmi, Rocco».

«Tu quel deficiente con la moto che cascava in acqua l'hai sentito?».

«No, è successo di notte. Tardi. È un ungherese. Se ci volete parlare ha preso in fitto il bungalow 32».

«Ungherese?» disse Baldi. «Ma lo parla l'inglese, l'italiano?».

«Parla bene l'italiano... ma guardate, è un povero deficiente. Lo so perché viene qui da almeno dieci anni con la moglie che è più scema de lui. Se 'mbriaca ogni sera e fa sciocchezze tipo quella de guida' quell'affare de notte verso il lago. Ieri sera l'ha recuperato mio marito... era fracico e vomitava lì, proprio sulla riva del lago».

Rocco finì la bevanda, si pulì due baffi di cioccolata, fece segno a Baldi che a lui era finita sul naso, quello subito l'asciugò. «Quanto devo?».

«Sono sei euro» rispose Elide.

«Avete il campeggio pieno?».

«No, Rocco. Neanche un quarto. Per noi l'alta stagione è più l'estate. Sì, qui viene gente che poi sale a sciare a Cervinia, ma soprattutto ragazzi. Sai com'è, chi si può permette la settimana bianca non va a sparagna' e preferisce l'albergo».

«Elide, grazie della cioccolata, buonissima, del prezzo basso e del tempo che m'hai dedicato. Ma io ho la sensazione, anzi la certezza che ci rivedremo e me dovrai pure da' 'na mano».

«Io sto qui, Rocco. So' monticiana, generosa de core e lunga de lama». Si strinsero la mano. «Che la Madonna v'accompagni».

Fuori Rocco e Baldi trovarono ancora i due vigili del fuoco alle prese con le straniere. «Torniamo ad Aosta?» chiese Rocco. Baldi ci pensò su. «Sentire il deficiente che guidava il quad?».

«Penso sia del tutto inutile. Vediamo se Fumagalli ci dà una finestra il più possibile precisa sulla morte del tizio...».

«E torniamo a fare un po' di domande, sì. Sono d'accordo».

Camminando verso la macchina Rocco riuscì a guardare il lago per quello che era: un bacino artificiale che con le sue acque azzurre dipingeva un paesaggio da cartolina che avrebbe invitato qualsiasi turista a consumare il cellulare a forza di scattare foto. Prese un respiro profondo e gli venne da tossire. «Smetta di fumare!» gli gridò Baldi che intanto aveva raggiunto l'auto.

«Squadra!» chiamò Rocco e nessuno rispose. Un «Aò» accompagnato da un fischio alla pecorara sortì l'effetto voluto. «Eccoci» e Antonio entrò per primo, seguito da D'Intino, Deruta e Casella.

«Allora, siccome dobbiamo aspettare gli esami, intanto che fanno i bravi poliziotti?».

«Cercano tutte le denunce di scomparsa degli ultimi giorni?» azzardò Antonio.

«Fai delle ultime tre settimane».

«Dotto', ci sarebbe pure quella arrivata l'altra sera...» e D'Intino indicò il foglio ancora poggiato sul tavolo del vicequestore. Rocco lo afferrò. «Magari una botta di culo?» e lesse il documento. «Questa denuncia la sparizione dell'ex marito che, pare, non sente da qualche giorno». Il documento non riportava altro, tranne il nome e il cognome della querelante. «E vabbè, D'Intino, un compito delicato. Rimediame 'sta Clotilde Nolano che qui comunica come indirizzo via Italia... 14. Biella».

«E perché fa la denuncia qui?» chiese l'agente.

«Perché l'ex marito stava ad Aosta» gli rispose Rocco che, voltato il foglio, lesse il dettaglio, poi gli allungò il documento.

«La chiamo, dotto'?».

«No, ti concentri, la pensi, capace che lei telepaticamente lo capisca e ti risponda».

D'Intino restò a guardare Schiavone per qualche secondo. «Ma vero dice?».

«D'Inti'! È chiaro che la devi chiamare!».

«Sissignore. La convoco?».

Rocco guardò disperato Antonio che allargò le braccia. «No, invitala a cena, o al cinema. Magari a fare una gita a Courmayeur». Stavolta D'Intino afferrò l'ironia del suo superiore, annuì e disse solo: «Vado», poi lasciò la stanza.

«Anto', tu controlla altre denunce».

«E se non è di qui?» chiese Casella.

«E allora sono cazzi... ma da qui io partirei».

«Ugo, mi dai una mano?». Scipioni e Casella lasciarono la stanza.

«Io, dotto?» chiese Deruta.

«Tu. Scendi con me dalla sostituta, ci sei mai stato?».

«Mai, proprio mai... è pericoloso?».

«Dipende» gli rispose Rocco.

Alla vista del laboratorio di Michela Gambino, Deruta restò con gli occhi spalancati attratto dai tavoli retroilluminati, dal microscopio, dai visori, e da altre attrezzature avveniristiche e dall'uso criptico. Si fissò a guardare una strana scatola di metallo.

«Quello è un bagno termostatico, Deruta» gli disse Gambino. Seduta su uno scranno e gli occhi poggiati nelle lenti del microscopio.

«A che serve?».

«Lascia perde, Miche'» disse Schiavone, «pure se te lo dice tanto non capiresti un cazzo lo stesso». Su un piano c'erano ammucchiati i vestiti della vittima stropicciati. Pantaloni, camicia, la giacca di lana, una cinta, un paio di mutande. Accanto stavano delle bustine. Una conteneva l'orologio, l'altra uno strano pezzo di stoffa, una terza un paio di occhiali da vista. «Sto studiando il cinturino dell'orologio» disse Michela. «Dunque: non è subacqueo, è un Seiko degli anni Ottanta. Ha la data. Il poveraccio lo aveva al polso».

«È strano. Gli hanno tolto il portafoglio, probabile anche il cellulare, perché lasciare l'orologio?».

«Guarda che Alberto mi ha detto che gli hanno anche strappato la catenina dal collo, ci sono i segni. Invece la cassa dell'orologio, che sta in quelle bustine, mi dice che è fermo al 12 dicembre. Non essendo subacqueo magari è la data dell'omicidio?».

«Magari, sì. Solo sei giorni fa?».

Michela alzò le spalle. «Ora vieni a vedere» e la sostituta lasciò il posto al vicequestore che si avvicinò agli oculari del microscopio. Gli apparve un filamento scuro. «Cos'è?».

«Questo era incastrato nel cinturino metallico».

«Bene. Hai capito di cosa si tratta?».

«Un pelo, dal colore non appartiene alla vittima». Si avvicinò ai vestiti. «Allora, la giacca è di lana Donegal, anche se è stata in acqua, è abbastanza nuova. La camicia un po' lisa è di flanella, i pantaloni sono dei jeans Levi's anche questi abbastanza nuovi, come tu stesso puoi notare. La cinta è di cuoio, non ha marca, ma dai segni direi che il tizio la usava spesso».

«Interessante. Gli occhiali?».

«Occhiali da vista, lenti da presbite, 3 punto 5. Erano nel taschino interno della giacca. Veniamo alla catena». Quella era su un ripiano vicino agli armadietti di alluminio. «C'è del deposito, alghe, ma pochissime, ed è una catena di quelle che si usano per le moto. I pesi da 20 chili che vedete qui accanto e che non ce la faccio a muovere li devo ancora esaminare. Ma sono quelli classici della palestra, le pizze insomma».

Rocco li osservò. «Anche questi poco deposito».

«Già, e mi suggeriscono che quel poveraccio stava lì da quanto? Pochi giorni?».

«Secondo l'orologio sì. Certo un parere di una botanica, e tu sai a chi mi riferisco, aiuterebbe».

«'Sto sorrisetto?».

«Quale sorrisetto, Rocco?».

«Resta il mistero del perché gli abbiano tolto quasi tutto e lasciato l'orologio» sembrò quasi che il vicequestore l'avesse chiesto a se stesso.

«Già. Per le impronte su pesi e catena ci abbiamo già lavorato sul luogo e non abbiamo trovato niente».

Rocco diede ancora un'occhiata, poi tornò al tavolo coi reperti imbustati.

«E questo qui che è?». Prese il sacchetto e lo passò a Michela che tirò fuori un piccolo ovale di stoffa. «Non lo so. Era cucito nei pantaloni».

«Scusi, dottoressa...». Deruta si avvicinò. «Posso?». Michela gli consegnò il pezzetto di stoffa. «Questo qui è un *nudus* o *nudeos*. In Sardegna si usa per scacciare il malocchio» e riconsegnò l'ovale a Michela. «Se lo apre vedrà che dentro ci dovrebbero essere delle piante. Ci si mette la valeriana, la lavanda, mi pare, e pure il basalto, che però non è una pianta».

«Ma davero stai a di', Michele?».

«Sì, certo. Sa quanti ne ho visti? Dottoressa Gambino, lo scucia e si accorgerà che ho ragione».

«Se è così...».

«A Miche', se l'agente qui c'ha preso 'sto tizio aveva a che fare in qualche modo con la Sardegna, mi pare ovvio» concluse Rocco. «Ammazza Deru', bravo».

«Ruta» rettificò.

«Che dici?».

«Sì, mi pare ci si metta pure la ruta, la pianta, lì dentro».

Michela portò il pezzetto di stoffa al tavolo. «Ci lavoro e ti faccio sapere».

Se le giornate a dicembre sono corte, ad Aosta lo sono ancora di più perché il sole viene nascosto dalle montagne. Rocco aveva comunicato le poche novità a Baldi in attesa di qualche resoconto da Fumagalli.

Uomini scomparsi sui 55-60 anni in Valle ce n'erano solo due. «Tale Flaminio Bertoz, da tempo in cura per un deficit cognitivo di cui soffriva fin da bambino» disse Antonio che leggeva in piedi da un foglio scritto a mano. «L'altro è Marco Craveri, di cui si sono perse le tracce da quasi sei mesi».

«Oh, poi dotto' c'è da aggiungere quell'Aldo Pavan».

«Chi cazzo è?» chiese Rocco a Casella che si era preparato un caffè e lo sorseggiava attaccato al termosifone che era spento e non funzionava da anni. «Quello che la ex moglie è venuta a denunciare» e Casella passò la fotografia a Rocco. Brizzolato, un naso aquilino, portava occhiali da vista, la barba e aveva gli occhi neri e la bocca priva di labbra.

«Ma quando è scomparso?».
«La ex moglie dice da lunedì».
Rocco sbuffò. «Un ex marito scomparso da lunedì non è forse neanche una sparizione. Magari è partito, andato da qualche fidanzata o amico e certo non si sente in dovere di avvertire la ex moglie».
«Giusto» disse Antonio.
«Io ci credo poco che uno di questi tre è l'uomo affogato nel lago. E so anche che ritrovare persone sparite da mesi è un'impresa titanica».
«Questo vuol dire che Marco Craveri lo dai per perso?» gli chiese il viceispettore.
«Che storia ha? In quanti lo hanno cercato?».
«Carabinieri. I parenti sono anche andati in televisione».
«E invece quello che sta male?».
«Quello è sparito un mese fa. Era andato con degli zii a novembre al Gran Paradiso e da allora non si hanno più notizie».
«Crepaccio?» azzardò Rocco.
«Le probabilità sono alte. Cercato coi droni, elicottero, forestali, guardiaparco. Niente di niente. Poi è arrivata la neve che ha incasinato ancora di più».
«Va bene, D'Intino ha chiamato questa Clotilde Nolano di Biella?».
«Penso di sì» fece Casella che puntato dallo sguardo improvviso di Rocco si sentì in dovere di rispondere. «Mo glielo vado a chiedere». Gettò il bicchierino di carta nel cestino dei rifiuti e uscì dall'ufficio. Restarono Antonio e Rocco. «Ti servo?».

«No, Anto', finché non abbiamo qualche dettaglio in più io non so dove sbattere la testa. Vedi Deruta se ha bisogno, sta a fa' un lavoro infame».

«Cioè?».

«Quella stoffa che aveva addosso il morto, è uno scacciamalocchio sardo. Sta incollato al telefono con carabinieri e polizia di tutte le province. È un lavoro che non serve a niente, ma quando non sai una mazza ti devi attaccare a qualunque cosa».

«Be', qualcosa però sappiamo».

«Cosa?».

«Puzza di omicidio della criminalità organizzata».

«Sì, puzza di omicidio della criminalità organizzata» concordò Rocco.

D'Intino era davanti al distributore di caffè e da cinque minuti non riusciva a decidersi se desiderava un tè o una cioccolata. Poi si accorse che aveva solo una moneta da due euro e spesso il distributore fregava sul resto. Decise di rischiare lo stesso e scelse una cioccolata da 50 centesimi. Seguì con apprensione tutto il procedimento, il bicchiere che cadeva sul ripiano di plastica, lo zucchero che ci frusciò all'interno, i rumori sinistri del macchinario, il liquido che scendeva, poi il *beep* che avvertiva la fine delle operazioni. Sentì le monete precipitare nel raccoglitore in basso, le controllò, erano un euro e cinquanta. Felice estrasse il bicchiere e si accorse che era pieno solo di acqua calda. Non c'era traccia di cioccolata. Sentì una rabbia salirgli in corpo, voleva prendere a calci il distributore, o almeno farsi ridare i

50 centesimi turlupinati. Ma da chi? Non c'era una targhetta con un telefono, doveva aspettare l'arrivo del tizio che ricaricava quei distributori maledetti e dirgliene quattro. Decise poi che nessun altro doveva essere truffato com'era successo a lui, quindi entrò nell'ufficio accanto, era deserto. Prese un post-it, una penna e scrisse: NON PIGLIATE LA CIOCCOLATA CHE VI FREGA I SOLDI. Era poco, voleva aggiungere qualcosa in più. Afferrò un altro post-it: PER CHIUNQUE VEDA L'UOMO CHE RICARICA QUESTI AFFARI, CHIAMARE SUBITO A D'INTINO, PRIMO PIANO STANZA 34. Attaccò i due biglietti vicino alla fessura per infilare le monete e se ne andò soddisfatto. Come prova per riavere i soldi, si portò dietro il bicchiere con l'acqua calda. «Je l'azzecco 'n faccia, 'stu bicchiere, sciccise la zappa!» ringhiò a bassa voce.

«Agente D'Intino!» una voce di donna lo fece voltare. Era Rosaria, proprio al centro del corridoio, la sua Rosaria! «Rosaria!». Le andò incontro felice. Aveva dei pantaloni neri infilati in un paio di stivali, un piumino lungo al ginocchio e un vezzoso cappello con il ponpon pieno di strass dal quale uscivano i capelli lunghi e neri. «Ma è modo questo di trattarmi?».

«Che... che vuoi dire?».

«Sei sparito, Mimmo D'Intino, non ti sei più fatto vivo!».

«Ma chi sti' ddice?».

«Parla italiano!» ordinò Rosaria.

«Ma che dici? T'ho chiamata, non mi hai mai risposto!».

«E certo» fece la donna, «ho cambiato numero, come facevo a risponderti?».

D'Intino ci pensò un attimo. «Scusa, ma io che ne sapevo che avevi cambiato numero? Se non me lo dici come potevo telefonarti?».

«E io come facevo a chiamarti che il tuo numero ce l'avevo memorizzato sul vecchio cellulare, scusa?» rispose quella innervosita. Il ragionamento non faceva una piega. «Vabbuò, mo? Sono contento, anzi contentissimo di vederti».

«Io pure, Mimmo. Ma non posso restare, devo andare a lavorare. Sono passata per lasciarti il mio numero. Ce l'hai carta e penna?».

«No. Dimmelo che me lo scrivo sul cellulare, ti chiamo e così pure tu hai il mio».

«Giusto» fece entusiasta la ragazza, glielo dettò e D'Intino la chiamò. Rosaria felice prese il telefono e rispose: «Sei tu?» e risero insieme. «Bene Mimmo, ora metto in memoria il tuo recapito. Chiamami appena puoi».

«Certo!» disse felice l'agente abruzzese. «Magari andiamo a cena insieme?».

«Magari!». Rosaria si voltò diretta verso l'uscita della questura. D'Intino sentì nelle vene la libidine correre come un bolide a Le Mans, di nuovo innamorato salì le scale e gettò il bicchierino con l'acqua ancora calda nel cestino. «Ma chi se ne freche de la ciucculate mo!».

Rocco si affacciò alla porta. Deruta aveva la parte destra del volto rossa e gli occhi lucidi. Pareva avesse la febbre. Accanto a lui Antonio leggeva i fogli appena usciti dalla stampante. «Allora?».

«Dotto', è una mezza follia. Comunque di maschi tra i 50 e i 60 anni spariti in Sardegna per adesso sto a quota 72. Se conta che ogni giorno in Italia spariscono più di 80 persone, è peggio dell'ago nel pagliaio, dottore».

«Immaginavo».

«E fare una crematura, quanti nell'ultimo mese?» chiese Antonio.

«Perché nell'ultimo mese?» chiese Rocco.

«Perché mi hai detto che girava con giacca e pantaloni nuovi».

«Mica è detto che tutti quelli che spariscono sono dei barboni. Questo potrebbe anche averlo fatto volontariamente con tanto di valigia e ricambi. Però diciamo, Deru', quanti sono fuori di testa e quanti invece capaci di intendere e di volere?».

Deruta sbuffò. «Mah... fuori di testa quasi tutti. Sempre gente che non sta tanto bene, a leggere denunce e a sentire i racconti dei colleghi».

«Dimmi quelli che secondo te sono spariti senza ragione».

«Ce ne stanno un po'. Allora se Antonio mi passa i fogli». Il viceispettore glieli allungò. Deruta si mise a leggerli mettendosi la penna in bocca.

«Non succhiare Miche' che mi fa schifo» lo redarguì Rocco.

«Nossignore, mi scusi. Allora faccio una... come si dice, cernita? E al più presto le porto il documento».

«Va bene Michele. È un lavoro di merda e forse non servirà a niente...».

«Incoraggiante» fece l'agente di polizia.

«Ma per ora altro non ho. Daje!» gli disse il vicequestore e sparì in corridoio. Deruta guardò Antonio che gli sorrise. «Daje!» fece eco il viceispettore e anche lui abbandonò la stanza. Si ritrovò solo, sospirò e si rimise sui fogli con la sensazione di aver beccato una fregatura. In quel momento entrò D'Intino raggiante. «Miche', Miche'!».

«Che vuoi?».

«Rosaria!».

«E allora?».

«Ha venute a la questura! Le so' 'ncuntrate giù, alla portineria! M'ha dato il suo numero nuovo! Non s'ha scurdate di me, s'era perso lu cellulare!».

«Bene! Allora c'è una speranza».

«Sì. Miche', je me le voglie purta' a la casa a vive 'nghe mme».

«Bella idea. Mo però dammi una mano». Gli passò un po' di fogli. «È un compito difficile che però magari serve».

«Eccomi qua a disposizione» e prese i fogli. «Mado', Rosaria! Rosaria non s'ha scurdate, Miche'! S'era perse lu numero».

«Ho capito, Mimmo. Dai, allora mi stai a sentire? Sei concentrato? Guarda che se non facciamo questo lavoro io passo i guai».

«Pe' carità... allora? Eccomi pronto».

«Dunque».

«Che dici, la porto fuori massèra? Dumane?».

«Mimmo, mo basta co' Rosaria! Forza e stammi a sentire».

«Prima però devi senti' la poesia che m'ha venute in mente su le scale».

Deruta alzò gli occhi al cielo. «E dimmi 'sta poesia».

Mimmo D'Intino si alzò in piedi e declamò ad alta voce: «Lu core mio è nu martelle, batte forte fino a le stelle, batte forte 'nse ferma maje, a Rosaria mia l'amo proprie assaje. Piaciuta?».

«Tanto. Mo mettiamoci a lavorare».

Clotilde Nolano arrivò alle sei di sera. Trafelata, rossa in viso per la differenza di temperatura fra l'esterno, che viaggiava 2 gradi sotto lo zero, e l'interno che sfiorava i 23. Schiavone la ricevette in ufficio e, proprio mentre la donna entrava, gli arrivò un messaggio di Fumagalli che gli comunicava, lapidario: «*Passa entro le otto, ho da dirti*». Sapeva di non avere la concentrazione adatta per affrontare da solo la signora di Biella, allora aveva comandato ad Antonio e Casella di restare con lui in ufficio a prendere appunti. Clotilde, un nome antico che non sposava affatto le sembianze della donna sui 55 anni e che si era sforzata con l'aiuto di un chirurgo estetico di dimostrarne molti di meno. La sensazione era che si fosse presentata al medico con una foto di Angelina Jolie dicendogli: Voglio essere uguale a lei! Il risultato era un paio di labbra da crisi allergica, gli occhi spaventati di un animale scoperto in una tana da una torcia e gli zigomi gommosi che sembravano dello stesso materiale degli orsetti Haribo. Tutta la pelle del viso era lucida, forse per il sudore o forse per una crisi di rigetto di qualche organo che stava sopravvenendo e che Rocco sperava non accadesse proprio nel suo ufficio alle sei di sera. «Aldo mi chiama un giorno sì e un giorno no» aveva esordito. E da lunedì passato non s'era fatto vivo. Lei abitava a Biella, dopo la separazione Aldo aveva scelto di tornare a vivere nella sua città, Pont-Saint-Martin, preferendo una vita da pendolare a restare in quella città che odiava con tutto se stesso. «Sempre stato un amante della montagna, Aldo». La donna parlava a raffica, Rocco si domandò se quegli interventi plastici fossero avvenuti prima o dopo la separazione.

Schiavone perse molti pezzi per strada, ripensava all'orologio del cadavere, ai pesi, al laghetto. «Ora mio marito, scusate il mio ex marito, è un tipo molto preciso». A Schiavone tornò in mente Sandra che muoveva i primi passi incerti aggrappata a Fabiano e confessò, osservando le palpebre un po' gonfie di Clotilde, che avrebbe preferito essere stato lui quello che l'aiutava, come ad accompagnarla in una seconda nascita. Ma era solo colpa sua se c'era stato Fabiano lì ad incoraggiarla. «Dunque, Aldo è nato a Venezia, ma poi è andato via dopo il liceo. Prima a Torino poi s'è trasferito qui, ad Aosta». Riceveva la metà delle parole che quella donna sputava dalle labbra gonfie. «Aldo ha tre anni più di me, e sì, gode di ottima salute». Rocco pensò fosse arrivato il momento di andare da Fumagalli e lasciare l'incombenza Clotilde Nolano ad Antonio e Casella. Allora sbuffò e prese il telefono. Gli altri si azzittirono. «Pronto? Albe'? Mi serve un'informazione... hai visto mai una botta di culo».

«No, non l'ho mai vista, tu?» gli rispose Alberto.
«Una cosa rapida. Il tizio del lago, quant'è alto?».
«Un metro e ottantaquattro».
«Capelli?».
«Biondi».
«Grazie, ci vediamo fra pochissimo». Il vicequestore abbassò il telefono. «Signora Clotilde, suo marito è biondo?».
«Era. Ora brizzolato».
«E quant'è alto?».
«Mi pare uno e settantotto, insomma non arriva a uno e ottanta. Perché?».
«Lo vedi, Anto'? Mai una botta di culo. E niente, signora mia, la lascio coi miei colleghi». Si alzò in piedi, poi guardò la donna. «Anto', prendi appunti per bene, poi mi riferisci. Prima però...» e si infilò il loden, «... una domanda».
«Dica» rispose solerte la donna.
«Lei dal chirurgo plastico c'è andata mentre stava con Aldo oppure quando s'è rimessa su piazza?».
Clotilde spalancò gli occhi ancora di più. «Non vedo cosa c'entri con la scomparsa di mio marito. Del mio ex marito, anzi».
«Infatti. Ma vede, lei continua a chiamarlo marito, poi si corregge. Come se non si fosse abituata all'idea e ci pensasse ancora. Allora mi chiedevo se 'sto lavoro l'ha fatto per riconquistarlo oppure è stato proprio 'sto lavoro a farlo scappare».
Clotilde scosse la testa. «Ma... ma lei può dirmi una cosa simile?».

«Tutto può interessare alla polizia, signora Nolano. La gente si ritrova nei primi tre giorni, sennò capace che non se ritrova più, e siccome suo marito è sparito da lunedì e propendo per la seconda ipotesi, chiedo quello che cazzo me pare, se non le sta bene in città ci sono... quanti, Anto'?».

«... almeno 200 avvocati fra civilisti e penalisti».

«Ecco, lei ha una vastissima scelta!». Il vicequestore sorrise ai suoi colleghi. «Anto', Ugo, proseguite voi. Lupa!» il fischio di richiamo fece sobbalzare la donna che si stupì ancora di più nel vedere un cane scattare da sotto la scrivania e seguire scodinzolando il suo padrone in corridoio. «Ah... c'era un cane. Non... non l'avevo visto».

«Difficile, signora» disse Casella, «era nascosta».

«Allora andiamo avanti. Ci dica il mestiere di suo marito» proseguì Antonio.

«Sì, Aldo lavora alla Gunnelli, fanno medicinali. Aldo è un chimico».

«Ha un cognome, suo marito?» le chiese ancora Antonio.

«Sì certo, sta nella denuncia, no?».

«Le costa tanto ripeterlo?».

«Assolutamente».

«Assolutamente sì o assolutamente no?».

«Certo, certo. Aldo Pavan».

«Bene, lavora alla Gunnelli. Lei è stata a casa di Aldo?».

«Certo. Ho citofonato, tre volte, poi siccome ho la copia delle chiavi sono entrata. La casa è in ordine».

«Il letto?».

«Rifatto. Non ci ha dormito».

«Signora» intervenne Casella, «ha controllato nell'armadio? Se i vestiti sono ancora lì?».

«Oddio, ho dato un'occhiata... non lo so. Dovrei tornarci».

«Secondo me ci torniamo insieme» e Antonio sbuffò staccandosi dalla finestra.

«Ora?».

«È preoccupata per il suo ex marito oppure fatta la denuncia, lavata la coscienza?» chiese con un tono allegro il viceispettore. La donna si alzò. Antonio fece strada verso il corridoio e pensò che, senza un motivo apparente, anche a lui stava antipatica Nolano Clotilde. Poi ebbe paura ad ammetterlo, ma cominciava ad avere gli stessi sentimenti di Schiavone, non era la prima volta che gli accadeva una cosa del genere. E questo lo preoccupò.

L'odore dell'obitorio era il solito. Disinfettante, muffa, alcol. Fumagalli aveva l'aria stanca, abbattuta, accolse Rocco senza una parola e lo fece entrare nella sala autoptica. «C'è da lavorare ancora, però intanto posso dirti qualcosina...». Aveva preparato il corpo dell'annegato sul lettino: il volto non c'era più, mancava la punta del naso, e le palpebre erano gonfie, sembravano vittime di una decina di punture di vespe orientalis. Le labbra deformate, solo le orecchie sembravano non aver subito alcuna metamorfosi. «Son riuscito ad ottenere le impronte di tre dita della mano destra, mandate a Michela, si spera in una botta di culo che avesse precedenti ma io non ci credo, te di meno».

«Esatto. Andiamo sul concreto».

«Concreto per concreto, sappiamo di certo che era alto un metro e 84. Capelli biondi, radi sul cranio».

«E fin qui...».

«Abbiamo un altro dettaglio importante. Gli manca il mignolo della mano destra».

«Recente?».

«No, taglio antico. A guardare i denti questo tipo aveva un 55 anni. Non di meno. Pensa che ha ancora un dente piombato. È da mo che non s'usa più... tutto veleno!» si mise una mano in tasca e guardò il cellulare.

«Ti puoi concentrare?» gli disse Rocco. «Pure io mi sono rotto i coglioni e fosse per me pianterei e me ne andrei».

«E dove andresti, di grazia?».

«A fare in culo».

«Si trovano charter a pochissimo, di questi tempi. Allora proseguiamo?» chiese Alberto infilando il telefonino in tasca.

«Sempre se te va» rispose infastidito Rocco.

«Al di là dell'orologio e della data, come mi ha comunicato la preparatissima sostituta Gambino...».

«Tua moglie» lo corresse Rocco.

«Quello è un valore in più che la ragazza può vantare nel suo curriculum, dunque il datario non ci aiuta certo perché a me pare strano che questo sia morto solo cinque giorni fa. La pelle mi racconta altro, ma è difficile dirlo. Il processo appena cominciato di saponificazione mi suggerisce che l'amico in acqua ci sta da almeno dieci giorni. Toccalo».

«Devo?».

«Che noia che sei. Va bene, allora, dopo un tre settimane la pelle diventa dura, capisci? Tipo sapone».

«Senza fare lezioncine. Che altro hai da dirmi?».

«Che s'è dibattuto il poverino in quel minuto scarso che è stato vivo sott'acqua. Guarda», indicò le caviglie. Erano pulite, non c'erano escoriazioni. «Piedi legati da una catena e nessun segno. Invece tagli e sbucciature li troviamo sulla parte superiore del piede».

«Sulla parte superiore...» mormorò Rocco. «Quindi è morto affogato?».

«Volevo la certezza perché magari l'hanno legato in un posto dov'è morto e poi l'hanno buttato al lago. Ma ti dico una cosa importante. Le alghe. La diatomea, e ce ne sono due tipi, *Centrales*, che ha una simmetria a raggio, e *Pennales*, che invece è bilaterale, e nelle acque dolci ce ne sono parecchie. Ora se uno tira le cuoia per annegamento che succede?».

«Che beve acqua e gli entra nei polmoni?».

«Anche. Soprattutto queste alghe che fanno? Penetrano nelle vie respiratorie e siccome son molto piccine passano attraverso gli alveoli polmonari e arrivano alla circolazione sanguigna, dunque si distribuiscono in tutto il corpo: cervello, muscoli, fegato, perfino nel midollo osseo. Poi muoiono, è vero, ma resta il guscio che è fatto di silice».

«E tu ne hai trovate de 'ste diato... come cazzo se chiamano?».

«Hai voglia te...».

«Quindi è morto affogato».

«Sì, in acqua dolce».

«Albe', non facevi prima a dirmi questo è morto sott'acqua in quel lago? Che me ne frega a me delle alghe?».

«Perché sei un ignorante, un uomo di Neanderthal. Volevo accrescere il tuo sapere, allargare i tuoi orizzonti culturali».

«Grazie Alberto, te lo dico col cuore. Ora che mi hai raccontato del guscio di silice, le diato... come cazzo se chiamano, mi sento un altro uomo. Diverso, pronto ad affrontare le sfide del suo tempo».

«Che poi le diatomee avrebbero un nome scientifico col quale bisognerebbe chiamarle: *Bacillarioficee*».

«Se lo pronuncio mi partono due otturazioni».

«Per carità, Rocco, con quello che costano». Alberto si tolse i guanti di lattice.

«Ma perché sfilargli le scarpe?».

Alberto fece una smorfia. «Boh. Forse perché si dice che un vero gentleman lo si vede dalle scarpe che indossa? O il contrario?».

«Grazie per la lezione. Altro?».

«Dunque, all'anulare della sinistra è chiaro il segno di un anello. Io dico una fede».

«E questo è facile capire perché gliel'hanno tolta. Ci sarà stata dietro una data, un nome».

«Esatto! E poi aveva una catenina al collo e gliel'hanno strappata, anche lì c'è il segno».

«Sì, me l'ha detto Michela».

«Ecco, per ora è tutto. Qualsiasi novità ti chiamo».

Rocco sbuffò e guardò il soffitto coi neon incastrati. «Mi sa che ci toccherà fare le analisi del DNA e metterlo nel registro nazionale. Che palle...». Voltò le spalle e senza salutare si avviò verso la porta di uscita. «Albe'».

«Dimmi...».

Rocco si voltò. «Non hai trovato tagli, bozzi, ossa rotte?».

«No».

«Mi controlli semmai dovesse avere il segno di una puntura?».

«E io perché sto facendo l'esame tossicologico del sangue?».

«Perché sei il numero uno».

Alberto tirò su col naso. «Com'è che ho la sensazione che mi stai prendendo per il culo?».

«Perché sei un uomo provvisto di un forte intuito, Alberto».

La casa di Aldo Pavan a Pont-Saint-Martin non avrebbe sfigurato su una rivista. L'arredamento era all'antica, Antonio preferiva mobili più moderni, ma si vedeva che era roba costosa: divani, dipinti, tappeti, credenze e la cucina in muratura. In camera c'era il letto col baldacchino, un lusso che Casella e Scipioni non avevano mai visto se non in fotografia, e si potevano chiudere le tende per isolarsi dal resto del mondo mentre si schiacciava un pisolino. Clotilde spalancò una porta che immetteva nella stanza guardaroba. Vestiti, giacche e pantaloni, camicie, era tutto in ordine, come le scarpe poggiate su delle rastrelliere di ottone. C'erano tanti cassetti illuminati dall'interno con mutande, magliette e calzini. I maglioni stavano su dei ripiani chiusi con uno sportello di vetro e cappotti e giacche a vento appesi a un bastone anche quello di ottone. C'era roba per vestire almeno tre persone. «Sì, come vedete mio marito... il mio ex è molto ordinato. Io non so dire se manca qualcosa, a occhio direi forse un paio di giacche, qualche maglione, non saprei...».

«Si guadagna bene a fare il chimico» sussurrò Casella ad Antonio che guardava i capi d'abbigliamento. Lui si sarebbe portato via la giacca a vento della Norrøna, e pure il maglione sportivo con la zip. Le scarpe erano lucide, di cuoio, parevano appena uscite dal negozio. Poi Antonio ci pensò su, sempre con il suggerimento di Rocco nelle orecchie che durante le ispezioni non autorizzate in casa di sospetti o di testimoni, alla domanda: «Che cerchiamo, Rocco?», rispondeva: «Qualsiasi cosa ci sembri strana o somigli a un indizio». Ad Antonio era sempre parsa una risposta inutile, e invece in quel momento ne capì l'importanza e la portata. «Signora Nolano, ma com'è che ci sono solo calzature di cuoio? Il suo ex non usava mai scarpe da ginnastica, da trekking, insomma sportive?».

«Come no...» fece la donna e si mise a guardare le Church's, le Alexander, i mocassini con le nappe. «Manco un paio di Clarks? Insomma, qualcosa di più sportivo... casual, diciamo» azzardò Casella.

«Mi sembra strano» disse ancora la donna.

«O forse è un indizio, no?» azzardò il viceispettore. «Che cellulare possiede il dottor Pavan?».

«Un'iPhone. Non so che tipo. Perché?».

«Se lei chiama, suona?».
«No, risulta staccato».
«Perfetto. Allora lo cerchiamo?».
«Sissignore» e Casella scattò.
Guardarono in ogni cassetto della casa. Salone, camera da pranzo, nelle tre camere da letto, in cucina, nello studio. Lo trovò Casella, nell'*étagère* all'ingresso insieme al cavo per caricarlo. «Eccolo qui» disse. La donna allungò la mano per prenderlo, Antonio l'anticipò. «Questo lo teniamo noi, signora» e se lo mise in tasca. «Si rende conto che è un secondo elemento strano, no? È uscito senza portarsi dietro il cellulare?».
«Magari...». Clotilde stava pensando, con la mano destra si afferrò il mento e guardò fissa il pavimento. «Magari è uscito per una passeggiata, ha avuto un incidente e non è riuscito a tornare».
«Case', noi abbiamo chiamato ospedali, pronto soccorso?».
«Certo, quello è normale. Niente».
«E se è caduto in un burrone?». Antonio la guardò. Non riusciva a capire se avesse gli occhi spalancati per la paura o per un distacco di qualche muscolo facciale. «Che ne so? Qui bisogna chiamare la forestale? I vigili? Faceva passeggiate in montagna?».
«E sì, spesso».
«Forse era la prima cosa che ci doveva dire, signora» la rimproverò Casella.

Alle otto di sera, in pieno inverno, con la neve e non lontani dalle festività natalizie, ogni tentativo di ricerca del dottor Pavan fu rimandato alla mattina dopo. Fu avvertito l'ufficio della presidenza della Regione dal questore, era compito loro coordinare le varie forze sul campo anche se, Schiavone già lo sapeva, avrebbero mandato qualche vigile del fuoco e forse un'unità cinofila dei carabinieri di Volpiano. «Buon lavoro, Anto', mo andatevene a casa e di' a Casella di consegnare il telefono a Carlo per dargli un'occhiata» disse sorseggiando un vino rosso aperto da giorni che era lì lì per tramutarsi in Marsala.

«Va bene, Rocco. Abbiamo novità sul cadavere del lago?».

«Domattina vi racconto. Ora mi sono rotto i coglioni, la giornata è finita, sono stanco morto e non voglio parlare per le prossime dodici ore».

«Ricevuto».

«'Notte» e Rocco chiuse la telefonata.

Prima di dormire, o almeno tentare di farlo, gli serviva una voce amica. Furio non rispondeva, Brizio invece al terzo squillo si fece vivo. «Aò? Come stai?».

«In mezzo alla neve, tu?».

«Io e Furio avemo recuperato i diecimila...».

«Bene».

«Devi vede' Barbarella che piagneva felice. Oh, so' cose che fanno bene al core. A te che succede?».

«Noi abbiamo trovato uno affogato in un lago. Con la catena e i pesi ai piedi».

«Porca...».

«Già. Non sappiamo chi è, e sarà pure difficile scoprirlo. Mo te faccio una domanda a bruciapelo».

«E dimme».

«Se a uno lo buttano nel lago coi pesi e je strappano la collanina, perché gli lasciano l'orologio?».

«De valore?».

«No».

Brizio ci pensò su. «Allora magari nella collanina c'era un santo protettore con il nome, qualche data, insomma cose che parlavano dell'identità de 'sto poraccio».

«Ma non è che se uno ha, che ne so?, san Francesco io capisco chi è».

«No. Allora magari portava qualche simbolo? Che ne so? 'Na svastica, un fascio littorio, 'na falce e martello... la lupa della Roma, l'aquila della Lazio».

«Forse era sardo».

«I quattro mori... un pane carasau?».

«Una medaglietta col pane carasau?».

«Che ne so? Una vorta ho visto uno co' la torre de Pisa!».

«Vabbè, chiaro il concetto. E certo hai ragione, stesso motivo per cui gli hanno levato la fede. Date, nomi... Però, lasciargli l'orologio? Perché?».

«Quello è strano» concordò Brizio.

«Un Seiko... e c'è pure la data. È un depistaggio» disse Rocco.

«Cioè?».

«Cioè la data riportata è il 12, come a farci credere che, siccome non è subacqueo, il tipo è schiattato il 12 quando 'st'orologio è finito in acqua e s'è fermato. Però secondo Fumagalli è morto prima».

«Se te vonno nasconne la data della morte, il fatto è tutto lì».

«E me sa... dove sei?».
«A casa. Da solo. Stella è dalla madre, ce stanno le sorelle».
«Furio?».
«S'è trovato una mezza fidanzata. Siciliana, fa l'attrice. Domani me tocca andarla a vede' a teatro. Capirai che palle».
«Che ne sai, Bri'? Magari te diverti».
«Magari me diverto? Aspe'...». Rocco sentì un rumore di carta stropicciata. «Ecco, te leggo il titolo dello spettacolo. *Sei personaggi in cerca d'autore*».
«Embè? È Pirandello, può essere notevole».
«I sei personaggi, no dico saranno almeno sei, no? Perché lo fanno in tre? Nun te pare strano?».
«E pure un po' pericoloso».
«Come la vedi?».
«Male, amico mio».
Brizio scoppiò a ridere. «Che fai allora a Natale? Scendi?».
«Se sto così, 'ndo vado Bri'? Qua è un bordello. Non ce voleva 'sto morto in mezzo ai cojoni».
«No. Oh, se serve io per evitamme 'sto spettacolo, vengo su a datte 'na mano, eh?».
«Va bene. Se me servi sicuro ti chiamo».
«'Notte, Rocco».
«'Notte».

Sabato

All'alba erano scattate le prime ricerche. Clotilde aveva informato che una delle escursioni preferite dall'ex marito era il giro da Pont-Saint-Martin a Perloz, l'altra era al villaggio d'arte di Chemp salendo verso la montagna. Ogni tanto il dottor Pavan faceva anche il percorso verso Bard, fino al forte, ma aveva abbandonato la passeggiata da tempo. La ex moglie si stupiva però che avesse scelto di avventurarsi in quei percorsi sotto la neve. «Non lo faceva quasi mai» aveva riferito alle forze dell'ordine mobilitate. «Magari ha dato di matto, signora» le aveva risposto l'esperto dei vigili del fuoco con l'umore più nero delle nuvole che s'addensavano sulle vette montane. Mentre il piccolo esercito si incamminava sulle tracce di Aldo, Rocco seguiva quelle del profumo del caffè che usciva dal bar centrale dopo una notte in bianco, ma all'incrocio con via Tillier un dolore alla spalla destra lo costrinse a fermarsi, a massaggiarla e ad attuare un rapido controllo: le vertebre lombari e dorsali sembravano a posto, lo stesso il ginocchio destro interno, accettabile pure se scricchiolante il sinistro esterno, qualcosa tornava a farsi sentire dalle parti dello scafoide del piede destro, mentre il calcagno del sinistro pareva si fosse azzittito. Il dolore al nervo sciatico era tornato insieme a quello alla cuffia dei rotatori, o forse era alla testa dell'omero. Finito il check-up proseguì verso il bar.

L'enigma del morto nel lago gli aveva fatto compagnia fino a verso le tre, poi i pensieri avevano virato sulle dolci nostalgie di sua moglie, infine aveva pensato a Sandra. Si domandava, ora che era fuori pericolo, come si sarebbe comportata con la famiglia traditrice. Avrebbe di nuovo rivolto la parola alla madre? O al padre? Sperava di no, il vicequestore odiava quei due, gli aveva augurato che il loro castellotto freddo e inospitale gli fosse rovinato addosso mattone dopo mattone per cancellarli dalla faccia della Terra, come il tempo s'era già occupato degli avi della signora.

Ritrovò Deruta in ufficio, chino sui fogli con l'aria di chi aveva dormito poche ore. Si voltò lento e gli sorrise. «Dotto', Federico m'ha già dato le brioche... le ho messe sul tavolo. Mi scusi se la mia l'ho già mangiata».

«Quale hai mangiato?».

«Cannolo con la crema».

«Spero per la tua incolumità personale ce ne sia un altro».

«Hai voglia. Altri due!» e alzò le dita come fosse il segno della vittoria.

Schiavone indicò i fogli. «Hai delle novità?».

«No, dottore. Di tutti quelli scomparsi recentemente e di cui sono riuscito a contattare le famiglie o amici o semplici conoscenti, non abbiamo nessuno sui 55 anni, biondo, alto un metro e ottantaquattro, senza il mignolo della mano destra. Mi spiego. Magari corrisponde l'età ma non il colore dei capelli o la mano senza mignolo. Per esempio, a Dorgali c'è Mario Pinna, di lui non si hanno notizie da tre mesi e non ha il mignolo della mano destra, pare un incidente con la sega, ma è alto è un metro e sessantuno ed è senza capelli. Poi c'è Leonardo Melis di Sanluri che è alto un metro e ottantaquattro, però le dita le ha tutte, poi... ».

«Basta Deruta, ho capito» lo fermò Schiavone. «Stiamo a caro amico. Continua finché ce la fai. Casella?».

«L'aspetta di là» e l'agente si rimise sui fogli. Poi afferrò la cornetta del telefono. «Commissariato di Abbasanta? Sono un collega della questura di Aosta... e come vuoi che vada, c'è neve e freddo...».

In ufficio l'agente Casella lo attendeva guardando fisso la guantiera dei dolci. Rocco gli fece cenno di accomodarsi, e lui afferrò una pasta enorme e zuccherosa. «Hai delle novità?».

«Io sto lavorando sulla denuncia della ex moglie di Biella, Nolano Clotilde» rispose a bocca semipiena.

«Ah... e che hai scoperto?».

«Che a casa tutto è in ordine, che c'è un esercito di gente che lo sta cercando sopra Pont-Saint-Martin, la cosa strana è che non teneva neanche un paio di scarpe da ginnastica o sportive nell'armadio, e lui un po' sportivo lo è. E soprattutto il cellulare stava in un cassetto, spento».

«E immagino che tu il cellulare l'abbia portato a Carlo».

«Immagina bene. E qui la terza cosa strana. Carlo è riuscito ad aprirlo e mi ha detto che dentro non c'è niente. Nessun messaggio, nessuna... come si dice... chat, nessuna foto, non c'è la mail, che però Carlo ha trovato. Ha aperto la casella che è di Tiscali ed è vuota! Nessun messaggio in uscita e quelli in entrata solo cose pubblicitarie».

«Questo diciamo risolve il problema della sparizione» e Rocco prese un cannolo alla crema. Lo morse e si riempì mento e labbra di zucchero.

«Ah, sì?».

«Sì. Pavan non è sparito per un incidente, questo se n'è proprio andato, senti a me. Puoi dire all'esercito che lo cerca di lasciar perdere».

«Lei è sicuro?».

«Come la bontà di 'sto dolce, mannaggia a me e quando ho detto a Federico di portarci 'sta roba. Avverto il questore. Poi chiamo Baldi, e vediamo se il tipo ha svuotato il conto in banca».

«Certo. Infatti quello era il sospetto di cui volevo parlarle».

«Bravo, fa' conto che me ne hai parlato. Ci vai tu dal magistrato oppure Antonio?».

«Antonio è su coi cosi... i ricercatori».

«Richiamalo subito, che cazzo fa lì a perdere tempo?». Prese la cornetta del telefono mentre Casella usciva dalla stanza. «Chiudi la porta, Ugo!» e l'agente obbedì. Rocco prelevò una canna già rollata dal cassetto, l'accese, poi digitò il numero della procura. «Il dottor Baldi, *please*...». Alla prima boccata guardando fuori dalla finestra, si accorse che le nuvole avevano steso uno strato di biacca uniforme e non si distinguevano più i monti con le case abbarbicate.

«Rocco?» si fermò ai piedi delle scale. Michela Gambino era spuntata dal piano seminterrato e gli faceva cenno di avvicinarsi. «Ho un paio di notizie per te. Le vuoi adesso subito o preferisci che te le scriva?» gli disse a bassa voce.

«Ma si può sapere che è 'sta segretezza? Perché sussurri?».

«Ho la raucedine. Ieri devo aver preso freddo».

«E vabbè, dimmele».

Michela inghiottì la saliva, si spruzzò qualcosa in bocca e un sorriso di gioia le illuminò il volto. «La propoli, una mano santa. Allora io sono sempre più convinta che l'orologio non è della vittima ma gliel'hanno messo. Nel cinturino di acciaio, incastrato nelle maglie, ho trovato un pelo. Ed è bruno. L'uomo era biondo, nei capelli e in tutti i peli del corpo».

«Quindi qualcuno gliel'ha infilato».

«È sicuro» un colpo di tosse la fermò per qualche secondo. «La data quindi è una sciocchezza. Questo è morto prima».

«Ottimo, Michela».

«Ma la cosa più importante, che forse è la prima che ti dovevo dire, l'ho trovata dentro la giacca. Tieni, questo è un ingrandimento», gli passò un foglio A4. Era la fotografia di un'etichetta gialla. «Che è?».

«Era spillata all'interno, è la targhetta di una tintoria».

Rocco lesse con qualche difficoltà le cifre sbiadite. «IN 2/12 RIT 5. Che cazzo vuol dire?».

«Boh, sarà un codice. Sai che potresti fare?».

«Io niente, ho i miei uomini per questo. Grazie, Michela».

Attese che Antonio tornasse dalla procura poi, riunita la squadra, consegnò al viceispettore il foglio. «Antonio, fai un po' di fotocopie».

«Sì, certo, cos'è?».

«È l'etichetta di una tintoria».

Ad Antonio sembrò crollare il viso. «Sì, hai capito. Vi dovete fare il giro di tutte le tintorie della Valle e cercare di capire a chi appartiene».

«Ma è un lavoro immane!» protestò il viceispettore.

«Certo. Comunque avrete con voi altri tre agenti, Curcio Penzo e il napoletano che non mi viene mai come cazzo si chiama».

«Miniero» disse Casella.

«Esatto. Me li ha promessi il questore. Si dispiace anche lui che ancora non abbiamo il rinforzo che Baldi mi aveva ventilato. Qualcuno di voi sa niente?».

Fecero tutti di no con la testa. «Bene. Dividetevi il lavoro come meglio preferite, vi farò avere quattro auto diverse dal questore. La seduta è tolta». Mugugnando gli agenti se ne andarono. «Tu hai qualche idea su dove concentrare la ricerca?» chiese Antonio.

«A naso? Io andrei nei quartieri e nei paesi più ricchi. Cogne, Courmayeur, La Thuile, Cervinia... insomma hai capito».

«Saint-Vincent...».

«Mi convinco sempre di più che il caro estinto i soldi li maneggiava».

«Dici?».

«A intuito. Stammi bene. Lupa? Andiamo».

«Dove vai?».

«Ti faccio sapere. Buon lavoro, Anto'». Gli mollò una pacca sulla spalla. «Sì, è una grossa rottura di coglioni ma altro per ora non abbiamo».

Risaliva la strada, curva dopo curva, senza fretta, fumando e guardando la neve che aveva ricoperto i campi, gli alberi, le rocce e i bordi della strada. Qualche sportivo con gli sci sul tettuccio lo superava fremendo di lanciarsi lungo le piste. Ce l'aveva lui una passione così? Molti andavano in bicicletta a rischio di farsi frantumare su qualche statale, come era successo neanche tre settimane prima a quel Sanna, il caso che gli aveva regalato giorni forse peggiori di quelli che stava vivendo. Altri spendevano tutti i soldi in un guscio a vela pur di stare in mezzo al mare. Chi si riuniva con qualche collega d'ufficio e si sfidava a interminabili partite di calcio che spesso finivano in ortopedia, quando andava bene, se non in terapia intensiva. Chi correva, chi camminava soltanto. Chi leggeva una smodata quantità di libri, chi mangiava come non ci fosse un domani, chi conosceva tutti i ristoranti, altri solo i vini. Lui? Anche lui aveva un lavoro schifoso, usurante, come tutti avrebbe avuto bisogno di una via di fuga. No, non ce l'ho, si disse mentre un pulmino di una scuola sci lo superava e dei ragazzi sorridenti lo salutavano prendendolo in giro. A lui piaceva fare le cose con Marina. Qualsiasi. Andare a mangiare in una bettola o in un ristorante stellato, guardare quadri, leggere libri, conoscere le città nuove, stendersi su una spiaggia, andare in barca a vela o sul gommone, assistere a spettacoli noiosissimi o intelligenti, perfino il balletto classico, una volta Marina l'aveva trascinato a vedere lo *Schiaccianoci* e lui non era riuscito a distrarsi dal parapalle del primo ballerino. Si era sentito un buzzurro. Poi Marina gli aveva confessato che anche lei, appena il danzatore russo era entrato in scena, per poco non era scoppiata a ridere. Invece l'opera gli piaceva. Rocco aveva imparato a memoria un sacco di arie e quartetti di Verdi, Puccini, Donizetti e Mozart. Ma non li cantava più, neanche se li ripassava. Quella mattina però gli tornò in mente il mandarino della *Turandot*. «Popolo di Pechino! La legge è questa: Turandot la Pura sposa sarà di chi, di sangue regio, spieghi i tre enigmi ch'ella proporrà. Ma chi affronta il cimento e vinto resta porga alla scure la superba testa!». Gli piaceva la storia degli enigmi di Turandot, forse perché gli ricordava la sua vita. Il tizio si gioca la pelle con tre domande assurde e le azzecca conquistando la bella principessa. Lui, se azzeccava gli enigmi, al massimo mandava in galera qualche figlio di puttana. Nessuna principessa. Nessun romanticismo. Se non li indovinava, la testa la tagliavano a lui, non fisicamente, moralmente. Anche qui aveva tre enigmi da risolvere. L'identità del morto, chi l'aveva ucciso e perché. «M'hai detto cazzo» si disse buttando la sigaretta in un vecchio bicchierino di plastica che usava come posacenere. Sull'identità era indietro, come lo era su chi l'avesse ucciso, il perché erano i soldi. Su questo ne era certo. Uno su tre.

A Pechino gli avrebbero mozzato la testa.

Elide stava passando uno straccio giallo sui tavolini del bar e canticchiava una canzone. Al bancone c'era un uomo con la barba e gli occhi azzurri come il ghiaccio. L'aria sorridente, metteva a posto le tazzine appena prelevate dalla lavastoviglie. «Rocco!» gridò Elide appena il vicequestore entrò nella baracchetta. «Luigi, questo è Rocco, il vicequestore di Aosta».

«Piacere, Luigi! Che le offro?».

«Ciao Elide. Salve Luigi. No, niente... ma sì, un caffè» Rocco era già infreddolito.

«Fijo mio, se però non te cambi le scarpe e non te compri una giacca a vento, rischi de restarci secco».

«Lo so Elide, ma è roba che non fa per me».

«Sa che le dico? Le preparo la cioccolata di Elide, altro che caffè. Lei è pallido, infreddolito, fra poco batte i denti e non va bene».

«Grazie Luigi, ma diamoci del tu». L'uomo sorrise e si mise a preparare la bevanda. «Scusate se vi rompo, ma ho bisogno di voi».

«Eccoci». Elide posò lo straccio e si appoggiò a un tavolo incrociando le braccia.

«Si tratta sempre del tizio trovato nel lago».

«Roba da pazzi» disse Luigi versando il liquido caldo e scuro nella tazza.

«Chiaro che non vi siete accorti di niente, altrimenti me lo dicevate».

«Chiaro» fece Elide annuendo.

«Vieni Rocco, è pronto» e Luigi girò il manico della tazza a favore del vicequestore che la prese e fece un primo sorso. «Ma quant'è bòna...».

«Come mia moglie» fece Luigi mandando un bacio a Elide.

«Allora, io mi sono fatto un'idea. C'è stato un giorno recente in cui, che so?, avete avuto una festa? Una cena? Insomma un giorno in cui c'è stato casino?».

I coniugi si guardarono. «Certo» rispose Elide. «L'8. Facciamo sempre una festa, la gente viene da Breuil, da Châtillon, pure da Aosta guarda. È la festa della Madonna, noi siamo devoti. Viene sempre padre Giorgio che ha la chiesa su a Cretaz e dice la messa. Poi facciamo una cena che lèvate, Rocco, mischiamo la cucina romana con quella di qui. E quindi 'st'anno ho fatto prima i filetti de baccalà e supplì, poi l'amatriciana che ancora se la stanno a sogna', e Luigi ha voluto fa' la raclette. Oh, la gente era piena fino alle orecchie».

«Di quante persone parliamo?».

«Mah... che dici Lui'?».

«Almeno cento, centoventi».

«E avete bevuto?».

«Se abbiamo bevuto? Rocco, se semo 'mbriacati. Pure don Giorgio, l'hanno riportato a casa che non se reggeva in piedi. J'hanno strillato: Padre Giorgio, per le prossime tre messe evita il vino!» e Elide rise di gusto. Rocco finì la cioccolata. «A parte che il prossimo 8 dicembre se so' vivo mi invitate sennò m'offendo».

«A te e a tutti i poliziotti della questura, Rocco» rilanciò Luigi.

«Quindi è probabile che in mezzo a tutto quel casino, chi voleva fare qualcosa di schifoso, lo poteva fare».

Elide si strinse nelle spalle. «E sì, Rocco. Chi va a controllare?».

«Per arrivare lì dove il deficiente ungherese ha affondato il quad, l'unica strada è quella del camping?».

«In auto sì. Sennò puoi passare dall'altra parte della diga, c'è una strada che la costeggia, ma la puoi percorrere solo a piedi».

«Grazie, Luigi. Me la faresti vedere?».

«E certo. Vieni», si infilò un giubbotto e aprì la porta del bar. «Grazie Elide, sei stata gentilissima».

«E de che, Rocco. Ricordate che questa è casa tua, quando e come vuoi».

Si strinsero la mano e Rocco seguì Luigi all'esterno.

«Ecco, vieni con me». Usciti dal campeggio arrivarono alla riva del lago dove era stato ripescato il corpo. Proseguirono. «È calata la temperatura. Stanotte viene giù» disse Luigi alzando gli occhi al cielo.

«Senti Luigi, ti ricordi se il giorno della festa dell'8 dicembre ha nevicato?».

«No, mi sembra di no. Anzi sono sicuro».

Superarono un boschetto, poi arrivarono a un sentiero che portava alla diga. «Ecco, vedi? Quella è la diga. Se guardi bene c'è una stradina, un ponte diciamo, che la costeggia».

«Sì, certo».

«Bene, non è che ci si può andare, ma scavalcare è facile. E non ti vede nessuno».

«Non c'è guardiania alla diga?».

«Ora quella è chiusa, la centrale è più su a Maen. Non so se hanno delle telecamere, puoi andare alla centrale».

«Mando qui la scientifica. Se hanno percorso quella stradina, e non ci passa nessuno perché è chiusa, magari troviamo qualcosa di importante. Anche se...».

«Cosa?» gli chiese il proprietario del camping.

«Dopo tutti questi giorni e la neve...».

Tornarono al bar, Rocco risalì in auto e guidò verso la frazione di Maen. Al telefono chiese a Michela lo sforzo di controllare il passaggio accanto alla diga. Con la voce roca la sostituta glielo promise, ma doveva farlo subito in giornata. Domani avrebbe nevicato ancora, il che poteva peggiorare la situazione. «Anche se dopo tutti questi giorni, Rocco, che minchia vuoi che ci trovo?» gli aveva detto.

La centrale era un bellissimo edificio sulla strada, ospitava anche una mostra fotografica. Scese dalla macchina e entrò nella grande sala delle esposizioni. Gli venne incontro una ragazza sui 30 anni, bionda, sorridente. «È qui per la mostra?».

«No. Vorrei parlare con qualcuno della direzione della centrale».

La ragazza gli indicò l'ufficio e Rocco seguì le istruzioni. Tremava. I benefici della cioccolata erano finiti da un bel po'.

Michela Gambino arrivò con due colleghi alla diga del lago di Maen. Individuò subito la stradina che passava su una specie di pontile al lato della costruzione. «Dottore', ma che cerchiamo?».

«Su questa specie di ponte non ci passa nessuno... vediamo se invece troviamo segni che dicono altro?».

«Perfetto» rispose l'agente Guardiola e finirono di indossare le tute. Michela le soprascarpe. Aveva nevicato, bisognava spolverare la neve residua con attenzione e sperare in Apollo di trovare qualcosa, anche solo un graffio nel manto della stradina, o magari sui corrimano. Il lago era calmo, solo a guardarlo metteva freddo. Per fortuna non tirava un alito di vento, e la situazione era sostenibile. Michela vide arrivare dal campeggio un uomo e una donna. Sembravano sorridere. Avevano in mano due caraffe, e un pacco che Michela sospettava contenesse del cibo, o dei bicchieri di carta. La donna alzò la mano e la salutò. Michela rispose. Le parve di riconoscere la proprietaria del bar. Quando arrivarono a una ventina di metri ne fu certa. «Dottoressa!» gridò. «Co' 'sto freddo qua fuori me piagne il cuore...», era di Roma, non c'erano dubbi. «Vi abbiamo portato qualcosa» aveva preso la parola il marito. «Ecco qui, vi dovete scaldare, sennò c'è da congelarsi». Guardiola e il collega si alzarono di scatto, Michela sorrise ai proprietari del camping. «Non dovevate, signora. Dico sul serio».

«Ma scherziamo?». Luigi stava già versando la cioccolata nei bicchieri. «Questo è un toccasana». Li distribuì.
«Siete troppo gentili».
«Qualche ora fa è venuto il vicequestore».
«Sì lo so, mi chiamò al telefono».
Luigi diede anche un dolcetto agli agenti incappucciati. «Spero che troviate chi ha fatto quello schifo».
«Lo speriamo anche noi» rispose Guardiola mentre addentava la ciambella. Michela fece un sorso e il cuore le si aprì. «Questa è la fine del mondo!».
«Vero?».
«E io tenevo uno zio di Modica, quindi di cioccolata qualcosa ne so!».
«Possiamo aiutarvi?» chiese Elide.
«No signora, dico sul serio. Qui è un lavoro certosino e molto, molto noioso».
I coniugi annuirono. «Be', allora se non c'è altro noi...».
Michela li fermò con un gesto della mano. «Avete spazzato la neve qui, questi ultimi giorni?».
«No, mai».
«Avete visto se l'ha fatto qualcun altro?».
«Nemmeno. Nessuno viene qui» disse Luigi, «dopo il nostro campeggio non c'è più niente».
«Me la fate un'ultima cortesia?».
«E certo».
«Mettetevi ai lati di questo pontile, per piacere».
Luigi ed Elide quasi divertiti obbedirono. «Guardiola, abbracciati a loro come se tu fossi un corpo morto e loro ti stessero trasportando. Prendete bene le distan-

ze dal corrimano, per favore». Composto il terzetto, Michela prese delle misure accanto ai piedi di Elide e di Luigi. «Ecco, grazie. Potete sciogliervi».

«Che fa?» chiese incuriosito Luigi.

«Immaginatevi un tizio semiubriaco, senza forza nelle gambe, coi piedi che strisciano per terra, condotto da due persone che si passano le braccia del malcapitato sopra il collo e lo trasportano così, come un soldato ferito, un moribondo. Ma per chi l'avesse dovuto vedere da lontano, un ubriaco, appunto, che non desta sospetti. Volevo capire gli ingombri, ora i miei agenti cercheranno solo nello spazio che ho tracciato fra i vostri piedi. Una striscia ideale dall'inizio alla fine del pontile, quella occupata dal poveraccio trascinato come una bestia morta, presumibilmente quindi proprio qui, al centro della stradina».

«Una corsia, dice?» chiese Elide.

«Esatto, non poteva dire meglio. Divida il pontile in tre corsie, quella centrale è riservata al cadavere».

«Sempre se sono passati di qui» fece Luigi.

«Se non lo fossero, allora sarebbero transitati attraverso il campeggio e voi sareste complici» disse seria Michela. «E questo non lo ritengo possibile». Il sorriso luminoso della sostituta riportò la serenità nei cuori di Elide e Luigi.

Gli agenti Curcio, Penzo e Miniero erano tornati ai loro uffici distrutti, stanchi, annientati. Casella, D'Intino, Deruta e Scipioni invece avevano messo le giacche a vento sui termosifoni ad asciugare. Casella s'era tolto le scarpe e si massaggiava i piedi. D'Intino a occhi chiusi e il viso rivolto verso il soffitto sembrava dormisse. Deruta canticchiava stanco una qualche canzone della sua terra. Scipioni fumava lento davanti alla finestra. Sembravano i resti dell'armata di Napoleone a Borodino. Videro saettare Lupa verso la stanza seguita da Rocco che si affacciò. «Ammazza come state...».

«Ci siamo fatti tutte le lavanderie della Valle. Tutte!» disse Antonio. Poi scosse la testa. «Niente da fare, nessuno riconosce la targhetta. Magari non è di queste parti».

«Dovevamo provarci. Sono in ufficio. Mi ha cercato qualcuno?».

«Dotto', il questore ha chiamato tre volte da quando siamo tornati» disse Casella, «e ho pure sentito squillare il telefono nella sua stanza».

Rocco controllò il cellulare. Era spento, morto e sepolto. «Case', t'ha detto che voleva?».

«La cercava con una certa urgenza».

«Porca...». Rocco lasciò la stanza, poi si avvicinò al cartellone delle rotture di coglioni che ormai era pieno di scritte, molte quasi indecifrabili. All'ottavo livello scrisse: *Con una certa urgenza*. Richiuse il pennarello e raggiunse l'ascensore per salire al piano dirigenziale.

Bussò alla porta e sentì la voce di Costa urlare: «Avanti!». Il questore era in piedi e guardava il cielo ormai scuro e le luci delle case sul dorso della montagna. «È meglio affacciarsi sul retro che sulla strada principale» disse senza voltarsi. «Se non vedo la città, se non sento le macchine ma ho le montagne e le poche luci delle case che paiono un presepio, mi concentro meglio. Lei, Schiavone?».

«Io non mi concentro da nessuna delle due parti».

«L'ho cercata ma aveva il cellulare spento».

«Lo so. Morta la batteria».

«Allora» si voltò. Aveva il viso stanco. Si stava facendo crescere i baffi. Era diventato l'amante di Nora, la vecchia fiamma di Rocco, che doveva aver cambiato gusti perché Rocco ricordava detestasse la barba e in generale i peli sul viso. Comunque se lo tenne per sé, non gli sembrò il caso di entrare in dettagli intimi. «Dunque Schiavone, so che lei ha dato seguito a una denuncia di sparizione di Aldo Pavan». Rocco si limitò ad annuire. «I suoi uomini sono stati in casa dello scomparso, io ho dato ordini di una ricerca sui monti ahimè infruttuosa». La memoria di Rocco si riaccese. Il questore andò a sedersi alla scrivania. «Ora, sparisce un sacco di gente ogni giorno. Migliaia di persone. Se si leggono i bollettini, solo l'anno scorso sono scomparse ventitremila persone e ne sono stare ritrovate solo quattordicimila. Di quelle ritrovate, duecento erano morte. Fra le persone svanite ce n'è una quantità mostruosa che ha già fatto perdere le tracce in precedenza, diciamo dei recidivi». Invitò con un gesto Rocco che si sedette sulla sedia fronte scrivania. «Ora, le cause sono tante: malati di mente, altri con difetti cognitivi, abuso di droghe, debiti, partner violenti, voglia di cambiare vita e ricominciare da zero, insomma lo ammetterà, è un bel pasticcio, no?».

«Sicuro». Rocco si annoiava a morte quando il questore la prendeva così alla lontana. «Succede però che questo Pavan è sparito senza motivo apparente. E la sua scomparsa è un problema per un sacco di persone».

«La ex moglie, suppongo».

«La signora Nolano è solo preoccupata. Di più lo sono alcuni azionisti e i suoi datori di lavoro».

Rocco fece una smorfia. «Azionisti?».

«Sì. Pavan lavorava o lavora per una ditta farmaceutica di Biella, la Gunnelli spa, e pare abbia lasciato a metà un lavoro importantissimo per la salute economica dell'azienda. Ora, siccome i soldi in ballo non sono pochi, e ci sono anche state sovvenzioni ingenti, c'è una discreta pressione, uso discreta come eufemismo, acciocché si ritrovi e al più presto l'emerito dottor Pavan. A tal proposito, lei ha notizie più fresche delle mie?».

«No, dottore. Io sto lavorando al cadavere ritrovato nel lago che non è Pavan, essendo il morto biondo e alto un metro e ottantaquattro».

«Peccato. Lo dico per noi, non per Pavan, sia chiaro. Ecco, siccome il presidente e anche la società per azioni nonché il segretario regionale della Confindustria, un paio di assessori piemontesi, il sindaco della ridente cittadina di Biella e perfino un tizio del Rotary mi stanno riducendo a una purea il belino, lei si impegnerà anima e corpo in questa ricerca».

«E il cadavere del lago?».

«Lasci un suo sottoposto a occuparsi per ora di quella storia, a meno che lei oggi non abbia già le carte in mano per chiuderla».

«Non c'ho manco le carte, dottore».

«Bene, è tutto. Pavan! Deve diventare la sua ossessione». Suonò il telefono del questore. «Sì... sì, me lo passi», coprì la cornetta e guardò Schiavone. «Ecco qui, l'ufficio del presidente della Regione, sesta telefonata in tre ore... vada Schiavone, vada... Carissimo, mi dica...». Rocco si alzò dalla sedia e uscì dalla stanza del questore.

Raggiunse i suoi che erano ancora stravaccati sulle sedie. Li guardò uno per uno. «Antonio, chiamami Caterina per favore». Come se avesse un macigno sulle spalle, Antonio afferrò la cornetta. «Che succede, dottore?».

«Che succede? Che semo in cinque...», poi guardò D'Intino e si corresse, «diciamo quattro e qualche decimale, e dobbiamo lavorare su due fronti uno peggiore dell'altro».

«Che sta a dire?» chiese Casella.

«Pare che 'sto Pavan sia persona importante, e dobbiamo dare una risposta chiara su che fine abbia fatto».

«Caterina dice che arriva subito» comunicò Antonio riattaccando la cornetta.

«Allora io ho voi, Curcio, Penzo e Miniero per i lavori stancanti e speriamo pure Caterina. D'Intino, non fare quella faccia che t'appiccico al muro». L'agente abruzzese aveva già sbuffato e alzato gli occhi al cielo. Era noto il suo odio per l'ispettrice Rispoli sin da quando quella lavorava in squadra. D'Intino soffriva di gelosia e mal si adattava alle gerarchie nel caso, come questo, il superiore fosse una donna. «Aspettiamo Caterina, poi tutti nella mia stanza con blocchetto appunti, mente aperta, caffè e poche stronzate».

«Signorsì» disse Casella, che quando c'erano di mezzo i taccuini si eccitava, un po' come Deruta e D'Intino con gli evidenziatori.

«Cateri', quanto puoi stare con noi?».

«Quanto ci riesco. Anche noi siamo in quattro e devo gestire diciannove denunce in tutta la Valle». Casella le consegnò il bicchierino di caffè. Ora erano tutti serviti.

«D'Inti', vai alla lavagna. Usa il rosso per il cadavere del lago e il blu per Pavan». D'Intino eccitato prese i due pennarelli. «Dividi a metà, forza».

«Divido con il rosso o con il blu?» chiese.

«Col sangue che fra poco ti faccio uscire dal naso» gli rispose Rocco. L'agente tirò la linea con il pennarello blu. Scrisse con il rosso a sinistra LAGO e a destra PAVAN. «Fatto, dotto'».

«Cominciamo con Pavan. Che sappiamo?».

«Allora, la casa era in ordine» disse Antonio.

«Scrivi, D'Inti', e tieniti stretto». Quello cacciò la lingua e cominciò a riportare su carta i punti salienti dell'indagine.

«Il cellulare ritrovato è stato svuotato e lasciato in casa. In più, a detta di Carlo, non aveva password o contenuti importanti».

«E siamo certi fosse il cellulare che Pavan usava?» chiese Rocco.

«La ex moglie lo ha garantito» rispose Casella e finì il suo caffè.

Il vicequestore guardò D'Intino alla lavagna. Stava facendo un buon lavoro. «Andiamo avanti. Che altro sappiamo?».

«Che in casa non ha lasciato scarpe sportive e che la ex moglie ora si dava da fare a esaminare con più attenzione se mai avesse portato via altro».

«Aveva una fidanzata nuova? Una compagna?». Nessuno rispose. «Bene, appuratelo, e appurate se frequentava circoli sportivi, piscine, centri massaggi, mignotte, qualsiasi attività. Aveva un'auto?». Ancora nessuna risposta. «Ma che cazzo avete fatto finora? Controllate se ha un'auto. Se ce l'ha, dov'è? Se non la si trova diramate l'allarme. Figli?».

«No, questo lo sappiamo» rispose Antonio.

«Avete verificato con le compagnie aeree se ha preso un volo da Torino, Milano? Bergamo? Lione? Grenoble?».

«È un po' tanto da controllare» obiettò Antonio.

«E sticazzi! Giocava d'azzardo? I conti bancari? Abbiamo notizie da Baldi? Stai scrivendo, D'Inti'?».

«Conti correnti... notiz...» rispose quello con la faccia quasi attaccata al grosso foglio di carta.

«Bravo D'Inti', daje! Bisognerà andare sul posto di lavoro e cercare di capirci di più. Ma quello lo faccio io. A tutte queste informazioni lavoreranno Casella, D'Intino e Deruta capeggiati da Caterina. Passiamo al cadavere del lago. Scrivi, D'Intino».

«Aspetti, aspe'... eccomi!» passò sull'altra metà della lavagna.

«Cosa sappiamo? Che era alto un metro e ottantaquattro, capelli biondi, gli manca il mignolo della mano destra, all'anulare della sinistra portava un anello, facile fosse una fede, stai scrivendo Mimmo?».

«'Gnorsì, jete cchiù lento però».

«Portava un orologio non subacqueo che segnava la data...».

«Il 12 dicembre» rispose Casella.

«Ma è chiaro che è un depistaggio. Sono convinto che il tizio è stato buttato nel lago il giorno 8. Scrivilo, D'Intino».

«Come fa a saperlo?».

«Il giorno 8 c'è stata una grande festa al camping. Più di cento persone, si sono ubriacati. Hanno fatto musica e bordello. Chiunque sarebbe potuto passare inosservato e buttare il poveraccio in acqua. Che altro sappiamo?».

«L'etichetta nella giacca».

«Bravo Deruta. Scrivi, D'Intino. Ad oggi non siamo risaliti alla lavanderia».

«No...» disse D'Intino.

«Scrivi e non commentare. Causa della morte: annegamento. Poi metti anche: cadavere senza scarpe e un bel punto interrogativo».

«Già, perché non le aveva?» chiese Antonio.

«Possono essere una firma» azzardò Caterina.

«In che senso?» chiese Casella.

«Se sono di gran marca o fatte su misura, o se le fabbricano in un paese invece che in un altro... ci sono scarpe che realizzano in altri paesi europei e non vengono neanche esportate».

«Giusto Cateri'... è un'ipotesi».

«E come gli hanno messo l'orologio, non potevano anche infilargli un paio di scarpe?».

«È un po' più complicato, Antonio» gli rispose Rocco. «C'è il numero, l'orologio va bene a tutti. Va bene che c'è una festa, ma per come la vedo io, questi stanno portando uno a braccia e mi gioco che gli troveranno nel sangue qualche medicinale che l'ha rincoglionito, presto Fumagalli ci dirà appena finisce le analisi».

«Cioè secondo te hanno finto di trasportare un amico ubriaco invece quello era drogato e l'hanno buttato nel lago?».

«Più o meno... sappiamo inoltre che portava occhiali da lettura tre punto cinque e, grazie a Deruta, aveva cucito all'interno dei pantaloni uno scacciaguai sardo. Giusto Deru'?».

«Esatto. Un *nudeus*».

«Bene, stai scrivendo, D'Intino?».

«Sì» farfugliò l'agente sudato. «*Nudeus...*».

«È tutto, mi pare. Di questo tizio affogato mi occupo io con Antonio. A chiunque servano rinforzi, ricordate, ci sono Curcio, Penzo e Miniero pronti a darci una mano. Domande?».

«Posso venire nella squadra con lei?» chiese D'Intino. Rocco gli scagliò addosso una vecchia agenda colpendolo in piena fronte. «Fatto male?».

«Un po'...».

«Quella era l'intenzione. Allora» prese un respiro. «È sabato, siamo stanchi, la giornata si chiude. Domani mattina tutti in ufficio, sospesi permessi, ferie, malattie, raffreddori, febbri, peste e principi di lebbra. Sciogliere le righe».

Mormorando di stanchezza e insoddisfazione, i poliziotti lasciarono la stanza alla spicciolata. Rocco restò con Caterina e Antonio. «Vale pure per voi».

«Rocco, io non lo so se posso dedicarti tutto il mio tempo».

«Caterina, è un ordine del questore. Di' allo gnu...». Un'occhiata della viceispettrice lo gelò. «Scusa, all'agente Bruschi che dovrà fare il doppio lavoro, ma io con questi uomini non ce la faccio. Escludi Antonio, Casella a fasi alterne, gli altri due sono Deruta e D'Intino. 'Ndo cazzo vado?».

«Io a letto. Sono stravolto» e Antonio preferì lasciar soli Caterina e Rocco. Un sesto senso gli aveva suggerito di sgombrare il campo.

«L'hai vista da quando è uscita?» gli chiese Caterina appena soli.

«No. Mi ha chiamato al telefono».

«E che vi siete detti?».

«Niente di che. Si era accorta che andavo ogni giorno in ospedale».

«Mi ha chiesto di passarla a trovare» disse Caterina. Restarono in silenzio qualche secondo. «Credo le farebbe piacere se ci andassi anche tu».

«C'è Fabiano».

«Rocco, non cercare di sembrare più stupido di quanto tu non sia. Forse ha bisogno di dirti qualcosa e non le piace dirtela al telefono. Ci hai pensato?».

Rocco si accese una sigaretta. «Tu lo sai per un'intuizione oppure perché te l'ha detto?».

«Che differenza fa? In caso, ti risulta che una mia intuizione sia mai stata errata?».

«Ti sovrastimi». Rocco ci pensò su facendosi aiutare da una boccata di fumo. «Scherzo, hai ragione. Qualche giorno fa, in macchina, mentre andavamo ad Alessandria, a un certo punto ci siamo azzittiti e non abbiamo più spiccicato parola fin quando non hai parcheggiato».

«Sì».

«Per caso ricordi a cosa stavi pensando?».

«Certo Rocco».

«Ti va di dirmelo?».

«L'avrei fatto l'altro giorno in macchina, no?».

«È giusto».

«Giusto o meno, i pensieri sono quanto di più personale ci sia rimasto, Rocco, condividerli con qualcuno è una scelta a volte molto coraggiosa».

«O molto vigliacca».

Caterina si passò una mano tra i capelli. «Rifletti su quello che ti ho detto».

«Ci penso sempre, Caterina. E mi sforzo, cerco di capire, assecondare l'idea di cosa sia meglio per la mia vita, ma poi non ci riesco. E sai perché?» un sorriso amaro apparve sulle labbra del vicequestore. «Perché io vivo con la certezza che non saprò mai più cos'è la felicità. O anche solo la serenità. L'ho conosciuta, sì, ed è andata. Sono fortunato, se ci pensi. Ci sono persone che non l'hanno mai provata in vita loro». Si avvicinò all'ispettrice. «Io non riesco a essere un altro. Io non ce la faccio ad andare da Sandra, a dirle che mi piacerebbe, che ne so?, cominciare una storia, o cazzate simili, perché sotto non ci sono fondamenta, c'è sabbia, acqua, forse addirittura il vuoto». Si voltò, spense la sigaretta in un bicchierino di plastica colmo di cicche e si avvicinò alla finestra. «Non ci sono più da tanti anni Cateri', quello che è rimasto, quello che vedi, è... hai mai visto il guscio delle cicale attaccate alla corteccia degli alberi? Se ne so' andate in letargo scavando sotto le radici, e hanno lasciato l'involucro trasparente sul tronco. Ecco, se l'hai visto dovresti capi' come sono ridotto». Caterina lo raggiunse e l'abbracciò. Poi lo baciò lieve sulle labbra.

«Ti vorrò sempre bene, anche se sei solo l'esoscheletro di Rocco». Appoggiò la fronte su quella di Schiavone. «Dovevi essere una gran bella cosa, vicequestore». Lui chiuse gli occhi e la viceispettrice si staccò dall'abbraccio. «Vado a dormire».

«Buonanotte» le rispose Rocco. Attese che Caterina uscisse, diede un'occhiata alla lavagna constatando che la grafia di D'Intino andava migliorando, prese il loden e insieme a Lupa lasciò la stanza che puzzava di fumo, caffè e stanchezza.

Domenica

L'ultima volta che Rocco aveva guardato, l'orologio digitale sul comodino marcava le 4:27. Poi suonò il telefono e quello segnava le 7:27.

Aveva dormito tre ore.

Lesse il nome di Fumagalli e rispose. «Dimmi».

«Fatto».

«Che?».

«Analisi».

«E...?».

«E te le leggi sulla mail che ti ho mandato».

«Perché cazzo mi chiami allora?».

«Per dirti che ti ho spedito una mail e che non avrai me e neanche Michela, anche lei ha spedito una mail. Ce ne andiamo alla Spa».

«Bravi. E giacché ci siete, andatevela anche a pigliare...», ma l'anatomopatologo aveva già chiuso la conversazione. «Ma dimme te 'sto stronzo». Si stiracchiò. Riprendere sonno era credibile quanto una promessa elettorale. Scalciò le coperte, mise i piedi nudi per terra e si accorse che avevano assunto una strana colorazione. O i calzini o le Clarks avevano scolorito. Di chiunque fosse la colpa andavano cestinati tutt'e due, tanto le Clarks blu gli facevano schifo. Se l'era comprate perché non aveva trovato il suo colore. Lupa invece dormiva pancia all'aria. Il labbro superiore era scivolato scoprendo l'arcata dentale e le orecchie giacevano sulla cuccia. Bastava sostituire il parquet con il cielo e poteva sembrare un cane che precipitava da un'altezza vertiginosa. Si preparò la moka con una lentezza esagerata. Accese il fuoco, usò la fiamma del gas anche per la sigaretta e mise le crocchette nella ciotola. Neanche quel suono distolse Lupa dai sogni. «Si vede che sei figlia unica... ce fosse stata 'na sorellina o un fratellino, sai come scattavi?» disse a mezza voce. Guardò fuori. Ancora scuro. Un uomo chiuso in un giubbotto con il cappello tirato sulle orecchie attraversò la piazza. Il mulino sotto il palazzo era fermo, l'acqua nella canalina che serviva a farlo girare era congelata. «Daje a ride». Sullo strato sottile di neve c'erano orme di scarpe e anche qualche zampata di cane e di gatto. Nel palazzo di fronte, dietro il vetro della finestra del primo piano, una donna anziana guardava la piazza. Aveva addosso una vestaglia a fiori verdi e azzurri e i capelli bianchi. Si aggiustò la chioma con un gesto meccanico, antico, che risaliva alla sua giovinezza forse, a metà fra il distratto e il civettuolo. Chissà a cosa pensava. Al tempo che se ne andava? A quanto ne restava? Al Natale e ai nipoti? Oppure a una passione che non poteva coltivare più? Ne aveva? La vide sparire risucchiata dal buio della stanza. Il caffè gorgogliava. Chiuse il gas e prese una tazzina dalla credenza. Era buono e caldo.

Ettore aveva aperto, il bar era deserto come succedeva sempre la domenica a quell'ora. «Noi baristi siamo come gli attori, i musicisti e i ballerini: lavoriamo dove gli altri si divertono» aveva esordito vedendolo entrare. «Noi poliziotti pure lavoriamo dove gli altri si divertono».

«Mica tanto, dottore, lei va dove fanno rapine, morti ammazzati...».

«Appunto, si divertono era ironico per l'umanità, sincero per il colpevole psicopatico».

Gli porse il caffè e la brioche. «Oggi il fornaio è chiuso quindi non avrete dolci in ufficio, glielo do io...».

«Bella idea».

«Dottore, perché dice sempre colpevole al maschile? Ci sono anche donne che uccidono, no?».

«Poche, pochissime rispetto ai maschi, Ettore. È una questione di testosterone mi sa. Tu non ti immagini quanto farebbe bene l'andropausa all'umanità tutta. Non avremmo più dei vecchi coglioni che a ottant'anni ancora vogliono scoparsi le ragazze, vogliono il potere, corrompono, scatenano guerre, invadono paesi, mettono incinta qualcuna per diventare dei padri-nonni e rendere orfani dei ragazzi in tenera età, insomma tentano la carta dell'immortalità! Sarebbe un mondo migliore perché non c'è niente di peggio di un vecchio rancoroso con la pompetta per farsi indurire l'uccello o che non avendo più erezioni, visto che senza betabloccanti schioppa, allora tende a lanciare bombe su gente innocente. Le donne, dopo una certa età, 'ste cazzate non le fanno più. E comunque ne fanno de meno anche prima...». Finì il caffè e lasciò una banconota da 10 euro sul banco. «Non mi va di aspettare il resto, scali dai giorni a venire».

«Come vuole...» e sorridente Ettore prese la tazzina e la poggiò nel lavello.

Uscito in piazza col fiato che colorava l'aria intorno e Lupa trotterellante al fianco, sbuffò calpestando il marciapiede gelato con le Clarks blu che odiava ma non poteva sostituire, non prima di raggiungere l'ufficio dove ne teneva un paio vecchiotte ma ancora utilizzabili e soprattutto del suo colore preferito. A quell'ora i gruppi di cantori non c'erano, sarebbe stato bello trovarne qualcuno congelato dalla notte prima in un vicolo o sui gradini di una chiesa, come un fante dell'ARMIR in terra sovietica. L'accompagnava solo un silenzio rotto da un lontano passaggio di un furgone del servizio lavanderia che frenò davanti al Duca d'Aosta. Ne scese un ragazzo rosso in viso che lo salutò. Rocco ricambiò, certo di non conoscerlo. L'albergo non aveva nessuna decorazione natalizia, e questo gli fece accrescere la stima per quell'esercizio. Dietro le vetrate, delle persone vestite da sci facevano colazione pronte a raggiungere Pila e le sue piste. Arrivò al distributore di sigarette, prelevò due pacchetti e ritornò verso le vie del centro. Buone Feste e Buon Natale scritto dappertutto, immagini di Santa Claus, stelle e lucine; le casse acustiche che un bar aveva sistemato fuori, sopra i tavoli in via Tillier, rimandavano *Last Christmas*, il che gli provocò un conato di vomito. Si accese una sigaretta. Lupa aveva trovato un cordino e lo teneva tra i denti intenzionata a portarselo fino in questura. Il cielo era grigio, un'altra giornata di merda era alle porte.

Le canne preparate le aveva terminate, dovette rollarne una nuova ma con le dita congelate ci mise quasi due minuti, un tempo esagerato. Accese e inspirò. Da quanti anni pratico questa preghiera laica del mattino?, si chiese. Anni, sì, tanti. Aveva aiutato? Certi giorni più di altri. Oggi ci vorrebbe una caracca di benzodiazepine, pensò aprendo il computer per leggere la mail di Fumagalli. Gli fu richiesta la password. La scrisse di getto senza pensarci ma doveva aver sbagliato qualche tasto perché il computer non la riconobbe. Forse dopo *porca* aveva scritto *puttana* con una sola t, o non aveva messo il punto interrogativo dopo *vivere*. Riprovò e stavolta funzionò.

Aprì la mail dell'anatomopatologo.

Caro vicequestore Schiavone,

il nostro tizio senza identità nel sangue aveva chiare tracce di remifentanil. Ti starai chiedendo: che cos'è? E allora io che ci sto a fare? È un oppioide derivato delle 4-anilidopiperidine che agisce sui recettori D. Come potenza siamo un po' meno del fentanyl, ci mette un minutino scarso a portarti nel mondo dei sogni. Mi sembra inutile raccontarti gli effetti collaterali, anche se ce ne sono stati io non li ho rilevati e comunque non erano mortali. Vuoi dettagli sulla struttura chimica? Cioè della presenza di un estere metilico molto labile eccetera eccetera? Te ne importa forse che il remifentanil è suscettibile di idrolisi se ci sbatti degli esterasi (che non è una nobile famiglia ungherese) e dei tissutali...

Smise di leggere. Dunque il tizio era stato drogato e poi scaraventato nel lago. Un tizio semiaddormentato portato a braccia come fosse un ubriaco per destare meno sospetti dai partecipanti al festone del camping. Andò alla finestra a gettare il mozzicone di canna. Vide arrivare Antonio che alzò lo sguardo. Stringeva il giornale sotto il braccio. Lo prese e lo mostrò a Rocco. «Cos'è?» gridò il vicequestore. «Salgo e lo vedi».

Aspettando Antonio aprì anche la mail di Michela.

Caro Rocco,
ho lavorato al pontile, o stradina, chiamala come ti pare, su alla diga. Ci avevi visto giusto. Qualcuno è stato trascinato, ci sono tracce di sangue, lunedì avrò la certezza se il sangue appartiene alla vittima del lago. Ma mi gioco tutto quello che ti pare. Ti saluto. Lunedì se vuoi ti parlo anche dell'importanza astrale delle dighe.

Antonio entrò e tirò il giornale a Rocco. In cronaca c'era una fotografia di Aldo Pavan con l'articolo firmato da G.P. che raccontava della sparizione del biochimico. Riportava più o meno quello che la ex aveva raccontato in questura, e che le forze dell'ordine, cioè loro – e a parlare era il questore –, erano sulle tracce dello scienziato e ben presto avrebbero riportato notizie apprezzabili. «Capito Anto'? Dobbiamo riportare notizie apprezzabili su che fine ha fatto 'sto chimico».

«Ma abbiamo notizie?» chiese Deruta che insieme a Casella e D'Intino aveva raggiunto il vicequestore.

«Ma lassa perde...».

«Cioè dobbiamo lasciare perdere?» chiese Deruta.

«No, Deru', no. Allora, orecchie ben aperte. Dopo l'uso de sticazzi e mecojoni, che non mi pare vi entri in testa, passiamo a *lassa perde*, traducibile con un: lascia perdere. Ma il significato varia a seconda del suono, della mimica e del tono. Se uno per esempio dice: Ma lassa perde... e allunga molto le vocali, allora sì, vuol dire lascia perdere, è una situazione troppo grande per te, insomma non ti ci mettere. Può essere offensivo. Tipo: Mi piace quella tizia! Ma laassa peeerdeee, sta a dire che non ce la fai. Se uno invece dice *lassa perde* in tono secco significa: Non te ce mette con me, te la rischi. *Lassa perde* sarebbe: territorio pericoloso, superamento della linea rossa. Fin qui chiaro?».

«Chiaro» rispose Casella.

E Rocco proseguì: «Oh. Se invece uno dice sorridendo: Ma *lassa perde*, può voler dire: lascia perdere, non puoi capire che casino che c'è. Non chiedere oltre, la situazione è ingarbugliata. Tipo: Come va tra te e tua moglie? Lassa perde» e sorrise, «significa che è meglio che non ne parliamo. Per fare un esempio ancora più chiaro: Allora, chi è il cadavere del lago?».

Rispose Antonio sorridendo: «Ma lassa perde».

«Bravo Anto'! Se invece lo si dice tra i denti, allora *lassa perde* sta per: Stiamo nei guai. Capitano! Il nemico avanza! Lassa perde a denti stretti sta per: E qui so' cazzi! Se invece lo si dice con una pacca sulla spalla occhi negli occhi, sincero, allora è un consiglio d'amico: Lascia perdere, per la tua salute è meglio che lasci perdere, ti metti nei guai. Vi è chiaro?».

«Più o meno» fece Deruta.

«Quindi, come ho risposto con lassa perde prima alla domanda di Antonio, se abbiamo notizie del chimico significa: No. Lassa perde, ma che abbiamo? Un cazzo. Lassa perde. Stretto, conciso, un solo tono e una lieve inclinazione del capo a destra».

«Dotto', ma davvero è così complesso?».

«No, è facile, Deruta. Te ce devi solo abitua'».

«Allora magari piano piano ci riesco».

«Ma lassa perde» disse Rocco lungo, strascinando le vocali. Deruta capì. «Mi sa che devo lasciar perdere».

«Dotto', la pagina appresso riporta notizie sul cadavere del lago» e Casella allungò di nuovo il giornale a Rocco che lesse. Era un articolo riassuntivo, il giornalista ne sapeva meno di loro, solo le quattro cazzate che il questore gli aveva dato in pasto. «Allora, oggi è giornataccia. Ci dobbiamo dividere in due grandi gruppi. D'Intino, Deruta e Casella cominciate a lavorare su Pavan, fra poco arriva Caterina che vi coordina». Ci fu l'ennesimo sbuffo di D'Intino.

«Antonio invece resta qui in stanza con me. Forza!» batté le mani e cacciò la squadra.

«Da dove partiamo, Rocco?» chiese il viceispettore.

«Questo le scarpe non le aveva addosso dall'inizio» e detto questo si sfilò le Clarks blu gettandole nel cestino. «Ma erano nuove» disse Scipioni.

«Lassa perde...» e lo disse freddo e atono. Antonio capì. «Le escoriazioni non le aveva sulle caviglie» proseguì il vicequestore, «dove l'hanno legato con la catena, ma sulla parte superiore del piede, segno che quando l'hanno trascinato in stato di incoscienza, le scarpe non le portava» e aprì le ante di vetro della libreria. Tirò fuori un paio di Clarks che una volta erano chiare, ora tempo, neve, acqua e incuria gli avevano donato una *nuance* ratto molto esclusiva.

«Va bene, Rocco. Ma tu sei d'accordo con Caterina? Del perché 'sto tizio non aveva le scarpe?».

«Sì, credo che Rispoli ci abbia azzeccato. Non voglio mollare la traccia della lavanderia». Finì di allacciare le Clarks.

«Rocco, ce le siamo fatte tutte».

Il vicequestore si alzò in piedi e andò alla finestra. Osservò due auto di pattuglia di ritorno che parcheggiavano davanti all'entrata. «Anto', voi avete girato le lavanderie su strada, giusto?».

«Giusto, sì, perché?».

«Perché esistono anche quelle dentro gli alberghi» e si voltò.

«Ho bisogno di Curcio, Penzo e Miniero» disse Antonio scattando fuori dalla stanza.

«Schiavone?» era una voce maschile familiare ma Rocco non riusciva a darle un nome o un volto.

«Sì... con chi parlo?».

«Sono l'agente Curcio».

«Agente Curcio, non dovresti essere con il viceispettore Scipioni?».

«No dottore, mi hanno messo a piantonare Comiso».

A Rocco quel nome non disse nulla. «Chi cazzo è?».

«Come chi è? Il direttore della banca, quello che è stato aggredito ed è finito mezzo in coma».

«Ah! Certo, bene. È morto?».

«No, anzi, s'è risvegliato. Lo piantoniamo per ordine del tribunale. Questo qualche anno lo prende».

«E lo prende sì. Bene, Curcio, veniamo al motivo di questa tua».

«Le vuole parlare. Dice che è urgente, che verrebbe volentieri lui, ma che è alquanto impossibilitato a farlo».

Rocco ci pensò un attimo. «È urgente?».

«Così dice».

«Avvertilo che se mi fa fare 'st'appettata fino all'ospedale per una cazzata, gli strappo le flebo. Ce l'ha le flebo?».

«Boh. Penso di sì».

«Ecco, allora diglielo».

Mise giù il telefono. Con uno sforzo titanico si alzò dalla sedia. «Lupa, non te posso porta'». La cagna sembrò capire e si sistemò meglio sul divanetto in finta pelle.

La stanza degli agenti era vuota, come le scale e il piazzale del parcheggio. Una neve leggera, batuffoli per lo più, cadeva pigra, il cielo era basso e nero e sembrava avvolgere la città e il cuore di Rocco. Non che ci fosse somiglianza fra le due cose, ma erano entrambe vittime delle circostanze. Meteorologiche ed esistenziali.

Salito al piano dell'intensiva gli venne subito incontro Curcio con aria stanca accompagnato dal medico di turno, che sembrava ancora più esausto del poliziotto. «Dottor Schiavone, mi segua» e gli fece strada fino al corridoio dove un altro medico poco sopra i trent'anni lo stava aspettando.

«Mi raccomando» disse, «non ci stia tanto, è ancora provato».

«Dottore, fosse per me manco venivo».

Fu il medico della terapia intensiva ad aprire la porta. Comiso di flebo ne aveva due, i monitor denunciavano pressione arteriosa, battito cardiaco, parametri generali. Muoveva la mandibola a destra e a sinistra, per vizio o forse aveva un dolore ai denti, ma l'azione lo faceva sembrare ancora di più un dromedario. Ferito, ma pur sempre dromedario. «Salve Comiso. Felice di riaverla fra noi. Allora, mi voleva vedere?».

Quello abbassò la testa un paio di volte. «Io esco» si premurò di dire il medico e li lasciò soli.

«Dottore» fece con una voce flebile, «ho visto il giornale».

«Sì».

«Quello che cercate, Pavan... è cliente della mia banca. Lo conosco da anni, anzi. Diciamo che siamo conoscenti, va'...».

«Bene».

«Il giorno della rapina è venuto. Aveva una cassetta di sicurezza, io stesso l'ho portato giù al caveau».

«Cos'ha preso?».

«Non lo posso sapere. Ma... ho pensato, la procura dal giorno della rapina ha sequestrato i filmati di sicurezza, forse con un po' di fortuna qualche immagine c'è ancora».

«Grazie Comiso. È un bell'aiuto» disse sincero Rocco.

«Glielo dice?».

«A chi?».

«Al magistrato, che ho collaborato?».

«Certo che glielo dico. Se poi lei identifica con certezza in tribunale chi l'ha aggredita, vedrà che il magistrato sarà ancora più clemente».

«E che ci vuole, dottor Schiavone? È stato quel pezzo di merda di Blasi».

«Bene, dottor Comiso. Senta un po', si ricorda come stava Pavan quel giorno?».

«In che senso?».

«Le è parso nervoso? Agitato?».

Comiso ci pensò un attimo. «Guardi, Pavan è un uomo di poche parole. E parla anche a bassa voce. Però, se mi ci fa pensare... sudava. Sulla fronte».

Rocco gli sorrise. «Le auguro una pronta guarigione», si voltò e uscì dalla stanza. Nel corridoio dell'intensiva salutò il medico, poi strinse la mano a Curcio. «Bravo Curcio».

«E che ho fatto?».

«Ti stai facendo due coglioni in un ospedale. Mica è poco».

«Nessun problema. Ho questo!» e tirò fuori un libro. Rocco restò sorpreso. Lo prese in mano. «*La città dei ladri*?» e Rocco lo sfiorò appena. «Com'è? T'è piaciuto?».

«È un capolavoro, dottore. Merita. L'ho trovato qui, chissà chi l'ha lasciato».

«Chissà... L'hai quasi finito» gli fece notare il vicequestore guardando il segnalibro che era un bugiardino.

«Sì. Ma ne ho altri due. Per me posso stare qui almeno altri due giorni».

«Curcio, gli agenti dovrebbero essere tutti come te».

«E tutti come lei i vicequestori» ricambiò il complimento.

«Su questo nutro i miei dubbi».

«Si figuri, Schiavone, non disturba affatto. È domenica e sono in splendida compagnia a Torino dove abbiamo visitato il Museo Egizio, un capolavoro, lei c'è mai stato?».

«Certo, dottor Baldi».

«Adesso ce ne andiamo a pranzo in un locale che conosce Sara, poi faremo ancora un giro e più tardi rientreremo in città, quindi no, non mi disturba affatto».

«Afferrato. Solo volevo dirle che la procura dovrebbe avere sequestrato i filmati della banca rapinata. Pare che ci sia anche l'apparizione di un fantasma».

«Sarebbe a dire?» chiese interessato il magistrato.

«Quel Pavan che cerchiamo, il biochimico».

«Davvero? Ma che bella notizia, molto bene. Domattina come prima cosa venga in procura».

«Seconda, dottore» lo corresse Rocco. «Anzi se ci penso forse anche la terza».

«Va bene, allora mi correggo. Non appena esce di casa, venga in procura, va meglio così?».

«Neanche, perché prima ancora passo al bar di Ettore per il caffè».

«Schiavone, lei ha una virtù, quella di farmi girare le palle anche solo parlando del nulla».

«Ho impiegato anni per riuscirci. Buona gita».

«Buona domenica».

Nel pomeriggio il gruppo Deruta D'Intino Casella con in testa Caterina avevano riportato il frutto del loro lavoro.

«Pavan non aveva una fidanzata fissa, ogni tanto usciva con Silvia Manca quando questa passava per Aosta, essendo residente a Santhià», era Caterina a parlare, i tre agenti ascoltavano e ogni tanto annuivano. «L'abbiamo convocata domani in questura. Pavan aveva un'auto, per la precisione una Subaru Legacy e frequentava la piscina a via Dumas, ma oggi è chiusa, anche quello lo vedremo domattina. Per i conti in banca dobbiamo aspettare domani...».

«Lì ce l'ho io una novità» disse Schiavone e raccontò l'incontro con il direttore di banca Comiso. «Insomma, Pavan aveva il conto nella banca rapinata. Forse dovremmo avere dei filmati... magari aiutano».

«Bene! Ottima notizia» disse Caterina, «e per finire, Pavan figli non ne ha, Nolano Clotilde, la sua ex, ci ha chiamato sei volte per avere notizie. Ecco, è tutto».

«Giornata fiacca» commentò Rocco. «Sull'auto di Pavan? Sappiamo qualcosa?».

«Per ora niente. Cerchiamo di rintracciarla con i filmati del casello autostradale, abbiamo diramato alla stradale, se passa davanti a qualche controllo s'accende un campanello sicuro».

«Qualcuno ha parlato con Antonio?» chiese Rocco.

Fecero tutti no con la testa. «E allora neanche lui ha novità. È domenica, altro da fare non abbiamo, andiamocene a casa e domattina qui con le paste, Miche'».

«Certo dottore. Domani è lunedì, domani Federico lavora» disse con una certa soddisfazione.

«Pigliane una in più, abbiamo un ospite» e Rocco indicò Caterina.

«Con molto piacere».

Controllò dalla finestra che tutta la squadra, compresa Caterina, si fosse allontanata dalla questura. Solo allora richiamò Lupa, prese il loden e lasciò l'ufficio.

Attraversò la strada e si infilò nel centro storico. Purtroppo c'erano sei ragazze vestite da angeli che intonavano «*Tu scendi dalle stelle*» davanti a un'enoteca. In mano, al posto di una candela, sorreggevano una torcia, dettaglio che fece sorridere il vicequestore. Nei tavolini esterni del locale, riscaldati dai soliti funghi, c'erano persone che ascoltavano e sorridevano beate. Tutte tranne una. Era Sandra, che lo guardava fisso con gli occhi attenti mentre Fabiano le teneva la mano e muoveva le labbra ripetendo: «*E vieni in una grottaaaal freddo e al ge-e-e-looo*».

Rallentò il passo camminando sul lato opposto della strada, schiena alle vetrine colorate e inzaccherate di scritte luccicanti e porporinose. Lei non gli staccava gli occhi di dosso. Portava un cappello con il pon-pon. Alzò la mano, timida, per salutarlo. Quel gesto catturò l'attenzione di Fabiano che si voltò e lo vide. Sorrise e lo salutò anche lui facendogli cenno di avvicinarsi al tavolo. «*Ahi quanto ti costò, l'a-veeerci ama-a-a-tooo*». Doveva andare da loro, passare oltre era fuori discussione.

D'Intino risaliva le scale della palazzina insieme a Casella. «A Eugenia non gli va che faccio le domeniche in ufficio» disse con un po' di fiatone.

«Però mica succede sempre, no?» gli disse D'Intino. «Po' mo torni, e tieni a Eugenia. Je mo entro e chi ci trovo a casa?».

«Nessuno» disse Ugo.

«Essele, li si' dette proprio».

«Tu sei arrivato, buonanotte». Casella lo superò e affannato affrontò l'ultima rampa di scale per raggiungere il suo appartamento. D'Intino infilò le chiavi nella serratura. Quella casa non l'amava più da un pezzo, da quando Pupa se n'era andata tradendolo con Tenisci. Però era grande e più bella della mansarda che divideva con Nenè, il suo vecchio amico. Da quando si era trasferito non lo aveva più sentito. Chissà se era andato via o abitava ancora lì, si chiese richiudendo la porta. Accese la luce e subito andò nel cucinino perché voleva fare come i poliziotti nei film americani che tornavano e si bevevano una birra. Ma birre non ce n'erano e allora si accontentò di un succo di frutta alla pera. Non faceva lo stesso effetto, lo capiva da sé, però meglio che un bicchiere d'acqua dal lavandino. Si stravaccò sul divano e accese il televisore. C'era un programma sportivo dove il calcio la faceva da padrone. Stavano giocando una partita a quell'ora, qualcun'altra l'avevano disputata nel pomeriggio, altre il giorno prima e il lunedì sarebbero scese in campo altre quattro squadre. A lui così non piaceva. Da bambino c'era la domenica sportiva la sera perché il pomeriggio si disputavano tutte le partite e si potevano vedere le azioni, i gol, le moviole. La classifica la domenica sera era definitiva, per tutti. E poi aveva la fortuna di tifare una squadra che nessuno considerava, il Chieti, quindi c'era poco da guardare gol e moviole. Informazioni dalla serie D l'avrebbe apprese dal «Corriere». Il Chieti viaggiava benone, aveva battuto l'Olympia Agnonese, al Campobasso addirittura aveva rifilato 4 gol, le aveva prese con la Sambenedettese che erano i numeri uno, quella domenica gli toccava Jesina, squadra ostica e di temperamento, aveva letto su «Tuttosport». Domani avrebbe guardato il risultato. Per la serie A aveva le sue simpatie, ma non tifava. Preferiva la Juventus e gli stava simpatica la Sampdoria, forse per la maglietta strana e unica nel suo genere. Mentre era immerso in quei pensieri il telefono lo riportò alla realtà.

Rosaria!

«Buonasera Rosaria!».

«Senti Mimmo, da oggi mi chiami Rosa e basta, per piacere. Rosaria non mi è mai piaciuto».

«Va bene. Rosa».

«Che fai?».
«Guardo la televisione. Tu?».
«Sto tornando a casa».
Forse avrebbe dovuto invitarla a cena, ma non aveva niente di buono da offrirle. «Rosa, ti vuoi venire a mangiare una cosa da me?».
«Una cosa? Che cosa?».
«Mah, non lo so. Sono rientrato mo, possiamo fare due uova, il pane lo tengo, sennò forse surgelate ci stanno ancora le pallocche che mi hanno mandato da casa: cinque minuti a lu foche sa quanto so' bune!».
«No, Mimmo. Semmai ti chiamo domani. Ciao» e chiuse la comunicazione.
«Ciao» disse D'Intino, ma più alla stanza che al telefono muto.
Era una donna strana Rosaria, Rosa anzi. Mimmo non la capiva sempre, però l'aveva chiamato e questo gli aveva scaldato il cuore.

Deruta era così stanco che riusciva solo a stare seduto. Ogni tanto la testa gli crollava di lato. «Perché non te ne vai a letto?» gli diceva Federico.
«Perché finché stai a casa almeno stiamo un po' insieme» gli rispondeva con gli occhi chiusi. «Mi dispiace, Federico, ma quando ci sono problemi, dobbiamo lavorare anche la domenica».
«Lo so, amore mio, lo so. Hai fame?».
«Sempre».
«Ho preparato una zuppa di lenticchie e poi una bella frittata con le cipolle».

Deruta sorrise e lo stomaco gorgogliò. Aprì gli occhi. «Ci beviamo un goccio di vino?».

«Certo». Federico andò in cucina passando davanti alla porta dello studiolo di Michele. «Miche', quel quadro sta così sul cavalletto da giorni».

«Lo so». Con grande sforzo, aggrappandosi ai braccioli del divano, riuscì a issarsi. «Non mi viene. Mo lo lascio perdere. Quando una cosa non viene, non viene, secondo me» ed entrò in cucina. «Inutile sforzarsi. Mo voglio provare a fare i ritratti. Però li voglio fare dalle fotografie».

«I ritratti sono una cosa difficile, senza offesa Michele» e Federico versò la zuppa nei piatti.

«Lo so. Perché mica è la somiglianza che conta. È che tu devi far vedere, nel ritratto, chi è in realtà quella persona. Lo sguardo, se è freddo, dolce, distaccato, cattivo. È difficile proprio anche perché, Fede, ma chi lo sa chi è in realtà una persona?» e Deruta si sedette al tavolo.

«Hai detto una cosa vera. Infatti i grandi pittori facevano i ritratti e di solito la persona dipinta non si piaceva. Diceva sempre: Questo non sono io! E sai perché? Perché gli artisti in realtà mostravano nel ritratto la parte oscura, quella brutta che tutti vogliamo nascondere, e se la vediamo davanti a noi all'improvviso, la rifiutiamo». I piatti fumavano. Michele ascoltava aggiungendo un po' di parmigiano. «Io, tu, i tuoi colleghi, i delinquenti, tutti vogliamo mostrare la parte più bella. Solo i pazzi e i depressi se ne fregano, per il resto viviamo tutti sotto mentite spoglie».

«Io con te sono io» disse Michele mettendo in bocca il cucchiaio.

«L'ho appena detto, i pazzi e i depressi non lo fanno».

«E che sono pazzo io?».

«Chi ama così tanto un'altra persona è pazzo, Michele. Se non pazzo almeno molto instabile. Com'è la zuppa?».

«Buonissima» rispose Deruta a bocca mezza piena, ma si vedeva che stava ripensando alle parole di Federico.

«Quindi cercate in realtà due persone» disse Sandra. Gli angeli cantori s'erano spostati ad un altro bar verso via Croix de Ville. Rocco aveva ordinato la stessa cosa che stava bevendo Fabiano, un Negroni molto annacquato e nonostante avesse ripetuto al cameriere di non volerci il ghiaccio, quello lo stesso gliel'aveva infilato nel bicchiere. Rocco aveva preso in bocca i tre cubetti uno alla volta per sputarli dentro un tombino. Gli occhi di Sandra erano stati attraversati da una luce ilare, quasi festosa, come una mamma può ridere delle buffonate di un figlio un po' coglione. «Sempre più in forze» aveva detto Fabiano stringendole la mano. «Quanto ti dobbiamo ringraziare, Rocco, per tutto quello che hai fatto?», ma Rocco lo aveva fermato con un gesto.

«No, Fabiano, non ne parliamo neanche. Una storia brutta che ci siamo tutti lasciati alle spalle. E per fortuna, Sandra è qui con noi».

«Vero». Fabiano alzò il bicchiere, Rocco e Sandra lo imitarono. «Ma hai novità almeno?» chiese Sandra.

«Niente, la situazione è complicata per non dire un vero e proprio bordello». Schiavone si accese una sigaretta. «Sto su due fronti, con gli uomini che sai. Mi sta dando una mano Caterina».

«È sempre bella?» chiese Sandra.

«E sposata» aggiunse Rocco con un mezzo sorriso.

«Che c'entra?».

«Come che c'entra? È sposata, Sandra, sta con un collega, e se stai insinuando che...».

«Io non insinuo niente. Fabiano, ti pare che sto insinuando?». Il compagno alzò le mani come a voler restare neutrale nella discussione. Sandra era ancora pallida, e si vedevano le occhiaie anche se ci aveva passato sopra un po' di correttore. Gli occhi però erano vivi, quelli di sempre, quelli che Rocco non riusciva a dimenticare. «Fabiano!», un uomo con un cappello a grandi falde, simile a quelli della vecchia divisa delle guide alpine, aveva richiamato l'attenzione del compagno. «Ma guarda te! Gigi!» sorrise a Sandra e Rocco. «Scusatemi...». Si alzò dalla sedia e raggiunse l'amico in mezzo alla via pedonale. Restare soli all'improvviso imbarazzò tutti e due. La prima a parlare fu Sandra, dopo aver bevuto un sorso dell'intruglio che aveva davanti. «Almeno quest'incidente ci ha riavvicinato» disse con un filo di voce. «Parlavamo per interposta persona...».

«Tu avevi deciso di farlo, mettendo in mezzo Costa».

«Per farti capire quanto eri stronzo con me. Non t'era venuto in mente?».

Certo che gli era venuto in mente. «Ho sbagliato tutto con te, Sandra, forse fin dall'inizio, vero?».

«Non lo so, Rocco. Dimmelo tu».

«Chissà che mi credevo. Che mi dovevo tenere alla larga, che stare con te era un errore? E invece sai una cosa?».

«Dimmela».

Stavolta a bere fu Rocco. «Non sono mai riuscito ad ammetterlo, neanche a me stesso, che qualcosa che somiglia all'amore io l'ho sentita. I giorni che venivo in ospedale e pensavo a tutte le volte che siamo stati a letto senza riuscire a, diciamo così, portare a termine. Non lo so dove sto trovando la forza di dirti queste cose, di solito le confesso a Lupa. Ma l'ho appena fatto, e questo mi fa sentire meglio».

«Forse perché hai un sesto senso, Schiavone, e sapevi che o lo dicevi stasera o sarebbe stato troppo tardi».

«A che ti riferisci?».

«Io e Fabiano siamo qui per festeggiare una decisione presa qualche giorno fa. Ce ne andiamo».

Rocco sentì il sapore amaro del Negroni fissarsi sui denti e sulla lingua. «E allora ci tenevi a dirmi prima che partissi che da qualche parte del tuo cuore o del tuo cervello, dipende dai punti di vista, un po' mi hai voluto bene». Sandra aveva gli occhi lucidi, le tremava la voce. «Io te ne ho voluto, e lo sai. Anzi, ti ho proprio amato, Rocco. E sai anche questo. Ma ho trovato sempre chiuso. Alla lunga ci si stanca. Nessun rancore, per carità. Dispiacere sì, tanto. Perché forse sarebbe stato bello provare a camminare per un po' uno accanto all'altra».

Avrebbe dovuto informarsi su dove andassero, ma non voleva saperlo. «Ti rivedrò?» le chiese e si sentì parecchio stupido.

«Dipende, certo, ogni tanto mi toccherà tornare. Ma non vuoi sapere dove andiamo?».

Rocco fece di no con la testa. «Preferisco sapere che sei da qualche altra parte, magari felice, sempre più in forze, con Fabiano che sa starti vicino». Finì il cocktail e poggiò il bicchiere sul tavolo. «Davvero Sandra, ti auguro tutto il meglio che la vita può offrirti. E devi sapere che io ci sarò sempre, come ci sono stato fino ad oggi. Chiamami se hai bisogno. A qualsiasi ora, non te mette a calcola' i fusi orari, tanto non dormo mai». La baciò sulla guancia e sentì l'amaro di una lacrima bagnargli le labbra. Salutò rapido Fabiano che ricambiò con un mezzo inchino e con un fischio richiamò Lupa. Lento si avviò verso casa. Vedeva le vetrine, gli angeli cantori e le lucine di Natale immerse in una nebbia liquida. Si asciugò gli occhi e svoltò l'angolo.

Lunedì

Baldi arrivò presto in ufficio e non s'aspettava Rocco già davanti all'entrata della procura. «Per fare prima ho saltato il caffè da Ettore».

«Andiamo al mio bar... lo fa più buono». Rocco non rispose perché era vero. Era pieno zeppo, Baldi alzò una mano per attirare l'attenzione del barman, poi tirò su due dita. «Venga, mettiamoci a questo tavolo». Baldi posò la pesante borsa di pelle su una sedia. «L'aspetto più bello della pensione sarà sbarazzarmi di questa stronza. Pensi, me l'ha regalata mio padre quando ho vinto il concorso in magistratura. Alla laurea invece questo» e mostrò l'orologio, «un bellissimo Citizen con il datario e la cassa, credo, in oro». Guardò Rocco. «Sì, ho capito, e sticazzi? Veniamo a noi. Allora, per i filmati ho già chiamato e me li porteranno in mattinata, manda un suo agente a prenderli?».

«Certo. Abbiamo una macchina, una Subaru Legacy proprietà del biochimico. Se è scappato con quella, dovremmo avere riscontri».

«Lei dice scappato».

«Sì, ho più di un motivo per credere a una fuga. Spero di saperne di più da una sua amante che stamane sarà in questura. Lei, dottor Baldi, ha qualche novità sui conti correnti di Pavan?».

«Credo di poterle dare tutto in mano per massimo mezzogiorno. Oltre alla banca dove aveva la cassetta di sicurezza sto controllando tutte quelle di Aosta e di Biella. Parliamo del cadavere nel lago?».

«Ancora lontani. Abbiamo una sola pista, flebile per non dire inesistente». Il barman posò i due caffè sul tavolino e prese la banconota da 5 euro che Baldi gli allungò. «Però è certo che sia stato anestetizzato». Baldi annuì e bevve un sorso di caffè. Rocco lo imitò.

«E l'hanno buttato nel lago mezzo addormentato?» chiese dopo aver assaporato il caffè.

«L'8 dicembre. Ne sono certo. Per via del festone che facevano in onore della Madonna al camping, cento e passa invitati, in quel casino nessuno s'è accorto di un ubriaco portato a braccia da due o tre suoi amici».

Baldi posò la tazzina. «Io debbo andare a Biella, alla Gunnelli, a parlare con la direzione. Viene con me?».

«Se in mano non ho un cazzo, sicuro. Altrimenti ci dividiamo i compiti. Questo caffè è davvero buono, il bar invece fa schifo».

«Non si può avere tutto dalla vita, Schiavone».

«Come sta Sara?».

Gli occhi di Baldi si illuminarono. «Sta bene. Ma io sto meglio, mi creda».

«Le credo».

«E Sandra?».

Rocco si alzò. «Lascia la città insieme al fotomodello».

«Ah», il magistrato accompagnò l'esclamazione con una smorfia di disappunto. «Mi dispiace».

Rocco non aggiunse altro. Uscirono dal bar e con un saluto a mezza bocca si diressero ognuno verso il proprio ufficio.

Nella guantiera avanzavano solo due paste, una era di Rocco che ancora non l'aveva toccata, l'altra di Caterina che sembrava non aver nessuna intenzione di prenderla. Casella fremeva per appropriarsene ma si vergognava a chiederlo. «Allora, concentrazione: quelli che lavorano su Pavan come se so' divisi?».

«Io, Penzo e Miniero ieri abbiamo controllato gli alberghi di Gressoney, Val d'Ayas, Saint-Vincent. Oggi ci spostiamo a Courmayeur, La Thuile, Sarre» disse Antonio.

Caterina gettò il bicchierino di plastica del caffè nel cestino. «Noi invece ci dedichiamo alla piscina, ai filmati della procura...».

«Che dovrebbero essere qui molto presto» disse Rocco.

«Poi ci sarebbe la fidanzata che abita a Santhià... Silvia Manca, che è in corridoio e attende di essere ricevuta».

«Me la faccio io» disse Rocco. «In senso lato».

«Poi ci attacchiamo al telefono e chiamiamo gli aeroporti, e anche l'idea dei centri massaggi e di analisi non è male, le agenzie viaggi, battiamo anche quella» disse Caterina.

«Bene. Allora tutti hanno un compito. Io vado a fare quattro chiacchiere con questa Silvia...?».

«Manca» fece Deruta.

«Perfetto. Mandatemela all'ufficio passaporti. Qui fra guantiere e bicchierini pare de sta' a 'na festa dei 18 anni».

«Dotto', ma lei la pasta non la mangia?».

«No, Casella. Puoi prenderla». Casella si lanciò sul dolce.

«Anche io non la mangio» disse Caterina. Gli agenti si guardarono, il più rapido fu Antonio che anticipò Deruta, afferrò il cannolo e lo finì con due morsi. «Bastardo» gli disse l'agente sardo fra i denti. Rocco esaminò la squadra. «Mi correggo, pare de sta' a 'na festa delle medie, 'cci vostra...».

Silvia Manca non dimostrava i suoi cinquant'anni, portava i capelli corti e sembrava appena rientrata da un trekking in alta montagna. Le gote rosse, che la nonna di Rocco chiamava le guance della salute, gli occhi vivi, attenti. Si muoveva rapida, come un uccellino di quelli che a primavera tornano a farci visita. In contrasto con quell'aspetto da perenne liceale, la voce, bassa, roca, a Rocco sembrava quella di una cantante americana di cui non ricordava il nome. «Sono rientrata l'altro ieri dall'India, l'ho saputo solo domenica leggendo il giornale. Appena mi avete chiamata sono corsa...».

«Chi è Aldo?».

«Come chi è... avevamo una storia che...».

«Questo lo so. Mi dica chi è Aldo. Com'è? Cosa gli piace? Cosa sa della sua vita?».

«Ah... sì, in quel senso. Bene...». Si passò una mano tra i capelli. «Da dove comincio? Allora, io e Aldo ci siamo conosciuti quattro anni fa, sul Nilo. Eravamo in vacanza, appena separati, anche se Clotilde è sempre presente nella sua vita».

«Me n'ero accorto». Rocco si lasciò andare in posizione d'ascolto scivolando un poco con la schiena sulla poltrona.

«Aldo è un biochimico».

«Sappiamo anche questo».

«Un cervellone, anzi io direi un genio. È bravissimo a raccontarti le cose più complesse come fossero storie per ragazzi. Lo sa? Mi ha fatto capire i quanti neanche fosse una favola di Hänsel e Gretel».

«Lei che fa nella vita?».

«Traduzioni. Dall'inglese all'italiano e conosco molto bene russo e tedesco».

«Mecojoni» esclamò soddisfatto Schiavone. Poi si ricordò all'improvviso. «Può dirmi per favore *She's got Betty Davis eyes*?».

Silvia lo guardò storto, poi capì. «Sì, lo so, la mia voce sembra quella di Kim Carnes».

«Vada avanti per favore e mi scusi se l'ho distratta». Rocco fece scivolare la sedia con le rotelle fin sotto la finestra muovendo solo i piedi e costringendo Silvia Manca a voltarsi di 180 gradi. Voleva fumare e voleva farlo accanto alla finestra che aprì un poco. «Prego...».

«Allora, io e Aldo abbiamo un rapporto molto libero. Ci vediamo per stare insieme e basta, insomma. Non chiediamo niente di più, infatti non viviamo insieme.

Non c'è mai saltato in mente. Io lavoro da casa, lui è pendolare, guadagna molto bene, anche io mi difendo, certo non navigo nell'oro, ma ognuno pensa alle sue spese. Alla nostra età lui dopo un matrimonio, io addirittura tre, diciamo che se giochiamo ai fidanzatini ci sentiamo un po' ridicoli».

«Quand'è l'ultima volta che l'ha visto?».

Silvia strizzò un poco gli occhi. «Dunque – mi faccia ricordare... È stato lunedì sera».

«Il 14?».

«Esatto. Siamo andati a mangiare a Saint-Vincent, poi lui ha voluto fare una puntata singola che chiama *O la va o la spacca* alla roulette. Ha giocato il 32. Trenta euro».

«È uscito?».

«Macché» e Silvia rise a bocca chiusa. «Non esce mai».

Rocco la guardò negli occhi chiari. «Ha provato a chiamarlo al telefono?».

«Certo! Niente da fare».

«Senta, signora Manca, Aldo Pavan aveva delle attività strane, frequentava gente curiosa, insomma nella sua vita qualcosa di sinistro c'era?».

Alzò le spalle e inspirò. «Oddio no...». Buttò fuori l'aria. «Aveva un paio di amici coi quali faceva delle passeggiate in montagna».

Rocco prese una penna. «Mi dica i nomi, per piacere».

«Certo. Giorgio... oddio... Giorgio Pancaldi e Bebo Paioletti, Bebo sta per Roberto, credo».

«Ha i loro recapiti?». Silvia li cercò nel telefono e li dettò a Rocco che trascrisse. «A parte questi?».

«Non mi viene in mente nessuno».

«Amava il suo lavoro? Che le raccontava?».

«Dottor Schiavone, io ci capisco poco o niente. Chimica, per lo più. Farmaci, antibiotici, cortisonici, boh... però è comodo».

«In che senso?».

«Se mi serve un medicinale chiamo lui, ne sa più di un medico».

«Secondo lei, perché è sparito? Aveva debiti? Si era messo in storie brutte? Si sentiva minacciato?».

Silvia Manca scuoteva la testa. «Guardi, dottor Schiavone, a me tutta questa storia sembra fantascienza. Lo dico sul serio. Aldo è la persona più tranquilla che abbia mai conosciuto. Una vita così regolare da fare invidia a Kant. Poi è uno che si spaventa facile. Pensi, se guardiamo un film un po' thriller, insomma con sparatorie, inseguimenti, cose così, lui o chiude gli occhi oppure stringe forte i braccioli della poltrona. Aldo una vita pericolosa? Senta, è anche vero che con i due matrimoni precedenti ho scoperto cose che mai avrei immaginato. Per esempio il mio primo marito andava a letto con una mistress. Si faceva fare la pipì addosso, leccava gli stivali, si faceva frustare. Ecco, questo non l'avevo proprio immaginato. E anche il secondo marito, ho scoperto la sua bisessualità quasi per caso, in più era appassionato di caccia, io sono animalista convinta, l'ho lasciato su due piedi. Insomma, quando mai si può dire di conoscere bene una persona?».

«Credo mai».

«Appunto. Però che Aldo possa avere dei segreti tali da scappare, mi sembra un film di quelli che guardiamo insieme con sparatorie e inseguimenti».

«Ha un posto dove gli piace andare? Un nascondiglio, una città. La pensi così. Secondo lei, se Aldo dovesse rifugiarsi, dove andrebbe?».

Silvia Manca ci pensò su un minuto buono guardando il neon del soffitto. «Ci sono due posti che amava tanto. Ma, dottor Schiavone, la butto lì...».

«La butti pure».

«Uno è Lisbona. L'altro è Skyros, l'isola dove Achille era nascosto per non andare in guerra e si era travestito da danzatrice. Conosce la storia?».

Lasciarono Aosta alle 9 e 30, alle 11 meno un quarto arrivarono a Occhieppo Inferiore, un comune in provincia di Biella, ma attaccato quasi alla cittadina, dove risiedeva la fabbrica della Gunnelli.

Un prato verde falciato alla perfezione circondava gli stabili, uffici e due capannoni. Il nome dell'azienda era scritto su un'enorme targa in alluminio vicino alla doppia cancellata di ferro circondata da un cespuglio di rose. Aveva le lettere sbalzate, di notte sarebbero state illuminate da fari alogeni color ciclamino incastrati nella struttura. Baldi seguì le indicazioni per i visitatori e lasciò la macchina nel parcheggio a loro dedicato. I posti davanti all'entrata erano tutti destinati alla direzione, bastava guardare le auto per capire che appartenevano ai pezzi grossi. C'erano due Mercedes nere e lucide, una Bentley e una Porsche piatta e aggressiva. Baldi e Rocco entrarono nella hall, una struttura di cristallo e acciaio invasa di luce, accompagnati da una musica da ascensore. In fondo, un bancone enorme dietro il quale stavano due donne era sormontato dal logo della società. Una ragazza era scura di carnagione, l'altra pareva una svedese. Fu lei a sorridere a Rocco e Baldi. Aveva un microfono earset agganciato a un orecchio e non si capiva se parlasse con i due visitatori o con qualcuno al telefono. «Buongiorno, ditemi, cosa posso fare per voi?».

«Baldi, procura di Aosta, e Schiavone, questura di Aosta» rispose serio il magistrato. La ragazza non perse il sorriso e alzò il telefono bianco che aveva alla sua destra. Dopo aver premuto un pulsante disse: «Ci sono i signori Baldi e Schiavone... questura e procura di Aosta... sì... certo». Tornò a guardarli e a sorridere. Si alzò. «Prego, se volete seguirmi». Poggiò la cuffietta auricolare sul piano accanto a un'agenda elettronica e con la freddezza di un robot o di una macchina teleguidata attraversò la hall. A Rocco non venne neanche in mente di perlustrarle il corpo, cosa che faceva in automatico da sempre, un vizio di cui un po' si vergognava. Registrò solo che portava un paio di pantaloni neri, una camicia ciclamino e una giacca, anch'essa nera. Ai piedi aveva dei mocassini, neri, con la suola di gomma, che non emettevano nessun rumore sulla resina del pavimento. Presero un ascensore. Lì dentro la musichetta era ancora più forte. Rocco riconobbe un'orchestra di scappati di casa che storpiava un pezzo di Bacharach. «Odio le canzoncine negli ascensori» disse a Baldi.

«Anche io».

Si fermarono al secondo piano. Davanti a loro si apriva un corridoio, le pareti di destra e di sinistra erano di cristallo. Dietro c'erano uffici e persone che lavoravano. Nessuno li degnò di uno sguardo. Un secondo corridoio terminava in un'altra sala, con un altro desk dietro al quale sedeva una donna bruna, un po' più anziana della svedese, vestita sempre di nero con la camicia color ciclamino. «Ciao Sara...» le disse la finta svedese. «Vi lascio con la mia collega» riferì a Baldi e Rocco, si voltò e tornò indietro. Sara prese il telefono, non pronunciò una parola, mugugnò un cenno di intesa, poi sorridendo disse: «Subito!», alzò lo sguardo. «Prego» e indicò una enorme porta di legno scuro. «Vi attendono» e le ante, come per magia, si aprirono scivolando su un binario invisibile. Baldi ringraziò con un mezzo sorriso l'impiegata e precedendo Rocco entrò nella stanza.

Ad attenderli c'erano due persone. Un uomo sui 35 anni e una donna poco più grande. Avanzarono con il sorriso pieno di denti e le mani tese per stringere quelle degli ospiti. «Piero Gunnelli» si presentò l'uomo.

«Villermina Gunnelli».

«Schiavone... questura di Aosta».

«Baldi, procura...».

«Accomodatevi» disse la donna indicando un salotto Chesterfield piazzato in un angolo. Rocco notò il ritratto: un uomo teneva le mani sulle spalle di una donna seduta. «Papà e mamma» si premurò di rispondere Villermina Gunnelli. «Papà si è ritirato... mamma purtroppo non c'è più».

«Mi dispiace» disse Baldi.

«Ormai è qualche anno» lo rassicurò la donna. A voler sottolineare che lì dentro loro erano i capi e non rispettavano le regole di abbigliamento imposte agli impiegati, Villermina indossava un paio di jeans e una camicetta di un azzurro sciapo che però si intonava ai suoi occhi. Il fratello Piero invece pareva pronto per un Camel Trophy. I pantaloni di velluto con le tasche laterali, scarponcini e un maglione a collo alto, tutta roba costosa ma che denunciava la rilassatezza della persona. Più lo guardava più Rocco si convinse di trovarsi davanti a un esemplare di avvoltoio calvo. La pelle del viso rosa scuro, la calvizie, il naso importante e gli occhi fissi e privi di espressione, il collo appena incassato nelle spalle, lo inserivano in una nidiata di quell'avvoltoio diffuso soprattutto nel subcontinente indiano. «Scusate, manca l'altro fratello per completare la famiglia» disse l'avvoltoio con una voce sgraziata, atonale. «Guglielmo».

«Sua madre era tedesca? Austriaca?» chiese Rocco alla donna.

«Tedesca. L'ha capito dal mio nome?» rispose lei.

«Anche dal ritratto» e il vicequestore lo indicò.

«Immagino sappiate perché siamo qui» cominciò Baldi.

«Certo, stiamo facendo pressioni per capire cosa sia successo al dottor Pavan, anzi grazie di averci raggiunto» intervenne il fratello. «Non vi nascondiamo che siamo molto preoccupati».

«Purtroppo al momento non abbiamo notizie. Ma solo una sensazione». Baldi li guardò. «Che il vostro dottor Pavan sia fuggito».

Villermina sbarrò gli occhi. «Fuggito?».

«Esatto. Posso sapere qual era il lavoro di Pavan?».

«Era a capo del laboratorio di biochimica della nostra azienda. Lavoriamo su diversi prodotti. Da banco o da prescrizione, chiamiamoli così, che facilitiamo le cose. Produciamo antibiotici, antinfiammatori, betabloccanti, antiaggreganti piastrinici, diuretici, statine. In particolare, Pavan porta avanti un progetto da sei anni, un importante farmaco sul quale abbiamo investito diversi milioni».

«Mia sorella Villermina evita di dirvi il farmaco perché, comprenderete, è protetto dal segreto industriale. Ma Pavan e il suo team avevano modificato le molecole di alcuni *lead compound* per renderlo valido, atossico, e abbiamo analizzato i suoi effetti collaterali. Sapete, prima che venga posto in commercio bisogna superare studi clinici su pazienti, sottoporre all'ente di controllo nazionale un milione di dati... per vedere se poi questo composto sia più o meno efficace».

«Devono valutare le caratteristiche chimiche, fisiche» proseguì la sorella, «come agisce il medicinale, come viene eliminato dall'organismo, tutti gli effetti riscontrati sull'essere umano...».

«E quanto tempo ci vuole, così, per curiosità, in caso si dovesse passare l'esame per mettere in commercio il prodotto?» chiese Baldi.

«Alla fine degli studi affrontati? Quasi un anno».

«Insomma è un processo lungo» concluse Schiavone.

«Sì, se si vuole immettere un medicinale nuovo sul mercato è un processo lungo» disse Villermina.

«E l'investimento è privato. Almeno, nel nostro caso, è privato» precisò Piero.

«E Pavan è sparito...».

«A due passi dal traguardo, dottor Baldi» fece l'avvoltoio.

«C'è nessuno che può proseguire il suo lavoro?».

«È quello di cui ci stiamo occupando, se non rispunta fuori» disse Villermina allargando le braccia.

In quel momento entrò un uomo sui quaranta, elegante, biondo e con una barba curata e rossiccia. «Nostro fratello, Guglielmo Gunnelli».

Allungò la mano e strinse quella degli ospiti. Rocco notò la presa energica e la secchezza della pelle. «Sono il magistrato Baldi e il vicequestore Schiavone» gli riportò il fratello.

«Sì, scusatemi il ritardo, ero in riunione con i laboratori» e indicò un luogo vago alle sue spalle. «Immagino l'argomento sia il dottor Pavan».

«Esatto. Purtroppo non abbiamo ancora nessuna informazione valida».

Guglielmo si guardò intorno. «Viller... ma non abbiamo offerto nulla?».

«Oddio scusate!» la sorella scattò alla scrivania.

«Lasci perdere, davvero» fece Baldi, «non serve. Stiamo a posto».

«Parli per lei, dottore» intervenne Schiavone. «Io un caffè lo prenderei volentieri».

«Ma infatti» disse allegro l'avvoltoio.

«Faccio portare cinque caffè» disse Villermina.

«Capirete» proseguì Guglielmo, «che la presenza del dottor Pavan per noi è fondamentale».

«Sì, i suoi fratelli ci hanno riferito».

«Siamo un'azienda antica. La aprì mio nonno, portando con sé mia nonna, dalla Germania. Mia nonna alla Bayer era nel team che lavorò al Prontosil rosso».

Baldi e Rocco lo guardavano senza capire. Guglielmo proseguì: «Fu il primo chemioterapico antibatterico posto in commercio».

«Ah... ma avevo capito che era sua madre a essere tedesca».

«Anche...» e Guglielmo guardò il quadro. «È chiaro che i Gunnelli sentano un forte richiamo verso la Prussia. Mio padre era pure mezzo tedesco, no? Come noi...».

«A fare i conti voi sareste tedeschi per tre quarti» commentò Rocco.

Villermina tornò al salotto. «Secondo i signori, Pavan è fuggito» comunicò al fratello che ricevuta la notizia strinse le mandibole. «Ah, dite?».

«Alcuni elementi vanno in quella direzione» disse Baldi.

«Una domanda» intervenne il vicequestore. «Pavan può essere fuggito portando con sé i risultati delle vostre ricerche?».

I tre fratelli si guardarono interrogandosi con gli occhi. Fu Guglielmo a parlare: «Difficile. Cioè, mi spiego, Pavan conosceva tutto l'iter, il composto chimico, gli esami finora sostenuti. Sì, potrebbe essere scappato con il progetto per venderlo alla concorrenza, ma vede... per prima cosa c'è da dire che il dottor Pavan fu assunto da mio padre che aveva appena terminato gli studi. E da allora ha sempre e solo lavorato con noi. E sì, la riconoscenza non è di questo mondo, lo so, però noi eravamo un po' la sua famiglia».

«Poi c'è da dire» intervenne la sorella, «che in caso un'altra azienda farmaceutica dovesse tirar fuori il farmaco, ci dovrebbe mostrare tutta la documentazione sugli studi fatti... le prove che sono almeno quattro anni che ci lavorano...».

«E infine» disse Piero, «Pavan dovrebbe sparire dalla faccia della Terra. Perché sarebbe la prova provata che è stato lui a trafugare il lavoro».

«Per sparire è sparito» disse Baldi.

«È vero. Ma magari era minacciato?» azzardò Guglielmo. Rocco scosse la testa.

«Debiti? Un'amante gelosa? So che aveva una storia con una...».

«Tutto regolare. È una donna tranquilla, non mi sembra una tizia pronta ad accoltellare per gelosia un amante. Neanche vivevano insieme».

«C'è la possibilità di spionaggio industriale?» azzardò Baldi. «Magari Pavan ha dovuto agire sotto minaccia...».

Fu Villermina a rispondere. «Ascoltate, il farmaco che stiamo producendo non è certo da premio Nobel, come quello su cui lavorò mia nonna. È un ottimo farmaco che ne migliora uno precedente. Sì, avrà il suo successo economico, ma non sconvolgerà certo il mercato».

«Quindi lei esclude un atto di spionaggio industriale?».

«Oddio, dottor Baldi, io non escludo nulla. Ma mi sembra assai difficile».

Entrò la segretaria e distribuì i caffè in un servizio di porcellana antico ed elegante.

«Quanto mancava alla presentazione del medicinale all'ente?» domandò il vicequestore una volta che la donna si chiuse la porta dietro le spalle.

«Stavamo raccogliendo tutti i risultati sulla sperimentazione umana, direi tre, quattro mesi».

«Aprile 2016» rispose con fermezza Guglielmo. «Questo scherzo a noi è costato circa ventiquattro milioni di euro. Siamo un'azienda solida, il nostro fatturato è trasparente ed è in rete se lo volete controllare, ma abbiamo azionisti a cui rispondere. Tutti i soldi per gli investimenti sono stati sottratti agli utili. E dunque gli azionisti pretendono risultati».

«Sicuro» disse Baldi.

«Avrete capito che il CEO della casa qui è Guglielmo» fece Villermina.

«E lei di che si occupa?».

«Io sono addetta agli investimenti, e Piero è il responsabile della fabbrica vera e propria. Dai macchinari alla progettazione».

Rocco si versò dell'acqua nel bicchiere e mandò giù un sorso. «Secondo voi, Pavan poteva avere il piede in due staffe?».

Ancora i fratelli si guardarono. «Qui lavorava duro, dottor Schiavone» fece Piero. «Dalle otto del mattino alle sette di sera quando andava bene. Dove lo avrebbe trovato il tempo?».

«E vi assicuriamo che lo stipendio era più che all'altezza dell'impegno. Il doppio impiego oltre che poco lecito mi sembra un po' sciocco. Insomma, i soldi che guadagnava al mese erano abbastanza. Sono abbastanza, anzi, è ancora sul nostro libro paga».

«Posso chiedere di quanto stiamo parlando?».

«Il dottor Pavan percepisce ottomila euro al mese più bonus dello zero punto sette in azioni su base annua, dottor Baldi».

«Mecojoni» disse Rocco.

Fu Piero ad accompagnarli ai laboratori. Uscirono dalla costruzione centrale che ospitava uffici e presidenza, seguendo un sentiero di cemento rosso protetto da un tetto a botte di vetro, entrarono in un altro fabbricato, anche questo di cemento e cristallo. «Prego». Piero aprì la porta. Lì non c'era reception, si passava in una sala di ristoro piena di macchinette automatiche che Rocco sentì di invidiare; splendide, lucide, distribuivano acqua, bibite, caffè, snack, che a pensare a quella della questura sporca e rantolante gli veniva da piangere. Da un corridoio si diramavano tre direzioni. «I laboratori da questa parte» disse Gunnelli facendo strada. Incontrarono due ragazze in camice che salutarono con un sorriso. C'era un profumo di auto nuova, forse era il risultato di qualche reazione chimica, o forse era la pelle dei divani e delle poltrone sparsi un po' dappertutto. Per entrare nel laboratorio, Piero chiese agli inquirenti di mettere i copriscarpe di plastica.

La stanza era enorme, più di 600 metri quadrati, sembrava un deposito. Era assiepata di tavoli sui quali riposavano attrezzature oscure, Rocco e Baldi individuarono solo i microscopi, c'erano lavagne verdi con sgorbi intraducibili scritti sopra col gesso, strane turbine, alambicchi in quantità, scatole enormi di vetro con provette all'interno e due grossi fori nei quali infilare le mani e indossare un paio di guanti neri pronti per operare dentro quella strana serra. Una decina di persone lavoravano in perfetto silenzio. All'ingresso di Piero coi due ospiti, solo un uomo alzò la testa dal lavoro che stava svolgendo. Si tolse gli occhiali e serio si avvicinò al terzetto. Aveva la barba nera, sui 40 anni, piccolo e magro, un naso importante e gli occhi tristi di un cane abbandonato. «Il dottor Casale... David, questi sono il procuratore di Aosta, dottor Baldi, e il vicequestore Schiavone».

Si strinsero la mano. «Lei qui fa le veci di Pavan?» chiese il magistrato.

Il ricercatore si schiarì la voce prima di rispondere. «È difficile, voglio dire, fare le veci del dottor Pavan. Lui è il capo progetto, io sono, diciamo, la sua spalla. Ecco, forse meglio il suo braccio destro...».

«È al corrente però del lavoro».

«Certo, diciamo che sì, ho lavorato, lavoro anzi da sette anni con il dottor Pavan e sì, posso dire che sono al corrente degli sviluppi della ricerca e della creazione del...». Guardò Piero. «Non posso dire il nome del nuovo farmaco».

«Non c'è problema. Il problema è se il farmaco può decollare anche senza il dottor Pavan».

David Casale alzò le spalle, si mise le mani nelle tasche del camice e dondolò un poco sui piedi. «Oddio, è una possibilità che la direzione, diciamo, sta valutando insieme a me e al team... sì, potrebbe essere che, voglio dire, con qualche mese di ritardo prendiamo le redini, si fa per dire le redini, del progetto e sì, ecco, proviamo a portare avanti e fino in fondo, anzi, il programma. Vede, il farmaco deve uscire sul mercato, non possiamo più tirarci indietro, sarebbe, come dire?, una perdita... ecco, troppo onerosa per la Gunnelli».

Mentre Casale parlava, Rocco lo fissava negli occhi, soprattutto il pomo d'Adamo lo ipnotizzava. Era enorme, faceva su e giù come il gozzo delle cicogne quando ingurgitano il pesce. «Che rapporto aveva con Pavan?» chiese Rocco all'improvviso approfittando di una pausa del magistrato.

«Di lavoro. Lo stimavo, voglio dire lo stimo molto. È un grande biochimico, da lui ho solo, come dire?, da imparare, ecco».

«Intendevo dal punto di vista umano. Uscivate insieme? Vi vedevate fuori dal lavoro?».

«No, dottor Schiavone, niente di tutto questo. Qui scambiavamo opinioni, formule, idee e azzardi, ma, diciamo, mai usciti la sera insieme. So che era sposato ma ora credo sia, come dire?, single».

«Sì, giusto. Ma avevate uno sport di cui parlavate?

Un argomento di interesse comune? Che ne so? Calcio, pallacanestro, sci, tennis, gnocca?».

David arrossì un poco mentre Piero scoppiava a ridere. «Credo che il dottor Casale non glielo direbbe mai» si premurò di rispondere il direttore, «è molto riservato» e David gli sorrise.

«Ogni tanto parlavamo di montagna, lui faceva gite, passeggiate, ecco la amava molto... io sono tifoso del Pallamano Carpi... sono nato lì, a Carpi. E, dottor Schiavone, è difficile trovare compagni di passione, ecco, sì».

«Della pallamano?».

«Sì».

«Immagino. Dottor Gunnelli, potremmo avere una lista di quelli che lavoravano a stretto contatto con Pavan?».

Piero fece un gesto della mano. «Eccoli, sono loro».

«Sì» disse Baldi dando un'occhiata all'enorme stanza, «interrogarli tutti sarà nostra premura, ma per ora ci accontentiamo di una lista».

«Oppure se c'è qualcuno fra loro che aveva per un qualche motivo dei rapporti più vicini a Pavan, saremmo contenti di farci quattro chiacchiere» propose Schiavone. Piero e David si guardarono.

«Non le saprei dire, ecco. Più o meno, io sono il più stretto collaboratore di Pavan».

«Sì, molti di loro sono tecnici, ci sono anche due chimici e un farmacologo, ma a dire il vero David ha ragione» fece Piero. «Vi farò avere la lista al più presto».

Casella aveva organizzato la visione nella stanza degli agenti. Il monitor era il più grande che avevano, la chiavetta con le immagini arrivate dalla procura era già infilata nel computer. Oltre all'agente c'era Caterina, aspettavano Baldi e Rocco di ritorno da Biella. «Ti va un caffè?» le chiese Casella.

«No Ugo, grazie».

«Ti posso fare una domanda?».

«E dimmi».

«Ma nel periodo che sei sparita, dove sei stata?».

Caterina arricciò un poco il naso. «È una storia lunga, e molto triste, Ugo. Diciamo che stavo facendo un lavoro che in meno sapevano e meglio era».

Casella annuì, ma non aveva capito niente.

«Buongiorno» disse Baldi entrando. Caterina si alzò e gli strinse la mano, Casella fece la stessa cosa.

«Li avete già visionati?» chiese Rocco mentre insieme al magistrato si sedeva di fronte al monitor.

«Sì» rispose Caterina. «Il filmato che ci interessa è quello del 15». Fece un cenno a Casella che premette il tasto di invio. Subito apparve una quadripartizione di immagini. Una telecamera inquadrava l'esterno della banca, una l'interno, una terza riprendeva il caveau, la quarta le casse. C'erano un po' di persone. Chi usciva dalla banca, chi era allo sportello. «Eccoci!» e Caterina indicò la telecamera dell'esterno. Pavan stava chiudendo chiavi e un piccolo ombrello nell'armadietto blindato per poter entrare. Passò la porta girevole. Nell'altra inquadratura lo si vedeva nella sala, una busta di pelle in mano, un po' floscia, poi il direttore che gli andava incontro e gli stringeva la mano. Nella quarta inquadratura li si vedeva passare la porta del caveau.

«Ferma!» ordinò Rocco. Ugo eseguì. «Che ore sono?».

«Le nove e trenta» rispose l'agente guardando il timer delle telecamere a circuito chiuso.

«Bene. Andiamo avanti».

«Dotto', vado avanti veloce perché fino alle nove e quaranta non succede niente».

«Va bene».

Casella accelerò le immagini fino al punto giusto. Quando cioè la porta del caveau si riaprì. Pavan ne usciva, la busta di pelle che prima teneva in mano, adesso la portava sotto il braccio. Era piena, gonfia. Il direttore gli si avvicinava e gli faceva firmare un registro, poi Pavan usciva dall'inquadratura, ripassava nella hall e lasciava la banca usando il tornello. Lo si vedeva tramestare per recuperare chiavi e ombrellino dall'armadietto blindato.

«È uscito alle nove e quarantatré...» commentò Baldi.

«Si riesce ad avere l'ingrandimento delle chiavi che mette nello sportellino quando entra in banca? Magari vediamo se sono della macchina» disse Rocco.

«Non c'è bisogno» disse Ugo. Tolse la chiavetta e ne infilò un'altra. Tramestò con la tastiera. «Ecco, guardate» disse. Stavolta lo schermo era diviso a metà. Era il piazzale della banca visto da due telecamere diverse. Era chiaro, limpido e nitido. Pavan che si avvicinava ad un'auto metallizzata, apriva lo sportello e ci entrava dentro. Si notavano le luci posteriori illuminarsi, accendersi quella della retromarcia, infine il veicolo lasciava la piazzetta. «Bene» disse Rocco.

Baldi allungò l'indice verso il monitor. «Agente, questo qui che avanza nel parcheggio verso la banca non è lei?» chiese.

Casella annuì. «Sì, quella mattina sono andato in banca». Casella sparì dall'inquadratura. «Se continuiamo a guardare le immagini si vede anche l'arrivo dei rapinatori dopo un po'».

«Meglio di no» disse Rocco. Poi guardò Caterina. «Della macchina sappiamo qualcosa?».

«Ancora no, ci sta lavorando Deruta».

«Immagino dai lavandai ancora niente».

«I lavandai?» chiese Baldi.

«Sì, quelli alla ricerca della lavanderia».

«Niente. D'Intino invece è andato alla piscina frequentata da Pavan, ma non penso abbia novità, altrimenti mi avrebbe chiamata».

«No Caterina, quello non ti chiamerebbe mai. Lo sai».

L'ispettrice alzò le spalle. «Poi abbiamo convocato Giorgio Pancaldi e Bebo Paioletti».

«Chi cazzo sono?» chiese Rocco.

«I due che vanno a fare scampagnate con Aldo Pavan. Dopo pranzo sono qui».

«Cosa avrà preso?» domandò Baldi a tutti e a nessuno.

«La cartella di pelle era piena quando è uscito. Può starci dentro qualsiasi cosa» azzardò Casella.

«Io opterei per denaro. Oro. Valori, insomma» disse Caterina.

«Dopo pranzo saprò i movimenti bancari di Pavan. Se ne sta occupando Moresi, al piano di sopra. Anzi, magari se gli facciamo uno squillo e vediamo se ha novità...». Baldi si alzò per avvicinarsi a un telefono, si bloccò quando Deruta entrò baldanzoso. «Eccomi, dotto'». Poi tornò serio alla vista del magistrato. «Eccomi, dottori. Trovato!». Brandiva un foglio in mano. Non sapeva se consegnarlo a Baldi oppure a Rocco. Il vicequestore lo tolse dall'imbarazzo. «Dicci, Deruta».

«Allora, la Subaru Legacy di Pavan è stata trovata al parcheggio dell'aeroporto di Torino. Il biglietto del parcheggio dice che è entrato il giorno 15».

«Il giorno della rapina in banca» fece Schiavone.

«Ottimo!» e Baldi batté le mani. «Bel lavoro. Torino, dunque. Dovremmo controllare tutti i voli nella mattinata, diciamo dalle 11 in poi, anche 11 e mezza».

Ad un gesto di Rocco, Casella scattò alla postazione che di solito occupava Antonio.

«Almeno sappiamo che non è in qualche fosso» fece Rocco. «Ma è in giro per l'Europa o chissà, magari in qualche città italiana dove avrà degli amici».

«Ma da che si nasconde?» chiese il magistrato.

«E da chi?» gli fece eco Caterina.

Antonio partendo da La Salle era risalito fino a Courmayeur, poi La Thuile. Gli alberghi con annessa la lavanderia erano 14, e lì l'affare si complicava. Nessuno riconosceva quella targhetta, molte lavanderie erano self service, a gettoni. Ma ebbe fortuna all'albergo Les Suches. Più di cento stanze, di lusso, almeno a contare le stelle all'ingresso e a come lo guardarono storto i receptionist prima che tirasse fuori il tesserino della polizia. Fu il direttore stesso ad andargli incontro, un tizio coi baffi a manubrio impomatati, giacca e pantaloni attillati, un ciuffo anch'esso pieno di qualche prodotto che lo faceva somigliare all'*Onda* di Hokusai. Lo portò subito via dalla hall centrale, stonava con i ricchi addobbi natalizi, i tappeti, le boiserie, gli oli con vedute alpine, le poltrone e i divani di pelle e i due camini scoppiettanti. Dentro un bugigattolo che doveva essere l'ufficio di qualche segretaria, il direttore osservò l'ingrandimento della targhetta. Chiamò il servizio lavanderia che era al piano di sotto pregando una tal signora De Vecchi di raggiungerlo subito al *bureau*, così si chiamava in maniera pomposa quella stanza di quattro metri quadrati inzeppata di raccoglitori, carte, fotocopiatrice, computer con tanto di monitor e calendario dei carabinieri alla parete. Attesero poco più di un minuto e la signora De Vecchi, una donna di quasi settant'anni, il viso rosso e il fiato corto, prese in mano l'ingrandimento e lo guardò coi suoi occhi neri e attenti. «Sì. Questa è una nostra numerazione. L'ha inventata Maria Grazia Cirenetti, la mia predecessora. IN 2/12 RIT 5. Allora IN sta per interno, cioè è un cliente dell'albergo. Poi la data della consegna del capo, qui parliamo del 2 dicembre, RIT vuol dire ritiro e il cinque sta a significare che il capo è stato ritirato il giorno 5, quindi tre giorni dopo».

«Di che anno, signora?» chiese Antonio.

«Dipende dal colore dell'etichetta».

«Questa è una copia in bianco e nero, ma l'etichetta è gialla».

«Allora è di quest'anno».

«Ho bisogno dei nominativi, signor direttore».

«Certo, prego... grazie, signora De Vecchi, per ora è tutto... ispettore, venga con me».

A malincuore il direttore riattraversò la hall seguito da Antonio con passetto rapido e sorridendo a tutti i clienti come si stesse scusando di aver profanato quel luogo di bellezza e di lusso con un pezzente che, Dio non voglia, forse stava sporcando i persiani con quelle scarpacce infangate con la suola a carrarmato. Stavolta entrarono nell'ufficio del direttore. Leggendo la targhetta sulla porta Antonio scoprì che si chiamava Giacomo Ventriglia. Seduto alla sua scrivania subito alzò il telefono. «Valentina, mi porti i registri, per favore? Dal 2 al... va bene 6 dicembre?» chiese ad Antonio. «Facciamo l'8» gli rispose il poliziotto. Il direttore tornò a parlare al telefono. «All'8 dicembre. Sì, certo, quest'anno, altrimenti avrei specificato, no?». Offeso posò la cornetta. «Anche in polizia c'è tanto pressappochismo professionale?».

«In polizia c'è di tutto, signor Ventriglia».

«Dottore» ci tenne a sottolineare.

«Dottor Ventriglia. Ci sono individui molto intelligenti, intuitivi, professionali, come dice lei, e altri al limite della demenza e dell'analfabetismo».

Ventriglia si fece una risatina. «Certo, sapere che in polizia ci siano degli incapaci spaventa, no?».

«Anche negli ospedali, se ci pensa».

«Certo, ispettore, anche negli ospedali».

«Negli alberghi invece...».

«Eh, lo dice lei. Qui la clientela è molto esigente. Dobbiamo stare attenti a ogni dettaglio. Per esempio...», per fortuna la storia fu interrotta dal rumore delle nocche sulla porta. «Avanti!».

Entrò Valentina. I capelli lunghi e corvini, gli occhi neri, gli zigomi pronunciati che disegnavano il viso e curvavano verso una bocca piccola e carnosa. Vestiva un completo, giacca e pantaloni marroni, sotto un maglione a collo alto color écru. Antonio non perse un movimento della ragazza, i suoi polsi magri, il gesto con il quale fermava i capelli dietro l'orecchio, il seno che nonostante la giacca si faceva notare. «Grazie Valentina» disse Ventriglia, «puoi andare».

Uscendo guardò di sfuggita Antonio, e di sfuggita gli sorrise quel tanto che bastò al viceispettore per subire un'erezione improvvisa e inaspettata. Chiuse la porta lasciandosi dietro una scia di profumo che Antonio avrebbe voluto volentieri fra le sue lenzuola e sul cuscino. «Bene. Allora chi cerca?».

«Direi che non sono cazzi suoi» rispose aggressivo Antonio. «Lei mi fa una fotocopia dei fogli e mantiene il riserbo. Se non lo farà torno con un bel foglietto firmato da un magistrato insieme a un gruppo di colleghi che in confronto a me sembrano degli evasi da un ospedale psichiatrico e ci piazziamo nella hall a scrutare tutti i suoi clienti con aria minacciosa».

Ventriglia, rosso in viso, rialzò la cornetta. «Valentina!» ci strillò dentro e poi l'abbassò. «Ecco, ora torna quell'incapace e ci penserà lei».

«Grazie». Antonio era di nuovo sorridente e affabile. «Lei è stato molto gentile e collaborativo».

«Sono contento l'abbia notato» rispose quello piccato.

Di nuovo bussarono alla porta. Di nuovo Ventriglia gridò: «Avanti» e di nuovo entrò la ragazza. «Ce la fai a fare una fotocopia e a consegnarla al signore della polizia?».

«Viceispettore» rettificò Scipioni.

«Direi di sì» rispose gentile Valentina.

«Io vado con lei» fece Antonio.

«È stato un piacere». Ventriglia allungò coraggioso la mano e strinse quella di Antonio.

«Guardi che non me ne sto andando. Resti anzi a disposizione. Devo chiamare il mio superiore».

Scipioni uscì insieme alla ragazza e la seguì in silenzio attraversando la hall per tornare al bugigattolo con il computer. «È il suo ufficio?» le chiese. Valentina negò con il capo. «No, io non ho un ufficio. Lavoro dietro la reception in una stanza insieme ad altre sei persone».

«Ma non ha voglia di prendere a calci in culo quell'imbecille?» gli parve inutile specificare di chi stesse parlando. «Chi, il direttore? È un poveretto. Quando arrivai, due mesi fa, era tutto uno sviolinare Valentina di qua, Valentina di là. Poi non gliel'ho data, e sono diventata un'incapace».

«Capisco».

«No, non può capire». Antonio abbozzò. La ragazza fece le copie dei fogli per poi consegnargliele. «Ecco qui. Lei è una brava persona, glielo leggo negli occhi. E poi lavorare in polizia non è semplice».

«Si vede tanto? Che sono un poliziotto?».

«Anche mio padre lo era. Diciamo che vi riconosco a sei chilometri».

«Suo padre lavora ancora?».

«No. Papà è stato ucciso in una rapina» e lo disse con semplicità, come se stesse raccontando di una passeggiata in centro. «Un proiettile sparato dal rapinatore».

«Mi... mi dispiace».

«Anche il rapinatore è morto, lo centrò il collega di papà. In ospedale, dopo quasi un mese di cure e sofferenze. Le giuro che non mi fece piacere quando chiamarono per dire che era morto. Non mi ha restituito papà. E nessuno lo potrà mai fare».

«Non ha mai pensato di entrare in polizia?».

«Mai. Non è la vita che vorrei. Preferisco fare la stagione invernale qui e l'estate a Portofino».

«Io invece primavera estate autunno inverno, tutti alla questura di Aosta».

Valentina sorrise. «Se capito in città mi affaccio. Hai un nome?».

«Viceispettore Antonio Scipioni, questura di Aosta».

«Valentina Spila. Piacere di conoscerti» e gli strinse la mano.

Antonio le sorrise. «Credimi, il piacere è tutto mio. Non mi deludere».

«In che senso?».

«Che non ti fai vedere. Poi se ti va di denunciarlo, ti mando una mia collega che se lo mangia in un boccone».

«Oh no, non ti preoccupare. Ventriglia è un poveretto, te l'ho detto. È innocuo, può dirmi ciò che vuole, io ho la stima dei miei colleghi. Certo, se dovesse esagerare allora magari in questura mi vedrai prima del mio giorno libero».

«Mi fai sperare che ti manchi di rispetto al più presto, allora».

«Ci stai provando?».

«Hai voglia!».

Di andare da solo fino a La Thuile non ci pensava nemmeno. Trovò Casella nel parcheggio appena sceso dall'auto di servizio e gli intimò di salire sulla sua. «Devi guidare» gli disse Rocco, «fino a La Thuile, all'albergo Les Suches che non so dove cazzo sta, ma tu metti il navigatore. Prima però al tribunale a prendere Baldi».

«Sì, è l'albergo dove Antonio ha fatto centro».

«Bravo. E mantieni una velocità di crociera tale da non farmi addormentare».

«Signorsì». Casella salì in auto e lasciò il parcheggio a razzo. «Giornataccia anche per lei?».

«No. Ho scoperto come hanno buttato quel poveraccio nel lago. Almeno sospetto il giorno e il modo».

«Io mi sono girato sei alberghi con annesse lavanderie di Aosta, due a Saint-Vincent...».

«Daje a ride» fu il commento del vicequestore.

«Gli altri sono tutti rientrati, dotto'. Lo sa che D'Intino ha rincontrato Rosaria?».

«Case', lo vedi questo cielo grigio davanti al parabrezza?».

«Sì».

«Ecco, questa è la vastità del cazzo che me ne frega. Avevi una qualità, perché la stai perdendo?».

«Quale?».

«Guidavi e stavi zitto».

«Ricevuto».

Baldi era davanti all'ingresso del tribunale che li attendeva. Salì sull'auto con un pacco di carte e una borsa di pelle. «Devo sbrigare qualche documento» disse.

«Non si preoccupi, l'agente Casella guida e non parla. Come me che al massimo fumerò».

«Però Schiavone apra il finestrino».

«Certo. Ne vuole una?» e gli offrì una Camel.

Baldi accettò. Rocco gliel'accese. Il magistrato aprì il finestrino sempre con gli occhi sui suoi documenti. «Agente Casella, quanto ci vuole fino a La Thuile?» chiese distratto.

«Meno di quaranta minuti» rispose. E per il resto del tragitto restarono in silenzio, chi immerso nei documenti, chi nei propri pensieri.

Con passetto svelto, il direttore Ventriglia andò incontro a Baldi, Rocco e Casella. L'onda del ciuffo aveva perso un po' della sua vivacità, sembrava un po' ammosciata sul lato destro. «Buonasera, buonasera... prego, prego signori, da questa parte» e afferrò il braccio di Schiavone. Rocco si voltò rabbioso verso l'uomo e gli schiaffeggiò l'avambraccio. «Che fa? Mi sta spingendo?».

«Io? No» e il direttore ritirò subito le mani.

«Non spinga, non tocchi, non pressi, stia fermo e non mi faccia girare i coglioni. Dov'è il mio uomo?».

«È là» disse come dando la notizia del decesso di un parente. Aveva indicato il salone. Antonio infatti era seduto a gambe larghe sul divano. Posò una rivista e li raggiunse sorridente.

«Baldi, procura» disse il magistrato al direttore. «Dove sono questi documenti?».

«Ne ha fatte le fotocopie il vostro collega» rispose solerte Ventriglia.

«Lei come si chiama?» gli chiese Baldi.

«Io sono il dottor Ventriglia».

«Bene, è buona creanza, nelle bettole come negli alberghi di lusso, presentarsi con nome e cognome, non gliel'hanno insegnato?».

Il direttore fremeva, si guardava intorno. Qualche cliente aveva già un punto interrogativo negli occhi che osservavano quegli uomini fermi in mezzo alla hall. Si vedeva che erano poliziotti, tutto questo non era una buona pubblicità all'albergo; il fondo saudita, proprietario di mura e attività, su questo era stato chiaro: nessun problema, se ce n'è va risolto nella segretezza degli uffici, lontano dai clienti. «Vi prego, vogliate seguirmi nel mio ufficio, avremo tutto l'agio di venire a capo della situazione».

«Ma perché, che situazione è? Noi dobbiamo visionare i registri, non mi pare una cosa tanto complicata» fece Rocco. «Lei, dottore, vuole andare nell'ufficio de 'sto Ventriglia o preferisce la reception?».

«La reception no, per favore» quasi gridò Ventriglia. «Siamo in pieno servizio, non c'è molto spazio, siamo sotto Natale e i miei impiegati...».

«Portace a 'sto cazzo di ufficio» disse Rocco. «Faccia strada, forza!».

Ventriglia avanzò coi suoi passetti verso i corridoi laterali. Si voltava ogni tanto per assicurarsi che il quartetto lo seguisse. Casella si guardava intorno. Tanto lusso non l'aveva mai visto. «Anto', quanto costa una stanza quassù?».

«Stanze? Sono regge. Mi hanno detto oltre 800».

«A notte?».

«E no, al mese!».

«Mannaggia...».

Baldi si sedette alla poltrona del direttore, Rocco prese una sedia, lo stesso fece Antonio, Casella invece restò in piedi. «Bene, allora vi lascio...».

«Vada, dottor Ventriglia, vada» disse Baldi indicandogli la porta. Rinculando quello uscì. Il magistrato prese il registro originale, Rocco le copie. «Allora cerchiamo qualcuno che il 5 dicembre, data del ritiro della giacca, giusto Anto'...?».

«Giustissimo».

«Ecco, che il 5 era ospite dell'albergo almeno dal 2 dicembre, data della consegna della giacca alla lavanderia».

«Perfetto».

«Io avrei già dato un'occhiata» fece l'ispettore. «E di nomi ce ne sono quattro. Dunque, uno è Giuseppe Cerchioni, di Sanremo, 62 anni, che ha lasciato l'albergo il 7. L'ho evidenziato. Era qui con la moglie Bice Tieri».

«Sì, vedo. Poi?».

«Poi c'è questo» disse Baldi. «Andrea Zappacosta... 55 anni, di Pavia. Era in compagnia di tale Alexandra Vasilisova, di anni 32». Dopo un'occhiata significativa ai poliziotti, Baldi scosse il capo. «Sicuri che non era la figlia?».

«Sicuri sicuri» disse Antonio. «È stata in albergo il 2 sera, poi l'ha lasciato, è tornata il 6 sera e se n'è andata con Zappacosta il 7. Anche 'sto tizio ha usufruito della lavanderia. Lo stesso poi quest'altro». Antonio indicò un nome a metà lista. «Fëdor Akimov, che viene da Minsk e che stava qui con due amici, Andrej e Igor Kotzko. Lui di anni ne ha 71, gli amici non hanno usato la lavanderia».

«Ne abbiamo ancora uno. Stefano Stocchi. Anni 51, di Monza, questo era da solo, è andato via il 3 ma è rientrato poi il 4 ed è rimasto fino al 7» disse Rocco. «Allora adesso andiamo da Ventriglia e ci facciamo dare le copie dei documenti di questi signori. Se rompe il cazzo con la privacy...».

«Ci sono io, Schiavone, non si preoccupi» disse Baldi. «E vediamo anche se ha ricevute di pagamento del conto...».

«Ho già chiesto» disse Antonio. «Sulla nota spese c'è solo scritto lavanderia e il prezzo. Non c'è la distinta della roba lavata».

«Che coglioni» sbuffò Schiavone.

«Ma adesso vado giù dalla signora De Vecchi e magari lei può darmi una mano» propose Scipioni.

«Immagino sia la lavannara» fece Rocco.

«E io immagino che lavannara sta per lavandaia?».

«Esatto, dottor Baldi. Poi mi stavo chiedendo... lei qui se la comanda a mani basse... lo troviamo un motivo per arrestare Ventriglia?» chiese Rocco al magistrato.

Baldi sorrise. «Quale accusa muoverebbe, Schiavone?».

«Faccismo di cazzo?».

«Il codice penale non la prevede, anche se le do ragione, un articoletto lo si potrebbe aggiungere. Direi un sei mesi senza condizionale per faccismo di cazzo reiterato».

«E che mi dice di *fastidioso come una miccetta nel culo, unito alla vocetta di merda*?» propose ancora il vicequestore.

«Vedi sopra. Dovrebbe ricordare che sul penale nessun articolo riguarda un reato di... come chiamarlo? fastidiosismo e foniatria avversa all'umana sensibilità».

«No? Dovrebbero aggiungerlo. Il fatto che tocchi troppo ed è insistente?».

«Niente, Schiavone, esistessero questi tre reati le patrie galere si riempirebbero peggio di un autobus a Roma all'ora di punta».

«Cioè più o meno come sono adesso» osservò Rocco.

«Eh già...».

«Insomma, non abbiamo armi per schiaffarlo dentro. Neanche due giorni in camera di sicurezza per come cammina? Camminismo irritante, esiste? E per le mani bianchicce, sicuramente sudate?». Baldi negò con la testa all'ennesima proposta di Rocco.

«Però sta facendo mobbing alla segretaria» disse Antonio con tono grave.

Baldi e Rocco lo guardarono. «Davvero? Di' un po', Anto'?».

«Sì. Valentina Spila, questo il nome della vittima, mi ha raccontato che il tizio ci ha provato, lei non c'è stata, e lui da allora la tratta malissimo, le affida compiti sciocchi e inutili, e si lamenta sempre».

Rocco e Baldi si guardarono. «Vogliamo andare fino in fondo, dottor Baldi?».

«Ispettore, la ragazza ci rimetterebbe?» chiese il magistrato.

«Sì. È stagionale e non ha nessuna voglia di avere guai».

«E allora lasciamo perdere» concluse il magistrato.

Rocco annuì. «Però è grave, no? Il tizio ne approfitta perché è un superiore, ci prova senza il consenso della suddetta Spila, qui ci sono i termini di violenza, o no?».

Baldi spalancò le braccia. «Senza denuncia però».

«Anto', vai da questa lavannara. E come esci richiama quel cazzetto qui da noi in ufficio».

«Corro» e Scipioni sparì.

Il magistrato guardava Rocco. «Che ti sei messo in testa?».

«Io? Niente» rispose quello.

«Dici? Secondo me stai pensando a come procurare un danno a quell'uomo».

«Ti sbagli, Maurizio, pensavo a tutt'altro».

«Menti».

«Un po'».

Il direttore entrò nella stanza, restò sull'uscio contrariato nel vedere Baldi seduto alla sua poltrona. «Eccomi. Qualcosa che posso fare per voi?».

«Posso fare qualcosa per voi?» lo corresse Rocco. «Come parla? Sì, può fare qualcosa per noi, signor Ventriglia».

«Dottor Ventriglia».

«In che è laureato?».

«Scienze olistiche».

Rocco prese un respiro e chiuse gli occhi per un paio di secondi. «Scienze olistiche» ripeté a bassa voce. «Vabbè, allora, signor Ventriglia, può darci per favore i conti, fatture e distinte dei pagamenti nonché le fotografie dei documenti delle seguenti persone...?».

«Giuseppe Cerchioni, Andrea Zappacosta... Fëdor Akimov e Stefano Stocchi».

«Se me li ripete prendo un appunto». Baldi si alzò dalla sedia lasciando il posto al direttore che nero in volto si reimpossessò del trono di pelle. «Dunque». Prelevò la penna dal taschino. «Giuseppe Cerchioni...». Baldi ripeté i nominativi e Ventriglia solerte li trascrisse. «Bene, ve li faccio avere al più presto».

«Ce li fa avere adesso» disse Rocco aggressivo.

«Richiede del tempo e...».

«E un cazzo! Chiarisco. Questa è un'indagine per omicidio». Il volto di Ventriglia passò al bianco lenzuolo. «E tempo non ne abbiamo. Quindi ora lei sospende qualsiasi stronzata stesse facendo e si occupa, insieme ai suoi impiegati, di questa richiesta che le abbiamo appena inoltrato io ma soprattutto il magistrato inquirente, il qui presente dottore, lui sì, Baldi Maurizio della procura di Aosta».

Ventriglia strappò il foglio dal blocco note e si alzò di scatto. «Ostacolare le indagini è reato, lo sapeva?» gli suggerì Rocco.

«A scienze olistiche lo avrete sicuramente studiato» aggiunse Baldi. Senza dire una parola, il direttore sgattaiolò fuori dall'ufficio a culo stretto e passetto veloce. Rocco scuoteva la testa, sembrava disperato. «No, dottor Baldi, la prego, dall'alto della sua esperienza salomonica, trovi un motivo per sbatterlo dentro. Anche solo qualche giorno».

«Schiavone, mi creda. Lo vorrei anche io, ma abbandoneremmo il sistema democratico per passare di fatto a uno dittatoriale dove vengono sospesi i diritti costituzionali».

«Non sia mai, dottore. Preferisco tenermi un coglione simile e campare ancora in una finta democrazia, che è sempre meglio di una dittatura esplicita».

«D'accordissimo, Schiavone. Ma lei sa cosa sono le scienze olistiche?».

«Più o meno, ma non sapevo esistesse una laurea».

«Mi devo informare» disse Baldi.

«Capace che si configuri l'esistenza di reato?».

«Chissà, Schiavone. Ma in un mondo dove la breakdance o le bocce possono diventare disciplina olimpica, non credo».

Il direttore fu rapido, passò solo una mezz'ora, tempo per un caffè al bar, e raggiunse gli inquirenti con le schede. «Ecco a voi». Si guardava sempre intorno, a disagio. Rocco diede un'occhiata insieme a Scipioni. «Scarterei Stefano Stocchi e Andrea Zappacosta... sono bruni» fece Antonio.

«Non scartiamo nessuno, Anto'» rispose Rocco. Anche Baldi osservò le fotografie dei documenti.

«Biondastri sono solo Cerchioni e Akimov... Ispettore, che ci dice dei conti della lavanderia?».

«Dovremmo studiarli con calma, perché è un po' complesso».

«Bene, allora direi che possiamo muoverci» fece Baldi alzandosi dallo sgabello. «Grazie Ventriglia, lei è stato prezioso» e gli mollò una pacca sulla spalla. «E grazie anche per i caffè». Ventriglia restò contrariato, era chiaro non avesse mai avuto l'intenzione di offrirli, ma sorrise mesto, sollevato che quei tizi sparissero dall'albergo e dalla sua vita. «Ci mettiamo nel suo ufficio» e come se n'era andata, così l'ombra tornò ad annebbiargli il viso. «Ventriglia» lo fermò Rocco, «lei ricorda questi Giuseppe Cerchioni e Fëdor Akimov?».

«No, devo essere sincero. C'è un perché?».

«Grazie al cazzo che c'è un perché! Lei ha i loro recapiti telefonici. Li chiami».

«E cosa devo chiedere?» chiese indisponente incrociando le braccia al petto.

«Se sono vivi».

Antonio e Casella avevano ricevuto l'ordine di tornare in questura, c'era da ascoltare i due compagni di scampagnata di Pavan. Baldi e Rocco invece si sistemarono nell'ufficio del direttore. Avevano in mano il listino lavanderia, accanto i conti pagati dai quattro clienti. «Allora» esordì Baldi, «siccome per lavare e stirare una giacca ci vogliono 35 euro, io scarterei Fëdor Akimov. Ha il conto di 15 euro...».

«Giusto, meno uno». Rocco si avvicinò alla finestra. «Se non fumo, picchio qualcuno».

«Apra pure, Schiavone, poi me la fumo anche io. Passiamo al conto di Zappacosta».

«Che è quello con la russa in camera?». Si accese la sigaretta.

«Esatto. Questo di lavanderia ha speso 85 euro, e lo mettiamo in lista, come mettiamo in lista anche Stocchi di Monza che di lavanderia ha lasciato 45 euro. Giuseppe Cerchioni e famiglia invece solo 18 euro» concluse Baldi.

«Allora ci concentriamo su 'sto Zappacosta di Pavia e Stocchi...».

«Stefano Stocchi di Monza... che sono bruni, quindi non sono il nostro cadavere nel lago. Ma...?».

«Ma magari Stocchi aveva un ospite?». Rocco controllò la fattura della stanza del monzese. «Qui si parla di una doppia uso singola... Non mi pare ci sia un pagamento per un ospite... no» e passò il foglio a Baldi, «dia un'occhiata anche lei» e spense la sigaretta nel posacenere di cristallo.

«Non mi pare abbia ospitato nessuno. L'altro?».

«Zappacosta era con la russa. Bruno anche lui». Rocco guardò con attenzione la foto. «Brutto come il peccato, difficile abbia un ospite, a meno che non facesse scambi di coppia o gang bang...».

«Orge?».

«Esatto. Perché è possibile che 'sto Zappacosta sta con una escort...». Passò la foto di Alexandra Vasilisova. Un viso bello, ovale, con gli zigomi sporgenti, gli occhi allungati, azzurri, capelli biondi e lisci. «Sì, direi di sì. La cerco in rete?».

Rocco annuì. Restarono in silenzio. «No, come Alexandra Vasilisova non esce niente» disse Baldi.

«Non aiuta».

«Magari su internet sta con un falso nome, un *nom de plume*?» azzardò Baldi.

«Vattelappesca» fece Rocco, poi prese il cellulare. «Ma poi siamo sicuri che è una escort? Solo perché è bòna e russa?».

«È solo una pista. Però a guardare la foto di questo Zappacosta, una così solo pagando».

«Antonio? Ti mando la foto e il nome di una probabile escort. Magari riesci a rimediarmi la vera identità... anzi dalla a Carlo, lui ci mette due minuti».

«Carlo è un uomo della questura?» chiese Baldi che già conosceva la risposta.

«Anzi no, Antonio, manda tutto a Moriani della postale», poi sorrise a Baldi che ringraziò con un leggero segno del capo. «Sì, ora ti mando tutto, Anto'...». Chiuse la telefonata e armeggiò col cellulare. Scattò una foto alla patente lasciata all'albergo. «Alexandra... Vasilisova... ecco qui». Inviò il messaggio ad Antonio. «Fatto. Passiamo a Zappacosta...».

«Qua dice libero professionista, chiaro. Anche Stocchi è libero professionista...» disse Baldi leggendo la lista.

«Tutto e niente» commentò Rocco.

«Esatto. Poi abbiamo il russo, qui dice rappresentante di prodotti agricoli e alla fine per fortuna Cerchioni che dice chiaro e tondo fisioterapista. Almeno uno che fa una professione normale c'è».

«Un fisioterapista si può permettere un posto simile?».

«Se ha un centro massaggi a Sanremo in pieno centro forse sì».

Ventriglia entrò nel suo ufficio. Subito il viso si trasformò in una maschera di ribrezzo nel constatare la finestra aperta e nel respirare il puzzo di sigaretta. L'aria era gelata, ma ai due inquirenti la cosa sembrava non fare alcun effetto. «Ha notizie, Ventriglia?».

«Sì, dottor Baldi. I nostri ospiti sono vivi e vegeti tranne Zappacosta e Stocchi che non sono riuscito a contattare».

«Bravo» disse Rocco. «Tanto sono bruni e che ci frega? Senta, chi di questi è un suo cliente abituale?».

Ventriglia ci pensò un attimo. «Allora, sicuro Akimov».

«Sarebbero i clienti di Minsk».

«Brava gente, sempre puntuali coi pagamenti, niente da dire».

«Cerchioni? Il fisioterapista?».

Ventriglia fece una smorfia. «Fisioterapista è un po' poco... so che ha due cliniche di riabilitazione motoria a La Spezia e a Genova».

«Visto?» fece Baldi.

«Invece Stocchi e Zappacosta?».

«Devo essere sincero, non li ricordo. Posso controllare nei vecchi...».

«Controlli!» lo anticipò Baldi. «E di questa Alexandra Vasilisova?».

Il direttore alzò le mani e negò col capo.

«Caro Ventriglia, ancora un'informazione. Può portarci l'elenco delle persone che erano presenti in hotel dal 2 all'8 dicembre?».

Ventriglia si avvilì. «Posso farlo in un secondo momento o serve ora? Avrei un gruppo di francesi appena arrivato e...».

«Dia il compito a qualcun altro. Ci servono i nomi e le fotografie».

«Va bene...».

Baldi alzò un dito. «Per ultima cosa vorrei sapere le stanze che occupavano questi quattro clienti, il piano e i nomi di chi è addetto alle pulizie di quelle stanze».

Ventriglia abbandonò le braccia lungo il corpo, sfinito e incapace di affrontare anche quell'incombenza. «Immagino le serva subito».

«Anche prima, Ventriglia».

«Le chiamo Valentina».

«E chiami un po' chi ritiene più giusto. In fondo è lei il direttore» disse Rocco.

«La ringrazio» fece ironico Ventriglia. Poi con uno scatto di nervi uscì dalla stanza. Rocco guardò Baldi. «Sento il bisogno di ucciderlo».

«Ne ha facoltà, dopo che ho lasciato l'albergo però».

Antonio e Caterina decisero di sentire Giorgio Pancaldi per primo. Abitava a Verrès. Era magro e scattante, sulla cinquantina, portava il pizzo e aveva le labbra carnose. Nel suo DNA dovevano esserci dei geni magrebini se oltre alla bocca si aggiungeva il colorito scuro della pelle e gli occhi grandi e neri. «Mica sempre andavamo in gita, ogni tanto. Vedete, io lavoro alle Poste, non guadagno mica come Aldo».

«Da quanto non lo sente?».

Ci pensò su. «Da un po'. Dunque, almeno dall'8 scorso, abbiamo fatto una sciatina a Cervinia. Poi è sparito».

«Ha provato a richiamarlo?» gli chiese Caterina.

«Sì, un paio di volte, ma dava sempre non raggiungibile. Aldo fa un lavoro di grande responsabilità, alla Gunnelli, e io so che quando è sotto pressione, stacca tutto e non si fa più vivo».

Antonio guardò Caterina. «Le ha mai parlato di qualche problema economico? Qualche nemico? Debiti? Amanti gelose?».

«Chi, Aldo? Ma no, Aldo è la persona più tranquilla del mondo. Sapete come la vedo io?».

«Come la vede, signor Pancaldi?».

«La vedo che tra qualche giorno torna e si fa una risata, perché magari non ne poteva più e s'è preso una settimana di vacanza».

«Sarebbe bello, sa?» disse Caterina. «Ma ci suona strano che l'abbia fatto senza prelevare soldi in banca, senza usare una carta di credito, senza portarsi dietro il cellulare... vede?» e mostrò una carta all'impiegato delle Poste. «Questi sono i suoi movimenti bancari degli ultimi dieci giorni, sono arrivati da poco dalla procura. Zero. Niente. Tutto tace».

Pancaldi leggeva e scuoteva la testa. «Be', vista così, direi che un po' strano lo è».

«Per questo torno a chiederle, c'era qualcosa che non andava? Ci pensi, ci rifletta, sarebbe utilissimo alle indagini e magari ci aiuterebbe a ritrovare il suo amico».

Bebo Paioletti era parecchio sovrappeso. Il viso rubizzo, i capelli lunghi e bianchi con la riga in mezzo, anche lui portava il pizzo. Fuori c'era la neve, la temperatura era di poco sopra lo zero, eppure vestiva con una felpa di cotone aperta sopra una maglietta bianca della Lacoste. «Ma certo che è sparito. Quella rompicoglioni della ex gli dà il tormento» esordì dopo aver bevuto il caffè. «L'avete conosciuta, sì?» e tirò fuori un pacchetto di noccioline dalla tasca che cominciò a sgranocchiare. «Guardate, se fosse stata la mia compagna, forse a quest'ora ero a Brissogne a scontare 20 anni» e scoppiò a ridere.

«Lo trova divertente?» disse seria Caterina. Paioletti ingoiò la risata. «È una battuta, la sua? Quello di eliminare una moglie lo ritiene un argomento da barzelletta?».

«No... è che non...».

«Che non...? Che voleva dire?». Caterina lo guardava duro. Antonio le osservò le mani. Tremavano di rabbia. «*Se fosse stata la mia compagna*, dice lei. Se fosse stata la sua compagna, dico io, lei sarebbe andato ad accendere un cero ogni domenica per ringraziare Sant'Orso. Ora torniamo a noi... e sia serio. Ha mai avuto il sospetto che Aldo Pavan fosse in pericolo?».

Bebo aveva rimesso le noccioline in tasca e si era seduto in maniera più composta. «No, ispettrice, non ho mai pensato a questo».

«Conosceva il lavoro di Pavan?» intervenne Antonio.

«So che lavora coi medicinali. Roba complessa, ogni tanto mi spiega, ma io non lo capisco».

«E le ha mai detto, ci pensi con molta attenzione, se qualcuno lo minacciava?».

Bebo guardò i due poliziotti. «No, non... no».
«Lei che lavoro fa?» gli chiese Antonio.
«Facevo. Sono in pensione, in anticipo, me lo posso permettere, sono sempre stato un lavoratore autonomo».
«Vabbè, allora? Che lavoro svolgeva?».
«Trasportavo pianoforti. Sì, per i concerti, serate. Guardate che mica è una cosa semplice trasportare pianoforti. Fra l'altro, li accordo pure. Adesso saltuariamente faccio solo quello».
«Accorda pianoforti?».
«Esatto. Ci sono concertisti che chiedono solo di me. E così arrotondo».
«Bene» prese la parola Caterina. «Le ha mai rivelato di tenere qualcosa di molto prezioso in una cassetta di sicurezza in banca?».
«Chi, Aldo? Sì, guadagna molto bene, ma io non ne so niente. Noi andiamo a fare delle gite e parliamo un po' di tutto. Sa com'è?».
«No, non lo so» disse Caterina. «Com'è?».
«Che so? Giorgio ha due figli e parliamo di loro, lui e io figli niente, mai avuti, anche se Aldo li avrebbe voluti. Poi si parla di calcio, di sci o di auto».
«Di donne?» intervenne Antonio.
Bebo guardò Caterina spaventato. «Di donne? Sì, anche. Cioè, ne parlavamo perché io magari avevo litigato con mia moglie... lui con Clotilde ci litigava anche dopo il divorzio...». Parlava piano, aveva già constatato che quello era un argomento pericoloso con l'ispettrice, un campo minato.
«Che ci dice di Silvia Manca?» gli chiese Caterina.

«Silvia? Avevano una storia. Ma non vivevano insieme. Un paio di volte è venuta su con noi. Ha un ottimo passo, certo meglio del mio» e si picchiò l'addome. «Se voglio riandare su in montagna, sarebbe il caso mi metta a dieta» lo disse guardandosi la pancia.

«E con Silvia Manca c'erano problemi?».

«No, ispettore». Bebo sembrava sollevato quando a fargli le domande era Antonio. «È una relazione semplice. Si vedono quando gli va. Io poi questa Silvia non è che la conosca così bene, anzi. E comunque non credo sia lei che ha fatto fuggire Aldo. Sempre se è fuggito».

«Lei vede un'alternativa?» fece dura Caterina.

«Mah... forse si è solo allontanato dal lavoro. Magari voleva staccare. Una forma di esaurimento?».

«L'ultima volta che lei l'ha visto?».

«L'ho visto l'8... siamo andati a sciare con l'apertura degli impianti a Pila, c'era anche Giorgio».

«A Pila? Giorgio ha detto a Cervinia» lo corresse Antonio.

«Scusate, sì, volevamo andare a Pila ma Cervinia era più innevata. È che io vado sempre a Pila, e dico sempre Pila».

Le cameriere ai piani riunite nella sala Jacques Balmat non fornirono alcuna notizia valida. Solo che la stanza di Zappacosta era sempre un disastro, forse voleva sfruttare l'investimento della escort fino al midollo; per quella occupata da Fëdor Akimov avevano impiegato tre giorni a mandare via il profumo che aveva rovesciato sul parquet, quella di Stocchi era sempre ordinata, sembrava quasi non la utilizzasse, e in ultimo quella del fisioterapista e della moglie un porcile. «Io non credo che la gente a casa sua lasci le stanze ogni mattina in quelle condizioni» aveva detto Gabriela dall'Honduras, schifata. Rocco ne aveva già i coglioni pieni, era contento ci fosse Baldi insieme a lui perché quell'indagine sulle stanze da letto gli sembrava inutile, dannosa alla sua psiche, non avrebbe portato alcun elemento per l'identificazione del cadavere del lago e soprattutto non gli permetteva di fumare. Mentre Baldi interrogava le addette alle pulizie, dopo una sigaretta all'aria aperta osservando le cime del massiccio del Bianco, rientrò nella stanza dove il magistrato, indefesso, continuava l'interrogatorio e si mise a leggere le fatture di pagamento. Poi alla fine il dettaglio arrivò: una voce sul conto di Stefano Stocchi lo fece sobbalzare. «Dottor Baldi?».

Il magistrato interruppe il fuoco di domande a Maria Dolores che la fame dall'Ecuador aveva tradotto fino in mezzo ai monti e che cominciava a risentire nel fisico quel terzo grado, anche se pacifico, cui era sottoposta da mezz'ora. «Mi dica».

«C'è un dettaglio su questa fattura... devo capire. Scendo dal direttore».

«Io finisco qui e la raggiungo».

Maria Dolores alzò gli occhi al cielo, invocando forse l'aiuto di Mariana de Jesús de Paredes y Flores.

Rocco prese le scale e dalla sala congressi Jacques Balmat raggiunse la hall. Ventriglia lo guardò sconfitto, l'urgenza estetica di nascondere quei poliziotti alla vista dei clienti con le loro giacche a vento da migliaia di euro aveva lasciato il passo alla necessità di coprire il motivo della presenza degli inquirenti in albergo. Il fondo degli emirati non avrebbe gradito che Les Suches fosse invischiato in un caso di omicidio. «Ventriglia? Mi serve lei».

Quello allargò le braccia. «Andiamo nel mio ufficio?».

«No, nel ristorante».

«Staranno lavorando per la preparazione della cena».

«E sticazzi?».

Tre solerti camerieri apparecchiavano la sala con cristalli e tovagliato immacolato. Le finestre davano sulle montagne innevate, il soffitto era un trionfo di cassettoni di legno dipinti e intarsiati. Un vago profumo di arrosto proveniva dalle cucine. «Questo è il conto di Stocchi». Ventriglia guardò la fattura. «Ci sono i pasti che ha consumato qui».

«Sì, certo, la so leggere una fattura».

«E allora se sa leggere una fattura mi spieghi... Io vedo che il 2 ha pranzato e cenato qui... lo stesso ha fatto il 4 e il 5, il 6 non c'è traccia di pasti, il 7 infine solo pranzato. Poi è partito. Conferma?».

Dopo una rapida occhiata Ventriglia annuì e restituì il foglio che però Schiavone non prese. «Come vede dalla fattura, ha sempre mangiato da solo. Tranne il 2, che ha pranzato con una persona».

«Avrà avuto un ospite».

«Ci arrivo anche io, Ventriglia. E anche il 5 ha cenato con qualcuno».

«Sì, è così».

«Chi?».

«E come faccio a risponderle? Saranno stati suoi ospiti».

«O magari ospite. La stessa persona che è tornata due volte. Immagino che la stanza abbia un tavolo riservato».

«Certo. Dunque, mi faccia vedere... Stocchi, stanza 121, allora il suo tavolo è il 39, quello laggiù vicino al ritratto di Edward Whymper, fu un grande alpinista, ha una parete intitolata a suo nome, lo sa? A lui abbiamo anche dedicato una sala, come a Gervasutti e Bonatti».

«Perché me lo tira fuori con le pinze, Ventriglia?».

«Che cosa?».

«Uno sticazzi grosso quanto il massiccio del Bianco? Faccia la cortesia, mi chiami il cameriere che lo serviva». Ventriglia sbuffò. «Le ricordo che tipo di indagine è questa, Ventriglia, adesso non scherzo più. Un altro suo atteggiamento riottoso e me la porto 48 ore in questura».

Ventriglia col suo passo rapido sparì dietro la doppia porta che dava in cucina. Rocco osservò la sala. I tre camerieri ogni tanto alzavano gli occhi, ma li riabbassavano subito non appena incrociavano lo sguardo del poliziotto. Baldi entrò sgranchendosi il collo. «Poco o niente» disse. «Solo quel Zappacosta con la russa, dice che hanno messo un po' la camera sottosopra». Rocco lo rese partecipe dell'intuizione. Ventriglia tornò sfregandosi le mani. «Pino non è di servizio oggi». Sembrava felice di poter dare la notizia.

«E dov'è ora?» chiese Rocco.
«I nostri addetti alla cucina alloggiano al piano seminterrato, dopo la Spa. Lo abbiamo chiamato, Pino vi attende. Siete fortunati, stava uscendo».
«Che culo!» disse Rocco.

Accompagnati da Valentina, presero l'ascensore e scesero al piano meno uno. A destra si andava alla Spa, a sinistra una porta in ferro immetteva in un lungo corridoio. Sul soffitto correvano tubi scricchiolanti. Poi dopo un disimpegno entrarono in un secondo corridoio sul quale, come una caserma, o un carcere, si aprivano delle porte. «Qui dormono gli addetti alla cucina. Noi impiegati siamo dall'altra parte» disse Valentina. «È buio... i soffitti bassi... dottor Baldi, secondo lei?».
«Secondo me qui non c'è neanche l'abitabilità».
«Che facciamo? Mandiamo un controllo?».
«Vi prego, fatelo a fine stagione» disse Valentina. «Io di questo schifo di lavoro ne avrei bisogno. Ecco la stanza 12, è quella di Pino. Vi lascio» e come colta da un'urgenza improvvisa girò i tacchi e si affrettò ad uscire. Rocco bussò. Pochi secondi e aprì un uomo sui 35 anni, coi capelli ricci, l'aria stanca, vestito con una felpa da sci e un paio di jeans. «Entrate pure, anche se fa schifo» disse. La stanza la dividevano in due. Una piccola finestrella 20 per 20 in alto avrebbe dovuto portare luce, ma era coperta per metà dalla neve. Solo due letti, una piccola scrivania e due armadi a un'anta inzeppati di adesivi, tutta mobilia vecchia, di legno truciolare. Le coperte avevano dei vezzosi disegni di stel-

le e pianeti che rendevano ancora più squallido l'ambiente. «Come fa a stare qui dentro?» chiese Rocco.

«Dotto', ci sto poco. Divido la stanza con Ahmed, qui dormiamo solo».

«Neanche il bagno» constatò Baldi.

«Ne teniamo tre in corridoio» e Pino alzò le spalle. «Siamo stagionali, questo c'è e questo prendiamo. Poi finisce e semmai ci si rivede l'anno prossimo. Dite, che posso fare per voi?».

«C'è un cliente che è stato quasi una settimana al suo tavolo, Stefano Stocchi... di Monza».

«E come no? Me lo ricordo benissimo. Sa perché?» e si sedette sull'altro letto, quello di Ahmed.

«No, perché?» gli chiese Rocco mentre Baldi si poggiò alla parete.

«Perché fa il procuratore di calciatori. E siccome tengo un figlio che gioca, allora gli ho fatto il nome. Mio figlio fa 16 anni a febbraio, sta con le giovanili della Sambenedettese ma a marzo fa il provino con l'Inter». Gli occhi di Pino si accesero. «E Stocchi con l'Inter ha quattro, no dico, quattro giocatori. Insomma, mi ha promesso che ci metteva una buona parola».

«Vi auguro che vada tutto in porto».

«Mio figlio gioca tornante di destra».

«Vabbè, Pino, mo si concentri». Rocco prese la sedia dello scrittoio e si piazzò a mezzo metro dal cameriere. «Questo Stocchi mangiava sempre solo, tranne il 2 di questo mese a pranzo e il 5 che ha cenato con qualcuno». Pino annuì, aspettava la domanda. «Lei si ricorda con chi?».

«Quello della giacca» disse.

«Quello della giacca?» gli fece eco Baldi.

«Sì. Me lo ricordo benissimo. Stavano al tavolo, discutevano a bassa voce, ma non era una cosa tranquilla, dotto', pareva un mezzo litigio. Poi l'ospite ha fatto un movimento e *patapunfete!* Claudione, che è un mio collega, gli ha rovesciato la zuppa di cipolla con la fontina sulla giacca. Capirai, quella o la lavi subito o quando va più via? Allora io stesso l'ho portata giù da Rosanna in lavanderia».

Il magistrato e Rocco si guardarono. Baldi prese la parola. «Pino, tu ti ricordi di quest'ospite?».

«Un po'. Non era italiano...».

«Perché ne sei sicuro?».

«Perché l'accento era slavo. Croato, polacco, sloveno. È andato via mandando a quel paese il signor Stocchi. Gli ha urlato una cosa come *Spierdalà!*».

«Ti ricordi altro?».

«La giacca gliel'ho riportata io quando è tornato a mangiare qui. Stavolta lui e il dottor Stocchi non litigarono, anzi. Tranquilli».

«Era biondo?».

«Sì. Ma non teneva tanti capelli. Alto quanto a lei, dotto'» e indicò Schiavone. «Occhi chiari... ma perché, era uno importante? Qualche presidente della Dinamo Zagabria? Del Legia Varsavia? Slavia Praga? Perché io a quello ho pensato».

Tornato in questura aveva scatenato la squadra alla ricerca di Stefano Stocchi, procuratore di calciatori, residente a Monza con lo studio a Milano. Antonio e Caterina gli riferirono degli interrogatori dei due amici di Pavan, poi la viceispettrice tornò al suo ufficio, una denuncia di aggressione a una settantenne da parte del marito.

«Dotto', Stocchi non è in Italia» aveva detto Casella entrando nella sala. «La segretaria del suo studio, Annabella Masi, ha detto che è in viaggio in Senegal. Dice che dovrebbe tornare in settimana».

«Perché noi l'abbiamo invitato a una festa, Case'?».

«No, dotto'...».

Rocco tirò un cazzotto alla scrivania. «Dammi il numero de 'sta Annabella Masi... anzi fallo tu sul telefono».

Casella eseguì. Dopo tre squilli rispose una voce annoiata. «Stocchi and partners».

«Annabella Masi?».

«Sì...».

«Vicequestore Schiavone, questura di Aosta. Ho urgenza di parlare con il signor Stocchi, senza i partners... dov'è?».

«È partito tre giorni fa, per il Senegal» rispose annoiata. «Come ho già detto al suo collega, dovrebbe rientrare...».

«Oh! Come ho già detto lo ripete a sua sorella, a sua madre o a un'amica, chiaro? Apra le orecchie, Annabella, che mi comincio a rompere i coglioni. Lei deve avere in quanto segretaria un nome di albergo, un indirizzo, qualsiasi cosa per rintracciarlo d'urgenza e me lo deve comunicare seduta stante».

«Dottore...» la voce della donna s'era fatta incerta, quasi balbettante. «Io ho il recapito dell'albergo dove di solito alloggia, però le giuro, l'ho chiamato oggi pomeriggio e non c'era, non tornava da due giorni. Spesso da lì parte e non mi dice dove lo posso rintracciare, va a vedere molti ragazzi giocare, molte piccole squadre, molte...».

«Ci dia la sua mail, il cellulare, il numero dell'albergo, si attacchi al telefono, se sta con un collega lo chiami, chiami la madre di Stocchi, il padre, il fratello, lo zio, il cognato, adesso! Io devo parlare con questo tizio, sono stato chiaro?».

«Sì. Le lascio i numeri».

«Non a me, a un mio agente. Deve trovarlo, porca troia!» e passò la cornetta a Casella. Si alzò, prese il loden e uscì dalla stanza seguito da Lupa. Antonio lo lasciò andare senza domande, tirava una brutta aria, e non era certo il caso di informarsi quale fosse il vento e da che direzione tirasse.

Camminava verso casa. La neve mista a sporcizia, il gelo del marciapiede, le strade illuminate a festa gli strizzavano lo stomaco. Non aveva intenzione di tornare in questura, tanto prima dell'indomani Stocchi non l'avrebbe rintracciato. Ricordò i suoi tempi, quando giocava a calcio, la maggior parte dei campi era in pozzolana, i palloni mezzo scuciti e non c'erano procuratori alla ricerca del talento, i calciatori non guadagnavano quelle cifre. In squadra due mostri veri li aveva. Orazi e Malaguti. Che però non fecero mai i calciatori. Orazi prese la bottega del padre a Testaccio, Malaguti invece entrò all'Atac. Chissà, oggi forse sarebbero stati ricchi calciatori tatuati semianalfabeti pronti a una carriera da imbecille televisivo non appena l'età li avrebbe condannati. Ma a che s'era messo a pensare? A Claudio Orazi, tornante della Romulea, 12 gol l'ultimo campionato prima che Rocco si disfacesse il ginocchio? A Marco Malaguti, tozzo e insuperabile, centrale di difesa, col quale fece anche a botte negli spogliatoi e ce le prese di brutto? Stava solo cercando di azzittire quel pensiero fisso che durante tutto il giorno, come l'acufene col suo rumore continuo e fastidioso nell'orecchio, si riaffacciava persistente nel cervello e gli lasciava una tregua solo quando si concentrava sul lavoro.

Sandra se ne andava.

Tutto lì.

«*Un dolce canto ammaliatooor*».

«Ma toglietevi di mezzo» disse spostando di peso uno dei tre tizi che intonavano il canto davanti alla porta di una pizzeria e che gli sbarravano la strada. Quelli proseguirono mentre Rocco li fendeva come burro entrando.

«*Che mi dice spera anche tuuu*».

Una volta all'interno del negozio, davanti alle teglie unte illuminate dai neon come resti di un esame autoptico, ci ripensò. Niente pizza al taglio, ci voleva il Grottino e Ciro e il vino buono e l'odore di grigliata che mette fame.

«*È Nataleee non soffrire piùùù*».

«E levatevi dal cazzo» ripeté tornando indietro. Stavolta il trio canoro spaventato si azzittì facendo strada.

Gli suonò il telefono mentre entrava al ristorante e faceva cenno a Ciro che si sarebbe seduto al solito tavolo insieme a Lupa. Era Michela. «Rocco? Il sangue corrisponde. L'annegato è stato trascinato proprio per quella stradina fino al lago. Gli uomini almeno due, perché le strisciate di sangue per terra sono due e parallele, insomma una per piede. Quindi il poveraccio era tenuto da due persone».

«Bene. Vi siete riposati alla Spa?».

«Insomma. Allora, ora ti spiego cosa significa una chiusa, una diga, magari può aiutare».

«Michela, te prego».

«Interrompere il flusso d'acqua per creare energia può essere pericoloso. Si possono depositare nelle acque ioni negativi che influiscono in maniera importante sull'umore di chi usa l'acqua».

«Grazie Michela, grazie dell'informazione».

«Anche se per uso agricolo, le piante innaffiate porteranno un'energia poco limpida a chi se ne ciberà. Lo stesso vale per i pesci. Per fortuna l'acqua finisce poi nel fiume, e in gran parte si disperde».

«Meno male. Buon appetito Michela, salutami Alberto».

«E va bene, rimani nell'ignoranza, Schiavone. Tanto ti dovevo e tanto ti dissi!» e abbassò il telefono.

Quando due ore dopo Rocco rientrò in casa, tutto quello che vedeva, mobili, pareti, cucina, sembrava aver perso colore, come si fosse sbiadito. Era squallida quella casa, non c'era un quadro, non c'era un mobile degno di questo nome. La cuccia di Lupa era di gran lunga il pezzo migliore. Era un posto per sopravvivere, non per vivere. «Pare un covo dell'Anonima Sequestri» disse a bassa voce. Poi si sedette sul divano. Lo trovò scomodo. I pensieri lo aggredivano come uno sciame di api arrabbiate, e gli dicevano di cambiare casa, o di comprare tavolo e sedie, oppure di lasciare tutto così, gli suggerivano di conservare i libri che leggeva invece di abbandonarli sul muretto sotto il tiglio centenario di Sant'Orso. Dovette svuotare mezza bottiglia di Enfer per scacciare quegli insetti rumorosi. Guardando la piazza fuori dalla finestra e la neve che aveva ripreso a cadere dolce e lenta, con la fronte appoggiata al vetro gelato si chiese se ne valeva la pena. E forse aveva ragione Italo, qualche tempo prima, quando gli aveva urlato in faccia che era poco più di un poliziotto corrotto, e che soprattutto non si capiva perché non si tirava un colpo alla tempia, perché il coraggio di togliersi la vita non l'aveva.

Cos'è che mi tiene qui?, si domandò. Guardare i fiocchi veleggiare come lucciole? I fiori in primavera? Il caldo d'estate? Le gambe delle donne? Il sole, la luna, le stelle? Tutta roba che il più delle volte mi deprime. E allora? Lupa campa perché così le dice l'istinto. Mangia perché deve farlo, come dormire, svegliarsi e fare i bisogni. Non se lo chiede. La mia dirimpettaia? È anziana eppure campa. Non ha dolori? Non ha ricordi? Non ha assenze? Cedimenti? Perché la vita è così robusta? Da dove le viene 'sta forza? Mari'? Marina? Non ci sei. Non vieni più? No? È giusto così, sai? Non devi venire, per troppo tempo t'ho costretta a stare in un posto che non è più tuo. Mi manchi, amore mio, mi manchi e cerco di respirare man-

giando l'aria, sì, la piglio a morsi che sennò l'ossigeno non m'entra nei polmoni. L'altro giorno pensavo di essermi innamorato, lo sai? Mi viene da ridere. Innamorato de che? Mollo tutto, amore mio? Che mi doveva capitare a me? La forza è una presa per il culo, lo sai? Perché non è la forza, è l'inerzia che ti manda avanti. La forza non c'entra un cazzo. Dura qualche minuto, un'ora, ma poi si consuma. È l'inerzia stupida, attonita, la stessa degli automatismi di un passaggio a livello o di un motore a tenerti in piedi come un mezzo deficiente ipnotizzato, che si ricorda un po' di movimenti e continua a farli perché la memoria, amore mio, glieli fa compiere. E se invece torna a campare con l'umore di una persona nuova, sappi che mente. Non è più quello di prima, fa finta, ma non lo è. Se non fai finta, alla vita non ci torni più.

Martedì

«Se so' un po' sgarate» disse Rocco guardando fuori dalla finestra. Si riferiva alle nuvole che come un abito scucito lasciavano intravvedere lembi blu di cielo e qualche picco montano.

«Se so'?» chiese Antonio bevendo il caffè.

«Sgarate... strappate, aperte». Rocco si voltò a guardare il viceispettore. «Spiegame 'st'idea che t'è venuta».

«La posta, no?».

«Certo. Vai avanti».

«Ho telefonato a Clotilde, lei non l'ha ritirata da casa di Pavan. Allora sono andato con Deruta a vedere se nella cassetta ci fosse qualcosa d'interessante».

«E mi sa che l'hai trovata» concluse Rocco.

«Sì». Antonio mostrò una busta aperta a Rocco. «Guarda un po'».

Rocco tirò fuori un foglio e lesse. «È l'affitto di un locale».

«Esatto. Qui dice rimessa, e c'è l'indirizzo. Sono andato a vedere. È dietro a dei magazzini in frazione Le Plan-Félinaz. Che ci fa un biologo con una rimessa?».

«Ci metterà l'auto?» azzardò Rocco.

«Sì, ma la rimessa una porta da garage non ce l'ha.

Ne ha una normale. Guarda, l'ho fotografata». Mostrò lo scatto dal suo cellulare. Era una casupola a un solo piano con due finestrelle munite di grata e una porta a un'anta. «No, direi che qui dentro un'auto non ci può entrare. E allora chiama Baldi e vai a dare un'occhiata, portati Deruta e D'Intino. Casella?».

«Sta lavorando ancora su quello Stocchi».

«Da chi l'ha affittato?».

«Da una società immobiliare che sta a Milano. Sono loro i proprietari».

«Bisogna sentirli» e Antonio annuendo lasciò l'ufficio di Rocco. Il sapore della canna che aveva fumato neanche un'ora prima era amaro, stoppaccioso, sgradevole. Non aveva voglia di un terzo caffè, neanche dei dolci di Federico. Rifilò una carezza a Lupa, poi raggiunse la stanza degli agenti. Casella teneva la cornetta attaccata all'orecchio mentre con la mano destra scarabocchiava su una pagina del suo taccuino. «Dotto', sto in attesa. Forse l'ho trovato».

«Dove?».

«All'albergo. Stanno un paio d'ore indietro rispetto a noi. Quindi mo lì a Dakar sono le...», guardò l'orologio al polso, «le otto e mezza... Sì?» urlò alla cornetta. «Sì... *Wait... Attandé an minuite...*». Guardò Rocco. «Ce l'ho!».

«Dammelo». Schiavone afferrò il telefono. «Pronto?».

«Pronto, sì?».

«Vicequestore Schiavone, parlo con Stefano Stocchi?».

«Sì, sono io...» la voce era lontana e assonnata. «So che mi sta cercando».

«Bravo. Allora mi ascolti con attenzione».

«Dica pure».

«Lei il 2 di questo mese era all'hotel Les Suches qui in Valle».

«Aspetti... sì certo, in vacanza. Che succede?».

«Il 2 dicembre a pranzo e il 5 a cena lei ha mangiato con un ospite al quale, il 2 dicembre, un cameriere ha rovesciato addosso una zuppa e la sua giacca è finita alla lavanderia».

Un silenzio rotto da un rumore lontano. «Sì, certo, Piotr. Gli ho prestato una mia giacca a vento per tre giorni. Ma perché? Che succede?».

«Mi descriva per favore questo suo amico».

«Certo. È alto un po' più di un metro e ottanta, più o meno, pochi capelli biondi, ha gli occhi azzurri».

«Occhiali?».

«Solo da lettura».

«Il mignolo della mano destra... ce l'ha?».

«No, non ce l'ha. Ma perché?».

Rocco guardò Casella e sorrise. L'agente capì. «Lasci perdere tutto quello che stava facendo, trovi un computer, facciamo una videochiamata, adesso e non fra un'ora».

«Sì, d'accordo, ho il portatile. Ma posso sapere il perché?».

«No. Ora lei dia una mail al mio agente in modo da poter fare 'sta chiamata».

«Sì, certo, dottor Schiavone, ma così mi fa preoccupare».

«E lei si deve preoccupare, Stocchi».

Neanche cinque minuti e il viso di Stefano Stocchi apparve nel monitor del computer. Non c'era bisogno di andare a cercare chissà quale somiglianza nel regno animale, Stefano Stocchi era un *Castor Linnaeus*, un castoro, punto. I due denti davanti che fuoriuscivano appena dal labbro superiore bastavano e avanzavano, ma ricordavano anche Zero, uno dei soldati delle strisce di «Beetle Bailey» che Rocco da ragazzo amava leggere. Una raccolta di quei fumetti fu il primo libro che rubò da Rinascita a via delle Botteghe Oscure.

Stefano Stocchi pareva un ragazzino, non dimostrava i suoi 51 anni. «Dottore, mi dica. Cosa succede?».

«Lei di cosa si occupa, Stocchi?».

«Io sono un procuratore calcistico. Cioè ho i cartellini di vari atleti, trovo per loro la sistemazione migliore, cerco di...».

«Perché è in Senegal?» chiese Rocco.

«Perché qui sono socio di due squadre giovanili, e tengo sott'occhio calciatori promettenti. Diciamo un vivaio che gestisco con i miei partner. La squadra è semiprofessionistica, giochiamo in terza divisione. Mbacké è la nostra città. Conosce?».

«No. Vada avanti».

«Ho molti atleti. Qualcuno lo porto nella prima divisione, qui in Senegal, qualcuno in Francia, in Italia, in Germania. Insomma, diciamo che abbiamo occhio e talento».

«Chi è l'uomo che ha ospitato in albergo a pranzo?».

«Piotr. Piotr Blascicoschi».

«E sarebbe?».

«Un medico. Mi aiuta spesso con i miei campioni. Ho bisogno che mi controlli almeno una decina di ragazzi».

«Un po' generico, no?». Rocco fece un gesto a Casella che, seduto all'altro computer, annuì. «Blascicoschi ha detto?».

«Sì... polacco».

«Può farmi lo spelling?» e guardò di nuovo Casella pronto alla ricerca in rete.

«Guardi, è un po' complesso. Ora glielo scrivo». Stocchi con una penna in mano impiegò un tempo esagerato. Poi alzò il foglio. «Ecco».

Rocco lo lesse. Piotr Blaszczykowski. «Cazzo, pare una password». Lo trascrisse sui margini di una rivista che poi lanciò a Casella.

«Sì, ho impiegato parecchio per impararlo» sorrise Stocchi.

«E te credo. Quindi 'sto Piotr è un medico sportivo?».

«Sì, esatto. Nasce come ortopedico, poi è un esperto di agopuntura, insomma ti rimette in piedi in pochi minuti. Un mago, guardi».

«Secondo un cameriere, lei e questo Blascicoschi avete avuto uno screzio a pranzo».

«Uno screzio?».

«Dice che stavate mezzo litigando, poi Blascicoschi ha fatto un movimento, o come per alzarsi, e un cameriere gli ha buttato la zuppa addosso».

«Ah sì, certo, mi ricordo» si mise quasi a ridere. «Ma non stavamo litigando. Cioè, era una discussione fra amici. C'era di mezzo un calciatore polacco, figlio di un suo amico fraterno, che ora gioca in Germania. Io dico che non vale niente, Piotr invece assicura che se messo in una grande squadra diventa un nuovo bomber, e io gli ho detto: tipo Lewandowski, immagino... lui è uscito dalla sala e mi ha gridato: Vaffanculo tu e Lewandowski... è un argomento che va avanti da tre anni».

«Insomma un ottimo medico, ma di calciatori se ne intende poco?» disse Rocco.

«Diciamo che a volte prende qualche abbaglio. Ma come medico, ripeto, è il numero uno. Ho paura di perderlo perché ha già avuto offerte dal Paris Saint-Germain, dall'Arsenal, dall'Inter».

«Guardi Stocchi, lei Blascicoschi l'ha già perso».

A Rocco sembrò che a Stocchi stesse per cadere la mandibola. «Che... che intende?».

«L'abbiamo trovato morto».

«Oddio!» gridò portando le mani davanti alla bocca. Poi si alzò di scatto. E si mise a camminare nella stanza avanti e indietro. Rocco lo sentiva mormorare «Oddioddioddioddio».

«Stocchi?» lo chiamava, ma quello sembrava non sentire. «Stocchi? Torni qui al computer». Niente da fare. L'uomo compariva e spariva davanti al monitor, il vicequestore lo sentiva mormorare. «Stocchi?» gridò. Attese qualche secondo. Sentì il rumore di uno sportello che si apriva. Un tintinnio. Poi Stocchi tornò davanti all'obiettivo del portatile con le labbra umide come gli occhi.

«Ha avuto un incidente?» chiese con una voce fragile e secca, e a Rocco parve una preghiera che conteneva nell'interrogativo la risposta: La prego, mi dica di sì. Al vicequestore quasi dispiacque disilluderlo.

«No, Stocchi. Piotr è stato assassinato».

Antonio aprì la porta di ferro che girando sui cardini emise un rantolo rugginoso. Si sentivano le auto dell'autostrada poco distante. Intorno alla costruzione una rete metallica delineava la proprietà. Scipioni entrò per primo seguito da Deruta e D'Intino. Era uno stanzone grande e vuoto, a una prima occhiata più di 200 metri quadrati. Prendeva luce da una striscia di finestre con il vetro sporco che si aprivano poco sotto al soffitto. Per terra, su un pavimento di vecchie mattonelle, solo polvere. Qui e lì delle carte, in un angolo una busta di plastica dell'immondizia era poggiata al muro. Le pareti dovevano essere gialle, ma la sporcizia e un grigio fumoso avevano cambiato il colore. Dal soffitto pendevano ragnatele e due neon. I tre poliziotti osservarono l'ambiente, poi Antonio si avventurò verso una porta di legno, grigia anche quella. Immetteva in un bagno molto ampio con il water e tre lavandini enormi, quasi delle vasche per il semicupio. Al contrario della stanza semiabbandonata, le ceramiche e il pavimento celeste splendevano, i muri erano stati appena ridipinti e i rubinetti scintillanti. «Che vuol dire?» chiese Antonio, ma né Deruta né D'Intino risposero. Si limitarono a guardare. «Anto', per me qui prima ci facciamo venire la Gambino e meglio è».

«Hai ragione, Miche'. Non tocchiamo niente».

Si ritirarono cercando di ripercorrere lo stesso tracciato, quasi rinculando. Una volta fuori Deruta prese il cellulare per chiamare la sostituta Michela Gambino, Antonio invece Rocco Schiavone.

«Stocchi, mi sente?».

«Sempre peggio» rispondeva quello con una voce flebile. Anche le immagini erano disturbate.

«Deve tornare in Italia. Io devo sapere vita morte e miracoli di quest'uomo. Piotr Blascicoschi. Era sposato?».

«No, non...» per un momento Stocchi sparì come se qualcuno avesse spento il monitor, poi ritornò con un migliaio di pixel sparsi.

«Aveva una fidanzata?».

«Che io sappia no, dottor Schiavone. Credo in Polonia avesse una storia, ma non ne sono cer...». Di nuovo l'immagine se ne andò.

«Ma che cazzo!». Rocco tirò uno schiaffo al monitor. «Oh!». Il viso di Stocchi riapparve per un attimo. Teneva le mani sul viso. «Stocchi? Che succede? Aveva nemici Piotr?».

Fece no con la testa.

«Ho bisogno di lei. Quando torna in Italia?».

«Dopodomani».

«Deve venire da me. Appena sbarcato. Stocchi, non scherzo, questa è un'indagine per omicidio».

Di nuovo l'immagine se ne andò. Riapparve ancora, traballante, come la voce. Si sentivano frammenti sconnessi di parole, poi più niente. Buio.

Il cadavere del lago aveva un'identità. Piotr Blaszczykowski, di Cracovia, anni 54, medico, fisiatra, ortopedico, agopunturista residente a Torino, divorziato tre volte, al momento single. Casella al telefono con la questura di corso Vinzaglio raccoglieva notizie sulla vittima, Rocco però voleva tenersi l'informazione, era il momento di chiamare il questore. «D'accordo, Schiavone, mi sembra giusto. Bel punto a favore. Mi tenga informato e mi avverta quando i giornalai potranno gettarsi come iene affamate su questa notizia».

«Certo, dottor Costa, per ora mi sembra che la situazione sia un po' delicata per darla in pasto a quelle belve». Quando Rocco attaccava i giornalisti aveva sempre partita facile con Costa.

«Giusto, Schiavone. Più ce li togliamo dalle balle, meglio è per tutti, continui a lavorare sereno».

Poi aveva chiamato Baldi che si era messo subito in azione. «Schiavone, l'elemento è molto interessante. Ho richiesto tutti i movimenti delle sue banche, e guardi che non ho usato il plurale *ad mentula canis*, come direbbe lei».

«Quanti conti?».

«Per la precisione tre. Uno alla Cassa di Risparmio di Torino, un altro alla Banca Lombarda e il terzo l'aveva qui in Valle, al Credito della Vallée. Ma nutro forti sospetti che il nostro Piotr Bla eccetera avesse qualcosa anche all'estero. Cercherò di essere più chiaro, ma credo avesse due conti online inglesi e qualcosa in Svizzera, mi aiuteranno i direttori delle filiali. Sembra un bel trafficone, pardon, sembrava...».

«Non lo so, dottor Baldi» rispose Rocco, «viaggiava per mezza Europa, pare fosse richiesto da un sacco di club di calcio internazionali. Comunque la residenza era a Torino?».

«Macché. Il domicilio. La residenza se l'è tenuta in Polonia. A Cracovia. Per la precisione in Stanisława Moniuszki. Si ricorda quei cartoni in televisione quando eravamo ragazzi? Nick Carter?».

«Ricordo vago, perché?».

«Era un detective, credo. E il suo diabolico nemico si chiamava Stanislao Moulinski. E si travestiva sempre dalle cose più impensate. Davvero non ricorda?».

«Un po' il nome, sì».

«Insomma, la puntata finiva sempre con Nick Carter che diceva: Ho capito! Questo non è un lampione bensì Stanislao Moulinski, mio acerrimo nemico, in uno dei suoi più riusciti travestimenti» e Baldi scoppiò a ridere.

«Lei pensa che anche il nostro s'è travestito da qualcosa?».

«Non lo so. Ma che fosse solo un fisiatra ci credo quanto al Mar Rosso che si apre per far passare il popolo eletto».

«Chiaro. La sento allegro».

«E vorrei vedere. Abbiamo rintracciato l'identità dell'annegato, mia moglie mi concede il divorzio, ho trovato una casa stupenda dove andrò a vivere con Sara, perché dovrei essere triste?».

«Infatti. Senta, dottor Baldi, anzi, Maurizio».

«Non mi piace quando passi al tu. Che succede?».

«Succede che l'identità del morto la vorrei tenere segreta».

«Perché?».

«Perché non voglio allarmare nessuno. Quelli che l'hanno fatto fuori, è meglio che non lo sappiano».

«Non credo sia questo il motivo, ma come scusa mi sembra ottima. Va bene, appoggio la segretezza. A presto. Mi metto al lavoro» e Baldi chiuse la telefonata. Per la prima volta l'allegria di Baldi aveva contagiato un poco Rocco Schiavone che si ritrovò con la faccia sorridente, senza un perché, a prepararsi un caffè con la macchinetta, regalo dei suoi uomini e che ormai riforniva tutto il piano. Aveva quasi finito le cialde, doveva mandare qualcuno a comprarle o andare lui stesso. Casella gli passò una foto appena stampata dalla rete. «A lei, dottore. Questo è Blascicoschi. Meglio, era Blascicoschi».

Il morto aveva un volto. Gli occhi chiari, le palpebre un po' calate. Capelli radi, biondi, forse una volta lunghi e lisci ammatassati sulla sommità del cranio. Le guance piene, la bocca era un taglio nel viso. A Rocco ricordò un attore di Bergman, quegli uomini coi visi imperscrutabili che possono essere demoni oppure angeli, tanto il diaframma che li divide è così sottile. Appese la fotografia sul pannello riempito dalle scritte di D'Intino.

Cosa spinge qualcuno a eliminare un medico fisiatra agopunturista richiesto dai club calcistici più importanti d'Europa?, si chiedeva mentre attraversava piazza Chanoux verso il bar centrale. Piotr aveva molti conti in banca, ma Rocco sentiva che la chiave era dalle parti di Dakar. In particolare Stocchi. La reazione alla notizia della morte era stata esagerata, neanche fossero una coppia. Entrando nel bar, Rocco quasi si convinse che la disperazione dell'imprenditore brianzolo era dovuta più alla paura per la sua incolumità che al dolore per la perdita di un amico, sempre che Piotr amico di Stocchi lo fosse davvero. Una cosa era certa, doveva chiamare gli amici di Roma. E parlare con Stocchi non appena fosse rimpatriato, ogni tentativo di rimettersi in contatto con lui era andato a farsi benedire.

«Aldo aveva una specie di magazzino a Le Plan-Félinaz? Mi pare strano» disse Silvia Manca.

«Non gliene ha mai parlato?» le chiese Antonio. Non arrivò risposta. «Pronto? Pronto?».

«Mi scusi, sono in macchina e c'è una galleria. No mai, che io ricordi mai. Ma che ci faceva?».

«Per quello l'ho chiamata...».

«Senta, io mi sono data da fare. Ho chiamato un paio di alberghi dove andavamo a Lisbona e in Grecia. E anche qualche amico comune da quelle parti, ma niente, non ho risolto nulla. Nessuno l'ha visto e non si è fatto vivo con nessuno. Ispettore, io comincio a preoccuparmi sul serio».

«Qualsiasi notizia sarà la prima a conoscerla, signora Manca. La saluto».

«Grazie, ispettore». Antonio si mise il cellulare in tasca e si voltò sentendo arrivare il furgone della scientifica. Michela scese e si stiracchiò. Un'occhiata ai monti lì davanti, poi sfilandosi i guanti di pelle si avvicinò ai poliziotti. C'erano solo Antonio e D'Intino, Deruta era tornato in questura, se mai fosse servito a Rocco, stare lì in tre era inutile. «Ciao Antonio... che abbiamo?».

«Una stanzona grossa e vuota, abbandonata e vecchia, poi però un bagno con tre enormi vasche in perfette condizioni, puliziato, anzi direi nuovo».

«Ed era di quel Pavan che sparì?».

«Ed era di quel Pavan che sparì» confermò Antonio.

Michela si infilò un paio di guanti di nitrile. «Chi havi a fari un biochimico con un posto così?».

«Appunto dico».

La sostituta mise le soprascarpe ed entrò nel fabbricato seguita da due suoi uomini. «Anto'» urlò da dentro.

«Di'».

«Che fai qui? Vattinni pure in ufficio. Chiudo io».

«Bene». Fece un cenno a D'Intino e insieme si allontanarono raggiungendo la macchina.

«Parlate in siciliano tu e la sostituta?».

«Lei è di Palermo, io mezzo pure... ci viene così».

«È bello. Bella lingua».

«C'è chi dice che il siciliano lingua non è, ma è dialetto».

D'Intino annuì. «Scine, e mo lo capisci in Italia chi è lingua e chi dialetto.... So' scritte a 'n'atra poesia. Le vu' senti'?».

«No».

Casella era stanco. Aveva il compito arduo e complesso di rintracciare fra alberghi, bed and breakfast, pensioni, case private dove avesse alloggiato Piotr Blaszczykowski. Domiciliato a Torino forse era salito in giornata per incontrarsi con Stocchi, oppure aveva scelto di restare in Valle. Appena vide arrivare Antonio lo avvertì che Schiavone aveva chiesto di lui. L'ispettore neanche si tolse il giubbotto, entrò nell'ufficio del vicequestore che stava seduto alla scrivania con la cornetta del telefono all'orecchio. «No, dottor Costa, no. Ha ragione, certo. Sì, una stanza vuota, una specie di rimessa... non lo sappiamo, abbiamo mandato la scientifica...». Abbassò la cornetta e si alzò di scatto. «Anto', io e te a Torino. Hai chiamato Michela?».

«Sì, sta lavorando alla stanza di Pavan».

«Bene... hai sentito la fidanzata? Quella Silvia?».

«Non sa niente... ha fatto tentativi ma senza risultati. Scusa, ma andiamo dove?».

«A cercare notizie de 'sto polacco. Lì ha il domicilio. Casella sta cercando di scoprire se ha dormito in Valle».

In corridoio vennero bloccati da Deruta. Aveva in mano un foglietto. «Casella mi ha passato un'incombenza, dice che ha troppo da fare».

«E a me che me ne frega, Miche'?».

«Volevo ricordarle che aveva dato ordine di cercare su quale volo si fosse imbarcato Pavan dall'aeroporto di Torino».

«Bene, e...?» fece sbrigativo Rocco.

«Niente. Non sta su nessuna lista passeggeri di quella giornata».

«Cioè?» fece Antonio.

«Cioè ha lasciato l'auto lì per far perdere le tracce. È ovvio. Si sarà allontanato con un taxi, oppure avrà affittato un'auto in aeroporto. Bravo Deruta, anzi di' bravo a Casella... ora scopri se ha preso una macchina a noleggio», gli mollò una pacca sulla spalla, «e poi comunica le informazioni al questore».

«E se ha preso una macchina a nolo?».
«Deve aver usato una carta di credito, no?».
«Ricevuto» e l'agente si allontanò.

Rocco lasciò come sempre la guida ad Antonio. «'Sto Pavan è diventato una palla al piede. Al questore interessa più del cadavere del lago. Pensa, gli ho detto di tenere l'informazione lontana dai giornalisti e lui senza polemiche, subito d'accordo. A proposito, hai contattato chi gli ha affittato quella specie di rimessa?».

«Sì, certo, l'immobiliare di Milano, la Cusac. Ho parlato con un tizio che ha redatto il contratto. È tutto in ordine».

«Loro sapevano cosa ci facesse?».

«No, a malapena si ricordavano di avere quell'immobile ad Aosta». Restarono in silenzio.

Rocco abbandonò la nuca sul poggiatesta del sedile, chiuse gli occhi e per qualche minuto riuscì ad addormentarsi. Fu un sonno pesante e scuro, quando si svegliò di soprassalto gli parve di uscire da un barile di melassa. «Cazzo...» mormorò, «mi sono addormentato».

«Neanche due minuti» gli disse Antonio. «Che sappiamo di Piotr?» chiese staccando la frizione.

«Niente figli da storie precedenti, non si sa bene dove lavorasse. In giro per l'Europa, ci ha detto quel tizio, Stocchi. Molto vago. Però gli ho almeno strappato il nome di un suo sodale, un altro mezzo spacciatore di calciatori, tale Roberto Squizzato».

«Spacciatore?».

«Schiavista? Contrabbandiere? Come li vuoi chiamare? Fanno la tratta degli esseri umani 'sti quattro figli di puttana. Che ore sono?».

«L'una, perché?».

«Fermiamoci a mangiare a Ivrea...».

Squizzato abitava a via Gaeta, una zona di belle palazzine liberty sulla sponda destra del Po. Suonarono al citofono, ma non rispose nessuno. Si affacciò il portiere, un uomo alto e magrissimo come una mazza di scopa. «Chi cercate?».

«Squizzato».

«Eh, poverino, è in clinica».

«Quale?» chiese Rocco.

«Alla Mater Divina. È qui vicino, a San Salvario. L'hanno operato alla cataratta stamane, sicuro lo trovate lì».

Era lì, stanza 32 al primo piano, chirurgia oculistica. Si affacciarono e lo videro sotto le coperte con gli occhi chiusi nella stanza in penombra. Seduta ai piedi del letto su una poltroncina, c'era una donna sui 35 anni che sfogliava una rivista. I capelli bruni le ricadevano in avanti, dondolava il piede, la scarpa in precario equilibrio sulle dita. Il dottor Rubini che li accompagnava li rassicurò. «Roberto sta benissimo, l'operazione riuscita, adesso solo riposo. Gli abbiamo anche fatto il cerchiaggio della retina perché...».

«Dottor Rubini, non siamo parenti, siamo della polizia». Il medico sorrise e annuì.

«È permesso?» disse a bassa voce Rocco. La donna alzò la testa e vide i due uomini accompagnati dal medico. «Sì?» e sorrise. Aveva le labbra finte, gli zigomi finti, il seno era finto e forse lo erano anche i capelli bruni.

«Valeria, i signori sono della polizia» disse il medico che era chiaro conoscesse bene la donna. Quella si infilò la scarpa e si alzò tirandosi un poco la gonna grigia. «Polizia? Prego... che... che c'è?».

«C'è che vorremmo fare qualche domanda a Roberto».

«Ora sta dormendo» disse a bassa voce Valeria, ma il paziente con due bende sugli occhi alzò appena la mano e fece segno di no con l'indice. «Sono sveglissimo Vale... scusatemi se non mi alzo... che posso fare per voi?».

Aveva superato la quarantina, brizzolato, sul comodino c'erano un Rolex e un paio di catenine d'oro più un anello, anche quello d'oro. Il cellulare era un'ultima generazione. «Vicequestore Schiavone e ispettore Scipioni».

«Che strano sentire le voci e non poter vedere. Direi che lei è un fumatore».

«C'avemo Montalbano qui» fece Rocco, Antonio annuì. Rocco si voltò. «Dottor Rubini, Valeria, ci potete lasciare soli un minuto?».

«Certo» fece il chirurgo, con un gesto del braccio accompagnò Valeria che uscì per prima, poi i due si chiusero la porta alle spalle.

«Che succede?» la voce di Squizzato suonava allarmata.

«Lei immagino conosca Stefano Stocchi».

«E certo. È per lui che siete qui?».

«Perché? Ha le mani sporche?» chiese Rocco con un leggero risolino.

«No, lo dico per scherzare. Siamo amici da vent'anni!».

«Ci manda lui perché, ci ha riferito, lei dovrebbe conoscere Piotr... Blasci... coschi?».

Squizzato restò in silenzio per qualche secondo. «Be' sì, diciamo che nell'ambiente è molto conosciuto. Grande fisiatra, soprattutto una specie di mago con muscoli, tendini, strappi. L'ho incontrato un tre anni fa, aveva in cura un mio cliente. Allora è lui che si è messo nei casini».

«Ma brutti» disse Rocco.

«E sentiamo. Che ha combinato?».

«È morto» e Rocco si azzittì. Squizzato con un certo sforzo si tirò su, si tolse una benda che portava sull'occhio e cercò di guardare Rocco e Antonio. Ma la sclera era rossa, in più lacrimava, era chiaro non vedesse nulla. «Come?».

«Ha capito».

«No, intendo come è morto?».

«Se siamo qui non ha avuto un infarto» gli rispose il vicequestore. Squizzato si lasciò andare sui cuscini. «O Madonna mia...» disse in un fiato.

«Domanda d'obbligo. L'ultima volta che l'ha visto?».

«Forse al pallone d'oro? Non questo ottobre, l'altro? Oppure eravamo insieme alla Pinetina? Guardi, non mi ricordo le date, dico davvero».

«È mai ricorso al suo aiuto?».

«Sì, certo. Almeno tre volte negli ultimi sei anni. Aveva le mani d'oro. Un mio cliente, un calciatore ecuadoregno con un problema di pubalgia che pareva insolubile. Ora, al di là dell'empatia umana, insomma, Gutiérrez era un investimento... Piotr l'ha risolta in due settimane. Conoscete Álvaro Gutiérrez, no?».

«A parte che se dice ecuadoriano, ecuadoregno lo dicono gli zozzoni e i commentatori del calcio, e poi de Gutiérrez non ce ne frega un cazzo» disse Schiavone. Poi guardò Antonio che prese la parola. «Dottor Squizzato, sono l'ispettore Scipioni. Ha mai visto Piotr frequentare gente strana?».

«Cosa intende per strana?».

«Mafia» disse Rocco.

«O cazzo, no! Non mi pare. Cioè, il nostro è un mondo impaccato di soldi, ricatti e mazzette ne girano, ma addirittura la criminalità organizzata?».

«Più roba da colletti bianchi, no?» fece Scipioni.

«Ecco, se vogliamo. Ma no, se ho capito bene, mi state chiedendo se posso immaginare qualcuno che l'abbia potuto... eliminare?». Ingoiò un grumo di saliva.

«Non proprio» disse Rocco, «vogliamo capire se Piotr faceva tutto alla luce del giorno o se giocava su qualche altro tavolo».

«Davvero, dottor Schiavone, io non lo so. Non eravamo amici. Mi avvalevo della sua bravura. E guardi, visto che siamo in tema, si faceva anche pagare un sacco di soldi».

«Cosa crede che facessero lui e Stocchi?».

Squizzato scosse la testa. «E chi lo sa? Stocchi ha le mani in pasta con delle squadre africane, tira fuori un sacco di bei giocatori, forse anche lui ha bisogno del parere di Piotr... sapete, da quelle parti già definire l'età di un ragazzo è complicato, ma poi diciamo che per esami e cure è preferibile farli in Europa. E costa. Piotr può essere una vera e propria garanzia».

«Quanto vale un parere positivo?».

«Per valere, vale molto. Forse però lei vorrebbe sapere quanto costa...».

«Anche».

«Un paio di centinaia».

«Esenti fattura».

Squizzato sorrise. «Quand'è estero su estero... ma come... come è stato ucciso?».

«Non lo vuole sapere, mi creda». Schiavone fece un gesto e Antonio andò alla porta. «Prego» disse a Valeria e al dottore che erano rimasti in corridoio a chiacchierare, «potete rientrare».

«Che ne pensi?» chiese Antonio. Rocco non rispose. Proseguì fino all'auto. «Annamosene a un bar di quelli seri. Qui a Torino ce ne sono». Salirono sull'Alfa. Rocco si accese una sigaretta. «Vai a piazza Carlo Alberto, lascia la macchina sul marciapiede che un locale bello lo troviamo sicuro».

«Dici?».

«Dico».

Antonio eseguì, gli pareva di bestemmiare in chiesa a lasciare la macchina di servizio su un marciapiede così pulito, ordinato, sobrio, sabaudo. Per fortuna un'auto liberò uno spazio e ci si infilò. Rocco non aveva detto una parola. Scese senza aspettare Antonio e s'incamminò verso la piazza, come ipnotizzato da un'idea. Nonostante la temperatura bassa, si sedette a un tavolino e accese il fungo termico elettrico come se fosse roba sua. Antonio lo raggiunse. «Non fa un po' freddo per stare fuori?» gli chiese.

«Per questo ho acceso 'sto cazzone... Anto', non mi torna... questo Squizzato non sa niente, Stocchi ci ha mandato a parlare con lui per prendere tempo».

«Che vuoi dire?».

«Che Stocchi s'è cacato sotto appena gli ho detto della morte di Piotr...». S'avvicinò un cameriere. «Signori, il servizio all'esterno è sospeso...».

«Allora dovevate leva' i tavolini. Portaci due caffè e non rompere i coglioni!». L'uomo guardò Antonio che annuì come a dire «Fallo, è meglio» e con un cenno gli suggerì di darsi una mossa. Quello tornò nel locale. «Cioè stai dicendo che Stocchi non era sorpreso della morte di Piotr?».

«No, sorpreso era sorpreso, ma gli è venuta una botta d'ansia spaventosa. Se io ti dico che è morto un tuo amico, un collaboratore, come reagisci? Ti dispiace, no? Dolore, sofferenza, strazio, magari. Ma ansia no. L'ansia ti viene se ti senti minacciato».

«Su questo non ci sono dubbi».

«Quello che dovremmo scoprire è che cosa avevano questi in ballo. Si sono visti due volte a distanza di tre giorni mentre Stocchi stava in vacanza. Piotr vive a Torino ma salire su ad Aosta che ci vuole? Che cosa sappiamo?». Arrivò il cameriere che depositò due caffè sul tavolino. Rocco gli allungò una banconota da 10 euro. «Le porto subito il resto».

«No» fece il vicequestore e quello con un leggero inchino fece dietrofront con il vassoio sotto l'ascella. «Ce l'hai il numero dell'albergo dove stava Stocchi?».

«Certo» rispose Antonio.

«Chiamalo, devo parlare con Pino, il cameriere».

Antonio eseguì. Rocco restò a guardare il palazzo di fronte dal quale sentiva provenire il suono di uno strumento a fiato. Aveva sempre pensato che essere un musicista fosse una benedizione. Poter passare le ore rifugiati in uno strumento, suonare musiche che ti portano in giro col pensiero e con il corpo. Non essere più sulla terra ma chissà dove. Un miracolo, avrebbe detto se fosse stato credente. L'arte più sopraffina, la musica, quella che colpisce più nel profondo, eppure non ha materia. Cos'è in fondo? Onde sonore che non hanno corpo né colore, forma o sostanza. Piccoli ectoplasmi vaganti che struggevano il cuore, maciullavano l'anima, o facevano danzare il corpo, ridere, vivere. E un musicista, come uno sciamano, poteva evocare tutto questo con uno strumento. «Rocco?». Antonio allungò il telefono che Rocco afferrò. «Pino?».

«Dica, dottore».

«Senta, al tavolo accanto a Stocchi e al suo ospite, lei si ricorda chi c'era?».

«Dunque, Stocchi stava al 39... il 40 è riservato alla camera 124... ora non ricordo il cognome, una cosa però la ricordo. Ha mangiato lì un tre volte, e un paio era accompagnato da una donna, dotto', che ti faceva rigirare gli occhi».

«Russa?».

«Può essere. Bella come poche».

«Pino, grazie, è stato utilissimo».

«Dovere».

Rocco restituì il telefono ad Antonio. «Zappacosta mangiava accanto a Stocchi. Magari ha sentito qualcosa. Bisogna rintracciarlo».

«Do il compito a Casella» e lo chiamò. Rocco bevve il caffè. S'era un po' freddato, ma era cremoso. Il cameriere aveva anche lasciato un gianduiotto sul piattino. «Allora Anto', che sappiamo? Che l'abbiamo ritrovato morto con addosso la giacca recuperata in albergo il 5 dicembre. Quindi sembrerebbe che dalla Valle non se ne sia andato. Oppure...».

«Oppure c'è tornato in Valle con la stessa giacca. Strano ma possibile».

«Sì, possibilissimo... però io sono certo sia morto l'8 dicembre. E addosso aveva la giacca recuperata il 5» e finì il caffè.

«Non fa una piega». Antonio prese il suo. «S'è freddato» disse.

«Con questo freddo, più che una giacca uno si aspetterebbe un maglione, un piumino».

«Parla l'uomo che gira con il loden».

«Vero Anto', però se uno da Torino va ad Aosta in un albergo a quasi duemila metri per farsi quattro chiacchiere con un tizio, ecco, la giacca non ce la vedo. Cioè, ce la vedo se stai nei paraggi, che fai un salto al ristorante e poi te ne torni a casa».

«Magari essendo polacco, freddo non l'aveva».

«Pure questo è giusto».

«E le scarpe?» domandò Antonio scartando il gianduiotto.

«Quelle hanno la stessa funzione della fede al dito. Potevano accorciare i tempi di riconoscimento». Il vicequestore si accese un'altra sigaretta. Il sole se n'era andato e la temperatura calava. Il fungo termico stava cominciando a riscaldare i due poliziotti, Rocco sputava il fumo verso il cielo e guardava il palazzo di fronte. «Io so' convinto che abitava in Valle. Almeno in quei giorni. Magari 'sta curiosità, 'sto dettaglio, lo risolviamo stasera».

«Cioè?» poi Antonio intuì. «Vuoi entrare in casa della vittima?».

«Ecco perché mantenere segreti certi dettagli torna utile».

Avevano preso altri tre caffè, due spremute d'arancia, sei tramezzini assaporando i quali Rocco chiuse gli occhi. «Anto', ascolta bene quello che sto per dirti perché il momento rischia di essere storico. Mi pesa dirlo, Dio solo sa quanto mi pesa, ma la verità va riconosciuta, non importa quanto costi. Il tramezzino di Torino batte quello di Roma».

Antonio restò a bocca aperta. «Ti rendi conto di quello che dici, Rocco?».

«Sicuro. Arriva il giorno in cui bisogna ammettere la verità. Sono mesi che ci penso, non è certo la prima volta che mangio un tramezzino in questa città. All'inizio non volevo crederci, ho pensato che fosse un caso. Ma poi, Anto'... poi la cosa s'è ripetuta. Più e più volte. E in questo freddo pomeriggio di dicembre il fatto non va tenuto più segreto: i tramezzini di Torino vincono, e anche di brutto».

Presero due chinotti che consumarono in silenzio, ancora due caffè, infine erano passati agli spritz, pizzette, ancora tramezzini patatine e olive. Altre persone s'erano sedute nel dehors vista la presenza dei due clienti, e il bar aveva dovuto accettare obtorto collo il servizio esterno e l'accensione dei funghi che ciucciavano energia elettrica come sanguisughe. Alle otto e mezza, finite le libagioni e pagato un conto inverosimile, lasciarono il tavolo. «Antonio, l'indirizzo di Piotr?» chiese Rocco salendo in auto.

«Ce l'ho nel portafoglio... aspe'», controllò, «via Antonio Canova 15».

Un quarto d'ora e si ritrovarono davanti al civico. La strada era deserta. Forzata la semplice serratura del portone presero le scale. «Terzo piano» disse Rocco controllando le cassette delle poste. Era un palazzo elegante, i pavimenti di graniglia. Gli zerbini erano tutti uguali, la porta della casa di Piotr Blaszczykowski era dietro una colonna, accanto alla finestra che dava su una chiostra interna. La serratura non costituì un ostacolo. Antonio richiamò l'attenzione di Rocco che la stava già forzando poggiandogli la mano su braccio. «Fare queste cose non mi piace».

«Neanche a me».

«E se c'è qualcuno in casa?».

«Ce ne andiamo» rispose Rocco, poi alzò le spalle ed entrò. La casa era buia, alle nove di sera difficile pensare ci fosse qualcuno che la abitasse e stesse già dormendo. Non un suono di televisione, una musica, nessuna luce usciva dalle porte chiuse del corridoio, così Rocco premette l'interruttore. «Non siamo i primi!» disse. Nel salone era passato un tornado, così anche nelle altre stanze. Libri, carte, vestiti, tutto gettato sul pavimento. I cassetti dei mobili del salone, della camera da letto erano stati rivoltati, i divani strappati e le interiora dei cuscini sparse per la stanza; in cucina sulle piastrelle giacevano piatti e bicchieri spaccati, posate, tovaglioli, pentole; neanche il bagno era stato risparmiato. Antonio chiuse il rubinetto del lavandino dal quale usciva un filo d'acqua e raggiunse Rocco in camera da letto. Ma non lo trovò. Sentì la voce del vicequestore che lo richiamava in corridoio. «Vieni!». Era accanto alla porta e indicava una finestrella col vetro rotto. «So' passati da qua, questa dà sulla chiostrina delle scale. Mi pare inutile che se mettemo a cerca' chissà che. Se c'era qualcosa d'interessante, da mo che è volata».

«Eh già». Antonio non vedeva l'ora di uscire dalla casa. Dopo qualche minuto lasciarono l'appartamento. «Sarà un problema della questura di Torino quando gli diamo la notizia» disse il vicequestore appena fuori dal portone. Rientrati nell'Alfa Antonio lo guardò. «E ora?».

«Ora ce ne torniamo ad Aosta».

Prima di accendere l'auto, Antonio prese il cellulare, gli era appena arrivato un messaggio. «È Casella. 'Sto Zappa... coso vive a Pavia. Anche se ha la residenza a Milano».

«Ci devo parlare. Se Casella sta ancora in ufficio, lo convocasse per domani».

«È una pista molto labile» osservò Antonio.

«Anto', non c'avemo un cazzo, tutto può tornare utile».

Rientrò in casa che erano le 11 di sera. Non fece in tempo a dare la pappa a Lupa che il cellulare gli squillò. Si allungò per prenderlo e sentì una fitta alla scapola che lo costrinse a lasciarsi andare sul divano per attutire il dolore. «Rocco? Dormivi?». Era Michela Gambino.

«Ma tu e tuo marito avete preso il vizio di telefonare solo di notte?».

«Che vai dicendo? Ho faticato tutto il giorno appresso a quella specie di garage di Pavan».

Rocco si passò la mano sugli occhi. «Scusa, il magazzino? Ah, sì, certo».

«E allora non è un garage, ma questo si sapeva. Ci sono molte cose strane. Innanzitutto sul pavimento ho rilevato parecchie tracce di reagenti chimici. Che ti devo dire? Idrossidi, sali, alcoli... poi interessante, ma parecchio, ho trovato segni circolari, lasciati dalle zampe dei tavoli. Ne ho contati almeno dodici, vuol dire che lì dentro ci tenevano almeno tre tavoli lunghi un due metri per uno e mezzo. E nei lavandini c'erano rimasugli di efedrina, tanto per dirti, il nitrato di ammonio...».

«Scusa l'ignoranza e la stanchezza...».

«L'efedrina si usa per un sacco di cose, tipo la caffeina che può aumentare i processi cognitivi, una volta ci si curava l'asma, fa' conto. È che è un precursore chimico della metanfetamina o metcatinone. Cioè, per capirci, ci si fabbrica la metanfetamina... non solo, ho trovato tracce di un ormone sintetizzato, gonadotropina, questo serve alla fertilità, te la faccio breve, ma non credo l'abbiano sintetizzato qui dentro. Ci vuole un laboratorio molto più attrezzato... poi altro materiale che sto ancora esaminando. Meglio, che esaminerò domani perché sono stanca morta e vado a dormire».

«Michela, grazie. Hai fatto un gran bel lavoro. Ma tu che dici?».

«Non lo so ma trovare l'efedrina mi ha fatto pensare a un laboratorio clandestino di droghe sintetiche, per dirtene una».

«Cioè, il nostro fuggitivo è uno spacciatore del cazzo?».

«Più che spacciatore, sintetizzatore di sostanze stupefacenti. Così pare... ti saprò dire meglio domani. Ah, siccome su rubinetti, lavandino e anche sulle maniglie delle finestre ho trovato un catafottìo di impronte digitali, hai visto mai spunti qualcosa di interessante...?».

«Brava, sì, ottimo».

«Forse neanche te lo dovrei dire, ma la Vigilia ti va di venire a cena da noi?».

«Grazie, ma non me lo dovevi neanche dire».

«Come se?».
«Come se».

Quando D'Intino aprì il portone del palazzo, ad aspettarlo trovò Rosaria con un cappello di lana calcato in testa, un piumino lungo al polpaccio, un paio di stivaletti e guanti. Era poggiata a braccia conserte alla parete delle cassette postali. Aveva l'aria risentita. «Sai quant'è che ti aspetto?».

D'Intino cercò di ricordarlo, ma non gli veniva in mente. «No Rosa, da quanto?».

«Il mio nome è Rosaria, no Rosa. Allora?».

«Ma perché, tenevamo un appuntamento?».

«Che c'entra? Uno lavora in polizia, ti pare che si riduce a tornare a quest'ora?».

D'Intino annuì grave. «Lascia perdere, stiamo in un caso difficilissimo. Dobbiamo ritrovare a una persona che è scappata e dare il nome a un cadavere».

«Va bene, quello che è, ma magari mi chiami e mi dici: Rosaria, faccio tardi! E io non resto ad aspettarti».

«Rosaria, ma io non lo sapevo che venivi».

«Non lo immaginavi? È sabato».

«No Rosaria, è martedì a dire la verità».

«Quello che è. Dove vuoi che vada se non da te». Questa affermazione da una parte finì per confondere D'Intino, dall'altra gli fece molto piacere. Poi realizzò che Rosaria era nel suo palazzo, a due rampe di scale dal suo appartamento. Ed era una situazione molto interessante. «Rosaria, vuoi salire? Ci mangiamo una cosa?».

«Ho già cenato».

«Vuoi salire lo stesso?».

Rosaria ci pensò su. «Sì, va bene. Andiamo» e precedette D'Intino. Arrivati alla porta, la ragazza mise le mani nella borsa e tirò fuori le chiavi. D'Intino la guardò stupito. «Ma come è che... hai le chiavi?».

«Sì. Te le ho prese e ho fatto una copia». Sorrise e aprì. Il fatto lasciò senza parole l'agente di polizia. Certo, che Rosaria avesse intimità con casa sua gli faceva piacere, ma credeva che prima di prendersi le chiavi di casa di un altro, come minimo uno dovrebbe chiederle. Fu Rosaria ad accendere la luce. «Che prendi?» gli chiese facendo lei gli onori di casa.

«Io? Mi devi dire che prendi tu, è casa mia».

«Boh. Che hai?».

«Ho la Coca...».

«È illegale! Sei un poliziotto, dovresti saperlo». D'Intino la guardò ancora più confuso, poi Rosaria scoppiò a ridere. E lui la imitò. «Era una battuta, un *joke*, come dicono gli inglesi. Allora oltre la Coca?».

«Ho la spuma, un amaro, un po' di vino».

«Prendo il vino. Rosso?».

«Rosso, sì».

«Bene. Tu che mangi?».

«Ho un po' di pollo avanzato e insalata».

«Va bene anche per me».

D'Intino era sempre più spiazzato. «Ma non avevi detto che avevi già cenato?».

«Complimenti» disse Rosaria. «Dico davvero, bel comportamento. Mi inviti e poi non mi offri la cena? Ma che razza di uomo sei, Mimmo D'Intino?». L'agente la guardò, abbozzò una risata, poi scoppiò a ridere, ma Rosaria restò seria. «Che ti ridi?».

«Non era una battuta?».

«No».

«Va bene, certo che ti offro il pollo. Lo devo riscaldare ed è pronto, cinque minuti».

Rosaria si stravaccò sul divano guardandosi in giro. «È la prima volta che vedo casa tua».

«Certo» fece Mimmo aprendo il piccolo frigo.

«Avevo le chiavi ma non sono entrata. Potevo, sai? Ma poi ho pensato: mica è casa tua, Rosaria, devi rispettare il fatto che è casa di Mimmo. Tu che ti sei messo in testa?».

Aveva infilato il pollo in una piccola teglia e acceso il fornetto elettrico. «In che senso?».

«Che mangiamo, mi fai bere e poi mi porti a letto?».

D'Intino deglutì. «Scusa Rosaria, ma je 'n'te stenghe a capi'».

«Parla italiano».

«Non ti capisco. Perché mi dici una cosa, poi cambi idea, poi mi fai domande brutte che non si fanno, tipo questa».

«E di che parliamo, scusa?».

«Ma non le sacce.... Scusa, non lo so. Che giornata hai avuto, se hai visto a un film bello, se ti piacciono le storie di sparatorie o quelle d'amore, il mare o la muntagna, se...».

«Ho avuto una giornata al supermercato, mi hanno beccata che m'ero presa le cingomme, non ho visto film belli, mi piacciono più le storie d'amore, il mare è meglio della montagna solo a luglio». Come un concorrente di un quiz televisivo, restò in silenzio contenta di aver risolto tutte le domande.

«Bene».

«Chiedimi altro».

A D'Intino non gli veniva in mente niente da chiederle.

«Allora?» fece la ragazza impaziente.

«Oddio... sei mai stata in Abruzzo?».

«No».

«Io sono di Mozzagrogna, in provincia di Chieti».

«Non è una domanda».

«Vero...» guardò il pollo nel fornetto. «Apparecchio la tavola?».

«Sì».

Prese i piatti dalla credenzina. «Hai fratelli o sorelle?».

«Una sorella».

«I genitori sono vivi?».

«Sì. Dai, qualcosa di più difficile».

D'Intino ci pensò un attimo, poi guardandola serio le chiese: «Quattrocentocinquantatré per centoventuno?».

«Cinquantaquattromilaottocentotredici» rispose Rosaria pronta. D'Intino rise.

«Perché ridi?».

«È una battuta?».

«No, è la risposta».

Dovette sedersi. «Cioè tu sai fare i calcoli così difficili a mente?».

«Sì, numeri a tre cifre però».

«Seicentocinquantotto per cinquecentoquarantatré?».

«Trecentocinquantasettemiladuecentonovantaquattro».

«Ma è lu vero o sti' dice numeri a capocchia?».
«Italiano *please*».
«È vero o dici numeri così tanto per dire?».
«Controlla».
D'Intino prese il cellulare. Aprì la calcolatrice. «Che avevo chiesto?».
«Seicentocinquantotto per cinquecentoquarantatré» disse Rosaria. Il poliziotto digitò.
«E quanto hai detto che fa?».
«Trecentocinquantasettemiladuecentonovantaquattro».
E quello era il numero sul display. «Freghete ci si' zeccate. Quattrocento per centoundici?».
«Facile. Quarantaquattromilaquattrocento».
«Ua'! Ma come... ma come fai?».
«Non lo so. Lo so fare».
«Ma tu potresti andare in giro per i paesi e fare un numero e guadagnare i soldi!».
«Dici? Può essere. Va bene». Si alzò in piedi. «Buonanotte Mimmo, ci vediamo». Si rimise il cappello in testa, sorrise a D'Intino e lasciò la casa. Intanto il pollo sfrigolava e l'odore di pelle bruciata già aveva preso possesso del piccolo saloncino. «Addo vi'?» le urlò dietro D'Intino, ma Rosaria era già fuori.

Mercoledì

Costa l'aveva tenuto al telefono venti minuti ricordandogli l'importanza di scovare notizie di Aldo Pavan al più presto, magari prima della Vigilia, alla quale mancavano una manciata di ore. Come soluzione Rocco non trovò di meglio che fumarsi una canna nell'assoluta solitudine, Lupa esclusa, del suo ufficio. Il primo ad entrare fu Antonio. «Anto', la Gambino ha scoperto che in quella stanza Pavan ci teneva un laboratorio».

«Un laboratorio? E per farci?».

«Non lo sa, ci sta lavorando. Ora io mi chiedo dove abbia messo tutta l'attrezzatura e i mobili che ci stavano dentro».

«Giusto» fece il viceispettore

«Anto', la squadra mi serve. Caterina non la posso disturbare per il lavoro che ho in mente. A chi possiamo chiedere visto che 'sto cazzo di rinforzo ormai s'è capito, non arriverà mai?».

«Miniero. Non fa un cazzo dalla mattina alla sera».

«Sì, è sveglio e mi piace. Chiama Miniero e mettilo a lavorare su questa cosa. Controllasse discariche, gente che sgombra cantine, qualsiasi cosa».

«Va bene». Antonio si avvicinò alla scrivania e afferrò il telefono. Entrò Deruta coi dolci, seguito da D'Intino. «Ecco, faccio i caffè» propose. «So' quasi finite le cialde» gli disse Rocco.

«E allora io che ci sto a fare?» disse Michele alzando una busta del supermercato.

«Questo significa prendere l'iniziativa! Bravo Deruta!» fece Rocco e gli batté le mani.

Antonio abbassò la cornetta: «Miniero è già al lavoro».

«Mentre Deruta prepara i caffè, mi dici dell'interrogatorio a quei due amici di Pavan?».

«Come no, Giorgio Pancaldi e Bebo Paioletti».

«Pancaldi se chiamava un arbitro di Giochi senza Frontiere» disse Rocco.

«Vero!» fece Deruta consegnando il primo caffè a Rocco.

«Invece Paioletti... c'era un mio amico del liceo, ottimo portiere e persona onesta e affidabile. Aveccene. Questo Bebo pure è così?».

«Insomma... ha fatto incazzare subito Caterina con qualche battutina sessista» rispose Antonio che prese il bicchierino dalle mani di Deruta.

«Immagino Caterina».

«E immagini bene».

«Ma insomma, qualcosa di rilevante?».

«Dopo ti faccio avere la registrazione... ma niente di rilevante».

Anche D'Intino ebbe il caffè. «E di questa Silvia Manca?». Rocco si rivolse a tutti. «Avete fatto una ricerca? Vorrei qualcosa in più. Io sono certo che lei l'ha sentito, mi sembra troppo tranquilla, e forse dovremmo insistere. Se è scappato a Lisbona o a Skyros, mi ci giocherei parecchio che l'ha condiviso con lei».

Deruta si avvicinò col telefonino. «L'unica cosa che sono riuscito a trovare, dottore, sono un po' di foto sui social di Silvia Manca e Pavan» e allungò il cellulare a Rocco. «Ecco, scorra».

C'erano i due davanti a un santuario. «Quello è un tempio in Thailandia» commentò Deruta; uno scatto li ritraeva in sella a un tandem sulla riva di uno specchio d'acqua. «Quello è il lago di Como» disse ancora l'agente di polizia. Rocco lo guardò per un attimo, poi proseguì. C'erano sempre Aldo e Silvia che si fotografavano vestiti da centauri, Aldo era un po' ridicolo con la tuta di pelle Dainese. «Qui sono in moto, dotto'». Rocco tirò un respiro profondo. Aldo era ridicolo anche in costume da bagno davanti al carapace di pietra sul mare. «Quella è Cala Girgolu» esplose felice Deruta.

«A Deru' ce l'ho l'occhi, mica me devi commenta' ogni fotografia».

«Scusi, dotto'».

Proseguì a guardare la collezione di foto prese dal profilo social. Sotto ogni scatto gli inutili commenti di amici, che riuscivano a lasciare note positive anche al primo piano di una pizza margherita o agli immancabili tramonti. Erano tutte foto risalenti a due anni prima. «Grazie Michele. Altro?».

«Paioletti non ha social, l'altro Pancaldi sì, ma non posta quasi niente».

«E Pavan? Ce l'aveva?».
Michele fece no col capo.
«Ah, dotto', per ora sull'auto noleggiata da Pavan non abbiamo trovato niente» disse D'Intino. Rocco annuì. «Allora...» si portò le mani al viso. «Pavan... Pavan, Pavan» mormorava.
«Tutto questo perché Costa insiste?» chiese Antonio.
«Vuole sapere dov'è e lo vuole sapere entro Natale. Come se fosse una cazzata». Suonò il telefono sulla scrivania di Rocco. «Se è lui, significa che ha una cimice in questo ufficio... sì? Sì? Fallo accomodare nella stanza passaporti» e riattaccò. «Anto', c'è quel Zappacosta, quello dell'albergo Les Suches che stava con la russa».
«E che gli dobbiamo dire?».
«Mangiava accanto a Stocchi... può tornare utile» gli fece un cenno e insieme uscirono dalla stanza lasciando Deruta e D'Intino a rimettere in ordine dopo la colazione. «Miche', tu si' viste a Casella?».
«No... sarà di là».
«E scusa, per lui le riunioni non valgono?».
«Non lo so, Mimmo, intanto gli porto un cannolo alla crema sennò chi lo sente più?».

Andrea Zappacosta dal vivo guadagnava un po' di punti. Non era fotogenico, senza dubbio. Non che fosse un esemplare di bellezza maschile, ma forse la foto della carta d'identità l'aveva scattata la mattina all'alba dopo una notte in bianco. Aveva i capelli ricci e aderenti al cuoio capelluto, da lasciare una fronte di scarse tre dita. Sopracciglia nere, neri anche gli occhi. Un bel prognatismo accentuava la bocca priva di labbra. «Vicequestore Schiavone... lui è l'ispettore Scipioni».

«Andrea Zappacosta». Era elegante con un maglione a trecce a collo alto, una giacca a vento di un marchio famoso, al polso un orologio che poteva essere d'oro e aveva l'aria di costare molti soldi. «Innanzitutto grazie... l'abbiamo convocata perché speriamo possa darci un aiuto per un'indagine».

«Ne sarei lieto, dottor Schiavone» aveva la voce del fumatore e un po' di sigmatismo, quando pronunciava la esse dichiarava le sue origini emiliane o forse romagnole. «Ecco, sappiamo che lei era ospite dell'albergo Les Suches dal 2 all'8 dicembre, se non vado errato».

«Sì dottore, è corretto. Anche se il 3 notte, anzi no scusi il 4 notte non ho dormito lì. Ma tanto dai registri appare tutto, no?».

«Esatto. Ora io le devo chiedere uno sforzo mnemonico».

«Dica». Zappacosta si piazzò meglio sulla sedia, come se una volta comodo avrebbe ricordato di più.

«Lei mangiava al tavolo...», Rocco guardò Antonio che rispose pronto: «... quaranta».

«Ecco, esatto. C'era un altro ospite dell'albergo, Stefano Stocchi... un uomo sulla cinquantina...».

«Sì, certo, lo ricordo molto bene. Un paio di volte abbiamo parlato di calcio. Lui mi pare fa il procuratore».

«Benissimo». Rocco prese il pacchetto di sigarette. Ne infilò una fra le labbra. Notò lo sguardo concupiscente di Zappacosta e gliene offrì una che quello accettò molto volentieri. «Ricorderà allora...», gli accese la sigaretta, poi passò alla sua, «che eravate anche vicini di tavolo, nella sala ristorante».

«Sì, certo».

«So che lei era impegnato in qualcosa di molto più importante» e Rocco gli sorrise, Zappacosta afferrò al volo l'allusione. «Sì, era molto più, diciamo... interessante del mio vicino di tavolo».

«Ecco perché le chiedo uno sforzo di memoria...». Rocco guardò Antonio che subito rispose: «Il 2 dicembre a pranzo e il 5 a cena».

«Ecco, grazie ispettore, c'era insieme a Stocchi un uomo. Un tipo biondo, alto, con una giacca. I due stavano discutendo, tanto che il biondo alto con la giacca si era alzato di scatto e il cameriere gli aveva rovesciato addosso la zuppa».

«E certo che me lo ricordo! Schizzi di quella poltiglia lì arrivarono fino alla nostra tovaglia».

«Nostra intende...».

«Mia e di Alexandra, la signora che mi accompagnava».

«Ecco, lei ha afferrato qualche parola di quei due?».

Zappacosta ci pensò su per qualche secondo. «No, non mi ricordo... solo che ci fu quel trambusto...».

«Poi vide l'ospite di Stocchi andar via?».

«No, mi ricordo che sono usciti insieme dalla sala del ristorante».

Rocco gettò la sigaretta per terra e la spense col tacco della scarpa. «E non si ricorda altro?».

«No, mi dispiace».

«Lei ci va spesso in quell'albergo?».

«No. Prima volta».

«E ci tornerà?».

«Mah... non saprei. Costa un sacco, questo sì».

«Le posso chiedere di che si occupa?».

«Certo. Ho varie attività. Importo mobili dall'India. Ho una tipografia...».

«Pensi, anche mio padre era tipografo».

«Ah sì? Noi facciamo grandi stampe per eventi, cartelloni pubblicitari... ma la principale, costruzioni edili. Sì, a Pavia stiamo facendo un centro sportivo».

«Ammazza Zappacosta, non è uno che se ne sta con le mani in mano. Diciamo che quell'albergo se lo può permettere».

«Diciamo di sì».

«Lei però non è di Pavia?».

«Si sente? No, Forlì».

«È sposato?».

Abbassò lo sguardo. «Sì».

«Non si preoccupi, non andiamo in giro a dire i suoi affari...». Zappacosta sembrò sollevato da quella rassicurazione. «Vede? Noi dobbiamo arrestare Stocchi, ma al momento è latitante. Ecco perché ci sarebbe tornato utile un dettaglio, anche minimo».

«Io davvero non so come aiutarvi. Arrestarlo? E perché?».

«Perché fa troppo nero, dottor Zappacosta. Un minimo chiudiamo un occhio, ma quando i tre quarti dei suoi guadagni societari sono nascosti, io credo abbia esagerato».

«Orca, direi di sì».

«Senta, Zappacosta, adesso le devo chiedere uno sforzo ulteriore».

«A disposizione» e si ripiazzò sulla sedia.

«Io devo rintracciare questa Alexandra...».

«Vasilisova» concluse Antonio.

Zappacosta cambiò espressione. «È un po' complesso...».

«Perché? Lei come l'ha contattata?».

«Con un numero di cellulare che però, mi creda, ora non è più attivo».

Rocco annuì e guardò il viceispettore. «Senta Zappacosta, lei il cellulare dove l'ha preso?».

«Da un sito».

«Si ricorda quale?».

Zappacosta si limitò a negare col capo. «Però» insisté Antonio, «lei ha passato due giorni con una donna, ci ha dormito, si è fidato ciecamente? Non sarà stato qualche amico o qualche agenzia a darle quel numero?».

Si mosse ancora sulla sedia. «Ora non ricordo molto bene...».

«Non si preoccupi, nonostante la prostituzione sia un reato, al momento non ce ne frega un cazzo, abbiamo altre urgenze. Noi vogliamo parlare con Alexandra Vasili... come cazzo se chiama».

«Io posso darvi il numero di cellulare, ma di più davvero non posso. So che lavora su Milano e Torino».

«Non ricorda il sito internet?».

«Guardi, forse annunci eros punto it, o punto com?».

«Zappacosta, era la prima volta che andava con questa tizia?».

«Sì».

«Ci lasci comunque il numero» fece Rocco. Zappacosta tirò fuori il suo cellulare, tramestò con la rubrica, poi lo dettò ad Antonio che lo trascrisse. «Va bene, per ora può andare. Si tenga sempre a disposizione, mi raccomando».

«Certo, certo, grazie...» si alzò un po' ingobbito per incamminarsi verso la porta.

«Ah! Zappacosta!» lo fermò Rocco.

«Dica».

«Quanto costa?».

«Alexandra? Mille a notte» e alzò il pollice.

Antonio fischiò e quello chissà perché rincuorato si raddrizzò e uscì dall'ufficio. Antonio prese il cellulare e compose subito il numero di Alexandra. Scosse la testa. «Inesistente».

«Commette un errore. Non esistono numeri inesistenti. Dovrebbe dire che la linea è inattiva, oppure non ha abbonati, ma il numero esiste e come, no? A parte le disquisizioni filosofiche, io co' 'sta escort due chiacchiere ce le vorrei fare».

«In che senso?».

«Non in quello che hai capito tu».

«Senti, ma perché quella cazzata su Stocchi e il nero?» gli chiese Antonio.

«Perché meno sanno meglio è».

«Dottore?». Casella andò incontro a Rocco e Antonio nel corridoio. «Dottore, mi era venuto un dubbio, sono andato a controllare e sì, ci avevo azzeccato». Strappò un foglietto dal bloc notes e lo mollò al vicequestore. «Piotr...».

«Alt! Fermi tutti!» lo interruppe Rocco. «Siccome il cognome di quel povero disgraziato è impronunciabile, da oggi diciamo Piotr Bla. E basta. Passate parola ai vostri colleghi. Ora va' pure avanti».

«Allora Piotr Bla» riprese Casella, «soggiornava in Valle e precisamente all'albergo De Sucre, che io ho confuso con Les Suches, dove invece era andato a mangiare e ha fatto la litigata. De Sucre sta vicino Cervinia, Les Suches a La Thuile. Insomma mi sono confuso di nome. Sono quasi uguali, dotto'».

«E questo hotel De Sucre sta a Cervinia hai detto?».

«Sì, l'hotel De Sucre sta sulla strada per Cervinia, frazione Losanche».

Rocco lesse il biglietto. «Case', sei una cosa grande. Vicino al lago dove l'abbiamo ritrovato!». Rocco scattò. «Antonio, vieni con me. Gli altri?».

«Nella stanza» rispose Casella. Il vicequestore, seguito da Scipioni e Ugo, si affacciò dagli agenti.

«Allora, ho da distribuire compiti» tutti notarono fremere gli occhi di D'Intino. «Casella, voglio Stocchi qui, in questura. Lo so che è all'estero, ma ci deve raccontare un sacco di cose. Deruta invece, pensa alla lista completa dei clienti dell'albergo Les Suches, voglio i nomi di chi ha pernottato lì dal 2 all'8 dicembre. Il direttore si chiama...».

«Ventriglia» suggerì Antonio.

«Digli di mandare l'elenco seduta stante altrimenti lo minacci e gli dici che ci riaffacciamo in albergo».

«Così gli devo dire? E che minaccia è, mi scusi».

«Fai come ti dico senza domandare. D'Intino, tu invece resti sul caso di Pavan, lo scomparso. Da solo».

«'Gnorsì, dottor Schiavone, mi ci metto subito a lavorare».

«Bravo. E sai che devi fare?».
«No».
«Allora ti metti a lavorare su che cosa?».
«Infatti» ammise l'agente abruzzese.
«Se all'una non sono tornato...».
«Do la pappa a Lupa, certo».
Rocco e Antonio lasciarono la stanza. D'Intino era raggiante. Aveva un compito. Ma a parte riempire la scodella di Lupa, non aveva capito quale fosse.

L'albergo De Sucre era a due piani, una forma strana, irregolare, era chiaro fosse nato dall'unione di due vecchie costruzioni di montagna. Fuori dalla porta c'erano quattro stelle dorate e i finestroni della sala da pranzo erano pieni di addobbi natalizi. Nel parcheggio, macchine costose, e un viavai di clienti, tuttofare, portieri che caricavano valigie mentre madri apprensive prendevano per mano bambini in età prescolare. Sul tetto, sei comignoli mandavano fumo verso il cielo. Il parcheggio era pieno e la neve soffocava il ciglio della strada. Rocco e Antonio lasciarono l'auto in un posto riservato e subito accorse un solerte impiegato con l'urgenza di chi ha paura per l'esplosione imminente di una bomba. «No, per favore, levate subito l'auto da lì. Quello è un parcheggio riservato e...».
«Questura di Aosta, ce ne andiamo subito» rispose Schiavone mostrando il tesserino. «Lei è il proprietario qui?».
L'uomo scosse la testa. «Io? No. Se volete vi porto dal dottor Lovati, lui è il direttore».

«Faccia strada».

Felice Lovati, responsabile dell'hotel De Sucre, in giacca e maglione a collo alto, li accolse nel suo ufficio. L'albergo era rivestito con boiserie di legno chiaro. Festoni natalizi addobbavano le travi di legno del soffitto, quelle che sostenevano il solaio erano state avvinghiate da un serpente dorato festoso. Il profumo dolce di mele e liquore e il fuoco nei due camini, uno per ogni lato della hall, metteva allegria. «Prego, venite da questa parte. Ma che succede?». Lovati aprì una porticina, anch'essa di legno chiaro intarsiato, ed entrarono in un ufficio spoglio, triste, tutto il contrario dell'hotel. «Dottor Lovati, ci serve sapere... qui ha pernottato il signor Piotr Bla... scico... schi... stiamo parlando della settimana del 2 dicembre, almeno fino al 7 oppure 8 di dicembre».

«Così a occhio non ricordo. Però mi faccia pensare...», si mosse per raggiungere uno schedario con due sportelli dai quali tirò fuori un registro. Lo poggiò sulla scrivania e cominciò a girare le pagine. «Dunque... dunque... sì. Ecco qui!» e mise l'indice della mano sul foglio. Rocco lesse il nome. Piotr Blaszczykowski. Era arrivato il 2 dicembre e doveva ripartire il 9. «Certo, ricordo. È un uomo alto, biondastro, molto gentile, ha pagato il conto in anticipo, per carità, ma non l'abbiamo più visto».

«Era solo? Accompagnato? Ha incontrato qualcuno qui?».

Lovati scosse il capo. «No, ha pernottato qui da solo come da registrazione e non mi pare abbia mai avuto ospiti... Aspettate, chiamo Virginia, lei ha una memoria di ferro, dice che l'aiuta la "Settimana enigmistica" a mantenerla così».

«Grazie, Lovati».

«Mi pare sia uno che ha a che fare con il mondo del calcio» e uscì dalla stanza. Rientrò poco dopo accompagnato da una settantenne magra, capelli grigi, una sorta di suora laica. «Ecco, lei è Virginia, insostituibile, senza di lei l'albergo non girerebbe come dovrebbe». La donna abbassò gli occhi lusingata. «I signori cercano Blascicoschi, quello della 14, che è andato via all'improvviso».

«Certo», aveva una voce profonda e calma, avrebbe potuto condurre un programma radiofonico notturno per far compagnia a camionisti, medici e infermieri di guardia durante le ore di lavoro. «È un fisiatra, cura i calciatori. È sparito il giorno 8 mattina, non l'abbiamo visto più».

«Sentite, ha ricevuto visite?» chiese Rocco.

«A me pare di no» fece il direttore. «Virginia?».

«No» si unì la donna. «Stava molto tempo in camera, cosa facesse non lo so. Non sciava, né andava sulla neve. A colazione stava attaccato al suo cellulare, parlava sempre con qualcuno a bassa voce, salutava a stento... una volta gli è arrivato un pacchetto in portineria».

«Ricorda qualcosa, signora? Il mittente?».

«No, dottore».

«Posso chiedere al receptionist, ma dubito che lo sappia» disse Lovati.

«Ha lasciato effetti personali?».

Lovati si voltò verso la donna che rispose. «Ha lasciato una valigia» e indicò una porta. «Nel deposito. Vado?».

«Magari» disse Antonio.

«Mi firmate una carta che declina ogni mia responsabilità?» disse poi il direttore mentre Virginia prendeva un mazzo di chiavi dalla tasca cercando quella giusta.

«È chiaro» fece Schiavone. La donna aprì con tre mandate e sparì nella stanza attigua. Ne uscì poco dopo con un trolley e una busta di plastica di un negozio di Aosta. «Ecco, questo è tutto».

«Poggi pure qui sopra» disse Rocco indicando un mobiletto basso mentre Antonio toglieva una lampada per fare spazio. Il vicequestore aprì il trolley. C'era un sacchetto con dentro il nécessaire per la barba e lo spazzolino, un altro sacchetto di stoffa conteneva delle medicine. Un paio di scarpe a punta di pelle nera coi lacci avvolte nel cellophane di una marca che Rocco non aveva mai sentito, Acord. Tre magliette, due camicie, due mutande, un maglione color aragosta e un paio di pantaloni verdastri di velluto. Nella sacca laterale un caricabatterie per cellulare, una busta trasparente con un foglio che indicava la prenotazione all'hotel De Sucre, la carta d'imbarco del volo che Blaszczykowski aveva preso da Bruxelles con atterraggio a Torino il giorno primo di dicembre alle ore 18 e 30. Un libro di Sławomir Mrożek in lingua originale, e un piccolo taccuino, blu, dieci per dieci, scritto con una grafia minuta. Lesse una frase: «*Coś mnie nie przekonuje. Musisz zapytać S.*».

«Me sa che è in polacco» disse Rocco richiudendolo e infilandolo nella sacca del trolley. Nella busta di plastica del negozio sportivo Castore e Polluce c'era la biancheria sporca. «Ci portiamo tutto in questura. Signor Lovati, ci serve la lista dei clienti presenti in albergo dal primo all'8 dicembre».

«Sì, d'accordo, faccio fare subito una copia. Ma che cosa è successo a quest'uomo? Perché lo cercate?».

Rocco lo guardò. «Tanti perché, dottor Lovati, e nessuna riposta» e uscì dalla stanza lasciando ad Antonio l'incombenza di prendere il trolley. «Me la firma lei la carta?» gli chiese Lovati, Virginia sorrideva mesta.

Il laboratorio di Michela Gambino era deserto ma macchinari e monitor sembravano accesi e in funzione, quell'antro alchemico agli occhi ignoranti di Antonio dava una sensazione di funzionalità e ansia allo stesso tempo. «C'è nessuno? Sono Antonio» disse. Le lucine di uno strano apparecchio lampeggiavano, una specie di giostra per criceti aveva smesso di girare mentre un cubo simile a un frigorifero portatile vibrava. «Michela? Niente? Ci sei?», lasciò il trolley sul tavolino più sgombro, su un foglietto scrisse: «Questo è il trolley di Piotr Bla... del polacco morto. Ci sono i suoi vestiti».

«Che è?». Michela era apparsa alle sue spalle da una porta che Antonio non aveva notato.

«Abbiamo trovato il bagaglio di Piotr Bla. Da adesso lo chiamiamo così... ci sono vestiti, scarpe, biancheria sporca».

«E che volete da me?».

«Schiavone si chiedeva, magari ci stanno tracce di sangue? Sangue non suo?».

«Mi ci metto... Anto', sto esaminando la busta con gli stracci che trovai nel laboratorio. A chi devo dare la precedenza?».

«E chi nni saccio io? Per Schiavone al cadavere, per il questore allo scomparso».

«Capito. Cerco di sbrigarmi. Amunì, fammi lavorare».

Antonio tornò alla porta automatica di cristallo. «Miche', com'è che trovai la porta aperta?».

«Ti vidi arrivare. E ho aperto».

«Ah. Ma tu dov'eri?».

«Miii e quante domande che fai. Ero di là. Tu fatti i fatti tuoi».

«Se mi facessi i fatti miei, che minchia di poliziotto sarei? Buon Natale se non ci rivediamo» e sorridendo uscì dal laboratorio.

«Buon Natale» gli urlò dietro Michela.

«Una di queste volte però lo facciamo da me» disse Alberto Fumagalli uscendo dalla stanza attigua al laboratorio abbottonandosi la camicia.

«Da te? All'obitorio? Dico, vuoi babbiare?».

«Era per cambiare!» e le mollò un bacio sulle labbra.

«Bello mio, amunì che aju a travagghiari. Su, smamma e torna all'ospedale. Nni videmu stasira».

«A me quando parli così...» la riabbracciò.

«E che sei un picciottu ventino ca ricominci? Ora ora finimmo!», ma Alberto non sentiva più ragioni e trascinò la sostituta commissaria Michela

Gambino di nuovo nella stanza attigua. «Minacciami» rantolava.

A Michela scappava da ridere. «Non mi viene» protestò debole ricambiando i baci del marito.

«Minacciami!» insisté ancora l'anatomopatologo.

«Ma chi nni saccio... ecco, ti ittu supra 'u matarazzu e ti futtu finu a quannu hai ciatu i riri pietà!».

«Ma che cazzo hai detto?».

La porta si chiuse sbattendo.

«Stocchi è irreperibile». Casella allargò le braccia. «Ho chiamato anche la sede, la segretaria dice che partners nella dicitura della società sta per il cugino di Stocchi, Bernardo, che è a Milano e viene qui entro un tre ore. Ma mi sa che della società sa poco o niente perché stava giocando a tennis quando l'ho chiamato. Però al coperto» si premurò di informare Schiavone.

«Che vuol dire?».

«No, che il tennis questo Bernardo Stocchi lo gioca al coperto».

«Case', e sticazzi? Ecco, mi mancava il momento della stupidità, era un po' che non ti veniva. Deruta?». Casella fece un passo all'indietro verso il divanetto di similpelle, Deruta avanzò verso la scrivania. «Allora dottore, ho la lista dei clienti dell'albergo Les Suches, il direttore insiste che per qualsiasi cosa basta una telefonata, non c'è bisogno di andare fin laggiù».

«E invece io ci vado quando cazzo mi pare. Abbiamo scoperto se Piotr Bla aveva una macchina?».

«Piotr Bla pare non tenesse una macchina sua né affittata».

Antonio e Rocco si guardarono e accennarono un sorriso. «Va bene, la lista dell'albergo, me la dai?».

«Ce l'ha sulla mail».

«La voglio stampata, in grande».

«Era per rispettare l'ambiente» borbottò Michele Deruta.

«Me fanno male l'occhi a legge sul monitor, va bene? Poi, D'Intino?».

Mimmo si staccò dal muro. «No dotto', non è l'una e la pappa a Lupa ancora gne le so' date».

«Bravo! Allora, chi abbiamo che conosce il polacco e ci traduce il libriccino di Piotr?».

«L'unica persona fidata è Moresi che attraverso l'ambasciata ci fa avere subito la traduzione. Ci sarebbe la moglie di Miniero, che è di Varsavia, ma... insomma è un'esterna».

«Perché scusate, Carlo che cos'è?» osservò Deruta.

«Carlo è il figlio di Eugenia e ci potete mettere la mano sul fuoco!» protestò indignato Casella.

«Ha ragione. Questa moglie di Miniero, che fa?».

«Ha un negozio di abbigliamento».

«Chiamala, falla venire e dalle il compito. Se può tradurre qui in questura ancora meglio».

«Insomma ci fidiamo?» chiese Antonio.

«Ciecamente».

Qualcuno stava arrivando di corsa, sentivano il rumore delle suole di gomma sbattere sul linoleum a un ritmo accelerato. Dopo pochi secondi si affacciò Michela Gambino, col fiatone che quasi non riusciva a parlare. «Mi... nchia... mi dovrei... rimettere in forma... manco un corridoio... di corsa...».

«Che succede?» le chiese Rocco. «Vuoi acqua? Caffè?».

Michela fece cenno di no, piegata in due e con una mano a tamponare la milza.

«Che hai trovato nel trolley?» le chiese Schiavone. Michela fece cenno di no con la mano, poi si tirò su, prese fiato. «Mi sembrava giusto dirtelo di persona. Le impronte... digitali trovate nella stanzona del biochimico... ho un riscontro importante».

«E cioè?».

«Sono di Piotr Bla...».

Rocco restò in silenzio. Antonio guardava ora lui, ora Michela, gli altri della squadra sembrava avessero ricevuto un cazzotto in pieno volto. «Mica male, no?» disse la sostituta.

«Mica male? E questo cambia tutto, Miche'. Se non altro sappiamo perché è scappato».

«Piotr Bla?» si chiese Antonio. «Che c'entra con Pavan?».

«Se le impronte di quel medico, fisiatra, ortopedico stavano nel laboratorio di Pavan...» disse Rocco guardando un punto sul pavimento.

«Ah, era un laboratorio?» chiese Casella cui mancava qualche dettaglio.

«Ex laboratorio, sì. Significa che i due lavoravano insieme» il vicequestore concluse la riflessione elementare. Doveva cominciare a fissare qualche punto del ragionamento, ora che un colpo di vento aveva rimischiato le carte in tavola.

«Lavoravano a cosa?» e Antonio si appoggiò, braccia conserte, alla finestra.

«Secondo me» intervenne Michela, «metanfetamina, cucinavano robaccia... anche se io e Alberto stiamo lavorando agli stracci ritrovati lì dentro. Può essere che qualcuno li abbia beccati, e sono scappati. Ma qualcuno chi?» lo chiese a tutti e a nessuno. Rispose Antonio: «Domandiamo ai cugini?».

«No» disse Rocco. «Avrebbero già parlato, stanno addosso a 'sto Pavan. No, è roba nostra, siamo quelli più avanti, 'sto ingarbuglio tocca sgnommerasselo da soli...».

«Che dobbiamo fare?» gli chiese Antonio che non aveva capito.

«Smatassa'... risolvere per conto nostro. Intanto, Miniero per la discarica ha scoperto qualcosa?».

«Ancora niente» rispose Antonio.

«Discarica?» chiese la sostituta.

«Stiamo cercando di capire che fine hanno fatto i mobili del laboratorio di Pavan» gli disse Scipioni.

«Certo, giusto».

«Allora, ricominciamo daccapo. Chiamate Caterina per favore, voglio pure lei».

Antonio afferrò il telefono e compose il numero dell'interno. «Michela, vuoi un caffè?».

«No grazie. Hai ancora bisogno di me?» gli chiese.

«Per ora no. Sei stata strepitosa» e Rocco le sorrise.

«Lo so» e Michela restò seria, in piedi guardava fisso Rocco e non se ne andava. «Vieni un attimo in corridoio?» gli disse.

Rocco la seguì lasciando la stanza e la squadra.

«Rocco, intanto giacché chiamo Miniero lo avverto pure per la moglie, per la traduzione» gli urlò dietro Scipioni, Rocco alzò solo il pollice e sparì.

Michela si appoggiò alla parete proprio sotto il cartellone delle rotture di coglioni.

«Che c'è?» le chiese Schiavone.

«Parte».

Si riferiva a Sandra. «Lo so, me l'ha detto».

«È un peccato» e la sostituta lo disse con sincerità.

«Sì, è un peccato» concordò Schiavone.

«Non hai la sensazione di un treno che lascia la stazione e che dovevi prendere?».

Rocco si passò una mano fra i capelli. «Non lo so, Michela. Forse. E se invece è un pensiero che s'è inchiodato nel cervello, da solo o con il mio aiuto, ma non è sincero?».

«Che vuoi dire?».

«Che io Sandra non la amo. Me l'ero imposto? Oppure no, non lo so, in ospedale quando dormiva sentivo che forse, da qualche parte...».

«Ti faccio la domanda che tu fai sempre agli altri. Puoi pensare di vivere senza Sandra per il resto dei tuoi giorni?».

Rocco sorrise guardando l'ascensore e le scale in fondo al corridoio, poi riportò l'attenzione su Michela e disse: «Sì».

La sostituta fece una smorfia leggera stringendo le labbra e aggrottò appena le sopracciglia. «Allora, quand'è così, scusami se ti ho dato il tormento tutto questo tempo», si voltò e si incamminò lungo il corridoio. Incrociò Caterina, le due poliziotte si salutarono, poi Michela prese l'ascensore senza più guardare Rocco, Caterina seria in volto lo raggiunse. «Che succede?».

«Piotr, il cadavere del lago, aveva a che fare con Pavan».

Caterina sbarrò gli occhi. «Cazzo...».

«Già, vieni dentro».

Rocco aveva riassunto a tutti la situazione, a volte prendeva delle piccole pause durante le quali nessuno fiatava. «Dobbiamo capire se i due davvero cucinassero metanfetamina, e se sì a chi affidavano la vendita del prodotto. Voglio anche capire perché Piotr è andato a parlare per ben due volte con Stocchi all'hotel. Voglio risentire gli amici di Pavan, non è più un tizio di mezz'età che s'è rotto i coglioni ed è scappato, ma è uno che ha visto o sentito il fiato della morte sul collo ed è sparito. Chi lo vuole morto? Immagino gli stessi che hanno buttato nel lago Piotr. Che nascondeva in banca? Non ha paura di noi, è chiaro, però non ci contatta per farsi proteggere, ergo?» guardò la squadra.

«Ergo non vuole finire in galera e vuole restare vivo» concluse Caterina.

«Esatto. Perché la sua attività con Piotr è illegale» disse Antonio.

«E direi» fece Deruta.

«Oppure ci sarebbe anche un'alternativa» disse Rocco. «Non si fida di noi». Calò il silenzio, rotto solo dal russare di Lupa. «Cioè tu dici che...?».

«Io non dico niente, Antonio. Metto sul campo tutte le possibilità».

«Che qualcuno sia corrotto qui in questura o dai cugini mica è fantascienza» disse Caterina. «E non sarebbe neanche la prima volta» guardò Rocco e sorrise. «No, direi di no» proseguì, «ne abbiamo mandato uno dentro qualche tempo fa, o mi sbaglio?». Caterina si riferiva a Mastrodomenico, il dirigente della polizia di Stato inchiodato alle sue responsabilità nel processo dove Rocco e lei avevano testimoniato. «Non era di questa questura, lavorava al Viminale, ma sempre della polizia era».

«C'è un altro fatto dotto' che mi convince poco» intervenne Casella.

«E spara».

«Hanno svuotato quel laboratorio, diciamo, di Pavan. E dov'è la roba?».

«Ci sta lavorando Miniero. Sta controllando le discariche qui intorno. Però magari se qualcuno gli dà una mano... D'Inti', te ne vuoi occupare tu?».

«Sì. Come faccio?».

«Chiedi in giro. Vedi se c'è qualche testimone. Annusi, scavi, datti da fare, cazzo, sei un poliziotto oppure no? Volevi un compito importante? Ora ce l'hai!».

D'Intino scattò in piedi e lasciò la stanza di Rocco.

«Datemi le liste dei clienti dei due alberghi. Io, Caterina e Antonio adesso le leggiamo e vediamo se ci viene l'idea. Deruta e Casella, convocate Silvia Manca, Pancaldi e Paioletti in questura. Voglio sentirli».

«Va bene dottore, ci penso io». Deruta uscì dalla stanza seguito da Casella.

«Allora, c'è una testimonianza importante. Pino» disse Rocco.

«Chi è?» chiese Caterina.

«Il cameriere dell'albergo Les Suches» rispose Antonio.

«Esatto. Ci ha detto che Piotr e Stocchi, a pranzo, il 2 di dicembre, discutevano in maniera pesante. Alla nostra domanda, Stocchi ha risposto che era una discussione su un calciatore amico di questo Piotr Bla. Ma io credo che stesse mentendo. I due stavano litigando e hanno appianato il diverbio solo alla cena del 5... quando Piotr Bla ha recuperato la giacca dalla lavanderia».

«Stocchi puzza?».

«Da morire, Anto'» rispose Rocco. «E fra l'altro, aspettiamo pure il cugino, che sarebbe socio della società ma che, pare, sia poco più di un prestanome». In quel momento entrò Deruta con le liste. «Ecco, dotto', ne ho fatte tre copie così potete leggere ognuno per i fatti vostri» e consegnò i fogli. «Casella ha già convocato Pancaldi e Manca, ora sta cercando a coso, lì, a Paioletti che non risponde».

«Bene Michele. Grazie».

«Dovere dotto', a dopo».

«Cominciate a leggere, io devo riferire al questore e a Baldi» disse Rocco.

«Bel casino adesso, Schiavone». Costa camminava su e giù per la stanza. «Direi di sì» rispose la voce di

Baldi dal vivavoce del telefono poggiato sulla scrivania che partecipava alla riunione improvvisata dal suo ufficio. «Io mi terrei sempre abbottonato sia sull'identità del cadavere del lago, sia sul suo coinvolgimento nell'attività segreta di Pavan» continuò il magistrato. «Non dobbiamo certo rilasciare informazioni sui progressi fatti».

«D'accordo con lei, Baldi» disse il questore. «Lei, Schiavone?».

«Io ho tutta la squadra al lavoro. Stiamo risentendo amici, testimoni, vogliamo capire dove abbia gettato l'attrezzatura del laboratorio, ma a questo punto, me lo faccia dire, non sarà semplice ritrovare Pavan».

«E direi di no» s'accordò Baldi. «Qui rischia la pelle, altroché. Almeno però sappiamo il motivo della sua fuga».

«Ci sarebbe da parlare con quelli della Gunnelli» disse preoccupato Costa, «e col presidente, tutti che aspettano notizie. Io a nascondere la verità sono capace, ma in cambio, che gli dico?».

«Si inventi una storia» propose Baldi.

«Del tipo?».

«Per esempio che ha parlato con un esperto comportamentale e Pavan ha tutta l'aria di avere avuto un esaurimento nervoso».

Costa non rispose. «Oppure può dire che ha un'amante» fece Rocco. «E che è molto probabile sia scappato con lei».

Costa era ancora dubbioso. «Una malattia?».

«Anche» fece Baldi. «Ma la teneva segreta per cui

s'è andato a curare chissà dove senza dire niente a nessuno. Vi piace così?».

Rocco alzò le spalle, Costa invece annuiva. «Sì, devo avere il placet di un medico, adesso lo trovo all'ospedale uno che supporti questa belinata».

«Schiavone, lei le persone le sente in questura?».

«Sissignore, dottor Baldi».

«Io riparlerò con Clotilde Nolano, la ex moglie. Se ha mai sentito questo polacco, se sa niente delle attività segrete di Pavan. In più mi voglio fare quattro passi nella situazione economica della Gunnelli».

«Perché?».

«Perché Pavan lavorava lì, voglio vedere se hanno mai lamentato strani ammanchi o simili. Non è che un laboratorio si mette su con venti euro».

«È un'ottima pista, dottor Baldi».

«Bene, allora ognuno di noi ha le sue gatte da pelare, mi sembra» fece Costa battendo le mani.

«Buon lavoro a tutti» e il magistrato chiuse la telefonata. Rocco salutò con un mezzo sorriso il questore e lasciò l'ufficio.

La lista dell'hotel De Sucre dove aveva alloggiato Blaszczykowski si componeva solo di una quindicina di nomi. Più complesso invece l'elenco del Les Suches che accoglieva 35 clienti. «Guardiamo il lato positivo» disse Caterina, «fosse successo due settimane dopo, i clienti degli alberghi sarebbero stati tre volte tanti».

«Verissimo» concordò Antonio. «Abbiamo letto, ma a noi non è suonato nessun campanello».

«Rileggiamo insieme, magari ad alta voce, ragioniamo su ogni nome...» propose Caterina.

«Rocco?».

«Dimmi, Anto'».

«Tu ti sei reso conto che un quarto d'ora fa hai mandato D'Intino da solo a fare una ricerca?».

Rocco sospirò. «Sì, e allora? Il rinforzo non arriva, anzi nessuno ne parla più. Devo rompere le palle a questa poverella per darci una mano» e indicò Rispoli.

«Figurati Rocco, anche se... pure noi stiamo combinati maluccio».

«Lo so e ti ringrazio, Cateri'. Che ti devo dire, Antonio? Speriamo che D'Intino non si metta in cose più grandi di lui».

«Come per esempio attraversare una strada?».

Aveva visto nero, solo nero, per quanto? Dieci minuti? Un'ora? Di più? Aveva dormito? Non c'erano stati sogni. E per quanto tempo allora? Un giorno? Un mese? Un anno? E soprattutto dov'era? Sopra di lui, il cielo grigio. Accanto a lui, dei volti sconosciuti che gli parlavano, ma sentiva poco o niente, un rimbombo, come una cascata o l'acqua del water che scroscia. Cosa volevano da lui? La schiena era poggiata su qualcosa di duro, ma non era un letto. Si voltò appena. Vide un po' di neve in un'aiuola, le ginocchia dell'uomo accucciato accanto che gli parlava, portava dei jeans, le scarpe di una ragazza, erano rosa dunque le indossava una ragazza, alzò lo sguardo. Era una ragazza bionda con la faccia pallida e gli occhi spaventati. Cominciava a sentire freddo. Ecco, capì di essere sdraiato sul marciapiede. Si guardò le mani. Erano bianche, sul palmo della destra un taglio dal quale usciva sangue, rosso. Aveva uno strappo sulla manica del giubbotto, era nuovo, neanche due mesi. Qualcuno lo scuoteva. Erano due uomini, con una divisa arancione, una ragazza invece gli stava puntando una torcia nell'occhio destro, poi fece lo stesso in quello sinistro. I due con la divisa arancione lo sollevarono da terra e lo misero su un letto? O forse era una tavola con le rotelle? Perché si muoveva avvicinandosi all'ambulanza che teneva le porte posteriori aperte. Sentì uno smottamento, due tre colpi dietro la schiena, poi si ritrovò dentro il mezzo, accanto a lui la ragazza che gli sorrideva. Aveva lo stetoscopio al collo. Gli parlava, e cominciò a sentire qualcosa. «Mi sente?» lo sguardo della donna era dolce, i capelli neri e lisci, aveva un neo vicino al naso. «Come si chiama?».

«Io?», la bocca impastata, sapeva di sangue e terriccio. Anche la lingua era pesante, come ci avessero attaccato sopra una tavoletta di legno. «Mi chiamo... Mimmo... Mimmo D'Intino».

«Bene Mimmo, cerca di stare sveglio, va bene? Io mi chiamo Giulia e sono un medico». Partirono le sirene e quelle le sentì.

«Che... che succede?».

«Sei finito sotto un'auto, Mimmo. Forse hai qualcosa di rotto».

«Un... un'auto?».

«Sì. Stavi attraversando dietro la curva, e non hai visto l'auto».

«Ah...».
«Io sono medico, tu?».
«Sono un agente di polizia... mannaggia...».
«Cosa?».
«Proprio mo che Schiavone m'aveva dato un compito».

Pancaldi era seduto in fondo alla stanza accanto alla finestra, controllato da Deruta che ogni tanto alzava lo sguardo dal monitor per non perderlo di vista. Scattò in piedi all'ingresso del vicequestore che appena lo vide non ebbe dubbi: col pizzetto, la bocca piccola e carnosa, gli occhi distanti e tondi, Giorgio Pancaldi era un pesce pappagallo. Non era la prima volta che ne incontrava uno, era un tipo fisico comune soprattutto alle latitudini mediterranee. «Mi dispiace averla fatta tornare, so che ha conosciuto il viceispettore Scipioni e l'ispettrice Rispoli». Rocco prese una sedia e s'accomodò di fronte a Pancaldi. «Prima di tutto mi tolga una curiosità. Lei è parente del giudice di Giochi senza Frontiere?».

Quello rise. «No, me l'hanno chiesto in molti, commissario».

«Sono vicequestore, e sì, sono prevedibile. Veniamo a noi. So che lei era amico di Aldo Pavan».

«Certo sì, andavamo spesso in gita insieme, a sciare d'inverno, camminavamo d'estate, qualche cena».

«Sa dunque che lavoro fa».

«Alla Gunnelli. È un biochimico, lavora a progetti di farmaci, medicinali».

«Lei dice che non è a conoscenza di problemi economici, debiti e simili».

«No, signor vicequestore, non ne ha. Che io sappia, almeno».

«E sostiene anche che si è preso dei giorni di vacanza per staccare. Da cosa?».

Pancaldi alzò appena le spalle. «Mah... dal lavoro, dalle pressioni?».

«Quali pressioni?».

«L'ultima volta che siamo andati a sciare, era l'8, mi ha detto che la direzione della Gunnelli lo stava torchiando su un nuovo farmaco. Era molto provato, mi ha detto pure: "Giorgio, appena posso parto e me ne vado per un po'". Ecco perché dico che...».

«Lei sapeva che Pavan aveva una cassetta di sicurezza in banca?».

«No, non me ne ha mai parlato. Perché avrebbe dovuto?».

Rocco si accese una sigaretta.

«Ah, si può fumare negli uffici?».

«No Pancaldi, ma io faccio come me pare. Era a conoscenza che Aldo aveva un laboratorio qui ad Aosta?».

«Un laboratorio? Di cosa?».

«Questo non lo sappiamo. Lei ne sa niente?».

«Del laboratorio qui, ad Aosta? No, mi pare strano. E che ci faceva? Non capisco».

«Neanche noi. Magari ne ha parlato con Bebo Paioletti. Lei sa se ne ha parlato con Bebo Paioletti?».

«Non credo, o forse sì, ma dovrebbe chiederlo a lui».

«Che lavoro fa Bebo Paioletti? Ho letto su degli appunti che trasporta pianoforti. Li accorda?».

«Sì... solo per concerti, cose importanti. È molto bravo, Bebo. Ci sono maestri, pianisti, che si fidano solo di lui».

«E lei? Lei si fida di lui?».

«Io?». Pancaldi era smarrito. «Sì, ma perché 'sta domanda?».

«Chi è Piotr Blascicoschi?».

L'uomo restò in silenzio per qualche secondo. «Non ho capito».

«Ha capito».

«Giuro di no. Il nome dico, non l'ho capito».

«Non lo conosce? Piotr Blascicoschi?». Rocco spense la sigaretta in una tazzina di plastica.

Pancaldi fece una smorfia stirando in basso le commessure delle labbra. «No, non lo conosco. Chi è?».

«Un amico di Aldo».

«Giuro, mai sentito».

Quando Pancaldi uscì frastornato come dopo un giro sulla giostra dei calcinculo, Rocco s'accorse che Deruta era sparito ed era solo nella stanza degli agenti. Si accese un'altra sigaretta e ricordò un suo professore di filosofia che fumava in classe e si accendeva la MS con quella appena lasciata sul posacenere. Era cieco, ma non si sentiva un fiato. Nessuno osava prenderlo in giro, o fare smorfie, perché il professor Cantone lo amavano tutti. E poi sentiva gli odori. Forse fu lui a far fare il salto a quei ventidue semidelinquenti della 1C. Gli fece amare il pensiero dell'uomo, dapprima ingenuo, balbettante, poco più di un singhiozzo. Poi sempre più robusto, fermo, radicato. Il pensiero dei greci prima, dei romani, san Tommaso, Vico e Bruno, l'idea di Stato e di democrazia, Spinoza, Dio che cambia volto mille volte sotto ogni latitudine, il pensiero tedesco, l'orologio di Kant, l'illuminismo e la rivoluzione, la logica di Hegel, Schopenhauer, il romanticismo, Dioniso che rientra sotto mentite spoglie, la follia del Novecento, il nichilismo, le guerre. Dubitate, diceva sempre, e faceva leggere in classe la poesia *Lode del dubbio* di Brecht. «*Oh bello lo scuoter del capo su verità incontestabili! / Oh il coraggioso medico che cura l'ammalato senza speranza!*». Si commuoveva a quella poesia, Cantone, da dietro gli occhiali scuri scivolavano due lacrime, una a destra e una a sinistra. «Non sentite il profumo di queste parole?». Cantone assicurava che lui lo percepiva, come quando si leggeva Dante o Petrarca. Poi chiedeva alla classe cosa avessero capito. E ogni volta s'aggiungeva qualche concetto. Che bisogna sempre dubitare, sì, che non bisogna mai dare nulla per scontato, sì, soprattutto le Verità assolute, quelle religiose e quelle politiche, sì, perché le hanno fatte gli uomini e gli uomini sbagliano, sì, che mica è detto che la Juve vinca sempre, sì, che se uno pensa non si fa mettere i piedi sul collo da quello più potente, sì, che anche chi guida un paese deve dubitare delle guide, sì. Quando disse a tutti, prima della maturità: «Mi raccomando ragazzi, passate questo scoglio, il resto viene da sé», Rocco gli rispose: «Professo', mi scusi ma dubito che sia così» e scoppiarono tutti a ridere. «Fai bene Rocco» gli disse serio Cantone, «io non sono più il vostro professore, dubitate di tutto ciò che vi dico e vi ho detto. Costruitelo da soli il vostro pensiero, interpretate la realtà coi mezzi che vi ho dato. Io sono solo uno che vi ha aiutato a uscire dalla pancia della mamma. Adesso tocca a voi vivere. Vi ricordate il primo anno? Io sono quello che inizia un processo maieutico, e voi non capivate. Ora mi capite? Ma sapete che vi dico? Che in questa classe sento un buonissimo profumo!». Quante volte l'avrebbe voluto vicino il professor Cantone, anche solo per una telefonata, ma a quell'epoca i cellulari non esistevano, e lui aveva sempre la segreteria telefonica accesa. Ricordò che dopo la laurea, prima del concorso, Rocco venne a sapere che Cantone era stato ritrovato morto nel suo appartamento ai primi di agosto. L'avevano rinvenuto giorni dopo, perché viveva da solo. A Rocco piacque sempre pensare che si era suicidato, come Socrate, perché non reggeva più, perché tutto ciò che invisibile ai suoi occhi lo circondava, era mostruoso e puzzava di sterco, vomito e decomposizione.

Si alzò dalla sedia e si stiracchiò. Gli venne voglia di un caffè, doveva dunque tornare nella sua stanza. Trovò Casella ancora coi fogli degli ospiti degli alberghi. Leggeva e si teneva la testa con la mano poggiando il gomito sulla scrivania. Poteva sembrare un grande poeta o un intellettuale sprofondato in chissà quali pensieri, invece era solo Casella che non si raccapezzava. Alzò infatti lo sguardo sconfitto. «Dotto', a me questi nomi non mi dicono niente. A parte quello Stocchi, non mi è suonato nessun campanello».

«Va bene Case', puoi tornare nella tua stanza. Vedi che da qualche parte c'è l'altro amico di Pavan, quel Paioletti. Mandamelo in ufficio».

«Sissignore. Sul computer ci sono le foto che le manda Miniero, quelle della discarica».

«Le hai viste?».

«C'è un furgone, non si vede chi guida, solo un pezzo di scritta sulla fiancata».

«Cioè?».

«Ecco» e scarabocchiò su un biglietto. «Sopra si legge R T e I, e sotto si legge TURE. Altro non si vede».

Rocco guardò lo scarabocchio. «Basta e avanza, Case'».

«Meno male» e Ugo Casella lasciò la stanza mentre Rocco si avvicinava alla finestra.

Guardò il buio fuori. Non se n'era accorto che era calata la sera. Da quando i due ruscelli Pavan e Blaszczykowski si erano incontrati ed erano diventati un solo fiume, non aveva pensato ad altro. Era come arredare una terza casa con i mobili di altre due precedenti e farceli entrare a forza. Pavan e Blaszczykowski stavano progettando qualcosa, e qualunque cosa fosse, c'era chi la voleva a tutti i costi. E ha colpito. L'altro è fuggito spaventato e non sarebbe più tornato, il rischio era troppo alto. Sapeva della morte del compare? Qualcuno lo avvertiva, era in contatto con lui?

«Dotto', questo è il signor Paioletti» e Casella introdusse Bebo Paioletti. Anche lui col pizzo, le guanciotte rosse, Rocco cercò di capire a quale animale somigliasse. Era tentato da qualche primate ma forse il colore bianco dei capelli, la pancia a cocomero, la bocca enorme con le labbra troppo sottili e gli occhi tondi un po' esoftalmici lo immettevano più dalle parti dei bufonidi, cioè dei rospi. Sì, tagliando il pizzetto Bebo Paioletti era un rospo smeraldino albino. Non aveva dubbi. Con una certa soddisfazione si preparò a sentirne la voce. «Buonasera, rieccomi qui» disse quello sedendosi. No, avrebbe preferito qualcosa di più roco, ingolato. Aveva una voce normale, un po' nasale. «Chi cazzo le ha detto di sedersi?» gli disse Rocco affabile restando in piedi dietro la scrivania. Paioletti non capì se quell'uomo stesse scherzando o facesse sul serio. Decise, come sempre aveva fatto nella vita, che era meglio passare per sempliciotto che innervosire uno psicopatico, e dunque si alzò in piedi. Rocco allora si sedette e lo invitò a fare lo stesso, Bebo obbedì. «Vicequestore Schiavone, vicequestore mi raccomando, non mi chiami commissario. Mai».

«Sicuro!» e Bebo deglutì. Non si preparava un incontro semplice. Ma doveva essere un problema di quella questura. Prima la donna per poco non lo aveva picchiato, adesso questo vicequestore prometteva anche di peggio.

«Lei è amico di Aldo Pavan. E ormai lo abbiamo appurato». Bebo annuì. «Che lavoro fa?».

«Mi sono quasi ritirato dagli affari. Ogni tanto su richiesta ancora svolgo la mia attività» e si azzittì.

«Che sarebbe?».

«Ah sì, certo, io accordo pianoforti. Per concerti, registrazioni... li trasporto pure».

«Bene. L'ultima volta che ha visto Pavan?».

«Come ho già detto ai suoi colleghi...».

Rocco alzò una mano. «Non me ne frega un cazzo di quello che ha già detto ad altri. Metta conto che è la prima volta che entra qui dentro, e anche se le costa ripetere, lo faccia senza commentare».

«Va bene». Paioletti deglutì ancora. «Allora è stato l'8 dicembre. A Cervinia, abbiamo sciato. Cioè, hanno sciato. Io ho fatto una sola pista e poi mi sono messo a prendere il sole. Non ho più il fisico».

«Lo vedo. Che lavoro fa Pavan?».

Sul viso di Bebo apparve una smorfia. Aprì la bocca, poi frenò la lingua, reprimendo forse una risposta ironica e pungente. «Lavorava con i farmaci. Cioè, faceva esperimenti, li produceva, nei dettagli non lo so. Non è un mestiere semplice il suo».

«Secondo lei aveva debiti?».

«No, non credo. Cioè, a me non ne ha mai parlato. Ma guadagnava bene alla Gunnelli, sa?».

«E allora mi dia una sua opinione. Dov'è andato?».

Bebo allargò le braccia. «Vuole una mia opinione?».

«Gliel'ho appena chiesta» fece Schiavone gentile.

«Si era rotto di Clotilde. Quella non gli dà tregua. Si sono lasciati e continua a controllarlo. Lui è un debole, non è capace di dirle: Clotilde? Lasciami vivere, io e te non stiamo più insieme da anni! No, niente, le perdona tutto. Tutto. Si figuri che la tizia ha ancora le chiavi di casa. Io gli ho detto: Aldo, ma metti che trovi un'altra e la sera stai lì a fare l'amore, questa ti entra in casa neanche fosse ancora tua moglie o tua madre!».

«Chiaro il concetto».

«Io dico questo, vicequestore, mi sa che ha preso Silvia e se ne sono andati a fare una gita».

«Lei sa male, perché Silvia Manca sta venendo in questura e non ha più sentito Aldo da giorni».

«Ah... allora un'altra?».

«Lei intende un'altra amante, signor Paioletti?».

«Esatto! Può essere, no?».

«E lei non ne sa niente? Né lei né a quanto pare Giorgio Pancaldi. Ha tenuto tutto segreto?».

«Mah... che le devo dire...».

«Cosa teneva Pavan in una cassetta di sicurezza in banca?».

«Non... non lo so. A dirle il vero non sapevo neanche ne avesse una. Cioè, con me non ne ha mai parlato».

«Lei è uno attento?». Bebo guardò Schiavone. «Intendo, nota le cose?».

«Oddio, nel mio lavoro sì. Ma nella vita non saprei».

«Io sì. Per esempio, lei indossa una vecchia camicia a quadretti dal colletto liso, ma non perché sia povero, lei ci tiene a questo capo. Come ci tiene alle scarpe. Le ha lucidate, sta attento a non sporcarle. Non ci tiene al suo corpo, indulge troppo a tavola, ma ormai si difende scherzandoci sopra, come se ammettere la sua pinguedine col sorriso sulle labbra risolvesse il problema dei trigliceridi. Ama i suoi capelli, come le sue mani di cui ha una cura maniacale, forse per il suo lavoro. Lei da ragazzo era un bell'uomo. Ha avuto donne, ora non capisce come sia possibile che il tempo le abbia rovinato così la piazza, lo vedo dai due vecchi tatuaggi che le spuntano dal polsino della camicia e dagli anelli con il simbolo dei Motorhead che si ostina a portare» e Rocco si azzittì.

«Vero. Dottore, lei ci ha azzeccato».

«Ora provi a descrivere me» fece Rocco.

«Lei?».

«Me».

«Non so se sono in grado».

«Ci provi».

Bebo guardò l'ufficio, Lupa, le mani di Schiavone, il pacchetto di sigarette. «Allora, lei fuma».

«E fin qui... nun era difficile».

«Lei si veste come se fosse a Milano e non ad Aosta perché segue la moda. È sposato ma non ama più sua moglie. Le piace il lavoro che fa e... i suoi collaboratori la stimano. Si veste coi colori spenti perché è inverno. Mangia poco, non le piace bere e... forse ha un'amante».

«Bravo Paioletti. Non ne ha azzeccata una. Perché Pavan ha un laboratorio? Che ci fa?».

«Un laboratorio?».

«Non prenda tempo ripetendo le mie parole».

«Ma io non lo so che aveva un laboratorio». Bebo stringeva i braccioli della poltrona come se temesse di cadere.

«Che ci fa Aldo lì dentro?». Bebo alzo le spalle. «A lei non l'ha mai detto che sintetizza metanfetamina?».

«O cazzo... Aldo?» disse sgranando gli occhi. «Sintetizzava metanfetamina nel laboratorio? Ma come?».

«Esatto. Lei sa dov'è questo laboratorio?».

«No. Dov'era?».

Rocco si voltò verso il cartellone che D'Intino, bontà sua, teneva aggiornato. «Frazione Le Plan-Félinaz. Conosce la zona?».

«Certo».

«Ci è mai andato?».

«Se le ho appena detto che...».

«Ma Pancaldi afferma che gliel'ha trovato lei, il posto, tramite un'agenzia immobiliare di Milano».

«Io?». Bebo quasi si alzò dalla sedia. «Ma che cazzo dice? Io non ne so niente, Giorgio è impazzito?», poi si calmò e quasi sorrise. «Lei mi sta dicendo una bugia per farmi agitare, vero? L'ho visto fare nei film».

«Vero. Bravo. Ottimo spirito di osservazione. Però l'ha aiutato a svuotarlo, quel laboratorio, col suo furgone. Non menta, perché adesso mando la scientifica e se ci trovo una sola traccia di alcaloidi o similari l'arresto».

«Io non ho...».

«Lei lo ha fatto. Con il furgone che usa per il trasporto pianoforti e accordature. Le ultime lettere della scritta sulla fiancata sono visibili sulle immagini della discarica. Mi dica dove ho sbagliato?». Paioletti restò in silenzio, poi prese fiato. «E lei per qualche lettera su una fiancata...».

«Mica solo quella. Mi spiega perché io parlo del laboratorio al presente, lei al passato? Com'è, sa che non c'è più?». Guardò serio l'accordatore. «Non c'è nessun reato nello svuotare un laboratorio di un amico, questo lei lo sa?». Paioletti annuì. «A meno che uno non sappia cosa facessero in quel laboratorio, e se è qualcosa di illegale e non lo denuncia allora sì, sono cazzi».

«Io non lo so che ci faceva, lo stragiuro!».
«Mi dice bene com'è andata?».
L'uomo si grattò il naso. «Mi chiese in prestito il furgone. E basta. Io gli domandai che ci doveva fare, e lui mi parlò di una specie di cantina dove teneva materiali di laboratorio che doveva sgombrare in fretta, che era scaduto l'affitto».
«Quando è successo?».
«Dovevano essere gli ultimi giorni di novembre... no, inizio dicembre... senta, non lo ricordo di preciso».
«Quindi lei mi ha mentito, lei sapeva che Pavan possedeva un laboratorio da qualche parte».
Annuì senza dire una parola.
«Il motivo per cui ha mentito?».
«Non lo so, mi sembrava che meno dicevo meglio era. Insomma questo è sparito, non si sa dov'è andato, mi ha detto che doveva buttare roba di un laboratorio, tavoli, non era chiaro. Io mi faccio gli affari miei, dopo tutto mica ha detto: Bebo, devo far sparire un cadavere, no? Mi ha solo chiesto un furgone. Poi siete arrivati voi, mi avete chiamato due volte e ho cominciato a preoccuparmi. Io non lo so cosa c'è dietro, ma non ho fatto niente, ecco. Ho solo prestato quel furgone a uno che credevo un mezzo amico e che invece guarda in che situazione m'ha messo».
«E lei dicendo un mucchio di cazzate mi ha fatto fare il doppio del lavoro, Paioletti, lo sa?». Rocco alzò la voce. «Perché, perché cazzo dite bugie dove non ce n'è bisogno? Sì, gli ho prestato il furgone, so' 'ncazzo che ce doveva fa'! E che ci vuole? No, fate i buffoncelli, e

la moglie, e l'amante, e Cervinia, e 'sto par di coglioni!». Tirò un pugno sul tavolo. Bebo Paioletti saltò sulla sedia. «Ho mandato un povero agente in giro per discariche a cercare immagini di quel deficiente di Pavan o chi per lui, che si sbarazzava di tavoli di alluminio e altre puttanate. Questo perché lei non mi ha detto: Gliel'ho prestato io, il furgone! Poco fa lei stesso l'ha detto, mica le ha chiesto di nascondere un cadavere, no? Quando ha conosciuto Piotr Blascicoschi?».

«Chi?».

«Piotr Blascicoschi... quando l'ha conosciuto?».

«Mai, dal momento che non so chi sia».

«L'amico di Aldo, il socio del laboratorio».

«Senta dottore, io non so di cosa sta parlando. Io questo Piotr Blanciaschi, Blancioschi...».

«Blascicoschi» lo corresse Rocco. «Si pronuncia più o meno così, ma scritto è molto più complicato».

«Ecco, non l'ho mai sentito».

«È un'altra bugia? L'avverto, se poi scopro che lei lo conosce, l'ha conosciuto, ci ha solo preso un caffè, la faccio piangere, capito? Ultima possibilità. Conosce Piotr Blascicoschi?» e sbatté la foto del fisiatra polacco presa da internet sotto al naso di Paioletti. Bebo la guardò qualche secondo. «Cazzo sì, io questo l'ho visto. Non lo sapevo si chiamasse Blascico... schi?».

«Dove?».

«Il giorno che siamo andati a sciare a Cervinia. L'8. Aldo ci ha chiesto di fare una deviazione in un hotel, e mentre io e Giorgio prendevamo un caffè, lui ha incontrato quest'uomo».

«E vi ha detto chi era?».

«Roba di lavoro, ci disse. Uno della Gunnelli che gli doveva dare non so che, poi siamo andati a sciare».

«Era solo? 'Sto Piotr Bla?».

«Mi pare di sì. Noi eravamo al bar, loro erano seduti nella sala delle colazioni. Erano in due, con loro non c'era nessun altro. Ma non ci ho fatto molto caso, non mi sembrava un affare della massima importanza. Ero molto più attento a una tizia, dottore... una tizia che faceva girare la testa».

«Lei non ha l'età, il carisma, la possibilità di fissarsi su un certo tipo di donne».

«Lo so, ma neanche guardarle?».

«Neanche. Vuole che chiamo la mia collega Rispoli e finisce la chiacchierata con lei? Può andare, Paioletti, ma si tenga a disposizione. Perché, credo lo capisca da solo, con uno che mente alla polizia non è che abbia instaurato un rapporto di fiducia o simpatia».

«Che... che vuol dire?».

«Vuol dire che basta che faccia una sciocchezza, una sola, e non la perdoneremo mai più. Ora lei torna a casa insieme a un mio agente che verrà a controllare il suo furgone». Prese fiato e urlò: «Casella!» tanto che Bebo sobbalzò ancora. L'agente apparve sulla porta. «Case', fa' il favore. Insieme ad Antonio, andate con questo signore e date un'occhiata al furgone. L'ha prestato lui a Pavan per svuotare il laboratorio».

Casella guardò con odio Bebo Paioletti. «Forza, andiamo!» lo incitò ringhiando tra i denti. Lo fece uscire, poi scuotendo la testa sparì nel corridoio. «Ugo!» lo richiamò Rocco, e quello riapparve.

«Dica, dotto'».

«Controlla tutto, portate via oggetti che non vi convincono, stracci, qualsiasi cosa. Mi raccomando, è importante».

«Sicuro. Spietato!».

«Ecco, bravo. Spietato!».

Annoiato oltre il possibile, provato da una giornata che sembrava non volesse finire mai, doveva ancora sentire Silvia Manca. Uscì in corridoio, vide Scipioni venirgli incontro, anche il viceispettore teneva appeso un viso stanco. «Non devi andare con Casella a vedere il furgone?».

«Sì, prima però ti devo dare due notizie, e neanche una decente. Silvia Manca arriverà domani, ha avuto un piccolo incidente. Vuoi andare tu a sentirla a Santhià?».

«Sticazzi, la sento domani. La seconda?».

«La seconda è ancora più brutta».

Al vicequestore caddero le braccia. «Anto', sono a pezzi, non ho la forza», poi decise che era il caso si accendesse l'ennesima sigaretta. Gettò il fumo fuori dai polmoni. «Dimmi».

«D'Intino».

«Cosa?».

«È ricoverato in ospedale. Ha avuto un incidente. È stato investito da un'auto che poi è scappata mentre attraversava la strada». Si guardarono per un attimo.

«Ma ti rendi conto?» disse Schiavone.

«Non mi ci far pensare, è proprio come ti avevo detto io, Rocco. Ma scherzavo!».

«È grave?».

«Non credo. Lo tengono sotto osservazione questa notte. Reagisce agli stimoli e pare risponda correttamente alle domande».

«Che è molto di più di quanto faccia nella normalità».

«Anche questo è vero».

Rocco gettò la cicca a terra e la pestò, neanche fosse in strada. «Direi allora di non preoccuparci. Mando Deruta a portargli acqua, spazzolino e dentifricio».

«Va bene. Vado con Ugo a vedere 'sto furgone».

«Bravo».

«Domattina?».

«Domattina che, Anto'?».

«È la Vigilia».

«Ecco, state tutti qua e mi ripeto, non fatemi vedere regali e altre cazzate. Se volete, fatelo di nascosto».

«Ricevuto».

Antonio scappò via, forse a comprare prima qualche dono dell'ultima ora. Rocco guardò il cartellone delle rotture di coglioni. Il Natale era lì, c'era sempre stato, all'ottava posizione, non c'era bisogno di riscriverlo né sottolinearlo.

Lupa trotterellava orgogliosa del suo osso di gomma, unico regalo che Rocco s'era concesso di comprare. Non aveva voglia di andare al ristorante, in quei giorni di festa erano pieni fino a scoppiare. Gli sarebbe toccato mangiare gomito a gomito con gente affogata in ettolitri di profumo stomachevole, sentire risate sguaiate incrementate dalla quantità di alcol nel sangue, osservare denti famelici masticare carni e creme sporcandosi di sangue, maionese e verdure, constatare che in pochi si asciugavano le labbra prima di portare il calice alla bocca, assistere a riti di corteggiamento o adulatori di maschi vogliosi, notare perle di sudore sulle labbra dovute alle eccessive calorie e anche piccoli spruzzi di saliva piovere su tavoli piatti e bicchieri per colpa di una risata o di una consonante dentale, rilevare le impronte del rossetto su bicchieri e tazzine, sottoporsi all'ascolto coatto delle tonnellate di idiozie senza senso provenienti dagli altri tavoli. Era troppo, preferì prendere la pizza al taglio e le patatine fritte, e anche lì dovette fare la fila. La neve aveva smesso di cadere e Marina di venirlo a trovare. Si domandava il perché ma risposte non ne trovava. Forse, si diceva, si era stancata, o magari aveva di meglio da fare. Perché in fondo, e Rocco lo sospettava, dall'altra parte o non c'è niente oppure, qualsiasi cosa fosse, non poteva essere peggio di questo mondo. Ma optava per la prima supposizione.

Era davanti casa sua e la vedeva parlare al cellulare. Non se l'aspettava, non pensava più a lei da qualche giorno, ma gli fece piacere. Gli occhi vivi e pieni di energia, quei capelli neri e lisci, la bocca dalle labbra scure, gli arrivava al petto anche coi tacchi che stasera non portava. «Ciao Rocco» lo salutò mettendosi il telefono nella tasca del giubbotto.

«Ciao Cleo...».

«Non passavo qui per caso. Passavo proprio per incontrarti. Cos'è quella, la cena?» e indicò il pacchetto che Rocco teneva in mano. «Già. Sono giorni in cui è meglio stare lontani dai ristoranti».

«Sono d'accordo. Ce n'è per due?».

«Compro sempre in abbondanza».

«Allora mi inviti!».

«Direi proprio di sì».

Entrarono in casa. Mangiarono la pizza e le patatine sul divano, bevvero due bicchieri di Moët che Rocco si era ritrovato in frigo, fumarono una sigaretta e poi si saltarono addosso mangiandosi la pelle, nei compresi.

«Ti faccio una domanda» le disse Rocco.

«Ne hai facoltà».

«Che ci fai ad Aosta?».

«Sono venuta da Michela, per gli esami a della roba ritrovata in un garage. E mi sembrava bello passare a trovarti».

«Hai fatto bene».

Guardavano il soffitto che rifletteva la luce della strada. «Domani mattina però non ti lascio nessun biglietto» lo avvertì Cleo.

«Non ti preoccupare, non me l'aspettavo».

«Mi piace fare l'amore con te, Rocco».

«Anche a me... cioè farlo con te, l'amore con me l'ho fatto per una vita!». Si misero a ridere. Lei lo toccò sotto le coperte. «Ehilà?».

«Sì».

«Bene... ce la fai?».

«Dammi ancora cinque minuti, comincio ad avere un'età».

«Non perdere la concentrazione però...».

«Tu continua a fare quello che stai facendo e vedrai che non mi smarrisco».

«Posso anche fare di meglio, Schiavone» e come un sommergibile fra le onde, sparì sotto le coperte.

«Poi giuro che... ti ricambio... il favore» esalò prima di partire per mondi lontani.

Giovedì

Come promesso, Cleo non aveva lasciato nessun biglietto, solo il profumo sulle lenzuola. Sempre ad occhi chiusi era il momento di ispezionare i dolori mattutini. Le vertebre lombari cominciavano a farsi sentire con delle piccole punte di dolore, insieme al rachide e ai dorsali. In netto miglioramento il ginocchio destro interno e il ginocchio sinistro esterno, scafoide e astragalo del piede destro sembravano in ordine come anche il calcagno del piede sinistro non si lamentava più. Il tendine distale del bicipite destro invece gli doleva in più punti, mentre il sinistro taceva. Il nervo sciatico che correva fino al piede sinistro era una lama che gli ricordava di fare pochi e avvertiti movimenti, se voleva sopravvivere. Erano le sette e mezza, il sole stava per sorgere, una luce diafana si stava espandendo nel cielo sgombro di nuvole dove ancora qualche stella ritardataria punzecchiava la volta. Per tutta la notte aveva tirato la tramontana. Ettore era aperto, pochi clienti, il profumo dolce lo accolse come ogni mattina. «Buon Natale» gli disse. Rocco non rispose. «Ah già, scemo io che ancora ci casco» fece Ettore e si mise a preparare il caffè. «Immagino che stasera non andrà a nessun cenone».

«Bravo».

«E nemmeno farà dei regali».

«Ne ho appena fatto uno invece».

«Ah sì? E a chi?».

«A te. Non ti ho tirato neanche un ceffone». Sorridente, Ettore posò la tazzina sul bancone. «Vuole mangiare qualcosa?».

«No grazie. Hai per caso un panino o una pizzetta secca da ieri? Ho finito le crocchette di Lupa».

«Ma certo. E offre la casa!». Da sotto il banco tirò fuori una guantiera e mise nella busta tre panini e due pizzette. «Spero che Lupa gradisca».

«Proviamo subito». Rocco staccò un pezzo di pizza e lo gettò vicino al tavolino dell'entrata. Un paio di clienti lo osservarono senza capire. Quando poi videro spuntare una zampa da sotto la tovaglia sorrisero. «Prima o poi vorrei capire perché Lupa si nasconde lì sotto» chiese Ettore.

«Non le piace il locale, è evidente. Oppure non ha in simpatia il padrone». Rocco si mise la mano in tasca, Ettore lo bloccò con un gesto. «Non si preoccupi, ne avanza per un po', con questo vizio che ha di non prendere mai il resto avrà un seicentotrentadue caffè pagati, almeno».

«Grazie. Buona giornata».

«A lei». Rocco richiamò Lupa e insieme uscirono dal bar centrale.

Non sapeva cosa pensare di Cleo, a parte il piacere di passare qualche ora a letto insieme. Era una donna curiosa, in tutti i significati che quella parola poteva contenere. Ma forse, si disse mentre si accendeva la canna, non devo pensare niente. Vedila come un dono, quello sì, prenatalizio. E gli venne da ridere perché la storia dei regali di Natale la detestava dai tempi del liceo. Anzi, ora che ci pensava, sulla lista delle rotture di coglioni c'era sì il Natale, ma non i regali. Gettò la canna dalla finestra, afferrò un pennarello e andò in corridoio a trascrivere al nono livello i regali di Natale e giacché c'era mise all'ottavo le uova di Pasqua. Dal momento che di lì a poco sarebbe anche arrivato l'orribile, dissenterico, obliabile Capodanno, al nono piazzò i fuochi d'artificio, poi fra parentesi scrisse *(tutti)*, ad indicare miccette, tric trac, cascate pirotecniche, castagnole, bombe carta, girandole, fontane luminose. I passi in corridoio erano pesanti, Rocco distinse due persone, una più agile, l'altra decisamente meno. Si voltò. Erano Antonio e Deruta. «Buongiorno». Guardarono la lista delle rotture di coglioni, notarono subito l'aggiunta recente. «Sono d'accordo» fece Antonio. «Ieri mi ero scordato due regali, zio e zia».

«E che hai comprato?».

«A zio una scatola di fiches e di carte, a mia zia un cappello di lana col pon-pon».

«Roba seria. Allora, prima di tutto, chi va e chi resta?».

«Io resto» disse Deruta. «Mi creda, non ho una famiglia a cui tornare».

«Hai Federico» lo corresse Antonio.

«Appunto, e Federico sta qui. Dotto', mi ha mai visto partire per Natale?».

«Antonio?».

«Io andrei... la famiglia attende».

«Occhio alle cugine» lo ammonì Rocco ricordandc la disavventura di Antonio di qualche tempo prima.

«No, quella storia è finita» disse il viceispettore.

«Ce mancherebbe. Notizie?».

«Allora, la prima è che D'Intino ha superato la notte».

«Anto', D'Intino, se muore, è perché s'è scordato di respirare» fece Rocco. «Poi?».

«Silvia Manca è giù nella sala conferenze. Ho preferito farla rimanere lì per via del cartellone di D'Intino con tutte le scritte delle indagini, non mi pareva il caso lo leggesse».

«Vabbè Antonio, quello basta girarlo verso il muro. Comunque hai fatto bene, e anche la scusa del cartellone non è male. Potevi dire per non farle sentire l'odore di cannabis del mio ufficio, non mi sarei offeso. Lo apprezzo. Invece notizie del taccuino polacco?».

«Ecco, Miniero sta arrivando e lo porta».

«Appena ce l'hai, vieni da me. Deru', fa' il favore, accompagna la signora Manca nella vostra stanza. La sentiamo lì».

«Ricevuto».

Deruta con un gesto della mano di taglio alla fronte si avviò verso l'ascensore. «Chi altro parte?».

«Casella no, resta qui con Eugenia e Carlo. E Caterina invece va via, torna per Santo Stefano».

«Scusa, ma le paste di Federico?».

«Ha detto Deruta che le porta lui, di persona».

«Personalmente?».

«Esatto!».

«Annamose a fa' un caffè nella mia stanza, va'. Così a secco la Manca non la reggo».

Mentre Antonio armeggiava, il cellulare di Rocco con il suo inno alla gioia risuonò dalla tasca del loden appeso all'attaccapanni. Rocco lo pescò e lesse il display. Era Brizio. «Brizio! Da mo che non te sento... che succede?».

«Succede che a Roma col cazzo che ci sto a Natale». L'amico aveva il tono della voce survoltato. La nota Rocco la riconosceva, in quei momenti Brizio non sentiva ragioni. «La madre de Stella m'ha rotto li cojoni co' 'sto Natale. E i regali, e il cenone, e tu' zio, er cognato, er fratello, la suocera della sorella, e che palle! Aò, sarà che la famiglia mia s'è estinta, ma 'sta storia non la reggo».

«Abbi pazienza» fece Rocco, anche se sapeva che dirlo era inutile. Solo che la formula dell'amico in ascolto richiedeva una partecipazione con blanda emotività al problema irrisolvibile.

«Ma pazienza de che? Io sto andando a pija' Furio».

«Ah, e dove ve ne andate?».

«Da te. Famo il Natale noi tre, da soli, senza regali e rotture di cazzo. Se pijamo 'na botta de alcol, se fumamo centosedici canne e annamo a dormi'».

«Brizio, ma davero dici?».

«E dico sì. A Rocco, l'unica è la fuga!».

«Ma Stella sarà incazzata nera!».

«Figurate, me l'ha detto lei. Me fa: Brizio, mi' madre a Natale diventa un mostro e mi' padre un mentecatto! Non li sopporto, se c'aggiungo te co' 'sta faccia nera, famme er favore: vattene te che puoi, almeno te salvi. Mi sacrifico io, d'altra parte so' parenti mia. Così m'ha detto. Poi sa pure che ar primo giro der mercante in fiera, posso tira' fuori 'na bajaffa e finisco in prima pagina sul "Messaggero"».

«È una donna meravigliosa».

«Costosa, più che altro. Dodicimila».

«Costa dodicimila euro? Mica te sto a capi'».

«E sì, in cambio ho dovuto prende una settimana a Mahé, partenza il 7 di gennaio».

Rocco rise. «Mi pare un prezzo equo. Allora vi aspetto. Che devo compra'?».

«Lascia perde Rocco, famo noi. Meno te dai da fa' da quelle parti, mejo è. A fra sei ore!» e chiuse la telefonata.

Antonio gli allungò il bicchierino che Rocco scolò d'un fiato. «Che dici, porto un caffè a Silvia Manca?».

«E perché? Che semo un circolo ufficiali? Una club house?».

Antonio rise e bevve il suo caffè.

«Senti Anto', nel furgone di quel Paioletti?».

«Abbiamo sequestrato due stracci, per ora portati pure quelli a Michela che ha storto la bocca. C'erano poi delle cinte grosse di stoffa, anzi di tela, per portare dei pesi, credo dei pianoforti, ma le abbiamo lasciate lì».

«Senti, siccome sto ancora rincoglionito, vieni pure tu a senti' 'sta Manca, per favore».

«Rincoglionito? Perché? Che hai fatto ieri sera?».

«Forse non sono cazzi tuoi?».

«E vai!» e Antonio mollò una pacca a Rocco che lo guardò storto. «Come si permette, viceispettore?». Scipioni sbiancò. «Mi... scusami, era solo che... non volevo».

«A cojone!» e gli restituì la botta.

«Ma non mi dici chi è?» gli chiese uscendo.

«Certo che te lo dico» e tacque.

Silvia Manca era seduta davanti alla scrivania. Portava un paio di pantaloni di velluto giallo con degli inserti viola sulle tasche e scarpe da trekking.

«Dottor Schiavone, che succede? Avete notizie di Aldo?».

Rocco guardò Antonio che rispose con un cenno di assenso del capo, segno che era attento, poi si sedette di fronte alla donna mentre Deruta se ne stava concentrato davanti al monitor, neanche stesse leggendo chissà quali importanti documenti.

«No, signora Manca, devo farle un po' di domande. Immagino lei non abbia sentito Aldo in questi giorni».

«No dottore, altrimenti gliel'avrei detto. Come ho riferito anche qui all'ispettore, ho tentato di rintracciarlo, ma senza risultati».

«Purtroppo siamo andati a ficcanasare nei suoi social. Sa, non abbiamo molte frecce al nostro arco. Facevate parecchi viaggi» osservò Rocco senza guardarla.

«Sì, appena potevamo io e Aldo zaino in spalla e via!».

«Ma da un paio di anni niente più viaggi?».

Silvia Manca fece una smorfia arricciando le labbra. «Ci fotografiamo di meno» rispose. «Alla fine i social sono una rottura!».

«E perché ci si iscrive?».

«Non lo so, dottore. Il profilo sta lì, ogni tanto ci do un'occhiata. Non siamo tutti perfetti».

Sentiva il bisogno di offendere quella donna. La sua positività d'accatto, il sorriso tenace pronto ad ogni evenienza, la fede che riponeva nel futuro erano irritanti per il vicequestore. E invece doveva trattenersi. «Lei non è di qui».

«No, mi sono trasferita dopo l'università. Lavoro molto con l'estero, ma potendolo fare da casa ho preferito un posto vicino alle montagne».

«Odia il mare?».

«Ma scherza! La mia famiglia viene da un paese vicino al mare... no, è che la montagna aiuta la concentrazione. C'è più silenzio. Solo il vento. Il mare è più chiassoso, soprattutto d'inverno».

«Conosce Piotr Blascicoschi?».

Ci pensò su, poi scosse la testa. «No, non l'ho neanche mai sentito. Cos'è? Polacco?».

«Brava! Era un amico di Aldo. Che strano lei non lo conosca».

Accavallò le gambe. «Non è un amico di Aldo, gliel'assicuro, altrimenti lo avrei almeno sentito nominare».

«Mah... chissà cosa c'è sotto...» fece Rocco, si accese una sigaretta e la guardò negli occhi. «Avevano un laboratorio qui ad Aosta».

«Un laboratorio? Per quale motivo?».

«Speravo me lo dicesse lei».

Silvia mise su un'espressione dispiaciuta. «Purtroppo non la posso aiutare. Sono tutte notizie nuove per me. Magari la sua ex ne sa di più».

«Clotilde? Magari, perché no. Siccome la interroga il magistrato, presto ci dirà...». Rocco restò in silenzio qualche secondo, Deruta e Antonio si scambiarono un'occhiata. Il vicequestore fece un tiro di sigaretta nel silenzio più assoluto. Silvia era scomoda su quella sedia, scavallò la gamba destra per portarci sopra la sinistra. «Vede, signora Manca, lei non è una sospettata, altrimenti ora invece di questa chiacchierata noi la stavamo intercettando al cellulare», le sorrise, ma era più un mostrare i denti che un gesto cortese. «Sì, lo facciamo spesso. Con la richiesta del magistrato, vero Antonio?». Antonio capì al volo l'antifona. «Mica sempre» disse infatti, «a volte intercettiamo pure senza permesso».

«Non... non è contro la legge?» azzardò Silvia Manca.

«Che le devo dire signora, a volte si usano tutti i mezzi pur di arrivare alla meta. Non ci vuole molto a intercettare una telefonata. È un gioco da ragazzi» e Rocco spense il sorriso. Lo sguardo divenne duro, minaccioso. Proseguì: «Piotr è un fisiatra, medico, chimico, e tante altre cose. E lavorava con Aldo in quel laboratorio nascosto».

«Davvero, io non riesco a... orientarmi, ecco».

«Vero? Neanche noi, all'inizio. Poi sa cos'è successo? Che Piotr è morto». Silvia restò imperturbabile, come se aspettasse una mazzata. Che arrivò. «Ma non è morto per un incidente o un malore, no. L'hanno ammazzato». A quel punto la donna impallidì. «E questo... cosa c'entra con... con Aldo?». La voce s'era lacerata.

Rocco spense la sigaretta in un portapenne vuoto. «Come la vedo io, signora Manca?». Quella annuì spaventata. «Che secondo noi la morte ha a che fare con quel laboratorio, e in più anche Aldo, sempre una mia supposizione, a quest'ora è bello che andato».

«No...» disse con un filo di voce.

«Mi dispiace, non riponiamo molte speranze. Le devo richiedere ora una promessa».

«Sì... certo».

«Non deve fare parola di questo interrogatorio. Con nessuno. Io l'ho messa a parte di alcuni segreti istruttori. Se usciranno da questa stanza, so con chi me la devo prendere. E non sono una persona gentile».

«Non si preoccupi. Io...».

«Torna a Santhià?».

«Credo di sì...».

«Bene. Arrivederci». Rocco allungò la mano. Silvia gliela strinse e si alzò un po' traballante, recuperò la giacca a vento e lasciò la stanza. «Bene. A che ora parti, Anto'?».

«Dopo pranzo».

«Allora attaccati alla signora».

«Dici?».

«Dico».

Deruta sospirò. «Dotto', posso aggiungere un dettaglio?».

«E dimmi».

«La signora compaesana è. L'ho capito dalle o, le chiude tutte, come faccio io. E poi infatti mentre parlavate sono andato a vedere qui, su LinkedIn...». Rocco si avvicinò al monitor che Deruta osservava dall'inizio della chiacchierata. C'era una foto di Silvia Manca sorridente. «Silvia Manca, traduttrice, lavora con eccetera eccetera, nata a Villasimius, in sardo Crabonaxa, in provincia di Cagliari».

«E allora?» fece Antonio.

«Allora conosce Piotr Bla, e vuole anche il suo bene, almeno lo voleva» disse Rocco. Antonio restò lì a guardarlo. «Il *nudeus* nei pantaloni, Anto', te sei rincoglionito? Lo scacciaguai?».

Antonio si picchiò la fronte a mano aperta. «Vai, stalle appiccicato. Ora sa un sacco di cose, vediamo a chi le va a riferire».

«Per questo le hai detto la storia delle intercettazioni? Per farla cacare sotto?».

«Se parlerà con qualcuno, lo farà di persona».

Antonio scattò. Rocco guardò Deruta. «Bravo Michele».

«Lo sa, dottore? Anche io ho pensato ai *nudeus* appena ha attaccato a parlare».

«Sì, ma Federico quando cazzo arriva? Ho fame».

«Chiamo subito!» e l'agente afferrò il telefono.

D'Intino era steso ad occhi chiusi e ripercorreva con la memoria tutte le azioni del giorno prima. Ricordava di aver parcheggiato l'auto accanto a un villino, l'aveva chiusa e s'era messo le chiavi nella tasca del giubbotto, poi aveva guardato la costruzione con il laboratorio di Aldo e voleva raggiungerlo. Si era mosso per attraversare la strada e... buio, fine, non ricordava più niente.

«Ma che t'è successo?» sentì una voce di donna, allora aprì gli occhi. C'era Rosaria vicino al letto che lo guardava. Aveva il cappello col pon-pon calato sulla fronte, portava una giacca a vento metallizzata. «Rosa...» disse. «Ne le sacce... mi sono ritrovato svenuto sopra al marciapiede».

«T'hanno investito, così mi ha detto l'infermiera».

«Ah sì?».

«Sì, proprio investito. Ma quello che t'ha preso è scappato. Non ti risarciscono di un euro».

Rosaria sorrideva, sembrava felice della notizia. «Scusa Rosa, ma a te che è che ti fa ridere? Che m'hanno investito o che non mi ridanno i soldi?».

«Tutte e due le cose. Perché fa ridere, no?».

«No, non fa ridere. Me fa male qui, arrete a lu culo, la coccia, la schiena. Quasi m'ammazzavano, e non ci sta niente da ridere».

«Per me sì» e si fece una bella risatina.

«Scusa, Rosa, ma che cazze si' vinute affa' qua? A pigliamm 'n giro? S'ha di fa' accusì, arivattene a la casa te'» e chiuse gli occhi.

«Parla italiano».

«Ma jate a ffanculo tu e parla italiano».

«Perché mi tratti male?».

«Perché? Perché je sto a lu letto di un ospedale, quasi morivo, e tu ti viene a fare quattro risate 'nfacce a me? Ecco perché ti tratto male».

«Ma mica è colpa mia, Mimmo, sei tu che sei deficiente. Solo un deficiente si fa investire in una strada dove passa una macchina ogni quattro mesi».

D'Intino la guardò duro. Non gli piaceva più, quel nasino grazioso e all'insù ora gli sembrava quello di una scrofa, e gli occhi quelli di un sorcio. «Ero venuta a trovarti proprio per dirtelo».

«Ecco, mo me li si' dette. Te ne pò pure je! In italiano, te ne puoi pure andare e lasciarmi in pace».

«Quanto sei scontroso. Come l'altra sera, mi inviti a cena e poi?».

«E poi che? Rosa, te ni si' ite mentre stavo a scalla' lu pollo! Senza dire niente. Je so' cretino, le sacce, non è una novità. Ma tu Rosa, si' pazze a la coccia. Vatte a fa' vede' da uno bravo, perché normale non sei. Anzi, fai meglio, non mi venire più a trovare, meno ti vedo meglio sto».

«Dici sul serio Mimmo D'Intino?».

«E che stenghe a scherza'? Si' capite mo? Fatti in culo e freghete» e chiuse gli occhi per dichiarare finita la conversazione. Sentì lo spostamento d'aria di un corpo che si muoveva. Riaprì appena appena l'occhio, qualche millimetro, Rosa non era più accanto al letto. Stava andando via, passo svelto, la giacca a vento argentata che rifletteva le luci al neon. «Va' va'...» disse D'Intino. Doveva anche occuparsi di cambiare il nottolino della porta, altrimenti la pazza sarebbe entrata quando e come voleva a combinare chissà quali guai. Poi si rese conto che era la Vigilia di Natale e se il medico non si faceva vivo, forse la doveva passare in ospedale. Di andare al paese non era più cosa. Peccato, perché il Natale a Mozzagrogna con la famiglia, gli zii, il cardone e i fritti era una delle cose che più amava della vita.

Non era difficile seguire Silvia Manca, la sua jeep arancione era una boa visibile a centinaia di metri. Il traffico appena fuori città era inesistente, sull'autostrada si potevano contare le macchine. Pochi anche i camion, Antonio si accese una sigaretta e si rilassò. Conosceva la strada per Santhià. Dopo Pont-Saint-Martin avrebbe proseguito sulla A5. Invece a Quincinetto si accese la freccia della jeep di Silvia. «Ma dove va?» disse accodandosi. La seguì sulla provinciale.

Il libretto di Piotr consisteva in poco più di dieci pagine, a detta di Miniero la moglie aveva penato per tradurlo perché molte frasi non sembravano avere senso. Molte parole, riferiva la traduttrice, erano solo appuntate e quindi di difficile interpretazione. In neretto gli aveva messo quelle scritte in italiano. Rocco si era segnato quelle che gli suonavano più significative.

Dato a St. la priorità per BAUTA. *Meno di 1 mese???*
Io di S. mi fido? A. si fida. Io no. Perché ha telefonato a CD? Se ne sono accorti? Se sì, lasciamo perdere ora Poi è tardi.
In ITALIA *mai!!! Giusto il consiglio di WZ. Dritti in ch.*
Quali sono i responsi? – o + ? St. deve essere più chiaro. Ormai è quasi 1 anno.

Il cugino di St. è un INCAPACE.

Voce al telefono disturbata. Capire se è davvero avvenuto. Se sì: PAGARE! *La famiglia, padre F. Tutti!*

Chiedere a St., magari va bene anche Ko oppure Ta?

C'era da diventare matti. Aveva messo alla lettura anche Casella e Deruta, pure se sperava poco o niente da quelle parti. Aveva bisogno di più menti, telefonò a Michela ma era impegnata in laboratorio, Caterina era occupata con un coglione di Saint-Vincent che minacciava moglie e figlia. Baldi lo chiamò quando stava per cominciare l'ennesima lettura del libretto di Piotr. «Schiavone, non ci capisco niente. Sono tutte frasi appuntate».

«Esatto. Io è la settima volta che lo rileggo».

«Io ho solo capito che per i nomi o i cognomi usa le iniziali. Ma ci sono intere frasi appuntate. Mah...».

«Ha sentito la signora Nolano?».

«Sì. È molto esaurita. Vuole essere collaborativa, ma non conosce niente di quello che le ho chiesto. Piotr Bla... non sa chi sia e del laboratorio non ne parliamo. S'è inalberata, ha cominciato a urlare: perché buttava i soldi in sciocchezze simili? Insomma, è andata ancora più in ansia».

«Come le ho detto, nel furgone dell'amico con il quale ha liberato il laboratorio c'erano degli stracci che Gambino sta analizzando. Sono certo che qualcosa esce fuori. Infine Silvia Manca è stata molto utile... è di origini sarde».

Baldi restò in silenzio per un po' «Ah. E allora?».

«Il portafortuna di Piotr».

«Sì? Ma sì, certo, quell'affare di stoffa cucito nei pantaloni. Ottimo. E...?».

«Il viceispettore la sta seguendo. Spero di avere notizie a breve. Io l'ho riempita di informazioni, credo che se ha le mani in pasta farà la sua mossa».

«Bene, voglio essere informato. Mi rimetto sul libriccino, taccuino, come lo vogliamo chiamare?».

«Quadernuccio?».

«Insomma 'sta cosa qui. Che fa a Natale?».

«Salgono due miei amici da Roma. Mangiamo e andiamo a letto alle 10».

«Io e Sara invece stiamo a cena insieme. Poi ci scambiamo i regali. Poi andiamo a letto».

«Perché me lo dice?».

«Così, perché è il primo Natale che non vedo l'ora che arrivi, dopo tanti anni. Vuole sapere cosa le ho comprato?».

«*Sgt trez... fnc.. arlo... ppatto?*».

«Lo so che stai fingendo, Rocco. Se non ci risentiamo, buon Natale».

«*Bn... ale!*».

«Coglione!» e il magistrato chiuse la telefonata.

Sottolineò un'altra frase del taccuino. Poi si alzò dalla scrivania per prepararsi un caffè, suonò l'inno alla gioia. Era Antonio. «Anto', allora?».

«Non siamo andati a Santhià, Rocco. Silvia Manca è venuta diretta alla Gunnelli esse pi a».

«Alla Gunnelli? Sei lì davanti?».

«Sono a cento metri dal cancello. Che faccio?».

«Per ora niente. Aspetta che esca. Se ci mette troppo ti mando il cambio».

«Va bene. Ti chiamo per ogni novità. Ah, se faccio tardi per il treno, mi presti la tua macchina per andare a casa stasera?».

«La Volvo?».

«Esatto».

«No, che poi ci vai a mignotte».

Silvia Manca conosceva Piotr, e sapeva anche del laboratorio, Rocco ne era certo. Perché correre alla Gunnelli? Erano soci con Pavan? Non aveva senso. Perché allora il laboratorio segreto smantellato in fretta e furia? E Silvia Manca, una traduttrice, la compagna di Pavan, non era medico, farmacologa, chimica, cosa aveva a che fare con tutta quella storia? Ripensò ai tre fratelli Gunnelli. Villermina, con la sua pelle chiara e gli occhi grigi, teutonica e sorridente, Piero che pensava di dover partecipare a una Parigi-Dakar, e Guglielmo, il primogenito, l'amministratore delegato, il più importante fra i tre fratelli. Dietro l'affabilità forse si nascondeva altro. Erano potenti, muovevano presidenti e assessori e forse anche onorevoli e senatori. Aldo Pavan era davvero a capo del loro progetto pronto per il mercato? Oppure era a capo di qualcos'altro che neanche loro potevano dichiarare? «Che cazzo facevate?» disse ad alta voce. Riprese le frasi del taccuino.

Dato a St. la priorità per BAUTA. *Meno di 1 mese???*

Bauta. Forse un cognome?, pensava. Bisognava cercarlo. Poteva essere un indizio? Oppure in codice Bauta sta per baita? Su internet trovò che la bauta era la maschera tradizionale di Venezia.

Io di S. mi fido? A. si fida. Io no. Perché ha telefonato a CD? Se ne sono accorti? Se sì, lasciamo perdere ora. Poi è tardi.

E poi S. chi era? Tornava più volte nel libretto. E perché Piotr non si fidava di lui? O di lei? E se S. stava per Silvia?, si disse. CD, corpo diplomatico? Di cosa se ne sarebbero accorti, si chiedeva. E chi?

In ITALIA *mai!!! Giusto il consiglio di WZ. Dritti in ch.*

Dritti in ch. Stava per Svizzera? In Italia mai. «Cosa in Italia mai? WZ, chi cazzo è?» disse ad alta voce. Riprese a leggere.

Quali sono i responsi? – o + ? St. deve essere più chiaro. Ormai è quasi 1 anno.

I responsi di che? Negativo o positivo, che è la batteria di una macchina?, si disse. E ancora, chi è St.? L'abbreviazione di santo? È un anno che? «Cos'è che fate? Che aspettate da un anno?» disse alla stanza, perché era solo, a parte Lupa che dormiva.

Il cugino di St. è un INCAPACE.

Riecco St. «Ora so che hai un cugino incapace. Ottima scoperta, se non so chi cazzo è St.». Però, pensò, è italiano o italiana. Altrimenti perché non scrivere *incapace* in polacco?

Voce al telefono disturbata. Capire se è davvero avvenuto. Se sì: PAGARE! *La famiglia, padre F. Tutti!*
Chiedere a St., magari va bene anche Ko oppure Ta?

«Ma di che cazzo sta parlando? E metticelo un nome per intero, porca puttana!». Tirò un cazzotto sulla scrivania che svegliò Lupa. Poi sbuffò. Aveva in mano troppo pochi dettagli, non sarebbe mai arrivato a una risposta concreta leggendo quel quaderno. Erano certo appunti e riflessioni di Piotr, ma Pavan non era mai nominato. Se chiamava le persone con una sola o al massimo due lettere non si era mai imbattuto in A. oppure P. o PA. A meno che, pensò, fra loro usassero un nome in codice. Ricominciò a leggere quando ricordò un dettaglio che non aveva mai considerato. La lista dei collaboratori di Pavan alla Gunnelli. Colpì il computer per riaccenderlo, entrò nella sua casella di mail e cercò. Era la terz'ultima ricevuta, non l'aveva neanche aperta. Lo fece in quel momento. Erano sette nomi. Li stampò, leggere sul monitor non lo faceva concentrare, la sua era una generazione cartacea.

David Casale
Corinna Michelotti
Walter Zanardelli

Michelangelo De Muru
Stefania Bassis
Luigi De Cecco
Kathy Mangione

Nessun nome gli diceva nulla, tranne forse le iniziali di Walter Zanardelli, poteva forse essere quel WZ che Piotr nominava nel taccuino? «Casella!» gridò. Attese qualche secondo, poi apparve l'agente.

«Dotto', queste scritte del taccuino mi fanno uscire pazzo, non ci capisco un apostrofo».

«Ascolta, prendi questa lista, controlla tutti questi nomi sui social, in rete, LinkedIn, quello che ti pare, è tutta gente che lavora alla Gunnelli. Cercate più informazioni che potete, c'è anche Deruta, no?».

«Sissignore».

Rocco gli consegnò il foglio. «Qualsiasi cosa, spulciate e datemi notizie».

Casella prese in consegna la lista e lasciò la stanza. Rocco chiamò Antonio. «Novità?».

«Niente, Rocco. Sta ancora dentro la fabbrica. Che faccio?».

«Vuoi il cambio?».

«Ho ancora tempo. Diciamo che se dopo pranzo questa non esce e mi mandi un Casella o un Deruta te ne sarei grato».

«Te li mando tutti e due. Occhi aperti, Anto'».

«Sì. Mi stanno diventano le palle sode a forza di stare seduto qui dentro, e sono sicuro che tutto questo un giorno ricadrà sulla mia prostata».

Rocco rise. «Non sarò lì a farmelo raccontare, figliuolo» e chiuse la comunicazione. «Come diceva quel personaggio di Amleto, Lupa? Che trovava del marcio in Danimarca?». Sarebbe stata un'operazione difficile, di convincimento al limite dell'impossibile anzi, ma non aveva alternative. Il ragno andava cacciato fuori dal buco. «Michela? Stai ancora lavorando?».

«*Stiamo* lavorando» lo corresse, «c'è anche Fuma qui».

«E da quando lo chiami Fuma?».

«Carino, no? Amunì, che ti serve?».

«Tutti e due».

«Scendi o saliamo?».

«Se volete il caffè salite, sennò scendo io».

Sentì la sostituta parlare con l'anatomopatologo. «Ti va un caffè? Va bene Rocco, saliamo!».

«Vi aspetto». Posò il cellulare sulla scrivania e andò nella stanza degli agenti. «Uomini, state alleprati, forse vi debbo mandare a dare il cambio ad Antonio se per ora di pranzo non succede niente».

«Signorsì» rispose Casella togliendosi gli occhiali da lettura. «E dove?».

«A Biella. Poi non lo so. Confido che per il tardo pomeriggio sarete a casa. Insomma è Natale per tutti gli uomini di buona volontà e pure per i figli di mignotta, no?».

«Non lo so» disse Deruta, «non ne sarei così convinto».

«Forse hai ragione, Miche'... vabbè, divertitevi» e indicò con un gesto del viso i computer.

«Grazie. Per ora della lista ho scoperto che Kathy Mangione dotto' somiglia al nome. Sta sempre ai ristoranti, fa le fotografie ai piatti, è una chimica. Tiene una faccia simpatica che fa allegria. Mi pare single, ma del lavoro non dice quasi mai niente».

«Invece io ho scoperto che a Walter Zanardelli piace fare gli sport estremi ed è del Canton Ticino» disse Deruta. «A questo gli piace il parapendio, scala le rocce e fa il farmacologo».

«È un tecnico di laboratorio» lo corresse Rocco.

«Sì, così, ma del lavoro non gliene importa niente. Si lamenta sempre. Dice che il laboratorio è pesante, chiuso, senta qui: *Non lo so ancora quanto ci resisto lì dentro*, e Roberta Gaspari che mi sa che è un'amica, gli dice: *Ma perché non ti licenzi?*, e lui risponde: *Poi vengo a mangiare a casa tua?*, e Roberta Gaspari ancora: *No, vieni a lavorare in farmacia da me*, e ci mette pure due cuoricini».

«Non mi sembra interessante, Deru'. Comunque cercate ancora finché non trovate qualcosa che...».

«Che ci fa suonare un campanello?» azzardò Casella.

«Ugo, mi stai prendendo per il culo?».

«Non sia mai, dotto'».

E facendogli l'occhiolino, Schiavone li lasciò al lavoro. Preparò la macchinetta e prese le cialde. Poi si accese una sigaretta. «Però devi aprire la finestra che la puzza di fumo mi fa vomitare» fece Alberto entrando. Michela era al telefono. «No, faccia per sei... sì, cappelletti, tortellini, li chiami come preferisce... sì, a dopo», si mise il cellulare in tasca. «Camurria, per fare quattro tortellini sembra che scalano una montagna. Allora Rocco... prima di tutto il caffè».

«Non posso fartelo, devo stare vicino alla finestra, nel mio ufficio, perché sennò tuo marito mi rompe i coglioni con il fumo».

«Puoi sempre lascia' la sigaretta sul davanzale e da bravo ospite prepararcelo» ribatté Alberto. Rocco sbuffò e poggiò la Camel in bilico sul montante basso. Michela si sedette accanto a Lupa e cominciò a carezzarla. «Davvero non vuoi venire da me stasera?».

«No Alberto...». Rocco mise la prima cialda. «Io e il Natale tendiamo a ignorarci. Cioè io lo ignoro, lui fra canti, suoni, lucine, Babbi Natale, pacchi e pacchetti mi fracassa l'apparato riproduttivo».

«Suppongo non andrai alla messa di mezzanotte» disse Michela ricevendo il primo caffè.

«E supponi male». Rocco gettò la prima cialda per infilare la seconda.

«Cioè fammi capire, vai alla messa di mezzanotte?» quasi gridò Alberto stupito, «non ci credo neanche se lo vedo».

«E perché? Certo, se pensi alla messa di mezzanotte in chiesa no. Non è quella».

«Scusa, quali altre messe ci sono? Buono 'sto caffè».

«E te credo Miche', uso le cialde più costose del mondo... e le pago io, mica Babbo Natale. Tieni» passò il bicchierino ad Alberto.

«No scusa, ora voglio sapere. Che messa di mezzanotte frequenti che non è in chiesa?».

Ora toccava al suo caffè. «Voi dopo la cena di Natale, per esempio, che fate?».

«Si chiacchiera, si beve un liquore, forse si fuma anche un po'. Se per esempio venissi tu, potremmo fumare più di un po'» rispose Alberto.

«Vabbè, ma poi?».

«E poi nulla. Si scartano i regali, se ce ne sono, e forse si gioca?».

«No!» gridò Michela. «I giochi a carte non li reggo da quando ero bambina».

«Scopa!» disse Rocco.

«Neanche quella! Forse briscola, guarda».

«Scopa intendo, idem! Pure io!» fece Rocco e prese il primo sorso di caffè. «Vabbè, dopo i regali non giocate, che fate?».

«E che si fa, Michela?».

«No, a quell'ora dopo mangiato, e i liquori e i dolci, no! Si va a dormire».

«Ecco. Qui vi volevo». Rocco prese posto dietro alla scrivania. Alberto e Michela lo guardarono curiosi. «È a quell'ora che io vado a messa. E vorrei veniste con me».

«Non... non ti stiamo capendo...».

«Allora ascoltate. Il bandolo della matassa di Piotr e Aldo Pavan credo sia dentro la Gunnelli. La farmaceutica».

«Lo pensi o ne sei sicuro?» chiese Michela.

«Lo penso e un po' tanto ne sono sicuro. Ora io devo andare a dare un'occhiata, ma senza il permesso del magistrato».

«Come spesso succede» fece Alberto alzando un poco le spalle. «Scassini ed entri. E che pensi di trovare?».

«E questo è il punto. Io non ci capisco un cazzo di formule, alcaloidi, chimica, reagenti. Quella è la vostra lingua».

Rimasero in silenzio per qualche secondo. Poi a parlare fu Michela. «Cioè tu ci stai chiedendo, dopo la mezzanotte del santo Natale, di entrare furtivamente in una fabbrica privata a spiare carte e documenti?».

«Sì» disse Rocco convinto. Poi guardò la finestra, prese una sigaretta, tornò al davanzale e l'accese. L'altra era rotolata giù nel parcheggio grazie a un colpo di vento.

«Te sei fuori come la Maremma» disse Alberto. «Io a fare il ladro non solo non sono tagliato, ma la mia morale mi obbliga a rifiutare di netto una proposta simile. Ma mi ci vedi? Con le torce, il passamontagna, la tuta nera, i guanti a ventosa».

«Hai un'immagine dei ladri un po' troppo cinematografica» fece Rocco.

«Vabbè, il senso l'hai capito. No, no, no e poi no! Di Natale, poi».

«E perché? Dentro cosa speri di trovare?». Al contrario di quella del marito, la voce di Michela era curiosa, interessata, tanto che Alberto si preoccupò. «Michela, ma che dici? Ma che te ne frega, dico io!».

«No, tanto per sapere» e gli occhi della sostituta luccicavano eccitati.

«No Michela, proprio no. Io non voglio. Questa è una cazzata, è una follia, è una minchiata, come dici te».

«Aspetta, fa' rispondere Rocco, no? Sentiamo che ha da dirci».

Il vicequestore si schiarì la voce. «Io devo capire che cosa nascondono lì dentro. Se fanno esperimenti strani, se studiano cose diverse dai medicinali che producono».

«E scusami, tu pensi che andando una mezz'oretta lì dentro lo scopriamo?» gli chiese Alberto aggressivo.

«No, ma fotografiamo i documenti che poi studiamo tranquilli a casa».

Michela saltò in piedi. «Come i film di spionaggio!».

«Adesso è lei che ha la visione cinematografica della situazione» protestò Alberto. Poi guardò la moglie: «A me sembrate due matti, di quelli da rinchiudere alla faccia di Basaglia».

«Io ho bisogno di voi» disse Rocco spegnendo la sigaretta e chiudendo la finestra.

«Ma scusa, e se ci beccano?».

«Albe', se ci beccano passiamo i guai. Ma con noi verranno due professionisti, oltre a me che non sono proprio l'ultimo a fa' 'ste cose».

«I tuoi amici pregiudicati?».

«Hanno un nome, Alberto. Brizio e Furio».

«Ecco, perfetto, così so con chi dividerò la cella».

«Che la fai tragica!» disse con sufficienza Michela. «A me non sembra una follia. Cioè, Rocco ha ragione».

«Michela!».

«Che? A parte che non è la prima volta che scassiniamo» e guardò il vicequestore. «Ti ricordi nel garage dei Bulleri? A cercare il sangue nel pick-up?».

«Certo che lo ricordo» disse Rocco.

«Ma stavolta è molto peggio» proseguì eccitata Michela. «Stavolta è molto ma molto più rischioso».

Alberto si alzò in piedi e cominciò a camminare per la stanza. «Ma ti rendi conto? Ma ti senti quando parli? Rocco ci vuole portare dentro una proprietà privata rompendo magari un vetro o scassinando la serratura per spiare una società farmaceutica e rubare magari dei documenti privati?».

«No, rubare non l'ho detto» lo corresse Rocco, «guardarli e fotografarli, semmai».

«E sentiamo, che ne sai dell'impianto di antifurto? Delle guardie? Dei controlli?».

«Per questo avremo i due professionisti, Albe'».

«Ma a me sembra... ma che situazione è? Siamo dentro una questura a parlare di andare a svaligiare una fabbrica?».

«Chi ha parlato di svaligiare?».

«Va bene Rocco, voglio dire, a scassinare? Rubare documenti? Spiare? Che situazione è questa? Io non... io non... va' a cacare, io non me la voglio rischiare!».

«Va bene Alberto, basta, anzi scusate se ve l'ho chiesto».

«Perché dici: scusate se ve l'ho chiesto? Dai per scontato che siccome il maschio ha detto di no, la femmina segue come un cagnolino?». Michela strizzò gli occhi aggressiva.

«No...» Rocco era sulla difensiva.

«E fai bene. Perché io sarò lì con te», allungò la mano e gliela strinse.

«Michela!» gridò Alberto.

«Alberto!» gridò lei di risposta.

«Ma sei matta?».

«Matto sei tu che non ne approfitti! Dico, ma quando ci ricapita un'occasione simile? Mai più nella vita! Qui non si tratta di rubare una maglietta alla Oviesse o un salame alla Coop...».

«Ma perché, l'hai fatto?» le chiese il marito.

«Una volta» rispose Michela aggressiva. «Qui si tratta di risolvere un omicidio, e se i mezzi sono questi, bene, io l'accetto».

«Hai un'etica di merda!» la redarguì Alberto.

«Non comincerei neanche la disquisizione filosofica, Alberto. È un chiaro caso benthamiano, invece. Perseguiamo il bene di tutti, cioè la risoluzione del caso, e passiamo sopra alle scorrettezze che dobbiamo affrontare».

«E se io facessi un salto dal magistrato a spifferargli tutto?».

«Te la scordi per i prossimi sei anni».

«Sei scorretta».

«Pure tu».

Si calmarono. Michela tornò a sedersi sul divanetto, Alberto alla poltrona. Rocco alla scrivania. «Va bene, ora freniamo un attimo. Lo sapevo che la richiesta era azzardata, cosa credete, ma se non fossi nella merda non ve l'avrei mai domandato. Alberto, io sono entrato in decine di case, uffici, negozi. Un paio di volte anche banche. Come poliziotto intendo. Eppure eccomi qua. E lo sai perché?».

«Perché hai avuto un gran culo? Bada che quello non dura per sempre».

«No, perché mi sono sempre servito dei migliori».

«Sì, i due pregiudicati, appunto».

«Alberto, io vado. E ti consiglio di pensarci, perché te l'ho detto, non ci ricapita più».

«Manco fosse un viaggio organizzato» protestò l'anatomopatologo.

«Meglio, Albe'. Molto meglio. Perché c'è il rischio vero! Pensa l'adrenalina. Pensa dopo quando torniamo a casa carichi come pile elettriche...» e gli sorrise.

«Pensa a cosa?» fece Alberto.

«Ti futtu 'na doccia fino a quannu un ti vennu i capiddi bianchi!».

Alberto sgranò gli occhi. «Se la metti così».

«E come la vuoi mettere?».

L'inno alla gioia sembrò celebrare la decisione presa dalla coppia. «Dimmi, Antonio».

«Sta uscendo dalla fabbrica. Anzi, stanno uscendo».

«Chi?».

«Silvia Manca insieme a un tizio barbuto e a un altro. Chiacchierano».

«Li puoi fotografare?».

«Da quaggiù non so come vengono. Mi avvicino un po'. Poi che faccio?».

«Mandami le foto. E vedi se la Manca se ne torna a Santhià».

«Ricevuto».

Rocco poggiò il telefono. «Era Antonio. Sta dietro alla compagna di Pavan. Oggi nel pomeriggio facciamo sopralluoghi».

«Bene. Stanotte a che ora vuoi andare?».

«Partiamo alle due e mezza» disse Rocco. «Avete pure il tempo di farvi un riposino».

Alberto scuoteva la testa ancora per niente convinto. «Rocco, io non so se ci sarò».

«Come vuoi, Alberto, grazie anzi per avermi ascoltato».

«Scusami» fece ancora l'anatomopatologo, «ma perché non vai te, scatti tutte le foto e poi ce le mostri?».

«Ma scatto a che? Magari fotografo la formula dell'Aspirina! Siete voi due che avete l'occhio scientifico. Io rischio di portarvi la lista della spesa».

«Ha ragione, Alberto. C'è bisogno di chi parla quella lingua. Io ci sono. Questo regalo non me lo perdo! Vestiti di nero?» chiese Michela.

«E mica è un funerale».

«Per me sì» si intromise Alberto mentre dal cellulare di Rocco partivano dei suoni allegri che segnalavano l'arrivo di messaggi. «Basta che evitate il bianco, ecco. Insomma, meno ci vedono meglio è, giusto?».

«Ricevuto». Michela si alzò e si avviò verso il corridoio. «Andiamo?» disse ad Alberto che, sconfitto e senza forze, seguì la moglie. «Ah, e buon Natale, Rocco».

«Anche a te, Alberto».

«La prossima volta se vuoi farmi un regalo, comprami una sciarpa. Una sciarpa va più che bene».

Schiavone prese il cellulare e guardò le foto mandate da Antonio. Riconobbe Silvia e anche David Casale. L'altro uomo alto e barbuto gli era sconosciuto. Raggiunse Casella e Deruta. «Colleghi, amici, maschi, questo tizio l'avete mai visto?» mostrò gli scatti di Scipioni.

«Come no» fece Casella, «lo sto controllando ora. Michelangelo De Muru, ha un bel profilo su Facebook. È lui. Venga a vedere». Lo portò fino al monitor. Anche Deruta si avvicinò. «Eccolo qua. Michelangelo De Muru. Fa il compleanno il 7 febbraio».

«E sticazzi? Altro?».

«È amico di Zanardelli, sempre sui social».

«Sono altri due che lavorano nel laboratorio» spiegò Deruta.

«Ed è originario di Villasimius» concluse Casella.

«Come la Manca» intervenne Deruta.

«Giusto. Bene. L'altro invece lo conosco io. È David Casale, il braccio destro di Pavan, lì alla Gunnelli».

«Ecco, lui sui social non c'è» disse Deruta.

«No, lui se potete trovate qualcosa, nel sito o dalle parti della squadra di pallamano del Carpi. È un tifoso».

«Del Carpi, segnato. Andiamo avanti con il lavoro».

«Bravi. Mangiatevi qualcosa pure. Notizie di D'Intino?».

«Gli fanno fare il Natale a casa. Cioè, lo farà con me» rispose Casella. «Rapporti di buon vicinato».

«Mi dispiace per Eugenia» disse Rocco sincero, Casella invece scoppiò a ridere. «Ma no dotto', dove si mangia in tre si mangia in quattro».

«Se lo dici tu».

Tornò a studiare le liste degli hotel, quei 40 e passa nomi. Due note strane. La prima la presenza di una russa, bielorussa in questo caso, che l'albergo De Sucre aveva ospitato il 3 dicembre e il 7. Tale Tatiana Snegurova. Un'altra escort?, si domandò Rocco. C'era un traffico negli alberghi più inquietante di un bordello thailandese? La seconda era quella più macroscopica. E si chiese come fosse potuto sfuggire alla sua attenzione e a quella degli altri. La camera 23 era occupata da Bernardo Stocchi. Omonimia o era il cugino di Stefano, ormai disperso nelle lande africane? Bernardo era arrivato il 7 sera e ripartito l'8 mattina. Curioso, in un albergo come quello in un luogo di vacanze, perché era rimasto un solo giorno? L'8 poi era ripartito, proprio il giorno dell'omicidio di Blaszczykowski.

«Dotto'?» si era affacciato Casella. «Noi avremmo finito».

«Andate pure. Senti un po', Case', avevo chiesto le copie dei documenti degli ospiti. Le facce insomma. Dove stanno?».

«Li stampo e glieli metto sulla scrivania».

«Sì, grazie». Il vicequestore si alzò. «Hai notato fra questi nomi due cose? Pure all'albergo di Piotr Bla c'è stato un viavai di una russa...».

«Sì dotto', l'ho visto», tirò fuori un taccuino e lesse: «Tatiana Snegurova».

«Ma in quale camera ha dormito?».

Casella controllò i suoi appunti. «Stava nella 17, qui risulta col marito Marco Berger».

«Vabbè, stava con la famiglia. 'Sto Berger che è? Italiano?».

«Sì, dice che è nato a Trento».

Rocco sbuffò. «Niente. E invece la cosa più grossa che nessuno ha notato? Bernardo Stocchi che ha dormito una sola notte lì?».

«Bernardo Stocchi ha dormito una sola notte, sì...». Casella rimise in tasca gli appunti. «Io ho pensato lì per lì a Stefano Stocchi, che è di Monza, no? Ma questo Bernardo c'è scritto che è nato a Vigevano, allora ho pensato che...».

«E hai pensato male... Lo voglio in questura, questa la deve spiegare. Vai pure, Ugo».

Decise per una boccata d'aria, fuori all'aperto, magari un caffè da Ettore, qualsiasi cosa gli passasse per un momento i tergicristalli sul cervello. Non incontrò nessuno della sua squadra, nemmeno Michela o il questore. Uscito nel parcheggio, prese verso il centro. Attraversò la strada accendendosi una sigaretta. «Dottore?» una voce veniva da una Mercedes nera, lunga e affusolata, sembrava un pesce delle profondità marine. Rocco si avvicinò all'auto che era ferma con le ruote sul marciapiede. Il finestrino era aperto, si affacciò. Alla guida un uomo mai visto. «Embe'?» disse Rocco.

«Sono Bernardo... Bernardo Stocchi. Il cugino di Stefano».

«Lei doveva farsi vivo ieri, se non mi sbaglio».

«No, non si sbaglia. Può salire?».

«Dipende dove vuole andare».

«Che ne so? Io questa città non la conosco. Solo di passaggio, quando vado a Courmayeur».

«O all'albergo De Sucre a Cervinia?».

Stocchi abbassò lo sguardo. «Vogliamo andare lì?».

«Ma di che parla? Parcheggi 'sto sommergibile e ce ne andiamo a piedi in un bar».

Bernardo tentennava. «A dire la verità, io di scendere non ho molta voglia».

Rocco sbuffò. «Bernardo? Si può sapere che vuole? Vada in questura e mi aspetti lì, io su 'sto coso non ci salgo».

«Per favore, spengo il motore e le consegno le chiavi. Non mi muovo».

«Che palle» e Rocco salì a bordo. L'odore di pelle della macchina nuova era quasi soffocante. «Ce ne ho di cose da chiederle, Bernardo. La prima è: dove cazzo è suo cugino?».

«Questo è il punto. Io non lo so. Mi ha chiamato due giorni fa, mi ha detto che doveva restare ancora in Senegal, c'era stato un imprevisto con un direttore sportivo».

«Noi l'abbiamo convocato e lui è sparito. Lei lo sa cosa c'è sotto?».

Si passò la mano sui capelli lunghi e radi che portava pettinati all'indietro. «No, ho provato a ricontattarlo ma non risponde, all'albergo non sanno niente. Ho anche chiamato i suoi collaboratori laggiù, ma che le devo dire? Pare volatilizzato. Glielo chiedo io che sta succedendo, dottore».

«Mi spiega come fa a sapere chi sono?».

«Basta usare internet» rispose Bernardo. «La sua foto c'è, e in parecchi siti. Lei è un po' famoso da queste parti».

«Senta, Bernardo, io devo parlare con suo cugino, con una certa urgenza. Perché sono certo che lui stia nascondendo qualcosa di molto grave».

Bernardo annuì, sconfitto. «Prima o poi la cazzata la doveva fare». Portava l'orologio sopra la camicia, un dettaglio che Rocco non vedeva dagli anni Ottanta. «Perché dice così?».

«Perché quello è un mondo dove girano troppi soldi».

«Non ci inzuppa il pane pure lei?».

«Io? Io sono solo un prestanome, quello che fa Stefano non lo so. O meglio, so che porta calciatori dall'Africa, tiene i cartellini di qualche campione, ogni tanto per le cose semplici lo aiuto, ma...».

«Lei è mai stato in Senegal?».

«Sì. Ho visto. Hanno proprio una bella organizzazione. I ragazzi sono ospitati, mangiano, giocano, i migliori poi li portano in giro per l'Europa. Qualcuno anche negli Emirati».

«Un vivaio insomma».

«Ecco sì, un vivaio».

«Lei conosce Piotr Bla... scicoschi?».

«Sì» rispose sincero. Un'auto con tre bambini festanti sul sedile di dietro passò loro accanto. Il più paffuto gli fece le linguacce dal vetro posteriore. «Bene, e sa anche cosa avesse in ballo con suo cugino?».

«Certo. Lui controllava e visitava spesso i clienti di Stefano, poi lo consigliava, prima di portare un atleta in Europa, eh! Hai voglia te gli esami che gli faceva».

«Per questo era all'albergo De Sucre?».

«Esatto. L'8 mattina ho preso dei documenti da Piotr, me l'aveva chiesto Stefano, e li ho portati a Milano».

«Che documenti?».

«Roba di esami. Io non ci capisco nulla. Riguardavano degli atleti che erano in forse per andare a giocare nella Ligue 1».

«E poi?».

«E poi, dottor Schiavone, io sono ripartito. Non sc altro. Lo giuro. Ripeto, io questo so di mio cugino, questa è la sua attività».

«Non parlo di quello che è alla luce del sole. Parlc di qualcosa che i due stavano organizzando insieme a un tale Aldo Pavan. Mai sentito questo nome?».

«Aldo Pavan? No, giuro di no, mi deve credere».

«E chi le dice che non le credo? Aldo è venuto nel suo albergo lo stesso giorno che lei ha preso i documenti da Piotr». Bernardo annuì, ma non disse nulla. «Strana coincidenza, no?».

«Giuro, dottore, io 'sto Pavan non l'ho mai neanche sentito nominare».

«Sa dov'è la contraddizione? Lei si sta cacando sotto, neanche scende dall'auto, quindi qualcosa suo cugino le ha detto».

«Ho paura, anche se non so niente, mi spiega perché hanno ucciso Piotr?».

«Almeno questo Stefano gliel'ha riferito. E che altro le ha spifferato?». Bernardo cominciava a sudare. La fronte si stava imperlando, eppure fuori i gradi erano neanche quattro sopra lo zero. «Mi ha detto della disgrazia, appunto, e mi ha detto anche che sistemava tutto».

«A Berna', che doveva sistema'?».

«Mi ha bofonchiato un discorso senza capo né coda. Mi ha detto: non ti fidare di nessuno che chiami da queste parti, e io non so cosa intendesse, se parlava del Senegal o Aosta. Che appena scopriva qualcosa mi avrebbe avvertito. Poi alla fine mi ha detto anche che potevo fidarmi di lei».

«Così le ha detto?».

«Proprio così. Vi conoscete?».

«L'ho visto una volta sola in videochiamata. Suo cugino non torna, sa perché? Perché forse ha paura di fare la stessa fine di Blascicoschi. Se io non capisco perché l'hanno ucciso, Stefano sarà sempre in pericolo. E pure lei. Vede, io le credo, faccio il poliziotto, non sono una minaccia per nessuno. Quelli che hanno ammazzato Piotr invece è tutt'altra gente». Bernardo deglutiva. Prese un fazzoletto di carta dal portaoggetti e si asciugò la fronte. «L'abbiamo ritrovato in un lago, i piedi legati da una catena con dei pesi per tenerlo sott'acqua. Capisce? Questa è gente che non scherza».

«O porca...» mormorò. «Giuro, dottor Schiavone, io non ne so niente di niente. Io sono un cazzaro, gioco a padel, vado a sciare, faccio ogni tanto le pubbliche relazioni perché qualcuna carina conosco, perché in qualche locale dove ci si può divertire ho carta bianca, ma altro non so. Che affari potesse avere mio cugino con Piotr e questo signore che mi ha nominato poco fa, io proprio non... non lo so. Io il calcio lo guardo allo stadio o alla televisione. L'unica cosa che conosco? È che finita l'andata, siamo secondi!». Rocco scosse la testa. «Si sta riferendo al campionato di calcio?».

«E sì!» disse con la rilassatezza negli occhi. «Sarà un anno di triplete».

«Ma se lo scordi, è annata bene cinque anni fa, non sfidi la sorte. E poi parla con un romanista, quindi taccia. Allora Bernardo, dove sta suo cugino adesso?» gli chiese.

«A Dakar, oppure a Mbacké dove ha la squadra. Poi ogni tanto va a Tambacounda, dove ha un altro centro sportivo, e in un'altra città, ma mica me lo ricordo».

«Lei ha qualche recapito di quei posti?».

«Solo dell'hotel dove va sempre a Dakar. Se lo chiama lì, prima o poi...».

«Prima o poi un cazzo. È sparito». Rocco si mise la mano in tasca. «Lei forse può essermi utile, invece. Guardi queste due liste e mi dica se c'è qualche nome che le suggerisce qualcosa». Gli consegnò i due fogli con i nomi dei clienti degli alberghi. «Prenda tutto il tempo che vuole, fretta non ce n'è».

Bernardo leggeva e scuoteva la testa. Mise un dito ad indicare il nome di suo cugino. Lo stesso quando lesse quello di Piotr sulla lista dell'altro hotel, De Sucre, e il suo. «Non mi dicono niente, davvero. Ci dovrei pensare a mente fredda».

«Li fotografi con il cellulare e se li porti a Milano. Magari le si accende la luce».

Bernardo eseguì. Terminata l'operazione guardò Rocco negli occhi. «Dottore, che devo fare? Mi devo nascondere?».

«Se fossi un amico le direi di sì».

«E come poliziotto?».

«Le direi lo stesso. Ma non saprei suggerirle dove. L'unica cosa che penso è che se l'avessero voluto morto sarebbero già venuti. Ma forse sanno che lei non sa un cazzo di niente, e non rappresenta un pericolo. Mi guardi e mi risponda con sincerità non per me, per la sua vita. Lei Aldo Pavan lo conosce oppure no?».

«Giuro, dottore, non lo conosco».

«Ha mai sentito parlare di un laboratorio clandestino da queste parti in cui bazzicava anche Piotr?».

Negò col capo e gli occhi smarriti. «Laboratorio clandestino? No... ma dove cazzo si è infilato mio cugino?».

«Credo in un mare di merda». Rocco aprì la portiera e restituì le chiavi dell'auto a Bernardo. «Bella macchina, Bernardo. Quanto costa?».

«Centocinquanta. Ma è della società».

«Per fare bella figura, no?».

«Coi clienti, sì. E chi crede che li scarrozza in giro?».

«È il suo lavoro?».

Bernardo divenne triste. «Sì, anche questo fa parte dei miei compiti».

«Statte bene, Berna'» e chiuse lo sportello.

«Antonio? Allora?».

«Allora sono arrivato a Santhià, a casa di Silvia Manca in via Foscolo. Una bella villetta. Non è venuta sola, ma con quello alto barbuto».

«Sì, Michelangelo De Muru».

«Rocco, questi stanno insieme. Si sono baciati in macchina. La tizia gioca su più tavoli».

«Non è detto, Antonio. Forse gioca su uno solo e su quello di Pavan ci giocava».

«Questo che significa?».

«Ancora non lo so, Anto'».
«Posso tornare a casa e partire?».
«Ci vediamo quando rientri. Stammi bene, Anto'».
«Grazie Rocco».

Perché l'idea di Rocco potesse avere una minima speranza di riuscita, aveva bisogno di Baldi. Lo trovò in procura, si stava preparando per andare a pranzo con Sara che l'aspettava al ristorante. «Facciamo una cosa rapida» gli disse mentre rimetteva a posto mezzo quintale di cartelline.

«Voglio andare alla Gunnelli e guardare le carte di Pavan. E lo vorrei fare oggi».

«Che spera di trovarci?».

«Un dettaglio che mi dia una mano. Lui e Blascicoschi stavano lavorando nel laboratorio a qualcosa di pericoloso. Secondo la sostituta Gambino forse metanfetamine, ma...».

«Ma lo fanno anche dei ragazzi di 19 anni con un'attrezzatura minima e anche minime conoscenze di chimica».

«Esatto. Pavan credo che sia un po' sprecato per quella roba lì. Un po' come chiedere a Cézanne di ridipingere una parete».

«Bella, me la rivendo con Sara. E dunque?».

«E dunque magari, essendo scappato di fretta dopo aver appreso la morte di Piotr, perché su questo io non ho dubbi, l'ha capito che avevano fatto secco l'amico, potrebbe aver lasciato qualcosa di scritto, di appuntato, qualsiasi traccia mi possa mettere sulla strada giusta».

«Sono d'accordo. Questa ispezione la farà coi suoi uomini?».

«Certo».

«A Natale?».

«A parte Scipioni, restano tutti qui».

«A proposito, ho saputo che un suo agente ha avuto un infortunio».

«Sì, ora sta bene, tutto passato. È stato investito da un'auto mentre era in missione...».

«Per conto di Dio?» e scoppiarono a ridere insieme.

«No, per conto mio» lo corresse Rocco.

«Va bene Schiavone, preparo il documento. Intanto buon Natale e ci vediamo, non so, il 25? Non credo sarò in ufficio. Se però ha bisogno mi chiami perché ho capito che lei il Natale non lo festeggia. Almeno, da quando è qui ad Aosta, non gliel'ho mai visto fare».

Mangiò un panino stitico preso in un bar vicino alla questura, fumò, fece passeggiare Lupa e poi poco dopo le due arrivò una telefonata. Il numero era sconosciuto. A Rocco non piaceva rispondere ai numeri sconosciuti, ma il suo lavoro non gli permetteva di ignorarli. «Chi è?».

«Rocco?» era una voce giovane, da ragazzino. La riconobbe subito. «Gabriele?».

«Mi hai riconosciuto? Ma come, mia madre dice che la voce mi è cambiata?».

«Può essere, ma io un asino lo riconosco a distanza di anni» risero insieme.

«Volevo augurarti buon Natale, Rocco».

«Anche a te, Gabriele. Sei a Milano? Mamma come sta?».

«Siamo a Milano. E...», abbassò la voce, «mamma sta benissimo. Quel tipo del FAI? Ora viviamo insieme. Abbiamo cambiato casa, siamo vicino ai Navigli. È fichissimo, Rocco. Suona pure in una band, si chiamano Lisetta e i suoi Carmi. Oddio, sono un po' vecchiotti, fanno musica che conoscono solo loro, però lui suona bene. Milano mi piace tantissimo».

«E te l'avevo detto, no? Che era una grande città».

«E tengo per il Milan».

«E quello è un problema tuo, Gabrie', non ce posso fa' niente. Senti un po', Margherita?».

Gabriele scoppiò a ridere. Ogni volta che lo faceva, a Rocco sembrava che il cuore pompasse più sangue. «Sei rimasto indietro. Ora sono innamorato perso di Silvia».

«Chi è?».

«Una che sta a scuola mia. Suona la chitarra classica, la amo».

«Come concili la chitarra classica con le tue strimpellate da rocker fallito?».

«È sempre musica» gli rispose. «Che farai a Natale? Stai ad Aosta?».

«Certo, e che mi perdo la neve, i cori, l'umido e il freddo?».

«Fai bene. Comunque Rocco, fa freddo pure qua».

«Che hai regalato a mamma?».

«Un portafoglio».

«Mettici dentro almeno un centesimo, sennò porta sfiga».

«Va bene, ricevuto. Rocco?».
«Dimmi, Gabrie'».
«Ma tu ogni tanto mi pensi?».
«Sempre».
«Io pure ti penso. Ti voglio bene anche se non ci vediamo».
«Te ne voglio anche io».
«Senti, hai qualche livello dieci al momento?».
«Sì, Gabrie'. Ce n'ho uno. Storia brutta».
«Quando vengo ad Aosta me le racconti tutte. Però coi dettagli e i particolari. Stiamo tre giorni di seguito, tu racconti io ascolto».
«Ma mica sono divertenti».
«Può essere. Ma tanto divertente sei tu, alla fine. Ti voglio bene, e buon Natale e dai un bacio a Lupa, però forte!».
«Non mancherò. Buon Natale, pische'».
Saperlo felice era stata, insieme a Cleo, la bella notizia degli ultimi giorni. Si era dimenticato di domandargli come andasse a scuola. Ma la risposta tanto già la conosceva, perché infierire? Gli suonò di nuovo il cellulare. Era Brizio.
«Dieci minuti e stiamo a casa tua. Dove sei?».
«Salgo le scale di casa mia, appunto».
«Parcheggio permettendo e arriviamo. Hai mangiato?».
«Sì».
«Pure noi. Allora adesso...».
«Allora adesso ve devo chiedere un favore».
Brizio rimase in silenzio per qualche secondo. «No Rocco. Davero?».

«E me l'hai data tu l'idea salendo, Brizio. Lasciate i bagagli in macchina. V'aspetto».
Sbuffando l'amico chiuse la telefonata.

Mezz'ora dopo suonarono al citofono. «Scendo» urlò Rocco come quando erano ragazzini e si chiamavano per andare a giocare in piazza. Lupa riempì di feste Furio e Brizio, Rocco li abbracciò. «Pigliamoci un caffè che ve racconto».

«Ma è una cosa difficile?».

«No. Dobbiamo andare in una fabbrica farmaceutica a dare un'occhiata. Carte, registri, cose simili».

Furio si toccò la testa. «Fammi capire, ma adesso?».

«Sì sì, di giorno».

«Io e Brizio veniamo con te a fare che? Un'ispezione?».

«Proprio».

«Come sbirri?».

«Come se» e Rocco sorrise.

«Ma io e Brizio che cazzo ne capimo?».

«Voi fate quello che faccio io ma soprattutto voi state alleprati e controllate».

Furio alzò gli occhi al cielo perché aveva già capito. «Controlliamo che, Rocco? Telecamere, allarmi, guardiania?».

«Bravo».

«Eccheccazzo!» sbottò l'amico. «Salimo a fasse du' giorni stracciati qui ad Aosta e sempre ce devi mette in mezzo?».

«Rega', non ho uomini, sotto Natale poi». Voltarono l'angolo della cattedrale. Brizio ne approfittò per scalciare una palla di cartone che rotolò verso la piazza.

«Scusa Rocco, fammi capire». L'amico cercava di rimettere ordine. «Noi venimo a vede', a controlla' mentre tu fai il mestiere tuo?».

«Sì».

«Perché, me viene da pensa', dentro a 'sto posto poi tocca tornacce».

«Sì».

«E quando?».

«Stanotte. Cioè, per essere precisi, domattina alle tre».

«La mattina di Natale?» fece Furio pensieroso.

«Sì».

Furio e Brizio si guardarono. Furio ebbe un brivido di freddo, tirò fuori un cappellino di lana dalla tasca e se lo infilò. «Era mejo se restavi co' Stella, Brizio... Rocco, però ce devi spiega' che cazzo è successo».

«Da qui a Biella ve dico tutto».

«Biella?».

«Sì, mo se pijamo un caffè, poi una macchina della questura e annamo».

«Prendila comoda, almeno un'Alfa».

«Quella che c'è, Furio».

«Aò, io 'ste sorprese nun te le faccio più» protestò Furio.

«Manco io» si unì Brizio. Poi alzò la testa per guardare le montagne. «Però che bello, c'è un sacco di neve!» osservò. «Me mette allegria».

«Te mette allegria perché fra du' giorni te ne vai» gli disse Rocco.

Parcheggiarono l'auto di servizio nel posto riservato

ai visitatori. La temperatura era più mite rispetto ad Aosta, ma il fiato era fumo anche senza bisogno di sigarette. «Ammazza, bello 'sto posto» commentò Furio.

«Non saremo troppo eleganti per esse du' sbirri?» e Brizio si guardò specchiato nei vetri dell'edificio della Gunnelli.

«Ma vaffanculo, mo perché te sei fatto il giubbotto della Belstaff...» gli disse Rocco.

«E le facce da sbirro? Mica ce l'avemo» aggiunse Furio.

«Non ce l'avete, ma ce l'avete. Spesso gli opposti si attraggono e si somigliano» rispose Schiavone.

«Mo affanculo ce vai te» chiuse Brizio. Nei posti della direzione c'era solo la Porsche.

Nella hall la ragazza bionda appena li vide sfoderò il solito sorriso anonimo. «Buongiorno, ditemi, cosa posso fare per voi?».

«Schiavone, questura di Aosta, e gli ispettori Marchetti e Lattanzi».

«'Giorno» salutò Furio, Brizio chinò appena la testa.

«Dobbiamo parlare con qualcuno della direzione. Abbiamo un mandato».

Neanche la parola *mandato* scalfì il sorriso della ragazza. «C'è la dottoressa Gunnelli, prego, se volete seguirmi». Poggiò la cuffietta auricolare e attraversò la hall. «Non è in direzione, sono tutti negli uffici marketing» disse la ragazza, «secondo piano, prendiamo l'ascensore».

Stavolta la musica della solita orchestrina da hall di albergo e centro commerciale strimpellava *La Bikina*, una vecchia canzone messicana. Le porte dell'ascensore si aprirono. «Prego, da questa parte». Proseguirono per un corridoio moquettato fino ad arrivare alla sala marketing, grande come due appartamenti, affollata di persone che brindavano e festeggiavano l'imminente Natale. C'erano due tavoli con guantiere e *seau-à-glace* che contenevano bottiglie di spumante. Dietro stavano dei camerieri in camiciotto bianco e spalline dorate pronti a servire. Dal camice Rocco riconobbe quelli del laboratorio, punti bianchi in mezzo al grigio dominante e qualche colore azzardato delle donne. David Casale chiacchierava con una ragazza bruna coi capelli corti, scura di carnagione e vestita di nero. Villermina Gunnelli era al centro di un gruppo di sei uomini, tutti in giacca e cravatta e capelli grigi. Rocco, Brizio e Furio restarono sulla soglia, la segretaria si avvicinò alla direttrice, le sussurrò all'orecchio. Quella alzò lo sguardo e vide Rocco, sorrise e si accomiatò dal gruppo. Era vestita con dei pantaloni color melanzana e una camicia rosa scuro. Superò i tavoli e li raggiunse. «Dottor Schiavone... volete accomodarvi? Un bicchiere per festeggiare?».

«Grazie dottoressa Gunnelli, ma non abbiamo molto tempo. Loro sono gli ispettori Marchetti e Lattanzi».

«Molto piacere», con un gesto gentile li invitò in corridoio, lontano dagli sguardi indiscreti di impiegati, direttori chimici e farmacologi. «Che succede?».

«Vorremmo dare un'occhiata alle carte di Aldo Pavan. Aveva una sua postazione? Un suo ufficio?».

«Sì, certo, nel laboratorio». Villermina non chiese carte e documenti della procura, si fidava e questo a Rocco piacque. «Come vedete stiamo festeggiando il Natale e allora non mi posso assentare, vi farò accompagnare da Alessia, la segretaria del marketing. Per ogni richiesta, sono qui». Con un gesto richiamò una ragazza coi capelli castani e lisci che sembravano metallici per la luce che riuscivano a riflettere. «Alessia, accompagna i signori al laboratorio nello studio del dottor Pavan, qualsiasi cosa abbiano bisogno, pensaci tu».

«Certo. Prego, se volete seguirmi».

Doveva essere una regola della casa quella di seguire sempre una segretaria. Un po' come quando al cinema, tanti anni prima, Rocco arrivava in ritardo e la sala era già buia, allora una donna misteriosa di cui non riusciva a scorgere mai il viso lo accompagnava con una torcia puntata sul pavimento ad un posto libero, rompendo la sacralità dell'immobilità del pubblico e la concentrazione sui metri quadrati dove Clint Eastwood mordeva il sigaro e si aggiustava il cappello. Arrivati ai laboratori, Alessia indicò loro la stanza di Aldo Pavan. «Ci sono serrature?». Alessia non seppe cosa rispondere. «Mi informo, in caso torno subito da lei» e si accomiatò col solito sorriso plastificato. Attesero che i passi di Alessia svanissero. Brizio e Furio si guardarono intorno. «Non ci sono telecamere qui dentro».

«Lo vedo, Bri'. Se chiama privacy». Rocco si avvicinò all'ufficio di Pavan.

«Senti, facciamo così. Mentre tu guardi 'st'ufficio, noi ci facciamo un giro e cerchiamo de capi'. A occhio non è 'na cosa complicata».

«Va bene. A fra poco allora. Nun ve fate becca' ai piani alti».

«Stanno tutti a festeggia'. Tranquillo» lo rassicurò Furio. «Poi hai detto che i fratelli sono tre. Giù al parcheggio c'era solo 'na Porsche».

«Me sa che è della sorella» fece Rocco.

«De chi è, è! Comunque l'artri due non ci sono».

«Ammazza, dovresti venire in polizia».

«Rocco, come controllate voi sbirri, tocca che controllamo pure noi, che te credi?».

«Lo vedi che gli opposti si incontrano?».

Brizio e Furio, silenziosi come lucertole, sparirono dal laboratorio, Rocco invece entrò nell'ufficio di Pavan. Una decina di metri quadrati, sulle pareti c'erano delle lavagne bianche piene di scritte indecifrabili. Formule, appunti. Rocco si perse ad osservarle. Gli piacevano. Se le sarebbe incorniciate e messe in salone. Si avvicinò alla piccola scrivania. Aveva tre cassetti a destra e tre a sinistra. Il piano di cristallo era ricolmo di carte. Aprì il primo tiretto. C'era materiale di cancelleria. Negli altri, dei fogli bianchi, un vecchio portafoglio con tessere di negozi scadute, la lettera di una banca, la Cassa di Risparmio dove Pavan aveva la cassetta di sicurezza, un coltellino svizzero vecchio e mancante del seghetto, altrimenti Rocco l'avrebbe intascato. Aprì uno a uno i cassetti tirando fuori tutti oggetti inutili. Elastici, un pacco di buste per raccomandata ancora nel cellophane, un pupazzo del presepe, e poi una foto recente che valeva la visita. Ritraeva Aldo Pavan con Stefano Stocchi, accanto a loro tre ragazzi sui 13 anni, africani, in tenuta da calcio, e un prete paffuto con la barba. Sorridevano all'obiettivo. Sul fondo si intravvedeva una scritta: CENTRE SPORTIF SAINT-ÉTIENNE,

Kolda. Dietro, una grafia minuta aveva appuntato a matita: Kolda, 6 agosto 2014, Stefano, padre Fernando, Krepin, Assane e Ismail.

La intascò.

Brizio e Furio erano penetrati nel seminterrato della fabbrica. Furio controllava i pannelli elettrici, Brizio invece stava cercando di aprire una porta di ferro che vietava l'ingresso ai non addetti. «È abbastanza semplice» disse Furio. «La prima cosa da fare è veni' a seziona' 'sti fili. Interrompiamo il collegamento e...». Brizio aprì la porta e penetrò nella stanza. «Che ce sta?».

«I computer» rispose Brizio. «Ce l'hai 'na gomma da mastica'?».

«E sì...».

Furio lasciò i quadri elettrici e raggiunse l'amico. «Tiè». Brizio la prese e cominciò a masticarla. «Questo è il controllo video?».

«Sì. 'Sta torre qui a destra sono le telecamere esterne, quest'altra le interne».

«E come le isoli?».

«Le mando in corto».

Furio si grattò la testa. «E come?».

«Con la vibrazione». Tirò fuori un cellulare vecchia generazione. «Fa' il favore, venendo qui ho visto lo sgabuzzino, me serve un pezzo de filo elettrico, vedi se c'è una presa inutilizzata e strappamelo da lì».

«Sissignore». Furio uscì e tornò in corridoio. Neanche cinque metri e aprì lo sgabuzzino. C'erano prodotti sanitari, una scaletta e due lampadine a parete. C'era anche una presa sul muro. Stava per togliere la mascherina e fregarsi un pezzo di filo elettrico quando sorrise vedendo una piccola matassa ai suoi piedi. La prese e tornò dall'amico. Col coltellino tagliò due pezzi di filo e li snudò. «Ma che stai a fa'?».

«'Sto cellulare è quello prepagato. C'avete il numero te e Rocco».

«E allora?».

«Allora mo lo sistemo qui. Quando volemo entra', lo facciamo vibrare, scarica sui fili che mandano in corto le telecamere per tre minuti. E noi abbiamo cinque minuti per arrivare qui, togliere il cellulare e aspettare».

«Le guardie?».

«Bravo, le guardie vengono a controllare e trovano tutto a posto. Ma ci bastano e ci avanzano».

Furio era dubbioso. «E come famo al ritorno?».

«Al ritorno je lo manno in corto da qui e abbiamo cinque minuti per andarcene».

«Hai calcolato quanto c'è dar posto de guardia a qua?».

«Cinque minuti, appunto. Mo annamo a capi' se le guardie de notte so' due o tre. Famme lavora'».

«E lavora... io vado a fa' un giro in giardino, a capi' da dove entramo».

Quando si riunirono con Rocco, Furio e Brizio erano sorridenti. «Abbiamo solo bisogno di un'informazione, Rocco. Fatte porta' all'ufficio del controllo delle telecamere».

Rocco annuì tornando nella hall principale. La ragazza era sempre lì. «Cosa posso fare ancora per voi?».

«Senta, avremmo quasi finito. Non voglio disturbare la dottoressa Gunnelli, vogliamo dare un'occhiata alla sala controllo monitor».

«Sì, prego, se volete seguirmi» e col solito sorriso partì stavolta verso una doppia porta a vetri. «Me la toglie una curiosità?» le chiese il vicequestore.

«Mi dica».

«Dove si impara a fare quel sorriso finto gentile che invece dice: Non me ne frega niente di quello che mi circonda?».

La ragazza neanche si voltò. «Se fosse donna, una segretaria a milleduecento al mese, lo capirebbe». Spalancò la doppia porta e una volta percorso un corridoio di una ventina di metri, fece entrare Rocco, Brizio e Furio in un ascensore. Nessuno disse più una parola fino a quando un minuto dopo la ragazza bussò ad una porta di legno bianca ed entrò. Era una stanza ampia e gelida. Su una parete c'erano i monitor, davanti due guardie private, una sui 30, l'altra aveva sorpassato i 50. Aria sfatta, sconfitta e depressa. Lì dentro l'atmosfera era tutt'altra rispetto alla Gunnelli dove ottimismo, gioia di vivere e gentilezza erano i punti cardinali sui quali era stata fondata e portata al successo l'azienda. «Salve ragazzi, sono della questura di Aosta».

I due rimasero seduti e salutarono con un ghigno. Rocco guardò i monitor, Furio e Brizio la consolle con una ventina di bottoni e due telefoni rossi analogici. «Scusate» fece Brizio, «quanto registrate?».

«Ogni 72 ore cancelliamo e riprendiamo la registrazione» rispose annoiato il più anziano, con la divisa sformata per la pancia che lo distanziava almeno trenta centimetri dal piano di controllo. «Ma durante il giorno sono attive solo le telecamere esterne, la direzione quelle interne le vuole spente» e indicò dei monitor neri. «La notte invece si attivano».

«Che tempi ci sono di cambio fra le telecamere?».

«In diretta abbiamo un cambio ogni 20 secondi, in registrazione le abbiamo tutte».

«Guardate che ho visto fili scoperti in esterna. Con l'umidità vi fotte l'impianto» fece ancora Brizio. Rocco non capiva di cosa stesse parlando. «E vabbè, dopo Natale chiamiamo i tecnici. Tanto, la verità? Ma chi viene a rubare niente qui dentro?».

«Be', lo spionaggio industriale?» disse Schiavone.

«Dottore» prese la parola il più giovane, l'accento meridionale. «C'è una cassaforte nell'ufficio del dottor Gunnelli che è costata più di tutto questo edificio. Siamo poco più di un pro forma».

«Capito» disse Furio. «Due di giorno e quante persone la notte?».

«Una. Ripeto, mai successo niente in 15 anni che sono qui» a parlare era ancora la guardia più anziana. «Ma non lo riferite in direzione, fatemi arrivare tranquillo alla pensione» e scoppiò a ridere.

«Bene, dottor Schiavone, il controllo per noi è finito» fece Brizio, che quando voleva parlare italiano prendeva un accento che pareva studiato in una scuola di doppiaggio, «siamo più che soddisfatti».

«Allora grazie, buon lavoro a tutti» fece Rocco.

«Anche a voi» risposero quasi in coro le due guardie. Accompagnati dalla ragazza tornarono nella hall. «Signorina, grazie mille e buon Natale» fece Brizio. Rocco e Furio accennarono un sorriso, poi tutti e tre se ne tornarono all'auto.

«Embe'?» chiese Rocco.

«Tutto a posto. Abbiamo cinque minuti per entrare e lo stesso per uscire» riferì Brizio. «Sulla rete, alle spalle de 'sta costruzione, c'è un punto con un albero che ha i rami quasi dalla parte di qua. Scavalcare è una cazzata».

«Benissimo. Allora andiamo a organizzare il cenone, no?» propose Rocco.

«E direi! C'è niente de buono a Biella?».

Non pensò più a nulla, solo a stare con Brizio e Furio, osservarli mentre cucinavano, bere con loro prima il Franciacorta poi il rosso, e sparare cazzate senza costrutto. «E mamma, Furio? Con chi lo passa il Natale?».

«Co' mi' zia, la famiglia e i cugini de Ostia. Tutta gente che io meno vedo mejo sto».

«Bòno sto vino, che è?».

«E che cazzo ne so, Brizio, leggi l'etichetta».

«Il Natale era bello quando eravamo regazzini» fece Furio mettendo il sale nell'acqua. «Che giocavamo a carte...».

«Noi giocavamo a carte, tu baravi» disse Rocco. «A sette e mezzo, a batticuore».

«E tu' nonna che voleva gioca' a zecchinetta e a bassetta? Ma che cazzo de giochi erano?». Brizio si versò altro vino.

«Boh. Io me ricordo pure il mercante in fiera, du' cojoni...».

«Peggio della tombola, Furio? Non credo. A me in generale i giochi de carte me rompevano... i regali chi li vedeva mai? Spiegateme che c'era de bello nel Natale».

«Be' Rocco, se magnavano i torroni, i mostaccioli, i panettoni...».

«Questo è vero. Scusa Fu', ma la pasta come la stai a fa'?» si informò Schiavone.

«Du' rigatoni all'amatriciana. Solo che er pecorino che amo comprato non lo possiamo chiama' pecorino. Mannaggia... vabbè rega', quello che è».

«Ma a Natale non se dovrebbe magna' er pesce?». Brizio finì il terzo bicchiere di rosso.

«Vacce piano, stanotte stamo svegli».

«Da qui alle tre sai quanto me so' svejato, Rocco? Allora?».

«Sì, se dovrebbe, ma l'avemo comprato? No. E allora te magni quello che preparo, sennò te alzi dal divano, vieni qui al posto mio e cucini che io già me so' rotto li cojoni».

La pasta era buona, e anche la frittata col parmigiano e la mozzarella. Il panettone lo mangiarono distratti. Il torrone fondente invece lo centellinarono con lo Zacapa.

D'Intino era ancora stordito ma aveva fatto onore alla tavola di Eugenia. Ugo Casella e Carlo pieni di cibo riuscivano a parlare a malapena. Una ragazza sui 20 anni, Beatrice, era stata l'ospite d'onore. Da qualche mese gironzolava per casa, dormiva ogni tanto con Carlo ridendo della quantità di cavi e monitor e tastiere luminose che, diceva, la tenevano sveglia. Al panettone Carlo suonò il bicchiere con la forchetta. «Mamma, Ugo, devo dire una cosa importante».

«Ma mo ci stanno i regali» disse Ugo.

«Lo so, però meglio che lo dico adesso, che dopo i regali un po' si beve, un po' il sonno, poi magari non mi state bene a sentire».

«Forza Carlo» fece Eugenia, che già s'aspettava l'argomento.

«Allora, io e Beatrice» e le strinse la mano sopra il tavolo, «andiamo a vivere insieme».

«Evviva!» strillò Ugo battendo le mani, imitato da D'Intino. Anche Eugenia era felice, ma non riuscì a trattenere una lacrima. «Mamma...» disse Carlo e la baciò sulla guancia.

«Lo so, lo so, sono felice, e prima o poi doveva succedere, ma permettete che mi commuova?» e si asciugò gli occhi con il tovagliolo.

«Viva Eugenia!» gridò a cazzo Casella, ma partì lo stesso l'applauso.

«Mamma, pensa al regalo che vi faccio. Libero una stanza e s'abbasserà la bolletta dell'elettricità, no?».

«Questo è sicuro!» fece Eugenia. «Comunque, sono felice, Carlo. E Beatrice, per te un po' meno». Scoppiarono tutti a ridere. Beatrice, coi suoi occhi chiari a mandorla e i capelli ricci e neri, aveva conquistato il cuore di Eugenia in meno di una settimana.

«Scusa Beatrice» chiese D'Intino, «ma tu sei sicura che non tieni parenti giapponesi?».

«No, Mimmo. Mamma è di Barletta e papà di Ferrara» rispose la ragazza.

«No perché tieni gli occhi a mandorla belli belli e allora vuleva sape'».

«Giuro che non ho parenti orientali».

«E allora mo vi dico una bella poesia che so' scritte qualche giorno fa, prima dell'incidente, e ve la dedico».

«Sicuro Mimmo?» fece Carlo. «Meglio lasciar perdere, poi crei un precedente».

Nessuno capì l'obiezione di Carlo, ma a D'Intino sembrò abbastanza sensata da frenarlo.

«E dove andrete a stare?» chiese Ugo.

«Mica tanto lontano. Un cinquecento metri da qui, abbiamo trovato un bell'appartamento con due camere, cucina e saloncino e pure la cantina».

«Caro?».

«No, 450 al mese. Però devo ridipingerlo, cambiare i sanitari, insomma qualche spesa da fare ce l'ho».

«Guarda che io con l'idraulica e la pittura so' bravo» fece Casella. «Ti aiuto e risparmi un sacco di soldi».

«Davvero?».

«E che sto scherzando? Buon Natale!» alzò il bicchiere in un nuovo brindisi. «E auguri per la vostra vita futura».

«Ma i mobili? I piatti? Le lenzuola?». A Eugenia era salita l'ansia, tutti l'aspettavano, era questione di minuti.

«Non ti preoccupare» la rassicurò il figlio, «la mamma e il papà di Beatrice ci regalano il letto e l'armadio, per il resto due lire da parte ce le ho, e pure lei».

«Che lavoro fai, Beatrice?» le chiese D'Intino.

«Sto finendo di studiare fisioterapia e intanto lavoro al bar».

«Insomma diventi fisioterapica?» chiese ancora D'Intino.

«Fisioterapista, sì».

«Allora io voglio esse lu primo cliente».

«E, grazie, ancora un paio d'anni e poi... pronta!».

«Forza». Casella si stropicciò le mani. «I regali!». Carlo si alzò e seguì Ugo nell'angolo del salone dov'era l'alberello. «Uno alla volta, si dice il nome, si scarta, si guarda, si commenta e solo allora si passa al prossimo» comandò Carlo che all'ordine dei doni ci teneva da quando era piccolo.

«Je però... non so' fatte lu regalo a nisciuno» disse D'Intino con un filo di voce. Quel velo di tristezza ammutolì la compagnia. «E va bene, D'Inti', e che ti frega?» lo rincuorò il collega. «Li rimedi solo, mica male!».

«Cioè, prima ci avevo pensato, ma poi l'incidente...».

«Lo sappiamo Mimmo, lo sappiamo» lo consolò Eugenia.

«Solo un regalo avevo accattato... quello a Rosa. Un bel gioiello chic assai, di Stroili».

«Ah, va bene, e glielo darai, no?».

«No, le so' mannate a fanculo» fece. Poi subito si scusò con Eugenia e Beatrice. «Mi dispiace per la malaparola, ma Rosa è pazza frecata». Raccontò la cena mancata, la visita all'ospedale, il fatto che rubasse appena poteva, che faceva dei ragionamenti che confondevano D'Intino e che non erano logici, a suo modo di vedere. «Cioè, uno cambia lu nummero di telefono, je che ne sacce che li si' cagnate? Poi s'incazza che non le so' chiamate? Addo' te chiame, se nun sacce lu nummero di telefono?».

«È giusto» disse Carlo. «E quindi l'hai lasciata?».

«Sine. Sono single di nuovo».

«Meglio così, Mimmo» gli disse Casella, «finché non trovi la persona giusta, sprechi tempo e amore».

«Tie' raggione Ugo. Peccato però, Rosa era bella».

«E ne troverai di più belle!» fece Eugenia. Poi gli occhi di D'Intino si accesero. «E no, allora 'nu regale le tenghe» fece eccitato. «Scendo e lo vado a piglia' a la casa. Perché a Rosa lu gioiello nun le denghe cchiù!». Si alzò dalla tavola e raggiunse la porta. «Eugenia, senza che Ugo s'offende, ma mi piacesse darlo a te».

«Mimmo, ma... non c'è bisogno, io...».

«No, veramente dico. Anzi, lo sapete? So' cchiù cuntente!» e sparì nel pianerottolo. Ugo guardò prima Eugenia, poi i ragazzi. «E vabbuò, ti vuole fare un regalo. Prendilo, no?».

«Sì sì, ma mi dispiace. Lo potrebbe usare per un'altra donna che incontrerà, no?».

«Un'altra? Euge', sei ottimista, ma tanto».

Venerdì

Alle due la sveglia di Rocco li rianimò. Si stiracchiarono. «Bene. Che porto?».

«Du' pinze, un cacciavite a stella, il filo elettrico me lo preparo in macchina così nun perdemo tempo...».

«Serve pure qualche torcia» si aggiunse Furio, «e nastro isolante».

«Bene» disse Rocco e andò all'armadio del corridoio dove teneva una cassetta di ferramenta.

«Fa freddo?» chiese Brizio toccando il vetro della finestra. «Cazzo, è gelato. Prestame un cappellino, Rocco».

«A me i guanti, non me li so' portati».

In macchina li avvertì dell'appuntamento. «Mica ci avevi detto che non eravamo solo noi tre».

«Mi serviva un parere autorevole» rispose Rocco.

«Cioè lei è della scientifica e lui è l'anatomopatologo?».

«Esatto».

«Speriamo che non intruppano» fece Brizio. Alle due e mezza due ombre furtive uscirono dal palazzo di via Mont Zerbion. Vestivano con dei pantaloni gore-tex neri, nero era anche il giubbotto e le scarpe da trekking. Portavano dei guanti aderenti e un cappello di lana, neri anch'essi e la pelle del viso pitturata con il grasso delle scarpe. «Ma come cazzo se so' vestiti?» chiese Brizio mentre Furio apriva la portiera.

«Eccoci!» fece Michela salendo a bordo.

«Buon Natale» augurò Alberto che aveva bevuto, lo si vedeva nello sguardo un po' assente. «Allora, lui è Furio, questo qui davanti è Brizio... ma come cazzo ve siete vestiti?».

«Come i commando per un'azione notturna» rispose Michela mentre Brizio ingranava la prima. «Ci sembrava giusto, no?».

«Sì, io le ho detto che il nero delle scarpe sul viso era un po' esagerato, ma non ha voluto sentire storie» puntualizzò Alberto.

«Mo' ve se secca» osservò Furio. «Ce vo' un'ora per arrivare alla fabbrica!».

«Non ti preoccupare Furio, ho portato la scatolina» e Michela gliela mostrò. «Allora Brizio, Furio, quante possibilità ci sono che ci beccano?».

«Nessuna» rispose Brizio. «Poi vestiti così, e chi vi vede?».

«Ci stai prendendo per il culo?».

«L'hai capito, Miche'? Mannaggia».

«Posso fuma'?» chiese Furio.

«No, vi prego!» protestò Alberto, «almeno in auto no».

«Ci dà fastidio» si unì Michela.

«E dai Furio, un'ora e che sarà mai?» gli disse Rocco.

«Se lo dici tu. Però se t'accenni 'na sigaretta perché stai seduto davanti, io e Brizio se n'annamo e lì dentro ci entri con Diabolik e Eva Kant».

«Non siamo Diabolik e Eva Kant, siamo due commando, mi pare di averlo già chiarito» disse Michela Gambino. «Poi Diabolik ha gli occhi azzurri e un fisico da bronzo di Riace. Guarda mio marito, ti sembra un bronzo di Riace?».

«Direi di no» e Brizio accelerò.

«Eva Kant è bionda. Ti sembro bionda?».

«Direi ancora di no, Michela».

«E allora che minchia dici?».

«Era per prendervi in giro» fece scherzoso Brizio.

«E perché, io mo che sto facendo?» disse la sostituta e scoppiarono a ridere.

«Bello, allegri, una bella gita del liceo» brontolò Alberto. «Io so che vengo fino alla recinzione ma non è detto che entro».

«Va bene Albe', vediamo come ti senti» lo confortò Rocco.

«E se vi arrestano, io non vi ho mai visto o conosciuto».

«Un po' difficile da dimostrare. Io sono il vicequestore con il quale lavori da tre anni, lei è tua moglie».

«Si diceva tanto per dire» si giustificò l'anatomopatologo.

«Comunque Albe', non stai male con il grasso delle scarpe in faccia. Pensaci per il futuro».

«Vai a ca'are, Schiavone».

Raggiunsero il retro della recinzione. La temperatura era parecchio sotto lo zero ma il cielo stellato non minacciava neve. Avevano incontrato poche macchine durante il viaggio, sulla strada provinciale non una luce. Nel parcheggio della Gunnelli due auto e un furgone. «La prima telecamera comincia ad inquadrare a un metro e mezzo dalla recinzione, su tutt'e due i lati». Brizio si sforzava di parlare italiano per farsi capire anche da Alberto e Michela. Rocco aveva lasciato il loden in macchina e cominciava a sentire freddo. «Daje Bri', me sto a congela'». Michela si era rimessa il grasso in faccia, quello di Alberto cominciava a creparsi. «Forza» e Furio salì sul tronco che biforcava a mezzo metro da terra. Poi si aggrappò alla rete e volò dall'altra parte. Rocco gli era andato dietro, seguì Michela, poi fu la volta di Brizio. Alberto non si decideva. «Daje Albe'» lo incitò Furio. L'anatomopatologo alzò gli occhi al cielo: «Ma che mi tocca fare a me, alla mia età, un accademico della mia levatura». Salì sul tronco e con un'agilità insospettabile si catapultò dall'altra parte. «Ammazza oh, 'n acrobata!» si complimentò Rocco. Brizio compose il numero. «Ok, da quando invio c'avemo cinque minuti per entrare. Pronti?».

«Pronti» risposero in tre.

«Albe', da adesso nessun ripensamento, perché se ce ripensi sì che annamo dentro. Va bene?».

«Va bene Brizio, con voi fino alla fine». Il freddo o il goccio di Zacapa che Rocco aveva offerto a tutti scendendo dall'auto o lo scavalcamento della rete sembravano aver esaltato Alberto. Brizio inviò la telefonata. Attese qualche secondo. «Via!» e partì verso il muro della costruzione. Piegati in due come marines appena sbarcati sotto il fuoco nemico, raggiunsero il capannone principale. Furio aveva già aperto una scatola elettrica, Brizio si occupava della serratura di una porticina di ferro. Furio tagliò un paio di fili e poi annuì a Brizio che fece scattare la serratura. «Dentro dentro dentro» ringhiò e il gruppetto si catapultò all'interno della Gunnelli. Brizio accese la torcia. «Io avanti, Rocco al centro, Brizio chiude» e partì. Lo seguirono in fila indiana. «Dove minchia andiamo?» chiese Michela che già cominciava ad avere il fiatone.

«Tu segui fiduciosa».

«Già non ce la faccio più Rocco... mi dovrei... allenare...».

«Silenzio!» fece Furio.

Girarono tre corridoi e attraversarono due porte, scesero una scala ed entrarono nella stanza dei computer. Brizio recuperò il cellulare sotto gli occhi stupiti di Alberto. «Mi devi dire come hai fatto».

«Quarant'anni de furti, frate'». Mise via il cellulare. «Bene. Aspettiamo tre minuti, ora le telecamere tornano in posizione e noi ci possiamo fare i cazzi nostri».

«Scusa, ma non vedrà noi che entriamo e usciamo da uffici eccetera?».

«No, fidate. Li vedi questi fili?» indicò una matassa ingarbugliata.

«Che sono?» chiese l'anatomopatologo.

«Sono i fili della registrazione. Adesso...». Brizio ne prese due e li unì ad altri, ripeté l'operazione per quattro volte. Poi se ne andò al computer principale e premette un tasto. «Adesso l'amico se vede in loop la registrazione delle ultime 72 ore delle telecamere interne. Poi quando se ne annamo je rimetto tutto a posto. Be', io qui v'ho portato. Mo so' cazzi vostra» e mollò una pacca a Rocco. Michela e Alberto lo guardarono con ammirazione. «Bello vedere quando uno sa fare il suo mestiere» si complimentò Alberto. «Vero è. La professionalità è sempre più rara di questi tempi» concordò Michela.

«Tutta fuffa» fece Brizio. «Sembra chissà che, è un normale impianto a circuito chiuso, 'na roba condominiale, che ve credete? Se era 'na banca erano cazzi».

«Vabbè, annamo?» fece Rocco. «Brizio, se ce spieghi 'ndo cazzo stamo...».

«Venite, torniamo su. Laboratori?» domandò Furio.

«Esatto. Ma che sai la mappa a memoria?».

«E che ce vo'?».

Seguiti da Rocco, Michela e Alberto entrarono nel primo laboratorio abbastanza illuminato dalle luci notturne blu. Brizio e Furio decisero di restare nell'ingresso dove c'erano i distributori a prendere un caffè e a fumare una sigaretta, a loro agio come a casa loro, freddezza e presenza di spirito che avevano stupito Fumagalli che invece aveva una paura d'inferno. «Questo è il laboratorio dove sono entrato anche io. Di là c'è la stanza di Pavan» disse Rocco.

Alberto e Michela esaminavano con sguardo febbrile palloni, beute, provette. Controllavano le attrezzature, gli agitatori, gli evaporatori.

«Ottime queste camere climatiche» disse Michela ad Alberto.

«Anche queste centrifughe per butirrometri, buttale via!».

«Ao, mica state a 'na fiera» ringhiò Rocco sottovoce.

«Sì Rocco, scusa. Qui non c'è una minchia da fotografare».

«Lo so. Con me in ufficio».

Entrarono nella stanza di Pavan. Alberto e Michela cominciarono a guardare carte e appunti. Michela ogni tanto scattava col cellulare. «C'è niente di interessante qui» disse l'anatomopatologo. «Sono tutti appunti di lavori passati e consegnati».

«Andiamo nell'altra ala, non ci sono mai stato» fece Rocco.

Attraversarono una doppia porta per entrare in uno spazio dove regnava un odore di alcol. Lo stanzone era diviso in celle autonome, ognuna conteneva dei macchinari che Rocco non aveva mai visto. «Accidenti, però...» fece Michela. «Vedi? Questa macchina serve a isolare il DNA... poi il lavoro passa lì, in quell'altro box, che è l'area di clonaggio... è una cosa complicata, io non sarei in grado neanche di spiegartela...».

«Qui dove c'è il termociclatore, queste vaschette per l'elettroforesi, questa è l'ultima area, di analisi» aggiunse Alberto.

«Ma insomma, che ce fanno?».

«Sintetizzano ormoni» rispose Alberto. «È normale, in una farmaceutica...», poi guardò Michela. «Ti ricordi?».

«Sicuro!» fece la sostituta Gambino. «Io ho trovato nel laboratorio di Pavan, quello vuoto, tracce di eritropoietina, la corticotropina...».

«C'era anche insulina e la gonadotropina corionica...» fece Alberto, «stava negli stracci buttati in una busta».

«Che cazzo state a di'?».

«Che in quel laboratorio Pavan gli ormoni non li poteva sintetizzare. Guarda che macchinari ci vogliono» e Michela indicò con un gesto della mano tutto il laboratorio. «Parliamo di centinaia di migliaia di euro di attrezzatura e di una certa specializzazione a lavorarci, non è roba che possono fare tutti».

«No» si aggiunse Alberto, «mi gioco i coglioni che gli era più semplice prelevarli dalla Gunnelli».

Rocco li guardò, poi inclinò appena il capo. «Prelevarli? Ma uno che ci fa con gli ormoni in un laboratorio?».

Alberto e Michela si guardarono. «Non... certo non la metanfetamina come sospettavo all'inizio...».

«Ma?».

«Rocco, io dubbi ne ho, però così, a botta fredda?».

«A botta fredda, Miche'».

«Farmaci dopanti».

«Impossibile, se li ha rubati non ci saranno documenti che lo attestino» disse Michela tornando verso la stanza di Pavan.

«Al massimo appunti, ma di certo non li teneva qui. Come non conservava qui i risultati dei suoi progressi ad Aosta» aggiunse Alberto.

Passarono nel corridoio.

«Quelli io lo so dove li teneva» fece Rocco. «In banca, in una cassetta di sicurezza. Ora ditemi», li bloccò davanti alle porte della toilette, «ci può essere un farmaco che spinge addirittura ad ammazzare chi l'ha creato? Intendo, un farmaco dopante?».

Michela e Alberto si guardarono. «No, non credo. Sul mercato ne esistono quanti ne vuoi» rispose l'anatomopatologo riprendendo la camminata verso la sala ristoro. «Pensa Rocco che io ne ho trovati tanti anche nei corpi in cui ho fatto l'autopsia. Ciclisti non professionisti, tennisti di serie effe, anche sportivi della domenica».

«Per non parlare dei culturisti, quelli sono bombati peggio di tutti» fece Michela.

Avevano raggiunto Brizio e Furio.

«Tu li hai trovati nei cadaveri?».

«Sì, Rocco».

«Ma de che cazzo state a parla'?» intervenne Brizio che non riusciva a seguire la discussione.

«E alla fin fine, agli sportivi dico, li beccano sempre, no?».

«Sì, Rocco, quasi sempre. È difficile scappare alle analisi» affermò Gambino.

«A meno che...».

«Cosa?» chiese Michela.

«A meno che qualcuno non stia lavorando su qualcosa che nasconda il dopante» disse Rocco. Poi gli occhi si accesero. «Un travestimento, per capirci», schioccò le dita. «Certo, cazzo! La bauta!» disse ad alta voce.

«La che?» chiese Michela.

«La bauta, la maschera. A quello stavano lavorando, a una maschera». Lo sguardo di Rocco era acceso, vivo, pareva avesse qualche linea di febbre.

«Mica ti seguiamo» disse Brizio. «La bauta? Che è?».

«È una tipica maschera veneziana. Stava nel quaderno di Piotr. E se avessero ribattezzato così il farmaco? Bauta? Pavan è veneziano, di nascita. Maschera, appunto!».

«Io ho capito, Rocco. Tu pensi che Pavan e il polacco lavorassero a qualcosa per mascherare il doping?» chiese Fumagalli.

«Esatto Albe'... e quanto può valere se l'hai trovato?».

«Una fortuna!» rispose Furio.

«E quello sì, allora, può causare un omicidio» concluse Michela.

Silenzioso e rapido, il gruppo tornò alle scale per scendere alla sala computer quando un rumore di passi pesanti e di chiavi li bloccò, proprio all'uscita del laboratorio. «Fermi!» fece Brizio e si indicò l'orecchio. Tutti si misero in ascolto. «Arriva qualcuno» aggiunse.

«Sì ma ha il passo tranquillo, non è allarmato» aggiunse Rocco. Come a dargli ragione, sentirono anche fischiettare.

«*Una rotonda sul mare*» fece Furio.

«A Furio, sticazzi de quello che fischietta» gli disse Rocco.

«Torniamo nei laboratori, lì nascosti e fermi» ordinò Brizio.

«Cazzo...» balbettò Alberto. «Eccolo là. Ora ci si bevono come ova fresche».

Rientrarono nel laboratorio. Si accucciarono dietro i lunghi tavoli e attesero.

«*Il nostro disco che suonaaa...*» rimbombava nei corridoi. Alberto e Michela, quasi abbracciati, si guardarono. Alberto terrorizzato, Michela eccitata. Rocco era dietro uno degli armadi di ferro, in ombra. Brizio e Furio sembravano evaporati. All'improvviso si spalancò la porta e le luci si accesero con uno schiocco lampeggiante. «*Ma tu non sei qui con meee... amore miooo*», poi le luci si spensero e la porta si richiuse. Il fischio nel corridoio proseguì la nota melodia. Lenti uscirono dai nascondigli. Brizio e Furio erano dietro una tenda, Furio posò un attrezzo di ferro sul tavolo. Era pronto all'aggressione. «'Nnamo» comandò Brizio e si riaffacciò alla porta. Un cenno agli altri e ripresero la via verso la stanza dei computer.

«Scusa Bri', se 'sto scemo della guardia sta qui, non c'è bisogno de lavora' sulle telecamere se se sbrigamo».

«Ha ragione» fece Rocco.

«Io devo leva' i collegamenti e falle riprendere a lavorare normali, sennò s'accorgono subito che c'è stato qualcuno, no? Forza, famo le cose fatte bene, eccheccazzo!».

«Quando uno è un professionista, è un professionista» disse seria Michela a Rocco.

Rientrarono nella stanza. Brizio maneggiò coi fili per un minuto scarso. Gli altri attendevano in silenzio. Poi tornò mettendosi il vecchio cellulare in tasca. «Allora voi state pronti?».

«Sine» disse Furio.

«Mo je faccio fa' un corto che spegne le telecamere. Noi abbiamo sì e no tre minuti e mezzo per arrivare alla recinzione e scavalcare. Capito?».

«Chiaro».

«Organizzamose. Alla rete io faccio da scalino a tutti» disse Brizio. «Uno per uno, rapidi, salite e scavalcate».

«E tu?» gli chiese Michela.

«Io so' 'na scimmia».

«Eri 'na scimmia, Brizio. Mo ar massimo sei un bradipo».

«Ma vattene, va'. Allora vado, quando esco da quella porta, a proposito de animali, via come furetti!».

Rientrò. Alberto si sentiva il cuore in gola. Sarebbe partito di corsa subito senza aspettare, ma sapeva che l'avrebbe fatta grossa perché, se aveva ben capito, in quel momento le telecamere a circuito chiuso funzionavano. Furio attendeva rilassato, si stiracchiò e sbadigliò. Michela sorrideva, ancora più eccitata, Rocco stava con la testa da qualche altra parte.

«Via via via!» fece Brizio uscendo. Tutti lo seguirono. Rapidi lasciarono la costruzione attraversando il giardino per avventarsi sulla rete che raggiunsero in mezzo minuto, sempre piegati in due. «Minchia...» si lamentava Michela, «ho di nuovo il fiatone».

Brizio incrociò le mani e le portò all'altezza delle cosce creando lo scalino. «Daje».

Per primo ci salì Furio e in un attimo superò la rete. Alberto per secondo, con qualche difficoltà, spinto da Rocco, cadde dall'altra parte del recinto. Fu la volta di Michela che agile grazie all'adrenalina superò l'ostacolo come Fosbury a Città del Messico nel '68, poi toccò a Rocco, che sentì un mezzo crac al ginocchio, e per ultimo Brizio. Scivolò un paio di volte, le scarpe bagnate non facevano presa sulla rete. «Daje Bri'!» lo incitavano Rocco e Furio. Allora se le tolse e restò solo coi calzini. Lanciò le Salomon da trekking al di là della rete e si arrampicò con una facilità impressionante. «Allora, scimmia o no?» disse a Rocco una volta dall'altra parte mentre si riallacciava gli scarponcini. Si allontanarono tornando nel buio della campagna. Fecero il giro largo e risalirono sull'auto. «Brrr, minchia lu friddu» fece Michela tremante.

«Spiegami una cosa, Rocco» e Alberto si tolse i guanti per poi soffiarsi sulle mani. «Ma te le indagini le fai sempre così?».

«Ogni tanto, se serve. E qui serviva».

«E voi due lo accompagnate sempre?».

«Ogni tanto, se serve» rispose Furio, «e qui serviva».

«Ho notato che siete molto preparati. Quanti anni v'è costato?». Alberto era un fuoco di domande, Brizio alzò gli occhi al cielo. «Conta che facciamo 'sto mestiere, sul serio diciamo, da quando abbiamo sedici anni».

«No, io intendevo quanti anni di galera v'è costata questa preparazione».

«Ahhh!» e Brizio si mollò una pacca sul ginocchio. «Be', dotto'... un po'...».

«Sì, sta a guarda' er capello» fece Furio.

«Che tu manco c'hai più» commentò Brizio.

«Sono le quattro e mezza. Volete bere un po' di rum?» propose Rocco.

«Andare a dormire con questa tonnellata di adrenalina non è cosa» fece Michela.

«Hai ragione. Però ricordati quello che m'hai promesso». Alberto aveva ritrovato il sorriso.

«La mattina del 25 è ancora lunga. *Promissio boni viri est obligatio*, e anche *bonae mulieris*, se qualcosa di latino mi ricordo ancora» rispose Michela e lo baciò. «Minchia Albe', io e te? Bonny e Clyde!».

Brizio e Furio scoppiarono a ridere mentre Rocco riprendeva la strada provinciale.

Rocco si svegliò alle undici. Furio e Brizio dormivano ancora stravaccati sul divano. Nessuno dei due aveva approfittato della stanza degli ospiti che era poco più di uno sgabuzzino ma almeno era fornita di un letto. In silenzio si preparò un caffè. Lupa lo guardava, ansiosa di farsi una bella passeggiata. Quella mattina Rocco non ne aveva voglia, il dolore al ginocchio era aumentato e sentiva le ossa ancora un po' gelate, soprattutto scapole, mani e braccia. Bevuto il caffè riprese in mano la traduzione del libretto di Piotr. La maggior parte dei dettagli gli era oscura, ma qualcosa cominciava a capire. Prese anche la lista di chimici e biologi che lavoravano nei laboratori Gunnelli, perché lì era il bandolo della matassa.

David Casale
Corinna Michelotti
Walter Zanardelli
Michelangelo De Muru

Stefania Bassis
Luigi De Cecco
Kathy Mangione

Dato a St. la priorità per BAUTA. *Meno di 1 mese???* *Io di S. mi fido? A. si fida. Io no. Perché ha telefonato a CD? Se ne sono accorti? Se sì, lasciamo perdere ora Poi è tardi.*

In ITALIA *mai!!! Giusto il consiglio di WZ. Dritti in ch*

Quali sono i responsi? – o + ? St. deve essere più chiaro. Ormai è quasi 1 anno.

Il cugino di St. è un INCAPACE.

Voce al telefono disturbata. Capire se è davvero avvenuto. Se sì: PAGARE! *La famiglia, padre F. Tutti!*

Chiedere a St., magari va bene anche Ko oppure Ta?

Guardava i due foglietti con gli appunti quando Brizio entrò in cucina. «Buongiorno e buon Natale».

«Hai chiamato Stella?».

«Mo la chiamo». Aprì il coperchio della moka e sorrise. «Ancora caldo?».

«Sì».

Se ne versò una tazzina. «Che fai?».

«Cerco di capirci qualcosa di più».

«Buono» commentò Brizio al primo sorso.

«Per me c'è?» era Furio, anche lui ciondolava attratto dalla macchinetta del caffè come uno zombie da un centro commerciale.

«Te lo devi rifare, l'ho appena finito».

«Bravo, così me ne prendo un'altra tazzina pure io».

Furio bofonchiò qualcosa che somigliava molto a un'imprecazione e svitò la moka. «Ho dormito come un sercio» disse. «C'è un bel silenzio qui. A parte questo che russa come una sega».

«Ora ci vestiamo e vediamo se c'è un bar aperto per colazione. Difficile, ma proviamoci» disse Rocco. Brizio sbadigliò. «È servita a qualcosa la visita de ieri sera?».

«Sì, è servita. Per esempio posso azzardare quello che facevano Pavan e Blascicoschi nel laboratorio».

«Com'era? La maschera del doping?» biascicò Furio.

«Una sostanza che mascheri il doping alle analisi, sì. Potrebbe essere una pista. Ma per farla Pavan aveva bisogno di elementi che non poteva creare da solo, e allora li ha prelevati dalla Gunnelli».

«La Gunnelli l'ha seccato?» disse Furio accendendo il gas.

«E questo non lo so. Ucciderlo perché prelevava degli ormoni sintetizzati dal laboratorio?».

«E no» disse Brizio, «semmai lo denunci o je rompi er culo. A meno che...».

«A meno che alla Gunnelli non l'abbiano scoperto e, diciamo, volevano entra' nell'affare» concluse Rocco. «Come Gunnelli non potevano, la sostanza sulla quale Pavan e Piotr lavoravano era illegale, sicuro, ma se valeva milioni magari ce volevano entra' dalla porta di servizio. In segreto, no? Però è strano. Perché rischiare di sputtanare un'azienda come la Gunnelli per un progetto illegale e dunque pericoloso?».

«E c'hai ragione Rocco» disse Brizio. «A meno che 'sta Gunnelli non sta nella merda e ha bisogno di liquidità».

«E questa è un'indagine che io non posso fare, ma ce deve pensa' il magistrato, però a naso dico di no. Sì, erano nervosetti per la scomparsa di Pavan perché, così dicono, stava su un progetto di un farmaco che gli è costato investimenti, ricerche e denaro. Però 'sta Gunnelli viaggia in acque tranquille, direi sicure». Furio si versò una tazzina abbondante di caffè, il resto lo divise con gli amici che apprezzarono con un sorriso. «E tutti quei fojetti?» chiese poi a Rocco.

«Il diario di Piotr Bla e la lista di persone che lavorano ai laboratori Gunnelli. Qualcosa forse sto cominciando a capi', quindi, per tornare alla domanda iniziale de Brizio, sì, la visita è valsa la pena».

«E facce senti', che hai capito?».

«Per prima cosa provo a dire che Esse Ti è Stefano Stocchi. Quello che sta in Senegal, che è sparito e che non si rifà vivo e lo dico per due motivi. Primo, qui dice che il cugino di questo Esse Ti è un incapace, e Bernardo Stocchi lo è, poi più giù dice... *Chiedere a Esse Ti, magari va bene anche Kappa O oppure Ti A?* Allora con una foto che ho trovato nell'ufficio di Pavan presa in un campo sportivo a Kolda e Bernardo che mi ha parlato di un altro centro calcistico di questo Stocchi che è a Tambacounda, forse avrei tradotto pure questa riga. Se è così il gioco mi pare chiaro: Pavan e Piotr Bla usano i centri sportivi in Senegal di Stocchi per provare il medicinale. Questo famoso Bauta, sempre che sia una maschera per il doping».

«Porca troia...» fece Brizio, «cioè usano i ragazzi per fare esperimenti?».

«Credo di sì. Dice anche: *Quali sono i responsi? Negativo o positivo? Esse Ti deve essere più chiaro. Ormai è quasi un anno.* A questo punto è Stocchi che deve dare il via all'operazione se i risultati degli esperimenti laggiù in Senegal, dove Pavan è andato almeno una volta, a Konda, appunto, sono positivi» e per rinforzare la tesi mostrò la foto presa dallo studio di Pavan. «Questo è lui nel centro sportivo con due calciatori giovani e un prete». Brizio e Furio guardarono l'istantanea con attenzione. «Piotr Bla si chiedeva questo. La riga in cui dice va bene Kappa O oppure Ti A credo si riferisca a due città del Senegal dove Stocchi ha altri centri sportivi. Kolda e Tambacounda. La riga più inquietante però, ora ve la leggo: *Voce al telefono disturbata. Capire se è davvero avvenuto. Se sì:* PAGARE! *La famiglia, padre Effe. Tutti!*». Rocco guardò i due amici.

«E che vuol dire?» gli chiese Furio.

«Deve essere successo qualcosa di brutto e Piotr Bla vuole pagare, forse per zittire? Pagare tutti, la famiglia... di chi? E questo padre Effe. Chi è padre Effe? Girate la foto. È il prete. Padre Fernando. Pagare perché?».

«Perché è successo un guaio. Forse hanno fatto una cazzata con uno di questi ragazzi e allora pagare tutti per il silenzio».

«Può essere, Brizio. Ecco, questo ho capito finora».

«E non mi pare poco, Rocco» fece Furio. «Ora andiamo a fare quattro passi che Lupa fra un po' si piscia addosso, cerchiamo un bar per la colazione, torniamo, vedemo se c'è un ristorante per il pranzo, se nun c'è se riscallamo l'amatriciana de ieri che pure è 'na bella idea, poi più tardi andiamo al casinò. Vi piace il programma?».

Rocco alzò gli occhi al cielo. «Al casinò? Lì semmai andatece voi».

«E vabbè, semmai ce famo un salto noi che domattina, comunque, se n'annamo. Co' 'na promessa, però» e Brizio puntò il dito su Schiavone, come lo minacciasse con un'arma, «a Capodanno scenni tu».

Rocco allargò le braccia. «A Capodanno scenno io. Se prima risolvo qui».

«No, pure se nun hai risolto un cazzo, scenni» si unì Furio. «C'è 'na festa che nun te poi perde».

«Che festa è?».

«Se vieni lo vedi. Com'era? Vieni, vidi, vincit?».

«Lascia perde, Furio» gli suggerì Rocco.

Il bar di Ettore era aperto. «Buon Natale, dottor Schiavone».

«Anche a te, Ettore. Ci possiamo sedere io e i miei amici?».

«Certo, che vi porto?».

«Almeno tre...» Furio alzò quattro dita, «quattro brioche e altrettanti caffè lunghi».

«Bene».

Lupa sotto il tavolo era impegnata con l'osso che le aveva trovato Rocco nella credenza della cucina. Si sedettero all'unico tavolo libero, proprio vicino all'entrata. «Almeno ha smesso de nevica' e c'è il sole» osservò Brizio. «Quando c'è il sole 'sta città è più bella».

«Vero» s'accodò Furio. «Bei colori. Poi non lo so, però me piace. Saranno i resti romani?».

«Ripeto, dici così perché poi ve ne annate» disse Rocco.

Nel bar entrò Baldi accompagnato da Sara. Avevano un'espressione beata sul volto, davano l'idea di avere un buon profumo anche a distanza di metri. «Schiavone!» lo salutò il magistrato.

«Dottor Baldi! Sara».

«Ciao Rocco».

«Sara, loro sono Furio e Brizio, miei amici».

Si strinsero le mani. Brizio aggiunse due sedie al tavolino, pretendendo che il magistrato si sedesse con loro. «Lo so che non ce fa bella figura, ma veniamo in pace» e scoppiarono a ridere. Arrivate le ordinazioni di Rocco, Baldi fece le sue alla giovane cameriera di Ettore che ormai aveva preso confidenza con il lavoro. Neanche si segnava più le comande, le teneva tutte a memoria. «Come una maître di un ristorante stellato» osservò Baldi.

«Hai ricevuto bei regali, Sara?».

«Ho ricevuto questa» e mostrò una collana d'oro di ottima fattura. Furio la soppesò e l'ispezionò da vicino fra l'imbarazzo dell'archeologa e il viso contrariato del magistrato. «Complimenti!» fece e fischiò. Baldi sorrise, Sara era arrossita. «Scusate» fece Furio, «deformazione professionale».

«Gioielliere?» gli chiese Sara senza nascondere il tono ironico.

«Diciamo che lavoro nel campo» le rispose Furio.

«E lei? Che ha ricevuto, dottor Baldi?».
«Caro Schiavone, ce l'ho a casa. Un'edizione del 1576 dell'opera di Calvino pubblicata in Inghilterra. Calvino no Italo, sia chiaro».
«E sì, la vedrei difficile» ribatté Rocco.
«Purtroppo qui la mia preparazione se ferma» fece Furio. «Non tratto libri rari».
«È un oggetto di grande valore» disse il magistrato guardando Sara. «Ma io il regalo già l'avevo avuto».
«Ora vomito» disse Rocco e Sara scoppiò a ridere.
«Come avete passato il Natale?» chiese l'archeologa. Rocco guardò gli amici, sorrise. «Credimi, non lo vuoi sapere».
«Mi devo preoccupare?» scattò Baldi.
«E di che?» lo rassicurò Rocco. «Passi avanti ne ho fatti, ma oggi è Natale, siamo tutti più buoni e soprattutto mi pare che i cantori siano spariti».
«Macché» fece Sara e indicò la vetrina. Fuori, sotto il portico, s'erano piazzate sei donne vestite da angeli, con una tunica indossata sopra i piumini. Goffe, quasi blasfeme, tenevano in mano un lumino cimiteriale alimentato a pile. «Magari chissà? Gli angeli so' così» azzardò Brizio.
«Vero. Mi hanno detto che gli angeli li si riconosce dal cuore e dall'anima, mica dalle forme esteriori» puntualizzò il magistrato. «L'iconografia ce li ha tramandati alti, belli, biondi, capelli lunghi e boccoli. Invece forse sono dei tappetti cicciottelli, oppure hanno sedici braccia, o non ne hanno affatto».
«Questa è la fregatura dei travestimenti» disse Rocco. «Se non ti adatti alle forme che conoscono tutti,

non sei credibile. Eppure... è da un po' che ci penso. Vede, dottor Baldi? Si ricorda il tizio che m'ha fregato in banca?».

«Difficile dimenticarlo».

«Ecco, sa perché m'ha fregato?».

«Perché s'è travestito».

«Non solo. Perché nella mia testa una vecchia signora non poteva essere il rapinatore. Il travestimento che riesce è quello che si basa sui nostri pregiudizi».

«Sono d'accordo» disse Sara. «Prendiamo le maschere del teatro greco, o romano. Tutti gli spettatori sapevano che lì dietro c'era un attore, ma per un patto non dichiarato, quella maschera era, che ne so?, Lisistrata, Alcmena, Sostrato. E tutti l'accettavano. Tutti accettiamo il travestimento se non scardina certezze stabilite. Ecco perché questi angeli qua fuori non li accettiamo, perché non sono come ce li aspettiamo, come centinaia di anni di pittura ci hanno raccontato».

«È giusto. Però a pensarci, non accetteremmo gli angeli lì fuori neanche se fossero uguali a quelli di Raffaello» disse Baldi.

«Questo pure è vero. In questo caso è il travestimento che esce un po' dal verosimile, angeli in giro chi l'ha visti mai?» e Sara fece l'occhiolino a Baldi.

«Invece la vecchia fuori dalla banca era plausibile» aggiunse Rocco.

«Certo se fosse uscito Batman qualche sospetto te sarebbe venuto» fece Brizio e scoppiarono tutti a ridere. Poi il magistrato proseguì: «Però è vero e sacrosanto che il travestimento non deve scardinare i nostri pregiudizi, non potevi dire frase più azzeccata».

«I nostri pregiudizi o le nostre conoscenze» fece Rocco. Brizio e Furio lo guardarono. «Quindi?».

«E quindi se Sara in uno scavo in Etruria trova un'anfora greca dirà: qui c'erano scambi commerciali. È plausibile, no? Se invece trova una spada vichinga, le cose cominciano a diventare complesse e puzzano».

«Direi» fece Sara.

«Non ne parliamo poi se ci trova delle monete cinesi» osservò Furio.

«Ma tutto questo perché lo stai a di'?» chiese Brizio. E Rocco annuendo prese un sorso di caffè. «Embè? Allora?».

«Se devi mascherare, devi lasciare tutto com'è, qualsiasi elemento fuori luogo è una traccia. Devi essere bravo, verosimile e soprattutto non andare contro le convenzioni. Elementare».

«Davvero Schiavone, a che si riferisce?».

«Dottor Baldi, io ho capito cosa facevano Pavan e Piotr Bla. Non ne ho le prove, ma sono sicuro. Ora devo capire se chi ha ammazzato Piotr viene dalla Gunnelli, oppure no».

«Dalla Gunnelli?».

«Ecco a voi» la cameriera poggiò l'ordinazione di Baldi e Sara, ma il magistrato quasi non ci fece caso. «Che dice, Schiavone?».

«Dico che piano piano i pezzi si stanno mettendo insieme. E ho bisogno di fare una telefonata al più presto, non in Italia. Dopo colazione mi do da fare».

«È Natale» si lamentò Brizio.

«Lo lasci fare, Brizio. Tanto a lui del Natale non è mai fregato niente, mi sbaglio, Rocco?».

«Non ti sbagli, Maurizio».

Sara scosse la testa. «Mi dovete spiegare quando vi date del tu e quando del lei, sennò esco pazza».

«Diciamo che lo facciamo a cazzo di cane?» rispose Rocco.

«Sì, direi di sì» s'accordò Baldi.

«'Azzo se siete strani, voi sbirri» commentò a mezza voce Furio.

«No, dottor Schiavone, cioè sì. Da una parte è stato un bel Natale, con mamma, Beatrice».

«E chi sarebbe?».

«La mia fidanzata... andremo a vivere insieme. Ugo è stato fantastico e anche D'Intino. Solo che alla fine D'Intino ha voluto a tutti i costi leggerci due sue poesie».

«Mi dispiace, Carlo» disse sincero Rocco.

«Lo so, dispiace anche a me».

«Senti, sei davanti al computer?».

«Sì, stavo finendo un lavoro prima di pranzo, poi vado a casa dei genitori di Bea».

«Lo so che è Natale, ma io su internet non trovo un indirizzo. In realtà mi servirebbe un numero di telefono».

«Dica...».

«Centro sportivo Saint-Étienne a Kolda, in Senegal. Va da sé che centro sportivo è in francese».

«Sì, c'ero arrivato. Mi do da fare. La richiamo appena risolto».

«Sei come sempre un amico, Carlo».

«Lo sa che io mi diverto, no? In cambio però poi voglio sapere tutto».

«È un po' complicato, ma sicuro. Intanto fatti introdurre la storia da Ugo».

«S'è andato a fare una gita con mamma al Monte Bianco. Mangeranno lì».

«Salutameli».

Rocco chiuse la telefonata. Brizio e Furio avevano trovato posto in una trattoria vicino alla piazza. Rocco non la conosceva, ma s'accodò.

Dentro un rumore assordante. Voci alticce gridavano e ridevano, camerieri sudati correvano con piatti, bottiglie e posate, tintinnii, cocci e stappi, era un concerto per grida belluine e percussioni, la temperatura sfiorava i 30 gradi. «Ma siete sicuri? 'N'è mejo l'amatriciana riscallata?».

«Poi tocca lava' piatti e bicchieri e padelle. Qui è più comodo» gli rispose Brizio quasi urlandogli nell'orecchio.

«Io nun te sento manco a venti centimetri!».

«C'ha ragione Rocco, annamosene».

«Allora signori, il tavolo?» gridò un cameriere.

«No. Qui dentro è un inferno, artro che Natale. Stamme bene!» gli disse Furio e con un dietrofront quasi militare riguadagnò l'uscita, imitato dagli amici. Appena fuori dal ristorante, ripresero vita e ossigeno. «Non se pò» disse Furio buttando fuori tutta l'aria che aveva nei polmoni.

«Proprio no. Annamosene a casa». Rocco s'accese una sigaretta. «Che poi io tutta 'sta fame manco ce l'ho».

«Tu non ce l'hai mai» osservò Brizio. Poi gli diede una gomitata. «Oh... guarda là?».

Dall'altra parte della piazza, Sandra, Fabiano e altre due coppie di amici venivano verso di loro. «Aò, che vòi fa'? Vuoi tornare indietro? Cercamo un'altra strada?» propose Brizio che aveva notato il cambio d'espressione di Rocco. «Non lo so» gli rispose, «ma no, andiamo, tiriamo dritto, va bene. È il prezzo da paga' quando vivi in una città piccola».

«Come vuoi» e si incamminarono nella direzione del gruppo. Sandra avanzava lenta, ancora non aveva ripreso in pieno le forze, si sorreggeva a Fabiano. Le altre due coppie ridevano, a parlare era un tizio con la barba lunga, Rocco non lo aveva mai visto. Doveva essere molto divertente il racconto, soprattutto per Sandra che si copriva la bocca. L'aveva sempre fatto, come volesse nascondere i denti, che invece aveva bianchi e dritti come tasti di un pianoforte. Lo vide, ma continuò a camminare. Rocco Brizio e Furio cercarono di passare a una decina di metri dal gruppo, ma Fabiano e Sandra furono aggrediti da Lupa che corse loro incontro. «Lupa!» disse la giornalista. Poi alzò lo sguardo. «Rocco!».

«Buon Natale» disse Fabiano.

«Buon Natale a voi» rispose Rocco camminando. «Buon Natale Sandra».

«Ciao» rispose lei. Aveva gli occhi malinconici. I tre amici tirarono dritto e li superarono. Solo quando girarono per Croix de Ville, Furio si accese una sigaretta. «Quindi se ne va?».

«Così m'ha detto».

«E dove?».

«Non lo so, Furio, non gliel'ho chiesto».

«Potevi farlo» si intromise Brizio.

«Per quale motivo?».

«Così, almeno sai dove sta».

«Ripeto, per quale motivo?».

«Magari ti viene voglia di rivederla? De salutalla? Che ne so... ve siete voluti bene, no?».

«Brizio, ma che ne so? A me che parta, tutto sommato, m'aiuta».

«Coglione» fece Furio e gettò la sigaretta in un tombino. «Che cazzo vuol dire: m'aiuta? Che non sei capace? Hai deciso che nun è cosa? Basta! Mo se lei parte, resta, se sposa, diventa suora, a te che te ne frega? Giusto? Giusto. E invece hai cambiato faccia quanno l'hai vista».

«Vero, sottoscrivo» disse solenne Brizio.

«Ho cambiato faccia perché è 'n argomento che non me va de affronta'».

«Sandra mo è 'n argomento? Ma te fossi rincojonito?», stavolta la sigaretta se l'accese Brizio. «Dico, nun sei più capace manco de capi' 'na cosa così elementare? Te la devo di' io?».

«Che me vòi di', scusa?».

«A Rocco, e daje su...».

«A Brizio, ma daje te». Rocco si fermò. «Lo vòi capi', sì o no? Io, per stare con Sandra, dovrei fa' finta de esse un altro. E non so' capace».

«Seconno me», Brizio fece un tiro alla Marlboro, poi sputò il fumo in alto. «Seconno me tu fai finta de esse un altro pe' nun sta' con lei. Proprio il contrario, coglione».

«Vabbè, annamose a magna' 'sta pasta riscallata, va'» fece Furio che tanto sapeva che quelle chiacchierate non servivano a niente.

Lesse il messaggio di Carlo. *Il numero del centro sportivo è: 00221 33 85412*.

Rocco preferì prendere il telefono di casa. Compose il numero. «A rega', in Senegal stanno du' ore indietro?».

Furio dubbioso controllò sul cellulare. «Se stanno a mette a tavola allora, stanno du' ore dietro, sempre che fanno er pranzo de Natale. So' cattolici?».

Lontano un suono intermittente, come quelli di una volta quando chiamando l'estero era debole e distante. Il rumore di una cornetta che si alzava «*Halo?*» era una voce femminile.

«Helò? Centre sportif Saint-Étienne?».

«*Oui?*».

«Qui Italia. Je cerce padre Fernando».

«*Padre Fernando n'est pas là. Qui le veut?*».

«Schiavone... polis... Italy... è urgente... urgian!».

«*Padre Fernando revien plus tard. Réessayez plus tard, oui?*».

«Oui. Madame, se tres important».

«*Oui, comprí. Plus tard, plus tard... dans deux heures*».

«Merci... bonnoelle».

Ma quella aveva già attaccato.

«Quando uno sa le lingue» fece Furio e scoppiò a ridere.

«Allora, io direi che s'allungamo du' minuti, poi io e Furio annamo a gioca'... che fai Rocco, vieni?».

«Boh... me sa de no».

«Vabbè, intanto m'allungo... ciao».

E se ne andò nella stanza degli ospiti. Furio guardava la televisione senza volume, Rocco gli passò davanti e quello manco se ne accorse, lo sguardo velato dalle bottiglie di vino.

Si mise a letto. Voleva chiudere gli occhi per un po', magari avrebbe aiutato. Ma almeno una buona notizia c'era: padre Fernando era ancora vivo e qualcosa gli diceva che stava prendendo tempo.

Riprovò per ben tre volte al centro sportivo in Senegal, ma nessuno rispose. Provò ancora a contattare Stocchi all'hotel, ma sembrava volatilizzato. Furio e Brizio erano andati al casinò, a lui non restava che una lunga passeggiata con Lupa, anche se la temperatura era scesa dopo il tramonto del sole, e concentrarsi su tutti i pezzi che aveva a disposizione. E anche ammettere, sotto il tiglio centenario della Collegiata di Sant'Orso, che lo sguardo di Sandra gli aveva scavato qualcosa fra il cuore e lo stomaco. Si accese una canna guardando il campanile e la neve sui tetti. Lupa si era accucciata sotto la pensilina della vecchia chiesa, teneva il naso fra le zampe. Perché non fai ripartire la tua vita? Era una voce conosciuta, era la sua, era lui a fare quella domanda. Quasi si stupì di questo sdoppiamento. «Perché? Perché non c'è un cazzo da ripartire» rispose ad alta voce. Non ci vuoi neanche provare? Ancora la voce. «Non c'è niente da provare. Niente da far ripartire. Niente a cui pensare, su cui rimuginare, provare. Niente!». Fece l'ultimo tiro alla canna. Cambia pelle, provaci, anche solo per un po'. Se poi non funziona, ti rimetti la tua. «No!». Passò un ragazzo che a quel *no!* si voltò con lo sguardo interrogativo. Rocco gli fece cenno di non avercela con lui e quello proseguì per la sua strada. Un vecchio rincoglionito che parla da solo, pensò, a questo mi sono ridotto. Senza contare, ma questo non gli era venuto in mente, che parlava da solo dal 2007.

Sabato

Brizio e Furio erano ripartiti presto strappandogli la promessa che a Capodanno sarebbe andato a Roma. «Rocco, è 'na festa de quelle che non te scordi più» gli aveva ripetuto Brizio salendo in macchina. Al casinò avevano perso 700 euro ciascuno, però, a detta di Furio, s'erano divertiti, soprattutto quand'era scoppiata la rissa con tre cinesi. Rocco non aveva chiesto lumi, quando erano arrivati i carabinieri Furio e Brizio si erano dileguati da un pezzo. «Dovevamo rifacce, no?». E forse s'erano rifatti.

Arrivato in questura trovò solo Casella con l'aria stanca. «Che hai da fare?» gli aveva chiesto.

«Io dovrei...».

«Invece pensa un po'? Vieni con me e ci portiamo pure Lupa».

«Dove andiamo?».

La villa rubava sguardi di invidia e foto ai turisti che passavano di lì. Inizio secolo, solo il cancello di ferro meritava un museo. Tutta la costruzione, con due torrette laterali, era déco, o art nouveau, Rocco non aveva mai capito la differenza. Marina sarebbe impazzita. Era verde pistacchio, intorno ad ogni finestra c'erano in rilievo abbellimenti floreali in pietra chiara che salivano come edere rampicanti fino al tetto. La porta aveva la forma di un portale turco o bizantino, la base quadrata per poi lasciarsi andare a forme tonde le dava un'aria di allegra opulenza. Un balcone in ferro battuto prendeva tutta la facciata. Quando Villermina apparve sulla porta con un sorriso smagliante, Rocco pensò che era l'unica creatura che potesse abitare una simile casa. Ci somigliava, perché, e solo ora se ne rese conto, Villermina Gunnelli aveva il viso e la corporatura di una donna di Mucha, il famoso pittore e scultore ceco. Gli occhi un po' distanti e algidi, la pettinatura raccolta ai lati, le labbra rosse come boccioli appena visibili nel chiarore del viso, la immaginava cinta di fiori con un vestito lungo fino ai piedi che lasciava scoperte le spalle nel chiarore di una sera estiva. Forse Rocco aveva avuto una esperienza extracorporea e quella apparsa sulla soglia di casa era la nonna di Villermina e l'anno era il 1912 e magari in casa davano un ballo con qualche principe russo o ungherese. «Dottor Schiavone!» disse Villermina tendendo le mani e riportandolo al 2015, ai jeans e ad un maglione a collo alto.

«Mi dispiace disturbarla durante il riposo».

«No, no, la prego accomodatevi, sono a sua completa disposizione». Li fece passare attraverso un ampio ingresso sul quale affacciava una doppia scalinata che saliva ai piani superiori. Tutto l'arredamento era in tono con la casa. Vetro colorato alle finestre, ringhiera di ferro battuto con dei tulipani piegati che ne seguivano l'andamento sinusoidale, alle pareti laterali due tele lunghe e strette, neanche a farlo apposta di Mucha, e al centro dove le due rampe delle scale si incrociavano a Rocco parve di vedere, ma volle far finta di niente, un'opera di Klimt. «È una delle case più belle che abbia mai visto» disse seguendo Villermina verso una porta laterale alla scala.

«Era dei miei bisnonni. Ora ci abito io. Non posso toccare neanche un chiodo. È sotto tutela del patrimonio nazionale».

«Lo immaginavo. Ho visto Klimt?» chiese.

«Sì» disse Villermina quasi vergognandosi. «Nonno era un collezionista. Ma prego». Lontano, un vociare denunciava che in casa c'erano altre persone. Nella biblioteca invece, dominata da una libreria alta fino al soffitto e che correva su quattro pareti, c'era profumo di arance. «Prego, sediamoci». Li invitò a prendere posto su due divani di pelle sotto alla finestra affacciata sul giardino.

«Vengo solo a farle poche domande, ma per me sono fondamentali».

«A disposizione. Prima però mi dica se posso offrire qualcosa».

«Niente, dottoressa Gunnelli, grazie. Cos'ha a che vedere Silvia Manca con la Gunnelli?».

«Silvia Manca? Ogni tanto collabora con noi, spesso le affidiamo traduzioni, è esperta in quelle specifiche farmacologiche. È da noi che ha conosciuto il dottor Pavan».

Rocco guardò Casella che restava affascinato dai tomi con le coste d'oro come gradi di alti ufficiali schierati sulle scansie di legno antico. «Capisco». Rocco tornò sugli occhi di Villermina. «È stata in fabbrica alla Vigilia, lei lo sapeva?».

«No, ma viene spesso».

«E era a conoscenza anche del suo rapporto con...».

«Michelangelo De Muru» disse l'agente, sapeva che la memoria di Rocco non ci sarebbe mai arrivata.

«Michelangelo... De Muru» ripeté Villermina, «mi pare lavori con noi... in laboratorio».

«Esatto».

«Perdonate, è mio fratello Piero che si occupa dei laboratori e della fabbrica. Io sono...».

«... addetta ai rapporti con le banche, lo so. Lei è il motore della Gunnelli, dottoressa. Quindi non conosce De Muru».

«Poco, lo giuro. Ma che succede, dottor Schiavone?».

«Succede che la storia è brutta. Molto brutta, ma i dettagli non glieli posso svelare, perché rischierei di mandare tutta l'indagine a carte quarantotto».

«Comprendo». Villermina abbassò un po' la testa. «Che hanno combinato Silvia Manca e Michelangelo De Muru?».

«Per ora niente che possa essere usato in tribunale. Sono amanti» disse Rocco con un'alzata di spalle.

«Ah». Villermina parve ci fosse rimasta male.

«Quello che invece vorrei sapere da lei, ma solo da lei, è qualcosa di molto delicato che dovrebbe tenere per sé, intendo neanche coi suoi familiari».

«Tutto quello che ci diciamo resta in questa stanza».

«Dottoressa Gunnelli, intendo anche coi suoi fratelli».

La donna si morse le labbra. Poi scosse la testa. «Non so se questo glielo posso promettere. Non solo sono i miei fratelli...».

«... che lei ama...».

«Certo che amo, ma sono anche i soci del consiglio di amministrazione, con loro condivido tutto».

«Dottoressa, qui non si tratta di spionaggio industriale, fuga di notizie, investimenti. Qui si tratta di omicidio».

La parola sembrò rimbalzare fra i tomi della biblioteca per poi correre intorno all'enorme lampadario di metallo e vetro al centro della stanza e ricadere sulle tre persone sedute ai divani. «Omicidio?» sussurrò Villermina. Rocco annuì.

«Aldo Pavan è... è morto?» chiese, paventando una risposta positiva.

«No, Pavan rischia la pelle, chi è morto è un suo socio polacco».

«Socio?».

«Appunto. Ora lei se la sente di garantirmi il segreto più assoluto in modo che io possa farle questa domanda?».

Villermina ci pensò su per qualche secondo. Poi annuì con un rapido scatto del collo.

«Avete mai registrato sparizioni di materiale dai laboratori?».

«Sparizioni? Che io sappia no... che intende per materiale? Macchinari?».

«Preparati, sostanze...».

«No, non credo. Dovremmo chiedere a Piero».

«Ma vede? Se chiedo a Piero metto in allarme il laboratorio e se le sparizioni ci sono state, io le mani sui figli di buona donna non le metto più. E di sicuro Pavan non lo riporto più a casa. Capisce perché non mi posso rivolgere a suo fratello?».

«Lei mi sta suggerendo che le persone coinvolte in questo... questo omicidio, siano nei nostri laboratori?».

«Sì».

«Signoriddio» disse sottovoce Villermina. Poi, non reggendo la tensione, andò alla finestra. «Vi dispiace se fumo?».

«Questa è casa sua, io al limite potrei solo imitarla».

Villermina raggiunse la scrivania, prese un pacchetto verde. «Ne vuole?».

«No, se posso prenderei una delle mie» e si accese una Camel. Villermina poggiò un posacenere di metallo decorato a fiori, che da solo valeva la visita in quella casa. Così prezioso che a Rocco parve una bestemmia gettarci la cenere. «In questo laboratorio... nel nostro laboratorio... perché mi avete nominato Silvia Manca? È di lei che sospettate?». Rocco annuì. «Prima avete parlato di un socio. Che socio poteva avere Pavan?» domandò Villermina.

«Lavoravano su qualcosa di molto redditizio. Aveva un laboratorio segreto ad Aosta».

«Parliamo dello stesso dottor Aldo Pavan?».

«Dello stesso».

La donna fece un lungo tiro alla sigaretta. Lo sguardo era cambiato, non più spaventato ora sembrava scavare nei ricordi. «Il laboratorio è stato un colabrodo» ammise. Poi spense la sigaretta. «Negli ultimi dieci anni, abbiamo licenziato un farmacologo e un biologo. Sospettavamo prelevassero sostanze». Si rialzò dalla sedia. «Per lo più per la produzione di stupefacenti. È questo che faceva Aldo Pavan?».

«No, dottoressa, non era questo».

«E di che si occupava?».

«D'altro».

La donna sorrise al vicequestore. «Capisco, non me lo può dire. E lei è convinto che...».

«Vede, Pavan ha bisogno di qualcosa che da solo non riesce a produrre. Necessita di un laboratorio molto più grande e costoso».

«Tipo il nostro».

«Tipo il vostro» concluse Rocco.

«Tutto bene?», si era affacciato un uomo sulla quarantina, bruno, fisico atletico, il viso mediterraneo, sorridente. Brutto, ma faceva simpatia. «Signori, mio marito Enrico».

«Piacere», strinse la mano a Rocco e a Casella. «Ville, di là abbiamo interrotto...».

«Scusate» fece Rocco. «Abbiamo finito».

«No, un momento!» disse Villermina. «Enrico, di' agli altri che arrivo subito. Purtroppo è una questione di lavoro».

Enrico guardò Rocco e Casella. «Mi stai dicendo la verità? Perché io ho la sensazione che i signori siano della polizia».

«Lo siamo» disse Rocco.

«Piero s'è messo di nuovo nei guai?» fece il marito con lo sguardo torvo e crucciato.

«No, Enrico, niente guai. L'affare è più grave».

Il marito annuì. Si passò la mano sul viso ben rasato, poi sorrise a Rocco e Casella. «Allora scusate, torno di là. Non che io ami il mercante in fiera, ma abbiamo un paio di zie molto agguerrite».

Si strinsero ancora le mani. E l'uomo uscì lasciando un'usta di profumo al tabacco.

«Che combina di solito suo fratello?».

«Piero? Le sciocchezze dell'adolescente ribelle, quando era adolescente. Le sciocchezze del ragazzo ricco, quand'era un ragazzo. Le sciocchezze dello studente milionario, quand'era studente, e infine le sciocchezze dei primi anni di lavoro, quando era ai primi anni di lavoro. Macchine rotte, la ragazza incinta. Fu trovato dai carabinieri con un paio di canne, guida in stato di ubriachezza... e papà fra avvocati conoscenze e tante, tante cene lo ha sempre tirato fuori dai guai».

«Pecora nera?».

«Ultimogenito viziato, direi» e Villermina sorrise. «Io e Guglielmo no, filavamo dritti, tedeschi, senza sgarrare mai. Piero ha avuto poco la mamma, ed era sempre arrabbiato per questa cosa».

«Ora è a posto?».

«Ora ci metto la mano sul fuoco» rispose Villermina.

«Non tanto da riferirgli la nostra chiacchierata, però».

«Non tanto, dottor Schiavone. Rimarrà in questa biblioteca».

«Dotto', ma lei ci crede?».

«A cosa, Case'?».

«Che si sta zitta e non dice niente al fratello?» e Casella chiuse lo sportello mentre Rocco trafficava con il cellulare.

«No, non ci credo. Ma va bene. Si chiama smuovere le acque».

«Capito».

Rocco poggiò il cellulare sul cruscotto e accese il motore. «Dotto', mica c'è bisogno di mettere il navigatore per tornare ad Aosta...».

«Non torniamo ad Aosta, Case'... stiamo smuovendo le acque, no? E smuoviamole».

Impiegarono poco più di mezz'ora per arrivare a Santhià. Nel giardino della villetta era parcheggiata la jeep di Silvia Manca. «Vieni con me o te ne stai in auto?» chiese Schiavone dopo aver fatto scendere Lupa che ne approfittò per una scorrazzata.

«Dipende, dotto'. Se serve, vengo».

«Serve, segui quello che faccio io».

«Senza farmi troppe domande».

«Bravo», poi richiamò Lupa, infine suonò il citofono.

«Sì?».

«Silvia Manca? Sono il vicequestore Schiavone».

Si aprì il cancelletto di ferro. Rocco, Casella e infine Lupa entrarono nel giardino. Silvia s'era affacciata sulla porta di casa. «Dottore... piacere vederla, buon Natale! Che succede?».

«Può stare un po' qui a godersi il giardino?» chiese Rocco indicando il cane.

«Ma certo, figuriamoci, certo. Prego, ho qualche amico, se volete unirvi» e li fece entrare. L'ingresso era un open-space su cucina e salone. Rocco riconobbe subito De Muru e David Casale. C'era anche un'altra donna coi capelli rossi e un tizio sulla trentina, gonfio di muscoli con un sorriso aggressivo. «Buonasera a tutti e buon Natale. Buonasera, dottor Casale».

«Salve, sì... dottor Schiavone... e buon Natale anche a lei».

«Buonasera...». Casella salutò con un sorriso la donna coi capelli rossi.

«Vi conoscete?» chiese Rocco.

«E come no? La signora Cipriani... lavora alla banca» fece l'agente.

E Rocco ricordò. «Il mondo è piccolo. Ci siamo visti qualche giorno fa, la rapina, ricorda?».

«E come potrei dimenticarla?» fece la donna.

«Lei è... è la segretaria del direttore... Comiso».

«Esatto. Verrà dimesso domani, se le fa piacere».

«Dall'ospedale al carcere. Sempre a spese dello Stato» e Rocco sorrise guardando Casella. «Insomma, signora Cipriani, il dottor Comiso è un po' nella merda».

«Sì, in filiale aspettiamo il sostituto» rispose quella abbassando lo sguardo.

«Brutta storia, no?». Rocco stavolta guardò Silvia e

De Muru. «Non ci si può più fidare di nessuno» la frase fu accolta da risolini imbarazzati. «Voi lo sapevate?».

«Cosa?» si sentì in dovere di rispondere De Muru.

«Lei Silvia lo sapeva? Pavan aveva una cassetta di sicurezza in banca. Era un cliente, come Casella. Il mondo è piccolo, no, Cipriani?».

«Vabbè, Aosta non è che sia Milano. Le banche quelle sono».

«Appunto!» fece Rocco. «Per questo sono qui. De Muru, Casale, lo sapevate che dal laboratorio spariscono cose?» e Rocco guardò Casella come a dargli un segnale.

«Sì» riprese l'agente, «ci sarà un'indagine».

«Esatto. Come dice l'agente Casella ci sarà un'indagine. E mi sa che anche lei dovrà affrontare un po' di rotture di coglioni, dottor Casale. E anche lei, De Muru. Silvia, immagino che Aldo non si sia fatto vivo».

«No, dottor Schiavone».

«Con nessuno di voi, vero?».

«Senta, se ha da muovere accuse vada dritto al punto senza girarci troppo intorno» aveva preso la parola il trentenne palestrato.

«Lei chi è?».

«Walter Zanardelli, tecnico di laboratorio alla Gunnelli».

«Ma cazzo! Ma che è qui? Un dopolavoro?» e Rocco scoppiò a ridere imitato da Casella. «Senta Zanardelli, io non ho accuse, non ce l'ho con nessuno di voi, anzi sto chiedendo un aiuto dal momento che sono sparite delle sostanze e la dottoressa Villermina Gunnelli non è felice di questa cosa. Mi ha chiamato apposta».

«E di che, insomma... di quali sostanze stiamo parlando, dottor Schiavone?» chiese De Muru.

«Ormoni sintetizzati». Calò il silenzio.

Di nuovo si fece avanti David Casale. «Ormoni? Ma... pazzesco, e per quale ragione? Sì, insomma, che ci fa uno con gli ormoni?».

«E lo chiede lei a me?» disse il vicequestore. «Roba da matti, vero Case'?».

«Sì, come se lei gli chiedesse a che serve un posto di blocco» fece l'agente ridendo sotto i baffi.

«Per dire... comunque a qualcosa serviranno, o no?», ma nessuno rispose a Schiavone. «Io avrei bisogno di uno scienziato, un biologo, un farmacologo, insomma qualcuno che me lo suggerisca». Guardò ancora tutta la compagnia con un sorriso stampato in fronte. C'era silenzio, si percepiva l'imbarazzo dei colleghi della Gunnelli. «Lei Zanardelli, che dice?».

Quello alzò le mani. «Sono solo un tecnico».

«Mi tolga una curiosità, lei è svizzero?».

«Sono nato nel Canton Ticino. Papà italiano e mamma ticinese. Perché? Come fa a saperlo?».

«Perché un po' di cazzi vostri me li sono fatti» e il vicequestore si passò la lingua sulle labbra osservando il viso del tecnico che era diventato bianco latte. «E lei, De Muru?».

«Mah... possono servire a tante cose, in un laboratorio. Fuori non saprei».

«De Muru. Lei è sardo?».

«Be', non è difficile intuirlo».

«Di Villasimius?».

«Come... ah già, si è impicciato un po' dei fatti nostri».

«Ancora piccolo 'sto mondo, eh Silvia? Non è il paese dal quale proviene la sua famiglia?».

«La mia? Sì, certo» rispose col suo sorriso smagliante e pieno di vita.

«Avete mai sentito parlare dei *nudeus*?» sparò Rocco guardandoli.

«Sì, certo» rispose De Muru, «sono dei talismani. Di stoffa. Li si riempie di erbe per...». Rocco lo fermò con una mano. «Si regalano agli amici, vero?».

«O ai familiari, insomma alle persone a cui tieni» intervenne Silvia.

«E che comunque conosci».

«Certo dottore. Non è che uno esce di casa e lo dà al primo che incontra» e Silvia Manca sorrise ancora. Rocco avrebbe voluto strappargliela a ceffoni quel sorriso.

«Lei ne ha mai regalato uno?» le chiese Rocco.

«Io? No, non credo. Perché?» la donna si mise le mani in tasca.

«Perché io e l'agente Casella qualche giorno fa, sempre perché il mondo è piccolo, siamo incappati in uno di questi *nudeus*». Fece una pausa. «Non vuole sapere dove l'abbiamo trovato?».

«Se lo ritiene necessario». Stavolta Silvia aveva tenuto il volume della voce molto basso, tutta la sua energia, l'inalterabile positività era sparita come l'onda nella sabbia.

«Nel risvolto dei pantaloni di un tizio affogato in un lago. Ma non è affogato perché c'è caduto dentro. No. Ce l'hanno buttato, con una catena ai piedi e dei pesi, come quelli che usa qui il suo collega ticinese per gonfiarsi i bicipiti. Insomma, un omicidio». Stavolta l'aria divenne oleosa, pesante, quasi la si poteva toccare. «Incredibile, no? Soprattutto se si pensa che il cadavere è polacco». Rocco si alzò dalla sedia. «Vabbè, il mondo è piccolo, davvero piccolo. Vi saluto, buon Natale e grazie da parte di Lupa che si sarà goduta il giardino».

«Torniamo in ufficio?» chiese Casella accendendo l'auto.

«Adesso sì, adesso torniamo in ufficio. Non festeggi Santo Stefano?».

«Dotto', io mi devo calmare, ho mangiato come tre lupi... poi queste cose si pagano».

«E lo so. Come sta Eugenia?».

«Lei bene».

«E D'Intino? Ha superato il trauma dell'investimento?».

«Io penso di sì».

«Pensi?».

«E sì. Senta, è difficile a capirsi... non è che D'Intino sta tanto diverso se traumatizzato oppure no».

«Sei stato bravo e generoso ad invitarlo».

Casella annuì concentrato sulla strada. «A volte mi viene un po' di pena per lui. Questa storia della fidanzata, della fregatura che ha preso da quella vecchia... insomma, Mimmo è una brava persona, non è cattivo!».

«Ce mancava che era pure cattivo, Case'».

«Voglio dire, forse lei può fare qualcosa».

Rocco lo guardò. «Io?».

«Perché non lo trasferisce a una questura in Abruzzo? Più vicino casa? Forse gli migliora la vita».

Rocco prese un respiro profondo. «Di sicuro la migliora a noi. Ma a parte che io non posso trasferire nessuno, non ho il potere. Ma poi, lo vedi? D'Intino qualcosa di utile lo riesce a fare. Stavamo aspettando un rinforzo, lo hai visto tu? Io no. Devo piatire aiuto a quella poverella di Caterina che pure ha i problemi suoi, chiedo a Michela, pure a Fumagalli...».

«Sì, lo capisco. Italo ha fatto un bel casino».

«Italo negli ultimi tempi era utile quanto un phon nel Sahara».

Stettero in silenzio per altri dieci minuti. Rocco accese la radio. Non ci poteva credere. Ancora un canto natalizio! La spense ringhiando un'imprecazione. «Dotto', la risolve 'sta situazione?».

«Ho ancora qualche dubbio. Ma perché me lo chiedi?».

«Perché a Capodanno io e Eugenia volevamo andare a Praga».

«E vacci! Tranquillo. La risolvo oppure no, parti lo stesso. Io per esempio me ne vado a Roma».

«E fa bene. Lo sa? Io ho bisogno di riposarmi. Comincio ad avere un'età».

In ufficio trovò una guantiera di tramezzini portata da Deruta, ennesimo dono di Federico, D'Intino al suo posto di lavoro concentrato sul Campo minato del computer e sulla scrivania un blocco di fogli. «Che è 'sta roba?» gridò.

«I tramezzini di Federico» rispose Deruta affacciandosi solerte alla porta.

«Sì, questi li vedo e ringrazialo tanto, intendo 'ste carte».

«È tutto l'incartamento degli alberghi».

«Che palle!» sbuffò il vicequestore. Alzò il telefono e rifece il numero del centro sportivo in Senegal. Attese almeno undici squilli, poi la linea cadde. Provò anche Stocchi, prima su un cellulare che risultava staccato, poi di nuovo all'albergo di Dakar. Per fortuna il concierge masticava l'italiano. «No messié, Stocchi no è qui».

«Ma è partito? Ha lasciato la stanza? Ha pagato il conto?».

«Attenda lei... io controllo adesso subito», sentì il rumore della cornetta poggiata su una scrivania, poi carte, scartoffie, strappi e strusci. «Alora no».

«Allora no che cosa?».

«No ha pagato il conto ancora, stanza ancora infatti a nome Stocchi, non libera».

«Mi faccia capire. Se n'è andato ma non ha lasciato messaggi, continua a tenere la camera e lei non sa quando e se ritornerà?».

«Non so. Forse partito per fare Natale, chi sa? Qualche amico qui in Senegal?».

«E me lo chiede? Io che cazzo ne so? Sarò più chiaro: io sono della polizia italiana, capisce?».

«Sì, capiscio».

«Bene, se Stocchi non si fa vivo... scriva quello che le dico! Se non si fa vivo entro ventiquattro ore io parlo con ambasciata e vi pianto un casino della Madonna. Tu sai che significa casino?».

«Capisco, sì? Lui vivo in ventiquattro ore. E se non torna o non chiama?».

Rocco abbassò la cornetta. Cominciò a scartabellare distratto le fotografie dei clienti. Qualcuna come quella di Stocchi, Zappacosta, Vasilisova, Akimov le conosceva, erano quelli dell'albergo Les Suches, col direttore Ventriglia che non era riuscito a malmenare né a portare in cella di sicurezza. C'era, fra quelle dell'albergo De Sucre, la foto di Bernardo Stocchi, e quella della famigliola Tatiana Snegurova-Marco Berger. Tatiana era bionda. Non ci voleva una persona con particolari virtù fisionomiste per notare che era identica a Alexandra Vasilisova, la escort che stava con Zappacosta, della quale Rocco recuperò subito la fotografia. All'hotel Les Suches era bruna, almeno sulla foto del passaporto, al De Sucre era bionda e aveva un altro nome. E il marito, Marco Berger, anche quello Rocco l'aveva già visto. Sfogliò i documenti dell'albergo di lusso vicino a La Thuile fino a che lo incrociò di nuovo. «Eccolo!» disse. Giuseppe Cerchioni di Sanremo. Quello che stava lì con la moglie Bice Tieri e che aveva lasciato l'albergo il 7.

«O cazzo!» mormorò. Poi si infilò due dita in bocca ed esplose un fischio lacerante. Accorsero tutti e tre.

«Che succede?» chiese Deruta.

Rocco allungò loro le foto senza dire una parola. Gli agenti le osservarono in silenzio. «Freghete!» disse D'Intino, «la russa tiene una gemella? E pure Cerchioni tiene un gemello? Buono a sapersi».

«Ugo» disse grave Rocco, «sto ripensando a quello che mi hai detto in macchina. Mi muovo con il questore per il trasferimento. Questo» e indicò D'Intino, «va allontanato». Casella annuì comprensivo.

Telefonò a Baldi e al questore, aveva urgente bisogno di comunicare le scoperte e soprattutto l'idea forse balzana, ma l'unica fino a quel momento che gli era venuta, per smuovere le acque in maniera definitiva, creare insomma una vera e propria onda che mettesse la parola fine a tutta la faccenda. Baldi e Costa si presentarono in questura alle cinque del pomeriggio, con l'aria di chi, in fondo, non era poi così infastidito da quella chiamata. Forse, fatto che spesso succede durante le feste, in quei giorni di panettoni, spumanti, regali senza mai una pausa o una boccata d'aria, una riunione in ufficio poteva risultare una liberazione. Erano infatti energici e ben disposti. Saltava agli occhi il maglione giallo canarino di cashmere di Costa, regalo appena ricevuto, e la barba un po' lunga, segno di una certa rilassatezza festiva nella toilette mattutina. Baldi invece era impeccabile nel suo completo grigio antracite, l'unico vezzo concesso, l'assenza di cravatta. Rocco prese un foglio di carta zeppo di appunti e cominciò. «Allora, i gruppi sono due».

«I gruppi?».

«Dottor Costa, la prego. Se mi interrompe con le domande perdo il filo e rischio di non finire più». Costa alzò le mani e si mise in ascolto a braccia conserte. «Dunque, Piotr Bla e Pavan lavoravano su un farmaco. Sono convinto si tratti di un farmaco dopante. Ma non solo, quella è roba comune che si trova dappertutto, bensì una sostanza che mascheri il doping».

«Come c'è arrivato?» chiese Baldi.

«Ricerche sul campo» e Baldi fece una smorfia. «Immagino che una simile sostanza valga un occhio della testa».

«Esatto, dottor Baldi. Come la sperimentavano? Grazie a un procuratore sportivo, Stefano Stocchi, che cresce calciatori in Senegal e poi li trasferisce nei campionati di mezzo mondo, soprattutto Europa. Lo fa attraverso la sua società e tre centri sportivi, a Kolda, Tambacounda e Mbacké, che sono tre città senegalesi».

«Come l'ha scoperto? Sì, inutile, indagini sul campo» il magistrato si rispose da solo.

«Ora, questo farmaco, chiamiamolo così, fa gola» riprese Rocco. «Fa gola a molti. E qui i due gruppi. Uno composto da tizi della Gunnelli».

«La Gunnelli?» fece Costa con la faccia storta.

«Esatto. Pavan ha rubato dalla società farmaceutica degli enzimi che poi gli sono serviti ai suoi scopi. Ricordatevi, Pavan aveva un laboratorio qui ad Aosta. Gli enzimi è difficile farseli da soli, ho scoperto sempre sul campo, dottor Baldi, ci vogliono macchine e parecchia esperienza. Lui dunque li ha trafugati alla Gunnelli. Ma qualcosa ai suoi colleghi di laboratorio non deve essere sfuggita. Mi riferisco a David Casale, Michelangelo De Muru, Walter Zanardelli che io ho rinominato Hulk...».

«È verde?» chiese Costa curioso.

«No, è enorme. E infine Silvia Manca, la sua amante, ex compagna, chiamiamola come vi pare. Questo è il primo gruppo. Poi c'è il secondo gruppo, e su questo vi consegno alcune fotografie dei documenti degli ospiti di due hotel: uno è l'hotel Les Suches vicino a La Thuile».

Baldi annuì. «Dove dovremmo far arrestare il direttore».

«Esatto, dottor Baldi. Gli altri invece stavano al quasi omonimo De Sucre, che si trova vicino Cervinia». Consegnò le fotocopie ai due inquirenti. «Come potete osservare abbiamo una signora russa che prima risulta essere Alexandra Vasilisova, poi nell'altro hotel oltre ai capelli chiari s'è cambiata anche il nome in Tatiana Snegurova».

«Perbacco» disse Costa e a Rocco venne quasi da ridere perché era certo si riferisse alla bellezza dei tratti della russa, non alla sorpresa di trovarla in due hotel con due nomi diversi.

«Lo stesso abbiamo un doppio ospite, Giuseppe Cerchioni di Sanremo all'hotel Les Suches, che diventa Marco Berger al De Sucre. Fin qui tutto chiaro?».

«Certo» disse quasi offeso il questore.

«Il primo albergo ospitava Stocchi, il secondo Blascicoschi, il nostro cadavere nel lago».

«Perfetto. Li controllavano?».

«Credo proprio di sì. Non sapevano che il segreto di Pavan e Blascicoschi era però nascosto nella cassetta di sicurezza di una banca. Per la precisione, quella rapinata dalla banda del lucchetto».

«Sì, Schiavone» disse amaro Costa.

«Non sia triste, il caso l'abbiamo risolto, no?».

«Sì certo, Schiavone, ma la figura di merda della vecchia signora resterà indelebile nelle cronache della sua e della mia carriera».

«Perfetto». Rocco, dopo un respiro, ricominciò: «Allora il primo gruppo, quello della Gunnelli, io credo sia una rete di protezione».

«Che significa?».

«Piotr Bla e Pavan li avevano alleati. Tre dettagli me l'hanno fatto capire. Il primo: Piotr Bla nei suoi appunti nomina un tale WZ che gli suggerisce per qualche operazione la Svizzera. Io credo sia Walter Zanardelli, originario del Canton Ticino...».

«Hulk?» azzardò Costa.

«Esatto. Tecnico di laboratorio. Secondo dettaglio, quel gruppo ristretto era a conoscenza dei trafugamenti di Pavan, anzi credo che l'abbiano anche aiutato, mi riferisco al suo braccio destro, David Casale, e soprattutto a Michelangelo De Muru. Mi pare sia un biologo, ed è il vero amante di Silvia Manca. Io penso che la storia con Pavan sia roba vecchia e che nascondano qualcosa».

«Cioè i due non sono amanti?».

«Lo sono stati. Adesso è diverso, e credo di poterlo spiegare presto».

«Che casino» fece Baldi passandosi una mano sul volto.

«Sì. Credo che il rapporto fra Pavan e Silvia sia un paravento, una maschera, ecco. Ancora... e il terzo elemento è la presenza della signora Cipriani, segretaria del dottor Comiso, il direttore della banca».

«Che custodiva i segreti di Pavan».

«Perfetto, dottor Costa. L'altro gruppo invece mi puzza, e mi puzza forte. Primo, hanno documenti falsi. Cambiano identità, sono abili ma non troppo a rispondere agli interrogatori. Mi riferisco a Zappacosta. Chi è, vi chiederete? Era quello che divideva la stanza con la sedicente escort Alexandra Vasilisova anche conosciuta come Tatiana Snegurova. L'ho interrogato, aveva una buona memoria e ricordava la mezza litigata che ci fu all'hotel fra Piotr Bla e Stocchi, con seguente rovesciamento della zuppa sulla giacca del polacco costretto poi a usare la lavanderia, dettaglio che ci ha permesso l'identificazione del cadavere. Ma non ricordava, e questo dovete concedermelo è strano, che Piotr Bla uscendo dalla sala del ristorante mandò sonoramente a fare in culo Stocchi. Pino, il cameriere, addirittura citava quasi le parole. Zappacosta mi disse che i due uscirono insieme. E credo che, come da racconto delle cameriere, lui e la russa lasciassero la stanza sottosopra in maniera esagerata, come a voler far intuire la numerosa e violenta sequela di amplessi goduti lì dentro».

«Quindi che vuole fare?».

«Qualcosa che fughi ogni dubbio e ci regali i colpevoli su un piatto d'argento».

«E sarebbe?» chiese scettico ma curioso Costa.

«Cercare un agente alto un metro e settantatotto, brizzolato, naso aquilino, occhiali da vista, barba e occhi neri e la bocca priva di labbra».

Fu convocata la responsabile dell'ufficio stampa della questura e l'ufficio delle relazioni con il pubblico nella persona dell'ispettrice Elena Diotaiuti. Riuniti nella stanza di quest'ultima con le tende a pacchetto e un odore floreale di deodorante della Conad, lavorarono fino alle sette di sera osservando le fotografie di tutti gli agenti, ispettori, commissari, sostituti di via Battaglione Aosta. Alla fine la scelta di Rocco ed Elena Diotaiuti, che s'era dimostrata un valido supporto, cadde sul viceispettore Donato Forconi dell'ufficio immigrazione. Era solo un po' più alto ma per il resto, da lontano, poteva essere scambiato per Aldo Pavan con un taglio di capelli diverso e vestito in borghese. Aveva bisogno anche della barba, Pavan la portava di lunghezza media. E ancora Elena Diotaiuti trovò la soluzione. Era stata una decente interprete teatrale amatoriale negli anni della giovinezza, sapeva come fare una barba finta. «Basta prendere una ciocca di capelli, tagliuzzarli corti corti, a fare dei peli, poi un po' di mastice liquido e li si attacca. L'effetto, sul palcoscenico, è ottimo. Da vicino un po' meno».

«A me basta e avanza, ispettrice» le aveva risposto Rocco.

Donato Forconi stava guardando un film su Sky insieme alla moglie e ai figli. Era una storia pomeridiana, familiare, con dei pupazzi che spaventavano i bimbi dall'armadio. Nessuno aveva l'età per quel genere di pellicola, però era divertente, faceva sorridere e bastava e avanzava per superare il pomeriggio di Santo Stefano. Quando arrivò la telefonata della questura, s'era appena appisolato. «Donato? È per te» disse la moglie. Si alzò dal divano e andò a rispondere. «Sì... sì... sì... Davvero? Ma...

d'accordo», attaccò la cornetta e tirò una bestemmia verso il soffitto del salone, così chiara, livornese e dettagliata che i figli scoppiarono a ridere, la moglie invece protestò. «Donato! Lascia stare la Madonna!».

«Scusa Franci...» fece il poliziotto.

«Ma che succede?».

«Non te lo posso dire. Ma è una storia pericolosa». A quelle parole i figli distolsero l'attenzione dal cartone e si concentrarono sul padre. «Pericolosa pa'? Perché?».

«Non posso dire nulla» e con la testa china se ne andò in camera da letto. I due figli si guardarono negli occhi. «Una cosa pericolosa?» ripeterono all'unisono e per la prima volta in quel momento si sentirono orgogliosi del padre.

«Antonio? Sei a casa?».

«Sì, da un'ora. Allora non ho capito, che dobbiamo fare?».

«Mi devi venire a prendere in questura».

«Ma sono le... le sette».

«E sticazzi? Prendi l'auto, le sigarette, copriti e passami a prendere. Ah, ce l'hai delle buste per l'immondizia?».

«Sì».

«Portale».

«Sarei stanco, Rocco».

«Odio ripetermi, ma... sticazzi?».

Antonio lo attendeva al parcheggio della questura. C'erano poche auto, e dopo la rimpatriata a casa fatta di profumi, ricordi, cibo, amiche ritrovate, appena superata la Torre del Lebbroso gli era salito un conato acido e deprimente come il panorama di quella città che cominciava a non sopportare più. Pasqua era la prossima meta. «Fine pena mai!» aveva mormorato mentre spegneva il motore dell'auto.

Vide scendere il vicequestore seguito da Lupa. Sbuffò. Gli sarebbe toccato ripulire i peli dell'animale. Invece, con sua grande sorpresa, Rocco aprì la sua macchina e gli fece cenno di raggiungerlo. Rapido prese le buste per l'immondizia e andò incontro al suo superiore. «Ne ho portate una decina» disse riferendosi ai sacchetti. «Ma che succede di così urgente?».

«Tu vai a magna' le porcherie a casa, qui invece si lavora e si fanno progressi» gli rispose Schiavone sorridente mentre faceva zompare il cane sul sedile di dietro. «No Anto', abbiamo un compito. Se cerchi qualcuno e quel qualcuno non si fa più vivo, dove speri di incrociarlo?».

Antonio ci pensò su. «Non saprei, un posto che frequenta spesso?».

«O dove ha bisogno di tornare per forza... mettiti dietro con Lupa, dobbiamo andare a prendere una persona».

«Chi?».

Clotilde Nolano li aspettava sotto casa. Rocco aveva avuto il tempo di fare un riassunto a Scipioni, il quale aveva espresso la sua ammirazione con un azzeccatissimo mecojoni che quasi inorgoglì Rocco.

Clotilde era salita in macchina zuppa di profumo. Guardava con sospetto Schiavone, non aveva un bel ricordo del loro ultimo incontro. E in realtà era diffidente anche nei confronti di Antonio. Ma la galanteria di Rocco fece subito breccia nelle sue difese. «Signora Nolano, la ringrazio con tutto il cuore per il tempo che ci dedica. Lei non sa l'importanza della sua presenza e quanto sarà fondamentale per la risoluzione del caso del suo ex marito Aldo. Davvero, lei è imprescindibile e la sua cortesia ci ha toccato nel profondo, vero Antonio?».

«Verissimo».

«Ma che dobbiamo fare?» chiese la donna molto più rilassata.

«Dobbiamo andare a casa di Aldo. Ha con sé le chiavi?».

«Certo, ma cosa cerchiamo?».

«Glielo spiego quando saremo lì».

Clotilde guardò prima il vicequestore, poi si voltò indietro e scambiò uno sguardo con Antonio. «C'è qualcosa che non mi volete dire? Avete delle notizie di Aldo che non ve la sentite di condividere? Vi prego, la verità» concluse la sua richiesta accorata asciugandosi una lacrima dall'occhio destro.

«No signora, proprio no. Siamo nel pieno dell'indagine, dettagli non ne posso svelare, lei questo lo capisce, vero?» le rispose Rocco accelerando.

«Sì, certo».

«Però stia tranquilla. Stiamo facendo il possibile per chiudere questa storia una volta per tutte».

«Aldo non è... morto, vero?» domandò con un filo di voce, tanto che Rocco la sentì a malapena, Antonio aveva solo visto le labbra muoversi. «Scusi signora, Aldo non è...?».

Clotilde emise prima un rantolo, poi un colpetto di tosse. «Aldo non è... morto?» stavolta lo disse chiaro e sonoro.

«No, signora, non è morto».

La donna annuì e si asciugò una lacrima dall'altro occhio. «Grazie. Grazie mille».

Continuò a fare domande per tutto il viaggio, fin quando Rocco, stremato, fermò l'auto dietro il muro di un meccanico a un centinaio di metri dall'abitazione di Aldo. Da lì si aveva una perfetta visuale. Era un villino a un piano e stava in mezzo ad altre due costruzioni. Dirimpetto ne aveva altre tre. Alle spalle, lontano, sulla provinciale, si vedevano i fari delle macchine. Neve sul ciglio della strada ce n'era meno che ad Aosta. «Signora Clotilde, lei conosce i vicini di Aldo?» e Rocco con un gesto della mano indicò la villetta.

«Sì, certo. Allora, c'è la Margherita Cretier che vive lì con il marito Jean e sono in pensione. Vede? È la casa gialla. Poi dopo c'è la casa di Aldo e quella dopo, di legno, è di una coppia di svizzeri che però vanno e vengono. Cioè non ci abitano».

«I dirimpettai?» domandò ancora Rocco.

«Allora...» chiuse gli occhi. «Sì, nella prima ci abita un prete con la madre, la seconda è del farmacista, Maurizio Gatti, persona gentile, affabile e...» nascose una piccola risata.

«E...?».

«Credo sia gay».

«Vabbè, l'ultima casa?» domandò Rocco.

«L'ultima casa ci abitava Rosa Cretier, la sorella di quella che vive dall'altra parte col marito Jean. Povera Rosa, è in ospedale da 15 giorni, l'hanno operata all'anca e poi ha sviluppato un'infezione».

«Perfetto». Rocco fece un gesto ad Antonio e scesero dall'auto. «Signora, ora lei aspetti qui. La chiamiamo noi». Lupa con lentezza e sonnolenza seguì Antonio, si stiracchiò e poi se ne andò in giro per i fatti suoi ad annusare l'erba, la neve vecchia e i muretti. Antonio e Rocco si avviarono verso il villino di Aldo.

«Qual è il piano?».

«Prima andiamo all'ultima casa in fondo, quella di legno degli svizzeri. Ma dal retro».

«E quella coi coniugi?».

«Inutile, la saltiamo».

«Non capisco».

«Anto', le case che ci interessano sono due. Gli svizzeri e quella della vecchia operata».

Prima di entrare sotto il cono di luce del primo lampione stradale, Rocco e Antonio favoriti dal buio scavalcarono un muretto e si ritrovarono in mezzo ad un prato chiazzato di neve. «A saperlo mi portavo le scarpe adatte» fece Antonio che indossava delle sneakers azzurre.

«A saperlo me portavo uno che rompeva meno li cojoni» gli rispose Rocco.

Superata la prima casa dei coniugi Cretier, poi quella di Pavan, raggiunsero il villino degli svizzeri abbellito dal legno sulle pareti. Le luci spente. Scavalcarono la recinzione, delle travi di abete dipinte di bianco, e attraversarono il giardino. Fecero il giro della casa, lenti, silenziosi, come delle ombre. Rocco aprì un secchio di plastica che era accanto alla porta sul retro. Ne svuotò il contenuto in un sacchetto che poi passò ad Antonio. «Che cazzo» mormorò il viceispettore, «ma che stiamo facendo? La raccolta differenziata?».

«Mo annamo dalla signora che sta in ospedale».

«Dobbiamo attraversare» obiettò Antonio.

«Laggiù» e Rocco indicò l'ultimo lampione a una cinquantina di metri dopo il quale sarebbero stati di nuovo nascosti dal buio della campagna.

Schiavone controllò che non ci fossero auto in arrivo, poi rapido insieme ad Antonio attraversò la strada. La casa del prete aveva le luci accese a piano terra. La superarono. Una ventina di metri e attraversarono una piccola siepe di bosso che circondava la casa del farmacista. Anche quella a due piani, aveva una curiosa scultura di pietra in giardino. Ispirata alle forme di Moore, voleva rappresentare un pianeta spaccato a metà come un frutto. Le finestre buie, nessuna auto parcheggiata nel cortile. Toccava all'ultima casa, quella della signora Cretier. Silenziosi girarono cauti anche intorno alla costruzione. Schiavone sbirciò un paio di volte da una finestra del piano terra. Anche in quella casa trovò un secchio e ne vuotò il contenuto nella busta di plastica. «Se ne potemo anna'» disse sottovoce ad Antonio.

«E meno male» borbottò Scipioni.

Tornarono all'auto. La signora si era messa a guardare il cellulare. Lupa era dentro l'abitacolo. «L'ho fatto salire io il cane» disse Clotilde aprendo il finestrino. «Non gli andava di stare fuori».

Rocco e Antonio se ne andarono sotto il lampione del garage, ben distanti dalla strada. Rocco prese il primo sacchetto. «Questa è la monnezza degli svizzeri» disse. Si infilò i guanti e controllò il contenuto. C'erano una scatola di biscotti, una busta di cartone, alcune pagine di un giornale che risaliva al 23 dicembre, fogli appallottolati con dei conti scritti in grafia minuta. Poi aprì la seconda busta.

«Mo la casa della signora ricoverata». Svuotò il secondo sacchetto. Questo conteneva gusci d'uovo e la scatola che li racchiudeva, un pezzo di pane secco, lattine di carne in scatola, di tonno e di fagioli, bucce di arancia, di formaggio e due ossi di costatine rosicchiati. «Ammazza che schifo». Poi, con pazienza, rimise i contenuti nei sacchetti. «Questi li regaliamo alla nettezza urbana» e li impilò vicino alla parete del garage. Si tolse i guanti e tornò all'auto, sempre sotto lo sguardo attento di Antonio. «E adesso?» gli chiese. Ma Rocco aprì lo sportello senza dargli una risposta. «Signora, le chiedo di prendere l'auto, parcheggi davanti casa di Aldo, entri e accenda una sola luce, per favore. Stia dentro almeno cinque minuti. C'è il calendario della nettezza urbana?».

«I ritiri intende?».

«Sì».

«Certo, in cucina sopra al frigorifero».

«Bene, me lo può portare? L'aspettiamo qui».

Clotilde guardò Rocco. «C'è... c'è pericolo?».

«Zero. Ma se vedono lei va bene, se vedono noi un po' meno».

«Se vedono? Chi?».

«Signora, non mi spacchi i coglioni con tutte 'ste domande, la prego, faccia quello che le ho chiesto. Poi le spiego il perché».

La donna scese con l'aria un po' offesa, fece il giro della Volvo, sedette al posto di guida, impiegò quella che a Rocco parve un'era per aggiustare sedile, specchietto e cintura, poi cercò le marce. «Ah... è automatica?».

«Sì».

«E non la so portare».

Rocco alzò gli occhi al cielo. «Dice davvero?».

«Sì».

«E allora ce la rischiamo» disse Rocco. «Antonio, tu magari sta' giù, io cerco di non far accendere le luci interne quando la signora aprirà lo sportello per uscire e restare al buio».

«E Lupa?».

«Lupa sta a cuccia e non si muove, tranquillo».

Partirono. Arrivarono a velocità sostenuta davanti al cancello di Pavan. Clotilde rapida scese e chiuse la portiera. Si avvicinò alla casa ed entrò. «Ma che cosa stiamo facendo, Rocco?».

«Poi ti spiego, anche se non è una cosa troppo difficile da capire».

Attesero cinque minuti che Rocco passò ad osservare le case dei vicini. Poi Clotilde uscì dalla villetta e tornò in macchina. «Ecco fatto» disse. Rocco accese l'auto, una rapida inversione a U e ripartirono verso Aosta.

«Ecco il calendario» disse la donna consegnando il foglio a Rocco. «Lo dia al mio collega, per favore». Clotilde obbedì. Antonio lo prese. «Allora Anto', leggi un po'. Quando ritirano l'umido?».

«Qui dice il lunedì... mercoledì e pure un sabato al mese».

«La carta?».

«La carta... la carta. Eccolo! Carta e cartone li ritirano il martedì...».

«Però magari è Natale e avranno saltato dei giorni» obiettò Clotilde.

«Può essere» fece Rocco. «Ma non quelli per l'umido. Comunque questo ci fa capire che gli svizzeri non stanno in casa almeno da martedì scorso...».

«Giusto, Rocco».

«Bene. Quindi è chiaro».

«Cosa?».

«Qualcuno abita la casa della signora che s'è beccata l'infezione in ospedale. Lei Clotilde è certa che viva da sola?».

«Sicuro!».

«Qualche nipote? Figlio? Cugina?».

«Senta, dottor Schiavone, facciamo una cosa semplice. Ora telefono alla sorella, a Margherita, che abita nella prima casa col marito, e glielo chiedo».

«Brava! Ma senza farsi scoprire».

«No, certo. Guardi, io sono brava per queste cose, che crede?». Prese il cellulare e chiamò. «Margherita?

Sono io, Clotilde... Come state? No, no, purtroppo ancora niente... No, la polizia non ha notizie... Lo so, lo so, grazie. Grazie mille, Margherita. No, era solo per un saluto. Ascolta, e tua sorella? Sì... ah, bene... bene, molto bene», coprì la cornetta e si rivolse a Rocco. «Le è passata la febbre!» gli disse. Antonio guardò l'espressione di Rocco e per poco non scoppiò a ridere. «Ah sì? Be', io ho saputo sempre un gran bene di quel medico... sì sì... certo, il Natale in ospedale deve essere stato... Ah, davvero? Ma che bello! Bravi, l'avrete fatta contenta... sì... Ma scusa, ora che torna a casa non c'è una nipote? Qualcuno che possa stare con lei? Come? Ah... certo, certo. Ho capito. Va bene, Margherita, dovrei fare un salto presto a casa di Aldo, e allora vengo a trovarvi. Salutami Jean. Come? Certo che ti chiamo, sarai la prima. Grazie. Buona serata» e chiuse la telefonata.

«Allora?».

«Allora, la sorella come le ho detto sta meglio, anche se ha dovuto passare il Natale in ospedale. Però lei e Jean sono andati da lei. E dice che si sono divertiti e hanno pure fatto la tombola e il sette e mezzo insieme ad altri ricoverati che stavano da soli».

«Bene, signora. Per quanto riguarda parenti e affini?» chiese Rocco trattenendo il nervoso.

«Ah sì, certo. Macché, non ha nipoti, parenti, nessuno che le possa fare compagnia ergo nessuno vive in casa sua al momento».

«È stata bravissima» disse Rocco e sorrise ad Antonio che ricambiò. «La riaccompagniamo».

«Sempre a disposizione, se serve» disse.

«Sì, serve. Lei per caso ha la piantina della villetta di Pavan?».

«Certo, ce l'ho a casa fra i documenti di acquisto».

«Me ne manderebbe una copia? Le lascio la mail dell'ufficio».

Steso sul divano carezzando Lupa, aveva chiacchierato prima con Brizio e poi con Furio che tornati a Roma non vedevano l'ora di ripartire. «Che ne so, Rocco? Pure senza passa' quello che hai passato tu, ma 'sta città me piace sempre de meno» gli aveva confessato Furio. «Brizio sta a pensa' de trasferisse, ma non sa dove».

«Voi fuori da Roma campate massimo una settimana».

«Me sa pure a me. Hai risolto?».

«Ancora no, Furio, ancora no».

Poi aveva saltellato fra i canali, fino a quando era capitato sul film di un tizio preda di amnesie che doveva scriversi sulla pelle tutto quello che faceva, altrimenti si sarebbe perso nel nulla, come un astronauta nel buio siderale. Sembrava un bel film, ma era troppo complesso per quell'ora. Aveva bisogno di qualcosa di meno impegnativo. Capitò sulla replica di Italia-Brasile di Spagna '82 trasmessa da una tv locale, e la riguardò emozionandosi di nuovo negli stessi punti convinto che, magari, sarebbe potuta finire con un altro risultato. Invece alla fine Paolo Rossi e compagni si abbracciarono pronti per proseguire il loro cammino verso la coppa del mondo.

Domenica

La squadra, come la chiamava in maniera pletorica Rocco, era nell'ufficio alle nove e mezza di quella domenica post natalizia. Antonio era ancora ingolfato di cibo e alcol dalle Marche e aveva promesso a se stesso e agli altri che non avrebbe mangiato per almeno 72 ore, patto che ruppe quel giorno stesso alle 12 e 30; Deruta, Casella e D'Intino bevevano il caffè e cercavano di tenere gli occhi aperti. Caterina si era unita dopo l'ennesima telefonata di soccorso del vicequestore. Sveglia e attiva, era l'unica a stare in piedi, a braccia conserte ascoltava in pieno possesso delle sue facoltà mentali Rocco che aveva appena attaccato il telefono dopo aver salutato e ringraziato Baldi.

«Allora...» disse. «Vi spiego lo stato dell'arte. Domani, verso mezzogiorno, il nostro collega Donato Forconi, alias Pavan, telefonerà in banca per prendere un appuntamento».

Caterina alzò una mano. «Da quale telefono?».

«Un prepagato che ho preso tempo fa e non c'ho mai fatto un cazzo». Aprì il cassetto della scrivania, scansò le canne già rollate e prelevò l'oggetto. «Eccolo» e lo gettò sul ripiano. «A quel punto, verso le otto di sera, con una macchina affittata da noi sotto falso nome, Forconi barra Pavan rientrerà a casa a Pont-Saint-Martin».

«Proveniente da?» chiese Caterina.

«Dakar. Volo Alitalia, la procura ha già ottenuto di far aggiungere il nome del passeggero sulla lista. Fin qui ci siete?».

«Sì dotto'» rispose Casella. «Ma perché Dakar?».

«Credo che Pavan si sia nascosto lì. Il nome aggiunto sulla lista ci serve nel caso qualcuno abbia la possibilità e la voglia di controllare».

«E allora?» chiese Casella.

«Allora tutto quello che dobbiamo fare è aspettare».

«Non capisco» disse Caterina, «se nessuno sa che Pavan è tornato, che aspettiamo?».

«Lo sapranno, Caterina. Qualcuno abita la casa dirimpetto al villino, appena Pavan torna, avverte gli altri. Non abbiamo scoperto ancora se fa parte del gruppo di Silvia Manca oppure di un altro che ancora non conosciamo del tutto. Sicuro c'è la russa, Giuseppe Cerchioni detto Marco Berger, io credo anche Zappacosta che puzza come un'orata scaduta».

«E noi?».

«Noi saremo in casa Pavan ad attenderli».

«Tutti?» chiese Deruta.

«Tutti» rispose Rocco.

«Armati?» chiese Antonio.

«Sì» rispose Rocco.

Il silenzio calò nella stanza.

Il resto della giornata passò lento e noioso nel silenzio della questura. A Rocco e alla squadra restò poco da fare, D'Intino e Deruta riflettevano sul piano di Rocco senza arrivare a darsi una spiegazione, Casella seduto in silenzio masticava il tappo di una penna e ogni tanto sospirava. Antonio invece aveva chiesto il permesso e infilata la tuta andò a farsi un'oretta di jogging dove sputò l'anima e si bruciò i polmoni. Nel pomeriggio Donato Forconi dovette sopportare una prova trucco con Rocco e soprattutto Elena Diotaiuti. La poliziotta aveva rimediato un bellissimo specchio da camerino e tutto il necessario. «Dottore, ma davvero mi devo truccare?».

«Sì Dona', è d'obbligo. Elena adesso ci prova e vediamo come va».

«Casomai» disse Diotaiuti, «se viene una schifezza io ho un'amica che fa questo di mestiere. Sta a Milano, una telefonata e domani è qui».

«Basterà lei, Elena». La poliziotta sorrise al vicequestore e cominciò a lavorare. Per prima cosa tagliò un ciuffo di capelli a Donato, poi li sminuzzò. Ogni tanto guardava il volto dell'ispettore Forconi riflesso nello specchio, lo studiava. «I capelli lei li porta più lunghi di Pavan. Dovremo aggiustarli un poco, ma quello lo lasciamo al barbiere domattina» disse. Poi Elena prese il mastice liquido, pennellò poche gocce sul viso di Donato che subito si lamentò: «Un po' brucia».

«Non rompere i coglioni, Forconi!» lo redarguì subito Rocco. Elena mise del mastice anche fra i peli tagliuzzati. «Oh, non garantisco, io queste cose le facevo tanti anni fa...».

«Dai, è come la bicicletta» fece Rocco sorridendo.

«Mica tanto». Cominciò ad applicare i capelli ridotti a peli sulle guance di Donato. L'operazione durò alcuni minuti. Elena concentrata ripeteva solo che doveva metterci meno tempo possibile, «sennò il mastice si secca», ma alla fine il risultato era più che apprezzabile. Donato Forconi aveva una barba se non uguale, molto simile a quella di Aldo Pavan. Gli scurirono le sopracciglia e infilarono gli occhiali. Misero la foto della patente ingrandita del biochimico accanto allo specchio. «Cazzo» fece Rocco. Forconi era diventato Pavan. Anche il viceispettore sorrise: «Ma guarda tu... oh, ma gli somiglio davvero».

«E direi!» disse Elena.

«Bel lavoro! Proprio bello, Elena» si complimentò Rocco.

«Adesso vado da mia moglie e le piglia un colpo».

«No Donato, adesso ti pulisci la faccia e poi torni a casa» disse Rocco. «Altrimenti rischi che il colpo lo prendi tu». Forconi deglutì. «È così pericoloso?».

«Magari mi sbaglio» gli rispose Rocco. «Elena, hai una cena pagata!».

«Evviva! Allora tolgo tutto?».

«Togli pure tutto».

«Ispettore? Sentirà un po' di bruciore» lo avvertì Diotaiuti. Quello alzò gli occhi al cielo. «Cosa non si fa per la patria».

Rocco e Lupa tornarono a casa. Rocco annoiato, Lupa divertita dal bulldog francese che aveva incontrato in via Aubert. Ristoranti e negozi chiusi, a casa non aveva niente. Cercò su internet un posto aperto. Nulla da fare. Restava la rosticceria di Ahmed a qualche centinaio di metri. Era l'ultima speranza, quella, la spiaggia dei disperati, la resa incondizionata al colesterolo. Faceva pizze che rimbalzavano sui piatti e friggeva anche il cartone. E dire che la cucina egiziana era la fine del mondo, perché Ahmed non si concentrava su quella? Perché si ostinava a fare dei supplì che chiamava arancini e che erano duri, bruciacchiati, salati a morte? Quando entrò, Ahmed gli sorrise e gli disse: «Salve uomo della polizia! Ho ascoltato il tuo consiglio» e gli indicò un cartello sopra al bancone. «Per oggi c'è kofta, molokhia, sambousek con carne e solo con verdure, hummus e falafel. Che prendi?».

«Ma non ci posso credere! Fatti da te uomo della pizza di gomma?».

Ahmed rise. «No, mia moglie».

«Allora mettimi sambousek, hummus e falafel».

«Per uno?».

«Non lo vedi che c'è Lupa? Per due. E aggiungi una birra che a casa non ho un cazzo».

«Strano, uomo della polizia. È la prima volta?».

«Vaffanculo, Ahmed».

«*Shokran*».

Alle undici era sul divano col libro in mano. Non riusciva a concentrarsi su quello che leggeva. Gli toccava tornare indietro e ricominciare sempre la pagina. Eppure era un romanzo semplice da seguire, ben scritto, ma la sua testa non si fermava sulle righe. Ogni capoverso se ne andava dalle parti di Silvia Manca, David Casale, la famiglia Gunnelli, i cugini Stocchi, padre Fernando che non l'aveva mai richiamato, Zappacosta e quel Cerchioni anche conosciuto come Marco Berger. Poi le riflessioni furono frantumate dall'inno alla gioia. Guardò il display.

Sandra.

«Pronto?».

«Non mi chiedi neanche dove vado?» esordì.

«In Salento» sparò Rocco. Sandra rise.

«No. Vado ad Antwerpen, Anversa».

«Perché laggiù?».

«Fabiano ha un lavoro».

«E tu?».

«Io sono in malattia ancora per un po'».

«E poi?».

«E poi quando starò meglio andremo a Torino. Lavorerò lì al giornale».

«Lo volevi da tempo» disse Rocco.

«Sì, mi mancava solo il coraggio. Vedi poi? Non tutte le sfortune capitano per caso. Forse se non mi fosse successo tutto questo, non avrei mai preso una decisione».

Rocco passava le dita nel pelo serico di Lupa che sembrava sorridere. «Ero un freno?» le chiese. «Alla tua vita? Al tuo futuro?».

«No Rocco, non ti definirei un freno. Però non ti nascondo che ci speravo, ecco perché non me ne andavo».

«Sono stato una delusione, allora?».

«No. Sono felice di averti incontrato, amato, e nonostante tutto aver fatto un pezzo di strada insieme, come ti ho sempre detto. Certo, avrei preferito provare qualcosa di più, ma non è andata così. E non vorrei farti venire rimorsi o, peggio, rancori, ma si dice sempre quando una storia non va che la colpa è di tutti e due. Stavolta no, Rocco. La colpa è stata solo tua» e lo disse con dolcezza, come se gli avesse appena sussurrato parole d'amore. Ma forse, pensò Rocco, in fondo lo erano. «Io più di quello che ho provato a fare non potevo. Forse però la mia colpa sono io. Io, la mia persona, la mia voce, il mio corpo, i miei occhi, sono questi che non vanno. Nel caso, lo capisci da te, ero e sono impotente. Se dovevo diventare un'altra per averti accanto, allora era inutile perché non ero più io, no?».

«È questo il mio stesso punto, Sandra» replicò Rocco. «Cambiare o mascherarsi da qualcun altro di solito è un palliativo che ha vita breve».

Sentì il respiro di Sandra. «Posso chiederti una cosa?».

«Puoi chiedermi tutto quello che vuoi, spero solo di conoscere la risposta».

«Provaci. Tu mi hai mai amata?».

Rocco strinse le labbra, poi ci provò. «A volte pensavo di sì, o almeno di volerti bene. Poi la sensazione svaniva, si ritirava, tipo un'ombra. Insomma alla fine sono convinto che nella vita si riesce ad amare sul serio una sola volta per davvero fino in fondo. Gli altri sono incidenti di percorso».

«Fa male, ma ti ringrazio per la sincerità. Io mi sarei accontentata anche di un amore un po' ammaccato».

«E io quello ho cercato di darti. Secondo me non ti bastava».

«Rocco, tu mi hai allontanata da quel famoso Capodanno. Non mi hai permesso di volerti bene».

«E allora perché venivo in ospedale?».

«Ti eri affezionato a me, questo sì. Mi vuoi bene, anche questo può darsi sia vero. Ma non abbastanza da abbracciarmi, baciarmi, riuscire a fare l'amore con me. Perché non ci sei mai riuscito, Rocco? Con la poliziotta non hai avuto mai problemi, quindi non è qualcosa di fisiologico. Ho un cattivo profumo? Non ti piaccio fino in fondo? Il taglio dei capelli? Le caviglie?».

Rocco si accese una sigaretta. «Sandra, è qualcosa che non ho mai capito neanche io. Mi sei sempre piaciuta, tutto di te mi piace, dalle caviglie ai capelli. Ma non lo so. Non ci riuscivo. Era come...».

«Paura?».

«E di che?».

«Che potevi innamorarti?».

«No...» disse Rocco con un mormorio. «No Sandra, o forse lo so ma non l'ho ancora capito».

«Tu? Non l'hai capito?».

«Forse sì, forse hai ragione, lo sai cosa? Il dolore, Sandra, diventa una parte di te. Ti accompagna come fosse una pianta infestante impossibile da estirpare. E ti abitui a conviverci, come molti animali fanno coi parassiti. Non te lo togli più di torno, il dolore, sai? Quello profondo, totale, quello che stermina ogni forma di vita come fosse un agente chimico mortale».

«Rocco, non è che hai paura di superarlo innamorandoti?».

«No Sandra, non ho paura di superarlo, perché non si supera. Te l'ho detto, al massimo ci convivi, forzato a tenerti quest'ospite che ti fa compagnia da mattina a sera tutti i giorni a venire. Diventa difficile innamorarsi di nuovo, ammesso sia possibile, perché dura un momento, uno sprazzo di luce nella tempesta, poi torna il grigio».

«Tu, Rocco, sei sposato con il dolore, è questa la verità».

«Può darsi. Sono stato un uomo fortunatissimo e sfortunato allo stesso tempo, Sandra. Io non lo so se a te è mai capitato quell'amore lì, totale, egoista e invadente. Può succedere coi figli. A me è successo con mia moglie. Ecco perché sono stato fortunato. E sfortunato, perché l'ho persa. Forse sì, sono sposato con il dolore perché è quello che m'è rimasto».

Sandra tirò su con il naso, Rocco non capì se fossero lacrime o solo un'infreddatura. «Continuerò a volerti bene lo stesso, Rocco».

«Anche io, Sandra. Come posso e quando posso».

«Forse è la frase più tenera che mi hai detto negli ultimi tempi, il che è tutto dire. Buon viaggio» e chiuse la telefonata. Buon viaggio anche a te amore, pensò Rocco e spense la sigaretta nel posacenere.

Lunedì

Cosa sperava? Che tutto funzionasse? Certo, era scontato. Senza danni collaterali? Scontato anche quello. E se si fosse sbagliato? E se Aldo Pavan in realtà era d'accordo con gli assassini di Blaszczykowski? E a quest'ora si stavano godendo i risultati e i quattrini di quella ricerca di laboratorio? Era un'ipotesi plausibile, soprattutto se Pavan fosse stato minacciato di morte. Solo la fuga giorni dopo l'omicidio del polacco sosteneva l'altra tesi, e cioè che Pavan s'era dato alla macchia per la paura di essere eliminato, e l'accordo fra lo scienziato e i figli di puttana non poteva esserci stato. E se Pavan non era scappato ma fosse stato ucciso? Anche quella era un'ipotesi plausibile. Il polacco era stato gettato nel lago l'8 dicembre, su questo Rocco non aveva dubbi. La rapina era avvenuta il 15, una settimana dopo. Quel giorno Pavan era vivo e girava per Aosta. Una settimana dopo significava una cosa sola: gli assassini non avevano ancora individuato il biochimico. E allora la sua teoria reggeva. Gettò la canna dalla finestra. Poi si avvicinò alla guantiera dei dolci, ne prese uno senza aspettare gli altri e lo mangiò con gusto. Si fece un caffè, carezzò Lupa e alla fine aprì la porta. Richiamò la squadra con l'ultimo pezzo di brioche ancora in bocca e rientrò nell'ufficio. Prese un altro dolce, tanto Federico ne faceva in sovrabbondanza, e si sedette alla scrivania. Quando gli agenti entrarono s'accorsero delle paste e si lanciarono sul pacco come locuste. Videro poi la piantina di un appartamento appesa al posto del cartello scribacchiato da D'Intino giorni prima. «Quella che vedete è la planimetria del villino di Pavan. C'è il piano terra, il primo piano, il piano interrato col garage e la soffitta. Prendete» e allungò dei fogli ad Antonio che li distribuì. «Allora, nel seminterrato ci si accede da una scala che parte dalla cucina oppure da una porta che sta in garage».

«Sissignore» disse Casella.

«Al piano terra abbiamo la porta principale. E, senza che le contate, ci sono due porte-finestre, in cucina e in salone, che danno sul giardinetto. Poi abbiamo invece tre finestre nel salone, un'altra sempre in cucina, due nei bagni e due nella camera da letto padronale».

In silenzio la squadra controllava. Deruta annuì. «Benissimo, dottore».

«Passiamo al primo piano. Ci sono tre stanze e tre bagni, ognuna dotata di finestra, quindi saliamo a...?».

«Sei» rispose pronto Antonio.

«Bravo Anto'. E in ultimo la soffitta, con due lucernari. Vi è chiaro?».

«Chiarissimo» fu quasi un coro.

«Imparatevela a memoria. Per controllare tutte queste entrate come facciamo?».

«Chiameremo i rinforzi?» azzardò Casella.

«La porta del garage la bloccherà Forconi con l'auto. Così come bloccheremo chiudendole a chiave le porte delle stanze coi loro bagni più difficili da controllare. Per aprirle dovranno forzare e noi li sentiremo. Io e Forconi saremo al piano terra, cioè facciamo la guardia alla cucina e al salone, dove sarà più probabile che entreranno. Come vi ho appena detto, la stanza padronale, come i cessi, saranno chiusi a chiave. Casella e D'Intino al primo piano. Anche lì le tre stanze saranno serrate. Infine Antonio e Deruta in soffitta. Ognuno su un lucernario. È uno spazio aperto, non possiamo fare altro che stare alleprati perché quella è l'entrata più probabile se decidessero di passare dal tetto. Fin qui ci siamo?».

«Sì» rispose Scipioni. Casella restava in silenzio.

«Fuori ci saranno gli agenti Curcio, Penzo e Caterina coordinati dal questore. Loro saranno di rinforzo e soprattutto guarderanno la famosa casa di fronte».

«Quella con la vedetta» disse Antonio.

«Esatto, vedetta sì, mi piace. Di questa vedetta se ne occuperanno quindi i colleghi in esterna e Costa. Allora, importante! Una volta entrati in casa dovremo stare lontani dalle finestre, al buio, in silenzio. Per comunicare ogni gruppo avrà una radio. Ci siamo?».

«E se non vengono?» chiese Scipioni.

«Se non vengono la notte, li aspettiamo anche il giorno dopo. E il giorno dopo. Se nessuno si fa vivo, abbiamo fallito e ce ne torniamo sconfitti e umiliati in questura. Ora liberi fino al tramonto. Poi partiamo».

«Come entriamo in casa?» chiese Deruta.

«Dal retro. È molto buio, non c'è illuminazione. Tenete sempre conto quello che v'ho detto poco fa. C'è qualcuno che sta nella casa di fronte e controlla il villino di Pavan, quindi il momento più delicato sarà quando penetreremo in casa. Poi al buio e con gli scuri chiusi, saremo più tranquilli. Ma niente rumori, niente voce alta, niente di niente. Dovete essere delle ombre», poi guardò Deruta. «Anche se in carne, ma sempre ombre. Chiaro? E al cesso non si tira l'acqua».

Baldi era ottimista, gli era parso dal principio un bel piano, Costa invece titubava. Presagiva uno scontro a fuoco, che se fosse andato storto non avrebbe aiutato la sua carriera. Avrebbe voluto coinvolgere i carabinieri; combattuto aveva poi rinunciato. «Mi prendo gli oneri e gli onori» aveva detto a Schiavone. Michela Gambino avrebbe voluto partecipare, ma Rocco glielo impedì, appoggiato da Alberto che, dopo l'esperienza alla Gunnelli, s'era fatto promettere dalla moglie: «Mai più cazzate che mettano in serio pericolo la tua o la mia vita», e Michela aveva capitolato. Per il momento. Forconi era stato truccato, gli avevano consegnato le chiavi di una Toyota seminuova con la quale sarebbe giunto a casa Pavan. «È automatica?» aveva chiesto. «Forco', ma che cazzo ne so. Perché?». E l'ispettore aveva spiegato che si trovava meglio con le marce, ma che automatica la sapeva portare. «Mia moglie ha una Mini ed è automatica. Bella macchina, certo consuma, ma...».

«Forconi, stai bene?».

L'ispettore ingoiò una palla di ansia e saliva. «Insomma...».

«Se stiamo calmi, sangue freddo, niente andrà storto». Forconi annuì e montò in auto.

Poi un'Alfa Romeo blu arrivò a velocità sostenuta. Rocco la riconobbe subito, era quella della procura. Scese infatti Baldi che raggiunse il questore e Schiavone. «Col cacchio che me la perdo, sono fuori con lei, dottor Costa» fece guardandolo negli occhi.

«Dottor Baldi, io non...».

«Lei un cazzo. Forza, muoviamoci» e con un cenno della mano congedò l'autista che si allontanò dal piazzale.

Non restava che raggiungere Pont-Saint-Martin, aspettare il buio e infilarsi in casa di Pavan. «Allora Schiavone, sul canale tre» si raccomandò Costa salendo in auto.

«D'accordo dottore. Rega'? Tutti sul canale tre! Hanno la radio anche il magistrato e il questore» gridò alla sua squadra, in modo che sapessero che era vietato cazzeggiare nei walkie-talkie. Deruta spiegò meglio la situazione a D'Intino che annuì convinto. «Forconi!» Rocco chiamò l'ispettore che aprì il finestrino della Toyota.

«Mi dica».

«Quando entri in casa mi raccomando. Accendi la luce in salone e poi quella in cucina e lì sblocca la portafinestra per noi. Quando le spegnerai per noi è il segnale di entrare in casa».

«Certo, sì, tutto chiaro. A fra poco. O però voi sbrigatevi...».

«Stai tranquillo, Forco'... non te lasciamo solo».

«Sa come si dice dalle parti mie? Che tranquillo lo si può anda' a trova' al camposanto» e accese il motore.

Rocco tornò alla squadra. «Oh, D'Inti', vedi che l'arma è carica, non rifare cazzate» lo avvertì Rocco indicando l'automatica.

«Nossignore, dotto'. Sto attenzionato».

«Allora in macchina e via». Il vicequestore gettò un'ultima occhiata alla squadra. «Ma 'ndo cazzo annamo?» mormorò.

Le auto lasciarono il parcheggio della questura quando il sole era già scivolato dietro le montagne coperto da una coltre di nuvole basse e nere che si addensavano sulla città. Forse la notte avrebbe nevicato.

Attesero la luce del salone prima, della cucina poi. Videro Forconi avvicinarsi alla finestra del salone e guardare fuori nel buio della campagna sperando forse di individuare i colleghi che se ne stavano accucciati in attesa dietro il boschetto e i cespugli. Lontano alle loro spalle sulla provinciale un camion suonò il clacson, somigliava a un muggito. Non c'era la luna, la visibilità era scarsa e la temperatura era scesa di parecchi gradi. Due minuti dopo, Forconi spense la luce della cucina. Era il segnale. Rapidi si avvicinarono alla casa. Rocco aprì la porta e fece entrare Antonio, Casella, Deruta e in ultimo D'Intino. Forconi li attendeva accanto al frigorifero. Si scambiarono l'occhiolino. I quattro poliziotti salirono le scale per andarsi a piazzare dove il vicequestore gli aveva ordinato: Casella e D'Intino al primo piano, Antonio e Deruta nello stanzone mansardato. «Siamo dentro» disse Rocco a bassa voce alla radio. «Bene» gli rispose il questore, «prendiamo posizione alle spalle della casa dirimpetto». Forconi guardò Rocco. «E adesso?».

«Adesso affacciati alla finestra che dà sulla strada, dai un'occhiata in giro come se aspettassi qualcuno. Poi vai ad accendere la luce in camera da letto, stacci cinque minuti, poi la chiudi a chiave e torni qui in salone». Forconi si mosse. Rocco si sedette sulla sedia nell'angolo del salone invisibile dall'esterno e si accese una sigaretta. «Siete tutti in posizione? Casella?» chiese quasi con un sussurro.

Dalla radio gracchiante emerse la voce dell'agente, poco più di un brusio: «Io e D'Intino in posizione. Abbiamo chiuso a chiave le porte... passo».

«Ottimo. Antonio?».

«Io e Michele siamo nella mansarda, sotto ai lucernari. Tutto a posto, passo».

«Chiudo» fece Schiavone. Diede un tiro alla sigaretta fino a quando sentì Forconi chiudere la porta della stanza da letto a chiave. «Ecco. Ora?».

«Ora preparati una cena, fa' come se fossi a casa tua. Sempre l'occhio sulla porta-finestra della cucina».

Il poliziotto andò in cucina assicurandosi che l'arma fosse infilata nella cintola. Spense la luce del salone, Rocco rimase al buio. La brace della Camel gli illuminò il viso quando fece l'ultimo tiro, poi la spense. C'era silenzio. Solo Forconi prendeva piatti, bicchieri e posate fingendo di apparecchiare. Rocco teneva d'occhio la porta-finestra del salone. Gli parve di vedere qualche fiocco attraversare il nero della campagna.

Antonio richiamò l'attenzione di Deruta con uno schiocco di lingua. Sul vetro del lucernario cadeva la neve. Deruta sorrise. Seduti a terra, con la schiena poggiata alla parete, ogni tanto si dicevano qualcosa sottovoce. «Tu pensi che funzionerà?».

«Non lo so, Michele, lo spero e spero pure che succeda presto perché è una rottura pazzesca».

«Sì, anche io. Ma se devo andare al bagno?».

«Vai al piano di sotto, ti fai aprire da Casella e vai al bagno, qual è il problema?».

Rimasero un po' in silenzio. «Antonio, tu pensi che ci scappa la sparatoria?».

«Michele, io non so niente. Però una cosa è certa. Se quelli vengono qui, è perché vogliono qualcosa da Pavan. Quindi non è che gli sparano, capito?».

«Vero». Deruta prese un respiro. «S'è fatta viva quella dell'albergo?».

«Valentina Spila? Solo con un messaggio. Dice che a Capodanno è libera».

«E tu? La vuoi vedere?».

«Miche', direi proprio di sì».

«Niente Anto', io devo andare in bagno» afferrò la radio. «Dotto', sono Deruta, io devo andare in bagno». La radio gracchiò appena. Poi il rumore si trasformò nella voce raspata di Rocco: «E a me che cazzo me ne frega?».

«Ricevuto». Deruta si alzò in piedi. «Torno subito».

«Occhio ai gradini» si raccomandò Scipioni.

Prese le scale con molta circospezione. Scricchiolavano sotto il suo peso. Solo un po' di chiarore dal piano di sotto sbavava di luce il primo piano. Casella e D'Intino avevano prelevato due sedie dalle camere da letto e si erano seduti ai lati opposti del corridoio. Parevano i guardiani di un museo. «Devo andare al bagno» fece Michele sottovoce. Casella si alzò e gli aprì una camera. «Sta in fondo vicino alla finestra» gli rispose. «Non accendere luci».

«No, non ti preoccupare».

«E cerca di centrare la tazza del cesso».

«Tanto io la faccio seduto» fece Michele.

«Bravo, e non tirare lo sciacquone».

«Ah già, sì, certo».

Deruta sparì nella stanza da letto. Ugo Casella guardò D'Intino. Ne distingueva a malapena la sagoma. Dava la sensazione che stesse dormendo. «Ue', Mimmo?». L'agente non rispose. Casella si avvicinò di due passi. «Mimmo?».

«Sì?».

«Stai dormendo?».

«Mi sa».

«E non ti deve sapere, Mimmo. Devi stare sveglio».

«Tieni ragione ma è buio, mi doleno le ossa e sono stanco, ancora sono stanco, stracco morto. Come quando pigliavo le medicine all'ospedale».

«E chissenefrega. Se Schiavone scopre che dormi, lo sai che succede, no?».

«Vabbè, tu però se mi parli mi aiuti».

«D'Inti', non è che io posso stare tutta la sera a tenerti sveglio!».

«No, ti' ragione».

«Sta' in piedi, fai su e giù, ma non ti addormentare. Oh, qui può scoppiare un casino da un momento all'altro».

«Sì, mo mi alzo» e lo fece. Ugo tornò alla sua sedia. La porta della camera da letto si aprì e uscì Deruta. «Che bella stanza» disse. «E pure il bagno, per quel poco che ho capito è bellissimo. Di marmo rosa e nero».

«Scusa Deru', devo chiudere». Michele si scansò e Casella richiuse a chiave la porta.

«Torno su. Ciao Ugo... ciao Mimmo». Salì il primo gradino, D'Intino era rimasto in silenzio. «Oh! Ciao Mimmo» ripeté, ma non ricevette risposta.

«Mimmo!» ringhiò Ugo con la gola.

«Eh? Sì».

«Ti sei addormentato in piedi?».

«Mi sa».

«Ma sei un deficiente!» borbottò Casella che aveva perso la pazienza.

«Saranno le medicine, Ugo, ma mi sento come un imbapito».

«Qui me la vedo da solo, allora» disse Casella a Michele che sconsolato riprese a salire verso la mansarda. «Che cacchio ci vieni a fare in missione?» mormorò poi a D'Intino che per tutta risposta si lasciò andare lungo la parete e crollò di nuovo in un sonno profondo.

Due ore passate nel silenzio e senza fumare. Rocco aveva dimenticato quanto un appostamento fosse noioso, squallido e spossante. Il tempo aveva il passo di piombo di un palombaro sott'acqua, l'aria era satura di corpi statici e sfibrati, la bocca secca con un vago sentore di ferro, le palpebre pesanti, le gonadi maschili lesse e spalmate su sedie, poltroncine, muretti, lo stomaco gorgogliante non per fame, ma per tedio, i capelli doloranti, la lingua gonfia e il bisogno impellente e assoluto di una sigaretta. «Oh, Forco'... io vado al cesso a fumare» disse. Forconi annuì, accanto all'entrata della cucina, si era messo a leggere un libro sul regista russo Mejerchol'd senza capirci un'acca. «Poi vado pure io, non ce la faccio più».

Rocco si chiuse in bagno, al buio, e si sedette sulla tazza. Accese la sigaretta coprendo la brace con il palmo della mano, come si fumava in trincea per non farsi beccare dal cecchino austriaco sempre appostato. Buttò un'occhiata fuori. Il bagno della camera da letto del piano terra dava sulla strada principale. Pensò agli altri che stavano peggio di lui. Curcio, Penzo, Caterina, il questore e Baldi erano all'esterno, anche loro appostati e senza fare rumore, con in più il freddo che penetrava nei colletti dei giacconi e gelava le mani. Nessuna comunicazione in due ore. Tutto taceva, dunque. Tutto era fermo, nessun movimento e questo non deponeva a favore delle sue intuizioni. Due fari illuminarono l'asfalto. Rocco si irrigidì. Passò un'auto, una berlina, tirò via scalando in curva. Riprese a fumare. Gettò la cicca nel water e senza tirare l'acqua tornò in salone. L'ispettore era ancora lì. «Puoi andare a fumare se vuoi, Forconi».

«Vado. Questa barba comincia a prudere da morire».

«Prima di andare in bagno, fai un favore. Riaffacciati alla finestra e fingi di dare un'occhiata alla strada, sempre come se stessi aspettando qualcuno. Conta fino a nove, e poi sparisci».

«Ricevuto». Lasciò il libro sulla sedia, si alzò e andò alla finestra come Schiavone gli aveva ordinato. «E se mi sparano?» chiese a metà fra il divertito e l'angosciato. «Non ti sparano, da te vogliono qualcosa, Pavan morto non serve a nessuno. A meno che non l'abbiano già rapinato, ucciso, e stare qui è perdere tempo perché la stalla è spalancata e i buoi da mo che se ne so' annati».

Rocco sapeva che finché la luce della camera da letto non si fosse spenta, indicando che il presunto Pavan fosse andato a dormire, non si sarebbe mossa una piuma. Erano le otto passate, c'era bisogno di attendere ancora un paio d'ore.

Antonio masticava il panino al prosciutto e teneva la bottiglia d'acqua accanto. «Ci vorrebbe una birra, altro che». Deruta invece aveva attaccato una fetta di una torta alle erbe. «Che mangi?».

«Dentro ci sono spinaci e ricotta. L'ha fatta Federico al forno».

«Sembra buona» disse Antonio e diede un altro morso al sandwich.

«Sì, lo è».

«Invece il panino è secco».

«Pure questa un po'. Abbiamo l'acqua», masticarono ancora in silenzio per qualche secondo. «Anto'».

«Dimmi».

«Ma se tu vedi spuntare uno armato che fai? Spari?».

«E ti credo».

«L'uso di armi da fuoco è autorizzato solo se c'è pericolo di morte o di lesioni gravi, per sé o per altri» ripeté a pappardella Deruta.

«Lo so, Michele, che ti credi? Per me uno armato è un pericolo di morte. Se spara mi uccide».

«Sì, però... insomma a parole siamo tutti Callaghan. Poi però?».

«Poi però Michele che ti devo dire? Io scontri a fuoco nella mia vita uno solo ne ho fatto, quello dove poi Mimmo ha beccato il rene di Rocco. E se ti devo dire la verità, ancora me lo sogno la notte».

«Io pure, che credi? Però se vedo spuntare qualcuno dal vetro, qui sopra, non lo so. Forse prima gli direi alza le mani e butta la pistola».

«Bravo. Poi se vedi che non lo fa ma anzi la alza e prende la mira tu devi essere più veloce e sparare» e Antonio si pulì le mani dalle molliche di pane.

«Tipo i film di cowboy?».

«Esatto» e Scipioni si attaccò alla bottiglietta di acqua. Alzò lo sguardo al lucernario. Il cielo era sempre coperto, ma almeno aveva smesso di nevicare.

Erano andate altre due interminabili ore. Rocco aveva rubato una banana a Forconi e bevuto l'acqua direttamente dal rubinetto. Forconi invece s'era portato dei tupperware con dentro un'insalata di farro e una mozzarella. «Forco'... io dico che adesso fai finta di andare a letto. Spegni la luce della cucina, questa piantana del salone e accendi la luce del comodino. Fra mezz'ora la spegniamo».

«Va bene» si tirò su e si stiracchiò. «Poi richiudo la stanza?».

«Una volta che hai spento la luce del comodino sì. Dobbiamo controllare le porte-finestre qui nel salone e in cucina».

«Benissimo».

Rocco prese la radio. «Forconi va a letto. Fra mezz'ora spegniamo la luce. Da quel momento occhi aperti. Ricevuto?».

«Sì» era Antonio.

«Abbastanza» disse Casella.

«Che vuol dire abbastanza, Case'?».

«No, niente. Sì, da quel momento pronti, dotto'».

«Dottor Costa, mi sente?».

La radio emise un gracidio come fosse la voce di una cornacchia, dopo un po' ne emerse la voce stanca del questore. «Schiavone, siamo in auto. La casa di fronte non ha dato cenni di vita. Comincio a credere che abbiamo toppato di brutto».

«Vediamo, dottore. Fra mezz'ora sarò più preciso. Passo».

«Sono Baldi. Io continuo a pensare che ci abbiamo preso, invece. Passo e chiudo».

Casella si avvicinò a D'Intino e lo scosse. «Oh, mo

ti devi svegliare, cazzo!» ringhiò con la gola tenendo il volume basso ma aggressivo.

L'agente abruzzese saltò con gli occhi sgranati «Che... che succede?».

«Succede che io a Schiavone non gli ho detto niente, ma se non stai sveglio ti giuro che lo verrà a sapere».

«No, sto sveglio, tenevo un sonno arretrato».

«Tieni quello che ti pare, ma mo fai l'appostamento con me e come Dio comanda».

«Va bene Ugo. Oh, Maronna quante sti' 'rrajate?».

«E grazie che sono arrabbiato. Sono le dieci, hai dormito due ore. Mo basta. Fra un po' spegniamo la luce e allora cominciano i problemi».

«Perché?».

«D'Inti', perché se qualcuno vuole penetrare in casa, aspetta che si va a dormire, no?».

D'Intino ci pensò un poco. «Sì, si' dette 'na cosa giusta».

«Ecco, mo basta parlare che mi si gratta la gola a forza di tenere la voce bassa».

Forconi stette mezz'ora steso sul letto, poi andò in bagno a fumare una seconda sigaretta, spense l'abat-jour, chiuse a chiave la porta della toilette e della camera da letto e raggiunse la cucina. Il piano terra era al buio. Dal giardino nessuna luce lo rischiarava, né dalla strada dove il lampione a malapena bagnava il giardino di un lieve chiarore. Schiavone era un'ombra seduta su una poltroncina accanto alla porta-finestra del salone. L'ispettore Forconi prese posto accanto alla cucina. «Luce spenta. Da questo momento silenzio assoluto. Tre colpi secchi sono un allarme. Intesi? Silenzio assoluto, ripeto silenzio assoluto» disse alla radio. Antonio e Deruta si alzarono e impugnarono le automatiche. Deruta sentiva le mani sudate, Antonio invece aveva il cuore che correva e batteva così forte che ne sentiva il rumore nelle orecchie. D'Intino era sveglio, seduto, aveva gli occhi sbarrati che cominciavano ad abituarsi all'oscurità. Vedeva la sagoma di Casella e forse per non sentirsi solo e in pericolo in quel buio di pece alzò un braccio per salutare e sincerarsi che quell'ombra fosse Casella e non uno sconosciuto. L'ombra rispose al saluto. Era Casella, e D'Intino tirò un respiro di sollievo. Mezz'ora passò lenta in quella guardia silenziosa. Ogni tanto il respiro profondo di un poliziotto rompeva il silenzio insieme al ticchettio di un orologio antico sul camino che, forse, Clotilde ricaricava ogni volta che veniva a casa del suo ex perché, Rocco pensò, dovrebbe essere fermo da un pezzo.

Poteva essere all'incirca mezzanotte quando un rumore inconfondibile fece scattare Rocco e Forconi. Qualcuno tramestava con la porta-finestra del salone. Rocco mandò tre colpi secchi alla radio. Sperava che i suoi l'avessero sentiti e anche Costa, Baldi e gli altri agenti giù in strada. Qualcuno stava forzando la serratura della porta-finestra, ma non distingueva sagoma o persona fuori in giardino. Poi, lenta, quella si aprì e un'ombra entrò cauta in casa. Mosse due passi e si richiuse alle spalle la vetrata. Ancora due passi silenziosi come batuffoli di cotone.

«Come va, Berna'?» disse Rocco accendendo la luce. Bernardo Stocchi, come un capriolo in mezzo alla strada, era rimasto fermo, abbagliato. Forconi gli puntava addosso la pistola. Rocco prese la radio. «Casella e D'Intino giù con me. Antonio e Deruta, restate sopra». Bernardo Stocchi aveva il fiato corto. «Allora Berna'? Che cazzo fai a quest'ora a casa di Aldo?». In quel momento l'uomo si rese conto del travestimento dell'ispettore Forconi che, mentre gli si avvicinava, con uno straccio si stava levando i peli dalle guance. Casella e Deruta, arma in pugno, scesero le scale. Stocchi cercava una via di fuga, Rocco lo capì dallo sguardo, ma non fece in tempo a trovare una soluzione, Forconi gli era alle spalle e lo spingeva verso la sedia della cucina. «Si segga lì, faccia il favore» gli disse. Bernardo, come inebetito, obbedì. Casella l'aveva raggiunto, D'Intino si teneva in disparte. Quando Rocco afferrò di nuovo la radio, si sentì come il rumore di un ramoscello che si spezzava. Poi un altro, poi una scarica. Veniva da fuori, e Rocco capì subito. «Dammela!» urlò a D'Intino che gli passò l'arma. Scarrellò, raggiunse la porta dell'ingresso e l'aprì. Dietro un'auto si riparavano due uomini armati che sparavano contro la casa di fronte. Lì c'erano Curcio e Penzo, Rocco li riconobbe. E forse Caterina dietro una macchina parcheggiata a venti metri di distanza. I due uomini sparavano contro gli agenti. Rocco alzò la pistola e fece fuoco mandando in frantumi i cristalli dell'auto che i tizi usavano come riparo. Si girarono di scatto per difendersi ma capirono di essere in una morsa. Rocco da una parte, raggiunto da Casella, dall'altra i poliziotti. Uno di loro alzò le mani, l'altro invece prese la mira per sparare. Qualcuno fu più rapido e lo colpì alla spalla. Con un lamento l'uomo cadde a terra. Rocco e Casella si avvicinarono. «Butta l'arma, pezzo di merda!» gridò il vicequestore a quello che era rimasto immobile dopo il ferimento del compagno. Obbedì e la lasciò andare sull'asfalto. «Chi cazzo ha sparato?» disse Rocco. Caterina uscì dal nascondiglio. Non era dietro l'auto a venti metri dal villino, come Rocco pensava. Quello era il questore che si palesava proprio in quel momento insieme a Baldi. La viceispettrice si era appostata vicino al garage. Avanzò puntando la pistola mentre il ferito rantolava di dolore. «L'hai beccato tu, Cateri'?».

«Signorsì» fece la viceispettrice. Rocco prese la radio. «Chiamate un'ambulanza per il pezzo di merda» gridò. A rispondere fu Antonio. «Devo dire proprio così?».

Rocco ebbe un brivido di freddo. Era uscito in maglione e la temperatura era prossima allo zero.

Martedì

All'una di notte la questura era sveglia come fossero le otto del mattino. Appena arrivato in ufficio, Rocco chiamò ancora una volta Dakar, il centro sportivo di padre Fernando, e stavolta il messaggio che lasciò fu di tutt'altro tenore. «Dica a padre Fernando che è tutto risolto. Tutto bien, comprì?».

«*Oui, oui*» gli aveva risposto una voce maschile assonnata.

«Dica a pêre Fernand che Stocchi m'appel, comprì? Stefano Stocchi mi deve chiamare... *Call me!* Tutto è resolu'!».

«*Dois je dire a Stefano que tout est résolu?*».

«Oui, mersi...».

Baldi si era piazzato nello studio di Costa. Avevano parlato per una buona mezz'ora, poi erano scesi al piano di Schiavone. Costa si complimentò con tutta la squadra, compresi Curcio Penzo e Caterina. Baldi rassicurò Rispoli, non ci sarebbe stato nessun fascicolo aperto sul colpo di pistola sparato per ferire il «figlio di buona donna» come Baldi ribattezzò l'uomo armato di una Glock che non lesinava colpi e proiettili mortali su Curcio, Penzo, lui e il questore appostati dall'altra parte della strada. La notizia era ghiotta, i giornalisti erano già in fibrillazione, soprattutto sotto le feste quando le pagine dei quotidiani e le indagini televisive si riempivano coi prezzi del panettone e dei torroni.

I due della sparatoria erano stati individuati immediatamente dalla questura. «Ivan Bellanich, che noi abbiamo conosciuto come Giuseppe Cerchioni prima e Marco Berger poi, e Andrea Zappacosta che almeno ha avuto il buon gusto di non cambiare il nome sui documenti. Quest'ultimo incensurato con un passato di sottufficiale dei granatieri, congedato, guardia giurata poi. Bellanich invece di nazionalità slovena è un figlio di puttana ricercato per duplice omicidio a casa sua e in Francia. Rimangono fuori dalla rete la prestanome che si fingeva sua moglie, Bice Tieri, e la russa Vasilisova prima, Snegurova poi».

«Faccio spiccare un mandato di cattura internazionale per tutte e due. Tanto in Italia non ci sono, vi ci potete giocare la pensione» fece Baldi.

«Lei Schiavone si aspettava il cugino dello Stocchi?».

«In parte sì. Vede, dottor Costa? La macchina dello stronzo mi ha insospettito. Perché io l'ho vista il giorno della rapina, ricordi D'Intino?».

D'Intino quasi scattò sull'attenti. «No, a dire il vero no».

«Quando i due ragazzi sulla Golf finsero di farsi l'insulina? Proprio tu mi hai detto che avevano dato una sportellata a quella Mercedes nuova, e chissà chi avrebbe pagato i danni».

«Ricordo appena, dottor Schiavone».

«Fa niente, me lo ricordo io. Mi hai anche detto che aveva lo scudetto dell'Inter sul cruscotto, quindi tutto sommato poteva anche pagarsi i danni».

«Mi dispiace, non intendevo offendere».

«Mimmo, ma che te frega? Poi la seconda volta l'ho rivista, Caterina per poco non gli finivi addosso. Stavamo uscendo dal bosco dopo l'arresto di Amedeo Pulvirenti e Blasi, per la storia della banca».

«Sì certo, mi ricordo benissimo».

«Aveva anche quella il bozzo sullo sportello. La terza volta ci sono salito sopra. Proprio davanti alla questura, per parlare col proprietario. Bernardo Stocchi. La botta presa dallo sportello della Golf non c'era più. Ma mi sono fatto due conti. Perché quel giorno stava alla banca? È chiaro, perché in una cassetta c'era il segreto di Pavan. Quello su cui lui e il polacco lavoravano. Non si aspettava certo della rapina e della storia dei diamanti che lo hanno bloccato dentro la Cassa di Risparmio e dato il tempo a Pavan di fuggire. Se riguardiamo i video della banca, sono certo che quella faccia di cazzo di Bernardo Stocchi la troviamo fra gli altri clienti. Si erano piazzati in albergo per controllare, insieme ai suoi complici, i movimenti di Piotr Bla. Non sapeva, è chiaro, con chi lavorava, né il cugino Stefano gliel'ha mai detto. E la sua presenza all'albergo De Sucre, vicino Cervinia, mi ha insospettito. Poi ha fatto la scena con me, facendo finta di essere un mezzo scemo senza né arte né parte. E quando m'ha detto che la sua squadra era seconda in classifica dopo il girone d'andata, cominciavano a essere troppe coincidenze.

Bernardo ha capito a cosa stesse lavorando di nascosto il cugino, un progetto che valeva milioni di euro, e insieme a quei figli di troia cercava di fregarselo. Ma ripeto, alla banca, quei tre rapinatori l'hanno fermato».

«Lei è certo si tratti di quella maschera... come dice?».

«Bauta? Sì, certo, è il nome che le ha dato Pavan. È una maschera veneziana, Pavan è nato proprio a Venezia. Pavan è collegato ad alcuni tecnici del laboratorio della Gunnelli, forse stavano lavorando insieme a quel prodotto. Se non altro ne erano a conoscenza e hanno aiutato Pavan con le forniture del laboratorio Gunnelli. La Manca col suo fidanzato, De Muru, David Casale, e Walter Zanardelli».

«Quindi la Manca era stata l'amante di Pavan e mantenevano i rapporti perché stavano anche loro invischiati nel progetto?».

«Esatto. Ma non lo posso provare». Rocco alzò le spalle. Baldi lo imitò. «Il reato per quanto li riguarda non s'è configurato, anche se facevano esperimenti non è che hanno messo in commercio o sfruttato niente. Sarebbe un processo alle intenzioni. Ed è da dimostrare che lavorassero anche loro al laboratorio segreto di Pavan. Ma questo ce lo dirà quando e se tornerà in Italia. E anche sul furto alla Gunnelli, prove non ce ne sono».

Costa alzò appena una mano. «Anche Pavan, che a questo punto è vivo, immagino?».

«È vivo e sta sicuro in Senegal. Quando tornerà? E che ne so?» disse Rocco.

«Ecco, Schiavone, anche lui non è imputabile di niente».

«No, certo che no. Faceva esperimenti. Al massimo possiamo provare sversamento di liquidi tossici nella Dora. Di più non credo. E se la Gunnelli non fa denunce, il trafugamento dai loro laboratori, per tornare a lei, dottor Baldi, ha ragione, è poco più di una supposizione».

«Però magari alla Gunnelli queste informazioni serviranno per fare un bel ripulisti, o no?».

«Non lo so, dottor Costa, diciamo che della cosa non me frega un cazzo».

«Chiaro e regolare come sempre, Schiavone».

Restarono in silenzio. «Il processo sarà duro, lungo e incasinato» disse Baldi. «E non ci voglio manco pensare, lavoro immane per la procura». Poi Baldi guardò Caterina. «Ispettrice Rispoli, lei ha il sangue più freddo di un mamba. Mi volevo complimentare».

«Non creda, dottor Baldi, sudavo freddo e le mani un po' mi tremavano».

«Vuole dire che ha mirato al cuore e grazie al tremolio ora non finisce sotto inchiesta?».

Caterina e gli altri risero. «No dottore, avevo mirato alla spalla di Bellanich felice di aver fatto centro».

«Dottore, posso riaverla in squadra visto che il rinforzo che lei ha promesso non è mai arrivato?».

«Schiavone, ce l'ha avuta questa notte, no? E allora di che si lamenta?».

Il giorno dopo ci sarebbe stata una conferenza stampa fiume. Appena Baldi e Costa lasciarono gli uffici della squadra, Rocco si complimentò coi suoi stringendo mani e mollando pacche. Nessuno era stanco, l'adrenalina li aveva risvegliati e alle tre del mattino a nessuno veniva in mente di andare a letto. Casella ebbe l'idea. «Scusate, io di là, fuori dalla finestra del bagno, tengo due bottiglie di spumante per ogni evenienza».

«Perché le tieni fuori?» gli chiese Antonio.

«Perché il frigo non lo abbiamo, allora faccio come mia nonna che d'inverno usava la finestra».

«Vai Case', vai a prendere lo spumante... Che è, roba di supermercato?» si informò Schiavone.

«No dotto', è un Franciacorta. Me lo regala a ogni Natale un mio amico che abita a Padova. Ma a Eugenia non piace».

«Allora sbrigate che brindiamo».

Il consesso dove ognuno raccontò la sua notte appostato in attesa dei criminali durò due ore. Finirono lo spumante, Deruta andò a casa a prendere altre bottiglie e visto che Federico aveva già sfornato, portò anche dei panini e delle brioche. Solo alle sette, distrutti dal sonno e dalle emozioni, si salutarono e a tutti staccarsi dal gruppo costò un notevole sforzo emotivo. Avevano vissuto insieme qualcosa da raccontare ai nipoti, qualcosa di pericoloso, e ne erano usciti vivi. Si sentivano una specie di famiglia e alla fine, all'alba, mentre aveva ripreso a nevicare, si allontanarono dalla questura alla spicciolata, ognuno seguendo i propri pensieri e i propri ricordi. Meritavano il letto e una lunga, profonda, oppiacea dormita. Rocco era come sempre precipitato in un pozzo nero e senza fine. Come gli succedeva al termine di un'indagine, aveva bisogno di una doccia lunga e bollente nell'illusione di grattare via tutta la sporcizia accumulata nella palude che aveva dovuto attraversare per arrivare ai colpevoli. L'immedesimazione nelle loro azioni, entrare nei loro cervelli, nei loro pensieri e comportamenti, atti inevitabili se voleva mettergli le mani addosso, gli lasciava sempre sulla pelle quello strascico mefitico e cadaverico. Prese sonno alle otto e mezza insieme a Lupa che era salita sul letto. E sognò Marina che lavorava su un enorme dipinto, un'annunciazione, e la Madonna somigliava proprio a sua moglie, invece l'angelo era una signora cicciottella e anziana con un lumino di cimitero in mano.

Proprio a quell'ora, la macchina di Fabiano e Sandra lasciò la città. La giornalista, allontanandosi dalle montagne, tirò un respiro che le fece tremare il petto perché sapeva che non le avrebbe riviste tanto presto. Poi chiuse gli occhi e si lasciò cullare dal riscaldamento dell'auto.

Alle nove e mezza, si fece largo fra i giornalisti. Non capiva cosa stesse succedendo, ma l'aria in questura era nervosa e c'era il profumo dei grandi eventi. Salì con l'ascensore fino al primo piano. Chiese informazioni, trovò il corridoio. Per prima cosa vide la stanza degli agenti. Bussò. Era deserta, i computer spenti. «C'è nessuno?» gridò, e nessuno rispose. Guardò il cartellone delle rotture di coglioni. Lo studiò. Faceva sorridere. Poi raggiunse la porta del vicequestore Rocco Schiavone. Bussò anche a quella. «È permesso?» disse. Non ebbe risposta. Provò ad aprire, sbirciò all'interno. C'erano bottiglie vuote sulla scrivania. Due guantiere con un paio di panini, carte sul pavimento, tovagliolini, bicchierini da caffè sporchi. «Dottor Schiavone?», ma non ebbe risposta. Poi sentì un trambusto alle sue spalle. Due donne delle pulizie, una alta e magra l'altra più piccola e robusta, avanzavano col loro carrello proprio verso la stanza del vicequestore. Quando guardarono l'interno, per poco non svennero. «O Signore, ma che hanno fatto, una festa? Però stavolta mi sentono su negli uffici!» gridò quella più bassa.

«Scusate, ma sapete dove sono?» chiese.

«Chi?».

«Come chi, gli agenti qui... della mobile».

«Boh, arriveranno. Di loro meno sappiamo e meglio è» rispose quella più alta. Poi tirarono giù spazzoloni e buste di plastica e cominciarono a riassettare. «Roba da matti, invece di lavorare questi fanno le feste...».

La neo-commissaria Claudia Moriconi uscita dalla scuola superiore di polizia di via Pier della Francesca si guardò ancora intorno. Il primo giorno di servizio alla questura di Aosta era cominciato in maniera piuttosto surreale. Ma dopo aver lavorato per nove mesi a Roma al commissariato Colombo dove Schiavone aveva passato anni, non si aspettava niente di diverso. Ne sapeva di quel poliziotto dal racconto degli ex colleghi. «Scusi, ma lei lavora qui?» le chiese la donna delle pulizie.

«Avrei dovuto attaccare oggi» rispose. «A questo punto salgo dal questore. Sapete dirmi dov'è?».

«Certo, torni all'ascensore, all'ultimo piano. Ma a quest'ora starà per fare la conferenza stampa. E quando deve fare una conferenza stampa è molto nervoso e intrattabile. Sa perché? Perché una sua ex era una giornalista e l'ha mollato in mezzo a una strada. Ma lei non lo dica in giro».

«Certo, si figuri».

«Ecco. Quindi io non andrei da lui prima che la conferenza sia finita. Dopo casomai».

«Grazie» fece Claudia. «Allora vado a sentire di che si tratta. Buona giornata e buon anno se non ci vediamo».

«Era ora!» fece l'altra. «Almeno lei è educata, qui sono tutti cafoni, soprattutto il capo».

Claudia sorrise. «Sono educata oggi perché è il primo giorno!» e lasciò la stanza di Rocco.

Non vedeva l'ora di incontrarlo dopo averne ascoltato le gesta e scoperto i difetti coi racconti dei suoi colleghi di Roma. «Sono certo che avrà smesso di farsi le canne» l'aveva rassicurata l'agente Parrillo. «Pare sia diventato più gentile con i colleghi» aveva affermato il vecchio De Silvestri, decano del commissariato. «Si sarà innamorato di nuovo» l'aveva tranquillizzata infine l'agente Elena Dobbrilla.

Non ne avevano azzeccata una.

Indice

Sotto mentite spoglie

Questo volume è stato stampato
su carta Arena Ivory Smooth
delle Cartiere Fedrigoni
nel mese di novembre 2025
presso la Leva srl - Milano
e confezionato
presso IGF s.p.a. - Aldeno (TN)

La memoria

Ultimi volumi pubblicati

1101 Andrea Camilleri. Il metodo Catalanotti
1102 Giampaolo Simi. Come una famiglia
1103 P. T. Barnum. Battaglie e trionfi. Quarant'anni di ricordi
1104 Colin Dexter. La morte mi è vicina
1105 Marco Malvaldi. A bocce ferme
1106 Enrico Deaglio. La zia Irene e l'anarchico Tresca
1107 Len Deighton. SS-GB. I nazisti occupano Londra
1108 Maksim Gor'kij. Lenin, un uomo
1109 Ben Pastor. La notte delle stelle cadenti
1110 Antonio Manzini. Fate il vostro gioco
1111 Andrea Camilleri. Gli arancini di Montalbano
1112 Francesco Recami. Il diario segreto del cuore
1113 Salvatore Silvano Nigro. La funesta docilità
1114 Dominique Manotti. Vite bruciate
1115 Anthony Trollope. Phineas Finn
1116 Martin Suter. Il talento del cuoco
1117 John Julius Norwich. Breve storia della Sicilia
1118 Gaetano Savatteri. Il delitto di Kolymbetra
1119 Roberto Alajmo. Repertorio dei pazzi della città di Palermo
1120 Andrea Camilleri, Gian Mauro Costa, Alicia Giménez-Bartlett, Marco Malvaldi, Dominique Manotti, Santo Piazzese, Francesco Recami, Gaetano Savatteri. Una giornata in giallo

1121 Giosuè Calaciura. Il tram di Natale
1122 Antonio Manzini. Rien ne va plus
1123 Uwe Timm. Un mondo migliore
1124 Franco Lorenzoni. I bambini ci guardano. Una esperienza educativa controvento
1125 Alicia Giménez-Bartlett. Exit
1126 Claudio Coletta. Prima della neve
1127 Alejo Carpentier. Guerra del tempo
1128 Lodovico Festa. La confusione morale
1129 Jenny Erpenbeck. Di passaggio
1130 Alessandro Robecchi. I tempi nuovi
1131 Jane Gardam. Figlio dell'Impero Britannico
1132 Andrea Molesini. Dove un'ombra sconsolata mi cerca
1133 Yokomizo Seishi. Il detective Kindaichi
1134 Ildegarda di Bingen. Cause e cure delle infermità
1135 Graham Greene. Il console onorario
1136 Marco Malvaldi, Glay Ghammouri. Vento in scatola
1137 Andrea Camilleri. Il cuoco dell'Alcyon
1138 Nicola Fantini, Laura Pariani. Arrivederci, signor Čajkovskij
1139 Francesco Recami. L'atroce delitto di via Lurcini. Commedia nera n. 3
1140 Gian Mauro Costa, Marco Malvaldi, Santo Piazzese, Francesco Recami, Alessandro Robecchi, Gaetano Savatteri, Giampaolo Simi, Fabio Stassi. Cinquanta in blu. Otto racconti gialli
1141 Colin Dexter. Il giorno del rimorso
1142 Maurizio de Giovanni. Dodici rose a Settembre
1143 Ben Pastor. La canzone del cavaliere
1144 Tom Stoppard. Rosencrantz e Guildenstern sono morti
1145 Franco Cardini. Lawrence d'Arabia. La vanità e la passione di un eroico perdente
1146 Giampaolo Simi. I giorni del giudizio

1147 Katharina Adler. Ida
1148 Francesco Recami. La verità su Amedeo Consonni
1149 Graham Greene. Il treno per Istanbul
1150 Roberto Alajmo, Maria Attanasio, Giosuè Calaciura, Davide Camarrone, Giorgio Fontana, Alicia Giménez-Bartlett, Antonio Manzini, Andrea Molesini, Uwe Timm. Cinquanta in blu. Storie
1151 Adriano Sofri. Il martire fascista. Una storia equivoca e terribile
1152 Alan Bradley. Il gatto striato miagola tre volte. Un romanzo di Flavia de Luce
1153 Anthony Trollope. Natale a Thompson Hall e altri racconti
1154 Furio Scarpelli. Amori nel fragore della metropoli
1155 Antonio Manzini. Ah l'amore l'amore
1156 Alejo Carpentier. L'arpa e l'ombra
1157 Katharine Burdekin. La notte della svastica
1158 Gian Mauro Costa. Mercato nero
1159 Maria Attanasio. Lo splendore del niente e altre storie
1160 Alessandro Robecchi. I cerchi nell'acqua
1161 Jenny Erpenbeck. Storia della bambina che volle fermare il tempo
1162 Pietro Leveratto. Il silenzio alla fine
1163 Yokomizo Seishi. La locanda del Gatto nero
1164 Gianni Di Gregorio. Lontano lontano
1165 Dominique Manotti. Il bicchiere della staffa
1166 Simona Tanzini. Conosci l'estate?
1167 Graham Greene. Il fattore umano
1168 Marco Malvaldi. Il borghese Pellegrino
1169 John Mortimer. Rumpole per la difesa
1170 Andrea Camilleri. Riccardino
1171 Anthony Trollope. I diamanti Eustace
1172 Fabio Stassi. Uccido chi voglio
1173 Stanisław Lem. L'Invincibile

1174 Francesco Recami. La cassa refrigerata. Commedia nera n. 4
1175 Uwe Timm. La scoperta della currywurst
1176 Szczepan Twardoch. Il re di Varsavia
1177 Antonio Manzini. Gli ultimi giorni di quiete
1178 Alan Bradley. Un posto intimo e bello
1179 Gaetano Savatteri. Il lusso della giovinezza
1180 Graham Greene. Una pistola in vendita
1181 John Julius Norwich. Il Mare di Mezzo. Una storia del Mediterraneo
1182 Simona Baldelli. Fiaba di Natale. Il sorprendente viaggio dell'Uomo dell'aria
1183 Alicia Giménez-Bartlett. Autobiografia di Petra Delicado
1184 George Orwell. Millenovecentottantaquattro
1185 Omer Meir Wellber. Storia vera e non vera di Chaim Birkner
1186 Yasmina Khadra. L'affronto
1187 Giampaolo Simi. Rosa elettrica
1188 Concetto Marchesi. Perché sono comunista
1189 Tom Stoppard. L'invenzione dell'amore
1190 Gaetano Savatteri. Quattro indagini a Màkari
1191 Alessandro Robecchi. Flora
1192 Andrea Albertini. Una famiglia straordinaria
1193 Jane Gardam. L'uomo col cappello di legno
1194 Eugenio Baroncelli. Libro di furti. 301 vite rubate alla mia
1195 Alessandro Barbero. Alabama
1196 Sergio Valzania. Napoleone
1197 Roberto Alajmo. Io non ci volevo venire
1198 Andrea Molesini. Il rogo della Repubblica
1199 Margaret Doody. Aristotele e la Montagna d'Oro
1200
1201 Andrea Camilleri. La Pensione Eva
1202 Antonio Manzini. Vecchie conoscenze
1203 Lu Xun. Grida

1204 William Lindsay Gresham. Nightmare Alley
1205 Colin Dexter. Il più grande mistero di Morse e altre storie
1206 Stanisław Lem. Ritorno dall'universo
1207 Marco Malvaldi. Bolle di sapone
1208 Andrej Longo. Solo la pioggia
1209 Andrej Longo. Chi ha ucciso Sarah?
1210 Yasmina Khadra. Le rondini di Kabul
1211 Ben Pastor. La Sinagoga degli zingari
1212 Andrea Camilleri. La prima indagine di Montalbano
1213 Davide Camarrone. Zen al quadrato
1214 Antonio Castronuovo. Dizionario del bibliomane
1215 Karel Čapek. L'anno del giardiniere
1216 Graham Greene. Il terzo uomo
1217 John Julius Norwich. I normanni nel Sud. 1016-1130
1218 Alicia Giménez-Bartlett, Andrej Longo, Marco Malvaldi, Antonio Manzini, Santo Piazzese, Francesco Recami, Alessandro Robecchi, Gaetano Savatteri, Giampaolo Simi, Fabio Stassi, Simona Tanzini. Una settimana in giallo
1219 Stephen Crane. Il segno rosso del coraggio
1220 Yokomizo Seishi. Fragranze di morte
1221 Antonio Manzini. Le ossa parlano
1222 Hans von Trotha. Le ultime ore di Ludwig Pollak
1223 Antonia Spaliviero. La compagna Natalia
1224 Gaetano Savatteri. I colpevoli sono matti. Quattro indagini a Màkari
1225 Lu Xun. Esitazione
1226 Marta Sanz. Piccole donne rosse
1227 Susan Glaspell. Una giuria di sole donne
1228 Alessandro Robecchi. Una piccola questione di cuore
1229 Marco Consentino, Domenico Dodaro. Madame Vitti
1230 Roberto Alajmo. La strategia dell'opossum

1231 Alessandro Barbero. Poeta al comando
1232 Giorgio Fontana. Il Mago di Riga
1233 Marzia Sabella. Lo sputo
1234 Giosuè Calaciura. Malacarne
1235 Giampaolo Simi. Senza dirci addio
1236 Graham Greene. In viaggio con la zia
1237 Daria Galateria. Il bestiario di Proust
1238 Francesco Recami. I killer non vanno in pensione
1239 Andrea Camilleri. La coscienza di Montalbano
1240 Roberto Alajmo, Andrej Longo, Marco Malvaldi, Antonio Manzini, Francesco Recami, Alessandro Robecchi, Gaetano Savatteri, Fabio Stassi. Una notte in giallo
1241 Dominique Manotti. Marsiglia '73
1242 Claudio Coletta. In tua assenza
1243 Andrej Longo. Mille giorni che non vieni
1244 Alan Bradley. Le trecce d'oro dei defunti
1245 Emilienne Malfatto. Il lamento del Tigri
1246 Antonio Manzini. La mala erba
1247 Nicola Schicchi. Via Polara n. 5
1248 Roberto Alajmo. Notizia del disastro
1249 Jenny Erpenbeck. Il libro delle parole
1250 Marco Malvaldi, Samantha Bruzzone. Chi si ferma è perduto
1251 John Julius Norwich. Il regno nel sole. 1130-1194
1252 Andrea Camilleri. La guerra privata di Samuele e altre storie di Vigàta
1253 Ben Pastor. La Venere di Salò
1254 Graham Greene. Un Mondo tutto mio. Diario dei sogni
1255 L'isola nuova. Trent'anni di scritture di Sicilia
1256 Anthony Trollope. Il ritorno di Phineas Finn
1257 Alicia Giménez-Bartlett. La presidente
1258 Sergio Atzeni. Passavamo sulla terra leggeri

1259 Uwe Timm. Come mio fratello
1260 Dario Ferrari. La ricreazione è finita
1261 Giorgio Manganelli. Mia anima carnale
1262 Fabio Stassi. Notturno francese
1263 Alessandro Robecchi. Cinque blues per la banda Monterossi
1264 Alessandro Barbero. Brick for stone
1265 Franco Lorenzoni. Educare controvento. Storie di maestre e maestri ribelli
1266 Caterina Cardona. Un matrimonio epistolare
1267 Davide Enia. Così in terra
1268 Jane Gardam. L'eterno rivale
1269 Sonya Orfalian. Alfabeto dei piccoli armeni
1270 Andrea Camilleri. La paura di Montalbano
1271 Maria Judite de Carvalho. Gli armadi vuoti
1272 Roberto Alajmo. La boffa allo scecco
1273 Antonio Manzini. ELP
1274 Graham Greene. Brighton Rock
1275 Henry Cauvain. L'investigatore Maximilien Heller
1276 Francesco Recami. Colpo grosso ai Frigoriferi Milanesi
1277 Thornton Wilder. Il ponte di San Luis Rey
1278 Andrea Molesini. Non si uccide di martedì
1279 Santo Piazzese. Sei casi per Lorenzo La Marca
1280 Yokomizo Seishi. Il teatro fantasma
1281 Furio Scarpelli. Si ricorda di me, signor tenente?
1282 Hans Sahl. I pochi e i molti. Romanzo di un'epoca
1283 Marco Malvaldi. La morra cinese
1284 Giampaolo Simi. Il cliente di riguardo
1285 Dolores Hitchens. La gatta ha visto tutto
1286 Adriano Sofri. C'era la guerra in Cecenia
1287 Federico Maria Sardelli. Lucietta. Organista di Vivaldi
1288 Antonio Manzini. Riusciranno i nostri eroi a ritrovare l'amico misteriosamente scomparso in Sud America?

1289 Ben Pastor. La finestra sui tetti e altri racconti con Martin Bora
1290 Andrea Camilleri. Il giudice Surra e altre indagini in Sicilia
1291 Alicia Giménez-Bartlett, Marco Malvaldi, Antonio Manzini, Santo Piazzese, Francesco Recami, Alessandro Robecchi, Gaetano Savatteri, Simona Tanzini. Cucina in giallo
1292 Andrej Longo. La forma dei sogni
1293 Yasmina Khadra. Cosa sognano i lupi?
1294 Vanessa Roghi. Un libro d'oro e d'argento. Intorno alla *Grammatica della fantasia* di Gianni Rodari
1295 Graham Greene. Fine di una storia
1296 Alessandro Robecchi. Pesci piccoli
1297 Lu Xun. Antiche storie riscritte
1298 Chiara Valerio. Chi dice e chi tace
1299 Giorgio Fontana. Kafka. Un mondo di verità
1300
1301 Andrea Camilleri. Un sabato, con gli amici
1302 Victoria Kielland. I miei uomini
1303 Emilienne Malfatto. Il colonnello non dorme
1304 Alicia Giménez-Bartlett. La donna che fugge
1305 Gioacchino Lanza Tomasi. Lampedusa e la Spagna
1306 Maria Orsini Natale. Francesca e Nunziata
1307 Samir Machado de Machado. Il crimine del buon nazista
1308 Yokomizo Seishi. Il detective Kindaichi e la maledizione degli Inugami
1309 Dolores Hitchens. La gatta ha dato l'allarme
1310 Maria Judite de Carvalho. Tanta gente, Mariana
1311 Marco Malvaldi, Samantha Bruzzone. La regina dei sentieri
1312 P.G. Wodehouse. Alla buon'ora, Jeeves!
1313 Graham Greene. L'americano tranquillo
1314 Gaetano Savatteri. La Magna Via

1315 Alberto Stabile. Il giardino e la cenere. Israele e Palestina nel racconto di un albergo leggendario
1316 Fabio Stassi. Bebelplatz. La notte dei libri bruciati
1317 Giorgio Manganelli. Il vescovo e il ciarlatano
1318 Antonio Manzini. Il passato è un morto senza cadavere
1319 Simon Mason. Un omicidio a novembre
1320 Ludwig Hohl. La salita
1321 Alessandro Barbero. Romanzo russo
1322 Tommaso Pincio. Panorama
1323 John Julius Norwich. Storia di Venezia. Dalle origini al 1400
1324 Anthony Trollope. I figli del duca
1325 Andrea Camilleri. Vi scriverò ancora
1326 Claude Lévi-Strauss. Babbo Natale giustiziato
1327 Alicia Giménez-Bartlett, Andrej Longo, Marco Malvaldi e Samantha Bruzzone, Luca Mercadante, Francesco Recami, Gaetano Savatteri, Simona Tanzini. Animali in giallo
1328 Luca Mercadante. La fame del Cigno
1329 Uwe Timm. Tutti i miei fantasmi
1330 Alicia Giménez-Bartlett. Una poco di buono. Sei indagini di Petra Delicado
1331 P.G. Wodehouse. Grazie, Jeeves
1332 Laure Murat. Proust, romanzo familiare
1333 Andrej Longo. Dieci
1334 Andrej Longo. Undici. Non dimenticare
1335 Alberto Méndez. I girasoli ciechi
1336 Daria Galateria. Atlante degli artisti in affari
1337 Alessandro Robecchi. Il tallone da killer
1338 Serena Vitale. Cartella clinica
1339 Eugenio Baroncelli. Il cielo più pietoso è quello vuoto. Quindici voci di un'improbabile autobiografia
1340 Simon Mason. Il caso Poppy Clarke

1341 Giampaolo Simi. Tra lei e me
1342 Chiara Valerio. La fila alle poste
1343 Roberto Alajmo. È stato il figlio
1344 Angelo Carotenuto. La grammatica del bianco. Un'estate a Wimbledon
1345 Marco Malvaldi. Piomba libera tutti
1346 Furio Scarpelli. Cuore di mafioso
1347 Amanda Cross. In ultima analisi
1348 Graham Greene. Missione confidenziale
1349 Dolores Hitchens. La gatta ci ha messo lo zampino
1350 Francesco Recami. Il mostro del Casoretto. Sei storie della casa di ringhiera
1351 Serena Cappellozza. Il valore delle cose
1352 Ignazio Buttitta. Io faccio il poeta
1353 Antonio Castronuovo. Dizionario del grafomane
1354 Roberto Alajmo, Marco Carapezza. Avventure postume di personaggi illustri